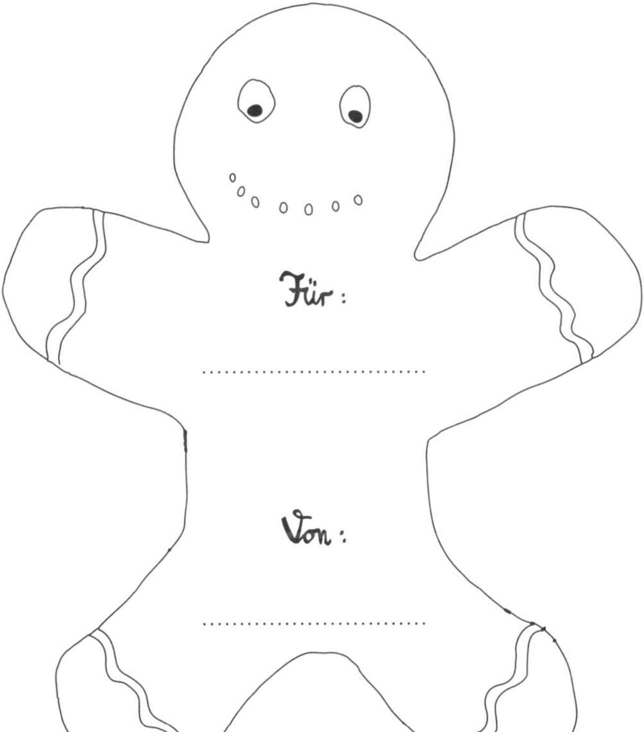
Für :
Von :

Ab in die Küche, ran an den Herd!
Und heute gibt's:

Gebäck aus aller Welt

Bon Appétit
wünscht

der kleine
KÜCHENFREUND

Inhalt

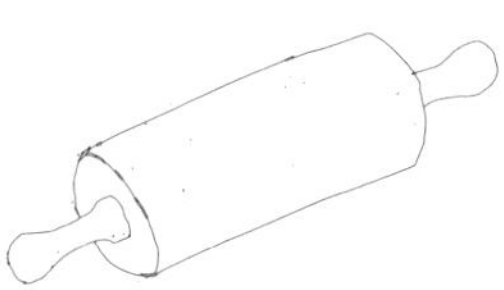

Christmas-Cupcakes

Für 1½ Mini-Cupcake-Bleche (à 24 Vertiefungen)

Für den Teig:
400 g Rosinen · 240 g gehackte kandierte Cranberrys
120 ml Rum · 125 g Butter · 110 g brauner Zucker
1 EL Orangenmarmelade · 1 EL Honig
1 TL Bio-Zitronenabrieb · 2 Eier · 180 g Mehl
je ½ TL Zimt, Ingwer und Lebkuchengewürz

Für das Frosting:
1 Eiweiß · 250 g Puderzucker · 3 TL Zitronensaft

Außerdem:
Butter für die Form
Nach Belieben goldene Zuckerperlen zum Dekorieren

Am Vortag die Rosinen und Cranberrys in eine Schüssel geben und mit dem Rum übergießen. Über Nacht zugedeckt ziehen lassen.

Am nächsten Tag den Backofen auf 150 °C vorheizen. Die Mulden der Cupcake-Bleche gut einfetten. In einer Schüssel Butter und Zucker cremig rühren. Orangenmarmelade, Honig und Zitronenabrieb untermischen. Nacheinander die Eier zugeben und dabei ständig weiterrühren. Dann abwechselnd die eingelegten Trockenfrüchte, das Mehl und die Gewürze einarbeiten.

Den Teig bis zum Rand auf die Mulden verteilen, anschließend glatt streichen. Die Bleche in den vorgeheizten Ofen geben und die Cupcakes ca. 35 Min. backen. Herausnehmen, abkühlen lassen, auf ein Kuchengitter stürzen und anschließend wieder umdrehen.

Für das Frosting das Eiweiß leicht aufschlagen. Langsam den gesiebten Puderzucker zufügen und beides zu einer glatten Masse verrühren. Vorsichtig so viel Zitronensaft einrühren, dass die Mischung etwas flüssiger wird. Jeden Cupcake mit Zuckerguss bestreichen, sodass dieser gleichmäßig an den Seiten herunterläuft. Nach Belieben mit goldenen Zuckerperlen dekorieren.

Italienische Mandelteilchen

Für 3 Mini-Springformen (Ø 15 cm)

100 g Mandeln · 50 g Pistazien · 50 g Haselnüsse
150 g Orangeat · 50 g Zitronat · 50 g Mehl
3 EL Kakao · 1 TL Zimt · je 1 Prise gemahlene Nelken,
Ingwer, Muskat und Koriander · 100 g Zucker
100 g Honig · Puderzucker zum Bestäuben

Mandeln, Pistazien und Haselnüsse klein hacken. Dann das Orangeat und Zitronat fein würfeln. Alles mit Mehl, Kakao und den Gewürzen vermischen, dann beiseitestellen.

Zucker, Honig und 5 EL Wasser vorsichtig erhitzen. Den warmen Sirup unter die Mischung heben und anschließend für 10 Min. abkühlen lassen.

Den Backofen auf 150 °C vorheizen. Mini-Springformen mit Backpapier auslegen. Den Teig gleichmäßig auf die 3 Formen verteilen und ca. 30 Min. im Ofen backen, dann etwas abkühlen lassen. Auf eine mit Puderzucker bestäubte Fläche stürzen und das Backpapier ablösen. Vor dem Servieren in Tortenstücke schneiden.

Biscuits anis au chocolat

Ergibt 60 Stück

2 Eigelb · 225 g Zucker · 1 Pck. Vanillezucker
1 Prise Salz · 100 g zimmerwarme Butter
225 g Mehl · 2 TL gemahlener Anis
100 g Schokoladenraspeln · 150 g dunkle Kuvertüre

Eigelbe schaumig schlagen und nach und nach Zucker, Vanillezucker und Salz einrieseln lassen. Die Butter in einem anderen Gefäß cremig rühren und anschließend zur Eiermasse geben. Das gesiebte Mehl, den Anis und die Schokoladenraspeln untermengen. Alles gut vermischen.

Den Backofen auf 150 °C vorheizen. Aus dem Teig kleine Kugeln formen und diese auf ein Backblech mit Backpapier setzen. In ca. 15 Min. goldbraun backen, dann abkühlen lassen.

Kuvertüre in einer Schüssel über dem heißen Wasserbad schmelzen und die Plätzchen damit bestreichen.

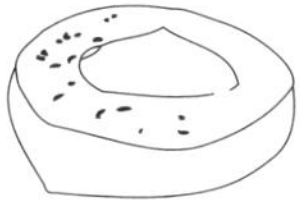

Merry Christmas

Weihnachtsgrüße aus England

Geseënde Kersfees

Weihnachtsgrüße aus Südafrika

Boas Festas e Feliz Ano Nova

Weihnachtsgrüße aus Brasilien

Linzer Sterne

Ergibt 2 Bleche

380 g Mehl · 120 g Puderzucker · 1 Prise Salz
250 g kalte Butter, in Stücke geschnitten · 2 Eigelb
250 g Johannisbeergelee · 1 EL Rum

Mehl, Puderzucker und Salz auf der sauberen Arbeitsfläche vermischen. Die Butter zufügen und mit der Mehlmischung krümelig reiben. Eigelbe unterkneten und alles zu einem glatten Teig verarbeiten. Zu einer Kugel formen, in Frischhaltefolie wickeln und 30 Min. kalt stellen.

Den Backofen auf 180 °C vorheizen. Den Teig ca. 3 mm dick ausrollen und mit beliebigen Ausstechförmchen ausstechen. Die Hälfte davon mit einem Loch (Ø 1 cm) versehen. Alle Plätzchen auf Backbleche mit Backpapier verteilen und in ca. 10 Min. hellbraun backen. Währenddessen den Gelee mit dem Rum erhitzen. Die Plätzchen sofort vom Backpapier lösen und auf die ohne Loch je ½ TL Gelee geben. Die Plätzchen mit Loch obenauf setzen.

Türkisches Zimt-Gebäck

Ergibt 36 Stück

Für den Teig:
400 g Mehl · 1 Pck. Backpulver
1 Pck. Vanillezucker · 4 EL Puderzucker · 1 Prise Salz
250 g Butter · 1 EL Joghurt · 2 EL Öl · 1 Ei

Für die Füllung:
350 g Apfelmus · 3 TL Zimt · 30 g gehackte Walnüsse

Außerdem:
1 Ei zum Bestreichen · Puderzucker zum Bestäuben

Für den Teig Mehl und Backpulver in eine große Schüssel sieben. Mit Vanillezucker, Puderzucker und Salz vermengen. Die Butter in Stückchen schneiden und zusammen mit Joghurt, Öl und Ei untermengen. Alles zu einem glatten Teig verkneten. Für 30 Min. kalt stellen.

Den Backofen auf 200 °C vorheizen. Für die Füllung das Apfelmus mit Zimt und Walnüssen vermischen.

Den Teig in drei gleich große Stücke teilen und jeweils zu einem 3 mm dünnen Kreis ausrollen. Jeden Kreis mit einem Tortenteiler in 12 gleich große Stücke schneiden. Je 1 TL Füllung auf jedes Teigstückchen verteilen. Anschließend, mit der Spitze beginnend, wie ein Hörnchen einrollen. Die Teiglinge auf ein mit Backpapier ausgelegtes Backblech legen, mit etwas verquirltem Ei bestreichen und in 30 Min. goldbraun backen.

Die abgekühlten Hörnchen mit Puderzucker bestäuben.

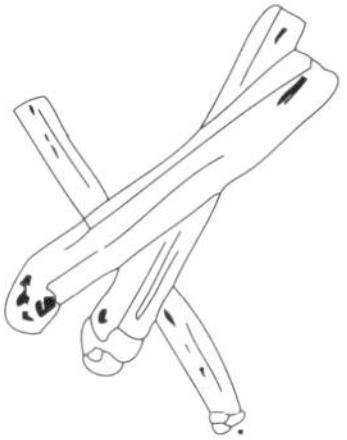

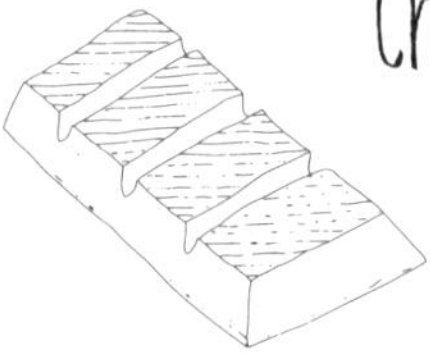

Chocolate Cardamom Cookies

Ergibt 12 Stück

500 g Rohrohrzucker · 270 g Butter
2 große Eier · 1 EL Vanilleextrakt
1 TL gemahlener Kardamom · 470 g Mehl
2 TL Backpulver · 300 g dunkle Schokolade
Salz zum Bestreuen

Zucker und Butter in einer Schüssel schaumig schlagen. Die Eier zugeben, dabei ständig weiterrühren. Vanilleextrakt und Kardamom untermischen. Mehl und Backpulver in die Schüssel sieben. Alles gründlich vermengen, anschließend die in grobe Stückchen gehackte Schokolade zugeben. Zu einem Teig verarbeiten und diesen halbieren. Jede Hälfte zu einer dicken Rolle formen und in Frischhaltefolie wickeln. Über Nacht kalt stellen.

Am nächsten Tag den Ofen auf 180 °C vorheizen. Jede Teigrolle in sechs Scheiben schneiden. Diese auf ein Backblech mit Backpapier legen und mit etwas Salz bestreuen. Im Ofen ca. 20 Min. goldbraun backen. Die Cookies auf einem Gitterrost abkühlen lassen.

Shub Christu Jayanti

Weihnachtsgrüße aus Indien

Joyeux Noël

Weihnachtsgrüße aus Frankreich

Subha nath thalak Vewa.
Subha Aluth Awrudhak Vewa

Weihnachtsgrüße aus Singapur

Marokkanische Haloua mit Datteln

Ergibt 2 Bleche

250 g Datteln · 100 g gehackte Mandeln
50 g gehackte Walnüsse · 1 TL Zimt
5 EL Orangenblütenwasser · 300 g Mehl
250 g Butter · Puderzucker zum Bestäuben

Datteln entsteinen und zusammen mit Mandeln und Walnüssen in der Küchenmaschine zerkleinern. Zimt und 3 EL Orangenblütenwasser zugeben und zu einer glatten Paste mixen. Daraus Kugeln in der Größe von Datteln formen und diese zu einem Oval leicht flach drücken.

Den Backofen auf 190 °C vorheizen. Für den Teig Mehl, Butter und das restliche Orangenblütenwasser gut miteinander verkneten. Etwas Teig abnehmen und zu einem flachen Kreis drücken. Die Dattelfüllung daraufgeben, den Teig umschlagen und an den Rändern gut verschließen. Mit den restlichen Haloua ebenso verfahren. Ca. 18 Min. im Ofen backen, anschließend abkühlen lassen und mit Puderzucker bestäuben.

Süße Apfel-Piroschkis

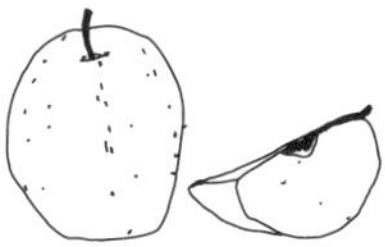

Ergibt 15 Stück

1 Apfel · Saft von ½ Zitrone · 125 g Butter
100 g Zucker · 200 g Mehl · ½ TL Backpulver
2 Eier · 1 EL Sultaninen · 50 g gemahlene Mandeln
1 EL Hagelzucker · Minzblätter zum Verzieren

Apfel schälen, entkernen und fein würfeln. Mit Zitronensaft, 25 g Butter und 50 g Zucker in einem Topf erhitzen und zugedeckt ca. 2 Min. dünsten. Beiseitestellen. Mehl, Backpulver, übrigen Zucker, 1 Ei und die restliche Butter zu einem glatten Teig verkneten. In Folie wickeln und 30 Min. kalt stellen. Dann auf der bemehlten Arbeitsfläche ausrollen und 12 Kreise (Ø 8 cm) ausstechen. Die Apfelwürfel mit Sultaninen und Mandeln vermengen. 1 Ei verquirlen. Kreise dünn mit Ei bestreichen. Je ein kleines Häufchen von der Apfelmischung daraufgeben. Die Teigkreise zu Taschen zusammenklappen, die Ränder gut andrücken.

Den Backofen auf 200 °C vorheizen. Piroschkis auf ein Backblech mit Backpapier setzen. Mit restlichem Ei bestreichen und mit Hagelzucker bestreuen. Für ca. 15 Min. backen. Anschließend etwas abkühlen lassen und mit Minze verzieren.

Advents-Biscuits Down Under

Ergibt 2 Bleche

200 g Haferflocken · 200 g Kokosraspeln
250 g Mehl · 200 g Zucker · 1 Msp. gemahlener Zimt
150 g Butter · 1 EL Ahornsirup · 1 TL Backpulver

Haferflocken, Kokosraspeln, Mehl, Zucker und Zimt in eine große Schüssel geben und vermischen.

Die Butter in einem Topf zerlassen. Vom Herd nehmen und mit Ahornsirup (alternativ Zuckerrübensirup) vermischen. Backpulver und 5 EL Wasser zufügen und zu einer glatten Masse verrühren. Diese Mischung zu den anderen Zutaten in die Schüssel geben und alles zu einem lockeren Teig verkneten.

Den Teig zu Kugeln formen und mit genügend Abstand auf Backbleche mit Backpapier setzen. Zu ca. 5 cm großen Scheiben flach drücken. Die Biscuits bei 150 °C in 15 Min. goldbraun backen.

Lebkuchenfiguren

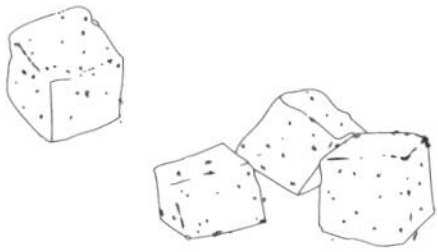

Ergibt 2 Bleche

100 g Butter · 300 g Honig · 120 g Zucker
1 EL Kakao · 4 TL Lebkuchengewürz · 600 g Mehl
½ Pck. Backpulver · 1 Ei · 1 Prise Salz · 2 Eiweiß
350 g Puderzucker · 150 g Zuckerperlen

Butter mit Honig, Zucker, Kakao und Lebkuchengewürz in einen Topf geben. Unter ständigem Rühren vorsichtig erwärmen, bis sich der Zucker aufgelöst hat. Dann vollständig abkühlen lassen. Mehl und Backpulver in eine Schüssel sieben und die Honigmasse mit dem Ei und dem Salz untermischen. Alles zu einem glatten Teig verarbeiten, in Frischhaltefolie wickeln und über Nacht kalt stellen.

Am nächsten Tag den Ofen auf 200 °C vorheizen. Den Teig auf der bemehlten Arbeitsfläche ausrollen und Lebkuchenfiguren ausstechen. Auf mit Backpapier ausgelegte Bleche verteilen und ca. 15 Min. backen. Für die Verzierung Eiweiße steif schlagen und anschließend so viel Puderzucker zufügen, bis die Masse zäh wird. Den Zuckerguss in eine Spritztüte füllen und die abgekühlten Lebkuchenfiguren mit Guss und Zuckerperlen dekorieren.

Russisch Brot

Ergibt 120 Stück

4 Eiweiß · 1 Prise Salz · 150 g Zucker
1 Pck. Vanillezucker · 2 EL Kakao · 150 g Mehl
je ¼ TL Zimt und Kardamom · Kakao zum Bestäuben

Eiweiße steif schlagen. Danach Salz, Zucker, Vanillezucker und Kakao einrieseln lassen. Zuletzt das Mehl, Zimt und Kardamom darübersieben und vorsichtig unterheben. Das Backblech mit Backpapier belegen. Den Teig in einen Spritzbeutel geben und Buchstaben auf das Backpapier spritzen. Ca. 20 Min. ruhen lassen.

Den Backofen auf 170 °C vorheizen und die Buchstaben ca. 12 Min. backen. Danach abkühlen lassen und vom Backpapier lösen. Abschließend mit etwas Kakao bestäuben.

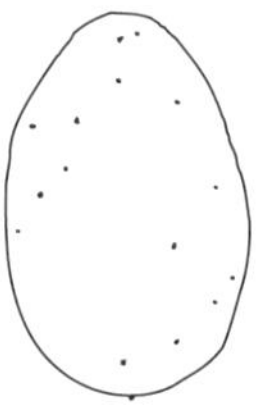

Iloisïa joulua

Weihnachtsgrüße aus Finnland

Craciun fericit

Weihnachtsgrüße aus Rumänien

Buon Natale

Weihnachtsgrüße aus Italien

Mini-Marzipan-Muffins

Für 1 Mini-Muffin-Blech (24 Vertiefungen)

2 Eier · 2 TL Zitronensaft · 100 g Marzipan-Rohmasse
30 g gemahlene Mandeln · 125 g Butter
100 g Zucker · ½ Pck. Vanillezucker · 1 Prise Salz
150 g Mehl · 1 TL Backpulver
24 Mini-Muffin-Papierförmchen

Eier trennen und die Eiweiße mit dem Zitronensaft steif schlagen. Das Marzipan klein hacken und zusammen mit den Mandeln vorsichtig unter den Eischnee heben.

Die Eigelbe in einer anderen Schüssel mit Butter, Zucker, Vanillezucker und Salz cremig schlagen. Mehl und Backpulver zugeben, vorsichtig unterrühren. Anschließend den Eischnee unter den Teig heben. Dann die Papierförmchen im Muffin-Blech verteilen und die Mulden zu ⅔ mit dem Teig füllen.

Die Muffins im vorgeheizten Backofen bei 180 °C 25 Min. backen.

Weihnachtliche Glückskekse

Ergibt 20 Stück

60 g Butter · 50 g Mehl · 60 g Puderzucker
2 Eiweiß · 10 g Speisestärke · 4 TL Öl

Butter zerlassen und anschließend mit den restlichen Zutaten und 4 TL kaltem Wasser verrühren. Für 30 Min. ruhen lassen.

Den Backofen auf 160 °C vorheizen. 3 Kreise (Ø 9 cm) auf ein Backpapier vorzeichnen. Als Vorlage kann z. B. der Rand einer Tasse genutzt werden. Das Backpapier umdrehen, auf das Backblech legen und auf jeden Kreis etwa 1 TL Teig geben, gleichmäßig verteilen. Etwa 7 Min. backen, bis die Ränder goldgelb sind.

Mit einem Pfannenwender die Kekse sofort vom Blech lösen. Eine Glücksbotschaft auf jedem Kreis platzieren und rasch zu Taschen zusammenklappen, die Ränder gut andrücken. Schnell an den Enden fassen und die geraden Seiten am Rand eines Glases einbuchten. Kekse auf einem Gitterost abkühlen lassen. Den restlichen Teig genauso verarbeiten.

Hasselnød-Smakager

Ergibt 2 Bleche

250 g gemahlene Haselnüsse · 250 g Butter
200 g Zucker · 300 g Mehl · 2 EL Sahne · 1 EL Kakao

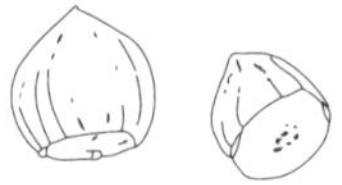

Nüsse in einer Pfanne rösten und anschließend abkühlen lassen.

Butter und Zucker cremig rühren. Dann das Mehl, die Sahne und die abgekühlten Nüsse mit der Buttermischung vermengen. Den Teig zu 4–5 Rollen (je nach gewünschter Größe) formen und rundherum mit Kakao bestäuben. Anschließend in Frischhaltefolie wickeln und für ca. 1 Std. in den Kühlschrank legen.

Den Backofen auf 180 °C vorheizen. Inzwischen die Rollen in 5 mm dicke Scheiben schneiden. Backblech mit Backpapier auslegen und die Hasselnød-Smakager darauflegen. Ca. 10 Min. backen.

Vrolijk Kerstfeest

Weihnachtsgrüße aus Holland

Kanbhik

Weihnachtsgrüße aus Marokko

God Jul

Weihnachtsgrüße aus Schweden

Inhalt

1. Warum sind neue Wege in der Kindererziehung notwendig?

In Southampton, Long Island, versammelte sich eine Gruppe von 127 jugendlichen Angehörigen der oberen Zehntausend in einer Villa zu einem der bestvorbereiteten Debütantenbälle der Saison. In der Nacht fingen die jungen Leute an zu toben, rissen Kronleuchter ab, zerschlugen Fensterscheiben und zerstörten Möbel. Ihre Erklärung: sie hatten keine.

In Ost-Los-Angeles griffen die Insassen eines Wagens voller jugendlicher Rowdies einen Oberschullehrer und mehrere Schüler an, als diese sie aufforderten, ihren Wagen, der die Ausfahrt eines Parkplatzes blockierte, beiseite zu fahren. Ihr Grund: sie wollten sich nichts vorschreiben lassen.

In einer Stadt des amerikanischen Mittelwestens unterbrach eine Gruppe von Halbwüchsigen eine Starkstromleitung und tauchte die Stadt in Dunkelheit. Ihre Ausrede: sie „langweilten sich“ und wußten nicht, was sie dagegen tun konnten.

In New York, Oakland, Los Angeles und andern Städten demolieren Oberschüler die Klassenräume, sie greifen Lehrer und andere Schüler an. Ihr Grund: „Voreingenommenheit“.

Auf dem Gelände von Oberschulen und Universitäten in ganz Amerika (und anderswo) streiken Schüler und Studenten, sie marschieren und demonstrieren. Ihre „Anliegen“ wechseln, aber der Tenor ist immer der gleiche: Unzufriedenheit, Wut, Protest.

Die amerikanische Bundespolizei vermerkt, daß die Jugendkriminalität sehr viel stärker anwächst als die Bevölkerung. Besorgte Polizeibeamte stellen eine noch beunruhigendere Statistik auf: Angriffe auf Polizisten nehmen zu, und die Zusammenarbeit mit allen Organen der Sicherheit nimmt ab.

Die Schreiber der Boulevardpresse sind voll beschäftigt mit Erklärungen, woher das alles kommt, und der „liebe Onkel“ widmet den Eltern-Kind-Problemen ebensoviel Raum wie den Ratschlägen für Liebeskranke.

Unsere These ist, daß sich die gesamte heranwachsende Generation und nicht nur eine extreme Gruppe von jugendlichen Kriminellen im Kriegszustand mit den Erwachsenen befindet. Es zeigt sich jedoch, daß das Alter der Jugendlichen, die sich dem Verbrechen zuwenden, *abnimmt*. Wir müssen eine vielleicht noch bedrückendere Erscheinung verzeichnen, daß sich nämlich diese Handlungen von Gewalt und Zerstörung nicht auf jene Kinder beschränken, die aus einem Milieu kommen, das man gewöhnlich als „asozial" bezeichnet, sondern daß sie in allen gesellschaftlichen und wirtschaftlichen Schichten unsrer Gesellschaft vorkommen. In dieser Hinsicht kann sich keine Familie in Amerika sicher fühlen. Es gibt heute keine Eltern, die mit Sicherheit behaupten können, daß keins ihrer Kinder einer dieser Gewalttäter werden könnte.

Wir werden uns immer mehr bewußt, daß die Haltungen der heutigen Kinder, unbeschadet ihres Alters, ganz anders sind als die der „guten, alten Zeit". Die Kinder nehmen die Urteile ihrer Eltern nicht mehr als absolut an. Ja in vielen Fällen schenken sie ihnen überhaupt nur wenig Beachtung. Die Eltern werden in einer Weise aufgefordert, ihre Handlungen zu rechtfertigen, wie es von ihnen in der Vergangenheit nicht erwartet wurde. Dazu werden Trotz und sogar offener Widerstand selbst für sehr kleine Kinder immer kennzeichnender. Vor fünfzig oder selbst vor dreißig Jahren hätte kein Kind auch nur davon geträumt, seinen Vater anzuzeigen, weil er es geschlagen hat. Heute kommt das verhältnismäßig häufig vor. In mehr als einem Fall haben wir gelesen, daß Kinder auf ihre Eltern geschossen und sie getötet haben, weil sie wirkliche oder eingebildete Beschwerdegründe gegen sie hatten. Weit häufiger sind die versteckten Anzeichen solchen Widerstands, das Nicht*wollen* der Kinder mehr als das Nicht*können* beim Lernen, beim Sicheinordnen und bei der Mitarbeit in der Schule und zu Hause.

Wie schon erwähnt, äußert sich das extrem im Verhalten von Halbwüchsigen. Zwar hat es die Gesellschaft insgesamt bisher kaum begriffen, aber die zunehmenden kriminellen Handlungen Jugendlicher stellen nichts anderes dar als offenen Krieg von einigen Heranwachsenden gegen die Gesellschaft. Man nimmt an, daß die Basis dieses Kriegs breiter ist, als man bisher vermutet, und daß sich in Wirklichkeit die ganze heranwachsende Generation im Krieg mit den Erwachsenen befindet. Vielleicht mehr als alles andere verübeln die Heranwachsenden der erwachsenen

Gesellschaft, daß diese nicht willens ist, sie über Tätigkeiten und Regeln zu ihrem eigenen Besten mitentscheiden zu lassen. Vielleicht ist gegenwärtig der einzige Hoffnungsschimmer, daß mehr und mehr Jugendliche sich Bewegungen anschließen, die für eine bessere Zukunft ihres Landes wirken. In den USA sind das Friedenskorps und einige der Gruppen, die Rassengleichheit anstreben, vielleicht die besten Beispiele dafür. Wenigstens einige junge Leute finden Erfüllung in schöpferischer Gemeinschaftsarbeit, die das beste Mittel gegen das Gift ist, das zum Krieg zwischen den Generationen geführt hat.

Gleichzeitig aber wächst auch eine andere Bewegung beängstigend rasch und zieht viele unserer Jugendlichen an. Wenn es jungen Leuten auch oft gelingen mag, ihre Feindschaft und ihren Widerstand gegen die Autorität in verhältnismäßig aufbauende Richtung zu lenken, so werden sie doch allzuoft von offen antisozialen Gruppen eingefangen und so daran gehindert, sich in die Gemeinschaft einzugliedern. Es wird gelegentlich behauptet, daß die heutigen Rebellen ein unvermeidliches Nebenprodukt des demokratischen Prozesses seien; aber die Zahl und die Tätigkeiten dieser Rebellen nehmen in einem Maß zu, das uns wenig Grund zur Selbstzufriedenheit läßt. Zudem verbreitet sich die Haltung der Resignation auf diesem Gebiet und ebenso auf dem Gebiet der Beziehungen zwischen Eltern und Kind, sobald man versucht, sich mit diesem Problem zu befassen.

Die Ursachen des Problems

Zahlreiche Erklärungsversuche bemühen sich um einige der Tatsachen, die wir dargestellt haben. Ein Psychoanalytiker versuchte zum Beispiel, die von den jungen Angehörigen der oberen Zehntausend bei dem oben erwähnten Ball begangenen Gewalttätigkeiten als „Massenpsychose“ zu erklären. Er behauptete, daß ihnen das Bedürfnis, „bestraft zu werden“, zugrunde liege; die Jugendlichen hätten nämlich das Gefühl, von ihren Eltern als kleine Kinder nicht streng genug behandelt worden zu sein. Ein anderer Autor behauptete, diese Kinder litten unter dem, was er „Anomie“ nennt, dem Gefühl nämlich der Wurzellosigkeit, abgeschnitten zu sein von andern Mitgliedern der Gesellschaft oder nicht zu ihnen zu gehören. Wieder andere vermutetn, daß die Jugendlichen in diesem materialistischen Zeitalter unter

dem sogenannten Verfall von moralischen und geistigen Werten leiden. Vielleicht liegt in all diesen Äußerungen ein Körnchen Wahrheit, aber sie scheinen an den Unzulänglichkeiten zu leiden, welche die meisten Theorien dieser Art kennzeichnen. Entweder versuchen die Theoretiker nur, die Symptome zu behandeln, oder ihre Auffassungen sind so verschwommen und allgemein, daß sie nur geringe Bedeutung für die Lage haben, der wir gegenüberstehen. Sie scheinen auch nur wenig Verständnis für die Kräfte und Ereignisse zu besitzen, welche die Welt von heute und morgen formen.

Die Ursache für die ganze Fülle der Probleme ist wohl die schnelle und überwältigende gesellschaftliche Umwälzung, die in unserer Zeit stattfindet. Die erste Wandlung geschah vor acht- bis zehntausend Jahren, als der primitive Mensch begann, die Stammesketten zu brechen und die Anfänge der modernen Zivilisation zu setzen.

Die primitive Gesellschaft, die ziemlich homogen war, wich dem Kasten- und Klassensystem der Zivilisation. Die frühen Mythen und Legenden aller zivilisierten Völker berichten über den Menschen im Aufstand – gegen seine Götter, seine Herrscher, seine Rivalen. Kain und Prometheus rebellierten – und litten entsprechend; und ebenso Brunhilde, Medea und Antigone.

So ist Zivilisation durchweg der Aufstand einer Gruppe, die ihre früheren Herrscher ersetzt und zu neuer Ordnung und einer neuen Rebellion führt. Die Welt geht schon seit langer Zeit „vor die Hunde“. Warum ist der gegenwärtige Trend schärfer und gefährlicher?

Heute, mit dem Heraufkommen der Demokratie können die früher Unterdrückten offen rebellieren: die Frauen, die Farbigen, die Arbeiter, die Armen und die Kinder rebellieren offen gegen autoritäre Herrschaft. In einer Demokratie kann man keinem Einzelwesen mehr seine Würde und seinen Wert absprechen oder rauben. Der Mensch ist nicht mehr willens, nur ein unbedeutendes Teilchen einer Masse zu sein.

Autoritäre Herrschaft alten Stils gibt es immer noch. Zwei Fünftel der Völker der Welt leben unter irgendeiner Form von Diktatur. Aber gegen die alten und neuen Formen der Herrschaft baut sich Widerstand auf, und dieser Widerstand folgt gleichen Taktiken, wo immer die Unterdrückten, Vernachlässigten oder Verachteten gleiches Recht und gleichen Wert fordern.

Hinter allen Formen des Aufstands steckt ein ähnliches

Verlangen: als Gleicher anerkannt zu werden. Das ist, was Alfred Adler als das möglicherweise erste soziale Gesetz formuliert hat: das Gesetz der Gleichheit, die eherne Logik gesellschaftlichen Lebens, welche die Anerkennung eines jeden menschlichen Wesens als gleich verlangt.

Das Dilemma der Eltern

In der gegenwärtigen Lage stehen die Eltern einem scheinbar hoffnungslos unlösbaren Konflikt gegenüber. Einerseits werden sie von Zeitungsartikeln, von Richtern, von der Polizei und von Schulbehörden ermahnt, ihre Kinder in Zucht zu halten; anderseits sehen sie sich nicht in der Lage, mit dem rebellischen Verhalten der meisten Kinder mittels der Methoden, die sie aus der Vergangenheit gelernt haben, fertig zu werden. Auf keinem Gebiet zeigt sich das deutlicher als auf dem Gesetzlichen, wo gefordert wird, daß die Eltern für Handlungen ihrer Kinder verantwortlich sind, bis diese mindestens das Alter von achtzehn und in machen Fällen das von einundzwanzig erreicht haben. Häufig ermahnt ein Richter, der einen jugendlichen Missetäter der Obhut seiner Eltern zurückgibt, streng aufzupassen, daß „das nicht wieder vorkommt"; aber nur selten gibt er ihnen nützlichen Rat. Wenn er seinen Rat anbietet, dann ist er gewöhnlich von der Sorte: „Mal anständig übers Knie legen", aber er sagt den Eltern nicht, wie sie es anstellen sollen, ein Kind zu verprügeln, das körperlich genauso groß oder größer ist als Vater oder Mutter.

Gleichzeitig aber können die Eltern auch mit dem Gesetz in Konflikt kommen, wenn sie *zu* streng mit ihren Kindern sind. Viele Eltern haben erkennen müssen, daß es für sie physisch unmöglich ist, einen Heranwachsenden davon abzuhalten auszugehen, wann er will, oder sich jeder beliebigen Unart innerhalb seiner physischen Fähigkeit und innerhalb der Umstände hinzugeben. Das gleiche kann von vielen jüngeren Kindern gesagt werden, nur daß ihr Wirkungskreis dadurch eingeschränkt sein mag, daß sie keinen Wagen fahren können. Aber, wie viele von uns wissen, beschränkt sich Gewalttätigkeit heute nicht nur auf ältere Jugendliche. Es wundert kaum, daß sich Eltern heute so entmutigt fühlen, wenn Schmeicheln, Bestechen, Schelten, Beschneiden von Vergünstigungen und selbst Schläge nicht mehr den gewünschten Erfolg erzielen.

Die elterliche Ratlosigkeit wird noch verstärkt durch den Freudschen Satz: „Du mußt dein Kind lieben, sonst stimmt etwas nicht mit dir.“ (Umgekehrt, wenn du deine Kinder liebst, ist alles andre gleichgültig.) Damit verbunden ist die Warnung, daß es dem Kind erlaubt sein muß, seine Gefühle auszudrücken, oder es wird einen Schuldkomplex entwickeln und voller Hemmungen werden. Es besteht kaum Zweifel daran, daß Freuds ursprüngliche Ideen falsch angewandt worden sind, denn allzu auffällig ist das Resultat. Es ist doch einfach nicht zu übersehen, wie viele unserer Mittelstandskinder sich von ihrem Zuhause abwenden und im Namen der Gleichheit in schäbigen Unterkünften hausen und nicht selten drogen- oder alkohol- oder sexabhängig sind oder lauthals Politikern, mit denen sie nicht einverstanden sind, das Grundrecht der Rede absprechen.

Wir sind jedoch der Ansicht, daß die Wurzeln dieses Problems tiefer liegen. Lägen sie nämlich allein in einer falsch verstandenen Anwendung der Freudschen Ideen, dann müßten die Kinder von Eltern der unteren Schichten, wo die Freudschen Ideen weder sehr bekannt waren noch angewendet wurden, die zitierten Symptome nicht zeigen. Aber es ist noch so. Bei ihren Kindern scheinen Rebellion, Angriffslust und Forderungen nach Rechten noch verbreiteter zu sein, freilich auch, weil sie eine sachlichere Grundlage haben. Die meisten Eltern müssen erkennen, daß das Grundthema in dieser lästigen Altersstufe *Gleichheit* und Freiheit lautet und daß die Rechte, welche die Kinder heute verlangen, jene sind, die alle anderen Gruppen unserer Gesellschaft anstreben. Gleichzeitig handelt es sich nicht um eine vereinzelte Erscheinung, sondern um eine, die sich überall in der Welt bemerkbar macht, selbst in Ländern mit Diktaturen. Eines der Ergebnisse ist, daß die Eltern buchstäblich gezwungen worden sind, ihren Kindern mehr Freiheit zu geben, aber sie haben es nicht fertiggebracht, ihre Kinder zu lehren, wie man diese Freiheit vernünftig nutzt. Vielleicht liegt das daran, daß der Vater früher der Herr in der Familie war und daß die Mutter und die Kinder, auch wenn ihnen nicht gefiel, was er sagte und tat, zumindest wußten, wo die Quelle der Autorität war. Indem sie diese Autorität annahmen, gelang es ihnen, sich einigermaßen sicher zu fühlen. Unglücklicherweise möchten heute in allzu vielen Familien mehrere den Herrn spielen, von denen jeder sein Recht, zu tun, was er will, ohne Rücksicht darauf, ob es die Rechte der andern beeinträchtigt, auszuüben sucht.

Natürlich ist das nicht Freiheit, sondern Anarchie. Wenn es keine Achtung vor den Rechten anderer und kein Verständnis dafür gibt, daß in der heutigen Familie keiner wirklich der Herr ist, herrscht keine wahre Demokratie, sondern Chaos. Wenn die Eltern anfangen zu verstehen, daß sie zwar ein Kind nicht daran hindern können, zu tun, was ihm seine physische Fähigkeit zu tun erlaubt, daß sie es aber lehren *können*, daß jede Handlung eine Folge hat, für die es verantwortlich ist, dann werden wir vielleicht als Gleiche zusammenleben können.

„*Wir wollen mehr zu sagen haben*"

Ein weiteres bedauerliches Nebenprodukt des Mißverständnisses zwischen den Generationen ist, daß die Eltern, wenn sie überholte autokratische Methoden anwenden, um ihre Kinder in Zucht zu halten, ihnen ein Recht verweigern, das für die Gleichheit unaufhebbar ist: das Mitspracherecht in ihren eigenen Angelegenheiten. Ein großer Teil des Widerstands der heutigen Jugend gegen die gesetzte Ordnung rührt wahrscheinlich mehr von diesem Mangel her als von den vorher besprochenen. Die Jugendlichen sehen, wie rundherum andere vorher entrechtete Gruppen allmählich immer mehr Rechte gewinnen und immer mehr über die Regelung eigener Angelegenheiten zu sagen haben. Frauen, Arbeiter und Minderheitsgruppen verlangen und erhalten in beträchtlichem Maß das Recht, am demokratischen Prozeß teilzuhaben, wir aber zollen dieser Forderung unseren Kindern nur ein Lippenbekenntnis. Man sehe sich nur den traurigen Zustand der Schülermitverwaltung in den Schulen an. Die Schüler, die sich um ein Schulamt bewerben, unterziehen sich allen demokratischen Verfahren, dürfen aber keine der wesentlichen Entscheidungen treffen; folglich spotten sie darüber oder werden teilnahmslos oder benutzen in zunehmendem Maß weniger annehmbare Methoden, um sich Gehör zu verschaffen. Ganz offensichtlich sind also neue Wege in der Kindererziehung notwendig, die nicht nur das Bedürfnis der Kinder stillen, zu lernen, wie man die eigenen Angelegenheiten regelt und am demokratischen Prozeß teilnimmt, sondern uns allen helfen, wirksamer mit der sozialen Revolution fertig zu werden, die um uns herum vor sich geht.

2. Verständnis für die Persönlichkeit des Kindes

Es ist eine Binsenwahrheit, daß man ein Kind verstehen muß, bevor man mit ihm umgehen kann. Heutzutage werden die Eltern mit Ratschlägen, wie sie ihre Kinder erziehen sollen, aus verschiedenen Quellen überschwemmt. Die meisten erscheinen in der Form von Vorschriften – was man tun oder nicht tun soll, wenn sich das Kind in bestimmter Weise unter bestimmten Umständen verhält –, aber die Eltern erhalten nur wenig Unterweisung, wie sie ihre Kinder verstehen können. Einige sogenannte Fachleute glauben, die menschliche Persönlichkeit sei so komplex, daß nur ausgebildete Psychologen oder Psychiater sie verstehen können; andre glauben, daß die Persönlichkeit mit Hilfe der „bewährten" Methode von Strafe und Belohnung in jede gewünschte Richtung gelenkt werden kann. Aber wesentlich ist hier, daß jedes Einzelwesen einzigartig und von jedem andern unterschieden ist. Obwohl sich der größte Teil der Verhaltensforschung damit beschäftigt, herauszufinden, wo überall die menschlichen Wesen gleich sind, ist festzustellen, daß wir unterschiedlich und gleich sind, daß wir zwar alle gewisse grundlegende menschliche Bedürfnisse gemeinsam haben, daß aber jeder von uns diese Bedürfnisse und Ziele irgendwie anders auslegt und behandelt. Das Verständnis für ein paar der wesentlichsten Weisen, in denen wir alle gleich sind, wird den Eltern sehr helfen, ihre Kinder besser zu verstehen. Diese Grundsätze sind ganz oder zum Teil den Theorien Alfred Adlers entnommen. In gewissem Sinn liefern sie die Grundlage für die in diesem Buch beschriebenen Auffassungen und Techniken.

Das Bedürfnis, sich zugehörig zu fühlen

Die Bedrohung, von andern verstoßen zu werden, ist vielleicht Ursache für die größte Furcht, die jemand erfahren kann. Die Erwachsenen lernen, die Folgen möglicher Zurückweisung durch andere hinter einer verblüffenden Vielfalt von „Mechanismen“, wie Freud sie genannt hat, zu verbergen. Anderseits mißdeuten wir häufig eine Lage, in der wir zurückgewiesen zu sein glauben, es aber in Wirklichkeit nicht sind. Obwohl Kinder versuchen mögen, ihre wahren Gefühle vor uns zu verbergen, können wir aus ihren Handlungen ziemlich leicht schließen, ob sie sich verstoßen fühlen oder nicht.

Zuneigung, Zustimmung und Beachtung

In der heutigen Wettbewerbswelt wird die Tatsache, daß wir hinsichtlich aller Grundbedürfnisse des Lebens voneinander abhängig sind, oft unterschätzt, aber die Abhängigkeit eines Kleinkindes von seiner Mutter wird besser verstanden. Ohne ihre Sorge oder die Sorge eines Muttterersatzes würde das Kind offensichtlich in wenigen Stunden umkommen. Dabei handelt es sich um weit mehr als nur um die Befriedigung rein körperlicher Bedürfnisse. Untersuchungen haben gezeigt, daß sich das Kind ohne Zuneigung und Liebe und ohne geistige und körperliche Anreize durch die Mutter nicht zu einem normalen menschlichen Wesen entwickeln wird. Die Untersuchungen haben aber auch gezeigt, daß Gefühlswärme und Anreize, obwohl sie meistens von der Mutter geliefert werden, auch von irgendeinem andern menschlichen Wesen kommen können, das sich darum bemüht.

Offensichtlich formen auch die Haltungen, die aus der völligen Abhängigkeit von jemand für die lebensnotwendigen Bedürfnisse herrühren, die gesamte spätere Entwicklung des Kindes.

In den ersten Wochen nach der Geburt antwortet das Kind auf das, was mit ihm geschieht, mit dem, was einige Psychologen „Massenaktion“ genannt haben. Wenn es ärgerlich oder hungrig ist, werden Gesicht und Leib rot, es bewegt Arme und Beine und schreit gleichzeitig. Zwar kann ein ähnlicher Vorgang stattfinden, wenn es geliebt oder gehätschelt wird, aber es dauert nicht lange, bis es lernt, auf Liebe anders zu antworten als auf Furcht oder Ärger. Es lernt noch etwas Wichtigeres: die Mutter

antwortet nicht immer auf jede seiner Forderungen mit Liebe und Stillung der Bedürfnisse. Es merkt oft, daß die Flasche nicht kommt oder die Windeln nicht gewechselt werden, wenn es will, sondern vielmehr zu gewissen vorgeschriebenen Zeiten. So beginnt der Lernprozeß.

Das Kind lernt eine Reihe von Antworten auf verschiedene Handlungen der Mutter, aber sein Verhalten wird noch stark von Versuch und Irrtum bestimmt. Die Antworten mit den besten Ergebnissen werden behalten, die andern schnell fallengelassen. Es lernt auch schnell, daß es durch anhaltendes Schreien in einer bestimmten Situation schließlich bekommt, was es will. In andern scheint Schreien keine Ergebnisse zu erzielen und wird daher als Antwort aufgegeben.

Die Eltern sollen auch daran denken, daß ein Säugling in den ersten paar Monaten seines Lebens nur Laute hört und sehr wenig von dem, was er sieht, deuten kann; daher beruhen die meisten seiner Urteile über das elterliche Verhalten ihm gegenüber auf der Grundlage von Berührung und Laut. Ein Kind lernt schnell aus der Berührung der Mutter oder dem Klang ihrer Stimme, ob sie ärgerlich, freudig oder traurig ist. Diese Fähigkeit dauert noch lange an, nachdem die Sprache sich entwickelt hat, und verblüfft die Eltern sehr. Sie vergessen oft die Jahre des Eigentrainings, in denen das Kind gelernt hat, ihre Stimmungen auch ohne die Hilfe der Sprache zu deuten. Die wichtigste Lehre hieraus ist, daß Eltern, die ihre wahren Gefühle vor ihren Kindern zu verbergen suchen, meistens scheitern.

Wenn das Kind sich entwickelt, lernt es, daß bestimmte Handlungen bestimmte Antworten der Eltern hervorrufen. Es lernt auch zu deuten, was mit ihm geschieht. Wenn es ältere Kinder in der Familie gibt, lernt es, sich mit ihnen zu vergleichen und zu entscheiden, wer mehr Zuneigung durch die Eltern erfährt als es. Hier beginnt es oft, Zustimmung mit Zuneigung zu verwechseln. Viele seiner Fehler bei der Auslegung können das Ergebnis der traditionellen Methoden der Bestrafung sein. Schelten, Absonderung und Schläge werden von kleinen Kindern oft als Fehlen elterlicher Liebe angesehen. Kleine Kinder trachten dann gewöhnlich danach, Dinge zu tun, die ihnen günstige Beachtung durch die Eltern einbringen, aber die Eltern versäumen es oft, daraus Vorteil zu ziehen. In den Familien einer früheren, weniger verstädterten Zeit gab man den Kindern, sobald sie laufen konnten, gelegentlich oder regelmäßig Aufgaben im Haus-

halt, weil ihre Hilfe notwendig war. In der heutigen komplexen Gesellschaft gibt es gewöhnlich gar nicht genug Arbeiten, und für Väter und Mütter sind oft die Versuche kleiner Kinder, im Haushalt zu helfen, eher lästig als nützlich, besonders, wenn Hänschen Möbelpolitur mehr auf die Wände als auf die Möbel versprüht. Daher kommen die meisten kleinen Kinder zu irgendeiner Zeit zu dem Schluß, daß sie, wenn schon nicht Zuneigung und Anerkennung, so doch wenigstens Beachtung erringen können. Und wenn sie keine günstige Beachtung finden können, verlegen sie sich auf ungünstige, denn ihre größte Furcht ist, nicht beachtet zu werden.

Stellung in der Familie

Es mag für viele Eltern eine Überraschung sein, wenn sie erkennen, daß Persönlichkeitsunterschiede zwischen Geschwistern häufiger das Ergebnis des Wettstreits sind als der Vererbung oder andrer Ursachen. Wie viele Male haben Eltern sich sagen oder denken müssen: „Warum ist Hans in der Schule nicht so gut wie Jochen? Die Lehrer sagen, er sei genauso begabt, aber ihm scheint die Schularbeit keinen Spaß zu machen; er spielt viel lieber mit Autos herum oder geht schwimmen." Sie übersehen dabei, daß eben gerade Jochens Schultüchtigkeit der Grund dafür ist, daß Hans keine Freude am Lernen hat. Wenn das älteste Kind auf einem bestimmten Gebiet Erfolg hat, wird das zweite selten versuchen, es ihm auf diesem Gebiet gleichzutun, falls es nicht das Gefühl hat, mit dem andern gleichzuziehen oder es zu übertreffen.

Wäre Hans ein Mädchen, könnte das Ergebnis anders sein, weil Mädchen bis zur Pubertät körperlich und geistig ein wenig reifer zu sein pflegen als Jungen im gleichen Alter. Nehmen wir also an, Hans, der ein Jahr jünger ist als Jochen, wäre in Wirklichkeit das Mädchen Hanne. Irgendwann in ihren ersten Schuljahren merkt Hanne, daß sie in der Schule besser sein *kann* als Jochen. Wenn sie Erfolg hat, mag Jochen plötzlich sein Interesse an Schulerfolgen verlieren und sich dem Sport oder technischen Dingen zuwenden, wo er wahrscheinlich keine Rivalität von Hanne zu fürchten braucht.

Eine andere Ursache ist die *kulturelle* Erwartung. Obwohl viele unserer Halbwüchsigen und jungen Erwachsenen und be-

sonders die Modeschöpfer eifrig versuchen, geschlechtliche Unterschiede zwischen Männern und Frauen auszumerzen, erwarten die meisten Eltern des Mittelstands immer noch, daß Jungen rauh und hart und schmutzig, körperlich aktiver und geistig mutwilliger sind als Mädchen. Von den Mädchen nimmt man an, daß sie sauber und wohlerzogen sind, Schularbeiten und Bücher lieben und sich nur selten schlecht benehmen. Unglücklicherweise erwartet man von den Jungen, daß sie irgendwann all das aufgeben und Ingenieure, Physiker oder Ärzte werden; von den Mädchen erwartet man, daß sie hart studieren, eine höhere Bildung erwerben und dann heiraten und Kinder kriegen. Es überrascht nicht, daß solche Konflikte in der Erwartung der Eltern es Jungen und Mädchen schwermachen, als Heranwachsende oder sogar als junge Erwachsene ihr Selbstverständnis zu finden. Man darf eben den oben erwähnten Grundsatz nicht vergessen: wenn ein Kind sich ein Leistungsgebiet abgesteckt hat, wird das jüngere Kind dieses selten aufgreifen, sondern in eine andere Richtung gehen, oft in die entgegengesetzte. Das ist Zweckverhalten, wenn sich das Kind auch nicht der Beweggründe bewußt ist, die hinter seinem Verhalten stecken. Wenn das älteste Kind zufällig ein Mädchen ist, wird es der Erwartung der Mittelstandseltern folgen: es wird verantwortungsbewußt, gut und fleißig. Wenn das zweite Kind ein Junge ist, der trotz bisheriger Bemühungen entmutigt ist, von seinen Eltern wohlwollende Anerkennung zu finden, kann er sich entschließen, das genaue Gegenteil seiner Schwester zu werden: unverantwortlich, böse und faul. Natürlich müssen die Eltern daran denken, daß das eine Kind seine Lage ein wenig anders beurteilen kann als das andre. Jedoch müssen sie bestimmte Tatsachen und Grundsätze kennen, um ihre Kinder besser zu verstehen. Die Stellung eines jeden Kindes in der Familie ist einzigartig; dennoch wird die Wirkung der Stellung auf seine Entwicklung sehr unterschätzt. Natürlich wird sie von Gegebenheiten wie dem Geschlecht des Kindes, dem Altersunterschied zwischen den Kindern einer bestimmten Familie und ihrer Behandlung durch die Eltern beeinflußt. Damit aber die Eltern besser verstehen, was geschieht, verdienen die *Tatsachen* einer jeden Situation eine Untersuchung.

Das älteste Kind

Die offensichtlichste Tatsache beim ältesten Kind ist, daß es eine Zeitlang die ungeteilte Aufmerksamkeit seiner Eltern genießt. Dann wird es verdrängt oder, wie Adler sagt, „entthront". Wie traumatisch diese Verdrängung für das älteste Kind ist, schwankt von Familie zu Familie. Es hängt davon ab, wie viele Jahre später das zweite geboren wird, und von der Reife, mit der die Eltern die Lage meistern. Aber sicher ist der Schock groß, wenn der Altersunterschied fünf Jahre oder weniger beträgt. Selbst im Alter von fünf Jahren, wenn der Lebensstil des Kindes schon gut entwickelt ist, können ihm die Eltern nur schwer beibringen, daß die Notwendigkeit, dem Neuankömmling mehr Zeit an Fürsorge zu schenken, nicht bedeutet, daß *es* zurückgesetzt wird. Wenn der Altersunterschied drei Jahre oder weniger beträgt, gibt es kein Mittel, das dem Kind zu erklären; die Eltern können den Verlust nur dadurch ausgleichen, daß sie ihm besondere Aufmerksamkeit schenken. Diese kann das Kind durch schlechte Laune oder andere negative Verhaltensweisen, mit denen es versucht, seine Anwesenheit deutlich zu machen, auf sich lenken. Allzuoft wird, wenn die Eltern darauf hereinfallen, der Boden für spätere ernsthaftere Störungen bereitet.

Die zweite Tatsache ist der Mangel an Erfahrung der Eltern im Umgang mit dem ersten Kind. Wahrscheinlich sind seine Auswirkungen unterschiedlicher als im Fall der Verdrängung. Im allgemeinen sind die Eltern ängstlicher, besorgter und nachsichtiger als bei späteren Kindern.

Obwohl offensichtlich die meisten ältesten Kinder diese Traumata zufriedenstellend überwinden, hat die Forschung gezeigt, daß bestimmte Persönlichkeitsmerkmale bei den jeweils ersten und zweiten Kindern in den Familien häufiger vorkommen, wo der Altersunterschied geringer als fünf oder sechs Jahre ist – was wahrscheinlich in den meisten Familien der Fall ist. Älteste Kinder neigen dazu, konservativer zu sein, Autorität (besonders ihre eigene) zu bevorzugen und Änderungen zu scheuen, aber sie sind geeigneter für Verwaltung und Management, weitgehend wohl deshalb, weil die Eltern geneigt sind, das älteste Kind mit mehr Verantwortung auszustatten. Dies ist eine Tradition aus früheren Zeiten, vor allem in bäuerlichen Familien, wo jede Hand gebraucht wurde, um die Ernte einzubringen und den Haushalt zu führen; besonders vom ältesten Sohn erwartete man,

sich den Mantel der Verantwortung anzuziehen und schließlich die Aufsicht über das Familienvermögen zu übernehmen. Und die älteren Mädchen, die ihm vielleicht vorausgegangen waren, hatten ihren Anteil an der Arbeit, aber nicht an der Autorität, die zu den männlichen Vorrechten gehörte. In der zeitgenössischen Gesellschaft scheint diese Verantwortung und bis zu einem gewissen Grad auch die damit verbundene Autorität häufiger dem ältesten Kind zuzufallen.

Das zweite Kind

Gegensätze der Persönlichkeit und der Entwicklung zwischen dem ersten und dem zweiten Kind sind unschwer zu erkennen. Die wichtigste Tatsache für das zweite Kind ist, daß es gewöhnlich einen Älteren, Größeren und Fähigeren vor sich hat. (Es gibt Ausnahmen. Das älteste Kind kann durch Krankheit benachteiligt sein oder, wenn die beiden Kinder im Alter sehr nahe beeinander sind, kann das zweite körperlich und geistig schneller reifen und das erste überholen.) In den meisten Fällen sieht das zweite Kind im ersten das, was Adler den „Schrittmacher" genannt hat, und sein Ziel ist es, das erste in der Beachtung und Zuneigung der Eltern zu überholen und zu ersetzen. Durch Erfahrung begünstigt, werden Eltern gewöhnlich nicht mehr viele der Fehler wiederholen, die sie beim ersten Kind gemacht haben. Untersuchungen haben gezeigt, daß das zweite Kind im allgemeinen flexibler ist als das erste und es versteht, Änderungen als ein Mittel zum Machtgewinn anzusehen.

Das mittlere Kind

Wenn ein drittes Kind in der Familie erscheint, kommt zu den Problemen, die dem zweiten begegnen, zweifellos noch das der Verdrängung. Im allgemeinen sieht es sich jetzt gezwungen, nicht nur mit einem Kind, das größer und stärker und fähiger ist als es, zu wetteifern, sondern Beachtung und Zuneigung mit dem Neuankömmling zu teilen. Wenn es darauf nicht positiv zu reagieren vermag, wird es oft schwanken zwischen dem Wunsch, verantwortlich wie das älteste Kind oder ein Baby wie das jüngste zu sein. Wenn es nicht in der Lage ist, damit fertig zu werden, wird es oft kein echtes Selbstverständnis entwickeln können.

Das jüngste Kind

Das jüngste Kind erfreut sich natürlich eines einzigartigen Vorteils vor seinen älteren Geschwistern. Es kann nie verdrängt werden. Je größer die Familie, desto eher mag es sich in der beneidenswerten Stellung finden, das Baby für eine ganze Schar von Mamas und Papas zu sein, die alle eifrig bemüht sind, es zu bemuttern. Obwohl jüngste Kinder häufiger verwöhnt werden als die andern, scheinen sie am wenigsten ungünstig auf das Verwöhntwerden zu reagieren. Interessant ist auch, daß immer, wenn mit der Familientradition gebrochen wird, es höchstwahrscheinlich der Jüngste ist, der eine Beschäftigung oder einen Beruf wählt, in dem seine Persönlichkeitsmerkmale oder Tätigkeiten sich der vorherrschenden Tradition entgegenstellen.

Das einzige Kind

Das Einzelkind genießt den Vorteil, nicht verdrängt zu werden, aber dieser wird oft dadurch aufgehoben, daß es keinen ihm in Alter und Fähigkeit Nahestehenden hat und sich daher ganz nach den Eltern ausrichten muß. Oft führt das zu einem Wettstreit zwischen den Familienmitgliedern gleichen Geschlechts um die Anerkennung oder wohlwollende Beachtung des Elternteils des andern Geschlechts. Zwar braucht das Einzelkind länger, um die Fähigkeit zu entwickeln, mit Gleichaltrigen gesellschaftlich in Beziehung zu treten, doch scheint das seine Fähigkeit, sich als Erwachsener der Welt anzupassen, nicht wesentlich zu beeinträchtigen.

Große Familien

Weil die oben beschriebenen Stellungen verhältnismäßig stabil und ähnlich sind, können die Ergebnisse von Untersuchungen und Beobachtungen der Kinder in diesen Stellungen verallgemeinert werden. Jedoch folgen in großen Familien die mittleren Kinder, die sich zwischen den ältesten und jüngsten befinden, nicht unbedingt feststehenden Verhaltensrichtungen in ihrer Entwicklung. Faktoren wie Altersunterschied, Geschlecht, Elternverhalten und Familienumstände beeinflussen mittlere Kin-

der unterschiedlich. Höchst wichtig ist, daß die Eltern beobachten, wie jedes einzelne Kind auf die ihm im Alter nächststehenden, ob älter oder jünger, reagiert.

Die Rolle der Eltern

Natürlich ist die Art, wie die Eltern auf diese Umstände reagieren, von wesentlicher Bedeutung. Bei der Behandlung der Kinder müssen sie darauf achten, daß jedes Kind zu einer positiven und gemeinschaftsfördernden Richtung ermutigt wird, die unabhängig ist von denen der andern Kinder der Familie. Wegen ihres eigenen Ehrgeizes übersehen die Eltern oft den Wert von Tätigkeiten, die für das Kind nützlich und befriedigend sein können, aber nicht in ihre eigenen besonderen Vorstellungen passen. Zum Beispiel sind Eltern mit hohen akademischen Zielvorstellungen oft bestürzt darüber, daß ihr zweites Kind nicht die wissenschaftliche Tüchtigkeit des ersten erreicht. Sie verstehen nicht, daß es nicht willens ist, auf einem Gebiet zu wetteifern, das es vom ersten beherrscht weiß. Daher seine Wahl für ein anderes, oft entgegengesetztes. Jeder Versuch, das zweite Kind in die Richtung des ersten zu drängen, stößt fast unweigerlich auf harten Widerstand. „Warum kannst du in der Schule nicht so gut sein wie deine Schwester?" ist die häufige Klage enttäuschter Eltern, die ihren eigenen Ehrgeiz über das Selbstinteresse eines Kindes stellen. Wenn das erste Kind wissenschaftlich veranlagt ist, werden kluge Eltern ihr zweites zu einer nützlichen Tätigkeit, die es liebt, ermutigen, sei sie technischer, sportlicher oder gesellschaftlicher Art. Eltern sind oft verwirrt, wenn sie entdecken, daß das zweite Kind, dem das Lernen deutlich gleichgültig gewesen ist, plötzlich, nachdem das erste die Schule beendet und das Haus verlassen hat, zu einer wissenschaftlichen Leuchte wird. Eltern, die die Dynamik hinter diesem Verhalten verstehen, werden es als Zweckverhalten erkennen, auch wenn das Kind sich der wahren Natur seines Ziels nicht bewußt ist.

Die Hauptgefahr für die Eltern, die die Neigungen ihrer Kinder nicht verstehen wollen oder können, besteht darin, daß ein Kind zu dem Schluß kommen kann, es könne durch positiven Wettstreit mit seinen Geschwistern keine Anerkennung, aber einen großen Teil von Beachtung gewinnen, wenn es die umgekehrte Richtung einschlägt. Es zeigt sich dann von seiner

schlechtesten Seite. Wenn es faul, unverantwortlich, unstetig ist oder in der Schule schlecht arbeitet, bringt ihm das mit Sicherheit Schelte, Bestrafungen und Ermahnungen ein und ebenso elterliche Verzweiflung. Und genau das will es. Jede Anstrengung, es besser zu „machen“, trifft auf mehr Widerstand. Die Tragödie besteht darin, daß Kinder oft diese Gewohnheiten so einüben, daß sie, wenn die Notwendigkeit für diese Art von Beachtung entfällt, nicht gelernt haben, in anderer Weise zu handeln.

Die gleichen Merkmale entwickeln sich in den verschiedenen Stellungen innerhalb gestörter Familien, aber die Grundregeln sind nicht dieselben. Wegen der eigenen Schwierigkeiten, eine feindliche und gleichgültige Welt zu bestehen, sind die Eltern entweder nicht willens oder nicht fähig, Kindern, die konstruktiv sein möchten, irgendeine Art von Ermutigung zu geben. Daher bleiben die Kinder ziemlich stark sich selbst überlassen, und nur extremes Betragen wie Schlägereien, Gewalttätigkeit und Zerstörung reichen aus, um die Aufmerksamkeit der Eltern zu erregen. In der Schule fühlt sich ein solches Kind verloren, im Lernen sieht es keinen Wert. Gewöhnlich steht es von dem Augenblick an, da es in die Schule eintritt, einer Folge von Fehlschlägen gegenüber, scheidet entweder aus oder „sitzt“ seine Zeit ab. Gewalt, Sex und Drogen scheinen der einzige Ausweg für diese Art von Entmutigung zu sein.

Die falschen Ziele des Verhaltens

Es gab eine Zeit mit vielen Gelegenheiten für Kinder, durch konstruktive Mittel Anerkennung zu erringen. Weil es weniger arbeitssparende Geräte gab, brauchten die Eltern bei der Führung des Haushalts viel mehr Hilfe; daher wurden die Kinder zu einer großen Vielfalt von Aufgaben herangezogen. Sie fühlten nicht nur die Verantwortung, die mit der Zugehörigkeit zur Familiengruppe verbunden war, sie fühlten sich auch notwendiger und ihres Platzes in der Familie sicherer. Heute, vor allem in den Familien der Mittel- und Oberschicht, müssen die Eltern Arbeit für Kinder verfügbar „machen“. Oft nehmen die Kinder die künstliche Form, in der Aufgaben auferlegt werden, übel. Daher kommen sie leicht dazu, negative, rebellische Wege zu benutzen, um Aufmerksamkeit zu erregen. Wenn die Eltern jedoch lernen,

die Gründe hinter dem Mißverhalten zu erkennen und zu verstehen, sind sie besser in der Lage, es abzustellen.

Alles Mißverhalten ist das Ergebnis einer falschen Annahme des Kindes über die Art, seinen Platz zu finden und Status zu gewinnen. Wenn der Erwachsene sich der Bedeutung des kindlichen Mißverhaltens nicht bewußt ist, fällt er auf die unbewußte Intrige herein und verstärkt nur die falsche Absicht des Kindes. Um es in einer solchen Lage wirksamer zu behandeln, muß der Erwachsene die Muster des Mißverhaltens und seine versteckten Ziele erkennen. Wir unterscheiden vier solche Ziele: 1. Aufmerksamkeit erringen, 2. Machtkampf, 3. Rache und 4. Unfähigkeit als Ausrede.

1. Aufmerksamkeit erringen

Mutter war in der Küche, um den Frühstückstisch abzuräumen, als sie einen bekannten Laut hörte. Hans, drei Jahre alt, kam schluchzend zu ihr gelaufen. „Er hat mich geschlagen, er hat mich geschlagen.“ Mutter ließ seufzend ihre Arbeit liegen und ging nachsehen. Hans folgte, laut schreiend. Robert, fünf Jahre alt, war in seinem Zimmer und spielte mit seinem Malbuch. „Was ist los?“ fragte Mutter gereizt. „Hast du Hans geschlagen?“ „Er hat meine Farbstifte genommen, und ich habe ihm gesagt, er dürfte nicht damit spielen.“ „Deshalb brauchst du ihn doch nicht zu schlagen“, sagte Mutter. „Dafür wirst du eine Stunde lang in deinem Zimmer bleiben.“ „Aber Mutter, das ist ungerecht, er war schuld.“ Robert fing an zu weinen. Mutter verließ das Zimmer und ließ einen triumphierenden Hans zurück. 10 Minuten später fing dieselbe Geschichte wieder an.

Wie oft wiederholt sich dieses Schauspiel in allen Familien! Aber die Mutter versteht oft nicht, daß der *Zweck* des Streits ihrer Kinder ist, sie zur Einmischung zu bewegen, Partei zu ergreifen, das eine oder beide Kinder zu schelten oder zu bestrafen. Ihre Einmischung in den Zank, so gerecht sie sich bei ihrer Entscheidung auch fühlen mag, verstärkt den Wunsch der Kinder, beachtet zu werden. Außer in Fällen, wo ein schwer gestörtes älteres Kind ein jüngeres verletzen könnte, ist es für die Mutter, ohne Rücksicht auf das Ergebnis, am klügsten, die Kinder die Sache selbst austragen zu lassen. Wenn sie entdecken, daß die Mutter nicht in ihren Streit eingreifen wird, hören sie gewöhnlich auf. Natürlich beschränkt sich der Wunsch, Aufmerksamkeit zu

erringen, nicht auf das Verhalten von Kindern. In der einen oder andern Form kann man dies Verhalten auch bei den meisten Erwachsenen beobachten.

Das Streben nach Beachtung wird häufig mit gestörtem Verhalten gleichgesetzt, aber auch hinter hilfsbereitem Verhalten sehr junger Kinder kann der Wunsch nach besonderer Beachtung stecken. Tatsächlich ist es oft äußerst schwierig, zwischen dem Verhalten um der Beachtung willen und dem hilfsbereiten Verhalten, das von einem echten Gefühl der Zugehörigkeit und dem Willen zu helfen herrührt, zu unterscheiden. Im allgemeinen ist jedoch das „erfolgreiche" Kind, dessen Ziel, Beachtung zu erlangen, darin besteht, das beste oder besser als die andern zu sein, oft ein Streber, der Kritik gegenüber sehr empfindlich ist und Angst vor Mißerfolgen hat. Es muß einsehen lernen, daß es seinen Wert nicht ständig zu beweisen braucht und daß Befriedigung eher in der hilfreichen Tätigkeit selbst liegt als in der günstigen Antwort darauf.

Es gibt unzählige Äußerungen des negativen Strebens nach Beachtung. Ein Kind kann ständig in Schwierigkeiten geraten, seine Pflichten nicht erfüllen, mit seinen Geschwistern streiten. Es kann ein Trödler sein, unfähig sich anzuziehen oder sich zu beschäftigen. Für die Eltern aber ist es wichtig, zu verstehen, daß hinter allen diesen Handlungen der Wunsch steckt, die Erwachsenen dahin zu bringen, daß sie es beachten und bedienen. Wir werden an späterer Stelle in diesem Buch die Methoden erörtern, wie man mit diesem Problem fertig wird.

2. Der Kampf um die Macht

„Bernd, ich habe dir schon vor einer Stunde gesagt, du sollst den Rasen mähen." Vaters Stimme klang gereizt. „Ja, ja, ich hatte noch in meinem Zimmer zu tun." „Ich will nichts mehr hören. Geh und mäh sofort den Rasen." „Schon gut. Einen Augenblick." Fünf Minuten später steckte Vater den Kopf aus der Tür. „Bernd, ich hatte dir doch befohlen, den Rasen zu mähen. Wo bist du?" Eine Stimme aus der Garage: „Ich bin gleich da. Ich suche nur nach der Ölkanne, um den Rasenmäher zu ölen." „Du kommst jetzt sofort her, oder du bekommst diese Woche kein Taschengeld."

Obwohl der Junge in diesem Fall nur den Rand offenen Widerstands streift, erkennt der Vater nicht, daß sein Beweggrund

Macht ist. Die meisten Eltern wissen gar nicht, daß die Absicht des Kindes ist, *Vater oder Mutter in einen Kampf zu verwickeln*, nicht unbedingt, ihn zu gewinnen. Natürlich möchte sich der Junge gern vorm Rasenmähen drücken; für ihn sind häusliche Pflichten abscheulich, vor allem, weil er wenig dabei zu sagen hat, welche er lieber tun würde – oder ob er sie überhaupt tun möchte. Ohne Rücksicht auf das Endergebnis dient es seiner Absicht, wenn er den Vater in den Streit verwickeln kann. In Wirklichkeit läßt er ihn nach seiner Pfeife tanzen, indem er ihn zwingt, etwas zu tun, was er nicht tun möchte. Das gleiche geschieht, wenn ein Elternteil versucht, ein Mißverhalten zu korrigieren, das ursprünglich nur auf Beachtung zielte; eine Weigerung des Kindes, aufzuhören, zwingt den Erwachsenen zu noch strengerem Verhalten, um die Gewalt über das Kind wiederzugewinnen, die er verloren zu haben glaubt. Während das Kind häufig solch einen Streit am Ende nicht gewinnt, sichert es sich jedesmal einen „Sieg", wenn es einen Befehl durchkreuzen kann. Und so erfährt ein Erwachsener, der sich auf einen Streit mit einem Kind einläßt und versucht, diesem die Befolgung seiner Forderungen aufzuzwingen, endlose „Niederlagen"; tatsächlich spielt er dem Kind in die Hände. *Wenn man sich einmal auf einen Kampf einläßt, hat das Kind ihn schon gewonnen!*

3. Rache

Drei Halbwüchsige fuhren in einem alten zerbeulten Wagen eine ziemlich leere Straße entlang, als sie einen alten Mann auf dem Bürgersteig entlangschlurfen sahen. Ein Junge sagte zu den andern: „Na, dann wollen wir mal." Obwohl der Alte jammernd versicherte, daß er kein Geld habe und ihnen nichts geben könne, schlugen sie ihn, bis er besinnungslos und blutend liegenblieb. Dann sprangen sie in den Wagen und fuhren davon.

Die meisten Erwachsenen des Mittelstands sind entsetzt, wenn sie von einem solchen Verbrechen hören. Die Zeitungen nennen es „sinnlos" oder „grundlos". In Wahrheit gibt es überhaupt nicht so etwas wie eine grundlose Tat; hinter jedem Verhalten steht ein Zweck. In diesem Fall war der alte Mann nur das hilflose Opfer von drei Jungen, die ihren Haß und ihre Rache gegenüber einer Gesellschaft, in der sie keinen Platz zu haben glaubten, an einer Person austrugen, die schwächer war als sie und daher weniger fähig, sich zu wehren.

Das Kind, dessen Verhalten durch Rache motiviert wird, offenbart eine Störung, die ans Pathologische grenzt. Gewöhnlich wird dieser Zweck erst nach einer langen Reihe von Enttäuschungen gesucht, wenn das Kind zu der Auffassung gelangt ist, daß Streben nach Beachtung und Macht es nicht für den äußersten Mangel an Zugehörigkeit entschädigen kann. Das Kind, das auf Rache aus ist, hat die Hoffnung aufgegeben, Wert durch konstruktive Tätigkeit erlangen zu können. Es hat einen Zustand erreicht, in dem es glaubt, daß jeder gegen es ist und daß der einzige Weg, Anerkennung zu gewinnen, darin besteht, den Erwachsenen für die Weise heimzuzahlen, in der es sich behandelt glaubt. Gewöhnlich hat es recht mit seiner Deutung; es ist tatsächlich herumgestoßen worden. Es weiß einfach nicht, daß sein bösartiges Verhalten fast die Behandlung herbeizwingt, die es erfährt.

Das Verhalten der meisten kriminellen Kinder ist Ausdruck der Rache. Im allgemeinen glauben sie, daß sie nur dann anerkannt werden, wenn sie Feindschaft hervorrufen. Das führt zur Bestrafung durch die Gesellschaft, die ihrerseits weitere Feindschaft beim Übeltäter anreizt. Das Ende dieses unheiligen Kreises ist oft genug der Gewohnheitsverbrecher, der den Zwang zu weiteren Verbrechen spürt, sobald er aus dem Gefängnis entlassen ist.

Er kämpft einen Krieg gegen die Gesellschaft und ist bereit, die Wechselfälle dieses Kriegs hinzunehmen. Eltern mit solchen Kindern verfallen oft der Verzweiflung. Wenn ein kriminelles Kind das Jugendlichenalter erreicht hat, können die Eltern wenig ohne berufsmäßige Hilfe anfangen, obwohl sie lernen können, ihr eignes Verhalten so zu ändern, daß sie nicht auf die alten Provokationen reagieren. Wenn sie überhaupt Erfolg haben, kann manchmal eine Verbindung mit dem Kind wiederhergestellt werden. Im allgemeinen aber kannst du einem Kind, das Rache will, nur helfen, wenn du es davon überzeugst, daß wenigstens du es nicht so behandelst, wie es alle andern seiner Überzeugung nach tun. Wenn du das kannst, besteht manchmal Hoffnung, es zu retten, bevor es zu spät ist.

4. Unfähigkeit als Ausrede

„Aber Sabine, warum kannst du die Aufgabe nicht richtig lösen?" fragte Mutter. „Schließlich bist du doch in Lesen und Schreiben gut; warum kannst du denn die Rechenaufgaben

nicht?" „Ich habe es doch schon gesagt, ich bin in Rechnen dumm", weinte Sabine. „Die Lehrerin meint das auch." „Hat sie das gesagt?" fragte Mutter. „Nein, aber sie antwortet nur auf die Fragen der schlauen Kinder. Ich sag' dir's, ich bin einfach dumm in Rechnen." „Ach, ich glaub', du hast recht", seufzte Mutter. „Vater und ich waren auch nie gut in Mathematik. Es muß in der Familie liegen."

Eltern sind ungewöhnlich gern bereit, das Versagen eines Kindes auf einem Gebiet, bei dem sie selbst Schwierigkeiten gehabt haben, hinzunehmen. Sie übersehen, daß der Mangel an Fähigkeit vom Kind eher *behauptet* wird, als wirklich vorhanden ist. Darin zeigt sich vielleicht die extremste Form von Entmutigung. Das Kind hat es aufgegeben, sich überhaupt noch zu bemühen; es will nichts weiter als in Ruhe gelassen werden, damit seine Mängel nicht so schmerzlich offenbar sind. Es überrascht, wie oft wir auf Leute mit verhältnismäßig guten Leistungen treffen, die Schwächen auf bestimmten Gebieten, wenn auch nicht völliges Versagen zu haben behaupten. Eine behauptete Schwäche in Mathematik ist die häufigste Form. Das hat nicht selten den Beweggrund, Enttäuschung und Verzweiflung bei Eltern und Lehrern, die ihm zu helfen suchen, hervorzurufen (gewöhnlich hat es dabei kaum Schwierigkeiten). Die Eltern sollten ohne Rücksicht auf ihre eigenen Gefühle es unter allen Umständen vermeiden, ein Kind zum Erfolg auf Gebieten, in denen es sich schwach fühlt, zu drängen. Sie sollten es lieber anregen und ermutigen auf den Gebieten, wo es sich erfolgreich fühlt.

Wir haben es auch mit Kindern zu tun, deren angebliche Schwäche oder Unfähigkeit ein totales Verhaltensmuster ist. Jüngere Untersuchungsergebnisse haben die Meinung bestätigt, die wir schon seit Jahren vertreten, daß nämlich die große Mehrheit von Leistungsschwächen, vor allem auf geistigem Gebiet, die Folge von Entmutigung und nicht angeborene Unfähigkeit ist. Mit andern Worten, ausgenommen bei Kindern mit bekannten neurologischen oder körperlichen Defekten, ist geistige Behinderung primär ein psychologischer Defekt in frühen Jahren. Es gibt jedoch auch Gründe für die Auffassung, daß ein Kind ohne richtige Anreize in den ersten neun oder zehn Lebensjahren seine Fähigkeiten hinterher nicht mehr entwickeln kann.

Ein Kind, das sich einer Aufgabe nur unzulänglich oder überhaupt nicht gewachsen fühlt, wird gar nicht erst versuchen, sie

anzupacken, gleichgültig, ob seine Schwäche eingebildet oder wirklich ist. Erst vor sehr kurzer Zeit haben wir die verheerende Wirkung des gegenwärtigen Systems von Noten und Versetzungen erkannt, das zahllose Kinder ohne Rücksicht auf ihre gesellschaftliche und wirtschaftliche Herkunft entmutigt hat, das Lernen zu versuchen. Das gilt nicht nur für milieugeschädigte Kinder, sondern auch für solche aus besser gestellten Familien, die aus den verschiedensten Gründen zurückfallen, aber ihre Unfähigkeit als Ausrede benutzen, um Sympathie und Beachtung von Eltern und Lehrern zu gewinnen. Vielleicht eine der häufigsten Formen angeblicher Unfähigkeit sind Lesehemmungen. Trotz einer verwirrenden Fülle von Untersuchungen, Theorien und Auffassungen sind die Forscher bisher nicht fähig gewesen, eine zufriedenstellende Erklärung dafür zu finden, warum *mehr als 75% aller gehemmten Leser Jungen sind.* Es gibt keinen Beweis dafür, daß Jungen gegenüber Mädchen visuell, motorisch oder intellektuell unterlegen sind. Was ist also die Antwort? Vielleicht sollten die Gelehrten den kulturellen Imperativ in Betracht ziehen, der diktiert, daß man von Mädchen Liebe zu den Büchern und zum Lesen erwartet, nicht aber von Jungen, wenigstens nicht, bis sie zu weiterführenden Schulen kommen. Außerdem bringt das Zurückbleiben im Lesen in normaler Umgebung dem Kind ein ungewöhnliches Maß an besonderer Beachtung von Eltern, Lehrern und der Gesellschaft ein. Oft kann die Unfähigkeit durch eine wirkliche Schwierigkeit, der das Kind sich gegenübersah, hervorgerufen worden sein, aber es hat schnell gemerkt, daß sie ein höchst wirksames Mittel dafür ist, daß die Eltern sich dauernd um es kümmern. So bleibt der Beweggrund, die Unfähigkeit weiter zu pflegen, selbst wenn keine Notwendigkeit mehr dazu besteht.

Eine der wichtigsten und schwierigsten Empfehlungen für die Eltern im Fall von Lesemängeln lautet, *jede Art von besonderer Übung der Schule zu überlassen.* Eltern sollten selbst nie versuchen, ihrem Kind dabei Privatunterricht zu geben, selbst wenn die Schule solche besondere Hilfe empfiehlt. Wenn das Problem ernst genug ist, sollte das Kind einer Spezialinstitution anvertraut werden, die solche Störungen behandelt. Wenn es weniger ernst ist, aber besondere Hilfe nötig ist, kann diese von einem älteren Kind kommen, das nicht Mitglied der Familie ist. Die Eltern sollten ohne Rücksicht auf ihre Gefühle sich zurückhalten. Auf diese Weise vermeiden sie es, den Versuch des Kindes zu unter-

stützen, die Schwäche als ein Mittel zur Beachtung zu benutzen, und sie überlassen es somit ihm selbst, die Antwort darauf zu finden, ob es sich bessern will oder nicht. Häufig kann die Genesung, wenn das Kind merkt, daß es selbst entscheiden kann, überraschend schnell sein.

Bedeutung von Erwartungen

Hinter all den oben beschriebenen Wechselwirkungen stecken die Erwartungen des Kindes. Jedes Kind – übrigens auch jeder Erwachsene – handelt seinen Erwartungen entsprechend. Die meisten Eltern antworten auf die Erwartungen ihres Kindes und bestärken so sein Verhalten. Wenn z.B. ein Kind, das beim Mittagessen wiederholt verrückt spielt, gescholten und aufgefordert wird, ruhig zu sein, verstärkt dies Verfahren seine Verhaltensweise, statt es zu lehren, sich in Zukunft anders zu benehmen. Ähnlich handelt das rachsüchtige Kind, das Feindschaft provoziert, weil es Beschimpfung will und erwartet, so daß es sich in seinem Tun gerechtfertigt fühlen kann. Mit andern Worten, um die Handlungen des Kindes zu verstehen, muß man sie im Zusammenhang sehen, nicht als gingen sie allein von ihm aus, sondern als Teil einer Gesamtsituation. An dieser arbeiten alle, das Kind, seine Gleichaltrigen, seine Eltern und seine Lehrer mit, um der kindlichen Handlung, ob recht oder unrecht, eine Bedeutung zu geben.

3. Grundsätze der neuen Wege

Kindererziehung hat sich immer auf Tradition gegründet. Nur wenige Leute erkennen die kulturelle Abnormalität unsrer Zeit. Niemals außer in unsrer Generation haben die Erwachsenen Vorlesungen, Bücher und Belehrungen darüber gebraucht, wie sie ihre Kinder behandeln müssen. Jede Generation lernte es von der vorhergehenden. Margaret Mead [1] hat eine Anzahl von primitiven Gesellschaften beschrieben; jede erzog ihre Kinder anders und entwickelte besondere Persönlichkeitstypen; aber in jedem Stamm wurden die Kinder wahrscheinlich Tausende von Generationen lang auf die gleiche Weise aufgezogen, und jeder Erwachsene und jedes Kind wußte, was in einer bestimmten komplexen Situation zu tun war. Erst die Entstehung der Demokratie verursachte das gegenwärtige Dilemma. Im alten Rom und Griechenland beklagten sich Cicero und Plato über den Mangel an Respekt der Kinder für die Erwachsenen. Eine ähnliche demokratische Periode in den letzten paar Jahrhunderten verursachte Wandlungen in den menschlichen Beziehungen und schuf Erziehungsschwierigkeiten. Innerhalb der demokratischen Evolution mit ihrem steigenden Maß an Gleichheit gewann jede neue Generation von Kindern mehr Freiheit und forderte immer erfolgreicher die Autorität der Älteren heraus. Heute können wir nicht mehr das Verhalten, den Lerneifer, die Hingabe des Kindes „machen".

Druck von außen hat als Methode der Behandlung von Kindern an Wirksamkeit verloren. Belohnung und Bestrafung waren in einer autokratischen Umgebung nützlich; wenn wir aber heute eine Belohnung geben, nimmt das Kind sie nicht mehr dankbar als Gunst einer gütigen Autorität an; nein, es betrachtet sie als sein *Recht* und wird nichts tun, wenn nicht eine weitere Beloh-

[1] Margaret Mead, From the South Seas, New York 1939.

nung dabei herausspringt. Die Lage ist noch schlechter, was Bestrafung angeht. Die einzigen Kinder, die auf Bestrafung gut reagieren, sind die, welche sie nicht nötig haben, mit denen man reden kann. Die aber, die wir mit Straffolgen beeindrucken wollen, sprechen vielleicht kurz darauf an, nehmen dann aber ihren Widerstand wieder auf. Wenn der Erwachsene das Recht zu strafen hat, so glauben sie, haben sie das Recht, sich zu widersetzen. Gegenseitige Vergeltung füllt unsere Familien und Schulen. Der erste Schritt zu einer neuen Erziehungspolitik muß die Erkenntnis sein, daß Bestrafung keine guten Ergebnisse erhoffen läßt. Sie muß ersetzt werden durch die Anwendung von logischen oder natürlichen Folgen, wobei das Kind durch die Notwendigkeiten der Wirklichkeit, nicht durch die Macht der Erwachsenen beeindruckt wird.

Anreiz statt Druck

Die herkömmliche autokratische Methode, Kinder durch Druck von außen zu etwas zu bewegen, muß durch Anreiz von innen ersetzt werden. Eltern und Lehrer müssen sich mit neuen Wegen vertraut machen, neu nur in dem Sinn, daß sie weithin unbekannt sind, obwohl Pädagogen schon seit Jahrzehnten ähnliche Methoden angewandt haben. Das Grundprinzip ist, miteinander als Gleiche umzugehen, eine Beziehung herzustellen, die auf gegenseitiger Achtung beruht. Unsere Kinder wollen als uns Gleiche anerkannt werden, nicht an Größe, Geschicklichkeit und Erfahrung, sondern in ihrem Recht und ihrer Fähigkeit, selbst zu entscheiden, statt einer höheren Macht nachzugeben. Die meisten Fehler beim Umgang mit Kindern rühren vom Mangel an gegenseitiger Achtung her, die notwendig ist im Umgang mit Gleichen.

Interessen- und Wunschkonflikte bestehen immer, wo Menschen zusammenleben. In der Vergangenheit wurden solche Konflikte durch die stärkere Persönlichkeit gelöst, die schwächere durfte sich nur beugen. Heute sind solche einfachen Konfliktlösungen nicht mehr wirksam. Der Verlierer bestreitet sofort und oft erfolgreich die ihm auferlegte Entscheidung. Wenn Eltern einen Konflikt mit dem Kind haben, verfahren sie gewöhnlich so, daß sie streiten oder nachgeben. Wenn sie streiten, verletzen sie die Achtung vor dem Kind; wenn sie nachgeben,

verletzten sie die Achtung vor sich selbst. Aber die meisten von uns wissen nicht, was sie sonst tun sollen.

Das ist das Hauptproblem der entstehenden neuen Tradition im Umgang mit Kindern: wie man nicht streitet, ohne nachzugeben. Es ist möglich, wenn man sich mit den vielen Arten vertraut macht, durch die Kinder angeregt werden können, den Notwendigkeiten der Lage zu begegnen, und wenn man willens ist, Konflikte durch Übereinstimmung zu lösen. Die beste Formel ist, Kinder mit Güte und mit Festigkeit zu behandeln. Güte drückt Achtung vor dem Kind aus, Festigkeit weckt Achtung beim Kind.

Techniken gegen Haltungen

Immer mehr Eltern fordern Hilfe bei der Kindererziehung. Sie wollen wissen, was sie tun sollen. Es ist ihnen ernst mit ihrer Frage, aber sie erhalten selten eine Antwort. Viele Befragte wissen nicht, was sie raten sollen, oder halten Ratschläge für ungehörig. Sie behaupten, daß alle Eltern, die reif und seelisch gesund sind und die rechte Einstellung gegenüber Kindern haben, keinen Rat brauchen; andere seien unfähig, aus Rat Nutzen zu ziehen. Folglich finden wir die Literatur angefüllt mit Verallgemeinerungen, die oft irreführend sind oder ohne jeden praktischen Wert. Wenn man einer Mutter sagt, daß Schwierigkeiten mit ihrem Kind die Folge eines Mangels an Liebe sei, so ist das in den meisten Fällen eine unverantwortliche Beleidigung und nicht einmal richtig. Die Mutter kann sehr wohl ihr Kind lieben, aber wenn sie nicht weiß, was sie mit ihm machen soll, und sich ständig besiegt fühlt, kann sie so fassungslos sein, daß sie ihre Liebe nicht zeigen kann. Was noch schlimmer ist, der Wunsch, Liebe zu zeigen, verführt viele Mütter, ihr Kind zu verwöhnen. Alle Verallgemeinerungen, wie der Rat, mehr Geduld zu haben, mehr Liebe und Sicherheit zu geben, sind gewöhnlich bedeutungslos, weil die Eltern nicht wissen, wie sie noch geduldiger sein und noch mehr Liebe geben können.

Die richtige Haltung von Vater oder Mutter ist nicht *Voraussetzung*, sondern eher *Folge* ihrer Wirksamkeit. Wenn die Mutter entdeckt, wie sie das Kind beeinflussen und seine Mitarbeit gewinnen kann, ändert sich ihre Haltung. Dann geschieht es nicht selten, daß sie sich an dem Kind freut, vor dem sie Angst hatte.

Wenige Eltern sind heute darauf vorbereitet, ihre Kinder als Gleiche zu behandeln. Sie brauchen Unterweisung über die Wege, die in einer demokratischen Umgebung wirksam sind. *Jede* Mutter und *jeder* Vater kann lernen, was zu tun ist, wenn sie es nur ernsthaft genug wollen, gleichgültig, wie verstört sie sein mögen. Unsere Empfehlungen sind so bestimmt, daß jeder, der den Wunsch hat, sie auszuprobieren, sich das nötige Geschick erwerben und die Techniken anzuwenden lernen kann. In dieser Hinsicht unterscheidet sich unsere Methode von vielen heute üblichen Formen der Ratschläge.

Die Grundsätze für die Ausübung eines günstigen und bessernden Einflusses auf das Kind sind für Eltern und Lehrer gleich. Und doch haben beide unterschiedliche Gelegenheiten. Wir begegnen ständig der Frage, wem eigentlich die Verpflichtung zufällt, die Mängel und Anpassungsschwierigkeiten des Kindes zu bessern. Es ist kennzeichnend für unsere Zeit, daß jede Gruppe der andern die Fehler der Kinder vorwirft und von der jeweils andern fordert, sie zu beseitigen. Diese typische Situation findet sich auch zwischen Vater und Mutter. Je weniger Mutter weiß, was sie mit dem Kind anfangen soll, desto besser weiß sie, was Vater tun sollte, und umgekehrt. Man schiebt den Schwarzen Peter weiter und gesteht damit stillschweigend ein, daß man selbst unfähig ist, Antwort auf die Probleme des Kindes zu finden. In Wirklichkeit kann jeder, der das Kind versteht und seine Mitarbeit gewinnen kann, ihm helfen, sich zu bessern und anzupassen, ob das nun ein Elternteil, ein Lehrer, ein Verwandter, ein Freund der Familie, ein Geistlicher, ein Jugendführer ist. Eltern haben es gewiß in der Hand, das Verhalten eines Kindes zu ändern, besonders wenn es jung ist. Sie können viele Methoden anwenden, die die Umstände eines Klassenzimmers nicht erlauben. Anderseits hat der Lehrer den großen Vorteil, mit der Gruppe zu arbeiten, und die Gruppe übt stärkeren Einfluß auf Kinder aus als irgendein Erwachsener. Je mehr die Autorität der Erwachsenen schwindet, desto stärker wird der Einfluß der Gruppe von Gleichrangigen, besonders, wenn das Kind zum Jugendlichen heranwächst. Man hat noch nicht genügend erkannt, welche Möglichkeiten der Lehrer hat, viele der schlechten Einflüsse von Elternhaus und Umgebung zu korrigieren, weil er die Klassengruppe als Mittel gebrauchen kann, dem Kind zu helfen, daß es seine eigenen Bedürfnisse und Probleme und ihre Bewältigung versteht.

4. Die psychologischen Methoden beim Umgang mit Kindern

Bei den Techniken für den Umgang mit Kindern muß man unterscheiden zwischen solchen, die ein Verständnis für die Motivationen des Kindes und die gesellschaftliche Herkunft verlangen, und solchen allgemeineren Methoden, die immer angewandt werden können, wenn eine Lage es anzeigt. Techniken, wie Nichteinmischung und logische Folgen z. B., müssen gewöhnlich genauer analysiert und durchdacht werden als die Methode, nicht mit den Kindern zu sprechen und Vergleiche zu vermeiden. Daher werden sie eingehender behandelt. Außerdem beschreiben wir unsere Auffassung von den logischen Folgen wegen ihrer Schwierigkeit getrennt in Kapitel 6.

Ermutigung

Geschick bei der Ermutigung von Kindern ist eine Vorbedingung für wirksame Korrektur. In vielen Fällen hängen die Folgen von elterlichen Handlungen weitgehend von der Fähigkeit ab, zu ermutigen oder zu entmutigen. Wenn die Handlungen von Mutter oder Vater dazu beitragen, das Kind zu entmutigen, dann haben sie Schaden angerichtet, so gerechtfertigt und verständlich sie auch sein mögen. Geschick beim Ermutigen erfordert entweder eine ungewöhnliche Art von Person, die einen ermutigenden Einfluß auf jeden, mit dem sie in Berührung kommt, ausübt, oder das Lernen dieses schwierigen und verwickelten Verfahrens.

Zur Ermutigung gehört wesentlich die Fähigkeit, das Kind als der Mühe wert anzunehmen ohne Rücksicht auf seine Mängel und ihm zu helfen, seine Fähigkeiten und Möglichkeiten zu entwickeln. Leider verstehen, obwohl der Grundsatz der Ermutigung weithin anerkannt wird, nur wenige die Natur des Verfahrens gründlich und entmutigen häufig, ohne es zu wollen. Wer

ermutigen will, muß vor allem folgendes tun: 1. Wert legen auf das Kind, wie es ist; 2. Vertrauen in das Kind setzen und es befähigen, Vertrauen in sich selbst zu haben; 3. aufrichtig an die Fähigkeit des Kindes glauben und sein Vertrauen gewinnen beim Aufbau seiner Selbstachtung; 4. eine Arbeit als „gut gemacht" anerkennen und ebenso die Anstrengung; 5. die Familiengruppe benutzen, um die Entwicklung des Kindes zu erleichtern und zu verstärken; 6. die Gruppe integrieren, so daß jedes Kind seinen Platz darin gesichert findet; 7. bei der Entwicklung von Geschicklichkeiten fortlaufend helfen, um Erfolg zu sichern; 8. Stärken und Vorzüge erkennen und stärken; 9. das Interesse des Kindes benutzen, um zu konstruktiver Tätigkeit anzuspornen[1]. Ermutigung ist ein psychologisches Verfahren, d. h., man wendet psychologische Grundsätze auf den Umgang mit dem Kind an. Es ist schwer zu glauben, wie oft das Elternverhalten kleine Kinder entmutigt. Hier ein Beispiel:

Mutter hatte es eilig zum Markt zu kommen, und Paul, 4 Jahre alt, versuchte, seinen letzten Schuh zuzumachen. Ungeduldig stand sie über ihm. „Beeil dich doch, Paul, wir müssen zum Markt." „Aber Mutti, ich kann doch nicht", jammerte Paul. „Du mußt es aber versuchen. Beeil dich, wir müssen gehen." Schließlich beugte sie sich zu ihm hinunter und band ihm den Schuh zu.

Paul fühlt sich unzulänglich und entmutigt im Wettstreit mit Mutters wundervollen Fähigkeiten. Aber er lernt auch, daß er nur lange genug herumfummeln muß, und Mutter wird es für ihn tun. Eltern wollen oft, daß die Kinder im Haushalt helfen, aber nur da, wo es sie unterstützt, und nicht so, daß es den Kindern hilft, Gefühle von Tüchtigkeit zu entwickeln.

Carola, 3 Jahre alt, war ganz wild darauf, Mutter bei der Hausarbeit zu helfen. Besonders gern benutzte sie den Spray zum Fensterputzen. Das war schön, abgesehen davon, daß Mutter gewöhnlich hinter ihr her sauber machen mußte und sie ausschimpfte, weil sie es nicht gut gemacht hatte. Sie versuchte auch, den Spray zum Reinigen der Wände zu benutzen, aber Mutter gab ihr einen Klaps auf die Finger und nahm ihr den Spray weg.

---

[1] Don Dinkmeyer und Rudolf Dreikurs, Ermutigung als Lernhilfe, Stuttgart [2]1970.

Es mag einigen Eltern hart klingen, daß das Vorurteil der Erwachsenen hinsichtlich der Fähigkeit der Kinder sich wenig vom Rassenvorurteil unterscheidet. Der Kern ist, daß wir nicht willens sind, den Fähigkeiten der Kinder zu trauen, weil wir zu beschäftigt sind oder uns zu sehr darum kümmern, daß das Haus tipptopp ist oder daß wertvolles Geschirr heil bleibt. Wir vereiteln die Versuche des Kindes, selbständig handeln zu lernen. Um das Kind zu ermutigen, müssen wir ihm erlauben, Risiken einzugehen. Es ist besser, beschädigte Möbel zu haben als ein geschädigtes Kind. Manchmal bedeutet es sehr viel Mut für Vater oder Mutter, dem Kind Gelegenheit zu einer neuen Erfahrung zu geben.

Der siebenjährige Peter bekam eben sein Taschengeld und wollte ein Modellflugzeug kaufen, das er in einem Spielzeugladen in der Nähe gesehen hatte. „Ich kann jetzt nicht mit dir in diesen Laden gehen, Peter", sagte Mutter, „wir gehen morgen." „Ich kann mit meinem Fahrrad doch allein dorthin, Mutti!" schlug Peter vor. „Du warst mit deinem Rad noch nie so weit, Peter, und du weißt, wie stark der Verkehr dort ist", antwortete die Mutter. „Ich pass' schon auf mich auf, Mutti, viele Kinder fahren mit ihren Rädern dorthin." Die Mutter überlegte es sich eine Minute. Sie dachte an die Reihe von Fahrrädern, an der sie schon oft beim Einkaufen vorbeigegangen war, aber auch an die Gefahr des Verkehrs. Dann überlegte sie sich, daß Peter jeden Tag mit seinem Fahrrad zur Schule fahre und dies ganz gut fertigbringe. „Also gut, hole dir dein Modellflugzeug." Peter sprang froh aus dem Haus. Die Mutter beruhigte ihre etwas ängstlichen Gefühle. Er ist so klein, dachte sie. Nach beinahe einer Stunde stürzte Peter mit einem Päckchen unter seinem Arm ins Haus. „Schau, Mutti, ich habe es." „Ich freue mich sehr, Peter", strahlte die Mutter, „jetzt kannst du schon selbst deine Einkäufe machen. Ist das nicht großartig?"[2]

Das Beispiel zeigt, daß Peters Mutter das Risiko auf sich zu nehmen bereit war und genügend Vertrauen in die Fähigkeiten ihres Sohnes setzte, ihn fahren zu lassen. Peter seinerseits reagierte positiv auf das Vertrauen.

---

[2] Rudolf Dreikurs und Vicki Soltz, Kinder fordern uns heraus, Stuttgart 1972, S. 59f.

Eltern sollten die Erfolge der Kinder, wann immer möglich, loben, aber das Lob muß sich auf die Handlung, nicht auf das Kind richten. Es ist falsch, zu sagen: „Peter, du warst ein guter Junge, daß du das gemacht hast“, weil das ein moralisches Urteil ist. Das Kind ist weder gut noch schlecht, aber seine Handlungen sind es. Aber wir sollten es auch vermeiden, zu sagen, daß Handlungen gut oder schlecht sind; es ist besser zu sagen: „Ich freu' mich darüber, was du gemacht hast, Peter“, oder „Das ist fein“, oder „Das war gute Arbeit“, oder „Diesmal hast du's viel besser gemacht als das letzte Mal.“

Die Aufgabe ist wichtiger als das Ergebnis

Wichtig ist ferner, daß Lob die Aufgabe selbst stärker betont als das Ergebnis, besonders, wenn das Kind jung ist und erst zu lernen beginnt. Die Vollendung einer Arbeit ist nicht unbedingt der einzige Prüfstein für Lob. Wenn man hier des Guten zu viel tut, kann das Kind auf den Gedanken kommen, daß es nur gelobt wird (d.h. nur etwas wert ist), wenn es die Arbeit vollendet hat und dabei den erwachsenen Maßstäben gerecht wird. Das Lob kann zur Belohnung werden, was in gewissem Sinn umgekehrte Bestechung ist: das Kind wird die Aufgabe nur tun, wenn es am Ende die Belohnung bekommt. Lob während der Ausführung der Arbeit wird ihm zu der Einsicht verhelfen, daß die Arbeit in sich der Mühe wert ist. Vollendung der Aufgabe ist wichtig, wenn aber ein Kind lernen kann, daß Wert und Freude in der Ausführung der Arbeit selbst liegen, wird es mehr angespornt, sie besser zu machen und sich zu entwickeln.

Ein Kind braucht Ermutigung wie eine Pflanze Wasser und Sonnenschein. Eltern, die mehr über die Methoden und die Anwendung von Ermutigung lesen wollen, wird die Lektüre der beiden früher genannten Quellen angeraten[3].

Lohn und Strafe meiden

Es gibt eine besondere Verknüpfung von Ermutigung und der Anwendung der logischen Folgen, der Methode, mit der wir uns

[3] Dinkmeyer und R. Dreikurs, a.a.O.; R. Dreikurs und V. Soltz, a.a.O.

besonders in Kapitel 6 befassen werden. Es gibt viele, die meinen, es handle sich bei beiden um nichts andres als den alten Grundsatz von Lohn und Strafe. Und in der Tat könnten ungeübte Eltern Ermutigung und logische Folgen wie Belohnung und Bestrafung verwenden, aber sie werden aus beiden keinen Nutzen ziehen. Es gibt einen grundlegenden Unterschied zwischen Belohnung und Ermutigung, obwohl beiden freundliche Haltung zugrunde liegt und sie daher gleichartig scheinen. Der Unterschied liegt in Zeitpunkt und Wirkung. Belohnung erhält das Kind gewöhnlich für etwas, das es gut gemacht hat, für etwas Erreichtes, wie klein es auch sei. Ermutigung erhält das Kind, wenn es versagt. Viele meinen, Ermutigung bestehe darin, daß man dem Kind einen Erfolg sichert und es dann belohnt. Wenige haben erkannt, daß Erfolg höchst entmutigend sein kann. Zunächst kann das Kind zu dem Schluß kommen, daß es zwar einmal Erfolg gehabt hat, ihn aber nicht wiederholen kann; sein jetziger Erfolg wird dann zur Furcht vor seiner künftigen Fähigkeit, erfolgreich zu sein. Schlimmer noch vermittelt so etwas dem Kind die Meinung, die übrigens von den meisten Erwachsenen geteilt wird, daß es nur dann Wert hat, wenn es erfolgreich ist. Diese Haltung ist so weit verbreitet, daß ihre grundlegend entmutigende Wirkung kaum bemerkt wird.

Ähnlich neigen ungeübte Erzieher – Eltern wie Lehrer – dazu, „Folgen“ in der Form strafender Vergeltung zu gebrauchen. Unter diesen Umständen wird die bestmögliche Folge in unwirksame Bestrafung verkehrt. Der Ton der Stimme allein unterscheidet oft das eine vom andern. Der Erwachsene mit seiner verminderten Empfindsamkeit mag den Unterschied nicht merken, aber das Kind hört und antwortet entsprechend.

Nichteinmischung

In einer Konfliktsituation muß sich der Erwachsene aus dem Konflikt heraushalten, weil er sonst die streitbare Gegenhandlung verstärkt. Man muß sich vor der Aufreizung durch das Kind zurückziehen, aber nicht vom Kind. Das Kind braucht Aufmerksamkeit und Anerkennung, aber nicht, wenn es sie durch Mißverhalten und bewußten Trotz gewinnen will. Predigten, Erklärungen und Ratschläge sind im allgemeinen nutzlos, da das Kind wahrscheinlich weiß, daß es unrecht tut. Durch Nichtein-

mischung kann man es von der Nutzlosigkeit seines störenden Verhaltens überzeugen. Um aber das äußerst mächtige Mittel der Nichteinmischung anwenden zu können, muß man zunächst das Ziel des Kindes erkennen, den Zweck seines Vergehens, ob es wünscht, Aufmerksamkeit zu erlangen, seine Macht zu zeigen, zu verletzen und zu vergelten oder seine Schwäche zu zeigen, um in Ruhe gelassen zu werden. Ein Wutanfall wird unwirksam, wenn keiner zuschaut. Streitigkeiten zwischen Kindern (gewöhnlich für die Eltern inszeniert) werden schnell geschlichtet, wenn die Kinder sich selbst überlassen bleiben.

5. Die gesellschaftlichen Methoden

Es gibt mehrere wichtige Gebote und Verbote, die die Eltern praktisch auswendig lernen können, um beim Umgang mit Kindern mehr Wirkung zu erzielen. Wenn man sie einmal gelernt hat, kann man die Methode der logischen Folgen leichter zu einem erfolgreichen Ende führen.

Lerne, wann du nicht sprechen sollst

Eine Mutter muß meist lernen, still zu sein. Reden ist äußerst unwirksam; es macht das Kind gewöhnlich „muttertaub". Man kann einem Kind nicht einreden, Verantwortung zu übernehmen, man muß sie ihm geben.

Drohe deinem Kind nicht

Es ist wenig wirksam, Kindern mit Strafen zu drohen, wenn sie sich nicht benehmen wollen. Drohungen mindern in den Augen des Kindes die Achtung vor den Eltern. Es fehlt ihnen nämlich nicht nur an Festigkeit und positiver Handlung in Fällen der Disziplin, sie enthüllen den Kindern auch noch ihre Strategie. Kein Stratege kann hoffen, am Ende zu gewinnen, wenn er dem Gegner seinen Plan enthüllt. Vater oder Mutter sollten dem Kind *einmal* fest und freundlich sagen, was sie wollen. Wenn keine Antwort erfolgt, dann rede nicht mehr, handle!

Vermeide Wettstreit zwischen den Kindern

Wenn man den Wettstreit zwischen Geschwistern dadurch vermehrt, daß man jedes von ihnen „nach Verdienst" behandelt,

verstärkt man nur ihre Neigung, brav oder unartig zu sein. Das gute Kind wird gut sein, weil es noch besser werden will, das böse Kind findet seine Methode lohnend, weil sie ihm Stellung und Macht einbringt. Nur wenn man die Kinder als Gruppe behandelt und sie die Verantwortung tragen läßt für alles, was eines von ihnen Unrechtes tut, kann man sie erkennen lassen, daß jedes von ihnen *wirklich* seines Bruder Hüter *ist*.

Bemitleide das Kind nicht

Wenn ein Kind ungünstigen Erfahrungen ausgesetzt wird, ist es nur natürlich, daß es sich selbst leid tut. Beobachtung hat jedoch gelehrt, daß Mitleid und Mitgefühl wohlmeinender Freunde und Verwandter häufig schaden. Ein noch so gerechtfertigtes Mitleid mit dem Kind führt es nur zum Selbstmitleid, und niemand ist so elend dran wie jemand, der sich selbst leid tut. Außerdem erhält das Kind den Eindruck, daß das Leben ihm etwas schuldet und daß es das Recht hat, immer mehr zu fordern. Solch eine Haltung untergräbt seine Fähigkeit, sich zu beteiligen und mitzuarbeiten.

Vermeide übertriebene Fürsorge

Übertriebene Fürsorge hat die gleiche entmutigende Wirkung wie Demütigung; sie beraubt das Kind der Erfahrung seiner eignen Stärke.

Übertreibe die Ängste deines Kindes nicht

Viele Eltern wollen nicht glauben, daß die Ängste eines Kindes ein Mittel sind, besondere Aufmerksamkeit und Dienste zu erlangen. Ängste drücken nicht immer eine Unsicherheit des Kindes aus; tatsächlich werden sie verschwinden, wenn die Eltern Verständnis, aber keine besondere Sorge bekunden. Ebenso hat es das sogenannte abhängige Kind gewöhnlich gar nicht nötig, unselbständig zu sein. Ein unselbständiges Kind ist ein Tyrann, der wirkliche oder angebliche Schwächen ausnutzt, um andere in seinen Dienst zu stellen. Es wird in kurzer Zeit selbständig

und selbstbewußt werden, wenn die Eltern, vor allem die Mutter, aufhören, ihm Dienst und Hilfe zu leihen.

Wähle ein Erziehungsfeld aus

Eltern machen allgemein den Fehler, alle Probleme auf einmal lösen zu wollen. Folglich befinden sie sich ständig im Kriegszustand mit ihren Kindern. Sie überwachen sie, fordern, nörgeln, flehen, schmeicheln; und je mehr sie versuchen, desto schlimmer wird der Kampf. Der vernünftigste Ausweg aus diesem Dilemma ist, ein Feld des Verhaltens auszuwählen und es zu bearbeiten, bis sich ein Erfolg einstellt. Am interessantesten an dieser Technik ist, daß sich im Verlauf des Verfahrens die andern Konfliktfelder von selbst zu erledigen scheinen. Es ist jedoch wichtig, *nicht* das Feld der Hauptsorge zu wählen. Wenn sich die Mutter am meisten darüber aufregt, daß das Kind sein Zimmer nicht in Ordnung hält, dann ist es klug, sich etwa auf den vernünftigen Gebrauch des Fernsehens oder auf die Hausaufgaben zu konzentrieren. Gewöhnlich läßt sich die Mutter am ehesten da „verrückt" machen, wo sie sich selbst unsicher fühlt; daher ist sie dort am wenigsten fähig, fest zu bleiben und so zu handeln, wie sie es sich vorgenommen hat. Arbeit auf einem weniger kritischen Feld bringt wahrscheinlich mehr Erfolg.

Wenn Vater oder Mutter die Lösung eines lang andauernden Problems durch Anwendung einer andern Technik als vorher erreicht haben, kann das Kind plötzlich und wie durch ein Wunder sein anderes Fehlverhalten aufgaben. Wieder hängt das mit dem Gedanken der Erwartung zusammen. Wenn die Mutter nicht mehr mit dem Kind zankt, nörgelt oder schimpft, weil es sein Zimmer nicht aufräumt, wird es entdecken, daß es nichts Sauberes anzuziehen hat, und wird sich entscheiden, sein Zimmer sauber zu halten. Wenn das geschieht, hat sich ein entscheidender Wandel vollzogen. Ein Bruch im Erwartungsmuster ist erreicht worden, und das Kind muß neue Wege suchen, Anerkennung zu erringen. Wenn es gleichzeitig zu positivem Verhalten ermutigt worden ist, kann es zu dem Schluß kommen, daß positives Verhalten besser ist, und viele negative Verhaltensformen werden verschwinden. Das ist natürlich eine grobe Vereinfachung, und es gibt keinen Weg, wie Vater oder Mutter voraussehen können, wann ein solcher Wandel eintritt. Aber das Beispiel dient

der Erklärung des Grundprinzips für diese und für andere empfohlene Techniken.

Strafe körperlich nicht mehr als nötig

Wie oft ist es notwendig, Kinder körperlich zu strafen? Die Antwort lautet: *Nie.* Warum aber verfallen Eltern so häufig auf diese „bewährte" Methode, wenn „nichts andres mehr hilft"? Der Grund dafür mag darin liegen, daß das Kind für den Augenblick klein beigibt oder wenigstens aufhört, sich schlecht zu benehmen. Aber meistens verstärkt körperliche Strafe seine Entschlossenheit, schließlich doch zu gewinnen; wenn die Eltern sich erleichtert fühlen, weil sie ihren Ärger und ihre Ratlosigkeit losgeworden sind, fühlt das Kind nur Ärger, Demütigung und Rache. In früheren Zeiten, als der Vater noch als Haupt der Familie anerkannt war, wurde Bestrafung erwartet oder hingenommen. Die Kinder von heute sind der Ansicht, daß sie sich mit körperlicher Strafe nicht ohne Vergeltung abzufinden brauchen.

In Familien, in denen der Vater seine Autorität immer noch durch körperliche Strafe aufrechtzuerhalten vermag, mißachten die Kinder seine Herrschaft nicht offen. Aber sie werden oft solche Strafe herausfordern, um anerkannt zu werden, und werden dann ihrerseits heimtückisch antworten durch Stehlen, Lügen und Schikanieren von Kindern, die kleiner und schwächer sind als sie. Diese Kinder wachsen gewöhnlich mit der Vorstellung auf, daß Gewalt der einzige vernünftige Weg ist, Probleme zu lösen. Je mehr das autoritäre System zerfällt, desto zwingender ist es für *alle* Eltern und Lehrer, ihre Anstrengungen zu verdoppeln, um die Kinder zu lehren, daß Autorität von innen kommt und daß in einer Demokratie Selbstdisziplin die einzige wirksame Form von Disziplin ist.

Es scheint Beweise für die Auffassung zu geben, daß ein gelegentlicher Klaps nicht weiter schadet, wenn nur das Verhältnis zwischen Kind und Eltern zufriedenstellend ist. Aber die Frage ist: Bewirkt ein solcher Klaps wirklich etwas Gutes? Die Antwort ist schwierig, aber man muß betonen, daß es immer eine bessere Art gibt, mit Kindern umzugehen, als körperliche Strafe.

Benutze den Familienrat

Eine wichtige Einrichtung in einer demokratischen Familie sollte der Familienrat sein. Den meisten Eltern fällt es schwer, sich mit ihren Kindern als gleichberechtigte Partner zusammenzusetzen, um Familienprobleme zu besprechen und zu einer Lösung zu kommen. Aber sofern nicht regelmäßige Sitzungen des Familienrats abgehalten werden, wird die Familie selten gut funktionieren, weil ihre Mitglieder geneigt sind, nur an ihre eigenen Wünsche, Bedürfnisse und Absichten zu denken.

Es ist schwer für eine Mutter, für eine harmonische, gut funktionierende Familie verantwortlich zu sein, und doch stellt man sich unter einer „guten" Mutter vor, daß sie allein verantwortlich ist. Wenn sie diese lenkende Stellung irgendwie aufgibt, gilt sie häufig als Versager. Das Bild der liebenden, gebenden, verantwortlichen Mutter wird von Berufserziehern wie von Laien aufrechterhalten. Ohne dieses überwältigende Gefühl der Verantwortung jedoch und der unvermeidlichen Angst, ihre Pflicht zu vernachlässigen, könnte sie ihre Rolle im Leben und könnten die Kinder mehr Selbständigkeit und Verantwortlichkeit genießen.

Der Familienrat sollte *nicht* hauptsächlich der Verteilung von häuslichen Pflichten dienen; er ist ein Forum, wo jedes Familienmitglied die Gelegenheit hat, seine Meinung über alle Angelegenheiten des Haushalts und über alles, was sein Verhältnis zu den andern Familienmitgliedern angeht, zu äußern. Die Gespräche müssen frei und offen geführt werden; jedes Mitglied der Familie muß die Freiheit besitzen, seine Meinung und seine Stimme abzugeben. Die Sitzungen sollten in regelmäßigen Abständen stattfinden, und der Vorsitz sollte wechseln, so daß die Kinder nicht das Gefühl haben können, daß die Sitzungen immer von den Eltern kontrolliert werden.

Eltern, die sich zum erstenmal der Aussicht auf eine solche Sitzung gegenübersehen, haben Sorgen wegen der möglichen Folgen, besonders, wenn sie mehr als zwei Kinder haben, und zwar vor allem wegen der möglichen falschen Entscheidungen ihrer Kinder. Diese Sorgen sind grundlos, obwohl es zu Beginn unvermeidlich eine Probezeit gibt, in der die Kinder mit ihrer neugewonnenen Macht experimentieren. Eltern, die sich nicht so schnell fürchten, werden falsche Empfehlungen der Kinder willkommen heißen, und diese werden von ihren eigenen fehlerhaften Entscheidungen beeindruckt sein und sich wahrscheinlich

auf das bessere Urteil, dessen sie fähig sind, besinnen. Der Familienrat ist eins der wiksamsten Mittel, die Kinder zu lehren, wie in den Familien aufkommende Probleme angemessen zu bewerten sind.

Es scheint fast ein Gesetz zu sein, daß nur Kinder das Recht haben, schlau zu sein. Unsere Absicht ist, den Eltern zu helfen, es ihren Kindern gleichzutun, und der Familienrat ist eine der besten Gelegenheiten. Das folgende Beispiel befaßt sich mit einer Mutter von drei Backfischen, die sie erfolgreich überrundete, indem sie sie im Familienrat als gleichberechtigt behandelte.

Bei einer frühen Familienratssitzung verkündeten die drei Mädchen, daß sie, da sie jetzt die Mehrheit besäßen, ihre eignen Regeln für abendliche Verabredungen aufstellen würden. Sie wollten ausgehen, sooft es ihnen beliebte, und sollten nicht verpflichtet werden, anzurufen und ihrer Mutter zu sagen, wo sie wären und wann sie nach Haus kämen. Die Mutter machte Einwände, verzichtete jedoch klugerweise auf Eigenmächtigkeit, stellte aber ausdrücklich fest, daß sie gegen den Vorschlag stimmte. Mehrere Tage später besuchte sie eine Freundin und teilte es nur ihrem Mann mit. Sie blieb dort die ganze Nacht, rief nicht an und kam erst am andern Morgen gegen zehn Uhr zurück. Die Mädchen verlangten ganz aufgeregt zu erfahren, wo sie gewesen und warum sie ihnen nicht gesagt hatte, wohin sie ging. Sie antwortete sehr ruhig: „Beim letzten Familienrat wurde beschlossen, auszugehen, wann es uns beliebt, und keinen zu benachrichtigen, wann und wohin wir gingen. Letzten Endes gilt diese Regel für mich genausogut wie für euch.“ Beim nächsten Familienrat waren die Mädchen durchaus bereit, vernünftigere Verhaltensregeln bei Verabredungen aufzustellen.

Der Familienrat kann dazu benutzt werden, häusliche Arbeiten zuzuweisen, vor allem solche, die die Kinder nicht selber sehen. Der Vater hat für den Lebensunterhalt der Familie zu sorgen; die Mutter kocht und wäscht; die Kinder reinigen ihre Zimmer und sorgen für ihre Sachen. Andere häusliche Pflichten sollten bei Familiensitzungen besprochen werden, und die Kinder können gefragt werden, welche sie auf sich nehmen wollen. Wenn ein Klima des Gebens und Nehmens herrscht, wird sich jemand selbst für die unangenehmsten Arbeiten finden. Die Erfahrung lehrt, daß die Ausführung von Arbeiten eher durch

Übereinkunft als durch willkürliche Zuteilung durch die Eltern erreicht wird. Bei späteren Sitzungen kann die Ausführung besprochen und können die Arbeiten neu zugeteilt werden, falls die Kinder es wünschen.

Es ist für die Kinder wichtig zu erkennen, daß die Verantwortlichkeiten des Haushalts nicht nur den Eltern zufallen. Wenn das Kind seiner Verantwortung nicht gerecht wird, sollten es die Eltern auch nicht. Wenn die Kinder das Geschirr nicht spülen, kocht die Mutter ihnen das nächste Mal kein Essen. Wenn sie ihre Kleider nicht weghängen wollen, werden sie nicht gewaschen und gebügelt. Wenn diese Methode befolgt wird, erkennen die Kinder bald, daß ein wohlgeordneter Haushalt die Zusammenarbeit aller erfordert; außerdem bessert sich ihr eigenes Wohlbefinden sowohl durch das, was sie beitragen, wie durch das, was sie empfangen.

6. Die Anwendung logischer Folgen

Ermutigung und logische Folgen sind zwei der wichtigsten Techniken, die Eltern zur Verbesserung der Beziehungen zu ihren Kindern anwenden können. Wichtiger noch: sie ersetzen die überholten Traditionen von Lohn und Strafe, die sich als immer wirkungsloser erweisen und die aus einer Zeit stammen, in der man noch klar umrissene Wertvorstellungen hatte. Heute, wo die Unterscheidungen zwischen Gut und Böse zunehmend schwieriger zu bestimmen sind, kann der einzelne seine Entscheidungen nicht mehr nur in einem anerkannten Rahmen von Regeln und Vorschriften treffen, er muß sich stärker nach eigenen Erfahrungen ausrichten. Die Eltern müssen also zu neuen Methoden greifen, mit deren Hilfe ihre Kinder lernen, solche Erfahrungen zu erwerben.

Die Idee der logischen Folgen hat Herbert Spencer zwar schon vor mehr als hundert Jahren entwickelt, aber ihr Wert wurde damals nicht erkannt. Der Grundsatz besagt, kurz gefaßt, daß kein Mensch *willentlich etwas tun wird, von dem er glaubt, daß es ihm schadet.* Wir tun so viele Dinge, die uns letztlich schaden, weil wir in einem gegebenen Augenblick fälschlich glauben, daß ein bestimmter Handlungsverlauf der beste oder wenigstens der sicherste ist. Ein Beispiel für dieses Sicherheitsprinzip ist das Verhalten kleiner Kinder. Wenn sich ein Kind den Kopf an einem Tisch stößt oder seine Hand an einen heißen Heizkörper hält, ist seine unmittelbare Antwort darauf, daß es das nächste Mal eine solche Gefahr meidet. Diese Antwort braucht nicht weiter geformt und verstärkt zu werden, wie Verhaltenspsychologen es unermüdlich für wesentlich halten.

Die Voraussetzung für die logischen Folgen ist die gleiche wie für das Sicherheitsprinzip. Das Kind erfährt das unangenehme Ergebnis seiner eigenen Handlungen, aber dieses Ergebnis wird mehr oder weniger von den Eltern herbeigeführt. Es gibt einen

weiteren wichtigen Unterschied: das von den Eltern herbeigeführte Ergebnis kann für das Kind unangenehm oder ärgerlich sein, aber nicht schädlich. Hier ein Beispiel.

Joseph, 2 Jahre alt, trat in eine Pfütze und bekam nasse Füße. Er ging ins Haus, um trockene Kleidung zu bekommen. Als er wieder hinausgehen wollte, war sein einziges Paar Schuhe noch nicht trocken, und deshalb konnte er nicht gehen. Seine Mutter sagte ihm in sachlichem Ton: „Tut mir leid, aber deine Schuhe sind noch naß."

Selbst ein Kind von 2 Jahren kann schon verstehen, daß es nicht draußen spielen kann, wenn es seine Schuhe naß gemacht hat, besonders bei feuchtem oder regnerischem Wetter. Außerdem begreift es das auch ohne die übliche Belehrung über die Gefahr einer Erkältung und die Mahnung, auf Pfützen aufzupassen, die typisch für die meisten Eltern ist. Es hätte wahrscheinlich eine Belehrung nicht verstanden, aber es *sieht* das Verhältnis zwischen Tat und Folgen. Auch ältere Kinder erkennen schnell die Verbindung zwischen ihrem eigenen Verhalten und dem Ergebnis, wenn es ihnen richtig vorgestellt wird.

Zwei Teenager beschlossen, das Geschirr ihrer Mutter zu überlassen. Sie ging fort, bis es Zeit für die nächste Mahlzeit war. Sie bereitete sie in einer unordentlichen Küche und verkündete, daß das Essen fertig sei. Die Mädchen fanden genug saubere Teller, um den Tisch zu decken. Nach dem Essen machten sie sich davon und hinterließen Wohnung und Geschirr in Unordnung. Die Mutter ging ebenfalls aus dem Haus und kam erst nach der Abendessenszeit zurück. Alle andern waren zu Hause inmitten der dicksten Unordnung ohne Mahlzeit und ohne Mutter. Die Mädchen zogen die Konsequenzen, indem sie das übelriechende Geschirr mit den eingetrockneten Speiseresten spülten, bevor das Essen bereitet wurde. Sie sagen jetzt: „Je eher wir das Geschirr spülen, desto besser." Diese Lehre ist schon mehrere Jahre alt, ihnen aber noch frisch im Gedächtnis.

Dieses Beispiel zeigt einen weiteren wichtigen Punkt in allen Beziehungen zu Kindern, besonders zu Herangewachsenen: Obwohl man sie nicht zu etwas zwingen kann, was sie nicht tun wollen, können sie einen ebensowenig zu etwas zwingen, was

man nicht tun will. Als die Kinder ihren Teil der Abmachung nicht einhielten, indem sie das Geschirr nicht spülten, zeigte die Mutter durch ihre Abwesenheit, daß sie keine Mahlzeit bereiten würde, bis sauberes Geschirr da war, auf dem sie serviert werden konnte. Wenn Heranwachsende viele Dienste erwarten und verlangen, kann man ihnen klarmachen, daß Zusammenarbeit keine Einbahnstraße ist. Dienstleistungen können versagt werden, wenn sie nicht mitarbeiten; nicht auf der Grundlage eines „Wie du mir, so ich dir", sondern als logische und verständliche Folge ihres Verhaltens.

Der Grundsatz, der hinter dem Gedanken der logischen Folgen steckt, ist zwar, wie viele Eltern merken, wenn sie sie anzuwenden versuchen, täuschend einfach, nicht aber die Anwendung. Logische Folgen lassen sich besser verstehen, wenn man sie mit Bestrafung, wie sie heute häufig angewandt wird, vergleicht.

Unterschiede zwischen logischen oder natürlichen Folgen und Bestrafung

Bestrafung ist so alt wie die menschliche Geschichte. Sie stammt wahrscheinlich aus einer Zeit, als der Mensch zuerst anfing, Gemeinschaften zur Selbstverteidigung zu schaffen. Dadurch wurden Gesetze notwendig, um den einzelnen gegen andere zu schützen, die schaden konnten. Offensichtlich waren Strafen nötig, um die Gesetze durchzusetzen. Jedoch änderte sich die Begründung für Bestrafung mit der Entwicklung autoritärer Herrschaftssysteme. Statt Mittel zum Schutz des einzelnen gegen Gesetzesübertreter wurde sie eine Methode, mit der die Mächtigen ihren Untertanen ihre Forderungen aufzwingen konnten.

Und auch die Auffassungen von Recht und Unrecht wurden Mittel von Kontrollen. Die Herrschenden waren überlegen und daher im Recht; die Beherrschten waren unterlegen und im Unrecht, wenn sie mit den Herrschenden nicht übereinstimmten. Strafe war das Schicksal der Ungehorsamen. Diese Strafe war viel mehr Vergeltung und weniger Abschreckung für mögliche Übeltäter. Sie war so lange wirksam, wie die Gesellschaft die Macht der Autoritäten stützte; aber mit der Entwicklung der Demokratie und dem Niedergang der Unterscheidung zwischen „Überlegenen und Unterlegenen" schwand ihre Wirksamkeit.

Heute sehen die meisten Erwachsenen in der Strafe immer noch mehr ein Mittel der Vergeltung als der Besserung. Ein Kind jedoch, das geschlagen wird, sieht darin oft den Versuch der strafenden Autorität, ihren Willen mit roher Gewalt durchzusetzen. Weil das Kind solche Handlung ablehnt und sich weigert, die Autorität als geheiligt anzuerkennen, versucht es, Wege zu finden, sie zu besiegen. So wird jede bessernde Wirkung, die der Erwachsene beabsichtigt haben mag, verhindert. Begriffe wie Strafe und Sünde spielen in unserer Tradition und unserer Erziehung immer noch eine große Rolle, und daher glauben die meisten von uns, daß Kinder nicht ohne sie lernen können, sich in der Gesellschaft als Erwachsene durchzusetzen. Daher fahren wir also fort, die alten autokratischen Methoden anzuwenden, ohne zu erkennen, warum sie keinen Erfolg mehr haben.

Es ist interessant, daß in primitiven Kulturen bei der Aufzucht der Kinder die Methoden von Lohn und Strafe selten angewandt werden. Margaret Mead zeigt bei der Beschreibung des Stamms einer Südseeinsel, wie die Eltern so etwas wie eine Methode der logischen Folgen benutzen. Die Kinder werden nicht gescholten; man hilft ihnen, wenn sie in Schwierigkeiten geraten. Man lehrt kleine Kinder nicht, ihre Gefühle zu unterdrücken, aber zu erkennen, daß Gefühlsausbrüche nur ihnen selbst schaden. Die kleinen Mädchen tragen hübsche Grasröckchen, die bei heftigen Ausbrüchen verderben könnten. Man lehrt sie auch, kleine Säcke auf dem Kopf zu tragen, indem man ihnen als große Gunst „erlaubt", Besitztümer ihrer Eltern zu tragen; den Inhalt zu verstreuen wäre eine Schande. Und so scheinen die kleinen Mädchen ihre Gefühlsausbrüche zu beherrschen und nicht früher zu weinen als die Jungen.

In diesem Stamm gibt es keinen Unterschied in der gesellschaftlichen Stellung zwischen Kindern und Erwachsenen, der für „zivilisierte" Kulturen so kennzeichnend ist. Weder Alter noch Geschlecht sind überlegen. Daher werden die Begriffe Großvater, Onkel, Bruder und Sohn wechselnd benutzt. Dieselbe Person kann mit einem von ihnen bezeichnet werden, je nachdem, wie man sich ihr gegenüber gerade fühlt. Der Stamm bildet eine Gruppe mit fast völliger gesellschaftlicher Gleichheit. Dazu muß man allerdings anmerken, daß es in den meisten Gebieten der Südsee, wo es verhältnismäßig leicht ist, den Lebensunterhalt sicherzustellen, ohnehin keine extreme gesellschaftliche Ungleichheit gibt. Vielleicht ist das der Grund, warum viele

von uns die Polynesier um ihre Einfachheit und den relativen Mangel an Angst und an den Sünden unserer „zivilisierten" Kulturen beneiden.

Im Verlauf der immer stärker werdenden Demokratisierung unserer Lebensweise müssen wir in jahrhundertealten Traditionen und Gewohnheiten umlernen, die in jeder Familienstruktur tief verwurzelt sind. Wir beginnen zu verstehen, warum Lohn und Strafe überholte Überreste einer autokratischen Vergangenheit sind, und warum wir neue Methoden brauchen, die unseren Kindern und uns Gleichheit sichern.

1. Logische Folgen drücken die Wirklichkeit des gesellschaftlichen Lebens, nicht der Person, aus; Strafe drückt Macht der persönlichen Autorität aus

Hans, 8 Jahre alt, wollte sich einfach nicht rechtzeitig anziehen, um in die Schule zu kommen. Oft konnte er sich nicht entschließen, was er anziehen sollte. Mutter schalt ihn, nörgelte und suchte oft schließlich selbst die Kleidung für ihn aus und fuhr ihn dann in die Schule, weil seine Freunde schon fort waren. Drohungen, Tränen, Nörgeln und Schläge halfen nicht. Schließlich sagte sie eines Tages, restlos erschöpft, zu Hans: „Ich bin es endgültig leid, mit dir herumzuzanken. Du mußt selbst wissen, was du tust. Aber ich fahr' dich nicht zur Schule." Jetzt war Hans an der Reihe mit einem Wutausbruch, mit Tränen und Vorwürfen. Es half alles nichts. Hans ging allein zur Schule und kam eine halbe Stunde zu spät. Am nächsten Tag war er rechtzeitig angezogen und wartete auf seine Freunde, die ihn abholten und zur Schule mitnahmen.

Was war das Hauptelement in der „gesellschaftlichen Ordnung", nachdem die Mutter Hans nicht mit dringenden Bitten und Drohungen hatte überzeugen können? Es war die *Zeit.* Die meisten von uns müssen zu einer bestimmten Zeit aufstehen, zur Schule oder zur Arbeit gehen und essen; auf diese Weise können wir uns besser in unsere Lebensaufgaben einordnen. Da aber die Schulbehörde die Zeit für den Schulbeginn festsetzt und nicht die Mutter und da die Mutter sich entschloß, sich herauszuhalten, Hans die Unannehmlichkeiten des Zuspätkommens selber erfahren zu lassen und ihn allein gehen zu lassen, war keine weitere Korrektur mehr nötig. Wenn die Mutter Schelten und Schläge auch nicht unbedingt als Vergeltungsmaßnahme benutzt

hat, so ließ sich doch folgern: „Wenn du dich nicht rechtzeitig anziehst, werde ich dich verhauen." Hans aber merkte, obwohl er sich dessen nicht bewußt zu sein brauchte, daß seine Launen seine Mutter veranlaßten, sich einzumischen, sich aufzuregen und aus der Fassung zu geraten, und solange sie sich einmischte, konnte er das Ergebnis seines eigenen Handelns nicht erkennen.

Die gesellschaftliche Ordnung stellt die Lebensregeln dar, die alle Menschen lernen müssen, damit sie erfolgreich wirken können. Einige der Regeln mögen nur regional zutreffen, andere können universal gelten und gehen über einzelne Gesellschaften hinaus. Zum Beispiel kann der Gebrauch von Messer und Gabel beim Essen von Kultur zu Kultur verschieden sein, aber die Strafe für das ungerechtfertigte Töten eines Menschen ist im allgemeinen in allen Gesellschaften sehr schwer. Sicherlich sind viele Regeln einer Gesellschaft nicht unbedingt gerecht oder nicht einmal hilfreich für das Wohl des einzelnen. Aber hier handelt es sich nicht darum, Wert oder Unwert gewisser Regeln zu erörtern, sondern aufzuzeigen, daß sie von der ganzen Gesellschaft festgesetzt worden sind und nicht der Laune der Eltern oder eines Erwachsenen mit unmittelbarer Autorität entspringen. Folglich können Regeln für die Eltern wertvolle Verbündete sein, das Kind die Beziehung zwischen seiner Tat und dem Ergebnis einsehen zu lehren. Ein Kind, das zu spät zum Essen kommt, wird gewöhnlich gescholten oder sogar geschlagen. Die richtige logische Folge für die Mutter aber ist, die Mahlzeit auf den Tisch zu stellen, und dann kann das Kind essen, wann immer es kommen mag, solange die übrige Familie noch beim Essen ist. Nach Schluß der Mahlzeit wird, wenn das Kind noch nicht gekommen ist, der Tisch abgeräumt, und es bekommt an diesem Tag kein Essen. Ein weiteres Beispiel für logische Folgen: ein Kind, das sein Zimmer nicht rechtzeitig saubermacht, muß sein Lieblingsfernsehprogramm aufschieben, bis es fertig ist. So besteht die gesellschaftliche Ordnung aus einer Gesamtheit von Regeln auf einer unpersönlichen Ebene, und das Kind muß sie lernen, damit es sich reibungslos einordnen kann.

2. Die logische Folge ist logisch mit dem Fehlverhalten verknüpft; die Strafe ist es selten

Es gab Schwierigkeiten mit einer 13 Jahre alten Tochter, weil sie ihre Kleider nicht aufhängen wollte. Sie ließ sie nicht nur liegen, wo sie sie gerade ausgezogen hatte, sondern schien auch noch

Spaß daran zu haben, sie zu zerknittern. Früher war sie verhältnismäßig gut mit ihren Sachen umgegangen, und die Mutter verstand die Veränderung nicht. Nachdem sie es mit Überredung, Drohung und Schimpfen versucht hatte, sagte sie ihrer Tochter schließlich, sie könne so weitermachen und ihre Sachen hinwerfen, fügte aber hinzu, daß sie selbst sie dann nicht aufheben oder bügeln würde. Die Tochter beklagte sich, daß sie nicht genug anzuziehen habe, aber die Mutter weigerte sich, das zu ändern, bis das Mädchen sich um das, was es hatte, kümmerte. Es trug ein paarmal schmutzige und zerknitterte Kleider in der Schule, bis es begann, sorgfältiger zu werden. Es dauerte nicht lange, bis es seine Kleider aufhängte.

Als das Mädchen merkte, daß es allein dafür verantwortlich war, wenn es zerknitterte oder schmutzige Kleider in der Schule tragen mußte, verbesserte sich sein Fehlverhalten schnell. Solch ein Vorgang braucht natürlich eine gewisse Zeit, bis er Ergebnisse zeigt, und die Mutter muß sich in Geduld üben.

Unglücklicherweise wird in den meisten Fällen durch Schelte oder Schläge gestraft, und für die Kinder sind das letztlich willkürliche Handlungen, obwohl das Motiv der Eltern richtig ist. Kinder sehen nicht immer eine Beziehung zwischen der Strafe und ihren eigenen Handlungen, und sie nehmen sich vor, der elterlichen Handlung nichts schuldig zu bleiben oder sie irgendwie zu umgehen, so daß sie weiter tun können, was sie tun.

Vor allen Dingen muß das Kind die Beziehung zwischen seinem eigenen Betragen und dem Ergebnis *sehen*, andernfalls wird die Folge nicht wirksam.

3. Logische Folgen enthalten kein Element moralischen Urteils; Strafe dagegen häufig

Mutter ertappte ihre Tochter bei einer offensichtlichen Lüge. „Dörte, du weißt, daß man nicht lügen darf. Leute, die lügen, kommen so weit, daß sie nicht mehr ehrlich und aufrichtig sein können. Ihre Seelen werden unglücklich und gemein. Glaubst du, Gott und alle seine Heiligen können solche Menschen gebrauchen? Gott will, daß wir ehrlich und wahrhaftig sind. Für Lügner gibt es keinen Platz im Himmel. Wenn du lügst, bist du nicht gut.“ [1]

---

[1] Dreikurs und Vicki Soltz, a.a.O. S. 290.

Dieses Beispiel zeigt den Mißbrauch religiöser Begriffe, der ein kleines Kind oft entmutigen und ängstigen kann. Immer wenn Vater oder Mutter mit einer Strafe Gottes drohen, kann das zwei Folgen haben. Weil es dem Kind unmöglich ist, immerzu brav zu sein, kann die Furcht, von einer geheimnisvollen Autorität für irgendein unbedeutendes Unrecht gestraft zu werden, seine Ängstlichkeit und Unsicherheit bis zu einem solchen Grad steigern, daß es nicht mehr wagt, etwas zu tun. Ein älteres und gewitzteres Kind entdeckt bald, daß eine solche Strafe nicht eintritt, und lernt, über solche Drohungen zu spotten; gleichzeitig lernt es, die Religion nicht als Antrieb zu einem guten Leben anzusehen, sondern als Waffe seiner Eltern, es durch Furcht zur Unterwerfung zu zwingen. Die meisten Psychologen stimmen überein, daß moralische Urteile im Umgang mit Kindern vermieden werden sollten. Unglücklicherweise war es die traditionelle Lehre der autokratischen Vergangenheit, moralische Urteile als Mittel zu gebrauchen, die Macht einer autoritären Figur aufrechtzuerhalten, um so eine Besserung von Fehlverhalten zu erreichen. Weil das Bedürfnis der Kinder, Anerkennung zu gewinnen, oft ein stärkerer Beweggrund ist als ihr Wunsch, sich zu fügen, sind sie allzuoft mit Schuldgefühlen belastet, wenn sie Vorschriften verletzen, die sie an sich für richtig halten. Weil man sie gelehrt hat, wert sein mit gut sein gleichzusetzen, sind sie allmählich überzeugt, „nicht gut“ zu sein, da es gelegentlich unmöglich ist, Vorschriften nicht zu verletzen. Das kann dazu führen, daß sie sich mehr und mehr in eine sinnlose, selbstzerstörerische Richtung treiben lassen. Wenigstens gewinnen sie so die Aufmerksamkeit der Erwachsenen, wenn auch ungünstige. Die Idee der logischen Folgen setzt voraus, daß das Kind weder gut noch böse ist, und ebensowenig entwickelt es sich willkürlich in eine der beiden Richtungen. Seine Handlungen mögen von der Gesellschaft als gut oder böse beurteilt werden, aber das ändert nicht seinen eigentlichen Wert als menschliches Wesen. Seine Fehlhaltungen müssen als Fehler, nicht als Sünden angesehen werden, und die Erwachsenen sind dafür verantwortlich, das deutlich zu machen, ohne das Kind als gut oder böse abzustempeln. Ein Kind deutet seine Bestrafung dahingehend, daß es keinen Wert besitzt, da ja seine Eltern (oder Lehrer) kein Vertrauen zu ihm als wertvolle Persönlichkeit haben. Logische Folgen vermeiden es, moralische Urteile solcher Art zu fällen; sie unterscheiden zwischen der Tat und dem Täter. Das

Kind, das die unangenehmen Folgen seiner Handlung erfährt, wird darin etwas sehen, was es in Zukunft meiden sollte. Außerdem ist es frei von dem Gefühl, Gegenstand der Laune einer Autorität zu sein, über die es keine Macht hat. Eine logische oder eine natürliche Folge gibt ihm die Wahl, für sich selbst zu entscheiden, ob es eine bestimmte Handlung wiederholen will oder nicht.

4. Logische Folgen befassen sich mit dem, was gerade geschieht; Strafen dagegen mit der Vergangenheit

Der Richter las das Strafregister durch und blickte dann den Jungen vor ihm streng an. „Das ist das dritte Mal, daß du hier bist. Du bist schon wieder wegen Autodiebstahls angeklagt. Anscheinend kannst du aus deinen vergangenen Fehlern nichts lernen. Was hast du dazu zu sagen?" Der Junge sah den Richter gequält an und zuckte die Schultern. „Ich weiß nicht", murmelte er. Der Richter sagte: „Ich habe keine andre Wahl, als dich zu sechs Monaten Jugendstrafe zu verurteilen. Vielleicht wird dir das eine Lehre für die Zukunft sein."

Solche Szenen wiederholen sich tausendmal überall in der Welt. Leider gibt es wenig Hoffnung auf Besserung, wenn der alte Satz der Bibel: „Auge um Auge, Zahn um Zahn", angewandt wird. Für ein Verbrechen muß man durch eine Gefängnisstrafe oder eine Geldbuße oder durch beides Sühne tun. Die Schwächen solcher Bestrafung sind schmerzlich klar. Leider gibt es in unserm Rechts- und Strafvollzugssystem noch keine Richtlinien oder Einrichtungen, die ein Urteil ermöglichen, das mehr auf die für eine Rehabilitation notwendige Zeit ausgerichtet ist, oder die aus dem Urteil eine logische Folge machen könnten. Dann nämlich müßte der Richter viele Umstände berücksichtigen, die zu dem Verbrechen geführt haben, soziale, wirtschaftliche und persönliche, die jeden Gesetzesübertreter vom andern unterscheiden. Es ist viel leichter, sich auf ein starres Gesetz zu berufen, dessen Ursprünge Hunderte von Jahren alt sein mögen. Mit wenigen Ausnahmen haben entlassene Straffällige immer weniger Chancen, nicht rückfällig zu werden, je länger sie einsaßen. Wenn man für sein Vergehen „bezahlt" hat, hat man vermeintlich seine Schuld an der Gesellschaft bezahlt; man ist frei, das gleiche Verbrechen zu begehen, wenn man willens ist, dafür zu „bezahlen".

Anderseits sind die Folgen, die natürlichen und die logischen, der Verletzung der Ordnung offensichtlich und spielen erst eine Rolle, wenn der einzelne die Ordnung mißachtet. Sobald ein Kind lernt, daß einer bestimmten antisozialen Handlung unweigerlich ein unangenehmes Ergebnis folgt, wird es gewöhnlich zweimal überlegen, bevor es sie wiederholt. Dann sind es Ordnung und Wirklichkeit selbst und nicht die willkürliche Macht der Erwachsenen oder erwachsenen Gesellschaft, die unangenehme Folgen bringen. Die Eltern können als Freunde dabeistehen, weil das Kind sich nicht persönlich besiegt fühlt. Ebenso kann das Element der Bestechung (in der Form von Belohnung für gutes und Bestrafung für böses Benehmen) vermieden werden.

5. Die Stimme ist freundlich, wenn Folgen beschworen werden; in der Bestrafung liegt, offen oder versteckt, Gefahr

„Karl, du kommst jetzt sofort her!" Vaters Stimme ist ärgerlich und streng. „Wie oft habe ich dir schon gesagt, daß du mein Werkzeug nicht ohne meine Erlaubnis benutzen sollst? Jetzt gehst du sofort auf dein Zimmer und bleibst dort, bis ich dir sage, daß du wieder herauskommen darfst."

Ob der Vater es weiß oder nicht, die Chancen, daß sein Sohn sich wieder an sein Werkzeug macht, sind größer, als wenn er in freundlicherem Ton zu ihm gesprochen hätte. Der Ton der Stimme ist ein verläßlicher Anzeiger für menschliche Beziehungen; er zeigt offene oder versteckte Haltungen an.

Die erfolgreiche Anwendung von Folgen setzt voraus, daß der Erwachsene ein freundlicher Zuschauer ist. Seine Stimme sollte echtes Bedauern ausdrücken, daß er unter den gegebenen Umständen nichts andres tun kann, als das Kind die Folgen seines Tuns selbst erfahren zu lassen. Ein schroffer Ton widerspricht jedem Anschein von Freundlichkeit; er zeigt Ärger, unausgesprochene Forderungen, Vergeltungswillen an. Freundlichkeit muß echt sein. Wenn die Eltern sich bedroht oder besiegt fühlen, sind sie nicht in der Lage, logische Folgen anzuwenden, weil sie persönlich zu sehr verstrickt sind.

Die Techniken der Anwendung von logischen Folgen und persönlicher Nichteinmischung hängen voneinander ab. Das eine ist nicht ohne das andere möglich, und der Ton der Stimme ist der verläßlichste Anzeiger des persönlichen Beteiligtseins des

Erwachsenen. Man kann seine wirkliche Einstellung nicht verbergen; die Stimme ist das wahre Barometer.

Im obigen Beispiel hätte der Vater in ruhigem Ton zu seinem Jungen sagen können: „Es scheint, daß du nicht in die Garage gehen kannst, ohne mein Werkzeug zu benutzen, auch wenn ich es dir nicht erlaubt habe. Du wirst also, bis du bereit bist, mich um Erlaubnis zu fragen, aus der Garage wegbleiben." Wenn eine solche Feststellung den Jungen nicht am Betreten der Garage hindern sollte, kann man einfach ein Schloß anbringen. Auf jeden Fall läßt der Vater seinem Sohn dann die Wahl zu entscheiden, wann er die Regeln zu halten gewillt ist.

Bedingungen für die Anwendung von logischen Folgen

1. Anwendung von Wahl. Wahl gehört zur Natur jeder logischen Folge. Der Erwachsene sollte dem Kind möglichst immer eine Wahl lassen. Man sollte vom Kind fordern, zwischen richtigem Benehmen oder Fortsetzung seines schlechten Benehmens zu wählen; wenn es sich zur Fortsetzung entschließt, sollte die Folge unmittelbar eintreten.

Im Verlauf eines Gesprächs bei der Familienberatung enthüllte eine Mutter als eins ihrer Hauptprobleme bei ihrem vierjährigen Georg, daß er keine normale Mahlzeit essen wollte. Anscheinend wollte er nur Brot und Milch. Wenn sie ihm das Essen vorsetzte, fing er laut zu jammern an und aß nicht, bis man ihm Brot und Milch gebracht hatte. Man empfahl der Mutter, sie solle Georg beim nächsten Mal die Wahl lassen, entweder nur Brot und Milch oder seine richtige Mahlzeit zu essen. Man fragte sie auch, ob Georg andre Speisen außer Brot und Milch besonders gern äße. Sie sagte, davon gäbe es mehrere. Man schlug ihr vor, eine dieser Speisen zu kochen, Georg aber nur zu erlauben, Brot und Milch zu essen, wenn er diese wählte. Beim nächsten Besuch der Mutter eine Woche später stellte es sich heraus, daß Georg, nachdem er drei Tage lang nur Brot und Milch gegessen hatte, froh war, alles zu essen, was man ihm vorsetzte.

Es gibt Beispiele logischer Folgen, wo eine verbale Wahl wie in der obigen Lage weder möglich noch ratsam ist. Zum Beispiel sollte man einem Kind, das beim Anziehen trödelt und folglich

zu spät zur Schule kommt, nicht *sagen*, daß es die Wahl habe, sich beim Anziehen Zeit zu lassen oder sich zu beeilen. Tatsächlich kann es klüger sein, dem Kind nicht zu sagen, daß es zu spät kommen wird, wenn es sich nicht beeilt. Offensichtlich wird ihm die Wahl klar werden, wenn es zwei- oder dreimal zu spät gekommen ist, und eine weitere Erwähnung wird nicht nötig sein.

Erwachsene machen häufig den Fehler, dem Kind die Wahl zwischen Strafen anzubieten, *nachdem* es sich schlecht benommen hat. Das Kind wählt entweder die leichteste Strafe oder weigert sich, die Wahl anzunehmen. Der Erwachsene ist dann gezwungen, zu einer willkürlichen Strafe zu greifen, die den Konflikt zwischen ihm und dem Kind nur vertieft.

2. Das Ziel des Kindes verstehen. Wie schon in Kapitel 2 angedeutet, ist das Verständnis für das psychologische Ziel des Kindes lebenswichtig für den Erfolg einer Besserungsmaßnahme. Allgemein gesagt, sind logische Folgen am wirkungsvollsten, wenn das Ziel ist, Beachtung zu erringen. Wenn das Ziel Macht oder Rache ist, beschäftigt sich das Kind so eifrig damit, entweder seine Überlegenheit über den Erwachsenen zu festigen oder mit ihm abzurechnen, daß es ihm häufig gleichgültig ist, welche Ergebnisse seine Handlungen haben. Je unangenehmer die Antworten des Erwachsenen sind, desto besser passen sie in den Plan des Kindes, in seinen Wunsch, zu kämpfen oder abzurechnen. Kinder in extremen Zuständen von Gefühlsstörungen, Wut oder Feindseligkeiten erkennen selten Folgen als Ergebnis ihrer Handlungen, sondern als Ausdruck der Bestrafung durch rachsüchtige Erwachsene (was sie häufig auch sind). Wenn man bei einem emotional gestörten Kind Folgen anwenden will, muß man sich vergewissern, daß die Folgen nicht von einem Erwachsenen herbeigeführt werden, sondern in der Situation selbst liegen. Natürliche Folgen, die ohne Einmischung von Erwachsenen eintreten, können bei Kindern, die in einen Machtkampf verwikkelt sind oder Rache suchen, wirkungsvoll sein.

3. Die gefährliche Situation. Kritiker der logischen Folgen weisen immer auf besondere Beispiele hin, wo logische Folgen offensichtlich nicht angewandt werden können. Es gibt natürlich viele solche Beispiele. Man darf einem Kind nicht erlauben, auf die Fahrbahn zu laufen und von einem Auto angefahren zu werden, um zu beweisen, daß Autos gefährlich sind. Es gibt viele Lagen, wo ein einfaches Verbot, auf das die Entfernung des Kin-

des an einen sicheren Ort folgt, die wirksamste Antwort ist. Ein geschickter Erwachsener kann jedoch diese Lagen durch geeignete Maßnahmen in Folgen umwandeln. Ein Kind, das auf die Fahrbahn läuft, sollte ruhig und fest in den Garten hinter dem Haus gebracht werden, so daß es nicht hinaus kann, oder in ein Zimmer, das es nicht verlassen kann; dann sollte man ihm sagen, daß es zurückkommen darf, wenn es bereit ist, vor dem Haus zu spielen, ohne auf die Fahrbahn zu laufen. Wenn das Kind das verspricht, darf es wieder draußen spielen. Sollte es wieder auf die Straße laufen wollen, muß das Verfahren wiederholt werden, diesmal aber für einen längeren Zeitraum. Das braucht selten mehrere Male zu geschehen, bis selbst ein sehr kleines Kind die Bedeutung seiner eignen Handlungen und der Folgen begreift.

4. Wenn die Folgen versagen. Verschiedene Typen von Folgen und ihre Anwendung werden später im einzelnen erörtert, wobei Fallstudien benutzt werden.

Wenn jedoch eine Folge versucht wird und sich als unwirksam erweist, ist es wichtig, jede Handlung in der Situation Schritt für Schritt zu untersuchen, um herauszufinden, wo die Fehlerquelle liegen kann. Es kann eine unschätzbare, wenn auch oft mühsame Hilfe für den Erwachsenen bei einer objektiven Untersuchung sein, wenn diese Schritte aufgeschrieben werden. Häufig wird sich der Fehler im Verhalten des Erwachsenen finden, so etwa ein willkürlicher Befehl, eine Haltung des „Ich hab's dir ja gesagt!" beim Ergebnis oder eine durch Schimpfen oder Vorwürfe verfärbte Folge. Nach einer solchen Untersuchung wird der Erwachsene besser verstehen, wie man logische Folgen anwendet.

Es muß betont werden, daß trotz der vielen vorgeschlagenen Möglichkeiten für die Anwendung von logischen Folgen jeder Versuch ein Element enthält, über das der Erwachsene keine Kontrolle hat: Wie beurteilt das *Kind* die Lage? Erfolg oder Mißerfolg hängen von diesem Umstand ebensosehr ab wie von jedem andern. Am Anfang mag es mehr Mißerfolge als Erfolge geben, wie Beispiele im folgenden Kapitel zeigen. Aber Zeit und Erfahrung in der Anwendung logischer Folgen (mit dem daraus entstehenden Gewinn an Verständnis für Kinder) werden dazu führen, daß die Erfolge die Mißerfolge bei weitem überwiegen. Fehler und Mißerfolge lassen sich nie ganz ausschließen, aber wir glauben, daß die Idee der logischen Folgen den Bedürfnissen der wachsenden demokratischen Kultur von heute so einzigartig angemessen ist, daß Fehler höchstwahrscheinlich dem Kind

psychologisch weniger schaden als Fehler beim Bestrafen. Aus diesem Grund kann der Erwachsene logische Folgen mit großer Hoffnung und, was höchst wichtig ist, mit reinem Gewissen anwenden.

Zusammenfassende Übersicht über das Kapitel von den logischen Folgen

Logische Folgen dagegen	*Bestrafung*
1. Drücken die Wirklichkeit der gesellschaftlichen Ordnung aus, nicht der Person.	Drückt die Macht einer persönlichen Autorität aus.
2. Sind dem Fehlverhalten innerlich zugeordnet.	Hat keine logische, nur eine willkürliche Verbindung zwischen Fehlverhalten und Folgen.
3. Enthalten kein Element moralischen Urteils.	Enthält unvermeidlich ein moralisches Urteil.
4. Befassen sich nur mit dem, was jetzt geschieht.	Befaßt sich mit der Vergangenheit.

Wer logische Folgen anwendet, muß verstehen, daß die Technik nicht in allen Fällen brauchbar ist. Sie ist am erfolgreichsten bei Fehlverhalten, das Beachtung erringen will. Der Erwachsene muß das Ziel des Kindes herauszufinden trachten, bevor er vorgeht. Logische Folgen sollten dem Kind eine klare und logische Wahl des Verhaltens und seiner Ergebnisse bieten. Das Kind muß begreifen, daß es eine Wahl hat, und die Beziehung seiner Wahl zu dem, was folgt, annehmen. Der Erwachsene sollte versuchen, objektiv, aber interessiert während der Situation und ihrem Ausgang zu sein, und muß immer wissen, daß er an einem Lernprozeß beteiligt ist, nicht an einem richterlichen Verfahren. Statt ärgerlich sollte der Erwachsene verständnisvoll, teilnehmend sein, „fest, aber gerecht"; wenn er es ist, werden die Chancen für das Kind, die wertvollen Einsichten zu erlernen, die zur einzigen durchführbaren Methode der Disziplin, nämlich zur Selbstdisziplin, führen, sehr viel größer werden.

7. Konfliktlösungen durch Folgen

Wir haben die verschiedenen Möglichkeiten beschrieben, Folgen anzuwenden. Jeder kann also eine große Zahl von Antworten auf auftauchende Konfliktsituationen entwerfen. Wenn die Eltern genau wissen, was sie tun müssen, können sie richtig antworten, ohne jede einzelne Situation zu prüfen. Sie brauchen dann nicht mehr lange zu überlegen, um zu einer Entscheidung zu kommen. Wie in der Vergangenheit, als jeder wußte, was in einem Streitfall zu tun war, werden die neuen Methoden der Lösung von Problemen durch logische Folgen genauso automatisch und natürlich angewandt werden wie Lohn und Strafe.

Logische Folgen erlauben eine unmittelbare Antwort auf zwischenmenschliche Schwierigkeiten, die in einer Familie entstehen. Ein Teil der Grundtechnik der logischen Folgen besteht darin, Probleme durch demokratische Verfahren zu lösen; das hat sich als sofortige Lösung von Konflikten erwiesen. Wir wollen einige der Grundprinzipien untersuchen.

Problemlösung durch demokratische Verfahren

Konflikte von Interessen, Gedanken und Wünschen sind unvermeidlich, wo Menschen zusammenleben. In einer autokratischen Vergangenheit wurden Konflikte vornehmlich durch Anwendung von Lohn und Strafe, durch Druck von außen gelöst. Seit Strafe nicht mehr wirksam ist, suchen wir nach neuen Maßstäben. Es ist die Absicht dieses Buches, sie zu liefern. Wenn man logische Folgen anwenden will, muß man einige Grundsätze beachten. Die folgenden vier müssen als wesentliche Erfordernisse zur Konfliktlösung in einem demokratischen Verfahren angesehen werden.

1. Alle Konflikte können nur auf der Grundlage gegenseitiger Achtung gelöst werden. Das schließt Kämpfen und Nachgeben

aus. Kämpfen verletzt die Achtung vor dem Gegner; Nachgeben die Achtung vor einem selbst. Logische Folgen erlauben eine Alternative.

2. In jeder Konfliktlage sollte man den *wirklichen* Streitpunkt genau bestimmen. Und der wirkliche Streitpunkt ist *nie* der ganze Konflikt; hinter jedem Argument steckt das Problem der persönlichen Betroffenheit auf seiten eines jeden Beteiligten, stecken Persönlichkeitsrücksichten wie Status und Prestige, der Wunsch zu gewinnen und die Furcht zu verlieren, ungerecht behandelt, seiner Rechte beraubt zu werden. Wenn man die Wichtigkeit der persönlichen Betroffenheit nicht erkennt, wandelt man Meinungsverschiedenheiten in unlösbare Konflikte.

Eltern und Lehrer müssen das Gesamtbild ihrer Konflikte mit Kindern sehen. Konflikt gründet sich immer auf den falschen Zielen des Kindes nach Beachtung, Macht, Rache und Abschließung. Diese vier Ziele sind die grundlegenden Streitpunkte zwischen Eltern und jüngeren Kindern. Dasselbe gilt auch für Konflikte zwischen Erwachsenen; gleichgültig, worum der Streit geht, es handelt sich immer um eine Frage des Status, der Achtung, des Verlusts und der Ungerechtigkeit.

3. Konflikte können nur durch Übereinkunft gelöst werden. Anstatt darin übereinzustimmen, sich zu bekämpfen, zu übertrumpfen oder zu beleidigen, müssen die Beteiligten an einem Streit darin übereinstimmen, eine annehmbare Lösung auszuarbeiten. Wenige Leute wissen, daß jede Beziehung, ob gut *oder* böse, auf Übereinstimmung beruht, auf voller Zusammenarbeit und Verständigung. Das heißt, man kann nicht kämpfen, ohne den Gegner davon zu verständigen und seine volle Mitarbeit zu gewinnen, den Kampf auszufechten.

Wenn man erkennt, daß jede Handlung zwischen zwei Menschen auf Übereinstimmung beruht, braucht man nicht ratlos oder unsicher vor der Notwendigkeit zu stehen, eine bessere Form der Übereinstimmung zu erzielen. Das bestehende Einverständnis kann nicht aufrechterhalten werden, wenn die eine Partei sich weigert, in der Rolle des Kämpfers zu verharren. Das Einverständnis kann geändert werden, wenn eine oder beide Parteien des Konflikts darüber nachzudenken beginnen, was *man selbst* tun kann, anstatt immer nur herauszustellen, was der Gegner tun soll, um den Konflikt zu lösen.

Eine ausgezeichnete Veranschaulichung dieses Grundsatzes bietet der Dialog. Wenn man nur die Zeilen des einen Sprechers

liest und die des zweiten ausläßt, ergeben die Worte keinen Sinn. Leider tun gerade das die meisten Leute in einem Konflikt: Sie hören nur die Zeilen des Gegners, und die ergeben keinen Sinn. Man drückt so häufig sein Erstaunen darüber aus, daß der andre so unvernünftig, gemein, selbstsüchtig sein kann, oder wie auch immer man das Verhalten des Gegners bezeichnen mag. Es gibt keinen Sinn, bis man auf sich selbst hört. Aber nur wenige Menschen sind bereit, sich selbst so objektiv zu sehen.

Eine Übereinstimmung zu erreichen ist verhältnismäßig leicht, wenn man bereit ist, seine eigne Rolle und sein eignes Verhalten zu ändern. Die Wirkungen logischer Folgen sind eine vorzügliche Veranschaulichung der eigenen Fähigkeiten, Konflikte zu lösen, weil Vater oder Mutter aus der Rolle des Gegners oder des Sparringspartners ausgeschieden sind.

4. Konflikte können nur durch *Teilhabe* an der Entscheidung gelöst werden, durch *gemeinsame* Verantwortung. Mitarbeit muß gewonnen statt gefordert werden; d. h., die Gegner müssen sich zugunsten des Friedens statt des Krieges entscheiden. Logische Folgen erlauben jedem, besonders dem Kind, sich zu entscheiden, wie man auf eine neue Lage antwortet.

Unsere Aufgabe ist es nicht, verschiedene Formen von Folgen zu entwerfen; auf Konfliktsituationen sind unzählige Antworten möglich, und diese werden von Eltern gefunden werden, die es gelernt haben, auf der Grundlage der obigen vier Grundsätze der Konfliktlösung zu arbeiten. Notwendig ist ein klares Verständnis für die Art, wie Folgen angewandt werden. Die Grundprinzipien der Konfliktlösung können als verläßlicher Maßstab für richtigen und unrichtigen Gebrauch von Folgen benutzt werden.

Konfliktsituationen

Jeden Tag entstehen in der Durchschnittsfamilie Konflikte zwischen Eltern und Kindern. Einige treten beinahe überall auf, andre sind einzigartig. Hinter allen jedoch steckt der eigentliche Streitpunkt: der Krieg zwischen den Generationen, die falschen Ziele des Kindes, die Neigung der Eltern, sich durch Provokation täuschen zu lassen, weil sie nicht gelernt haben, mit dem eigentlich strittigen Punkt oder dem Vorfall fertig zu werden. Gewisse häusliche Situationen bieten sich geradezu für die Entstehung

von Konflikten an: daß die Kinder morgens aus dem Bett kommen; daß sie sich für die Schule fertig machen; daß sie sich richtig anziehen; daß sie essen und anständige Eßgewohnheiten entwikkeln; daß sie nicht mit ihren Geschwistern streiten; daß sie ihr Zimmer sauberhalten; daß sie häusliche Pflichten übernehmen; daß sie ihre Hausaufgaben machen; daß sie sich in der Öffentlichkeit, z.B. in Läden und Restaurants, anständig benehmen; daß sie Freunde besuchen; daß sie rechtzeitig heimkommen und zu einer vernünftigen Zeit ins Bett gehen. Bei älteren Kindern sind Hauptprobleme, wann sie nach Hause kommen, vor allem für die Mädchen, und wann sie den Wagen benutzen dürfen, vor allem für die Jungen.

Die Gründe, die zu einem Konflikt führen können, sind unbegrenzt. Es gibt jedoch einen allgemeinen Grundsatz. Wenn das Verhältnis zwischen Eltern und Kindern gespannt ist, sucht das Kind den Konflikt gewöhnlich da, wo die Eltern verwundbar sind. Sobald das Kind die Empfindlichkeit der Eltern hinsichtlich bestimmter Formen des Benehmens bemerkt, wird es sich oft gerade so benehmen, wie es die Eltern nicht dulden wollen.

Maria, 6 Jahre alt, benahm sich höchst ungewöhnlich und beunruhigend. Sie kroch auf dem Fußboden herum und krallte die Hände zusammen, als ob sie Pfoten wären. Sie sprach mit niemand und gehorchte keinem, sie bellte nur. Ihr sonderbares Benehmen ließ den Verdacht aufkommen, daß sie geistig krank sei. Der Erziehungsberater wußte nicht, daß Marias Mutter keine Hunde leiden konnte. Als Maria einen Hund haben wollte, kaufte die Mutter ihr einen, aber sie erlaubte nicht, daß er ins Haus kam. So spielte Maria statt dessen „Hund“[1].

Marias Verhalten erscheint unvernünftig, solange man nicht sieht, daß es sich um eine wohlgeplante Vorstellung handelt, die Mutter zu besiegen. So ist es gewöhnlich in allen Familien: das Kind reagiert auf das besondere Interesse und die besondere Veranlagung der Eltern. Wenn den Eltern z.B. besonders am Essen des Kindes liegt, kann das Kind bereit sein, zu hungern oder sogar zu verhungern.

---

[1] Einige der Beispiele in diesem Kapitel sind früheren Veröffentlichungen entnommen, werden hier aber anders erörtert, weil wir uns hier vor allem mit den unmittelbaren Reaktionen der Eltern durch logische Folgen befassen.

Nicht jedes Kind in derselben Familie wird sich auf die gleiche elterliche Schwäche einstellen; einige werden sich weigern zu essen und andre zu viel essen. Einige werden morgens nicht aufstehen, und andre werden früh erwachen und die Familie stören. Einige Kinder benutzen passive Mittel, während andre sich offen widersetzen. Selbst Fachleute erkennen nicht, daß Ängste und Eifersucht sich gegen die Eltern richten; sie zeigen nicht die Unsicherheit des Kindes an, sondern seinen Versuch, die Eltern zu beeindrucken. Kinder entwickeln Ängste, wenn die Eltern sich mit ihrer Eifersucht befassen und sie dafür tadeln. Die Reaktion verwirrter Eltern verstärkt die Absicht und das Fehlverhalten des Kindes.

Nicht alle Konfliktsituationen bieten sich für die Anwendung von logischen Folgen an. Besonders nicht solche, die Gefahr beinhalten. Es wäre absurd, ein Kind sich ernsthaft verletzen zu lassen, wenn auch einige kontrollierte Erfahrungen unangenehmer oder sogar schmerzhafter Folgen möglich sind. Jedoch können die Eltern in jeder Lage lernen, sich zurückzuziehen und es abzulehnen, sich in einen Streit verwickeln zu lassen. Niemand muß mit einem Kind streiten, wenn er es nicht will, und wenn er es dennoch tut, verletzt er den ersten wichtigsten Grundsatz bei der Lösung von Konflikten.

Aufstehen

In vielen Familien beginnt der Kampf morgens, wenn die Eltern das Kind nicht überreden können aufzustehen. Es muß erinnert, beschwatzt, oft bedroht werden. Ein solches Verfahren verletzt alle vier Grundprinzipien der Konfliktlösung. Die Eltern kämpfen mit dem Kind und geben dann nach; sie wissen kaum, daß sie den Forderungen des Kindes nachgeben, wenn sie es dauernd ermahnen aufzustehen. Sie können ihr Zugeständnis nicht erkennen, weil sie den Kern nicht erfaßt haben. Sie mögen meinen, der Grund für den Konflikt sei die „Unfähigkeit" des Kindes aufzustehen, vielleicht weil es nicht rechtzeitig zu Bett gegangen ist. Aber ist das der wahre Grund? Bestimmt nicht. Das Kind will Mutters Dienst und Aufmerksamkeit; es veranschaulicht seine Macht, indem es nicht aufsteht, wann es soll, sondern erst, wenn es dazu bereit ist. Das ist der Kern.

Wir wollen nun die Übereinstimmung zwischen Kind und El-

tern betrachten. Das Kind drückt die Erwartung aus, daß die Eltern ihre Bemühungen fortsetzen, und sie stimmen damit überein, einen Wettstreit über Sieg oder Niederlage auszutragen. Und die Beute wird gleichmäßig verteilt: zuerst gewinnt das Kind, indem es nicht aufsteht, und dann erhalten die Eltern ihren Ruhm, weil sie es schließlich doch aus dem Bett kriegen. Es gibt bei diesem Verfahren ein bestimmtes Ritual mit leichten Abwandlungen in jeder Familie; jeder der Beteiligten weiß im voraus, was geschehen wird, und ist bereit, in diesem Spiel mitzuspielen. Es gibt wenig Gelegenheit für gemeinsame Verantwortung, weil die Eltern sie auf sich nehmen und dem Kind keine lassen.

Die Lösung des Konflikts ist einfach, wenn man die Grundprinzipien der Konfliktlösung annimmt und entsprechend handelt. Um Kampf und Nachgeben zu vermeiden, müssen die Eltern sich aus der Konfliktsituation zurückziehen und den Kernpunkt erfassen. Wenn sie sich weigern, ihre Rolle weiterzuspielen, muß das Kind entscheiden, ob es aufstehen oder zu spät in die Schule kommen will. Offensichtlich ist Unpünktlichkeit in der Schule die natürliche Folge, die eintritt, sobald die Eltern sich vom Kampffeld zurückziehen.

Viele Leute fragen: Was für einen Unterschied macht es, ob das Kind von selbst aufsteht oder mehrfach von seinen Eltern angetrieben wird? Die gesamte Beziehung zwischen Kind und Eltern wird verändert, wenn sie nicht mehr gewillt sind, zu bedienen und zu kämpfen. Das Kind erhält die Gelegenheit, für sich selbst zu sorgen, Verantwortung zu übernehmen. In vielen Fällen ist das der erste Schritt zu einem neuen und besseren Verhältnis.

Wenn die Eltern sich durch ihr Verantwortungsgefühl belastet und verpflichtet fühlen, dafür zu sorgen, daß das Kind seinen Verpflichtungen nachkommt, können sie sich nicht aus dem Konflikt heraushalten, selbst wenn sie es versuchen. Und solange sie zur Verfügung stehen, wird das Kind sie unter Druck setzen. Es weiß genau, wie es das kann. Selbst wenn die Eltern dem Kind einen Wecker geben und ihm sagen, daß es von nun an für sich selbst sorgen muß, werden sie keinen Erfolg haben, solange sie sich sorgen und beunruhigen und in letzter Minute einschreiten. Unter diesen Umständen ist der Wecker nutzlos; das Kind stellt ihn einfach ab und schläft weiter. Erst wenn es sicher ist, daß die Eltern sich nicht mehr darum kümmern und ihm nicht zu

Hilfe kommen, wird es Verantwortung auf sich nehmen wollen. Wenn jedoch der Lehrer die Lage mißversteht und die *Eltern* verantwortlich zu machen versucht, daß das Kind zu spät gekommen ist, spielt er ihm in die Hand und zwingt die Eltern zur Fortsetzung ihres Dienstes.

Zu spät in die Schule kommen

Das Aufstehen am Morgen ist gewöhnlich nur ein Teil des allgemeinen Verfahrens, während dessen das Kind Antreiben, Schmeicheln, Hilfe und Drohungen braucht, um rechtzeitig fertig zu werden. Es gibt Probleme des Anziehens, der Auswahl der Kleidung, des Bummelns, des Zuspätkommens zum Frühstück, des Frühstücks. Hier eine Beschreibung der Konflikte einer Mutter.

Fred war besonders langsam beim „Munterwerden" am Morgen und brauchte viel mehr Zeit als nötig, um sich für die Schule vorzubereiten. Man erwartete von ihm, daß er sein Bett machte und seine Bücher und Kleidung aufräumte, bevor er wegging, und er hatte Schwierigkeiten, diese Anforderungen zu erfüllen. Mutter und Vater entschieden, wieviel Zeit dafür vor dem Weggehen nötig war, und stellten dann den Wecker entsprechend. Er solle sein Bett machen usw., selbst wenn er zu spät zur Schule kommen sollte. Und er brauche keine Mahnungen zu erwarten. Aber was geschah? Nur mit äußerster Anstrengung konnte die Mutter es unterlassen, zu mahnen, zu nörgeln und die genaue Zeit auszurufen. Letzten Endes hatte sie aus natürlichen Folgen einen Machtkampf gemacht. Wenn sie hartnäckig weiter schweigen würde, könnte Fred sein Problem leicht lösen, denn er wollte ja nicht zu spät zur Schule kommen.

Die Lösung, die Freds Mutter versuchte, war überhaupt keine Lösung. Es handelte sich von Anfang an um einen Machtkampf, und deshalb konnte sie sich nicht heraushalten. Die beste logische Folge kann durch die elterliche Haltung zunichte werden. Freds Mutter verlängerte und verstärkte, indem sie sein Zuspätkommen als Druckmittel und fast als Strafe benützte, den Kampf mit ihrem Kind.

Die Erziehung der Kinder, ordentlich zu sein, ihre Bücher,

Kleider und ihr Spielzeug aufzuräumen und das Bett zu machen, erfordert besondere Überlegungen. Der Morgen ist nicht geeignet für Konfliktlösungen; ja, Konflikte sollten morgens nach Möglichkeit vermieden werden. Der Kampf darum, rechtzeitig fertig zu werden, kann viele Wendungen annehmen und unterschiedliche Grade von Intensität zeugen.

Selma, 10 Jahre alt, fiel es schwer, morgens aufzustehen. An einem bestimmten Morgen versuchte Mutter zum dritten Mal, sie aus dem Bett zu bekommen, was ihr schließlich gelang. Aber dann mußte Mutter sie zur Eile antreiben mit der Drohung, daß sie sie nicht zur Schule fahren würde, wenn es zu spät wäre. Schließlich kam Selma zum Frühstück und las dabei ein Buch mit Comics. Mutter war wütend! „Leg das Buch weg und iß, es ist schon spät!" In dem Augenblick läutete das Telefon, und Mutter geriet in ein langes Gespräch mit einer Bekannten. Plötzlich wurde Selma ängstlich und bat Mutter, sie zur Schule zu fahren. Jetzt aber lehnte Mutter ab. Sie blieb fest, aber Selma erinnerte sie daran, daß sie das ganze Jahr noch nie zu spät gekommen war, und Mutter sollte sie doch noch einmal fahren. „Du willst mir doch mein Zeugnis nicht verderben?" Und also gab Mutter nach, sagte ihrer Bekannten, sie würde zurückrufen. und fuhr Selma zur Schule.

Das ist eine von Kindern angewandte Methode, die selten versagt: ein Appell an den Stolz der Eltern. Selmas Mutter wurde beinahe von ihrer Bekannten so in Anspruch genommen, daß ihr Kind die logischen Folgen seiner Langsamkeit hätte erfahren können; aber die Mutter nutzte die Lage nicht und beraubte das Kind einer wichtigen Erfahrung.

Das folgende Beispiel zeigt, was häufig geschieht, wenn Eltern schwach werden oder kämpfen, anstatt völlig passive, aber wohlwollende Zuschauer zu bleiben.

Linda, 12 Jahre alt, war wenigstens zweimal wöchentlich morgens die letzte, die das Haus verließ. Ihre Mutter vergewisserte sich immer, daß sie wach war, aber nicht unbedingt, daß sie aufgestanden war. Eines Morgens geschah das Unvermeidliche: Linda erschien gegen $^1/_2$ 10 Uhr und mußte völlig allein mit der Lage fertig werden, als sie zu spät zur Schule kam.

Das Beispiel zeigt in gewissem Sinn eine natürliche Folge, aber sie trat zufällig ein und war von niemand geplant. Daher lernte Linda, obwohl sie die Folgen ihres Verhaltens spürte, wahrscheinlich nicht allzuviel daraus. Die Mutter fühlt sich immer noch verpflichtet, sich zu vergewissern, daß Linda wenigstens zur richtigen Zeit wach ist, und so besteht die ganze Atmosphäre des Bedientwerdens weiter. Man kann sich vorstellen, warum Lindas Mutter so handelt. Sie wird glauben, daß Linda zu dem Entschluß aufzustehen wach sein muß. Das heißt, wenn Linda nicht wach ist, kann sie keine Verantwortung übernehmen, eine falsche Annahme für die Ursache, daß das Mädchen erst um $^{1}/_{2}$10 Uhr fertig ist. Es fällt Eltern schwer, zu glauben, daß das Kind entscheiden kann, wenn es Zeit zum Aufstehen ist, selbst wenn es schläft, und besonders, wenn es einen Wecker hat. Wenn sie aber ihr Kind zur Übernahme von Verantwortung erziehen wollen, müssen sie auch an seine Fähigkeit dazu glauben.

Das Mittagessen war für Mutter täglich eine Qual, weil Carola, 6 Jahre alt, nie rechtzeitig für den Nachmittagskindergarten fertig war. Dann hörte sie vom System der logischen Folgen. Nach ein paar Tagen der Überlegung beschloß sie, Carola zu zeigen, wie die Zeiger der Uhr stehen, wenn es Zeit wurde, zum Kindergarten aufzubrechen, und setzte sich dann mit ihr zu Tisch. Carola trödelte. Als Mutter mit dem Essen fertig war, stand sie auf und ging mit einem Buch in ein anderes Zimmer. Carola brach schließlich eine halbe Stunde zu spät auf. Mutter wiederholte das Verfahren am nächsten Tag. Am dritten Tag schrieb sie der Kindergärtnerin und bat um ihre Mitarbeit. Carola kam an diesem Tag 45 Minuten zu spät. Als sie heimkam, weinte sie, denn die Kindergärtnerin hatte sie ausgescholten. „Tut mir leid, daß du zu spät gekommen bist, Schätzchen. Vielleicht schaffst du es morgen besser." Von diesem Tag an paßte Carola wie ein Luchs auf die Uhr auf, und Mutter brauchte keine Angst mehr zu haben, daß sie zu spät kam.

Als Carolas Mutter vorgab, sich nicht mehr länger darum zu kümmern, ob ihre Tochter zu spät in den Kindergarten kam, fing Carola an, sie auf die Probe zu stellen, indem sie jeden Tag später kam; sie merkte wahrscheinlich, daß ihre Mutter wie auf glühenden Kohlen saß. Erst als die Mutter sich in ihrer Niederlage an die Kindergärtnerin um Hilfe wandte, sprach das Mädchen an.

Wahrscheinlich wußte es nichts vom Brief der Mutter, andernfalls hätte es wohl aus Trotz weiter getrödelt. Die „verständnisvolle“ Ermutigung der Mutter, die an sich etwas zweifelhaft ist, rettete die Lage, und Carola war bereit, sich anzupassen. Jedoch steckt hierin eine wichtige Lehre: Man sollte nicht vorgeben, unbeteiligt zu sein, wenn man in Wirklichkeit weiter sehr beteiligt ist. Kinder haben eine erstaunliche Fähigkeit, zu unterscheiden, ob die Eltern meinen, was sie sagen. An den meisten Mißerfolgen mit logischen Folgen sind solche Vorspiegelungen schuld, die die Kinder erkannt haben. Statt zu richtigem Verhalten angespornt zu werden, empfindet es das Kind fast als seine Ehrenpflicht, den Eltern Paroli zu bieten.

Susi, 7 Jahre alt, sollte den Schulbus um 7.20 Uhr nehmen. Sie trödelte jeden Morgen, und Mutter fiel darauf herein, indem sie mahnte und antrieb. Als Mutter das erkannt hatte, war sie entschlossen, Susi für ihre Angelegenheiten selbst verantwortlich zu machen. Am nächsten Morgen trödelte Susi wie üblich. Mutter enthielt sich sogar, heimlich auf die Uhr zu schauen. Susi ging zu spät weg. Nach kurzer Zeit kam sie mit dümmlichem Gesicht zurück, halb weinend, halb lachend. „Der Bus war weg; ich sah ihn gerade um die Ecke biegen.“ Mutter antwortete, es täte ihr leid, daß Susi es nicht geschafft habe. Susi ging in ihr Zimmer, um sich ihre Spielkleidung anzuziehen, und kam dann, um sich mit Mutter zu beschäftigen. Mutter sagte: „Schätzchen, ich muß meine Arbeit genauso tun, als wenn du in der Schule wärst.“ Susi ging wieder in ihr Zimmer, um sich allein zu beschäftigen. Später kam sie wieder heraus. „Mutter, ich fahre ein bißchen Rad.“ „Schade, Susi, aber du kannst während der Schulstunden nicht radfahren.“ Susi war ganz bestürzt. Sie blieb also wieder in ihrem Zimmer und spielte den Rest des Tags mit Ausnahme der Mittagszeit, wo sie und Mutter sich vergnügt unterhielten. Susi kam die nächsten Monate nicht mehr zu spät zum Bus.

Wieder scheint die Antwort der Mutter recht wirksam gewesen zu sein. Sie hat Susi eine unangenehme Folge erfahren lassen, indem sie nicht mit ihr spielte und sie auch nicht radfahren ließ. Aber sie gestattete, daß Susi sich in ihrem eignen Zimmer vergnügte. Das ungestörte Spielen und eine freundliche Unterhaltung während des Mittagessens hätten für Susi ein Ausgleich für das Verpassen des Busses sein können.

Im allgemeinen gibt es nur einen anerkannten Grund, nicht in die Schule zu gehen, wenn man nämlich krank ist. Ein Kind, das aus irgendeinem Grund nicht in die Schule geht, sollte wie ein krankes Kind behandelt werden. Es sollte im Bett bleiben, nur Krankenkost bekommen und auf Rundfunk und Fernsehen verzichten müssen. Das alles macht das Zuhausebleiben unerwünscht. Natürlich ist jede Anwendung einer logischen Folge wie der obigen unmöglich bei einem Kind in einem Machtkonflikt. Wenn Susi sich mit ihrer Mutter in einem Machtkonflikt befunden hätte, hätte diese gar nicht widerstehen können, ihr ihre Zeit zu widmen.

In der Regel sollte man sich jeweils nur mit einer Sache befassen. Viel hängt davon ab, ob das Kind gern zur Schule geht. Wenn es Freude daran hat, ist das Fehlen schon Folge genug. Dann ist es höchst wichtig, daß die Mutter sich nicht mit ihm einläßt. Wenn die Schule in der Nähe ist, sollte das Kind, das den Bus versäumt, zu Fuß gehen und zu spät kommen und die Folgen erfahren, wenn es in der Schule ankommt. Wenn das Kind jedoch lieber zu Hause als in der Schule ist, muß sorgfältiger geplant werden, um dem Wunsch, zu Hause zu bleiben, entgegenzuwirken. Logische Folgen lösen keine tieferen Konflikte und Störungen, die überlegtes Vorgehen über den unmittelbaren Augenblick hinaus erfordern können[2].

Der folgende Fall ist ein gutes Beispiel dafür, wie eine logische Folge *nicht* sein sollte.

Rosi stand zwar jeden Morgen um 6 Uhr auf, aber für ihre Frisur brauchte sie so viel Zeit, daß sie durchschnittlich zweimal die Woche den Bus um 7.40 Uhr verpaßte. Wenn sie sah, daß ihre Klassenkameradinnen nicht mehr an der Haltestelle standen, rannte sie nach Haus, und ihre Mutter holte den Wagen aus der Garage und fuhr sie in hektischer Fahrt zur Schule.

Mehrere Drohungen: „Ich werde es nie wieder tun" blieben erfolglos. Eines Tages, als Rosi wieder aus dem Haus rannte und den Bus wahrscheinlich wieder verpassen würde, rief Mutter ihr nach, daß sie nicht wieder zurückzukommen brauchte, da sie sie nicht fahren würde. Als Rosi sah, daß sie den Bus wieder verpaßt hatte, lief sie in Richtung der Schule weiter. Nur kurze Zeit später wurde sie von einer Freundin gerettet, die von ihrer Mutter

---

[2] S. Rudolf Dreikurs – Vicki Soltz: a.a.O.

gefahren wurde. In der folgenden Woche hatte Rosi zweimal dasselbe Glück. Die logische Folge war also durch die Umstände zunichte gemacht worden.

Die Mutter überlegte, daß Rosi nicht immer Glück haben würde. Und falls doch, wollte sie die Mitarbeit einiger Mütter anrufen, die ihre Töchter in die Schule fuhren. Sie konnte sie bitten, Rosi zu übersehen, wenn sie zur Schule ging, oder einen andern Weg zu nehmen, so daß sie sie nicht treffen würden.

Die Mutter verkennt die Lage völlig. Sie möchte, daß Rosi für ihre Nachlässigkeit bestraft wird, und ist bereit, sich dazu mit andern zu verschwören. Die logische Folge ist nicht, wie die Mutter meint, „durch die Umstände" zunichte gemacht, sondern durch ihre eigne falsche Anwendung. Sie betrachtet ganz deutlich logische Folgen als einen Trick, um das Mädchen zu angemessenem Verhalten zu zwingen.

Bisher haben wir gesehen, daß es, was das Aufstehen und Fertigwerden angeht, nur nötig ist, natürliche Folgen ins Spiel zu bringen, damit das Kind die Folgen des Zuspätkommens am eignen Leibe spürt und nicht nur andeutungsweise davon erfährt. Rosis Mutter beabsichtigte nicht, sich herauszuhalten. Als sie dem Kind befahl, „nicht zurückzukommen", entfesselte sie einen Machtkampf, bei dem es dem Mädchen gelang, sie auszuspielen. Wenn sie sich ganz herausgehalten hätte, anstatt es nur anzudrohen, hätte Rosi es früher oder später vorgezogen, rechtzeitig fertig zu sein, anstatt den langen Weg zur Schule zu Fuß zu machen.

Oft sind sich Eltern über die Antworten auf die Herausforderungen ihrer Kinder nicht einig. Hier ein typischer Dialog.

„Wo ist Bärbel?" fragte der Vater, als er sich an den Frühstückstisch setzte.

„Ich dachte, es wäre besser, sie heute länger schlafen zu lassen."

„Wieso?"

„Sie war gestern lange auf. Sie wollte dich sehen, bevor sie zu Bett ging."

„Aber ich habe dir doch gesagt, daß es sehr spät werden würde."

„Ich weiß, aber das versteht sie nicht. Ich habe sie also aufgelassen, bis sie einschlief."

„Und was ist mit der Schule heute?"

„Ach, das ist nicht so schlimm. Es ist ja nur der Kindergarten. Ich werde ihr eine Entschuldigung schreiben, daß es ihr nicht gut war."

„Ich weiß nicht, Martha. Ich meine, Bärbel sollte sich an bestimmte Regeln gewöhnen."

„Ach, sie hat noch viel Zeit, die Regeln zu lernen. Sie ist ja noch so klein."

Die erste Voraussetzung für eine erfolgreiche Durchführung logischer Folgen ist, Streit und Nachgeben zu vermeiden. Zwar streiten die Eltern in dem obigen Fall nicht – tatsächlich scheinen sie sich freundlich zu unterhalten –, aber dennoch kommt die Frage auf: Wer wird gewinnen, der Vater oder die Mutter? Der Vater muß die Mutter die Folgen ihres Streits erfahren lassen. Er könnte das Problem mit der Mutter erörtern, aber er müßte sicher sein, daß sie gewillt ist zuzuhören; sonst hat er kein Recht, ihr seine Ideen aufzuzwingen. Im Augenblick gibt es wenig zu sagen, außer zuzugeben, daß seine Auffassungen über die Erziehung ihrer Tochter sich von den ihrigen zu unterscheiden scheinen. Hoffentlich kann der Vater später seinen wohltuenden Einfluß auf das von der Mutter verwöhnte Mädchen ausüben, indem er seinen Forderungen nicht nachgibt. Er kann es den Druck der Wirklichkeit erfahren lassen. Leider wünschen die meisten Eltern, daß sich der andere Teil ihren Ideen anschließt, bevor sie überhaupt die richtige Erziehung des Kindes überlegt haben. Jeder versucht auszugleichen, was er für die Schwäche des andern Elternteils hält. Wenn ein Teil zu streng erscheint, neigt der andere zur Nachsicht und umgekehrt. Für das Kind bleibt nichts zu lernen übrig.

Was fangen Eltern mit einem Kind an, das morgens bummelt, wenn sie beide selbst rechtzeitig zur Arbeit weggehen müssen?

Theo, 4 Jahre alt, war bereits völlig selbständig beim Anziehen, bis seine Schwester geboren wurde. Er wußte wohl, daß seine Eltern das Haus zu einer bestimmten Zeit verlassen mußten, um rechtzeitig zur Arbeit zu kommen. Aber er erreichte es durch Trödeln und Spielereien, daß jeder Morgen zu einem Kampf wurde, bis Mutter aus Zeitmangel gezwungen war, ihn im letzten Augenblick anzuziehen. Mutter richtete den Morgen so ein, daß er und sie in aller Ruhe frühstücken konnten, ohne vom Baby

gestört zu werden; aber er vertrödelte immer noch Zeit, so daß Mutter ihn vollständig anziehen mußte. Nachdem es einige Male ungewöhnlich turbulent zugegangen war, legte Mutter die Kleider einfach aufs Bett, gab ihm seinen Mantel und sagte ihm, er könne sich im Wagen anziehen, weil es Zeit sei und sie nicht warten könne. Dieses Verfahren erforderte mehrere Wiederholungen, bis er ohne Ermahnungen bereit war, sich anzuziehen und rechtzeitig fertig zu sein.

Es gibt viele Wege, den gut geplanten Bemühungen eines Kindes zu entgehen, Eltern lahmzulegen, die rechtzeitig aus dem Haus müssen. Ein Nachbar, ein Babysitter oder ein Verwandter kann einspringen und dafür sorgen, daß das Kind zur Schule kommt, sobald es bereit ist. Diese Person muß über die erwünschte Methode unterrichtet sein, d.h., sie darf nicht auf die Forderungen des Kindes hereinfallen, sondern muß festbleiben. Die Hauptsache ist, daß das Kind erkennt, daß es seine Eltern nicht mehr in seinen Dienst zwingen kann.

Hier ein Beispiel für die Wirksamkeit eines Außenseiters, selbst wenn es den Eltern schwerfällt, die richtige Methode anzuwenden.

Es war buchstäblich eine Herkulesarbeit für die Mutter der siebenjährigen Hanne, diese rechtzeitig zur Schule zu bekommen. Hanne hatte immer eine Verzögerungstaktik. An einem Morgen war ihr Kleid nicht richtig gebügelt. Ein andres Mal war es nicht das, was sie eigentlich anziehen wollte. Oft waren die richtigen Kleidungsstücke nicht da, und Mutter mußte sie suchen, bevor das Kind sich anzog. Irgendwie kam Hanne immer rechtzeitig zur Schule; aber Mutter spürte, wie sie allmählich ein Nervenbündel wurde einfach durch die Anstrengungen, sie rechtzeitig zur Schule zu bringen. Kurz danach wurde Mutter krank und mußte wegen einer sofortigen Operation ins Krankenhaus. Da Vater wegmußte, bevor Hanne zur Schule ging, wurde eine Nachbarin gebeten, sich um Hanne zu kümmern, vor und nach der Schule. Gegen Ende ihres Krankenhausaufenthalts fragte Mutter die Nachbarin, wie es ihr ergangen sei beim Fertigmachen für die Schule. „Das war kein Problem", sagte die Frau. „Als ich sah, was für ein Theater sie veranstaltete, habe ich einfach gesagt: ‚Na schön, du kannst zur Schule gehen, wann du willst.' An den beiden ersten Vormittagen kam sie zu spät, und danach

gab es keine Probleme mehr." Mutter übernahm die Methode der Nachbarin und wiederholte deren Worte, als sie wieder zu Hause war, und stellte zu ihrer Überraschung fest, daß Hanne ohne Schwierigkeit angezogen und für die Schule fertig war.

Anziehen

Verzögerung beim Anziehen ist ein Grund für das Zuspätkommen zur Schule, wie wir an mehreren Beispielen gesehen haben. Gute Anziehgewohnheiten sind daher die ersten Verantwortungen, die ein Kind auf sich nehmen muß, und die ersten, die ihm begegnen, wenn es morgens aufsteht. Oft liegt hier die Quelle für Konflikt und Unruhe; die Mutter ist hin und her gerissen zwischen ihrem Gefühl für ihre Verantwortung und ihrem Ärger über die Unfähigkeit oder Unwilligkeit des Kindes, die seine zu übernehmen. In dem darauffolgenden Streit gewinnt gewöhnlich das Kind, indem es die Mutter in seinen Dienst stellt. Wir unterschätzen die Fähigkeit des sehr kleinen Kindes beträchtlich; oft wird sie auf indirekte Weise offensichtlich.

Paul, 2 Jahre alt, konnte sich das Hemd nicht anziehen. Er zog es immer verkehrt herum an. Es fiel seiner Mutter nie ein, daß man wissen muß, wie man ein Hemd richtig anzieht, wenn man es immer falsch anzieht.

Guido, 4 Jahre alt, zog sich die Schuhe hartnäckig verkehrt an. Das ärgerte Mutter sehr. „Um Himmels willen, Guido, wann wirst du endlich lernen, den Schuh an den richtigen Fuß zu ziehen? Komm her!" Dann setzte Mutter ihn hin, um die Schuhe auszuwechseln.

In beiden Fällen erkennt die Mutter den Grund für die Ungeschicklichkeit ihres Kindes nicht. Wenn sie aber merkt und wirklich davon überzeugt ist, daß es nicht eine Frage der Unfähigkeit ist, sondern des Nichtwollens, um von der Mutter bedient zu werden oder sie zu besiegen, ist die richtige Antwort klar. Ein Kind ist nicht gern verkehrt angezogen, auch wenn es so tut, als kümmere es sich nicht darum. Aber solange die Mutter mehr als das Kind selbst daran interessiert ist, daß es richtig angezogen ist, wird sie ausgenutzt werden.

Am folgenden Beispiel fällt auf, wie lange Mütter meist brauchen, bis sie merken, wie man ein Problem löst.

Obwohl Karin schon 4 Jahre alt war, brauchte sie immer noch viel Hilfe beim Anziehen. Vor allem zog sie sich nicht gern die Strümpfe an, die ihr zu viel Mühe zu machen schienen. Eines Tages beschloß Mutter, sich nicht mehr darum zu kümmern. Sie sagte Karin, daß sie die Strümpfe anziehen könnte, wenn sie wollte, und verließ dann das Zimmer. Als Karin merkte, daß Mutter ihr nicht mehr helfen würde, zog sie sich die Strümpfe selbst an.

Das Problem des Anziehens hat viele Seiten.

Ralf, 8 Jahre alt, verbrachte jeden Morgen etwa 10 Minuten mit der Auseinandersetzung über das, was er zur Schule anziehen sollte: den Regenmantel oder einen Pullover oder Stiefel. Was Mutter auch vorschlug, er lehnte ab. Mutter beschloß an einem kalten, regnerischen Morgen, überhaupt nichts zu sagen. Ralf zog seinen Regenmantel über ein Hemd mit kurzen Ärmeln, gewiß nicht warm genug für einen so kalten Tag. Er fuhr mit Vater im ungeheizten Wagen zur Schule und zitterte den ganzen Weg. Er wandte sich an Vater und sagte ganz verstört: „Mutter ist es ganz egal, was ich zur Schule anziehe, ich friere die ganze Zeit.“

Am nächsten Morgen prüfte Ralf das Außenthermometer und hörte sich den Morgenwetterbericht an. Dann zog er sich entsprechend an.

Das Beispiel bietet mehrere interessante Einblicke. Verwöhnte Kinder neigen dazu, ihren Eltern Vorwürfe wegen ihrer eigenen Unannehmlichkeiten zu machen, so wie der Junge, der sagte: „Geschieht meinem Vater ganz recht, daß ich mir die Hände abfriere, warum hat er mir keine Handschuhe gekauft?“ Das ist eine Art umgekehrte logische Folge, aber in Wirklichkeit hat Ralfs Bemerkung, daß es seiner Mutter egal sei, eine gewisse Berechtigung. Von seiten der Mutter war es ein Akt der Feindschaft, daß sie einen ungewöhnlich kalten Morgen wählte, um Ralf eine Lektion zu erteilen. Logische Folgen sollten keine solche Bestrafung beinhalten. Zweifellos hat das Kind seine Lektion gelernt, aber es kann auch keinen Zweifel an seiner zukünftigen

Haltung der Mutter gegenüber geben. Logische Folgen sollten das Verhältnis zwischen Eltern und Kind entlasten. In diesem Beispiel setzt sich die Mutter gerade neuer Belastung aus.

Die Kleiderfrage bietet wunderbaren Stoff für Auseinandersetzungen und Kämpfe.

Die Mutter einer achtjährigen Tochter versuchte, ihr klarzumachen, daß bestimmte Kleider zu bestimmten Gelegenheiten getragen werden, d. h. „gute Kleider" in der Kirche und bei Festlichkeiten, Schulkleider in der Schule und bei gewöhnlichen Gelegenheiten und Spielkleider beim Spielen.

Reden, Zanken und Schimpfen halfen nicht; also beschloß die Mutter, der Natur ihren Lauf zu lassen. Die Tochter trug weiter ihre guten Kleider in der Schule und beim Spielen. Eines Sonntags bat sie ihre Mutter, ein gutes Kleid zu waschen, damit sie es am Nachmittag zu einer Geburtstagsfeier anziehen könne. Die Mutter weigerte sich und sagte, sie hätte zu viele andere Dinge zu tun.

„Aha", dachte Mutter, „jetzt wird sie endlich lernen, ihre guten Kleider zu schonen." Aber es wirkte nicht. Das Mädchen ging in Spielkleidung zur Feier, amüsierte sich großartig und war überhaupt nicht befangen. Nur die Mutter war bestürzt.

Die logische Folge versagte in diesem Fall, weil die Mutter sie als Trick benutzte, indem sie hoffte, das Kind würde sich schämen und demnächst die richtigen Kleider zur richtigen Gelegenheit anziehen. Das Mädchen erkannte genau, wie Kinder es meistens tun, die Absicht seiner Mutter und strafte sie weiter durch falsches Anziehen. Die Mutter handelte richtig, als sie nicht mehr zankte und schimpfte, aber anstatt unbeteiligt zu sein, wartete sie auf den kritischen Augenblick, wo das Kind seinen Irrtum einsehen sollte. Es ist klar, daß die Meinung des Mädchens über das, was es tragen wollte, von seinem Widerstand gegen die Mutter und deren Maßstäbe diktiert war. Die Reaktion der Mutter in der gegebenen Lage weist auf die Fortsetzung der Gegnerschaft und des Kampfs hin. In einem solchen Klima entarten logische Folgen sofort in feindselige Handlungen.

Richard, 5 Jahre alt, war eine Nervensäge, ein Tyrann. Immer, wenn Mutter nicht tat, was er wollte, strafte er sie, indem er sie demütigte oder seinen kleinen Bruder schlug. Ihn aus dem Bett

zu bekommen war eine Staatsaktion, außer natürlich an Sonn- und Feiertagen, wo er nicht nur von selbst, sondern auch noch sehr früh aufstand. Seine Ansicht über richtige Kleidung war einfach: er zog am liebsten seine neuesten und besten Sachen im Kindergarten an. Wenn Mutter sie ihn anziehen ließ, tat er es selbst; wenn nicht, weigerte er sich, sich anzuziehen, und Mutter mußte es besorgen – was sie tat, um ihn rechtzeitig in den Kindergarten zu bekommen. In Wirklichkeit hätte sie Richard leicht bewegen können, sich rechtzeitig anzuziehen, denn er ging sehr gern in den Kindergarten und hätte ihn bestimmt nicht gern versäumt.

In manchen Fällen kann man den Frühstückshunger des Kindes benutzen, um es zum Anziehen zu bewegen. In diesem Fall aber wollte Richard auch nicht essen und mußte immer noch von seiner nachsichtigen Großmutter gefüttert werden. Die Mutter reagierte gut, als man ihr ihre Schwierigkeiten erklärte und ihr ein Verfahren empfahl, das Erfolg versprach. Es stellte sich heraus, daß sich, als sie sich aus jedem Konflikt am Morgen heraushielt, das ganze Verhältnis zwischen ihr und ihrem Sohn veränderte. Daß sie sich von seiner morgendlichen Tyrannei frei machte, war der erste Schritt, ihn der Macht zu berauben, die er über sie gehabt hatte.

In vielen Fällen ist das Ende der Auseinandersetzungen und Kämpfe am Morgen der erste Schritt zur allgemeinen Besserung. Anstatt zu versuchen, ihre eigne Macht durchzusetzen, ließ Richards Mutter ihn die Macht und den Druck der Wirklichkeit erfahren, die selbst ein so machttrunkenes Kind zu achten lernen kann.

Frank, 10 Jahre alt, verlegte dauernd seine Schuhe. Die andern Familienmitglieder mußten sich an der Suche beteiligen, denn wenn sie gewartet hätten, bis Frank sie fand, wären sie alle zu spät zur Schule gekommen. Schließlich beschloß man gemeinschaftlich, daß Frank selbst auf seine Schuhe aufpassen und sie auch selbst finden mußte. Vater würde zur Schule fahren, und wenn Frank seine Schuhe bis dahin nicht hatte, sollte er suchen, bis er sie gefunden hatte. Dann sollte Mutter ihn zur Schule fahren. Beim erstenmal konnte er seine Schuhe nicht finden und merkte, daß Vater und die übrigen Kinder ohne ihn abfuhren. Er weinte und suchte weiter. Als er erkannte, daß ihm Weinen

weder Beachtung noch seine Schuhe einbrachte, beschloß er, sie zu finden. Er kam zu spät zur Schule, aber danach verlegte er seine Schuhe nicht mehr.

Obwohl die Anwendung der Folgen den Jungen veranlaßte, besser auf seine Schuhe aufzupassen, fragt man sich, was für Mittel er wohl sonst noch gebraucht hat, um seine Familie zu beschäftigen. Man hat den Eindruck, daß nur eine bestimmte Verhaltensform sich geändert hat, weil die Anfangsantwort des Kindes, als er nicht bedient wurde, in Weinen bestand. Ein Kind, das seine „Wasserschleusen" benutzt, erregt meist erfolgreich das Mitleid der andern. Mutter wird daher sehr darauf achten müssen, sich aus seinen Problemen herauszuhalten und die Folgen auch auf andre Episoden als die der verlorenen Schuhe anzuwenden. An dem folgenden Fall ist interessant, daß die Eltern ehrlich versuchten, logische Folgen anzuwenden. Aber bei jeder Wendung der Ereignisse kam ein Machtkampf zum Vorschein; jede neue Folge ergab einen neuen Akt des Widerstands des Mädchens. Hier der Bericht der geplagten Mutter.

Else war aus ihren Kleidern herausgewachsen, und man hatte neue für die Schule gekauft. Sie trug eins einmal und kam schmutzig heim, mit Fettflecken und Schmutz vom Spielplatz. „Ich kann das doch noch einmal tragen, bevor es gewaschen wird, nicht wahr, Mutter?" Mutter hatte den Eindruck, daß Else ihr in Wirklichkeit nur zeigen wollte, wie schmutzig sie war. Die Angelegenheit, daß sie sich so schmutzig machte, war bei einem Familienrat ausführlich behandelt worden, und Else hatte zugegeben, daß sie sich vielleicht mehr als nötig an wilden Spielen beteiligte. Sie hatte versprochen, vorsichtiger zu sein. Aber jetzt war sie in widerspenstiger Stimmung. „Schätzchen, wenn es dir nichts ausmacht, wie du aussiehst, mir schon lange nicht. Aber ich seh' nicht ein, warum mehrere Kleider schmutzig werden sollen. Also trag dies weiter." Mutter nahm alle Kleider aus dem Schrank. Else brach in Tränen aus. „Ich kann auf meine Kleider aufpassen, ganz bestimmt." Jetzt griff Vati ein. „Wir werden das beim nächsten Familienrat besprechen." Else brachte sofort das Gespräch darauf, als der Rat einige Tage später einberufen worden war. „Können wir über meine Kleider sprechen?" Mutter sagte: „Was ist damit?" „Ich möchte meine Kleider zurückhaben. Wie kann ich dir zeigen, daß ich auf sie aufpassen kann,

wenn ich keine habe?" Mutter antwortete: „Ein Punkt für dich. Willst du es wieder versuchen?" Else sagte: „Ja. Ich brauch' mich nicht so schmutzig zu machen." Die Kleider wurden zurückgegeben. Während der vier Tage jedoch, bevor sie zurückgegeben worden waren, hatte sich Else die Hände nicht gewaschen, bevor sie den Tisch deckte. Am ersten Abend merkte Mutter es erst, als sie fast fertig gegessen hatten. Vati sah es zur selben Zeit. „Wenn du schmutzige Hände vorziehst, kannst du nicht mit uns am Tisch sitzen." Else ging hinaus, und ihr Teller wurde weggenommen. Sie kam zurück, aber als sie das sah, ging sie feierlich ohne ein Wort wieder hinaus. Am folgenden Tag kam sie mit schmuddeligen Händen in die Küche. Mutter sagte: „Else, solange du schmutzige Hände hast, darfst du nicht in die Küche kommen." Sie kam sauber gewaschen zurück. Am nächsten Tag die gleiche Geschichte und so fort, bis sie ihre Kleider zurückbekommen hatte.

Das war gewiß ein Spiel gegenseitiger Vergeltung. Elses Kleid war schmutzig, also nahm die Mutter die andern Kleider weg; Else weigerte sich, die Hände zu waschen, und wurde aufgefordert, den Tisch zu verlassen; Else ging mit schmutzigen Händen in die Küche und wurde hinausgewiesen. Die Else auferlegten Folgen waren logisch, aber unwirksam, weil sie in einem Machtkampf angewandt wurden; sie bewirkten also nichts und führten zu noch mehr Herausforderung und Widerstand.

Es war eine logische Folge, Else die sauberen Kleider zu entziehen, solange sie sich schmutzig machte. Die Mutter hatte recht mit der Aussage, daß, wenn Else es nichts ausmache, wie sie aussah, es ihr noch weniger ausmache. Aber meinte sie das wirklich? Ihre Handlung, die Kleider aus dem Schrank wegzunehmen, war feindlich, ohne Überlegung getan, als sie ärgerlich war und Else bestrafen wollte. Logische Folgen wirken nur, wenn bei keinem der Schritte Ärger und Bosheit im Spiel sind.

Verantwortung für Kleidung, Spielzeug, Bücher

Ein betrüblicher Mangel der Kinder ist ihr nachlässiger und unachtsamer Umgang mit ihren Sachen. Wenige Eltern verstehen es, mit diesem Problem fertig zu werden. Deshalb reagieren sie, wenn sie gereizt werden, gewöhnlich schnell und impulsiv.

Meist können sie eine offensichtliche Mißachtung der Ordnung nicht vertragen. Die meisten Familiengespräche – oder besser -auseinandersetzungen – drehen sich um Verletzung der Ordnung. Auf diesem Gebiet ist die Anwendung von logischen Folgen höchst wichtig. Herbert Spencer, der vor etwa 100 Jahren die Wirksamkeit der logischen Folgen beschrieben hat, schlug ein besseres Verfahren an Stelle der vorherrschenden Anwendung von Strafen vor.

Wenn ein Kind sich weigert oder versäumt, die Sachen, die es herumliegen läßt, aufzuräumen, und daher die Arbeit einem andern zufällt, sollte man ihm beim nächsten Mal die Möglichkeit nehmen, solche Arbeit zu verursachen. Wenn es seine Spielzeugkiste haben will, sollte die Mutter ihm antworten: „Das letzte Mal hast du deine Spielsachen auf dem Boden herumliegen lassen, und Hanne mußte sie aufheben. Hanne hat zu viel zu tun, um jeden Tag die Sachen wegzuräumen, die du liegengelassen hast, und ich selbst kann es auch nicht. Wenn du also deine Sachen nach dem Spielen nicht wegräumen willst, kann ich sie dir nicht geben."

Manche Eltern haben viele Vorkehrungen entdeckt, die das Kind als logische Folge beeindrucken und es veranlassen, sich zu bessern, ohne daß es sich unterdrückt oder hintergangen fühlt. Es ist der Druck der Wirklichkeit, der den größten Einfluß auf das Kind ausübt. Aber man muß sich vor Ärger oder dem Geist der Vergeltung hüten, sonst wird die Anwendung der logischen Folgen versagen. Hier eine Situation mit logischen Folgen, wo der Gedanke richtig ist, nicht aber die Ausführung.

Es war nicht schwer, Norbert, 7 Jahre alt, jeden Abend zum Baden oder Duschen zu bewegen, aber er pflegte einen Haufen Kleidungsstücke und Handtücher auf dem Fußboden des Badezimmers zurückzulassen, und wiederholte Mahnungen, sie wegzulegen, hatten keinen Erfolg. Schließlich häuften sich schmutzige Kleidungsstücke mehrere Tage in einer Ecke des Badezimmers, bis er eines Tages keine sauberen mehr hatte. Mutter erklärte ihm, nachdem Stöhnen und Murren verstummt waren, daß er nun wirklich nicht erwarten könne, saubere Kleidungsstücke zu haben, wenn er die schmutzigen nicht zum Waschen in den Wäschekorb legen wollte.

Einen Monat später warf Norbert ziemlich regelmäßig seine Kleidungsstücke in den Wäschekorb. Er hängte seine Handtücher immer noch nicht auf, aber es gab doch wenigstens eine Besserung.

Eltern, die logische Folgen anwenden, haben oft bis zu einem gewissen Punkt Erfolg, halten aber den Kampf nicht völlig durch. Wenn Norbert seine schmutzigen Kleidungsstücke nur „ziemlich" regelmäßig wegräumt, wartet er immer noch darauf, von der Mutter erinnert zu werden. Und warum kann er nicht genauso für die Handtücher sorgen? Da in seiner Nachlässigkeit selbst kein Vorteil liegt (es kann ihm ja kein Vergnügen machen, sich mit einem schmutzigen Handtuch abzutrocknen), muß man annehmen, daß er sich schlecht benimmt, um die Aufmerksamkeit seiner Mutter zu gewinnen. Aus dem, was das Kind tut, kann man immer klar erkennen, was die Eltern tun. Das gehört zusammen wie die zwei Teile eines Zwiegesprächs.

Das folgende Beispiel zeigt deutlich, daß ohne viel Reden und Ermahnen gehandelt wurde. Das macht die Folge wirksam.

Eine Familie hatte Last damit, daß im ganzen Haus Sachen unordentlich liegenblieben. Bei einer Sitzung des Familienrats wurde beschlossen, daß jedes Familienmitglied jeden Abend vor dem Schlafengehen nachsehen sollte, ob alle seine Sachen am richtigen Platz waren. Wenn irgendein Gegenstand an der falschen Stelle liegengelassen wurde, etwa ein Buch, das ins Regal gehörte (und nicht auf den Fußboden des Wohnzimmers), oder ein Rock, der in den Schrank gehörte (und nicht über eine Stuhllehne gehängt), dann sollte dieser Gegenstand von der Mutter eingesammelt und in eine Kiste im elterlichen Schlafzimmer gelegt werden. Und jeder Gegenstand in der Kiste sollte dem Eigentümer erst am nächsten Sonntag beim Familienrat wieder ausgehändigt werden. Nach diesem Beschluß brauchten nur wenige Gegenstände in die Kiste gelegt zu werden.

Wir wollen dieses Verfahren mit einem andern von einer Mutter berichteten vergleichen.

In der Familie herrschte die Vorschrift, daß alle zu waschenden Kleidungsstücke mit der richtigen Seite nach außen, aufgeknöpft und mit geleerten Taschen weggelegt werden mußten. Wenn die

Vorschrift nicht befolgt wurde, mußte der Eigentümer seine Sachen selbst waschen.

Im häuslichen Klima, von dem hier berichtet wird, herrscht eine Art Kasernenton: alle Kleidungsstücke „mußten", und der Eigentümer „muß sie selbst waschen". Solche Befehle sind geeignet, das Beispiel als Anwendung von logischen Folgen zu entwerten. Die Mutter hätte sagen können, daß sie nicht bereit sei, die Kleidungsstücke zu waschen, wenn die richtige Seite nicht außen, sie nicht aufgeknöpft und die Taschen nicht geleert wären. Dann hätte es an jedem einzelnen gelegen zu entscheiden, was er tun wollte. Wenn aber dabei ein nachlässiges Kind sich geweigert hätte, die eignen Kleidungsstücke zu waschen, hätte es harte Worte, Tränen und verletzte Gefühle gegeben.

Hier ein typisches Beispiel dafür, wie logische Folgen zu einem Machtkampf führen können.

Ralf, 8 Jahre alt, ließ seine guten Kleidungsstücke im Zimmer verstreut liegen. Mutter hatte lange Zeit versucht, ihn dazu zu bringen, seine Sachen aufzuheben. Erschöpft nahm sie alles, was herumlag, und versteckte es. Am folgenden Sonntag konnte Ralf seine guten Sachen nicht finden. „Hallo, wo ist mein Sonntagsanzug?" Als man ihm sagte, man hätte ihn versteckt und er müsse in Schulkleidern zum Gottesdienst gehen, bekam er einen Wutanfall. „Ich hab' dir immer wieder gesagt, du solltest deine Sachen weghängen, Ralf. Nun laß dir das eine Lehre sein." „Dann geh' ich nicht in den Gottesdienst", schrie Ralf. „Aber sicher gehst du. Zieh dich an, du hast nicht mehr viel Zeit." „Ich will nicht, nein, ich will nicht." Mutter gab schließlich den Kampf auf. „Schön, wenn du versprichst, sie aufzuhängen, wenn du zurückkommst, will ich sie dir geben." „Bestimmt." Sie gab die Kleider her, und Ralf zog sie eilig an. Als er zurückkam, ließ er sie wie üblich herumliegen.

Das Verhalten der Mutter zeigt deutlich ihr Bemühen, Ralf zu bezwingen. Und wie gewöhnlich siegte er, und sie gab nach. Alle Grundprinzipien einer Konfliktlösung wurden verletzt. Erstens kämpfte die Mutter und gab nach. Zweitens erkannte sie nicht den Kernpunkt. Es handelte sich nicht darum, ob Ralf seinen Sonntagsanzug bekam; es war eine Frage persönlicher Beteiligung, wer gewinnen und wer verlieren würde. Drittens

stimmte die Mutter unbewußt mit Ralf überein, daß sie ihn bedienen würde, wenn er nur lange und hart genug kämpfte. sie erkannte nicht, daß sie die Übereinstimmung ändern konnte, wenn sie ihre Kämpferrolle in dem Spiel änderte. Endlich gab es keine beiderseitige Entscheidung, keine gemeinsame Verantwortung; die Mutter entschied eigenmächtig, nachdem sie ärgerlich geworden war.

Da Unordnung ein Zeichen von Rebellion ist, macht sie Mütter böse. Aber solange eine Mutter den Kampf fortsetzt, gibt es keine Besserung. Das folgende Beispiel zeigt die Sackgasse, in die eine Familie geraten kann.

Gerda, 9 Jahre alt, saß am Tisch im Wohnzimmer. Wilma, 7 Jahre alt, saß auf dem Fußboden und schnitt Papierpuppen aus. Papierschnitzel lagen überall herum. „Macht sauber, wenn ihr fertig seid, Mädchen", bemerkte Mutter, als sie durchs Zimmer ging. „Ja, ja", antwortet Wilma ärgerlich. Ihr Gesicht zeigte deutlich, was sie dachte: „Jetzt geht das schon wieder los." Als Mutter das nächste Mal durchs Zimmer ging, saßen beide Mädchen vor dem Fernseher. Der Tisch war voller Papiere, und die Puppen und Schnitzel lagen verstreut auf dem ganzen Fußboden. „Macht aber bitte sauber, Kinder", ermahnte Mutter erneut. „Ja", kam es automatisch im Chor. Ein wenig später sah Mutter, daß die Mädchen etwas getrunken und ihre Gläser oben auf den Fernseher gestellt hatten. „Um Himmels willen, wollt ihr denn nie aufräumen? Seht euch die Unordnung an, die ihr gemacht habt." „Ja, ja", sagte Gerda gereizt, „wir werden's schon machen!"

Nicht lange danach fand Mutter Gerda lesend auf ihrem Bett und Wilma draußen spielend. Das Wohnzimmer war ein Trümmerfeld. Sie rief Wilma und schrie ärgerlich: „Fangt endlich an und räumt auf. Wir haben heute abend Besuch; ihr wißt, daß das Zimmer anständig aussehen soll. Warum könnt ihr nicht aufräumen, wenn ihr fertig seid? Bevor ihr etwas andres tut, sollt ihr aufräumen. Ihr wißt das doch." Mutter predigte immer weiter. Gerda und Wilma räumten mürrisch auf, während Mutter dabeihockte.

In dieser Lage gibt es auch nicht die geringste Spur von gegenseitiger Achtung. Beide Seiten zeigen ihre Verachtung. Die Mutter ist nicht verpflichtet, hinter ihnen her aufzuräumen, hinter

ihnen herzulaufen und ihnen zu gestatten, sich ihrer zu bedienen. Um die Achtung ihrer Töchter zu gewinnen, muß die Mutter entscheiden, was *sie* tun will. Eine Mutter kann Ungehorsam in einem Kind am besten einschränken, wenn sie nein sagen kann. Sie kann Erfolg haben, wenn sie nicht redet, sondern still handelt. Solange sie redet, ist sie versucht zu kämpfen. Was hätte die Mutter in dem obigen Beispiel tun können? Sie brauchte den Mädchen nicht zu sagen, was sie tun sollten, das wußten sie schon, und sie erwartete auch gar nicht, daß sie auf sie hörten. Sobald die Mädchen mit dem Fernsehen begannen, mußte sie handeln. Sie hätte das Gerät abstellen müssen und sicherstellen, daß es nicht wieder angestellt wurde, bevor die Unordnung beseitigt war. Außerdem hätte sie den Mädchen Brote, Getränke und Spielen verweigern müssen, bis sie das Zimmer gesäubert hatten. In einer solchen Lage werden die Mädchen wahrscheinlich mitarbeiten, wenn die Mutter ruhig, fest und still bleibt. Die Gefahr besteht darin, in eine Auseinandersetzung verwickelt zu werden, denn die Mädchen werden versuchen, sich an der Verpflichtung zum Aufräumen „vorbeizureden". Die meisten Eltern fallen auf verbale Herausforderung herein und lassen sich in fruchtlose Auseinandersetzungen verwickeln.

Manchmal entdecken Eltern drastische Mittel, um ihrem Kind den Segen der Ordnung bewußtzumachen.

Ruth, 8 Jahre alt, hatte Kleider und Spielsachen über den ganzen Fußboden verstreut. Vater und Mutter beschlossen, selbst alle Kleider und Arbeitsgeräte, Bücher oder alles Geschirr, das sie gebraucht hatten, herumliegen zu lassen, wo es sich gerade befand. Ihre kleine Wohnung wurde so unordentlich, daß sie auf dem Wohnzimmertisch nicht einmal mehr Platz genug zum Essen hatten. Als Ruth Hunger bekam, sagte Mutter, daß sie auch Hunger hätte, bot aber keine Lösung des Problems an. Nach verwirrtem Schweigen erkannte Ruth, daß auf dem Tisch kein Platz war; sie fing also selbst an, Platz zu schaffen, so daß die Familie essen konnte. Nach ein paar Tagen geriet Ruth völlig außer Fassung über die Unordnung und bat ihre Mutter, ihr zu helfen, alles ordentlich zu machen. Von da ab wurde sie ohne weiteren Ansporn und ohne Auseinandersetzungen ganz ordentlich.

Seine Sachen ordentlich wegzulegen ist nur ein Gebiet, auf dem das Kind zum Wohl der Familie beitragen kann. Im allgemeinen nehmen die Eltern die ganze Verantwortung für einen angemessenen Ablauf des Haushalts auf sich, und die Kinder tun und lassen, was sie wollen. Diese selben Eltern finden sich, wenn sie ihren Kindern Ordnung und Mitarbeit beibringen möchten, auf verlorenem Posten. Sie müssen lernen, wie man die Kinder anregen kann, Ordnung zu halten und Verantwortung zu übernehmen. Das Mittel dazu ist nicht, sie Verantwortung zu lehren, sondern sie ihnen zu geben. Das bedeutet, daß die Eltern Verantwortung teilen müssen. In der folgenden Lage lernt das Kind, was nur wenige Kinder erfahren, daß nämlich Ordnung sowohl zu ihrem Wohl wie zu dem der andern Familienmitglieder beiträgt.

Hans, der nicht nur nicht für seine Sachen sorgen wollte, sondern sich auch weigerte, irgendeine Verpflichtung für die Familie auf sich zu nehmen, machte eine typische verächtliche Bemerkung, als Mutter ihn bat, den Abfalleimer hinauszubringen, was er zu tun versprochen hatte. „Warum muß ich immer was tun?" Woraufhin Mutter ihn zu einer kleinen Unterhaltung einlud. „Wie wär's denn, wenn du einmal eine ganze Woche lang tun dürftest, was du willst, ohne alle Pflichten?" Hans traute seinen Ohren nicht. Natürlich möchte er das. (Es ist wohl der Traum eines jeden richtigen Jungen, tun zu können, was er will.) „Meinst du das ehrlich? Ich brauch' nichts wegzubringen? Ich brauch' mir vor Tisch nicht die Hände zu waschen? Ich brauch' nicht zu baden und keinen Abfalleimer wegzubringen?" Mutter bejahte: „Wenn du es eine Woche lang tun willst, soll es mir recht sein. Aber es ist eine Bedingung dabei." (Hans wußte ja, daß es einen Haken geben mußte; es war zu schön, um wahr zu sein.) „Wenn du darfst, muß ich natürlich das gleiche Recht haben, oder was meinst du?" Was für eine dumme Frage, dachte Hans. Mutter tut doch sowieso immer, was sie will, warum braucht sie eine besondere Erlaubnis? So waren sich beide einig, und der Junge ging glücklich zu Bett und freute sich auf eine Woche völliger Freiheit. Als er am nächsten Morgen herunterkam, wartete kein Frühstück auf ihn. Er rief seine Mutter, die noch zu Bett lag, und fragte nach dem Frühstück. Mutter sagte ihm, sie habe

keine Lust aufzustehen. Er könne sich selbst bedienen, wenn er wolle. Es war zwar nicht ganz angenehm, sich das Frühstück selbst zu bereiten, aber doch nur ein kleiner Preis für die Freiheit. Als er zum Mittagessen kam, war nichts fertig. Mutter sagte ihm, daß sie zu einer Freundin zum Essen ginge. Und den ganzen übrigen Tag lang war sie, immer wenn etwas getan werden mußte, mit etwas anderm beschäftigt. Sie hatte keine Lust, Hans zu einem Gruppentreffen zu fahren oder einen Knopf anzunähen oder etwas für ihn zu bügeln usw.

In einer Familie hatte jeder beim Mittagessen bestimmte Aufgaben: Tischdecken, Abräumen, Geschirrspülen. Susi, die Jüngste, 9 Jahre alt, weigerte sich, ihre Arbeit zu tun. In einem Familienrat wurde beschlossen, daß sie nicht mit der Familie essen dürfe, wenn sie ihre Arbeit nicht tun wollte. Sie aß zu einer andern Zeit an einem getrennten Tisch. Jeden Tag hatte sie die Wahl, ihre Arbeit zu tun oder getrennt zu essen. Sie entschied sich dafür, allein zu essen, und zwar eine Woche lang. Schließlich aber wollte sie wieder mit der Familie essen und ihre Arbeit tun. Und sie blieb dabei.

Wenn man die vier Grundsätze der Konfliktlösung in einem demokratischen Verfahren benutzt, kann man bestimmen, was richtig und was falsch war. Dieses Beispiel zeigt eine eigenartige Mischung von beiden. Anstatt täglich zu streiten, zu mahnen und zu bitten, entschloß sich die Familie zu einem bestimmten Verfahren. Die Folge wurde gesetzt, so daß es immer an Susi lag, ob sie sich ihr anpassen wollte. Aber hier erhebt sich die Frage: War der Streitpunkt erkannt? Und nahm Susi an der Entscheidung teil? Offensichtlich befand Susi sich in einem Machtkampf. Sie weigerte sich nicht nur, zu tun, was man von ihr erwartete, sie ertrug sogar, als die Folge mit ihren unangenehmen Wirkungen in Kraft trat, lieber diese, als nachzugeben. Sie brauchte eine ganze Woche, um zu erkennen, daß ihre Familie nicht einlenken würde und daß es daher unsinnig wäre, einen nutzlosen Kampf fortzusetzen. Sie gab nach, weil die Familie nicht bereit war, sich zu beteiligen. Aber die Familie hatte die Folge offensichtlich als Straf- und Vergeltungsmaßnahme auferlegt. Das war eine gewaltsame Art, Susi zu zeigen, daß sie nicht zur Familie gehörte, wenn sie ihre Arbeit nicht tat. Jedoch lag ein versöhnendes Element in dieser Anwendung logischer Folgen darin, Susi die Ent-

scheidung treffen zu lassen, ob sie mit der Familie essen wollte. Sie verstand die Bedingungen, unter denen sie sich wieder mit ihr vereinen konnte.

In unserer kulturellen Verfassung neigen die Eltern dazu, sich Verantwortung aufzuladen. Selbst solche Eltern, die aufrichtig bemüht sind, sich aus dem Kampf herauszuhalten und die Lage selbst wirken zu lassen, schwanken und lassen sich weiter hineinziehen. Man muß außerordentlich vorsichtig sein, wenn man nicht der Versuchung der Herrschaft erliegen will.

Doris, Hanne und Barbara, 10, 11 und 12 Jahre alt, waren sich einig, daß jede während der Sommerferien das Geschirr einer Mahlzeit spülen wollte. Zuerst klappte das gut, und sie wechselten sich nach dem Frühstück, dem Mittag- und dem Abendessen ab. Aber bald fingen sie an, das Spülen immer mehr hinauszuschieben, bis schließlich das Geschirr von der letzten Mahlzeit noch nicht fertig war, wenn es Zeit für die nächste war. Die Familie erörterte das Problem und beschloß, daß diejenige, die für nicht gespültes Geschirr verantwortlich war, auch das der nächsten Mahlzeit übernehmen sollte, da es unmöglich war, festzustellen, welches von den Mädchen für jede Mahlzeit verantwortlich war. Eine natürliche Folge wäre gewesen, die nächste Mahlzeit nicht zu bereiten, wenn das Geschirr schmutzig war. Aber das ging nicht, denn während der Schulzeit, wenn die Mädchen nicht zu helfen brauchten, spülte Mutter gewöhnlich nur einmal am Tag. Und das wußten die Mädchen. In der Folge gab es kein aufschieben mehr beim Spülen.

Wieder sehen wir, wie nahe die Mutter der Abgabe von Verantwortung an die Kinder kam, es aber dann doch nicht zuwege brachte. Es ist offensichtlich, daß sie sie zu sehr beschützte. Warum waren die Mädchen während der Schulzeit nicht für das Geschirr verantwortlich? Warum konnte die Mutter ihre Kinder die Wirkung ihrer Nachlässigkeit nicht selbst erfahren lassen, ohne sich einzumischen? Schließlich war es nicht ihre Aufgabe, eine Lösung herbeizuführen. Wenn die Mädchen mit ihrem Tun unzufrieden waren, lag es bei ihnen, zu entscheiden, was getan werden mußte. Die Bestimmung, daß jedes Mädchen, das für das Geschirr einer Mahlzeit verantwortlich war, auch das der nächsten spülen mußte, wenn es das der vorigen nicht gespült hatte, war willkürlich. Irgend jemand sitzt auf dem Richterstuhl. Aber

trotz all dieser Schwächen hatte das Verfahren Erfolg, weil ein neuer Ablauf der Dinge eingeführt wurde, der Auseinandersetzungen und Zank ausschloß. Das ist schließlich wesentlich für die erfolgreiche Anwendung logischer Folgen.

Lisbeth, 15 Jahre alt, kochte und backte gern und gut. Das war für Mutter eine große Hilfe, da sie erst nach 17 Uhr von der Arbeit nach Hause kam. Sobald jedoch die Vorbereitungen und das Backen zu Ende waren, wurde das schmutzige Geschirr für Lisbeth eine Riesenaufgabe. Wenn Mutter sie ständig mahnte, stellte sie das Geschirr ins Becken zum Aufweichen, tat sich aber schwer mit Spülen, Abtrocknen und Wegräumen. Mutter erkannte bald, daß Schelte keinen Zweck hatte. Sie merkte, daß sie mehrere Möglichkeiten hatte, mit dem Problem fertig zu werden. Erstens konnte sie das Geschirr in der Spüle lassen und die andern Mahlzeiten drumherum zubereiten. (Das würde kaum der Beginn einer glücklichen Mahlzeit sein.) Zweitens konnte sie Lisbeth anbieten, ihr zu helfen. (Mutter spürte, daß Lisbeth dann nie lernen würde, es allein zu tun, und Mutter würde Teil ihres Plans werden.) Drittens konnte Mutter Lisbeth die Benutzung der Küche verbieten. Viertens konnte Mutter um eine Familienratssitzung bitten, wo man die Angelegenheit erörtern und mögliche Lösungen suchen konnte.

Es gab eine solche Sitzung. Alle Familienmitglieder wünschten, daß Lisbeth weiter backte, weil die Ergebnisse so zufriedenstellend waren. Sie sagte, sie hätte gar nicht gemerkt, daß Mutter sich so über die unaufgeräumte Küche geärgert hätte. Sie bat darum, weiter backen zu dürfen, und meinte, es wäre wohl am besten, wenn sie unmittelbar danach alles säubern würde.

Als Lisbeth das nächste Mal backte, war der Kuchen wunderbar, aber der schmutzige Mixer stand zusammen mit den übrigen schmutzigen Sachen neben dem Kuchen. Mutter erinnerte sie an den Familienbeschluß. Sie sagte, sie habe vor, „gleich" anzufangen. In der Zwischenzeit bereitete Mutter die übrige Mahlzeit.

Als es Zeit für den Nachtisch war, brachte Mutter Obst herein. Lisbeth war verwirrt und enttäuscht, daß nicht ihr Kuchen aufgetischt wurde. Mutter sagte, sie habe sich für einen andern Nachtisch entschieden, weil Lisbeth ihren Teil des Abkommens nicht eingehalten hatte. Es wurde nicht mehr darüber gesprochen.

Mehrere Tage später fing Lisbeth wieder an zu backen. Nach-

dem die Törtchen fertig waren, spülte sie, trocknete ab und räumte alle Schüsseln und Töpfe weg. Sie stellte sicher, daß ihr Nachtisch aufgetragen wurde.

All das geschah vor mehreren Jahren. Obwohl das Ergebnis schließlich gut war (Lisbeth liebt das Kochen und macht willig alles wieder sauber), weiß die Mutter jetzt die Schritte, die sie hätte unternehmen müssen. Es war nämlich ihr Beschluß, nicht der der Familie, den Kuchen durch einen andern Nachtisch zu ersetzen. Sie wandte eine Strafe an, indem sie den Kuchen zurückhielt.

Die Mutter hat einen Fehler erkannt, aber es gab noch andre. Zuerst berief sie einen Familienrat ein, um Lisbeths Problem zu erörtern, aber es ist nicht richtig, den Familienrat nur einzuberufen, wenn etwas schiefgeht. Sitzungen sollten regelmäßig abgehalten werden und nicht, wenn Vater oder Mutter sich gerade über eine besondere Sache ärgern. Zweitens war es nicht notwendig, Lisbeth an den Familienbeschluß zu erinnern. Drittens war es falsch, daß die Mutter um das Geschirr herumarbeitete: die natürliche Folge einer unordentlichen Küche mit schmutzigem Geschirr ist, daß sie nicht benutzt werden kann. Viertens braucht es für Lisbeth nicht selbstverständlich zu sein, daß sie Geschirr spülen muß, weil sie gekocht hat. Spült ihre Mutter immer, wenn sie gekocht hat? Lisbeth sollten im Familienrat zwei Möglichkeiten zur Wahl gestellt werden: entweder sie backt und macht sauber, oder sie backt überhaupt nicht. Wenn einmal ein Beschluß gefaßt ist, in diesem Fall Lisbeths Übernahme der Verantwortung für das Spülen nach dem Backen, sollte bis zum nächsten Familienrat nichts mehr gesagt werden. Das wäre ein demokratisches Verfahren, bei dem die Folgen der vernachlässigten Verantwortung der ganzen Familie klarwerden. dann würde Lisbeth die Folgen erkennen und entsprechend handeln. Es bleibt eine letzte Frage: Warum hatte ein falsches Vorgehen gute Ergebnisse? Es handelte sich nicht nur um eine willkürliche Strafe. In der Handlung der Mutter gab es einen rettenden Anker. Sie handelte, ohne zu reden. Und gerade dieses Nichtreden beeindruckt Kinder.

Kinder können auf manche Weise beeinflußt werden, Verantwortung zu übernehmen, ob es sich nun ums Spülen handelt oder um eine andre häusliche Arbeit. Die Weigerung zu kochen, wenn das Geschirr nicht abgewaschen und die Küche schmutzig ist,

ist eine der einfachsten Arten, Kindern die Logik der Lage vor Augen zu führen. Im folgenden Beispiel sehen wir eine besondere Abart dieser Methode.

Mit Hilfe des Familienrats war ein System der Verteilung häuslicher Arbeiten hergestellt worden. In den meisten Fällen erfüllten Grete und Gloria ihre Pflichten einigermaßen gut außer Tischabräumen und Spülen, was sie beide höchst ungern taten. Weil diese Aufgabe gewöhnlich auf sie zukam, wenn ihre Lieblingsfernsehsendungen liefen, verfielen sie auf den Ausweg, diese Arbeit während der Werbesendungen oder der Sendepausen zu verrichten. Das führte manchmal dazu, daß sie noch nicht fertig waren, wenn es Zeit zum Schlafengehen war, und mehr als einmal mußte Mutter sie an ihre Arbeit erinnern, bevor sie zu Bett gingen.

Nachdem sie überlegt und mit ihrem Mann, der dem Versuch zustimmte, gesprochen hatte, beschloß Mutter, sich ein Beispiel an ihren Töchtern zu nehmen und das Abendessen während der Werbesendungen zu bereiten. Sie wählte einen Abend mit ihren Lieblingssendungen, und an diesem Abend waren es zufällig drei. Obwohl die Kinder über Hunger klagten, antwortete Mutter nur, daß sie das Essen bereiten würde, sobald die Umstände es erlaubten. Um $^1/_2$ 11 Uhr war es endlich fertig. Von da an gab es zwischen den Mahlzeiten und dem Spülen nur noch wenig Pausen.

Die Idee der Mutter war gut, hatte aber doch einige Haken. Warum mußte sie Grete und Gloria daran erinnern, ihre Arbeit vor dem Schlafengehen zu tun? Sie gab ihnen eine Lehre, aber nur einmal; folglich gab es immer noch Pausen zwischen den Mahlzeiten und dem Spülen. Obwohl die Mutter sich in der richtigen Richtung bewegte, indem sie Zank schweigend durch Handlung ersetzte, war sie doch immer noch beteiligt.

Mutter hatte es sich angewöhnt, den größten Teil des Samstags damit zu verbringen, mit den Kindern herumzuzanken, bis sie ihre im Familienrat festgesetzten Pflichten erfüllt hatten. Als sie merkte, was sie tat, brachte sie die Angelegenheit vor den nächsten Familienrat. Sie sagte, daß das Zanken sie krank mache, es verursache dauernde Reibungen in der Familie. Sie fragte, ob die Familie gemeinsam eine Lösung des Problems finden könne.

Nach vielem Hin und Her beschloß man, daß Mutter die Verantwortung nicht einmal mehr erwähnen sollte, aber daß alle Arbeiten am Samstag bis vier Uhr nachmittags erledigt sein mußten. Den Kindern wurde es freigestellt, ob sie es vor- oder nachmittags tun wollten.

Am folgenden Samstag machten sich drei der Kinder fröhlich an ihre Arbeit. Fritz aber, das jüngste Kind, beschloß, mit seinen Freunden Fußball zu spielen. Dann sah er sich bis zum Mittagessen eine Fernsehsendung an. Er war es übrigens, mit dem Mutter am meisten hatte zanken müssen, aber diesmal sagte sie nichts. Um 2 Uhr beschlossen Vater und Mutter, die Kinder für ein paar Stunden mit zum Strand zu nehmen. Sehr zum Mißvergnügen von Fritz, denn er konnte nicht mit, weil er den Rasen noch nicht gemäht hatte. Er fragte, ob er nicht bis Montag mit dem Mähen warten könne, aber der Beschluß des Familienrats galt. Er blieb zu Hause und mähte den Rasen, während die Familie zum Strand ging. Am folgenden Samstag und auch danach sorgte Fritz dafür, daß er erst seine Arbeit machte, bevor er Fußball spielte oder fernsah.

Hier sehen wir, daß die Mutter die Verantwortung tatsächlich mit der Familie teilte. Sie brachte ihr Problem vor den Familienrat und bat um Hilfe bei der Suche nach einer Lösung.

Eine häufige Konfliktquelle ist, daß die Kinder ihre Zimmer nicht in Ordnung halten wollen. Sie empfinden diese Arbeit als Zumutung. Die Eltern haben viele Möglichkeiten, bei ihren Kindern den Willen zu stärken, ihr Zimmer in Ordnung zu halten.

Fred, 9 Jahre alt, weigerte sich, sein Zimmer sauberzuhalten. Weder machte er sein Bett, noch räumte er seine Sachen fort, so daß man sein Zimmer nicht betreten konnte, ohne auf etwas zu treten. Nach endlosen Kämpfen und Drohungen, die natürlich nutzlos waren, beschloß man, einen Familienrat zu bilden. Sicherlich war dabei Freds Unordentlichkeit nur eins der vielen Probleme, die zu besprechen waren. Als der Rat Freds Recht auf ein unordentliches Zimmer erörtert hatte, kam er zu dem Schluß, daß es allein an ihm läge, ob er sein Zimmer wie einen Schweinestall haben wollte. Aber da er es so wollte, beschloß die Familie, daß dann auch jeder alles, was irgendwo herumlag, in sein Zimmer legen könnte. Zuerst schien ihn das überhaupt nicht zu berühren, aber nach ein paar Wochen fühlte er sich in seinem Zim-

mer so unbehaglich, daß er bat, ihm beim Säubern zu helfen. Von da ab war er sorgfältiger.

Mitfühlendere und zuvorkommendere Eltern hätten Fred diese Erfahrung ersparen können. Seine Mutter hätte sich weigern können, die Bettwäsche zu wechseln, solange sein Bett und sein Zimmer unordentlich waren. Oder sie hätte Fred anbieten können, ihm am Wochenende beim Saubermachen des Zimmers zu helfen, so daß es zusammen mit sauberer Wäsche jedes Wochenende in ordentlichem Zustand war.

Wenn auch Fred das Recht zugestanden wird, sein Zimmer zu halten, wie er es will, sollte eigentlich keiner von der übrigen Familie das Recht haben, die Unordnung noch zu vermehren. Da jedoch die Familie ruhig und ohne Streiten, Bitten und Drohungen verfuhr, hatte sie Erfolg.

Essen

Viele Eltern nehmen es als selbstverständlich hin, daß manche Kinder sich weigern zu essen; das ist unsinnig. Es gibt auf der Erde wahrscheinlich keine anderen Lebewesen, die sich weigern, Nahrung zu sich zu nehmen, außer unsern Kindern. Sie wollen lieber verhungern, wenn sie so die besondere Aufmerksamkeit der Eltern auf sich ziehen können. Die natürliche Folge der Weigerung eines Kindes zu essen ist, daß es hungrig ist; und die meisten Eltern spielen dem Kind in dieser Hinsicht in die Hand.

Erich, 7 Jahre alt, ein mittleres Kind, war sehr wählerisch beim Essen. Als Vater reichliche Portionen eines Fleischeintopfs, des Lieblingsgerichts der Familie, austeilte, kroch Erich auf seinem Stuhl in sich zusammen und sagte schlechtgelaunt: „Ich mag das Zeug nicht." „Erich, versuch's doch bitte", bat Mutter. „Du weißt, daß ich es nicht mag, wenn alles zusammengemanscht wird", jammerte Erich. „Ich ess' das einfach nicht." „Ist ja gut, ich mache dir ein Butterbrot." Erich spielte derweil mit seinem Messer. Vater und die andern Kinder beendigten ihre Mahlzeit und standen auf, während Mutter bei Erich blieb, der langsam sein Butterbrot aß.

Das ist ein typisches Beispiel. Der Mutter ist es nicht gelungen, das Kind zum Essen zu bewegen; vielmehr ist es dem Kind gelungen, die Mutter in seinen Dienst zu zwingen und *sie* für es tun zu lassen, was es will. Die einzige wirksame Antwort auf einen schlechten Esser ist, ihn völlig in Ruhe zu lassen.

Toni war zu einer Feier eingeladen. Augenscheinlich war er ein schlechter Esser. Alle Kinder waren schon fertig, nur Toni hatte noch seine volle Tasse Kakao vor sich und kaute ohne sichtbare Wirkung an einem Schnittchen herum. Seine Großmutter, die dabei war, erklärte, daß er oft eine Stunde zum Essen brauchte. Sie versuchte, ihn zu überreden. „Schämst du dich nicht, Toni? Alle andern sind schon fertig. Beeile dich." Die Gastgeberin bat sie, aus dem Zimmer zu gehen, und wandte sich dann an den Jungen. „Bei uns brauchst du nicht zu essen, wenn du nicht willst. Gib mir deine Tasse und dein Schnittchen." Sie tat so, als ob sie ihm beides wegnehmen wollte. Sofort faßte Toni mit beiden Händen zu und nahm einen großen Bissen von dem Schnittchen. Jetzt hatte er beide Backen voll, aber er konnte das Essen nicht herunterkriegen. Er hatte einfach keine Übung darin. Sie war hartnäckig. „Nein, das hat keinen Zweck. Ich sehe ja, daß du keinen Hunger hast. Komm, ich nehm's dir einfach weg, wenn *du es nicht essen willst." In fünf Minuten waren Kakao und Schnittchen verzehrt, zum größten Erstaunen der Großmutter, die sich nicht erklären konnte, wie das zustande gekommen war.*

Toni aß nicht ungern, aber er bestand darauf, es nach seiner Weise zu tun, was bedeutete, daß er seine Großmutter und wahrscheinlich auch seine Mutter beschäftigt hielt. Aber es bedeutete keineswegs, daß er sich das Essen von irgend jemand wegnehmen ließ. Für schlechte Esser, vor allem solche, die die Mahlzeiten benutzen, um Erwachsene zu tyrannisieren, ist es Ehrensache, ihr Essen zu verteidigen, wenn jemand es ihnen wegnehmen will. Dieser Widerspruch kann bei Kindern beobachtet werden, die lange Zeit nicht viel gegessen haben. Ärzte betrachten diese Schwierigkeit gern als Krankheit, die sie *anorexia nervosa* nennen. Sie schlagen alle möglichen Behandlungsarten vor, oft ohne Erfolg. Die Unfähigkeit des Arztes, die Gründe für das Nichtessen des Kindes zu verstehen, hindert ihn an der Anwendung wirksamer Folgen, die das Interesse des Kindes am Essen anregen

könnten. Es erfordert beträchtlichen Mut und viel Überzeugung, um sich mehr der schädlichen Haltung des Kindes dem Essen gegenüber als seinem „Bedürfnis“ nach Nahrung bewußt zu werden. Einer der schlimmsten Fälle war der folgende.

Hans war sieben Jahre alt, als seine Mutter ihn in unser Sommerlager brachte. Er war gerade vom Keuchhusten genesen. Er hustete und erbrach sich nicht nur, wenn er zu essen anfing, sondern auch, wenn er sich aufregte oder körperlich anstrengte. Er hatte so viel Gewicht verloren, daß er nur noch Haut und Knochen war. Die entsetzten Eltern hatten eine Schwester eingestellt, die ihn mehrmals am Tag fütterte. Sie mußte ihm buchstäblich jeden Bissen in den Mund zwingen. Jedes Füttern dauerte Stunden. Das Ergebnis war, daß er eine kleine Menge Nahrung schluckte, aber meist behielt er sie nicht bei sich. Ich war einverstanden, den Jungen aufzunehmen unter der Bedingung, daß die Eltern ihn zwei Wochen lang nicht besuchten und sich nicht nach Ab- oder Zunahme des Gewichts erkundigten. Die Eltern hatten schon alles versucht; es blieb ihnen nichts andres übrig, als einverstanden zu sein. Der Junge aß praktisch einige Tage lang nichts. Wenn man ihm etwas zu essen vorsetzte, schaute er es nur an. Niemand machte eine Bemerkung. (Eine Vorschrift, die schwer durchzusetzen war.) Nach einiger Zeit wurde der Teller weggenommen, und man bot ihm, den Anordnungen entsprechend, nichts anderes an. Er nahm nur Milch und Getränke zu sich, wenn sie auch den andern Kindern gereicht wurden. Es war schwer, zuzusehen, wie das Kind sich allmählich selbst zugrunde richtete, aber es war die einzige Möglichkeit, es zu heilen. Einige der weiblichen Mitarbeiter im Lager konnten es nicht ertragen und versuchten, ihm Extranahrung zu geben. Ich mußte jedem, der es tat, mit Entlassung drohen. Und der Plan zahlte sich aus.

Gegen Ende der ersten Woche fing Hans an, sich etwas Nahrung in den Mund zu stecken. Die folgende Geschichte beschreibt, wie er das tat.

Wir machten einen Ausflug. Ich gesellte mich nach etwa einer Stunde der Wanderung zu ihm und fragte, wie es ihm ginge. Er antwortete nicht. Das war merkwürdig, denn gewöhnlich war er ein freundlicher Junge. Ich suchte herauszufinden, was ihn bedrückte, konnte aber keine Antwort bekommen. Schließlich forderte ich ihn auf, den Mund zu öffnen.

Er gehorchte. Darin war ein Korinthenbrötchen, das er mehr als eine Stunde vorher beim Frühstück genommen hatte. Er hatte es in den Mund gesteckt, aber weder darauf gekaut noch es hinuntergeschluckt. Es dauerte zwei Wochen geduldigen Wartens, bevor er anfing, normal zu essen. Aber dann waren alle Schwierigkeiten vorbei, und er nahm rasch zu.

Wenn man Kindern helfen will, Sinn und Absichten zu ändern, darf man sich nicht durch ihre falschen Ziele täuschen lassen. Die ruhige Festigkeit ohne Kampf oder Nachgeben ließ das Kind die Nutzlosigkeit seiner Bemühungen erkennen.

Man muß sich die physische Reaktion vor Augen halten, wenn man zum Essen gezwungen wird. Der Magen ist auf die Nahrungsaufnahme nicht vorbereitet, wenn seine Verdauungsfunktion gestört ist. Umgekehrt kann die Aufhebung des Drucks zur Nahrungsaufnahme den Fluß der Magensäfte anregen. Die folgende Begebenheit zeigt das.

Eva, 4 Jahre alt, zeigte keine Lust, ihr Abendessen zu essen. Anstatt zu versuchen, es ihr aufzuschwätzen, sagten wir ihr, daß sie nichts zu essen brauchte. Sie würde jedoch auch nicht das Stück Schokolade bekommen, das wir ihr gewöhnlich vor dem Schlafengehen gaben. Sie saß da und dachte nach. Dann fragte sie, ob sie es noch einmal versuchen dürfte. Natürlich durfte sie. Nach ein paar Bissen rief sie plötzlich aus: „Komisch, auf einmal schmeckt es gar nicht mehr schlecht.“

Einige Kinder nehmen sich vor, nur eine bestimmte Art von Speisen zu essen, wie in dem folgenden Beispiel.

Max, 9 Jahre alt, weigerte sich, irgend etwas andres als heiße Würstchen zu essen. Bei jeder Mahlzeit gab es einen Kampf, bis er einige Bissen hinuntergewürgt hatte. Dann riet man Mutter, mit Max einen Handel abzuschließen. Möchte er wohl eine ganze Woche lang zu jeder Mahlzeit nur Würstchen haben? Er war selig über diesen Vorschlag. Mutter gab ihm also zum Frühstück, Mittagessen und Abendessen nur Würstchen und sonst nichts. Er war glücklich – drei Tage lang. Dann hatte er genug von Würstchen und wollte etwas andres haben. Aber Mutter blieb fest, was für eine Mutter gar nicht so einfach ist. Sie weigerte sich, ihm den Rest der Woche etwas andres als Würstchen zu geben. Danach aß Max alles.

Ähnlich kann man immer vorgehen, wenn ein Kind sich einseitig festlegt. Einige Kinder nehmen sich vielleicht vor, nur Flüssiges zu sich zu nehmen. Das ist gewöhnlich die Folge eines Versuchs der Mutter, dem Kind die Aufnahme von festen Speisen aufzuzwingen. Es mag einige Zeit dauern, bis das Kind seine Nahrungseinschränkung aufgeben will, aber es wird es tun, wenn die Eltern sich jeden Drucks enthalten. Wie schon gesagt, ist das für manche Mütter äußerst schwer, weil sie es mit einer richtigen wohlausgewogenen Ernährung halten. Ähnlich können Kinder sich weigern, etwas zu essen, das nicht „rein" ist, also eine Speise, die aus mehreren Bestandteilen gemischt ist.

Alle diese Taktiken müssen als Teil eines Machtkampfs verstanden werden, in den Mutter und Kind verwickelt sind. Es besteht kein großer Unterschied, ob das Kind zuwenig oder zuviel, zu langsam oder zu schnell ißt; alles, was es tut, ist Einladung zum Kampf und Folge davon. Die Kernfrage lautet: Wer gewinnt?

Was kann man tun, wenn sich andre Familienmitglieder nicht an den Grundsatz der Nichteinmischung halten? Der Vater oder die Großmutter können das Getue und den Streit fortsetzen, auch wenn es der Mutter gelungen ist, sich herauszuhalten. Für das Kind jedoch ist wichtig, was die *Mutter* tut. Was auch immer die andern Familienmitglieder tun, die Mutter kann zwischen sich und dem Kind eine nicht kämpfende, nicht nachgebende Beziehung gegenseitiger Achtung herstellen. Aber wie kann sie ruhig dabeisitzen, wenn andere Familienmitglieder ihre Haltung durchkreuzen? Sie muß sie auf die gleiche Weise beeinflussen, wie sie das Kind beeinflußt. Wenn die Großmutter immer weiter den kleinen Hans zum Essen antreibt trotz der Bitte der Mutter, es nicht zu tun, dann kann sie ruhig ihren Teller nehmen und zum Essen in ein andres Zimmer gehen. Man kann sicher sein, daß der Großmutter das nicht gefällt; sie muß sich dann entscheiden, ob sie sich weiter so benehmen will, daß die Mutter nicht mehr mit der Familie essen kann. Alle Störungen am gemeinsamen Tisch können ähnlich gelöst werden.

Es ist erstaunlich, wie nahe Mütter der Anwendung logischer Folgen kommen und im letzten Augenblick den Grundsatz verletzen und damit alles, was sie erreicht haben, zunichte machen. Das folgende Beispiel ist wichtig, weil es zeigt, was getan werden sollte und was nicht. Und noch wichtiger, es zeigt genau den Grund auf, warum die Mutter nicht durchhielt.

Fred, 4 Jahre alt, saß am Mittagstisch nicht auf seinem Stuhl. Er kniete sich, rutschte hinunter, stand, spazierte herum und verschüttete dabei natürlich immer etwas. Das war wahrscheinlich ein Trick, Aufmerksamkeit zu erregen, weil er gewöhnlich an der Unterhaltung nicht teilnehmen konnte.

Eines Tages benahm sich Fred wieder so, und Mutter fragte ihn, ob er richtig auf seinem Stuhl sitzen oder lieber keinen Stuhl haben und stehen wollte; er rückte also den Stuhl weg und aß weiter. Nach nicht ganz fünf Minuten bat er um seinen Stuhl. Man sagte ihm, er könne ihn bei dieser Mahlzeit nicht wieder haben, da er das ja so gewollt hatte. Er weinte ein wenig, aß aber weiter, und die übrige Familie beachtete sein Weinen nicht. Bei der nächsten Mahlzeit fragte Fred, ob er auf seinem Stuhl sitzen dürfe, und man sagte ihm, er dürfe, wenn er immer daran denke, daß er ruhig sitzen müsse. Eine sanfte Mahnung während des Essens genügte, ihn auf seinem Stuhl zu halten. (Die andren schlossen ihn in ihre Unterhaltung bei Tisch ein.) Sein Benehmen besserte sich von da an im allgemeinen, obwohl gelegentliche Ermahnungen nötig waren.

Ein Teil des Problems mag der diesem Alter allgemein anhaftenden Unruhe zugeschrieben werden. In dem Augenblick, wo Ermahnungen notwendig sind, zeigt Fred, daß er es noch nicht gelernt hat, selbst Verantwortung zu übernehmen. Ob die Ermahnung sanft ist oder nicht, macht kaum einen Unterschied; sie ist falsch. Aber warum bleibt die Mutter dabei? Bestärkt durch sogenannte Forschungsergebnisse von Fachleuten, glauben viele Leute, daß Kinder nicht fähig sind, eine bestimmte Zeitlang stillzusitzen. Diese Mutter glaubte an die „diesem Alter allgemein anhaftende Unruhe"; andere meinen, daß ein Kind zuviel Energie hat. (Überaktivität wird häufig einem „geringfügigen Gehirnschaden" zugeschrieben, gleichgültig, ob eine solche Behauptung nachgewiesen wird oder nicht, und in den meisten Fällen ist sie es nicht.) Logische Folgen sind nur sinnvoll, wenn man glaubt, daß das Kind daraus lernen kann, sein Benehmen zu ändern, wenn es sich das vornimmt. Jede Annahme der Unfähigkeit eines Kindes, sich zu benehmen und zu folgen, weist einen weitverbreiteten Pessimismus und ein ebenso weitverbreitetes Mißtrauen ihm gegenüber auf. Wir unterschätzen gewöhnlich die Fähigkeit des Kindes, sein eigenes Benehmen zu bestimmen.

Es ist fraglich, ob die Anordnung, Fred beim Essen stehen zu

lassen, die beste war, die die Mutter treffen konnte. Wenn Stehen die Folge ist, wird man dem Kind immer eine neue Wahlmöglichkeit geben müssen oder aber um den Tisch herumgehen und das Kind wegbringen, das wahrscheinlich im Augenblick der drohenden Wegnahme seines Stuhls darauf sitzen möchte. Die wirksamste Technik aber und die am häufigsten angewandte ist, schweigend den Teller des Kindes wegzunehmen, sobald es mit dem Essen spielt, mit den Händen ißt, nicht richtig sitzt, trödelt oder sich sonst schlecht benimmt. Man sagt ihm, daß es erst bei der nächsten Mahlzeit wieder die Gelegenheit zum Essen bekommt, gleichgültig, wie sehr es schreien mag, ob es einen Wutanfall bekommt oder verspricht, „brav" zu sein. Wenn ein kleines Kind angriffslustig oder gewalttätig wird oder einen Wutanfall bekommt, kann man es still entfernen, aber nicht ohne ihm eine Wahl zu geben; es darf an den Tisch zurückkommen, wenn es gewillt ist, sich zu benehmen. Es wird nicht „bestraft" für das, was es getan hat, sondern lediglich beurlaubt, *solange* es sich nicht benehmen will. Wenn es sich weigert hinauszugehen, kann man es selbst entscheiden lassen, ob es von selbst gehen oder hinausgetragen werden will. Einem Erwachsenen mag eine solche Wahl unwichtig erscheinen; er sieht nur die Tatsache, daß das Kind gezwungen wird hinauszugehen. Für das Kind aber ist es ein gewaltiger Unterschied, ob es aufgefordert wird hinauszugehen oder ob man ihm die Wahl läßt, wie es hinauskommen wird.

Den Teller wegzunehmen ist auch eine logische Folge, wenn es einem Kind schwerfällt, zu Tisch zu kommen. Es ist niemals notwendig, ein Kind mehr als einmal zu den Mahlzeiten zu rufen. Jedoch besteht zwischen Eltern und Kindern eine unausgesprochene Übereinkunft, daß einmaliges Rufen als unwichtig betrachtet wird. Viele Eltern gewöhnen ihre Kinder daran, nur dann zu kommen, wenn sie brüllen.

Eine der ärgerlichsten Unarten Roberts, 11 Jahre alt, war, daß er nie rechtzeitig zum Abendessen kam. Der Vater versuchte alles, sogar Schläge. Nichts half. Robert kam nie rechtzeitig. Ich versuchte, dem Vater den Grund für das Verhalten des Jungen zu erklären. Robert besiegte ganz offensichtlich einen sehr herrschsüchtigen Vater, der den Trotz seines Sohnes einfach nicht ertragen konnte. Der Vater brauchte sich nur zu weigern, Robert zu bedienen, wenn er zu spät kam. Er konnte das nicht anneh-

men. Er behauptete, man könne doch einem Kind nicht das Essen verweigern. Man erklärte ihm, daß ja nicht er Robert das Essen verweigere, sondern Robert sich selbst dadurch, daß er nicht rechtzeitig zum Essen kommen wollte. Nach langer Überredung und einer kurzen Unterhaltung mit Robert kam man überein, daß er kein Abendessen bekommen sollte, wenn er zu spät kam.

Zwei Wochen später kam der Vater wieder und berichtete, daß „es nicht geklappt hatte". Ich konnte es kaum glauben. Kam Robert immer noch zu spät? „Ja." Bekam er denn eine Mahlzeit? „Bestimmt nicht." Ich konnte es nicht verstehen: ein gesunder Junge, der nicht zum Abendessen kam und nichts zu essen bekam! Ich fragte daher den Vater, ob er wirklich nichts zu essen bekam. An diesem Punkt wurde der Vater ziemlich ärgerlich: er habe es mir doch schon gesagt. Ich wagte einen weiteren Vorstoß. Bekam er überhaupt etwas, bevor er zu Bett ging? „Natürlich", sagte der Vater, „man kann doch ein Kind nicht hungrig zu Bett gehen lassen."

Hier sehen wir deutlich die Folge eines übertriebenen Verantwortungsgefühls. Dieser Fall ereignete sich in Wien. Meist suchen eher Mütter Rat als Väter; Mütter nehmen gewöhnlich die volle Verantwortung auf sich, so daß weder die Väter noch die Kinder es zu tun brauchen. Gerade das übertriebene Verantwortungsgefühl hindert sie oft daran, das Kind im richtigen Augenblick die Folgen spüren zu lassen. Es bricht einer Mutter das Herz, wenn ihr Kind leidet oder etwas entbehren soll.

Natürlich sind alle Vorfälle, denen man mit logischen Folgen begegnen kann, Ausdruck eines tiefwurzelnden Streits, einer gestörten Beziehung. Logische oder natürliche Folgen wirken zu lassen ist nur ein Weg – und oft der erste und wirksamste –, um mit einem Problem fertig zu werden. Aber mehr als Folgen sind notwendig, um Gegnerschaft und Feindseligkeiten wegzuräumen, die heute offen oder insgeheim in unsern Familien herrschen.

Zähneputzen

Betti, 3 Jahre alt, wollte sich nicht die Zähne putzen. Damit sie es tat, mußte Mutter mit ihr gehen und sie jedesmal zwingen. Der Streit regte Mutter und Betti auf. Schließlich war Mutter es leid. Sie sagte Betti, sie brauche sich die Zähne nicht zu putzen,

wenn sie es nicht wollte. Aber da Bonbons und andre Süßigkeiten ungeputzte Zähne zerstörten, könnte sie keine bekommen. Danach vermied Mutter es, übers Zähneputzen zu sprechen. Eine Woche lang putzte Betti sich nicht die Zähne und bekam auch keine Süßigkeiten. Die andern Kinder bekamen Bonbons und Eis. Eines Nachmittags sagte Betti zu ihrer Mutter, sie möchte sich die Zähne putzen und Bonbons haben. „Jetzt nicht, Betti", sagte Mutter. „Die Zähne putzt man sich morgens und abends." Betti nahm das ohne Klagen hin. Am Abend putzte sie sich von selbst die Zähne.

Dies ist eine einfache und wirksame Art, einem Kind die Folgen seiner Nachlässigkeit klarzumachen.

Benehmen in der Öffentlichkeit

Das Benehmen auf der Straße führt oft zu einem größeren Konflikt zwischen Kindern und Eltern.

Mutter und Bärbel waren auf dem Weg vom Spielplatz nach Haus, als Bärbel noch zu ihrer Tante gehen wollte. Mutter sagte nein, sie würden sofort nach Haus gehen. Bärbel jammerte und bettelte. Mutter ging weiter. Das Kind warf sich auf den Bürgersteig und schrie. Mutter ging ruhig und ohne etwas zu sagen weiter und sah sich nicht um. Plötzlich sprang Bärbel auf und lief lachend und hüpfend der Mutter nach. Den Rest des Wegs gingen sie vergnügt zusammen.

Ein Konflikt in der Öffentlichkeit, auf der Straße, im Supermarkt oder in einem Restaurant bringt die Eltern in Verlegenheit und führt oft zu der Entscheidung, dem Kind den Willen zu tun, um seine Mitarbeit zu gewinnen. Eltern unterwerfen sich, wenn ihr Widerstand gegen unbillige Forderungen und gegen Störungen leicht gebrochen werden kann.

Ich sah einmal eine Mutter mit ihrer zweijährigen Tochter reden, die auf dem Rücksitz ihres Wagens saß. Die Mutter bat sie herauszukommen, aber das Mädchen weigerte sich. Was konnte die Mutter tun? Es ist so einfach. Sie hätte das Kind herausheben können, ohne etwas zu sagen; schließlich war es ja noch möglich, sie zu tragen. Oder sie hätte weggehen können, und das Mädchen

wäre ihr wahrscheinlich gefolgt, wenn auch nicht ohne Schreien. Wenn Eltern ruhig bleiben können, ohne Angst davor zu haben, was die Leute sagen, werden sie finden, daß die Kinder meist gewillt sind, ihnen zu folgen.

Ein kleiner Junge von drei Jahren stand vor einem Schaufenster und rührte sich nicht. Seine Mutter und sein Vater, die vorgegangen waren, riefen ihn und versuchten, ihn zu überreden. Aber der Junge weigerte sich, seinen Platz zu verlassen. Die Eltern waren verzweifelt. Der Vater ging zurück und redete laut und scharf. Das Kind tat so, als hörte es ihn nicht. Schließlich war die Geduld des Vaters erschöpft. Er griff sich den Jungen und begann, ihn wegzuziehen. Und jetzt fing das Schauspiel erst richtig an. Das Kind widersetzte sich wild; es brüllte und schrie und warf sich auf den Bürgersteig. Vater und Mutter zogen aufgeregt an ihm, bis Vater den Jungen schließlich aufhob und ihn vom Schlachtfeld forttrug, keineswegs als strahlender Sieger.

Es ist so leicht, ein solches Kind zur Vernunft zu bringen. Es besteht gar keine Notwendigkeit für Wirbel und Aufruhr. Wenn die Eltern klug gewesen wären, hätten sie dem Jungen nach seiner ersten Weigerung weiterzugehen sagen sollen: „Du willst dir das Schaufenster ansehen, nicht wahr? Schade, aber wir haben keine Zeit. Du mußt also allein hierbleiben, und wir gehen nach Haus." Wenn das Kind sieht, daß sie es ernst meinen, wird es gewiß nicht versäumen, ihnen zu folgen. Nehmen wir aber an, daß es gewöhnt ist, seine Eltern zu besiegen, und überzeugt ist, daß sie ihm in jeder Lage nachgeben werden, trotz ihrer Drohungen, dann sollten die Eltern bis zur nächsten Ecke gehen und das Kind ungesehen beobachten. Wenn es merkt, daß sie fort sind, wird es wahrscheinlich hinterherlaufen. Und wenn nicht, können sie es immer noch aus der Entfernung beobachten und hinter ihm hergehen, wenn es sich verlaufen sollte. Am Ende wird es sie suchen. Aber es kommt selten bis zum Äußersten; gewöhnlich lernt das Kind, wenn man es im Stich läßt.

Ein Kind allein zu lassen, wenn es einen Wutanfall hat, genügt, es von der Nutzlosigkeit zu überzeugen. Man braucht Zuschauer; sonst ist der Anfall unwirksam. Gewöhnlich bilden die Eltern die erforderliche Zuschauerschaft. Wenn sie es nicht tun, stellen sie das Kind vor eine neue Wirklichkeit. Es kann sich dann den Erfordernissen der Lage anpassen.

Das schlechte Benehmen von Kindern in Lebensmittelläden und Supermärkten ist mittlerweile so allgemein, das man es oft als normal hinnimmt. Tatsächlich aber ist ein Lebensmittelgeschäft kein Spielplatz. Kinder können den Unterschied lernen und sich entsprechend verhalten.

Georg, 5 Jahre alt, kletterte über die Einkaufswagen des Supermarkts, stieg dann aufs Geländer und von da auf das Drehkreuz. „Komm 'runter, Georg, du wirst dir noch weh tun." Der Junge kümmerte sich nicht darum und hing mit den Knien am Geländer. „Los, Georg, komm 'runter, ehe du dich verletzt." Mutter zog einen Wagen aus der Reihe. Ihr Sohn zog sich hoch und setzte sich grinsend auf das Drehkreuz, um eine Frau am Durchgehen zu hindern. Mutter rief: „Georg, geh 'runter, damit die Dame durchgehen kann." Georg kletterte hinunter und dann in die Wagen. „Georg, komm!" Mutter ging ohne ihn den Gang entlang. Georg spielte am Geländer und auf den Drehkreuzen, bis Mutter mit dem Einkauf fertig war und ihn dort fand.

Vor dem Betreten des Geschäfts hätte die Mutter zu Georg sagen sollen: „Georg, der Laden ist kein Spielplatz. Du kannst mit mir die Gänge entlanggehen und mir beim Aussuchen helfen." Wenn Georg irgendwie zwischen die Wagen springen sollte, muß seine Mutter ihn sofort an der Hand aus dem Geschäft und zum Auto bringen mit den Worten: „Es tut mir leid, daß du keine Lust hast, dich im Laden zu benehmen. Du kannst im Wagen auf mich warten." Oder sie kann ihren Einkauf überhaupt unterbrechen und Georg nach Haus bringen oder vielleicht zu einer Nachbarin. Bevor sie ihn wieder mitnimmt, sollte sie ihn fragen, ob er bereit ist, sich zu benehmen. Wenn er dann wieder eine Störung verursacht, muß er noch ein paarmal zu Haus bleiben, während die Mutter einkaufen geht, jedenfalls so lange, bis er gewillt ist, sich zu benehmen.

Wenn man erwartet, daß sich ein Kind draußen richtig aufführt, muß man sich zu Haus die Zeit nehmen, es mit ihm zu üben.

Nach vielen vergeblichen Versuchen, Robert, 3 Jahre alt, dazu zu bewegen, nicht auf der Straße zu spielen, selbst wenn andre Kinder es taten, lernte seine Mutter in einer Arbeitsgemeinschaft für Kindererziehung, Robert zu sagen, daß er nicht auf die Straße

gehen dürfe, sonst würde er zurück ins Haus kommen. Robert ging am Morgen zum Spielen hinaus; nach etwa 30 Minuten sah Mutter ihn auf der Straße. Sie ging hinaus und holte ihn ohne Worte und Ärger herein. Robert beklagte sich und weinte jämmerlich. Mutter steckte ihn in sein Zimmer, bis er sich beruhigt hatte. Sie sagte ihm, er könne es am Nachmittag noch einmal versuchen, nach draußen zu gehen und nicht auf der Straße zu spielen.

Das wiederholte sich annähernd fünfmal in drei Tagen. Danach sah eine erstaunte Nachbarin, wie der Dreijährige mit gekreuzten Armen am Straßenrand stand und alle andern Kinder auf der Straße spielen sah.

Der Junge hätte wahrscheinlich nicht auf diese Weise angesprochen, wenn die Mutter eine strafende, vergeltende Haltung eingenommen hätte. Statt seinen Trotz herauszufordern, holte sie ihn als logische und annehmbare Folge ins Haus. Sie sprach mit ihm wie ein freundlicher Zuschauer. „Er würde sonst zurück ins Haus kommen" ist ganz etwas andres als „er müsse" zurückkommen. Vielen Kindern mag es schwerfallen, einen Befehl von einem Ausdruck der Notwendigkeit zu unterscheiden. Die Eltern müssen sich sehr feiner Wechsel im Ausdruck bewußt werden, die oft von ausschlaggebender Bedeutung sind.

Kinder, die sich im Kriegszustand mit ihren Eltern befinden, werden jede Lage ausnutzen, in der ihre Eltern verwundbar sind. Wenn sich Kinder nicht richtig aufführen, während ihre Eltern Besuch haben oder bei Freunden zu Besuch sind, müssen sie ihnen Achtung vor der Ordnung und vor andern Leuten beibringen.

Ulrike, 5 Jahre alt, war einziges Kind, einziges Enkelkind und einzige Nichte. Sie und Mutter waren nebenan zum Abendessen eingeladen. Da Ulrike mit den Nachbarkindern Luzie und Maria zu spielen pflegte, wurde für die Kinder ein besonderer Tisch gedeckt. Als man sich zum Essen hinsetzte, fing Ulrike an zu weinen. „Ich will bei Mutter sitzen", bettelte sie unter Tränen. „Liebling, sieh doch, wie nett es ist, wenn du mit Luzie und Maria zusammensitzt. Komm, iß schön. Sieh mal, wie schön alles ist." Ulrike schluchzte weiter und rief immer wieder: „Ich will bei dir sitzen." Mutter wurde etwas böse. „Ich bringe dich nach Hause, wenn du dich nicht benehmen kannst." Ulrike schrie

weiter. Schließlich gab Mutter nach, zog Ulrikes Stuhl vom Kindertisch weg und stellte ihn neben ihren.

Eltern, die mit einem Kind streiten, können nicht gewinnen, besonders nicht, wenn der Kampf in einem andern Haus stattfindet. Wenn solche Störungen oder solches Mißverhalten die Regel ist, muß man sich die Zeit nehmen und die Mühe machen, das Kind vorzubereiten. Außerdem kann die Mutter mit ihren Bekannten ausmachen, daß sie sofort gehen wird, wenn das Kind anfängt, sich schlecht zu benehmen oder Ärger zu verursachen. Ein paar solcher Erfahrungen können tiefen Eindruck auf das Kind machen.

Mutters Freundin kam am Nachmittag zu einer Tasse Kaffee herein. Maria, die jüngste von drei, kam mit einer Geschichte über Streit mit einer Spielkameradin hereingelaufen. Mutter erklärte: „Nun, wahrscheinlich fühlt sie sich heute nicht wohl." „Warum, Mutti?" Mutter versuchte zu antworten. Jedesmal, wenn sie fertig war, fragte das Kind wieder: Warum? Schließlich forderte Mutter Maria auf, wieder spielen zu gehen. Maria ging, kam aber bald mit neuen Warum wieder. Ein großer Teil des Besuchs ging dabei drauf. Schließlich gestand Mutter ihrer Freundin: „Das ist eben ihre Art, sich Aufmerksamkeit zu verschaffen, wenn wir Gesellschaft haben."

Dieses Beispiel verdeutlicht mehrere Grundprobleme, die die Mutter teilweise erkannt hatte, aber nicht zu lösen vermochte. *Erstens:* Das Kind beklagt sich über eine Spielkameradin; wenige Eltern bleiben von dieser Aufforderung nach Beachtung ungerührt. Sie versuchen zu erklären, zu vermuten, zu versichern oder aber die Partei der Spielkameradin zu nehmen. Keine dieser Antworten bringt etwas ein. Parteinahme für das eigene Kind reizt es, noch mehr Ungerechtigkeit zu provozieren, und Parteinahme für den Gegner (wer auch immer das sein mag – ein andres Kind, eine Lehrerin oder ein Mitglied der Familie) verstärkt sein Gefühl, schlecht behandelt zu werden. Je weniger man sagt, desto besser; die beste Antwort ist ein aufrichtiges: „Schade." Es beinhaltet, daß das Kind selbst entscheiden muß, wie es mit seiner Lage fertig wird.

Zweitens: Die Mutter weiß um die Bemühung des Kindes, Aufmerksamkeit zu erringen, wenn Gesellschaft da ist; Maria

will ihre Mutter mit niemand teilen. Aber wie kann die Mutter sich hier heraushalten? Das bringt uns zum *dritten* Problem dieses Beispiels: Was tut man, wenn ein Kind fragt: Warum? Es gibt zwei Arten von Fragen der Kinder, die unterschiedliche Antworten der Erwachsenen erfordern: echte Fragen und dumme, die nur Aufmerksamkeit erlangen wollen. Echte Fragen verdienen ernsthafte Erklärungen und Unterrichtung, außer sie tauchen auf, wenn Besuch da ist. Dann sollte man selbst eine ehrliche Frage nicht beantworten, sondern auf eine andre Zeit hinweisen, die besser geeignet ist, die Dinge zu besprechen. Wenn das Kind dumme Fragen stellt, sollten die Eltern nicht antworten. Fragen, die nicht gestellt werden, um Information zu erhalten, sondern um den Erwachsenen zu beschäftigen, kann man leicht erkennen. Sie folgen immer demselben Muster: „Warum? Warum? Warum?" „Was ist dies, was ist das?" Zwischen einer dummen Frage und der nächsten gibt es keine logische Verknüpfung; das Kind wiederholt dieselbe Frage oder stellt eine neue, bevor die erste beantwortet ist. Die Fragen erfordern keine logische, sondern eine psychologische Antwort. Es gibt viele wirksame Formen, sich nicht einfangen zu lassen, wie „Das ist eine interessante Frage, darüber wollen wir später sprechen" oder „Was meinst *du*?". Oder der Erwachsene antwortet seinerseits mit einem Warum, bevor das Kind Gelegenheit hat, die nächste Frage zu stellen. Oft verliert das kindliche Verhalten seinen Reiz, wenn man den Gegenstand wechselt und über etwas anderes Interessantes spricht. Anstatt dem Kind die gewünschte Aufmerksamkeit zu schenken, wenn es sich falsch verhält, schenkt man ihm auf konstruktive Weise Aufmerksamkeit, jedoch mit der Absicht, das nicht ewig fortzusetzen. Dies ist eines der Gebiete, wo ein Kind durch ein ruhiges, aber bestimmtes Nein lernen kann, Grenzen zu achten.

Besonders eine Lage ist ein Prüfstein für die Fähigkeit eines Kindes, Ordnung zu achten und sich so zu benehmen, wie es sich gehört: wenn die Familie in ein Restaurant geht. Kleine Kinder kennen viele Tricks, ihre Eltern dabei in Atem zu halten; auch ältere Kinder können beträchtliche Störungen verursachen. Die Familie sollte sich rechtzeitig vorher einig werden, was geschehen soll, wenn sich ein Kind schlecht benimmt. Die Einigung kann im Familienrat erzielt werden. Sobald die Störung in einem Restaurant beginnt, sollte die ganze Familie nach Hause gehen. Die Eltern können dann allein noch einmal ausgehen, wenn sie

nicht Angst haben müssen, die Kinder zu Hause zu lassen, oder wenn sie jemand finden, der auf sie aufpaßt. Sie sollten sich nicht scheuen, für nicht verzehrtes Essen zu bezahlen. Das ist ein kleiner Preis für besser erzogene Kinder.

Im folgenden Beispiel konnten sich die Eltern über Punkte einigen, die gewöhnlich strittig sind und zu Auseinandersetzungen führen.

Die Jungen in der Familie durften sich ihre Mahlzeit im Restaurant selbst bestellen, aber die Eltern sahen, daß ihre Augen größer waren als ihr Mund. Als sie wieder einmal ausgingen, sagten die Eltern ihnen, daß sie wieder bestellen könnten, was sie wollten, allerdings unter der Bedingung, daß sie alles aufessen mußten, was sie bestellt hatten.

Einmal noch bestellten sie danach zuviel, und die Eltern saßen still dabei, während die Jungen ihre Mahlzeit mit sichtlichem Unbehagen beendeten. Später blieb nie etwas übrig, wenn sie in einem Restaurant aßen, aber es gab auch keine Auseinandersetzung und keine Unfreundlichkeit mehr bei der Bestellung.

Ein anderes Problem entstand, als die Jungen älter wurden. Die Eltern merkten, daß sie immer die teuersten Sachen bestellten. Man mußte also überlegen, wie sich beim Bestellen Verlegenheiten für die Eltern und Demütigungen für die Kinder vermeiden ließen, und man einigte sich. Vater übernahm es, die Preisspalte zu prüfen und einen Preis zu wählen, den der Familienhaushalt tragen konnte. Dann sagte er den Kindern, daß dies und das Gericht gut zu sein schien. Das war das Signal für die oberste Preisgrenze. Die Jungen wußten es und hatten die Freiheit, aus einer Anzahl von Gerichten, die weniger kosteten, ohne Scheu und ohne Wirbel zu wählen.

In diesem Beispiel steckt vielleicht eine Andeutung von autokratischer Aufsicht, aber die offene Diskussion und die aufrichtige Einigung über das Verfahren machen es doch zu einem guten Beispiel dafür, wie man mit Kindern vernünftig reden kann, anstatt mit ihnen zu streiten.

Verschiedene tägliche Vorkommnisse

Ein Kind hat unendlich viele Möglichkeiten, seine Eltern zu stören, wenn es ihre besondere Aufmerksamkeit oder Macht über sie gewinnen will. Aber es gibt eine ebenso große Vielfalt von möglichen logischen Folgen, die die Eltern anzuwenden lernen können. Um es noch einmal zu wiederholen: Logische Folgen können nur wirksam werden, wenn es keinen Machtkampf gibt; gewisse natürliche Folgen lassen sich auf jede Lage anwenden.

Käte, 10 Monate alt, stellte ein Problem dar. Sie hatte gerade gelernt, allein zu stehen. Sie wollte nun immer und überall stehen. Bis zu dieser Zeit war das Baden für Mutter und Kind ein großer Spaß gewesen. Nun wollte sie aber auch in der Badewanne stehen. Wenn Mutter sie hinsetzte, stellte sie sich sofort wieder. Abgesehen von der Gefahr, war es auch schwer, sie zu waschen. Beim nächsten Bad sagte Mutter, sobald sie sich stellte: „Es wird Zeit, daß du herauskommst" und hob sie aus der Wanne. Das nächste Mal wurde das Verfahren wiederholt. Noch dreimal, und es gab kein Problem mehr. Weil Käte gern badete, hatte die logische Folge Erfolg.

Eine Erklärung erübrigt sich. Offensichtlich ließ die Mutter die logische Folge ohne Streit selbst wirken.

Ähnlich ruhig kann man handeln, wenn ein Kind im Kinderwagen nicht sitzen bleiben will. Reden, Mahnen und Schelten haben wenig Wert. Aber die Mutter kann das Kind die Folgen spüren lassen, wenn sie den Wagen anhält, bis das Kind sich setzt, oder es nach Haus bringt und es nicht wieder mit hinausnimmt, bis es sitzt. Das wird bei Kindern Erfolg haben, die verstehen, was man ihnen sagt, und die die Verbindung zwischen dem Stehen und dem Verzicht auf das Spazierenfahren sehen. Bei kleineren Kindern wird ein plötzlicher Ruck am Kinderwagen das Kind auf den Sitz zurückfallen lassen. Gewöhnlich braucht es nicht mehr als zwei oder drei solcher Erfahrungen, bis es merkt, daß Sitzen ratsamer ist.

Karl, 3 Jahre, spielte hingebungsvoll mit seinen Autos und Lastwagen; aber gelegentlich endeten seine Rennen an den Möbeln. Nachdem Mutter mit ihm über Kratzer und Dellen in den

Möbeln gesprochen hatte, sagte sie zu ihm, daß die Autos weggelegt werden müßten, wenn sie wieder in die Möbel sausten. Und als das geschah, nahm sie sie weg. Nach einer Minute Schreien und weiteren fünf Minuten Selbstmitleid wollte Karl wissen, wann er sie zurückhaben könnte. „Sobald du glaubst, daß du gelernt hast, sie nicht krachen zu lassen." Er sagte, er würde aufpassen und spielte artig mit ihnen bis zum Abend. Am nächsten Tag krachte es wieder. Mutter nahm die Autos für den ganzen Tag weg, obwohl Karl immer wieder beteuerte, daß er aufpassen würde. Am nächsten Tag paßte er natürlich auf, und danach gab es keinen Ärger mehr.

Der Ausdruck „natürlich" zeigt an, daß die Mutter nie am Erfolg des Verfahrens zweifelte. Das ist wichtig. Erfolg oder Mißerfolg eines jeden Verfahrens hängen oft von der Erwartung der Eltern ab. Es ist erstaunlich, in wie hohem Maß man seine eigene Erwartung auf ein Kind übertragen kann und wie sehr sie es anregen kann, entsprechend zu handeln.

Margret, 7 Jahre alt, bekam jedesmal Wutanfälle, wenn sie etwas nicht tun durfte, was sie sich vorgenommen hatte. Und jedesmal sprachen die Eltern mit ihr darüber. Aber das Sprechen half selten. Dann gab man ihr eine Wahl. „Hör auf zu toben, oder geh in dein Zimmer, und bleib dort, bis du als ein anderes Mädchen wieder herauskommst." Margret ging viele Male in ihr Zimmer und kam später mit strahlendem Gesicht wieder heraus. Ihre Ausbrüche geschahen seltener.

Nur eine Seite dieses Falls ähnelt der Anwendung logischer Folgen. Margret wurde in ihr Zimmer geschickt, „bis" sie sich wieder beruhigt hatte, anstatt hinausgeschickt zu werden, „weil" sie etwas getan hatte, was unzweideutig Bestrafung gewesen wäre. Aber abgesehen davon, daß Margret eine Wahl erhält, ist die Lage typisch falsch angefaßt. Zunächst einmal sollten Eltern mit ihrem Kind während eines Wutanfalls überhaupt nicht sprechen. Kein Kind ist gewillt zuzuhören. Es ist daher kein Wunder, daß Sprechen mit Margret selten half. Zweitens wäre es viel wirksamer gewesen, wenn die Mutter, statt Margret in ihr Zimmer zu schicken, sich selbst entfernt und damit geweigert hätte, den Zuschauer zu spielen, denn ohne Zuschauer ist ein Wutanfall sinnlos. Das ist der grundlegende Unterschied zwischen der stra-

fenden Methode und logischen Folgen. Man muß in solchen Lagen dem Kind „den Wind aus den Segeln nehmen".

Eine 18 Monate alte Tochter packte beim Spielen eine Faustvoll von Mutters Haaren. Schläge besserten die Lage nicht, denn sie zog um so kräftiger. Nachdem das ein paarmal geschehen war, zog Mutter ihrerseits an ihren Haaren, und sie hörte auf. Das war eine logische Folge; wenn sie Mutters Haare zupfen konnte, konnte Mutter dasselbe bei ihr tun.

Ein solches Vorgehen kann hilfreich sein, wenn es im Scherz geschieht. Aber es ist notwendig, dabei keine Späße zu machen, sonst wird das Spiel zu schön. Solche logische Folgen sind keine Vergeltung für etwas, was das Kind getan hat; statt dessen lernt es, wie es sich anfühlt, und kann selbst entscheiden, ob es weitermachen will oder nicht. Wenn das Kind seine Eltern oder sonst jemand schlägt, kann der Betroffene zurückschlagen. Leute, die sich in der Rolle eines Beschützers der Kinder gefallen, lehnen ein solches Verfahren gewöhnlich ab. Sie erkennen nicht, daß es sich, wenn man ein Kind erfahren läßt, was ein andrer erfährt, um eine erlaubte und oft wirksame Anwendung logischer Folgen handelt.

Eine gefährliche Form, Eltern in einen Konflikt zu ziehen, ist der Wunsch vieler Jungen, Streichhölzer anzuzünden. Gibt es eine mögliche logische Folge, ohne daß man gleich das Haus abbrennen läßt?

Willi, 4 Jahre alt, war versessen auf Streichhölzer. Zweimal ertappte man ihn, wie er in seinem Zimmer damit spielte. Jedesmal machte man ihn auf die Gefahr aufmerksam. Kurze Zeit später roch Mutter Rauch; als sie ins Badezimmer eilte, sah sie, daß Willi den Vorhang in Brand gesteckt hatte. Glücklicherweise war sonst kein Schaden entstanden, aber die Frage war, wie man Willi die Gefahr des Spielens mit Streichhölzern so beibringen konnte, daß er es nie wieder tun würde. Nachdem Mutter das kleine Feuer gelöscht hatte, gab sie Willi sofort ein neues Streichholz, sagte ihm, er solle es anzünden und seine Hand daran halten. Als er den Schmerz der leichten Verbrennung spürte, war er sehr erschrocken und ließ das Streichholz schnell fallen. Mutter sagte ihm, so sei das, wenn er mit Streichhölzern spielte. Nur würde er nicht nur sich selbst weh tun, sondern auch noch seinem

Hund, Mutter, Vater und allen Freunden im Haus. Das war das letzte Mal, daß Willi mit Streichhölzern gespielt hatte.

Mutter benutzte die Gunst der Stunde. Willi war schon von dem Feuer betroffen, das er entfacht hatte. Die kleine Erfahrung, die seine Mutter herbeiführte, indem sie ihn das brennende Streichholz berühren ließ, kam im richtigen Augenblick. Das trug wahrscheinlich zum Erfolg des Vorgehens bei. Man kann sich fragen, ob die Mutter, als sie auf den Hund, Vater und die Freunde hinwies, nicht zuviel geredet hatte. Aber das war keine Predigt, sondern ein Stück Information, wem alles es schaden könnte, wenn er mit Streichhölzern spielte.

Das folgende Beispiel ist einzigartig und hoch dramatisch.

Peter, 11 Jahre alt, war ein Feuernarr. Mehrere Male hatte er schon Feuer angezündet. Einmal gefährdete er das Leben seiner Mutter, als sie im Keller war. Diesmal hatte er im Hof ein Feuer gemacht, das sich ausbreitete und das Haus bedrohte. Die Feuerwehr mußte kommen und es löschen. Die Mutter nahm ihre fünf Kinder, darunter Peter, und ließ sie in einer Reihe im Wohnzimmer sitzen. Sie setzte sich vor sie, sah sie nur an und sagte kein Wort. Nach einer Weile rutschte Peter unruhig hin und her. „Mami, sag etwas, tu etwas." Sie blieb unbeweglich und sah nur einfach eins der Kinder nach dem andern an. Peter hielt es nicht mehr aus. „Bitte, bestraf mich, verhau mich." Sie blieb ganz still trotz Peters steigender Qual. Dann ließ sie sie alle gehen und sagte immer noch nichts. Peter zündete nie wieder ein Feuer an.

Das ist ein Beispiel für die gewaltige Macht des Schweigens. Anstatt Peter zu sagen, was er zu hören erwartete und was er schon viele Male vorher gehört hatte, zwang sie ihn durch ihr Schweigen, selbst nachzudenken. Und sie beeindruckte nicht nur ihn, sondern auch die andern Kinder. Sie behandelte sie alle als Schuldige. Für sie alle war es eine Zeit der Gewissenserforschung.

Es ist sehr wirksam, alle Kinder die Verantwortung für das Unrecht eines Kindes mittragen zu lassen. Es mag unser Gerechtigkeitsgefühl verletzen, aber wenn man jeden nur nach Verdienst behandelt, hat das gewöhnlich verheerende Wirkungen. Die Eltern helfen dem artigen Kind, noch artiger, und dem unartigen, noch unartiger zu werden. Wenn alle Kinder als Gruppe

behandelt werden, kann jedes einzelne erkennen, daß es seines „Bruders Hüter" ist. (Das ist das Gegenteil von der Art, wie Kinder heute miteinander umzugehen pflegen.)

Den Eltern fällt es schwer, diese Form der Folge auf die Gruppe anzuwenden; sie verstehen gewöhnlich nicht, wie sie wirkt. Hier zwei Beispiele.

Mutter hatte eine Vorlesung gehört, in der empfohlen worden war, alle Kinder gemeinschaftlich die Verantwortung für richtiges Benehmen tragen zu lassen. Sie hatte drei Kinder, 9, 7 und 2 Jahre alt. Die beiden älteren Kinder beklagten sich gewöhnlich über die besonderen Vorrechte, die das kleinste genoß. Eines Abends, kurz nachdem Mutter den Vortrag gehört hatte, spielte der Kleine mit seinem Essen und machte schreckliche Unordnung. Mutter forderte alle drei auf, den Tisch zu verlassen, da sie nicht richtig essen könnten. Die beiden älteren Kinder zeigten leichten Unwillen, aber alle drei gingen. Von da ab spielte der Kleine nie wieder mit seinem Essen.

Die Mutter war überrascht über die dramatischen Ergebnisse ihres Handelns, verstand aber nicht, wie sie zustande gekommen waren. Warum spielte der Kleine nie wieder mit dem Essen? Man könnte vielleicht vermuten, daß die beiden älteren Kinder sich über ihn hermachten und ihm klarmachten, daß er beim Essen besser aufpassen sollte. Aber nein, die älteren Kinder hatten nie viel Einfluß auf ihren kleinen Bruder gehabt, und ein Versuch, das jetzt nachzuholen, würde nur das entgegengesetzte Ergebnis gehabt haben. Die Reaktion des Kleinen kann nur verstanden werden, wenn man erkennt, warum er sich eigentlich schlecht benahm. Ganz offensichtlich war das eine Aufforderung, ihn zu beachten, was auch Erfolg gehabt hätte, wenn die Mutter nicht einen andern Weg eingeschlagen hätte. Als er sah, daß seine älteren Geschwister die gleiche Beachtung erhielten, war er nicht mehr daran interessiert, sein Fehlverhalten fortzusetzen. Ihm lag nur daran, Aufmerksamkeit auf sich und nicht auf die andern zu lenken.

Die Wirkung gemeinsamer Verantwortung wird in dem folgenden Beispiel noch deutlicher.

Karl, 8 Jahre alt, stand zwischen einem fähigen älteren Bruder und einer „braven" jüngeren Schwester. Er war eine schreckliche

Plage. Er log, stahl, beschädigte Möbel. Sein Hauptspaß war, die Wände mit Farbstiften zu bemalen. Mutter war hilflos. Sie brauchte gewöhnlich zwei Stunden, bis er endlich die Wände abgewaschen hatte. Bei der Erziehungsberatung riet man ihr, sie solle ihre drei Kinder als Einheit behandeln und sie alle für das, was Karl tat, verantwortlich machen. Das stand in krassem Gegensatz zu ihrem bisherigen Vorgehen.

Zwei Wochen später kamen Mutter und Karl erneut zu einer Besprechung. Zu ihrem Erstaunen hatte Karl sein ungehöriges Betragen abgelegt. Er hatte wieder einmal die Wände bemalt, und Mutter hatte alle Kinder aufgefordert, sie zu säubern. Karl hatte sich nicht an der Säuberung beteiligt, aber auch nie wieder die Wände bemalt. Als man ihn fragte, warum er damit aufgehört habe, antwortete er: „Es macht keinen Spaß mehr. Die andern machen sauber." Karl hatte erkannt, daß schlechtes Benehmen keinen Sinn hatte, wenn es seine Mutter nicht zum Kampf herausforderte. Er bekam nicht mehr, was er wollte.

Kämpfen

Kämpfe zwischen Geschwistern sind so häufig, daß viele Eltern geneigt sind, sie als „normal" zu betrachten. (Anscheinend ist es für Kinder Norm geworden, „anomal" zu sein.) Streitigkeiten unter Geschwistern sind nicht nur kennzeichnend für ein Familienklima voll heftiger Rivalität und Konkurrenz, sondern für unsre ganze Gesellschaft.

Bei einem Kampf zwischen Kindern ist es schwierig festzustellen, wer der Schuldige ist. Gewöhnlich ist ein Streit nicht das Ergebnis des Fehlverhaltens eines Kindes; alle tragen gleichmäßig dazu bei. Das artige oder schwächere Kind kann auf dem „bösen" herumhacken, kann es hundertfach reizen, um die Mutter hereinzuziehen. Das eine Kind kämpft, um Aufmerksamkeit zu erringen, das andre, um Mutters Aufforderung, nicht zu kämpfen, zu trotzen. Die Kinder vereinigen ihre Anstrengungen, sei es zum Wohl der Familie oder zur Schaffung von Spannungen und Feindschaften; sie bilden eine Einheitsfront gegen die Eltern.

„Um Himmels willen, hört auf zu streiten. Ihr macht mich verrückt", schrie Mutter aus einem andern Zimmer. „Gerd will mich meine Fernsehsendung nicht sehen lassen", schrie Käte zu-

rück. „Ich habe doch wohl ein Recht darauf, meine *Sendung zu sehen", antwortete Gerd wild. Mit einem Seufzer ging Mutter ins Wohnzimmer und schlichtete den Streit.*

Warum streiten sich die Kinder beim Fernsehen? Die Mutter ärgert sich, sie sagt: „Ihr macht mich verrückt." Das ist der Zweck des Streits – Mutters Aufmerksamkeit zu erringen.

Der Streit ums Fernsehen, der für manche Eltern ein schweres Problem ist, könnte leicht beseitigt werden, wenn die Mutter wüßte, was zu tun ist. Solange die Kinder sich um ihre Lieblingssendung streiten, sollte sie das Gerät ausschalten, bis sie sich über das Programm geeinigt haben. Sie braucht den Streit nicht für sie zu schlichten; sie läßt ihn von ihnen selbst schlichten. Wenn die Eltern ein gutes Verhältnis zu ihren Kindern haben und regelmäßige Familienratssitzungen abhalten, können sich alle über das Programm einigen. Eine Nebenwirkung könnte sein, daß die Eltern den Kindern helfen, Gewalt im Fernsehen abzulehnen, statt davon angezogen zu werden.

Luzie, 8 Jahre alt, und Karl, 5 Jahre alt, sahen eine Fernsehsendung, während Mutter das Abendessen bereitete. Karl schob sich an Luzie heran. Sie rückte ab. Karl legte sein Bein über Luzies. Sie schob ihn weg. Karl legte sein ganzes Gewicht gegen Luzie. „Hör auf!" sagte Luzie ruhig, zwar ein bißchen ärgerlich, aber ganz in die Sendung vertieft. Karl, der immer noch zusah, aber nicht so aufmerksam wie sonst, fing an, die Muster ihrer Bluse nachzuzeichnen. Sie schlug seine Hand mit der Faust weg. „Hör auf, habe ich gesagt." Karl kicherte. Er nahm seine Hand und fuhr mit dem Finger um Luzies Ohr. Sie schnappte nach seiner Hand und pflanzte ihre Zähne hinein. „Au, au", heulte Karl auf und schrie weiter. „Was zum Teufel geht hier vor?" rief Mutter und stürzte ins Zimmer. Sie sah, wie Karl, jämmerlich schreiend, seinen Arm eng an den Leib preßte. Sie lief zu ihm, hob ihn auf und drückte ihn an sich. Er streckte seine Hand aus. Die Zähne waren deutlich abgemalt. „Luzie!" „Er hat mich dauernd geärgert", erklärte sie. „Es ist mir gleich, was er getan hat. Du hast kein Recht, deinen Bruder so zu beißen."

Mutters Unterstützung ermutigt Karl, der den Unschuldigen spielt, mehr, seine Schwester zu reizen, als sich mit ihr zu vertragen. Immer wenn ein Kind heult oder schreit, wird die Mutter

auf der Bildfläche erscheinen; nur wenige Mütter können einer solchen Versuchung widerstehen. Für sie geht es nicht nur darum, welches Kind recht und unrecht hat, sondern um den Schaden, den eins dem andern zufügen kann. Natürlich können streitende Kinder sich verletzen, aber der Schrei zeigt gewöhnlich an, daß bereits etwas geschehen ist. Die Mutter kommt zu spät; sie kann höchstens noch erste Hilfe leisten, falls nötig. Aber erste Hilfe braucht nicht unmittelbar geleistet zu werden. Es ist wichtiger, die Kinder erkennen zu lassen, daß sie aufeinander aufpassen müssen.

Mutter ging gerade rechtzeitig am Spielzimmer vorbei, um zu sehen, wie Kurt, 4 Jahre alt, einen Holzwagen über Lindas Kopf hielt. Linda war 11 Monate alt. Er schien dabei zu sein, ihr den Wagen auf den Kopf zu schlagen. Linda fing an zu schreien. Mutter dachte daran, daß es klug ist, sich aus einem Streit herauszuhalten, nahm ihr Herz in beide Hände und ging weiter. Aber sie schaute durch einen Spalt. Und sah etwas Überraschendes. Kurt beobachtete die Tür, an der sie gerade vorbeigekommen war, und senkte und hob den Wagen sachte über Lindas Kopf, fast ohne ihn zu berühren.

Das geschilderte Vorgehen ist nicht zu empfehlen. Wenn Gefahr droht, muß man sie beseitigen. Wenn man sieht, daß ein Junge im Begriff steht, seine kleine Schwester mit einem Gegenstand zu schlagen, soll man diesen still wegnehmen, ohne Schimpfen, Drohen oder Predigen.

Bevor die Eltern anfingen, sich nicht mehr um Kämpfe ihrer beiden Kinder zu kümmern, pflegte das eine gelaufen zu kommen und das andre anzuschwärzen, worauf sie sich dann ins Kampfgetümmel warfen, um den Schuldigen auszusuchen. Meist war es nervenzerreißend, wobei Mutter schrie und prügelte. Jede dieser Szenen machte sie für den Rest des Tages fertig. Dann fing sie an, ihnen zu sagen: „Ich meine, ihr könnt eure Probleme selbst lösen.“ Und sie hielt sich völlig ruhig, gleichgültig, was sonst gesagt wurde. Sehr schnell brauchte sie sich um gar nichts mehr zu kümmern, und genau so schnell hörten die Kinder auf, Hilfe zu suchen. Eines Tages hörte Mutter den Jüngeren sagen: „Ich werde Mutti sagen, was du getan hast.“ Der Ältere sagte: „Das hat gar keinen Zweck, sie wird einfach sagen, daß du das selbst

regeln kannst." Das war das letzte, was Mutter hörte. Sie brauchte nie mehr Partei zu ergreifen und nicht mehr vor Wut zu kochen, wenn ein Kind das andre vorschob. Sie lernte, daß ein Streit meist angezettelt worden war, um ihre Aufmerksamkeit zu erregen, und daß sich die Eltern völlig aus dem Streit ihrer Kinder heraushalten sollen, nicht nur zum Besten der Kinder, sondern auch, weil das etwa 90% der Spannungen bei der Kindererziehung beseitigt.

Es fällt den Eltern oft außerordentlich schwer, sich um einen heftigen Streit der Kinder nicht zu kümmern. Sie können es einfach „nicht ertragen". Erstens halten sie es für falsch, wenn Kinder sich streiten, zweitens könnte eins der Kinder verletzt werden. Am wichtigsten aber ist das Verantwortungsgefühl der Mutter. Sie glaubt, daß sie den Kindern nicht die Verantwortung geben kann, weil es *ihre* Pflicht ist, dafür zu sorgen, daß ihre Kinder sich benehmen. Leider sagt den Müttern der Rat, sich aus dem Streit der Kinder herauszuhalten – körperlich und gefühlsmäßig –, nicht, wie sie das anstellen sollen.

Wir haben herausgefunden, daß die Badezimmertechnik sehr wirkungsvoll ist. Sobald eine Mutter spürt, wie ihre Spannung steigt, wenn die Kinder streiten, kann sie sich ins Badezimmer zurückziehen. Dabei kommt es darauf an, daß das Badezimmer mit Zeitschriften und einem Radio ausgestattet ist. Die Mutter sollte sich einschließen, das Radio einschalten und ein Schaumbad nehmen. Diese Empfehlung ist kein Scherz, sie ist ganz ernst gemeint. Solange die Kinder sich schlecht benehmen, werden sie der Gesellschaft ihrer Mutter beraubt. Und sie vermissen sie wirklich, wenn sie im Badezimmer ist – anwesend, aber unerreichbar. Die Wirkung auf die ganze Familienatmosphäre ist gewaltig. Die Kinder lernen auf diese Weise wirklich, daß die Mutter sich weigert, Opfer ihrer Forderung nach unangebrachter Aufmerksamkeit zu sein und des Versuchs, sie zu beherrschen.

Natürlich muß man fest von unsrer Auffassung überzeugt sein, daß die Kinder sich wegen der Einmischung ihrer Mutter streiten; sonst könnte es den Anschein erwecken, daß die Kinder siegen, wenn die Mutter das Feld räumt. Tatsächlich ist das Gegenteil der Fall. Wenn sie sich zurückzieht, sind die Macht und die Machenschaften der Kinder zu Ende. Wenn die Mutter sie in ihr Zimmer schickt, bedeutet das Einmischung und Verantwortung, wenn sie sich aber ins Badezimmer absetzt, hilft das,

beides zu vermeiden. Wir haben festgestellt, daß andre Formen der Abwesenheit, z. B. Rückzug ins Schlafzimmer oder ein kurzer Spaziergang, lange nicht so wirkungsvoll sind wie das Badezimmer. Dieser Raum symbolisiert Zurückgezogenheit, und die Kinder reagieren auf diese Folge ihres Fehlverhaltens positiver als auf jeden andern Schritt ihrer Mutter.

Störungen beim Autofahren

Mutter und Eduard, 5 Jahre alt, stiegen ins Auto, um Vater am Bahnhof abzuholen. Es war bitter kalt, aber Eduard kurbelte das Fenster herunter. Mutter sagte: „Wir fahren ab, wenn du das Fenster wieder zugemacht hast." Eduard wartete; Mutter rührte sich nicht. Eduard sagte: „Gut, ich mache das Fenster zu, wenn du abfährst." Mutter wartete schweigend weiter; sie ließ sich auf keinen Streit ein. Schließlich kurbelte Eduard das Fenster wieder zu. Mutter ließ den Wagen an, lächelte Eduard zu und fragte: „Wie schön die Sonne scheint auf dem Schnee. Sieh mal, er funkelt wie Tausende von Diamenten."

Das ist ein gutes Beispiel dafür, wie eine Mutter sich einem Machtkampf dadurch entziehen kann, daß sie nichts tut. Das Auto bietet gute Gelegenheiten für Kinder wie für Eltern. Wenn die Eltern an den Straßenrand heranfahren und sich weigern, während einer Störung durch die Kinder weiterzufahren, dann wird Druck auf die Kinder ausgeübt. Im obigen Beispiel hat die Mutter ihren Sieg nicht zur Schau gestellt, sondern vielmehr eine freundliche Unterhaltung begonnen.

Mehrere Jahre lang wurden Gerd, Willi und Bärbel von ihren schwer geprüften Eltern nur als „Autoschreck" bezeichnet, denn jedesmal, wenn die Familie einen Ausflug mit dem Wagen machte, mußten die Eltern abwechselnd mit ihren Sprößlingen schimpfen und sie ermahnen, sich zu benehmen. Das lief immer nach einem gewohnten Schema ab. Nach sieben Minuten Ruhe voller Vorfreude und Bewunderung der Landschaft brach der Zank aus. „Gerd hat mich gestoßen." „Ist ja nicht wahr. Das war Bärbel. Sie tritt." „Tu ich ja gar nicht. Ihr sitzt immer am Fenster!" Und alle drei: „Wann sind wir endlich da?" Letztes Frühjahr gründete die Familie einen Familienrat. Jede Woche zu

einer bestimmten Zeit äußerten Eltern und Kinder ihre Meinung zu vielen Dingen, darunter auch zur „Autokrankheit", unter der sie nun schon so lange litten. Der neunjährige Willi bemerkte dazu: „Mutti und du sagen immer: ‚Wenn ihr Kinder nicht aufhört zu zanken, werden wir umdrehen und nach Haus fahren.' Aber ihr tut das nie." Nach einer Aussprache einigten sich alle darauf, daß man beim ersten Anzeichen eines Streits sofort umkehren würde. Drei Wochen später befand sich die Familie auf dem Weg zu einem 50 km entfernten Zoo. Er war einer der Lieblingsplätze der Kinder. Aber genau nach Schema begann nach sieben Minuten der Zank. Vater, der den Wagen fuhr, verlangsamte die Fahrt, machte eine ganze Drehung und fuhr nach Hause. Während der ganzen Zeit unterhielt er sich gut gelaunt mit Mutter. Weder Vater noch Mutter schienen das Schreckensgeheul auf den hinteren Sitzen zu bemerken. Niemand erklärte, niemand moralisierte.

Ein paar Wochen später wurde ein neuer „Zootag" geplant. Voller Erfolg! Kein Streit, kein Geschrei. Als der Wagen abends wieder in die Einfahrt bog, machte Gerd den einzigen Hinweis auf den vorhergehenden, ins Wasser gefallenen Ausflug. Ganz erstaunt bemerkte er zu Willi: „Weißt du was? Ich hab' nicht mal das Verlangen gehabt, jemand zu stoßen."

Dieses Beispiel ist ausgezeichnet. Wenn auch das Heimfahren nicht immer durchführbar ist, sollte es angewandt werden, wenn es möglich ist.

Vergeßlichkeit

Ein Kind vergißt Dinge oft nur, wenn jemand da ist, der es daran erinnert und es bedient.

Eine Familie wohnte ziemlich weit von der Schule entfernt, und die Kinder mußten daher ihre Mittagsbrote mitnehmen. Zu Beginn des Jahres vergaß Doris sie oft. Damit sie nicht hungerte, brachte Mutter sie ihr zur Schule, was ihr sehr ungelegen war. Schließlich sagte sie ihren Kindern eines Tages, daß sie selbst dafür verantwortlich seien, an ihr Essen zu denken, und daß sie es ihnen nicht mehr bringen würde. Das war ziemlich erfolgreich, denn Doris vergaß von da ab nur noch selten ihre Brote.

Man muß die Beschreibung sorgfältig lesen. Wenn Doris ihre Brote immer noch gelegentlich vergißt, kann man einigermaßen sicher sein, daß die Mutter sie immer noch bedient und sie wahrscheinlich immer wieder erinnert; sie hat immer noch selbst ein schlechtes Gewissen, wenn das Kind nichts zu essen bei sich hat. Es ist nicht natürlich, daß man seine Brote vergißt, daher deutet die Tatsache, daß Doris es tut, daraufhin, daß die Mutter sich weiter darum kümmert.

Margret, 14 Jahre alt, hatte keine Lust oder vergaß ihre Frühstücksbrote zu machen. Morgens mußten alle auf sie warten, weil sie es in der letzten Minute tat, oder sie verlangte Frühstücksgeld. Schließlich erklärte Mutter, daß sie Margret kein Geld mehr für das Frühstück geben würde, wenn sie ihre Brote nicht machte, denn es stände ja genug dafür bereit.

Am nächsten Morgen machte Margret ihr Frühstück nicht und bat Mutter um Geld. Mutter sagte, sie hätte kein kleines Geld und würde ihr auch keines mehr geben. Margret kam nachmittags um drei Uhr heim und sagte: „Ich habe Hunger." Mutter antwortete: „Das ist fein." Margret erwiderte: „Aber das kommt nicht vom Frühstück. Ich kann mir Geld leihen, und dann mußt du ja doch zahlen."

Die Mutter aus dem Beispiel fragt sich, was sie falsch gemacht hat. Sie glaubt, daß sie tatsächlich zurückzahlen muß, wenn Margret sich Geld leiht. Hätte sie nicht statt dessen Margret auf Möglichkeiten, Geld zu verdienen, hinweisen sollen?

Tatsächlich kann keine Lösung gefunden werden, solange eine Politik des „Wie du mir, so ich dir", im Spiel ist. Zuerst weigert sich die Mutter, Margret Geld zu geben, dann droht Margret, Geld zu leihen. Wenn die Mutter auf Verdienstmöglichkeiten hinweist, hat sie doch keine Macht, Margret dazu zu zwingen, so daß sie am Ende doch für ihre Schulden aufkommen muß, weil sie gesetzlich dazu verpflichtet ist. Nein, dies ist gewiß kein Beispiel für logische Folgen, sondern für gegenseitige Vergeltung, die sich teilweise in der sarkastischen Bemerkung der Mutter über den Hunger ihrer Tochter äußert. Und das Mädchen nimmt Rache, indem es trozig antwortet. Der Ton der Stimme und die Wahl der Worte unterscheiden logische Folgen deutlich von strafender Vergeltung.

Die Mutter muß aufhören zu kämpfen, bevor sie das Kind be-

einflussen oder wohltätigen Druck durch die Lage ausüben lassen kann. Sie *muß* nicht das Mädchen an das Frühstücksbrot erinnern oder ihm Geld geben. Aber sie muß den Handlungsablauf planen. Sie sollte nicht sagen, daß sie kein Kleingeld hat, denn das ist eine dumme Ausrede. Wenn sie einmal klargemacht hat, daß niemand Geld bekommt, weil sich jeder sein Frühstück machen kann, hält sie sich einfach aus dem Kampf heraus. Das ist jedoch nicht so leicht, weil sich Margret offensichtlich im Zustand des Aufruhrs befindet. Es macht ihr gar nichts aus, daß ihre Geschwister zu spät kommen, weil sie sich ihr Frühstück in letzter Minute macht. Es gibt wahrscheinlich noch andre Gebiete, auf denen sich die Mutter freundlich, aber entschlossen, aus dem Kampf heraushalten muß.

Taschengeld

Taschengeld soll keine Belohnung für geleistete Dienste sein; es soll vielmehr das Kind den Umgang mit Geld lehren. Es gibt andre Mittel, ein unwilliges Kind zur Übernahme von Pflichten anzuregen, wie wir schon früher erörtert haben.

Der folgende Bericht weist darauf hin, daß die meisten Großmütter dazu neigen, Kinder zu verwöhnen, ihnen alles zu geben, was sie wünschen. Diese Großmutter war nicht anders, aber sie war bereit zu lernen.

Michael, 12, Hans, 10, und Theo, 8 Jahre alt, verbrachten den Sommer gewöhnlich bei der Großmutter. Beinahe jedesmal brachten die Kinder sie an den Rand des Bankrotts. Eines Sommers versuchte sie eine neue Methode. Die Jungen bekamen ein wöchentliches Taschengeld. Wenn es aufgebraucht war, erhielten sie bis zum nächsten Zahltag nichts mehr. Natürlich betrachteten Hans und Theo das als Scherz. Am ersten Samstagabend gaben sie fast ihr ganzes Geld für Süßigkeiten und Getränke aus. Als sie am Sonntag zum Zoo gingen, brauchten Hans und Theo dringend neues Geld, um Futter für die Tiere zu kaufen. Sie waren nicht wenig überrascht, als Großmutter ihnen sagte: „Kein Geld mehr bis nächsten Samstag." Während dieser Ferien achteten die Jungen sehr darauf, ihr Taschengeld nicht zu schnell auszugeben. Zur großen Überraschung ihrer Eltern kamen alle drei Jungen am Ende der Ferien mit erspartem Geld nach Haus.

Es war gut, daß die Großmutter nein zu sagen gelernt hatte. Die Kinder glaubten ihr nach den bisherigen Erfahrungen zunächst nicht, sondern erst, als es kein Geld mehr gab. (Es ist kennzeichnend, daß nur die beiden Jüngsten versuchten, mehr Geld zu bekommen; sie waren wahrscheinlich verwöhnter als der Älteste.)

Mutter und Anni, 14 Jahre alt, trafen ein Taschengeldabkommen. Annis Bedürfnisse wurden berücksichtigt; sie erhielt genug Taschengeld für ihr Pausenbrot, die Busfahrten, den Schulbedarf, gelegentlichen Kinobesuch und sonstige Freizeitvergnügungen. Eines Tages kam sie mit ihrer besten Freundin nach Hause, und Mutter sah, daß beide Mädchen neue Armbänder mit ihren Initialen trugen. Sie fragte Anni, woher sie das Armband habe. „Ich habe es mir vom Taschengeld erspart." Mutter sagte nichts mehr, bis die Freundin gegangen war. Dann schalt sie Anni heftig aus, wobei sie darauf hinwies, daß sie selbst hart für ihren Unterhalt arbeiten und auf viele Dinge verzichten müsse, damit ihre Tochter ein anständiges Taschengeld erhielte. Sie sei sehr gekränkt, daß Anni ihr Geld für etwas ausgegeben habe, das in ihrem ursprünglichen Abkommen nicht vorgesehen war.

Wenn ein Kind durch gegenseitige Übereinkunft ein Taschengeld erhält, sind die Folgen, daß es die Handhabung des Geldes lernen muß. Das kann es aber nicht, wenn die Mutter sich einmischt und dem Kind zu sagen versucht, wie es sein Geld ausgeben soll. Wenn das Kind es unklug ausgibt, wird es kein Geld haben, wenn es welches braucht, und so lernt es, aber nicht durch die Schelte der Mutter.

Haustiere

Wenn man die Kinder für Haustiere sorgen läßt, so ist das eine wunderbare Methode, sie zu lehren, Verantwortung auf sich zu nehmen und ihr gerecht zu werden. Hier folgt ein typisches Beispiel, wie eine Mutter zwar wußte, was zu tun war, aber keinen Gebrauch von ihrem Wissen machte.

Michael und Robert, 11 und 9 Jahre alt, hatten lange um einen Hund gebettelt. Schließlich beschlossen Vater und Mutter, einen anzuschaffen, aber nur unter der Bedingung, daß die Jungen die Verantwortung für Fütterung und Pflege übernahmen. Sie versprachen es begeistert. Ein Hund wurde ausgesucht, und die Jungen waren entzückt. Zuerst sorgten sie gewissenhaft dafür, aber als er nichts Neues mehr war, fingen sie an, ihn zu vernachlässigen. Mutter sah sich gezwungen, ihn immer häufiger zu füttern. Sie schalt, mahnte, predigte, aber die Jungen vergaßen es immer wieder. Endlich drohte sie eines Tages, den Hund abzuschaffen, wenn die Jungen nicht für ihn sorgten. Michael und Robert reagierten zwei Tage lang auf die Drohung. Eine Woche später gab Mutter auf. Schließlich konnte sie den Jungen die Freude am Spiel mit dem Hund nicht verderben.

So etwas geschieht immer wieder. Die Mutter kann keine logischen Folgen anwenden, weil es ihr das Herz bricht, ihre Kinder leiden zu sehen. Tatsächlich lehrt sie sie, daß sich Verantwortungslosigkeit auszahlt, weil sie alle *Verantwortung* auf sich nimmt, während die Kinder den ganzen *Spaß* haben. Sie darf die Vernachlässigung der Verantwortung durch ihre Jungen nicht einen Tag lang dulden. Sie ist nicht gezwungen, sich in die Pflichten ihrer Jungen einzumischen. So bleiben nur zwei Möglichkeiten: entweder der Hund verhungert, oder er wird sofort abgeschafft. Wenn die Jungen den Hund lieben, und das tun sie, werden sie angeregt, richtig zu handeln.

Rechtzeitig nach Hause kommen

Einer der Hauptkonflikte, besonders bei älteren Kindern, ist der Zeitpunkt, wann sie nach Hause kommen sollen, sowohl nach der Schule wie abends. Wenn nicht gegenseitige Achtung vorhanden ist und man nicht zu einer Übereinkunft kommen kann, wird die Zeitfrage zu einer Quelle ständigen Verdrusses.

Die Schule war etwa 15 Minuten entfernt, und Erich und Klaus, 12 und 14 Jahre alt, wußten, daß sie sofort heimkommen oder aber telefonieren mußten, wenn sie sich unterwegs noch bei Freunden aufhielten. Eltern und Kinder hatten sich geeinigt, daß sie hinterließen, wohin sie gingen und wann man sie ungefähr

wieder zu Hause erwarten durfte. Die Jungen aber konnten dem schönen Wetter nicht widerstehen, und Mutter wartete, fragte sich, wo sie blieben, und sorgte sich um ihre Sicherheit. Um das Problem zu lösen, schloß sie eines schönen Frühlingstags ohne Warnung alle Fußbälle ein und fuhr mit dem Wagen zu ihrer Freundin, kurz bevor es für die Jungen Zeit war, nach Hause zu kommen. Sie sagte einer Nachbarin für den Notfall, wo sie sein würde. Diese berichtete ihr später, daß die Jungen versucht hatten, ein unverschlossenes Fenster zu finden, um ihre Bälle zu bekommen. Aber sie selbst sagten nichts außer: „Wir waren in Sorge um dich, Mutti." Mutter brauchte nichts zu sagen, weil sie hinzufügten: „Jetzt wissen wir, wieviel Sorge du dir immer um uns machst."

Es ist im allgemeinen eine gute Politik, die Kinder die gleichen Unannehmlichkeiten spüren zu lassen, in die sie ihre Eltern bringen, solange das im rechten Geist ohne Schimpfen, Reden und Erklären geschieht. („Jetzt wißt ihr endlich, wie das ist.") Sonst werden nämlich die wohltätigen Wirkungen der logischen Folgen vereitelt. Wenn die Kinder nach Haus kommen dürfen, wann sie wollen, dann darf die Mutter das auch. Natürlich wäre es klüger, das Verfahren vorher mit ihnen zu besprechen, anstatt sie damit zu überraschen.

Suse, 15 Jahre alt, und ihre Eltern hatten vereinbart, daß sie selbst die Verantwortung dafür haben sollte, wann sie abends nach Haus kam. Die Haustür blieb unverschlossen, bis Suse kam, und sie mußte sie dann abschließen. Aber Suse kam allmählich immer später, bis die Eltern meinten, es wäre an der Zeit, einen äußersten Zeitpunkt zu vereinbaren. Das wirkte für ein paar Tage, bis Suse unter Mißachtung der Vereinbarung später kam. Die Eltern sagten ihr nun, daß die Tür zur vereinbarten Zeit abgeschlossen werden würde. Eine Zeitlang half auch das, bis Suse eines Nachts zu spät kam und ausgeschlossen war. Das war nun für sie und ihren Freund eine peinliche Lage; sie war gezwungen, an die Fensterscheiben zu klopfen, und störte die Nachbarn durch lautes Rufen, damit ihr jemand die Tür öffnete. Von da an kam Suse rechtzeitig.

Den Eltern gelang es schließlich, Suse die Folgen ihres Verhaltens klarwerden zu lassen. Aber die schnelle Übereinkunft und

die Mißachtung von Regel und Ordnung weisen darauf hin, daß ein Wandel in den Beziehungen zwischen Suse und ihren Eltern notwendig war. Die angespannte Atmosphäre in der Familie ist offensichtlich. „Schön, diesmal habt ihr gewonnen, aber das nächste Mal werde ich euch schon zeigen, daß ihr keine Macht über mich habt." Das ist die typische Haltung der Heranwachsenden in einer Zeit, wo die Jungen sich im Kriegszustand befinden; Kampf herrscht in jeder Familie und in jeder Schule. Aus diesem Grund ist die Anwendung logischer Folgen im obigen Beispiel nicht so gut, wie sie aussieht. Die Folgen halfen, Suse zu unterwerfen, machten sie aber nicht gewillt, auf Ordnung zu achten. Gewöhnlich ist es schwer für eine einzelne Familie, das Verhalten eines Jugendlichen zu verbessern, ohne eine Übereinstimmung mit dem Verhalten in seinem Freundeskreis herzustellen. Die Gruppe ist einig in ihrer Haltung gegenüber Vorschriften und Betragen, während jedes einzelne Elternpaar seinen Krieg allein führen muß. Damit die logischen Folgen wirksam werden, müssen Suses Eltern mit allen ihren Freundinnen und deren Eltern verhandeln, um eine Übereinkunft zu erzielen.

Sabine, ein Teenager, hatte Schwierigkeiten, rechtzeitig von Treffen mit ihrem Freund nach Haus zu kommen. Nachdem ihre Mutter bei mehreren Gelegenheiten erfolglos mit ihr über ihre Unpünktlichkeit gesprochen hatte, versuchte sie eine andere Methode. Als Sabines Freund sie das nächste Mal abholen kam, fragte sie ihn freundlich, ob er Sabine helfen wolle, spätestens um Mitternacht zu Haus zu sein. Sabine war dabei, als Mutter mit ihrem Freund sprach. Danach übernahm sie selbst die Verantwortung für rechtzeitiges Heimkommen.

Das kann als Beispiel für logische Folgen angesehen werden. Wenn nämlich jemand nicht imstande ist, die Verantwortung für sein Tun auf sich zu nehmen, sollte ein andrer helfen. Sabines Mutter war sich der Gefahr bewußt. Sie vermied Sarkasmus und mögliche Peinlichkeit und damit die Hervorrufung von Ärger und Widerstand. Ein großer Teil hängt davon ab, nicht, *was* man tut, sondern, *wie* man es tut.

Das Problem des Heimkommens von einer Verabredung betrifft meist Mädchen; bei den Jungen ist die Benutzung des Wagens ein Haupthindernis für die Ruhe der Familie. Jedoch gilt auch hier der gleiche Grundsatz. Der Jugendliche übt Druck aus

und nutzt seine ganze Erfindungsgabe, um elterliche Beschränkungen zu überwinden. Durch Kampf wird nichts gewonnen, und der Friede kann durch Nachgiebigkeit nicht wiederhergestellt werden. Wenn die Familie sich nicht einigt, ist keine Lösung möglich. Einigt sie sich, sollte sie gleichzeitig Maßnahmen vorsehen, falls die Übereinkunft gebrochen wird.

Schlafenszeit

Die Schlafenszeit ist für Heranwachsende kein so großes Problem wie für kleinere Kinder. Leider haben wir sie zu einer Art Statussymbol gemacht. Je älter das Kind ist, desto länger darf es aufbleiben; daher hält bei vielen Leuten das Verlangen, spät zu Bett zu gehen, bis ans Lebensende vor.

Hier zwei Beispiele eines vergeblichen Kampfes um die Schlafenszeit.

Gregor, 8 Jahre alt, wollte abends nicht zu Bett gehen und morgens nicht aufstehen. Als jüngerer von zwei Brüdern befand er sich in einem Machtkampf, bei dem Mutter gewöhnlich unterlag. Mutter beschloß, nachdem sie etwas über logische Folgen gelernt hatte, Gregor zu fragen, ob er so lange aufbleiben möchte wie sie; er dürfte dann nicht vor ihr zu Bett gehen. Er war glücklich darüber. Das Ergebnis war, daß er nicht nur so lange wie Mutter aufbleiben konnte (sie blieb absichtlich lange auf), er hätte sogar noch länger aufbleiben können. Die Mutter befragte einen Berater: „Warum ist das schiefgegangen? Vielleicht, weil wir uns in einem Machtkampf befinden und die logischen Folgen daher bei ihm nicht wirken? Was würde denn wirken?“

Die Mutter hat recht; ihr Sohn besiegt sie. Man kann den ständigen Druck und Gegendruck erkennen. Als sie ihn aufbleiben ließ, verlangte sie gleichzeitig, daß er nicht vor ihr zu Bett gehen dürfe, und er besiegte sie durch ein: „Na und!“ Ihr Kampf war noch mild im Vergleich mit dem heftigen Krieg, der oft wegen des Schlafengehens geführt wird. Die erste Voraussetzung ist, daß man sich aus dem Kampf zurückzieht, der oft bis zum Äußersten ausgefochten wird.

Jeden Abend um halb acht begann der Kampf ums Schlafengehen. Heinz, 4 Jahre alt, war Meister der Verzögerungstaktik. „Komm, Heinz, es ist Zeit fürs Bett", sagte Mutter ruhig. „Noch nicht, Mutter, ich bin noch nicht müde." „Aber es ist deine Zeit fürs Bett", überredete Mutter. „Noch ein bißchen, wenn ich fertig bin mit Malen", forderte der Junge. „Du kommst sofort", sagte Mutter energisch. „Du kannst morgen weitermalen." Als sie versuchte, ihm die Sachen fortzunehmen, schrie er und hielt die Farbstifte krampfhaft fest. Mutter, die nicht gern handgreiflich werden wollte, gab nach. „Na schön. Dann mach das Bild fertig." Heinz konzentrierte sich wieder auf sein Malbuch mit einem leisen Lächeln im Mundwinkel. Mutter setzte sich aufs Bett und wartete. Der Farbstift des Jungen bewegte sich immer langsamer, und Mutter wurde ungeduldig. „Du spielst doch nur damit herum. Komm, male das Bild zu Ende." „Ich will es doch nur richtig schön machen. Ich muß vorsichtig malen", antwortete der Junge hochnäsig. Mutter wartete noch ein bißchen länger, dann sagte sie, sie würde jetzt die Farbstifte weglegen, die nicht mehr gebraucht würden. Heinz protestierte. Mutter blieb dabei. Heinz ließ Mutter widerwillig ein paar Stifte weglegen, wobei er sie die ganze Zeit ärgerte, indem er einige festhielt oder absichtlich verlor. Nachdem schließlich alles weggeräumt war, fand Heinz immer neue Wege, um das Schlafengehen hinauszuzögern. Er trödelte im Bad, tollte im Bett herum, verlangte einen Schluck Wasser. Schließlich hatte ihn Mutter ins Bett gesteckt und war ins Wohnzimmer zurückgekehrt. Ein paar Minuten später war Heinz schon wieder auf, um ins Badezimmer zu gehen, und wollte dann noch einen Gute-Nacht-Kuß. Um neun Uhr war er immer noch lebendig. Mutter verlor die Nerven und verprügelte ihn. Heinz brüllte. Vater kam an die Tür und schalt Mutter. „Ich weiß nicht, warum ihr jeden Abend so einen Zirkus veranstalten müßt. Heinz, halt den Mund! Geh ins Bett und blieb liegen!" Endlich trat Ruhe ein.

Solche Szenen wiederholen sich in Tausenden von Familien. Hier hat das Kind alle Trumpfkarten in der Hand, und wenn die Mutter das auf die Dauer durchgehen läßt, wird es ihr, wenn das Kind älter wird, nicht mehr gelingen, es zur Mitarbeit zu bewegen. Mit einem kleinen Kind jedoch kann die Mutter ruhig und fest umgehen. Sie sollte mit ihm über die rechte Zeit zum Schlafengehen sprechen, so daß es weiß, wann es im Bett sein

muß. Dann kann sie ihm jeden Abend die Wahl lassen, ob es selbst gehen oder ins Bett gesteckt werden will. Wenn es sich nicht selbst auszieht, ist es angebracht, es auszuziehen, zu baden und ins Bett zu stecken. Es ist eine gute Idee, ihm etwas vorzulesen, wenn es rechtzeitig im Bett ist; Kinder haben das sehr gern. Aber was soll man tun, wenn das Kind aufsteht? Die Mutter sollte es dann schweigend aufheben und wieder ins Bett legen, unbeschadet dessen, wie oft es aufstehen mag. Wenn sie nicht erregt, sondern ruhig ist, wird es bald die Fruchtlosigkeit seines Tuns einsehen und seinen Widerstand aufgeben.

Hier ist der Fall einer Mutter, die die Lage beinahe meisterte.

Robert, 3 Jahre alt, tat alles, was er konnte, um das Schlafengehen hinauszuzögern. Mutter hatte große Mühe, bis er gebadet war, und noch größere, bis sie ihn im Bett hatte. Er wollte vorgelesen, zu trinken und alles nur Erdenkliche bekommen. Nachdem Mutter von der neuen Methode erfahren hatte, zog sie sich wie folgt aus der Sache zurück. Während des Nachmittagspiels sagte sie Robert, daß er um acht Uhr ins Bett müsse und daß sie um sieben Uhr mit dem Baden beginnen würde. Sie und Vater würden ihm um acht Uhr gute Nacht sagen und sich dann nicht mehr darum kümmern, was er machte.

Der erste Abend war nicht so schlecht; wenigstens gab es kein Geschrei. Schließlich ging Robert gegen halb zehn Uhr selbst ins Bett, ohne Schlafanzug, weil er ihn noch nicht selbst anziehen konnte. Am zweiten Abend begann das Problem. Wieder trödelte Robert um acht Uhr, und Mutter ließ das Wasser aus der Badewanne, als er nicht fertig war, und gab ihm den Gute-Nacht-Kuß. Robert war noch ganz angezogen und spielte. Vater und Mutter taten so, als sei er schon im Bett. Er spielte herum und wurde ungezogen. Er nahm seine Farbstifte und bemalte die Wände in seinem Zimmer, um ihre Aufmerksamkeit zu erregen. Als das nicht half, erklärte er, er könnte nicht an den Schalter, um das Licht auszumachen. Er fing an zu weinen, als die Eltern sich immer noch nicht um ihn kümmerten, in die Küche gingen und Karten spielten. Gegen neun Uhr wurde es ruhig, und Mutter gab vor, in ihr Zimmer zu gehen, wobei sie an seinem Zimmer vorbeigehen mußte, um zu sehen, ob er im Bett war. Er war nicht da, sondern ins Schlafzimmer der Eltern gegangen und lag dort schlafend im Bett.

Mutter wußte nicht so recht, was jetzt zu tun war. Als Robert

die Wände bemalt hatte, hatte sie ihm gesagt, daß sie am nächsten Morgen darüber sprechen würden. Am nächsten Morgen gab sie ihm die nötigen Sachen, damit er die Malerei von den Wänden abreiben konnte, und sagte ihm, sie wollte keine Farbe mehr an den Wänden sehen, wenn er fertig wäre. Als sie ihn abends wieder in ihrem Bett fand, sagte sie ihm, er könne dort nicht liegen bleiben, weil Mutti und Vati dort schlafen müßten. Er solle in sein Bett gehen. Er schrie und sagte, er könne in seinem Zimmer das Licht nicht ausmachen. Sie erklärte ihm, das sei sein Problem. Sie sei sicher, daß er einen Weg finden würde. Und Robert fand einen.

Diese Mutter begann richtig. Aber als sie herausgefordert wurde, redete sie zuviel und fing an zu bestimmen. Als sie Robert sagte, daß sie keine Farbe mehr auf den Wänden sehen wollte, gab sie ihm die Genugtuung, daß er ihr beikommen und sich für ihren Versuch, ihn links liegenzulassen, rächen konnte. Die guten Wirkungen eines sonst wohl angelegten Plans waren vereitelt. Die Mutter hätte Robert einfach aus ihrem Bett holen und ihn wortlos in seins legen sollen. Wenn sie das ein paar Abende lang getan hätte, wäre das Problem des Schlafengehens verschwunden.

Bettnässen

Nach dem Abendessen paßte Mutter genau auf, daß Hans, 6 Jahre alt, nur wenig Wasser trank. Jede Nacht gegen Mitternacht weckten Vater oder Mutter den Jungen und brachten ihn zum Badezimmer. Aber trotzdem war sein Bett morgens, wenn Mutter ihn weckte, häufig naß. Sie redete auf ihn ein, doch zu versuchen, sein Bett trocken zu halten. Manchmal sprach sie voller Ärger, weil sie die viele Wäsche leid war. Sie und ihr Mann hatten alle Arten von Strafe und Überredung versucht, die sie sich vorstellen konnten. Nichts schien zu helfen.

Kinder machen ihr Bett aus sehr verschiedenen Gründen naß. Einige, um Aufmerksamkeit und Dienste zu erlangen, einige, weil sie Baby bleiben wollen, einige fühlen sich berechtigt, zu tun, was sie wollen, einige wollen ihre Eltern oder die, mit denen sie schlafen müssen, strafen, und fast alle Kinder bleiben Bettnäs-

ser, sobald sie das Vertrauen in ihre Fähigkeit, ihr Bedürfnis unter Kontrolle zu halten, verloren haben.

Je weniger Aufsehen die Eltern machen, desto eher wird das Kind die Kontrolle gewinnen. Das Aufwecken in der Nacht verhindert das Bettnässen nicht, sondern bringt dem Kind bei, Wasser zu lassen, ohne voll wach zu sein. Eine logische Folge ist, das Kind sein schmutziges Bettuch selbst in einen Behälter mit Wasser legen und, wenn es älter ist, selbst waschen zu lassen. Unter diesen Umständen wird es lernen, daß es an ihm selbst liegt, seine Bedürfnisse zu kontrollieren; wie auch immer es das bewerkstelligt, es wird weder besonderes Mitleid noch Strafe und Verachtung erhalten.

Schlechte Gewohnheiten

Sogenannte schlechte Gewohnheiten, wie Nägelkauen, Nasebohren, Daumenlutschen und Haareaufdrehen, verraten tieferliegende Störungen. Die Eltern jedoch müssen wissen, wie sie im unmittelbaren Sinn darauf reagieren können. Gibt es logische Folgen, die ins Spiel gebracht werden können?

Die Grundprinzipien sind die gleichen. Der erste Schritt ist, sich herauszuhalten. Nörgle, schimpfe und ermahne nicht, was nämlich den Fehler des Kindes nicht bessert, sondern vielmehr sein Verlangen nach besonderer Beachtung befriedigt und seine Macht anerkennt. Die am häufigsten angewandten Methoden, eine schlechte Gewohnheit des Kindes zu brechen, sind fruchtlos; gewöhnlich verstärken sie sie, bis sie praktisch nicht mehr gebrochen werden kann. Wenn ein Kind die schlechte Gewohnheit hat, in der Nase zu bohren, pflegen viele Eltern zu warten, bis es den Finger zur Nase führt und schlagen dann darauf. Nach kurzer Zeit geht der Finger wieder zur Nase, und dann schreien die Eltern es an und verbieten ihm, die Nase anzufassen. Dieses Verfahren verfestigt die schlechte Gewohnheit für lange Zeit. Aber so sind eben die Methoden der Eltern, mit denen sie hoffen, das Kind davon abzuhalten, und sie können überhaupt nicht verstehen, warum sie keinen Erfolg haben. Logische Folge könnte sein, sich zu weigern, dem Kind die Hand zu geben oder mit ihm an einem Tisch zu sitzen, wenn es in der Nase bohrt. Aber die logischen Folgen müssen zuerst erörtert und dann ruhig angewandt werden.

Lügen und Stehlen sind Anzeichen einer tieferliegenden Rebellion. Folglich können wenige Erwachsene der Versuchung widerstehen, es den Kindern heimzuzahlen, wenn sie so handeln. Ein Kind, das lügt oder stiehlt, versucht gewöhnlich, dem Erwachsenen eins „auszuwischen". Wenn es sich absichtlich ertappen läßt, will es Beachtung erzwingen oder beweisen, daß man es nicht hindern kann. Alle Ermahnungen, Drohungen und Versuche, die Wahrheit herauszufinden, sind nicht ratsam. Das Kind, das lügt und stiehlt, weiß, daß es das *nicht* tun darf, es handelt aus Freude an seiner Überlegenheit.

Eine Gruppe von Dreizehnjährigen beschäftigte sich damit, Bücher aus einer Bücherei zu stehlen. Es galt als Sport und als Triumph, Bücher herauszuschmuggeln. Keiner von ihnen sah etwas Unrechtes darin, weil ja die Bücherei genug Geld habe, neue Bücher zu kaufen. Als man sie aber fragte, was sie denn denken würden, wenn jemand ihnen ihre Sachen wegnähme, antworteten sie entrüstet, das könne niemand mit ihnen machen. Sie wußten also, daß Stehlen unrecht war, aber sie fühlten sich berechtigt, zu tun, was sie wollten, recht oder unrecht.

Wenn Eltern wissen, daß ihr Kind stiehlt, sollten sie auf das Auftauchen von Gegenständen achten, die offensichtlich einem andern weggenommen worden sind. Wenn das Kind bereit ist, zu sagen, von wem der Gegenstand stammt, geht man mit ihm ruhig zu der betreffenden Person oder dem Laden und läßt das Kind ihn zurückgeben. Wenn es aber nicht sagen will, wo es den Gegenstand gestohlen hat, kann man sich die möglichen Orte überlegen, von wo die Sachen genommen worden sein können, und mit ihm zu allen gehen. Wenn es immer noch nicht bereit oder wenn es zu alt ist, um zu möglichen Opfern geführt zu werden, kann man den Gegenstand aufbewahren, bis der Eigentümer gefunden ist, aber ohne verbalen Angriff. Das Vergehen herunterspielen ist eine der besten Methoden, es unbedeutend und daher weniger erstrebenswert für das Kind zu machen. Das ist keine Nachgiebigkeit: man läßt das Kind weder Freude an seiner Beute haben, noch stempelt man es als Dieb ab.

Dasselbe gilt fürs Lügen. Unbeschadet der Gründe, warum das Kind lügt (um Strafe zu vermeiden, um wichtig zu tun und

Erfolg vorzugaukeln, um einem andern eins auszuwischen), man sollte versuchen, mit ihm einen Handel abzuschließen. Anstatt zu versuchen, die Wahrheit herauszufinden, schlage man dem Kind vor, daß jeder in der Familie den andern anlügt. Es wird bald merken, daß Lügen nichts taugt, besonders wenn man selber der Leidtragende ist. Natürlich werden manche Leute eine solche Methode ablehnen. Sie sagen, daß Lügen immer unmoralisch ist und daß Erwachsene sich aus keinem Grund auf Lügen einlassen können. Sie vergessen ihre Verantwortung, den Kindern zu helfen, das Lügen zu unterlassen. Moralisch zu sein wird allein nicht die erwünschten Ergebnisse haben.

Kinder fühlen sich großartig und schneidig, wenn sie fluchen, besonders, wenn sie die Reaktion auf ihre Worte spüren. Am sichersten heilt man ein Kind vom Fluchen, wenn man die schlechte Sprache als unwichtig und nichtssagend erscheinen läßt und gleichzeitig seinen Schneid anerkennt. Statt zu reden und zu schimpfen, sollte sich der Erwachsene mit dem Kind zusammensetzen und herausfinden, wieviel böse Wörter es kann. Diese Art der Antwort nimmt der Sache den Spaß. Oder man kann das Kind auffordern, zu wiederholen, was es gesagt hat, weil man es nicht ganz verstanden hat. Diese Methode wird es ernüchtern.

Epilog

Die Anwendung logischer Folgen ist eine der wirksamsten Methoden, Haltungen und Benehmen der Kinder zu beeinflussen. Kinder lernen aus dem Druck der Wirklichkeit und der Lage viel mehr als aus irgendeiner Form verbaler Belehrung. Logische Folgen sind eine Methode des Handelns, nicht des Redens.

So einfach jedoch das Verfahren ist, es bereitet den meisten Erwachsenen große Schwierigkeiten. Das gegenwärtige Verhältnis zwischen den Generationen bürdet die ganze Verantwortung für das Tun des Kindes den Erwachsenen auf. Daher kommt es, daß Eltern, denen man oft fälschlich unrechte Beweggründe aller Art vorwirft, sich nicht frei fühlen, auf die Wirklichkeit als ein Mittel zu vertrauen, das Kinder Achtung für Ordnung und Pflichten lehren kann.

Wir haben so konkret und praktisch wie möglich versucht, die feinen Unterschiede zwischen Bestrafung und logischen Folgen zu zeigen. Aber es braucht beträchtlich viel Zeit und eine grundlegende Änderung in der Auffassung von guten Eltern (besonders von einer guten Mutter), ehe der schleichende Krieg – das wechselnde Spiel von Kampf und Nachgeben, von Gewährenlassen und Druck – aufhört. In diesem Sinn sind logische Folgen mehr als eine einfache und wirksame Technik. Die Anwendung erreicht genau das, was gefehlt hat; eine neue Ordnung und ein auf gegenseitiger Achtung beruhendes Verhältnis.

Es gibt noch einen weiteren Vorteil beim Gebrauch von Folgen in einer Konfliktsituation. Sie erlauben eine unmittelbare und positive Lösung. Die Methode befähigt Eltern, dramatische Ergebnisse in Konfliktsituationen zu erzielen, die schon lange Zeit bestanden haben; plötzlich löst sich eine solche Situation durch bestimmtes Handeln der Eltern.

Es ist wiederholt gesagt worden und sollte immer beachtet werden, daß logische Folgen nicht der einzige Weg zur Konflikt-

lösung sind, sondern vielmehr der erste Schritt auf dem Weg zu einer Übereinkunft. Es kann Lagen geben, in denen es einem schwerfällt, logische Folgen anzuwenden. Jedoch gilt in allen Lagen das Grundprinzip, daß kein Erwachsener mit einem Kind zu kämpfen braucht, wenn er nicht will. Sich vom Reden, Nörgeln, Drohen und Strafen zurückzuhalten ist ein bedeutsamer Schritt auf dem Weg, das Kind selbst die Folgen seiner Verfehlungen spüren zu lassen. Während es nicht in jeder Konfliktsituation klar sein mag, was man tun muß, können die Eltern eindeutig erkennen, was sie *nicht* tun dürfen. Das allein schon bringt einen günstigen Wandel in die Beziehungen zwischen Eltern und Kindern.

Dies also ist der Zweck dieses Buchs: die Eltern aufzuklären, was im ersten und wichtigsten Augenblick eines Konflikts zu tun ist. Wir hoffen, daß die vielen Beispiele möglicher Schritte den Eltern Gelegenheit bieten, sich selbst erfolgreich zu schulen. Wenn es ihnen gelingt, die richtige Haltung der Nichteinmischung, des Nichtkämpfens oder -nachgebens einzunehmen, dann wird es Erfolge geben, die sie nicht für möglich halten. Mit einem neugewonnenen schöpferischen Sinn können sie neue und vielleicht vorher nie versuchte Mittel finden, ihre Kinder den Druck der Wirklichkeit erfahren zu lassen. Ein ganzer Behälter voller möglicher wirksamer Antworten kann angezapft werden. Schließlich brauchen die Eltern nicht mehr eine Menge Zeit und Kraft zu verschwenden, um das Fehlverhalten ihrer Kinder zu verbessern, und dann werden sie zum erstenmal wirkliche Freude an ihnen haben.

Erfahrung hat uns gelehrt, daß die Selbsterziehung im Umgang mit Kindern mehr als das Lesen eines Buchs erfordert. Das Buch sollte in Arbeitsgruppen benutzt werden, in Gruppen von Eltern, die jedes Kapitel und jeden Punkt erörtern. Auf diese Weise kann jeder seine blinden Flecke überwinden, die ihn an der vollen Erkenntnis dessen, was er tut, und vielmehr noch dessen, was er tun sollte, hindern können. In diesen Arbeitsgruppen können die Beispiele für Folgen, die jeder entdeckt hat, weitergegeben werden. Mit solcher Hilfe von Gleichgearteten brauchen die Eltern dann nicht einmal berufsmäßige Hilfe. Eine unerfahrene Mutter findet vielleicht keine Antwort, aber mehrere unerfahrene Mütter zusammen können durch gegenseitige Hilfe durchaus Erfolg haben.

Wer liest die Herderbücherei?

Die Taschenbuchredaktion läßt diese Frage alle drei Jahre durch das Institut für Demoskopie in Allensbach klären. Der traditionelle und und stets willkommene Leserbrief-Kontakt reicht nicht mehr aus, um sich eine genaue Vorstellung vom Publikum zu machen; denn inzwischen kennen und verfolgen 6 Millionen Leser und Leserinnen unser Taschenbuchprogramm.

Diese Zahl wächst weiter. Vor allem unter jungen Leuten und unter Frauen fand die Herderbücherei in den letzten Jahren vermehrten Zuspruch. Darin spiegelt sich das Engagement der Redaktion für die großen mitmenschlichen Probleme unserer Zeit. Das Angebot an Lebenshilfe-Literatur ist in den letzten Jahren entscheidend ausgebaut worden. Bekannte Psychotherapeuten konnten dafür gewonnen werden, z. B. Viktor E. Frankl, Paul Tournier, Joachim Bodamer, Klaus Thomas. Erziehungs- und Eheberater berichten aus ihrer Praxis. Die Nachfrage nach solchen Taschenbüchern ist groß. So erreichte die bekannte Uelzener Psychagogin Christa Meves in der Herderbücherei bis jetzt weit über eine Million Bände.

Um die Rolle der Frau geht es in der neuen Taschenbuchserie „besonders für Leserinnen". Dem feministischen Kriegsgeschrei und der weichen Welle weiblicher Selbstbekenntnisse soll hier eine vernünftige Lebensorientierung entgegengestellt werden. Schon bei der Ankündigung hat dieses Konzept großes Aufsehen erregt.

Eine besonders interessierte Lesergruppe unseres Taschenbuchverlages sind Lehrer aller Schulstufen und Schularten, Studenten der Pädagogik und Lehramtskandidaten. Sie finden in der Herderbücherei eine eigene Fachserie, die jetzt auf hundert Titel zugeht, eine Fachbibliothek, die sich in den Fragen des Schulalltags stellt. Hier und nicht in den ideologischen Grabenkämpfen der Bildungsdebatten entscheidet sich das Schicksal unserer Kinder.

Die Frage nach der konfessionellen Zusammensetzung unseres Publikums ist aufschlußreich: 57% sind katholisch, 37% protestantisch, 6% konfessionslos. Die Herderbücherei hat von ihrer Gründung an einen konsequent ökumenischen Kurs verfolgt. Heute findet der Leser neben bekannten katholischen Theologen wie Karl Rahner, Rudolf Schnackenburg und Ladislaus Boros prominente evangelische Theologen wie Frère Roger, Helmut Thielicke und Peter Meinhold unter den Autoren.

Inzwischen öffnet sich der Blick für eine größere Ökumene, die Gemeinschaft aller Menschen guten Willens. Die großen Weltreligionen sind ein bevorzugtes Thema der Herderbücherei geworden. In der von Gertrude und Thomas Sartory herausgegebenen Edition „Texte zum Nachdenken" ist der Versuch erfolgreich unternommen worden, dem modernen Menschen wieder eine Beziehung zu geben zu verschütteten Weisheitsquellen der Menschheit.

So sammelt die Herderbücherei vor allem Leser, die geistig flexibel sind und bereit sind, umzudenken. Das tut auf allen Gebieten des modernen Lebens not. Entscheidende Impulse dazu gibt das von Gerd-Klaus Kaltenbrunner herausgegebene Taschenbuchmagazin INITIATIVE, das den Begriff „Tendenzwende" geprägt und mit Inhalt gefüllt hat. Man kann es übrigens wie eine Zweimonatszeitschrift abonnieren.

Trotz dieser anspruchsvollen Aufgabenstellung geht dem Herderbücherei-Programm der verbitterte Ernst moderner Weltverbesserer völlig ab. Ein ganzes Arsenal heiterer Beiträge sorgt dafür, daß das Lachen nicht außer Kurs kommt. Jeder vierte verkaufte Herderbücherei-Band gehört zu dieser Sparte. Man trifft daher unter unseren Lesern mit Vorzug auf Mitbürger, die die Herausforderung der Zeit erkannt, darüber aber den Humor nicht verloren haben.

Rund um die Familie

Alena K. Wagnerovà
Wir adoptieren ein Kind
Band 808, 128 Seiten

Anneliese und Gerhard Eckert
Heute backen wir
... und alle machen mit
Band 818, 160 Seiten

Thea Bellm
Vier im Nest
Notierte Erlebnisse mit Kindern,
heiter illustriert
Band 823, 160 Seiten

Arnold Grömminger
Spaß am Lesen
Bücher im Familienleben
Band 830, 128 Seiten

Linde von Keyserlingk
Mut zur Gemeinsamkeit
Wie wir einander wieder näherkommen können
Band 837, 128 Seiten

Christa Meves / Joachim Illies
Geliebte Gefährten
Tiere als Hausgenossen und Miterzieher
Band 845, 128 Seiten

in der Herderbücherei

Jost Reischmann

Leichter lernen – leicht gemacht

Arbeitstechniken für Schule und Studium, Fortbildung und Examensvorbereitung

Band 659, 144 Seiten, 2. Auflage

Wenn lernen schwerfällt, sollte man nicht gleich an seiner Begabung zweifeln. Oft liegt es einfach daran, daß wir noch nicht über die richtigen Arbeitstechniken verfügen; kein Wunder, denn diese werden im Studienbetrieb oder in der Schule kaum vermittelt. Hier besteht also bei fast allen Studenten, Schülern und Fortbildungswilligen eine Informationslücke, die sich aber, wie dieses Buch zeigt, in kurzer Zeit schließen läßt. Der Leser erfährt alles, was er wissen muß, um sich das Studium zu erleichtern, von der Lesetechnik bis zur Examensvorbereitung. Der Autor hat seine Methode vielfältig in der Praxis erprobt und Zug um Zug vereinfacht. Jeder, der mit weniger Aufwand mehr erreichen will, kann sie mit spürbarem Nutzen anwenden.

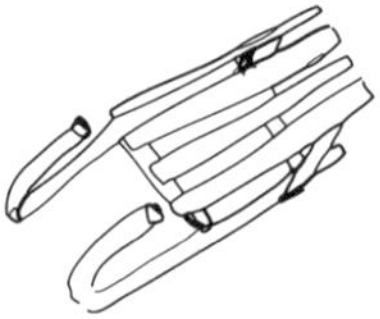

5 4 3 2   17 16 15 14 13

ISBN 978-3-88117-899-0

Grafische Gestaltung: Amélie Graef
Redaktion: Christin Geweke, Saskia Letz
Layout und Satz: typocepta, Köln

www.hoelker-verlag.de

Die englischsprachige Originalausgabe erschien unter dem
Titel
„A Parents Guide to Child Discipline“
bei Hawthorn Books, Inc., New York
Das Originalwerk ist eine neue und überarbeitete Ausgabe
von
„Logical Consequences: A New Approach to Discipline“
bei Meredith Press

Deutsch von Hans Schmidthüs
Titel der deutschen Originalausgabe:
„Kinder ziehen Konsequenzen“

1. Auflage April 1977
2. Auflage Februar 1978
3. Auflage Dezember 1978
4. Auflage März 1980
5. Auflage November 1981

Herder Freiburg · Basel · Wien
Herstellung: Freiburger Graphische Betriebe 1981
ISBN 3-451-07612-8

Rudolf Dreikurs
Loren Grey

Kinder lernen aus den Folgen

Wie man sich Schimpfen und Strafen sparen kann

Herderbücherei

Über das Buch

Haben Sie als Eltern oder Lehrer Schwierigkeiten im Zusammenleben mit den Kindern? Weigert sich Ihr Kind zu essen? Streitet es mit seinen Geschwistern? Ist es ein Bettnässer? Kommt es verspätet von der Schule nach Hause? Flucht es? Verweigert es die Mithilfe im Haushalt? Verschwendet es sein Taschengeld? Spielt es sich auf in Gegenwart von Gästen? Diese nur allzu vertrauten Erziehungsprobleme – und viele, viele mehr – sind rasch ausgeräumt bei Anwendung des in diesem Buch vorgestellten Erziehungssystems. Es ist ein ganz neuer Weg der Kindererziehung. Das System der „logischen Folgen" ist so lebensnah und so leicht zu begreifen, daß alle Eltern es unverzüglich anwenden können und zu erfreulichen Ergebnissen kommen.

Über die Autoren

Dr. Rudolf Dreikurs absolvierte das Medizinstudium an der Universität in Wien und arbeitete anschließend als Assistent, wobei er seine Spezialausbildung in der Psychiatrie erhielt. Forschungs-Studien in Sozial-Psychiatrie führten ihn dazu, die erste Psycho-Hygiene-Kommission in Österreich zu bilden. Im Jahre 1937 kam Dr. Dreikurs in die USA, und seit 1939 praktiziert er in Chicago. Er ist emeritierter Professor der Psychiatrie an der Chicago Medical School und Leiter des Alfred-Adler-Institutes in Chicago. Seine früheren Werke sind u.a. „Die Herausforderung der Ehe", „Die Herausforderung der Elternschaft" und „Kinder: Die Herausforderung".

Dr. Loren Grey erwarb seine akademischen Titel MS und Ph. D. in Unterrichts-Psychologie an der Universität von Süd-Kalifornien. Er ist Professor für Unterricht am San Fernando Valley State College. Als auf Elternberatung spezialisierter Psychologe hat er eine Privatpraxis in Los Angeles. Dr. Grey hält Vorlesungen und leitet viele Arbeitstagungen für Lehrer und Eltern zum Thema „Studentisches Verhalten und Disziplin". Außerdem ist er als führender Berater für zwei Schulbezirke im Landkreis (in der Provinz) Los Angeles tätig.

Herderbücherei

Band 612

Vorwort

Dieses Buch wendet sich an alle Reiter, die sich ein Pferd kaufen wollen oder bereits eines besitzen. Es möchte über die Möglichkeiten, Probleme, Fragen und Konsequenzen informieren. Auch dem Lehrling und dem jungen Berufsreiter soll das Buch eine Hilfe sein. Text und Bilder wollen den Pferdebesitzer davon überzeugen, daß — bei aller konsequenten Arbeit — Freude und Spiel mit dem Pferd im Vordergrund stehen sollen. Wenn nur einigen Besitzern bei der Lektüre bewußt würde, wie sinnlos und lächerlich verbissener Ehrgeiz ist und wie schädlich und quälend er sich auf das Pferd auswirkt, wäre dieses Buch nicht umsonst geschrieben.

Meiner Frau Petra, meiner Schwester Gisela und meinem Bruder Manfred möchte ich meinen herzlichen Dank aussprechen für ihre Kritik, ihre Anregungen und Hilfe, ohne die das Buch in seiner jetzigen Form nicht hätte entstehen können. Mein Dank gilt außerdem Frau Hanna Höck, Herrn Landgerichtsrat Dr. Ulrich Vogel und Herrn Major a. D. Stecken, deren freundliche Mitarbeit von unschätzbarem Wert war. Daß dies in hohem Maß für die fachkundigen, treffenden und ausdrucksvollen Zeichnungen von Frau Gisela Holstein gilt, sei hier mit einem besonders herzlichen Dank unterstrichen. Jeder Leser dieses Buches wird sich mit eigenen Augen vom Wert ihrer Skizzen überzeugen können. Auch meinem Freund Hermann Weber möchte ich an dieser Stelle für sein Interesse und seine fruchtbaren Anregungen von Herzen danken.

Tübingen *Wolfgang Hölzel*

Der Traum vom eigenen Pferd

Was spricht für seine Verwirklichung und was dagegen?

Laßt mich nur in meinem Sattel gelten,
Bleibt in euren Hütten, euren Zelten.
Und ich reite froh in weite Ferne,
Über meiner Mütze nur die Sterne.

Dieser Vierzeiler von Goethe trifft wohl auch vieles, was den heutigen Menschen aus dem hektischen Berufs- und monotonen Alltagsleben heraus Zuflucht und neue Kraft bei der Reiterei suchen läßt. Die Hoffnung, dem grauen Alltag und der überhitzten Betriebsamkeit der technisierten modernen Welt entfliehen zu können, ist häufig das Motiv, sich der Reiterei zuzuwenden — wenn nicht von vorneherein Geltungsbedürfnis, Snobismus oder falscher Ehrgeiz ausschlaggebend sind. Viele sehen sich nach einiger Zeit beim Reiten von Verleihpferden in ihrer Hoffnung enttäuscht, und sehr bald entsteht die Sehnsucht nach dem eigenen Pferd.

Jeder, den die Reiterei wirklich in ihren Bann gezogen hat, kennt diesen Traum vom eigenen Pferd. Für viele wird es wohl ein Traum bleiben müssen; denn es ist kein Geheimnis, daß ein Privatpferd nicht wenig Geld kostet. Wer sich seine ein bis zwei Reitstunden in der Woche schon mühsam absparen muß, kann kaum an die Verwirklichung seines Traums denken. Auf der anderen Seite gibt es auch hierfür heute weit mehr Möglichkeiten als früher. So wie die Reiterei überhaupt inzwischen breiteren Schichten zugänglich geworden ist, braucht auch das eigene Pferd keineswegs mehr ausschließlich das Privileg der Reichen oder der besonders protegierten Hochleistungssportler zu sein.

Vom billigen und genügsamen Pony, dem Pferd, das im selbstgebauten Stall am Haus oder für relativ wenig Geld bei einem Bauern untergestellt werden kann, bis hin zum Pferd, an dessen Kosten sich ein Partner beteiligt, gibt es vielfältige Möglichkeiten, durch die auch dem Reiter ohne dickes Bankkonto oder Spitzengehalt das eigene

Pferd erschwinglich wird. Natürlich hängt das in den Einzelheiten nicht zuletzt von den Ansprüchen ab, auf die ich noch zu sprechen komme. Wichtig ist es in jedem Fall, sich den Kauf eines Pferdes genau und gründlich zu überlegen. Mancher Reiter glaubte schon, bei einer günstig erscheinenden Gelegenheit rasch zugreifen zu müssen — stellte aber wenig später fest, daß er die finanzielle Dauerbelastung unterschätzt hatte und nicht genügend Zeit aufbringen konnte, um sein Pferd ausreichend zu bewegen, oder daß dieses für seine Ansprüche oder sein Können völlig ungeeignet war. Lassen Sie sich nie von einem geschäftstüchtigen Überredungskünstler das erträumte Pferd aufschwatzen, ohne die Sache genau durchdacht und durchgerechnet zu haben! Die erste Begeisterung kann sonst rasch in bittere Enttäuschung umschlagen, die Verwirklichung Ihres Traumes zum Alptraum werden; und der Verkauf ist meist wesentlich schwieriger und langwieriger, zudem fast immer mit erheblichen finanziellen Verlusten verbunden. Für und Wider, Vor- und Nachteile eines eigenen Pferdes müssen sorgfältig abgewogen sein. Dieser Kauf ist ein so entscheidender Schritt, daß gar nicht nachdrücklich genug vor Voreiligkeit und den daraus entstehenden Konsequenzen gewarnt werden kann.

Machen Sie sich auch klar, was Sie sich eigentlich von Ihrem eigenen Pferd erhoffen. Der eine möchte vor allem reiterlich weiterkommen oder gar auf einem gut ausgebildeten Pferd erfolgreich an Turnieren teilnehmen. Nur der Reiter, der in seinem Können sehr fortgeschritten und gefestigt ist, sollte sich jedoch ein ganz junges Pferd kaufen; denn die Ausbildung ist sehr schwierig, erfordert außer Können viel Zeit und Geduld. Dann ist sie allerdings das Beglückendste, was die Reiterei überhaupt bieten kann. Ein anderer Reiter wird weniger durch sportlichen Ehrgeiz dazu bewogen, ein Pferd zu kaufen: Er möchte vor allem allein oder mit Freunden ins Gelände reiten, oder es lockt ihn einfach die engere Bindung, die er zu einem Pferd haben kann, mit dem nur er sich beschäftigt — wie dies bei keinem Verleihpferd in gleichem Maße möglich ist. Von vornherein wird er bereit sein, viel Zeit für sein Pferd zu opfern, sich auch außerhalb der Reitstunde mit ihm abzugeben und nicht in erster Linie mit großen reiterlichen Erfolgen glänzen zu wollen. Ich kannte einen Reiter, der sonntags bereits morgens um acht in der Boxe stand, sein Pferd selbst putzte, mit ihm sprach und es für den Ausritt um zehn ganz allein vorbereitete. Er ließ sich nicht nehmen, es zu satteln und abzusatteln, trockenzureiben, zu tränken und bei gutem Wetter noch eine halbe Stunde am Halfter grasen zu lassen. Es ist mir genau in Erinnerung, wie er einmal sagte: „Der Ausritt war herrlich, aber erst all die kleinen Dinge, die ich außerhalb des Reitens mit meinem Pferd mache, geben mir das Gefühl, daß ich in ihm so etwas wie einen Freund habe; und das ist das Schönste für mich!" Jeder, der sich sein Pferd, vom Pfleger geputzt und gesattelt, in der Reitbahn übergeben läßt und es nach der Reitstunde einfach wieder „abliefert", um möglichst schnell nach Hause zu fahren oder im Reiterstüble ein Gläschen zu trinken, sollte wissen, daß er sich die größte Freude entgehen läßt, die ihm das eigene Pferd schenken kann. Sollte er sich in diesem Fall nicht vielleicht die Frage stellen, ob er mit einem Verleihpferd genauso glücklich wäre? Motive und Erwartungen sollten jedenfalls beim Kauf sehr gründlich mit einbezogen werden. Danach richtet es sich auch, ob Sie den Preis für ein teures Turnierpferd bezahlen wollen oder ob Ihnen zum Beispiel ein zuverlässiges Geländepferd genügt, das Sie vielleicht schon im Schulbetrieb kennen und lieben gelernt haben, von dem Sie keine großen Leistungen erwarten, das aber auch wesentlich billiger ist. Ich möchte an dieser Stelle nur von zwei völlig verschiedenen Motiven sprechen, die beim Kauf eines Pferdes eine Rolle spielen können, wobei ich mir klar darüber bin, daß es hier sehr viele Variationen und verschiedene Schattierungen gibt. So schließen sich beispielsweise die engen Beziehungen zum Pferd und Anforderungen im Leistungssport keineswegs aus, im Gegenteil, ich möchte behaupten, daß sehr häufig das eine die Voraussetzung für das andere, zumindest eine erhebliche Erleichterung ist. So hatte ich selbst ein Pferd, das ich von Anfang an bis zu Turniererfolgen in M- und S-Dressur ausgebildet habe. Die Zeit neben der reiterlichen Ausbildung, die ich mir für dieses — im übrigen kaum mehr als durchschnittlich veranlagte und relativ billig erworbene — Pferd nahm, lohnte es mir nicht nur im Stall, wenn es meinen Schritt oder meine Stimme durch Hochnehmen des Kopfes, Spitzen der Ohren und ein ganz eigentümliches brummeliges Wiehern beantwortete, sondern auch bei der Arbeit selbst: Wenn ich es in die Reithalle führte, ging es mit Eifer und sichtbarer Freude so rasch neben mir, daß ich kaum mit ihm Schritt halten konnte! Und wenn eine neue Lektion (die immer mit Ansprache und viel Lob honoriert wurde) gelungen war, äußerte sich diese Freude mitunter in einem übermütigen Bocksprung, bei dem es lustig quietschte. Meine enge Beziehung zu diesem Pferd, die mir der schönste Lohn war, kostete allerdings viel Zeit. Dabei übersehe ich nicht, daß ich, weil ich damals in der Reitschule meines Vaters mitarbeitete, besonders gute Möglichkeiten hatte, mich um mein Pferd zu kümmern. Doch sollte sich jeder Besitzer eines Pferdes fragen, ob er sich nicht immer wieder einmal eine halbe Stunde vor oder nach dem Reiten mit seinem Pferd beschäftigen kann. Ist das während der Woche einfach nicht möglich, so läßt es sich am Wochenende vielleicht besonders intensiv nachholen. Das eigene Pferd kostet Sie eben nicht nur Geld, sondern auch Zeit — viel Zeit sogar, wenn Sie wirklich all das von ihm haben wollen, was Ihnen kein Schulpferd geben kann. Vielen läßt allerdings ein langer, harter Arbeitstag nicht einmal genug Zeit für die tägliche Reitstunde. Wenn das der Fall ist, müssen andere für die unbedingt nötige tägliche Bewegung des Pferdes sorgen. Jeder Privatpferdebesitzer hat die Verantwortung, sich darum zu kümmern — sei es, indem er einen zuverlässigen Freund oder Jugendlichen darum bittet, sein Pferd zu reiten oder zu longieren, sei es, indem er den Pferdepfleger — gegen ein zusätzliches Trinkgeld — damit beauftragt, es auf die Koppel zu führen oder — wenn diese nicht vorhanden oder das Wetter ungünstig ist — in der Halle frei laufen zu lassen. Ein guter Bereiter ist meist die beste, aber auch teuerste Garantie dafür, daß Ihr Pferd nicht nur bewegt, sondern auch korrigiert oder weitergebildet wird. Leider sind Reitlehrer und Bereiter heute jedoch oft so überlastet, daß nicht unbedingt mit dieser Möglichkeit gerechnet werden kann. Ein guter Bekannter, zu dem Sie reiterlich und auch in anderer Hinsicht Vertrauen haben, ist vielleicht bereit, sich auch finanziell an Ihrem Pferd zu beteiligen. Ein Pferd mit einem Partner zusammen löst oft mehrere Probleme zugleich, und es wird auch immer häufiger Gebrauch davon gemacht. Manche Besitzer lassen ihr Pferd an den Tagen, an denen sie selbst keine Zeit haben, für eine Stunde im Schulbetrieb gehen. Das ist eine große Vertrauenssache; denn können Sie wirklich sicher sein, daß es bei *einer* Stunde bleibt? Oder ist es Ihnen gleichgültig, welcher Reiter auf Ihrem Pferd sitzt? Letzten Endes reiten Sie dann nur ab und zu dasselbe „Schulpferd“ — das jedoch von Ihnen bezahlt wird. Hier wird so viel Mißbrauch getrieben, daß es mir wichtig erscheint, später eingehender darüber zu sprechen, während ich es an dieser Stelle mit einer allgemeinen Warnung bewenden lasse.

Ein eigenes Pferd bedeutet Bindung und Verpflichtung, Zeit, Kosten und Verantwortung, wenn man einmal von den Besitzern absieht, die ihre Pferde für andere kaufen, die sie dann auf Turnieren vorstellen — bei solchen Besitzern spielt das Geld ohnehin meistens keine Rolle. In diesem Buch aber soll von jenen die Rede sein, für die das Pferd mehr als Eigentum ist. Eine solche Bindung bei entsprechendem Einsatz bringt erst wahre Reiterfreuden. Zeitlich bedeutet das eigene Pferd mehr Bindung und Freiheit zugleich. Auf der einen Seite muß für regelmäßige Bewegung gesorgt werden, auf der anderen können Sie viel freier bestimmen, wann Sie reiten wollen. Zwar haben fast alle Reitbetriebe ihre festen Zeiten für Mittags- und Abendruhe, an die Sie sich halten müssen. Sonst aber besteht die Möglichkeit, in irgendeiner Abteilung mitzureiten, in der kein Verleihpferd mehr frei wäre, bei schönem Wetter ins Gelände oder in die vielleicht freie offene Bahn zu gehen, Jagden und Ausritte mitzumachen, bei denen kein Schulpferd mehr zur Verfügung steht — kurzum: Wann und wie Sie reiten, ob allein oder mit Unterricht, ob in der Halle, offenen Bahn oder in der freien Natur, steht viel mehr in Ihrem eigenen Ermessen, als es für einen Reiter von Verleihpferden auch nur annähernd möglich ist.

Nicht verschwiegen werden darf jedoch das Risiko, das Sie mit dem Kauf eines Pferdes eingehen. Lahmheiten oder Krankheiten sind auch bei größter Sorgfalt nie ganz auszuschließen. Wenn dann das Pferd tage- oder wochenlang nicht geritten werden darf, muß der Besitzer entweder auf seinen geliebten Sport während dieser Zeit ganz verzichten oder zusätzlich Reitstunden auf Verleihpferden nehmen. Eine Verletzung oder Krankheit kann auch unheilbar sein, so daß das Pferd seinen „Lebensabend“ auf der Koppel verbringen oder gar getötet werden muß. Wer an seinem Pferd hängt, wird über das Finanzielle hinaus mit dem schmerzlichen Verlust fertig werden müssen. Auch hier riskiert mehr, wer viel einsetzt. Geld allein genügt eben nicht für die Anforderungen, die mit dem eigenen Pferd verbunden sind.

Selbstverständlich ist ein gewisser Ausbildungsstand des Reiters die erste Voraussetzung. Es ist nicht ratsam, sich nach zehn Reitstunden ein Pferd zu kaufen, es sei denn, man übergibt es ohnehin dem Bereiter oder einem fortgeschrittenen Reiter und reitet es selbst relativ selten und dann nur unter fachlicher Anleitung. Für den Anfänger ist häufiger Pferdewechsel besonders wichtig, vor allem, wenn eine bestimmte Lektion einfach nicht klappen will. Reiter von Verleihpferden haben ohnehin die Möglichkeit, immer wieder ein anderes Pferd zu reiten. Aber auch fortgeschrittene Reiter sollten nicht unterschätzen, wie rasch man sich auf einem Pferd mit seinen Schwierigkeiten verkrampft und „festfährt". Es besteht die Gefahr, daß gerade eine heikle Lektion — sei es Angaloppieren, Schenkelweichen oder Rückwärtsrichten — immer wieder erfolglos und bis zum Überdruß von Reiter und Pferd geübt wird. Fachgerechte Anleitung oder vielleicht auch der Wechsel mit dem Pferd eines anderen Besitzers können hier helfen. Allerdings erfordert das Einsicht und Selbstkritik. Äußerst selten liegt der Fehler beim Pferd. Man muß schon den Mut zur Ehrlichkeit aufbringen, um sich einzugestehen, daß es an einem selbst liegt, wenn das Pferd eines Tages nicht mehr vorwärts oder durchs Genick gehen will! Die Ausrede, die Verleihpferdereiter oft allzu rasch zur Hand haben, das Pferd sei vorher von einem schlechteren Reiter verdorben worden, gibt es für den Privatpferdebesitzer ja nicht. Ihm zahlt sein Pferd unverhüllt die eigenen Fehler zurück. Natürlich ist das zugleich die beste Selbstkontrolle, die aber nicht jeder erträgt! Ehrlichkeit, Geduld und Selbstbeherrschung werden also vom Besitzer eines Pferdes in viel höherem Maße gefordert als von dem Reiter eines Verleihpferdes. Fehlen außer notwendigem Können auch diese „Reitertugenden", dann kann das vorher so ersehnte eigene Pferd nach einer Weile zum Schreckgespenst werden und dem einst so begeisterten Reiter am Ende die Lust an diesem Sport überhaupt nehmen. Ich habe selbst in meiner Praxis erleben müssen, wie sich Pferd und Reiter auf diese Weise zur gegenseitigen Qual wurden, bis der verbitterte Besitzer sein Pferd wieder verkaufte oder gar das Reiten ganz aufgab. Mit etwas weniger Verbissenheit und Ehrgeiz, mit etwas mehr Leichtigkeit, Freude und Überlegenheit wären die beiden vielleicht ein unzertrennliches Paar geworden. „Spiele mit deinem Pferd!" sollte zum Grundsatz werden, der gewiß diese Art von Ärger und Verdruß verhindert. Daß Spiel und Arbeit sich nicht ausschließen, sondern sich im Gegenteil so ergänzen, daß im Idealfall die Arbeit für das Pferd zum Spiel wird, habe ich auf meinen eigenen Pferden immer wieder erleben dürfen. Jeder hat hierzu die Möglichkeiten — ganz gleich, ob es sich dabei um einen Reiter handelt, der ohnehin in seinem Pferd in erster Linie den Kameraden sieht, mit dem der Umgang vor allem im Gelände, aber auch sonst zur gemeinsamen Freude wird, oder um denjenigen, der dabei auch sportliche Ziele und eventuell Turniererfolge anstrebt.

Das Pferd ist der Spiegel seines Reiters, und das eigene Pferd ist das in besonders deutlicher Weise. Das ist nicht immer angenehm, gewiß — auf der anderen Seite aber kann Ihnen Ihr Pferd auch allen Einsatz, alle Mühe und Sorgfalt doppelt und dreifach lohnen. Dann erleben Sie Beglückung und Freude, die keinem Reiter von Verleihpferden zugänglich sind.

Möglichkeiten der Pferdewahl

Welcher Pferdetyp zu welchem Reiter paßt, ist über finanzielle Gesichtspunkte hinaus eine Frage, die über Freude oder Verdruß entscheiden kann. Wie oft schon erlebte der Käufer eines hoch im Blute stehenden Spitzenpferdes später eine herbe Enttäuschung, während dem weniger Ehrgeizigen das relativ billig erworbene, anspruchslosere und wenig veranlagte „brave Schulpferd" viele Jahre lang Freude und wachsende Befriedigung brachte.
Welche Pferdearten kommen überhaupt in Frage? Welcher finanzielle und zeitliche Aufwand ist mit ihnen verbunden, und — last not least — welche persönlichen Ansprüche müssen bedacht werden, damit Pferd und Besitzer zu einem harmonischen Paar werden? Ich möchte hier kurz die verschiedenen Pferdetypen kennzeichnen, um jedem die Möglichkeit zu geben, den geeigneten Partner zu finden, der ihm die Erfüllung seiner Träume bringt anstatt Belastung, Ärger und Enttäuschung.
Zuerst gilt es zu überlegen, ob ein *Großpferd, Kleinpferd* oder ein *Pony* gekauft werden soll. Gerade das Pony wird zur Zeit immer beliebter und ist in verschiedenen Rassen zu haben, die alle ihre unbestreitbaren Vorzüge besitzen.
Nach internationaler Vereinbarung gelten alle Pferde mit einem Stockmaß über 147,3 cm als Großpferde. Pferde, die kleiner sind, werden (nach dem Hippologischen Lexikon von 1961) mit einem Stockmaß bis 130 cm als Ponys und von 130 bis 147,3 cm als Kleinpferde bezeichnet. Die Unterteilung wird allerdings in den einzelnen Ländern der BRD unterschiedlich gehandhabt. Früher war es in Deutschland üblich, Shettys, Isländer und Dülmer Pferde als Ponys, Haflinger und Norweger Fjordpferde als Kleinpferde zu bezeichnen, auch wenn das oben angegebene Stockmaß überschritten war. In England und Irland, wo die schönsten und leistungsfähigsten Ponyrassen der Welt gezüchtet werden — ihr berühmtester Vertreter ist das erfolgreiche Turnierpferd Stroller —, werden alle Pferde unter 147,3 cm

als Ponys bezeichnet. Je nach Größe und Gebrauchsklasse werden sie in die Sektionen A, B, C, D eingeteilt. Durch die Einfuhr solcher Ponys in die BRD und die Einkreuzeug von Arabern und englischen Vollblütern mit den genannten Ponyrassen sind bei uns jetzt hochelegante Sportpferdchen im Vollbluttyp mit raumgreifenden hübschen Gängen, viel Springvermögen und gutem Charakter immer häufiger zu sehen. Daher sah man sich veranlaßt, auch bei uns Ponys bei Wettbewerben nach der Größe in Sektionen A und B getrennt zu werten. Miniatur-Sportpferde sind für Kinder und Jugendliche sehr gesucht und stehen im Kaufpreis den Großpferden kaum nach. Zu den Großpferden zählen alle deutschen Pferderassen wie Hannoveraner, Holsteiner, Westfalen, Trakehner, Württemberger, Oldenburger. Daneben sind Vollblüter, Halbblüter und Traber zu nennen sowie eine Vielzahl ausländischer Pferderassen (Welches Pferd ist das? Stuttgart 1968). Was für ein Pferd Sie kaufen wollen, hängt von folgenden Faktoren ab: Welche finanziellen Ausgaben für Pferdekauf und laufende Kosten wollen und können Sie sich leisten? Für welche Art von Reiter ist das Pferd bestimmt? Wo und auf welche Weise möchten Sie gerne reiten? Soll das Pferd für Sie allein oder für Ihre ganze Familie geeignet sein?

Abmessen des Stockmaßes

Ponys und Kleinpferde

Ponys haben gegenüber den großen Pferden den Vorteil, daß sie in der Anschaffung und im Unterhalt wesentlich billiger sind, vor allem, wenn die Möglichkeit besteht, sie bei der eigenen Wohnung unterzustellen und selber zu versorgen. Von den meisten Reitställen jedoch wird für die Pension eines kleinen Pferdes nicht viel weniger verlangt als für ein großes. Mitunter besteht aber die Möglichkeit, zwei Ponys zusammen in einer Boxe unterzubringen und sich nach gegenseitiger Absprache mit einem anderen Ponybesitzer wenigstens den Mietpreis zu teilen. Im allgemeinen aber sind beispielsweise die sehr verbreiteten Shetland- oder Islandponys, die fast das ganze Jahr hindurch auf der Weide mit einem wettergeschützten offenen Stall gehalten, im Sommer mit Gras und im Winter mit Heu ernährt werden, sehr einfach am Haus zu halten. Für viele, für die es früher beim Traum vom eigenen Pferd hätte bleiben müssen, bietet das Pony heute die Möglichkeit, Pferdebesitzer zu werden.
Für Kinder ist ein braver Shetty ein idealer Spielgefährte. Im wörtlichen Sinne „spielend“ lernen sie, mit Pferden umzugehen und sich locker in der Bewegung auf dem Pferderücken auszubalancieren. Das Kräfte- und Größenverhältnis des Ponys zum Kind ist viel ausgeglichener und weniger furchteinflößend als bei einem großen Pferd. Viele unserer Reiterasse, wie Helga Köhler, Fritz Thiedemann und Alwin Schockemöhle, haben auf diese Weise angefangen zu reiten. Ist ein Kind über die Shettygröße hinausgewachsen, so bietet ein englisches oder mit Araber eingekreuztes Pony mit raumgreifenden Bewegungen und gutem Springvermögen die Möglichkeit, an kleinen Turnieren teilzunehmen. Ein kleines Sportpferd, das keine trippelnden, kurzen Gänge hat, ist natürlich die beste Vorschulung für das spätere Reiten auf großen Pferden.
Nun könnte man aus dem bisher über das Ponyreiten Gesagten schließen, daß die Reiterei auf kleinen Pferden ausschließlich für Kinder und Jugendliche geeignet sei. Ponyreiten als Vorstufe für den Reitunterricht auf Großpferden ist aber nur eine Seite. Auch unter den Erwachsenen haben Ponys und Kleinpferde in jüngerer Zeit viele Anhänger und Freunde gefunden.
Mit robusten und urwüchsigen Isländern, Norwegern oder Haflin-

gern macht es so manch einem Reiter Spaß, allein oder mit Gleichgesinnten Geländeritte oder auch längere Touren zu machen; das sogenannte „Wandern zu Pferd“ ist ja in England schon sehr viel länger unter der Bezeichnung Ponytrecking bekannt.
Die Entscheidung, ob Pony oder großes Pferd, ist also nicht nur eine Frage des Geldbeutels, sondern auch eine Frage der Einstellung. Reiter, die nur aus Freude und zur Erholung reiten wollen, die keinen Wert auf reiterliche Eleganz legen und lieber in „Räuberdreß“ und regensicherer Kleidung bei Wind und Wetter durch Wald und Flur streifen, werden eher zum Kauf eines Ponys neigen.
Andere dagegen würden zwar für die Kinder ein Pony erwerben, nicht aber, um selber darauf zu reiten. Wem das Reiten jedoch nur Spaß macht, wenn er einen richtigen Mittel- oder starken Trab und andere Dressurlektionen, einen Parcours oder eine Jagd reiten kann, für den wird wohl nur der Kauf eines großen Pferdes in Frage kommen. Dabei spielt außerdem der Wunsch, mit dem eigenen Pferd an Turnieren teilzunehmen, häufig eine wichtige Rolle.
Der Pony-Besitzer dagegen kann mit seinem Pferd Bedürfnisse befriedigen und Freuden haben, die völlig anderer Natur und weder schlechter noch besser zu „bewerten“ sind. Er sollte sich jedoch darüber im klaren sein, bevor er sich zum Kauf entschließt, damit er nicht aufgrund unreflektierter Erwartungen, die ihm nur das Großpferd erfüllen kann, Enttäuschungen erlebt.

Großpferde

Neben den Pferderassen aus der BRD kommen in zunehmendem Maße Pferde vor allem aus Jugoslawien, Polen, Ungarn, der Tschechoslowakei und Holland auf den Markt.
Es handelt sich um sehr unterschiedliche Rassen und Typen, unter denen sehr gute Gebrauchspferde zu finden sind, die preisgünstig angeboten werden. Der Nachteil der ausländischen Pferde besteht darin, daß für sie zum Schutz der inländischen Pferdezucht auf deutschen Turnieren in Material-, Eignungs-, Spring- und Dressurprüfungen der Klassen A, L und L/M Startverbot besteht. Außerdem kostet die einmalige Eintragungsgebühr für die Prüfungen ab Klasse M DM 500.—. Bei der Verwendung als Zuchtpferd muß eine Eintra-

gungsgebühr von DM 200.— bezahlt werden, ohne daß das Pferd dadurch die Inländereigenschaft erwirbt *.
Bei den Pferderassen aus der BRD gibt es keine so grundlegenden Unterschiede mehr wie früher. In der Regel wird überall — sei es bei Hannoveranern, Holsteinern, Westfalen, Trakehnern, Württembergern usw. — das Zuchtziel eines eleganten, edlen und vielseitigen deutschen Warmblutpferdes für den Leistungssport angestrebt. Dadurch werden die deutschen Pferderassen einander immer ähnlicher.
Im Turniersport beherrschen vor allem Hannoveraner, Holsteiner, Westfalen und Trakehner die Dressur-, Spring- und Vielseitigkeitsprüfungen. Diese Rassen sind in Reiterkreisen international bekannt und begehrt, was sich natürlich auch auf den Kaufpreis auswirkt.
Die zum Teil etwas massigeren, schweren Rassen, wie beispielsweise Oldenburger und Württemberger, wurden ursprünglich für die Arbeit in der Landwirtschaft gezüchtet. Erst in jüngerer Zeit wird auch bei ihnen durch Einkreuzung höher im Blut stehender Pferde ein eleganter Pferdetyp erreicht. Neben eleganten, mittelgroßen, mit Vollblut und Ostpreußen veredelten Pferden für den Turniersport sind bei diesen Rassen vor allem geeignete Pferde für schwere Reiter, sogenannte Gewichtsträger, zu finden.

Das junge Pferd

Das völlig ungerittene Pferd

Ein junges, ungerittenes Pferd, vom Züchter erworben, ist für den anspruchsvollen Reiter, der selbst ausbilden kann, oft die einzige Möglichkeit, für einen erschwinglichen Preis ein veranlagtes, gutes Pferd zu bekommen. Allerdings ist auch das schon schwierig, denn bereits für Zweijährige, die durch ihre erfolgreichen Geschwister und eine vielversprechende Abstammung vermuten lassen, daß sie gute Hochleistungspferde werden, muß man oft Spitzenpreise bezahlen, die von reichen Turnierstallbesitzern leicht aufgebracht werden.
Beim Kauf eines ungerittenen Pferdes besteht immer der Nachteil, daß es nicht ausprobiert werden kann. Zwar ist es für einen Fachmann möglich, vom Exterieur, dem Verhalten, den Grundgangarten

---

* Pferde aus der DDR gelten als Inländer.

und der Abstammung her schon ziemlich viel über ein Pferd zu sagen, vor allem, wenn eine Halle zur Verfügung steht, in der Grundgangarten und Springen an der Hand intensiv beobachtet werden können. Trotzdem bleiben viele wichtige Fragen offen: Wie wird das Pferd sich unter dem Reiter benehmen? Welche Schwierigkeiten werden sich bei der Ausbildung zeigen? Ist der Trab hart und stoßend oder weich und angenehm? (Natürlich ist dies zum Teil auch Sache der Ausbildung.) Wie wird es sich im Gelände oder in der Abteilung benehmen?

Das angerittene Pferd

Weniger Risiko und wesentlich bessere Möglichkeiten zum intensiven Ausprobieren hat der Käufer eines angerittenen Pferdes. Benehmen beim Satteln, Aufsitzen und unter dem Reiter, alleine und mit anderen Pferden in den drei Grundgangarten können in der Bahn und im Gelände geprüft werden. Solche Pferde sind beim Züchter zu haben oder werden auf den verschiedenen Reitpferde-Auktionen angeboten. Bei Auktionen sind die Pferde meistens wesentlich teurer als beim Züchter. Andererseits bürgt der jeweilige Zuchtverband für entsprechende Qualität: Auktionspferde werden von den Zuchtverbänden ausgesucht und sind ein gewisses Aushängeschild. Der Käufer kann also ziemlich sicher sein, dort gute und für den im Katalog angegebenen Zweck geeignete Vertreter ihrer Zucht zu bekommen.
Ungerittene und angerittene Pferde brauchen noch eine lange Zeit, in der sie von einem guten Reiter ausgebildet werden müssen, damit sie nicht verdorben und psychisch wie physisch ruiniert werden. Deshalb sollten sich Anfänger und durchschnittliche Reiter kein solches Pferd kaufen, es sei denn, sie kalkulieren von vornherein ein, daß sie in der ersten Zeit kaum selbst reiten können. Die Ausbildung müssen sie einem zuverlässigen Bereiter überlassen, was zusätzliche Kosten bedeutet.
Es kann gar nicht eindringlich genug davor gewarnt werden, sich mit unzureichendem Können an die „Ausbildung" eines jungen Pferdes zu wagen. Wie oft habe ich es schon erlebt, daß gut veranlagte Pferde durch die reiterliche Selbstüberschätzung ihres Besitzers zu bedauernswerten Geschöpfen wurden — physisch und psychisch verdorben. Ein ausgebildetes Pferd reiten zu können, bedeutet noch lange

nicht, daß man in der Lage ist, ein junges bis zu diesem Ausbildungsstand zu bringen.
Es zeigt gewiß mehr reiterliche Fähigkeiten, sich über seine Grenzen im klaren zu sein, als in blinder Überheblichkeit an einem Pferd herumzuexperimentieren, bis es so „schwierig" wird, daß eine Korrektur auch durch den Fachmann kaum mehr möglich ist und der Besitzer alle Freude an seinem Privatpferd verloren hat.

Das Pferd mit reeller Grundausbildung (bis Klasse A/L)

Ein vielseitig und reell ausgebildetes, etwa fünf- bis siebenjähriges Pferd, das auf kleineren Turnieren mit guten Placierungschancen in Dressur-, Spring- und Geländeprüfungen geritten werden kann, ist eine Kostbarkeit — auch in finanziellem Sinne. Das ist auch dann der Fall, wenn dieses Pferd nicht verspricht, jemals in den einzelnen Disziplinen Überragendes zu leisten.
Vielseitig veranlagte, sauber ausgebildete Pferde werden gerade durch die sehr hohen Anforderungen in einzelnen Disziplinen des Leistungssportes immer seltener. Gerade diese Art von Pferden aber ist der Traum vieler, die an den Kauf eines Pferdes denken.
Das so ausgebildete Pferd ist geradezu ideal für anspruchsvolle, fortgeschrittene Reiter, die den Ausbildungsstand erhalten oder gar noch etwas fördern können.
Pferde mit reeller Grundausbildung und geeigneter Größe sind auch als Familienpferde unschätzbar, weil sie ohne großen Kräfteaufwand auch von Kindern geritten werden können. Natürlich muß einer in der Familie reiterlich so weit gefestigt sein, daß er das Pferd immer wieder auf seinen ursprünglichen Ausbildungsstand bringen und auftretende Fehler, Steifheiten und falsche Reaktionen korrigieren und es auf feine Hilfen abstimmen kann. Solche Pferde sind die besten Lehrmeister, verlieren aber sehr bald ihre Form, wenn sie ohne Anleitung geritten oder nicht in der oben erwähnten Weise korrigiert werden.

Das durchschnittliche Gebrauchspferd

Pferde, mit denen man in der Bahn, im Gelände und über kleinere Sprünge reiten kann, sind oft das richtige für Reiter ohne große sportliche Ambitionen, die dem Anfängerstadium entwachsen sind. Ältere, routinierte und zuverlässige Gebrauchspferde aus dem In- und Ausland werden zahlreich und preisgünstig angeboten. Sie nehmen kleinere Steifheiten, Störungen und Ungeschicklichkeiten des Reiters nicht krumm und reagieren auch auf weniger feine Hilfen. Ich denke an brave Schulpferde, die auf Reiter verschiedenster Art eingestellt sind. Sie galoppieren an, ob nun der innere oder der äußere Schenkel aktiver das Zeichen gibt oder beide gleichmäßig einwirken. Die fehlende Gewichtshilfe kann oft durch ein Zungenschnalzen des Reiters oder durch die energische Anweisung des Reitlehrers ersetzt werden. Wenn das Angaloppieren selbst keine großen Schwierigkeiten macht, lernt der Reiter aus dem Sitzen im Galopp bald auch das Zusammenspiel der Hilfen und damit das Angaloppieren.

Aber auch für ältere Reiter, die hauptsächlich im Gelände reiten wollen, ist der Kauf eines durchschnittlichen Gebrauchspferdes günstig. Für viele liegt im Grunde nichts näher, als sich ein gesundes, älteres und zuverlässiges Schulpferd zu kaufen, das man schon aus etlichen Reitstunden kennt und liebgewonnen hat.

Solche Pferde, die bis zu vier Stunden täglich unter den verschiedensten Reitern gehen, sind meist ausdauernd und robust und werden vielseitige und dankbare Privatpferde. Wem es nicht darum geht, durch ein teures Auktionspferd das persönliche Prestige und die gesellschaftliche Geltung zu heben, dem ist meist mit einem preiswert erworbenen Schulpferd mehr gedient, das besser den Anforderungen des Käufers entspricht und unvergleichlich viel mehr Freude und Zufriedenheit bringen kann als ein hoch veranlagtes, junges und schnell für die Auktion angerittenes Pferd.

Ich habe zahlreichen Interessenten Schulpferde empfohlen, und alle waren sehr zufrieden mit ihrem Kauf. Allerdings muß man damit rechnen, daß ein Pferd, das statt drei bis vier Stunden pro Tag nun plötzlich nur noch eine Stunde zu gehen hat, sich in seinem Temperament verändert. Vor allem in der Übergangszeit (ca. 2 Monate) sollte unter Umständen die Haferration etwas gekürzt und für zusätzliche Bewegung gesorgt werden.

Gewiß ist ein Schulpferd nur eine Möglichkeit, zu einem preisgünstigen, gerittenen durchschnittlichen Gebrauchspferd zu kommen. Durch Züchter, Pferdehändler und Privatleute werden genügend Pferde dieser Art angeboten. Solide, gute und im Vergleich zu inländischen verhältnismäßig billige Pferde aus den östlichen Ländern werden regelmäßig auch in den Fachzeitschriften ausgeschrieben. Mit vielen dieser Pferde habe ich sehr gute Erfahrungen gemacht.

Pferde, die für den Leistungssport untauglich geworden sind

Es gibt verschiedene Gründe, warum erfolgreiche Turnierpferde für den Leistungssport untauglich werden und deshalb relativ billig zu erwerben sind. Einige der wichtigsten Ursachen sind:

Überalterung
Physische Schäden
Psychische Schäden
Untugenden und Widersetzlichkeiten.

Diese Mängel hängen oft zusammen und bedingen sich gegenseitig. Ein Pferd, das beispielsweise vor jedem Parcours Angst hat, verkrampft sich aus Nervosität, landet nach dem Sprung viel härter und strapaziert damit vor allem die Vorderbeine. Auf der anderen Seite können Unwohlsein oder Schmerzen der Grund für Untugenden und Widersetzlichkeiten sein; die Anwendung von Strafen und Gewalt löst dann wiederum psychische Schäden aus.

Die Leistungskurve des Pferdes steigt mit zunehmendem Alter bis zu einem bestimmten Punkt, bleibt dann eine Weile ungefähr gleich und sinkt danach, wie zum Beispiel bei Leichtathleten, wieder ab. Es hängt weitgehend von der Konstitution des Pferdes und der Zeit ab, die ihm in seiner Jugend zur Entfaltung und Entwicklung gelassen wurde, wann das Abfallen der Leistungskurve einsetzt.

Ein Dressurpferd wird in der Regel später als ein Springpferd für den Leistungssport unbrauchbar; ein Springpferd bleibt länger leistungsfähig, wenn es mit acht anstatt mit fünf Jahren zum ersten Mal schwere Springen gehen mußte. Sind altersbedingte Steifheiten und Abnutzungserscheinungen die Gründe für das Abfallen der Leistung, so ist der Kauf eines solchen Pferdes sehr lohnend für einen lernbegierigen Reiter, der vorwärtskommen will. Ein gut ausgebildetes Pferd ist bekanntlich der beste Lehrmeister. Vor allem von einem alten, routinierten Dressurpferd lernt der Reiter unter fachlicher Anleitung am besten die richtigen Einwirkungen bei Lektionen wie Seitengängen oder fliegenden Wechseln. Aber auch das erfahrene ältere Springpferd, das aus physischen Gründen zwar keine S-Springen mehr bewältigen kann, jedoch in ruhigem Tempo zuverlässig A- und L-Springen geht, ist eine Perle für jeden, der aus den Anfangsschwierigkeiten heraus ist und nun im Springsport weiterkommen will.

Wer ein älteres Lehrpferd kauft, muß wissen, daß es Möglichkeiten zur ruhigen Bewegung (große Boxe, Weidegang) haben sollte, damit es nicht steif wird und der Kreislauf in Ordnung bleibt. Die Anstrengung unter dem Reiter darf dagegen nicht allzu groß sein. Außerdem muß, wie auch bei jüngeren spezialisierten Dressur- und Springpferden mit Turniererfolgen mit einbezogen werden, daß die reiterlichen Möglichkeiten oft beschränkt sind. Nicht selten springen sehr erfolgreiche Dressurpferde nicht einmal über einen kleinen Oxer oder Graben, im Gelände sind sie völlig unsicher, scheuen vor jeder Kleinigkeit oder drehen durch und werden heftig. Erfolgreiche Springpferde aber sind manchmal der kleinsten Dressuraufgabe nicht gewachsen, gehen nicht durchs Genick oder haben unreine Gänge.

In dieser Hinsicht ist ein spezialisiertes, erfolgreiches Pferd oft wesentlich ungeeigneter als ein Pferd mit guter Grundausbildung oder ein durchschnittliches Gebrauchspferd.

Vom Kauf eines kranken oder mit Beinschäden behafteten Pferdes ist im allgemeinen abzuraten.

So bringt zum Beispiel ein Spat gebranntes, mit dicken angelaufenen Beinen oder durch Nervenschnitt wieder gerade gehendes Pferd nur Ärger, Tierarztkosten und ausfallende Reitstunden mit sich — ganz abgesehen von der schmerzlichen Trennung, wenn der Schaden schlimmer wird und eine Heilung nicht mehr möglich ist.

Auch vom Kauf eines psychisch geschädigten Pferdes möchte ich abraten. Meistens handelt es sich um verdorbene Spring- oder Military-Pferde, die „so weit“ gebracht wurden, daß sie völlig durchdrehen, sobald sie im Gelände geritten werden oder ein Hindernis sehen. Diese — oft hochveranlagten — Pferde sind häufig durch viele Hände gegangen: Sogenannte starke Männer haben sie mit Hilfszügeln und scharfen Gebissen zu „bändigen“ versucht.

Ich kenne einige Fälle, in denen die Besitzer hübscher, hochveranlagter, physisch gesunder, aber nervlich geschädigter Pferde, die sie relativ billig kaufen konnten, dazu verurteilt waren, nur in der Halle oder bestenfalls in der offenen Bahn zu reiten. Manchmal war selbst das Reiten in der Abteilung unmöglich. Im Gelände waren diese Pferde nicht mehr zu halten, und beim Anblick eines kleinen Hindernisses drehten sie durch und gefährdeten mit ihrer Kopflosigkeit sich selbst und ihren Reiter.

Andererseits gibt es verdorbene Turnierpferde, die durch falsche Behandlung oder Überforderung geradezu hysterisch werden, wenn beispielsweise Umgebung, Atmosphäre und eine größere Anzahl von Zuschauern sie an Turniere erinnern. Zu Hause, in ihrer vertrauten Umgebung, gehen sie ohne Schwierigkeiten über mittlere oder sogar schwere Parcours, reagieren in der Bahn und im Gelände normal und ruhig, während sie auch unter guten Reitern schon auf kleineren Turnieren geradezu in Panik geraten. Sie steigen am Eingang, sind nicht über die Startlinie zu bringen oder rasen kopflos auf die Hindernisse zu und bleiben dann ganz plötzlich und hartnäckig stehen.

Wenn ein solches Pferd eine saubere Dressur geht, nicht zu alt und zu teuer ist, kann es ein gutes Pferd auch für anspruchsvolle Reiter sein, die nicht den Ehrgeiz haben, Turniere zu reiten. Auf jeden Fall aber sollte man solche Pferde, auch wenn sie physisch gesund und relativ jung sind, nur mit dem Vorsatz kaufen, sie nicht mit Wettkampfforderungen zu quälen. Selbstverständlich muß sich dieser Verzicht auf den Kaufpreis auswirken! Darauf sollte der Käufer hartnäckig bestehen — auch wenn das Pferd in der vertrauten Umgebung sich leicht reiten läßt und überragend springt.

Wer der Ansicht ist, daß ein „saures“ Turnierpferd in seinen Händen die Untugenden und Widersetzlichkeiten nach einiger Zeit verlieren werde, fällt dabei meistens herein und erntet für seinen Einsatz Enttäuschung und Ärger. Nur ein ausgezeichneter Reiter, der viel Geduld, Erfahrung und Einfühlungsvermögen hat, vermag eventuell, ein früher erfolgreiches, aber verdorbenes Springpferd zu korrigieren und die Erinnerung an böse Erfahrungen auszumerzen. Sicher ist es entscheidend, wie viele Reiter ihre „Kunst“ an diesem Pferd versucht haben, wie qualifiziert diese Reiter waren und wie lange die mißglückten Versuche gedauert haben. Eine kurzfristige schlechte Behandlung ist leichter zu beseitigen als eine, die viele Jahre währte. Immer ist eine Korrektur jedoch eine schwierige Aufgabe, die viel

Können erfordert — zumal solche Pferde mit ihrer hohen Veranlagung meist ein großes Maß an Sensibilität mitbringen.
Wenn ein Pferd bereits durch viele Hände gegangen ist, wenn alle Variationen tierquälerischer Methoden angewandt worden sind, um frühere Glanzleistungen zurückzubringen, hat es meistens auch erhebliche physische Schäden, vor allem an den Beinen.
Selbst wenn so ein armes Geschöpf am Ende zu einem Schleuderpreis angeboten wird, hat der Käufer nicht einmal die Garantie dafür, mit dem einstigen Star ein gutes und zuverlässiges Gebrauchspferd zu erwerben. Als Faustregel gilt: Beim Kauf verdorbener Turnierpferde ist äußerste Vorsicht, ja Mißtrauen geboten, und auf jeden Fall muß ein verläßlicher Fachmann zu Rate gezogen werden.

Galopper

Für leichte Reiter bieten sich in zu langsamen Rennpferden häufig preisgünstige Gelegenheitskäufe. Mit einigen dieser Vollblüter habe ich gute Erfahrungen gemacht. Sie wurden zuverlässige Dressur- und Springpferde in Klasse A, und im Gelände konnten sie selbst von Kindern geritten werden. Allerdings sind unter ihnen auch oft recht nervöse, schreckhafte und schwierige Pferde, die im Gelände und vor allem in Gesellschaft anderer Pferde heftig werden. Wichtig ist es, daß diese Pferde nach dem Rennbetrieb eine ruhige, fachgemäße Ausbildung erhalten, bei der sie sich oft als sehr gelehrig erweisen. Ein guter Fachmann ist hier beim Kauf besonders wichtig, der als sachkundiger Berater fungiert und die Pferdebeine nach Sehnen- und Gelenkschäden und früheren Behandlungen überprüft.

Traber

Pferde, die vor dem leichten, zweirädrigen Sulky im Trabe ihre Rennen gehen, sind nur bedingt für den Reitsport geeignet. Ihnen wird in der Ausbildung das Galoppieren systematisch abgewöhnt, und die Zuchtauswahl wird nach den ganz spezifischen Gesichtspunkten der Trabrenneigenschaften vorgenommen. Zwar sind solche Pferde, wenn sie einige Jahre vor dem Sulky Rennen gelaufen sind, sehr billig, aber sie lernen dann das Galoppieren gar nicht mehr oder nur unter

größten Schwierigkeiten. Anders ist es, wenn ein solches Pferd sehr jung gekauft werden kann, weil es sich für die Ausbildung zum Traber früh als ungeeignet erwiesen hat.
Mein Bruder ritt viele Jahre einen Traberhengst, der 1955 mit dreieinhalb Jahren für DM 1600.— gekauft worden war. Er gewann mit ihm in sechs Jahren 18 L- und M-Springen, L-Dressuren und Vielseitigkeitsprüfungen. Dieses kleine Pferd (Stockmaß 158 cm) besaß ein „Löwenherz“ und wurde sogar im Springen der Klasse S und in Stubbendorff-Prüfungen hoch placiert. Es machte von Anfang an nur wenig Schwierigkeiten im Galopp. Allerdings wurde es schon nach den ersten Trainingsversuchen für den Trabsport als ungeeignet befunden und hatte für ein Reitpferd keine nachteiligen Trabereigenschaften, war nicht überbaut, hatte keine steile Schulter, keinen Hirschhals oder Senkrücken. Dieser Hengst war von der väterlichen Seite (Oberst) mit dem bekannten Springpferd Halla verwandt. Ein anderer junger Traber, den ein Mädchen aus unserem Stall kaufte, machte allerdings lange Zeit erhebliche Schwierigkeiten beim Galoppieren, die im gesetzteren Galopp immer sichtbar blieben.

Möglichkeiten der Unterbringung und Haltung

Anschließend an die Frage, welche Art von Pferd erwünscht ist, steht die Überlegung, wo es untergebracht und durch wen es versorgt werden soll.

Das Pferd am Haus

Die schönste Möglichkeit für jeden begeisterten Reiter ist wohl die Unterbringung und Haltung seines Pferdes beim Haus in der eigenen Reitanlage. Aber abgesehen von einigen wenigen reichen Leuten kann sich diesen Luxus — auch Pflegepersonal gehört ja dazu! — wohl kaum jemand leisten. Aber es muß ja auch nicht gleich eine ganze Reitanlage gebaut werden! Es gibt viele begeisterte Individualisten, die mit wenig Mitteln und viel Idealismus, Mühe und Energie selbst einen kleinen Stall mit Vorratskammer auf dem eigenen oder gepachteten Grundstück bauen und ihre Pferde alleine versorgen. Wie dies fachgerecht für Ponys gemacht wird, beschreibt Wolfgang Bechtle in seinem Buch „Ponys hinterm Haus". Für Großpferde gibt Erika Schiele in „Haltung des Reitpferdes" dazu wichtige Informationen.
Oft lassen sich schon fertige Gebäude, wie Scheunen, Gartenhäuschen oder Garagen, zu diesem Zweck um- oder ausbauen. Natürlich ist es mit dem Stall und seinen Nebenräumen für Futter und Sattelzeug allein noch nicht getan. Zusätzlich sollte ein geeignetes Grundstück als Koppel und Reitplatz in der Nähe des Stalles zur Verfügung stehen.
Ein Großpferd selber zu halten, bringt zwei Hauptschwierigkeiten mit sich: Betreuung und Pflege sowie die ausreichende Bewegung des Pferdes bei Frost und Matsch. Ein Pferd selber zu halten, bedeutet einen großen und regelmäßigen Aufwand an Zeit und Energie. Auch an Sonn- und Feiertagen, in den Ferien und wenn der Besitzer krank ist, will das Pferd getränkt, gefüttert, geputzt werden und saubere Streu in seinem Stall haben. Zudem muß es bei jedem Wetter ausreichend bewegt werden. Selbst wenn Frau und Kinder mithelfen,

muß für diese regelmäßigen Verpflichtungen schon ein großes Maß an Idealismus vorhanden sein, der den Verzicht auf viele andere Dinge mit einbezieht. Selbstverständliche Voraussetzungen sind außerdem großes Können, Wissen und Erfahrung in der Haltung und Pflege des Pferdes.

Kann man bei all dem Aufwand nicht einmal richtig reiten, weil es friert oder regnet und eine Halle fehlt, so muß der Pferdehalter schon sehr viel Begeisterung aufbringen. Zwar kann bei Nässe ein Sandbelag auf dem Hufschlag im Freien, der je nach Bodenbeschaffenheit immer wieder erneuert werden muß, oder ein Belag aus Pferdemist bei Frost das Reiten oder Longieren ermöglichen. Doch ist es nicht jedermanns Sache, beispielsweise bei 20° C minus oder strömendem Regen unter freiem Himmel am Reiten oder Longieren Spaß zu haben. Vielleicht läßt sich unter günstigen Umständen in einer Scheune oder einem Schuppen ein provisorischer Longierzirkel einrichten, was jedoch für Reiterfreuden nur ein bescheidener Ersatz ist und lediglich die Bewegung des Pferdes gewährleistet.

Außerdem können sich für die eigene Pferdehaltung folgende Probleme ergeben:

- Baugenehmigung (Bauaufsichtsbehörde)
- Einverständnis der Nachbarn
- Wasser- und Stromanschluß
- Ausreitgelände (zum Reiten erlaubte Wege)
- Futterquellen und Transport
- Lagerung und Abnahme des Pferdemistes
- Unterbringung des Abwassers und der Jauche
- ein geeigneter Hufschmied in der Umgebung
- ein guter Tierarzt in der Nähe
- Langeweile und Einsamkeit eines einzelnen Pferdes, das als Herdentier die Gesellschaft seiner Artgenossen vermißt
- reiterliche Schwierigkeiten bei fehlendem Reitlehrer.

Diese Möglichkeit der Unterbringung und Haltung ist also nur zu empfehlen, wenn jemand in jeder Hinsicht günstige Voraussetzungen hat, vor allem, da die gesamten Unkosten in den ersten Jahren nur wenig unter dem Pensionspreis eines Reitbetriebes liegen.

Das Pferd beim Bauern

Weniger Schwierigkeiten macht die Unterbringung des Pferdes bei einem Bauern. Das ist oft eine günstige und preiswerte Möglichkeit, ein eigenes Pferd zu halten — vor allem, wenn Fütterung, Tränken, Einstreu und Weidegang im Futter- oder Pensionspreis inbegriffen sind. Zwar hat der Besitzer wohl noch die Pferdepflege und vielleicht das gründliche wöchentliche Ausmisten zu übernehmen, aber insgesamt ist er weniger festgelegt. Ist er aus irgendwelchen Gründen einmal verhindert, so findet er meistens auf dem Hof jemanden, der sein Pferd auf die Weide bringt — selbst wenn es dann einmal nicht geputzt wird.

Doch bleibt auch hier das Problem der Bewegung des Pferdes, wenn nasses Wetter oder Frost eine Gefahr für die Pferdebeine bedeuten; außerdem wird bei aufgeweichtem Boden jede Grasnarbe durch Pferdehufe sehr schnell zerstört.

Im Idealfall ist ein Reitverein in der Nähe, in dessen Reithalle das Pferd in den ruhigeren Betriebsstunden gegen eine geringe Entschädigung für Licht und Hilfe beim regelmäßigen Richten des Bodenbelages geritten werden kann.

Das Pferd in Pension im Reitstall

Die einfachste und beste Möglichkeit für den Durchschnittsreiter, der in einen Beruf eingespannt ist, bildet der Pensionsreitstall, in dem das Pferd fachgemäß und zuverlässig gegen einen monatlichen Pensionspreis versorgt wird. Diese am meisten praktizierte Möglichkeit ist die bequemste, aber meistens auch die teuerste. In den letzten Jahren sind sehr viele Reitställe von mehr oder weniger qualifizierten Leuten gegründet worden, und immer neue kommen hinzu. Entsprechend unterschiedlich sind das fachliche Niveau, die Zuverlässigkeit und Gegenleistung dieser Betriebe. Deshalb ist es wichtig, sich vorher gut zu informieren, zu vergleichen und sich erst dann zu entscheiden.

Auswahl eines Pensionsstalles

Viele Kriterien werden bei der Wahl eines geeigneten Reitstalles, dem das eigene Pferd in Pension gegeben werden soll, wegfallen müssen. Oft muß der Besitzer froh sein, in einem Reitstall in der näheren Umgebung einen freien Platz zu finden. Obwohl in den letzten Jahren zahlreiche Reitvereine und Privatreitställe neu entstanden sind, entspricht das Angebot akzeptabler Möglichkeiten keinesfalls der Nachfrage.

Wenn Sie es zeitlich einrichten können, fahren Sie lieber täglich einige Kilometer weiter zu einem Reitstall, in dem Ihr Pferd ordentlich versorgt, bewegt oder gearbeitet wird und Ihnen der Ton und die Atmosphäre in der Reitbahn und außerhalb zusagen. Sollte sich aber keine Alternative zum schlechten Privatstall oder versnobten Reitverein ergeben, so verzichten Sie lieber auf das eigene Pferd, bevor Sie durch die äußeren Umstände auf die Dauer mehr Ärger als Freude haben.

Natürlich werden für jeden einzelnen die Kriterien verschieden wichtig sein und unterschiedlich ins Gewicht fallen. Bei einem spielen beispielsweise die Möglichkeiten der reiterlichen Weiterbildung von Pferd und Reiter durch das entsprechende Fachpersonal und die Anlage eine größere Rolle — dem anderen kommt es mehr auf das Ausreitgelände an. Einer bevorzugt den älteren, renommierten Reitstall, der vielleicht von der sich ausweitenden Stadt umbaut und seines Ausreitgeländes beraubt wurde, aber eine gute Reithalle, offene Reitbahn und qualifizierte Reitlehrer und Bereiter hat. Der andere sucht von vornherein den Stall in unbesiedeltem Gebiet, mit langen und vielseitigen Ausreitmöglichkeiten, und der fehlende qualifizierte Reitlehrer fällt kaum ins Gewicht. Bei Reitställen mit nahem, gutem Ausreitgelände ist es allerdings ratsam, vorher zu prüfen, ob nicht vielleicht überall Verbotsschilder für den Reiter stehen. Was nützt das schönste Gelände, wenn nur wenige Wege zum Reiten freigegeben sind!

Auf jeden Fall lohnt es sich, weder Mühe noch Zeit zu scheuen, um sich über alle in Frage kommenden Reitställe gründlich zu informieren, sie zu vergleichen und dann zu entscheiden.

Am besten fragt man zuerst einmal telefonisch an, ob eine Boxe oder ein Ständer frei ist oder in absehbarer Zeit frei wird. Bei positivem Bescheid erkundigt man sich nach den Zeiten, in denen man den Betrieb besichtigen kann und wann ein Informationsgespräch mit dem zuständigen Herrn möglich wäre. Sobald Sie herausgefunden haben, welche Stunden den Privatpferdebesitzern vorbehalten sind, schauen Sie sich möglichst zu diesen Zeiten den Betrieb einmal an. In einigen Reitställen gibt es feste Stunden mit oder ohne Unterricht für Privatpferde in der Bahn, die restliche Zeit ist für den Schulbetrieb mit vereinseigenen Pferden reserviert.

Der Besuch einer Stunde für Privatpferde vermittelt den ersten wichtigen Eindruck — über Reitbahn, Futter- und Pflegezustand der Pferde, reiterliches Niveau, Ton und Atmosphäre in diesem Betrieb. Der anschließende Besuch im Reiterstübchen — oder wie die mehr oder weniger gastliche Klause für die Reiter auch immer heißen mag — wird den Eindruck vervollständigen. Danach kann man meistens schon entscheiden, ob man sich überhaupt noch bei der zuständigen Stelle mit der Bitte vorstellen will, die übrige Reitanlage — vor allem die Ställe — ansehen zu dürfen. Auch Fremde können ohne weiteres in fast allen Reitbetrieben in der Halle oder offenen Reitbahn zusehen. Aber das Betreten der Stallungen, ohne vorher bei zuständiger Stelle zu fragen, ist in Reiterkreisen mit Recht sehr verpönt. Dies ist nicht nur eine Sache des Anstandes, sondern hat praktische Gründe. Ein Fremder, der vorher in einem anderen Stall war, kann Infektionen und Seuchen einschleppen. Die Ruhe der Pferde und die Arbeit des Personals werden gestört, und vor allem Laien und Kinder können für sich und die Pferde — etwa durch ruckartige Bewegungen, ungeschicktes Anfassen oder Füttern von Leckerbissen — zur Gefahrenquelle werden. Ein weiterer Grund mag in den sehr unreellen, unfairen und unreiterlichen Praktiken mancher Leute der Reitbranche zu sehen sein, die beim Nachbarverein Personal und Kunden für ihren Reitstall abwerben. Fragen Sie also auf jeden Fall um Erlaubnis, bevor Sie einen fremden Stall betreten.

Dann aber schauen Sie sich ruhig und gründlich den Stall an, in dem sich Ihr Pferd später wohl fühlen soll. Wichtig sind die Größe der Boxen (3 m × 4 m) oder Ständer (2 m × 3,50 m), Licht- und Luftverhältnisse und Einstreu. Unter Umständen kann auch der Umgang des Pflegepersonals mit den Pferden beobachtet werden. Aber in jedem Fall gibt das Verhalten der Pferde an diesem Ort, an dem sie sich in der Regel die meiste Zeit aufhalten, Auskunft darüber, ob sie sich wohl fühlen.

War der Eindruck der bisherigen Besichtigung und Informationen positiv, so lassen Sie sich Unterlagen, Prospekte, Betriebsordnungen,

Stundenpläne und Vordrucke für den Pensionsvertrag zwischen Pferdebesitzer und Reitstallbesitzer oder Verein geben, um sie zu Hause in Ruhe zu prüfen und eventuell mit anderen vergleichen zu können. Nicht alle Reitställe haben schriftliches Informationsmaterial. Dann müssen Bedingungen und Gegenleistungen im Gespräch mit dem Leiter oder angestellten Reitlehrer ermittelt werden, wobei einige Notizen später immer von Vorteil sind.

Beispiele für schriftliches Informationsmaterial

Zwischen den Unterzeichneten, der Reitschule . . .
als Vermieter einerseits und . . .
als Mieter andererseits, ist heute nachstehender

Pensionsvertrag

zustande gekommen, der die Einstellung von Pferden in der Reitschule betrifft.

§ 1 Der Vermieter stellt dem Mieter Boxe/Ständer für dessen Pferd(e) zur Verfügung.
Der Vermieter sorgt für eine ordnungsgemäße Pflege des Pferdes, für die Fütterung (täglich 3—6 kg Hafer und 6—10 kg Heu) und für Einstreu (Stroh, Sägespäne). Er oder eine von ihm benannte Person unterrichtet täglich außer montags eine Stunde im Abteilungsreiten (ab 4 Reiter). Die genauen Zeiten sind aus dem Reitstundenplan ersichtlich.
Er läßt das Pferd von einem fortgeschrittenen Reiter der Schule bewegen, den er mit Einverständnis des Mieters einteilt.
Im übrigen ist der Vermieter bemüht, die ihm anvertrauten Pferde nach bestem Wissen und Gewissen zu betreuen.

§ 2 Der Mieter verpflichtet sich, am Ersten jedes Monats
im voraus DM pro Boxe/Ständer bzw. täglich
DM pro Boxe/Ständer bzw. den reinen
Mietpreis DM pro Boxe/Ständer zu bezahlen.
Nicht in diesem Preis inbegriffen sind:
Sattel/Pflegegeld, welches vom Mieter jeweils am Monatsende dem zuständigen Pferdepfleger auszubezahlen ist; außerdem

Tierarztkosten, Arzneimittel, Hufbeschlag, Putzmittel für Pferde und Sattelzeug.

§ 3 Der Mieter verpflichtet sich, für sein Pferd eine Haftpflichtversicherung abzuschließen.

§ 4 Auf Wunsch des Mieters kann das Pferd nach Vereinbarung durch das Ausbildungspersonal gegen eine Gebühr von DM monatlich/täglich gearbeitet werden. Die Organisation dieser Arbeit obliegt dem Vermieter in eigener Verantwortung.

§ 5 Der Mieter kann nach Rücksprache mit dem Vermieter Einzelstunden (bis 3 Reiter) gegen die im voraus zu entrichtende Gebühr von DM nehmen.

§ 6 Weidegang kann gegen Zahlung einer Jahresgebühr von DM vereinbart werden.

§ 7 Der Vermieter behält sich vor, die Gebühr für das Arbeiten (vgl. § 4) des Pferdes und den Pensionspreis (vgl. § 2) bei Erhöhung der Futterkosten oder schlechter Rentabilität zu erhöhen. Die Erhöhung muß dem Mieter einen Monat vorher schriftlich mitgeteilt werden.

§ 8 Für Diebstahl sowie Unfälle aller Art übernimmt der Vermieter keine Haftung.

§ 9 Mieter und Vermieter können das Mietverhältnis nur unter Einhaltung einer einmonatigen Frist zum Ersten des folgenden Monats schriftlich kündigen.
Hält der Mieter diese Kündigungsfrist nicht ein, so werden ihm für Boxe/Ständer DM berechnet, auch wenn die/der Boxe/Ständer anderweitig verwendet wird, ausgenommen Krankheit oder Eingang des Pferdes zwingen ihn dazu, Boxe/Ständer aufzugeben.

§ 10 Für den Fall etwaiger Meinungsverschiedenheiten verpflichten sich Mieter und Vermieter, sofern eine unmittelbare Verständigung nicht möglich ist, sich der Vermittlung eines von beiden Parteien hierfür zu bestimmenden Unparteiischen zu bedienen, bevor ein Gericht in ..... angerufen wird.

§ 11 Von diesem Vertrag abweichende Vereinbarungen haben nur Gültigkeit, wenn sie schriftlich niedergelegt sind.

§ 12 Durch seine Unterschrift erkennt der Mieter außerdem die beiliegende Haus- und Reitordnung an und bestätigt, daß er sie gelesen hat.

Datum

Der Pferdebesitzer:

Reitschule

Haus- und Reitordnung

§ 1 Die Reiter werden gebeten, die gesamten Einrichtungen der Reitschule sorgsam zu behandeln.
Die an Reitanlage, Stallungen und Hindernissen verursachten Schäden sind zu ersetzen.

§ 2 Um eine ordentliche Pflege der Pferde zu gewährleisten, ist die im Reitstundenplan angegebene Stallruhe unbedingt einzuhalten.

§ 3 Die Fütterung der Pferde erfolgt ausschließlich durch das zuständige Personal oder durch den jeweiligen Besitzer. Anderen Personen ist das Füttern der Pferde verboten.

§ 4 Die Reiter sind gehalten, bei Ausritten in das Gelände nur befestigte und zum Reiten erlaubte Wege zu benutzen. Bei feuchter Witterung sollen nach Möglichkeit, wenn überhaupt, Wiesen- und Waldwege nur im Schritt benutzt werden. Im Interesse der ganzen Reiterei ist es von großer Wichtigkeit, auf die Fußgänger besonders Rücksicht zu nehmen.
Der Reiter hat jeden von seinem Pferd verursachten Flurschaden zu ersetzen.

§ 5 Hunde müssen auf dem gesamten Gelände der Reitschule grundsätzlich an der Leine geführt werden.

§ 6 Abmachungen, die sich auf den Reit- und Stallbetrieb beziehen, können nur mit dem Leiter der Reitschule getroffen werden. Private Vereinbarungen mit dem Personal sind deshalb unerwünscht.

Geschäftsordnung, Westf. Reit- und Fahrschule, Münster
Unterstellen von Pensionspferden

Der monatliche Pensionspreis für Unterstellen, Pflege, Wartung und Betreuung ist aus beiliegender Preisliste C zu ersehen. Dieser Pensionspreis ist zu Beginn eines Monats fällig. Bei Futterlieferungen wird das Futter von der Schule zum Tagespreis angekauft und mit dem Pensionspreis verrechnet. Gewünschte Futterzulagen (mehr als 10 Pfund pro Tag) werden berechnet.

1. Die Schule übernimmt die Betreuung der Pferde auch hinsichtlich des Tierarztes, Schmiedes und Sattlers. Die Kosten werden den Pferdebesitzern vom Tierarzt, Schmied oder Sattler direkt in Rechnung gestellt. Falls eine tierärztliche Behandlung oder ein Beschlag notwendig ist, wird der Tierarzt oder der Schmied der Schule hinzugezogen, sofern keine andere Regelung erfolgt ist. In dringenden Fällen ist die Schule berechtigt, jeden erreichbaren Tierarzt in Anspruch zu nehmen. Vermehrter oder besonderer Verbrauch von Medikamenten, Licht und Sattelseife oder ähnlichem wird zu den üblichen Preisen anteilmäßig berechnet. *Privates Behandeln oder Füttern der Pferde* (außer Möhren, Äpfeln, trockenem Brot u. a.) darf an der Schule nur mit Zustimmung des Leiters der Schule oder des von ihm beauftragten Stall- und Futtermeisters erfolgen.
2. Tagsüber (nach dem Putzen) kann in den Stallungen der Schule auf Wunsch der Besitzer eine Decke mit Schweifriemen und Gurt aufgelegt werden. Aus Gesundheitsgründen und um Erkältungs- und Ansteckungsgefahren zu vermindern, wird das Auflegen der Decken nachts nicht gewünscht. Aus besonderen Gründen (Umstellung, frisch geschoren oder akute Erkrankungen) kann nach Rücksprache mit dem Schulleiter auch nachts vorübergehend eine Decke mit Schweifriemen und Gurt aufgelegt werden.
3. In dem monatlichen Pensionspreis ist außer Unterstellung, Pflege, Betreuung und Fütterung auch die Benutzung der Reitbahn entsprechend den unter 5. aufgeführten Zeiten sowie die Benutzung aller anderen Einrichtungen der Schule, wie Reitplatz, Hindernisse, Longierhalle usw., enthalten. Jeder Pferdebesitzer ist zum Ersatz eines Schadens verpflichtet, den er oder sein Pferd anrichtet (z. B. Hindernisreparatur usw.). Den Pferdebesitzern wird dringend emp-

Stundenplan einer Reitschule

Zeit	Montag	Dienstag	Mittwoch
8.00— 9.00	Pferde-Ruhetag	Einzelstd. (bis zu 3 Reiter)	Einzelstd. (bis zu 3 Reiter)
9.00—10.00		Hausfrauen-Abteilung Privatpferde	Hausfrauen-Abteilung Privatpferde
10.00—11.00		Einzelstd. (bis zu 3 Reiter)	Einzelstd. (bis zu 3 Reiter)
11.00—12.00		Pferde-arbeiten	Pferde-arbeiten
12.00—13.00		Stallruhe	Stallruhe
14.00—15.00		Einzelstd. (bis zu 3 Reiter)	Einzelstd. (bis zu 3 Reiter)
15.00—16.00		Einzelstd. (bis zu 3 Reiter)	Einzelstd. (bis zu 3 Reiter)
16.00—17.00		Schulpferde-Abt. Fortgeschr. (Jugendliche)	Schulpferde-Abt. Fortgeschr. (Jugendliche)
17.00—18.00		Schulpferde-Abt. Anfänger (Jugendliche)	Schulpferde-Abt. Anfänger (Jugendliche)
18.00—19.00		Privatpferde-Abteilung	Privatpferde-Abteilung
19.00—20.00		Schulpferde-Abt. Fortgeschr. (Erwachsene)	Schulpferde-Abt. Anfänger (Erwachsene)

Bei Stallruhe ist für alle Reiter das Betreten der Stallungen, im Interesse der Pferde, verboten.

Donnerstag	Freitag	Samstag	Sonntag
Einzelstd. (bis zu 3 Reiter)	Einzelstd. (bis zu 3 Reiter)	Schulpferde-Abt. Anf. od. Erwachs. Einzelstd. (3 Reiter)	Schulpferde-Abt. Anfänger, Erwachsene
Hausfrauen-Abteilung Privatpferde	Hausfrauen-Abteilung Privatpferde	Schulpferde-Abt. Fortgeschr. (Erwachsene)	Schulpferde-Abt. Fortgeschr. Musikreiten oder Ausritt (Gelände) (Erwachsene)
Einzelstd. (bis zu 3 Reiter)	Einzelstd. (bis zu 3 Reiter)	Privatpferde-Abteilung	Privatpferde-Abteilung
Pferde-arbeiten	Pferde-arbeiten	Privatpferde-Abteilung	Privatpferde-Abteilung
Stallruhe	Stallruhe	Pferdearbeiten	Pferdearbeiten
Einzelstd. (bis zu 3 Reiter)	Einzelstd. (bis zu 3 Reiter)	Schulpferde-Abt. Anfänger (Jugendliche)	Stallruhe
Einzelstd. (bis zu 3 Reiter)	Einzelstd. (bis zu 3 Reiter)	Voltigieren und Einzelstd. (bis zu 3 Reiter)	Stallruhe
Schulpferde-Abt. Fortgeschr. (Jugendliche)	Schulpferde-Abt. Fortgeschr. (Jugendliche)	Schulpferde-Abt. Fortgeschr. (Jugendliche)	Stallruhe
Schulpferde-Abt. Anfänger (Jugendliche)	Schulpferde-Abt. Anfänger (Jugendliche)	Privatpferde-Abteilung Springstd.	Stallruhe
Privatpferde-Abteilung	Privatpferde-Abteilung	Stallruhe	Stallruhe
Schulpferde-Abt. Fortgeschr. (Erwachsene)	Schulpferde-Abt. Fortgeschr. (Erwachsene)	Stallruhe	Stallruhe

fohlen, ihre Pferde gegen alle Möglichkeiten selbst zu versichern. Von seiten der Schule besteht lediglich die gesetzliche Haftpflichtversicherung. Das Reiten der Privatpferde durch andere Reiter als den Besitzer und dessen Familienangehörige bedarf in den Anlagen der Schule in jedem Falle der *vorherigen* Zustimmung des Leiters der Schule.

4. Im allgemeinen können Pensionspferde in den Reitbahnen, auf dem Reitplatz und im Gelände täglich von 7.00—20.50, samstags bis 18.50 und sonntags von 7.30—12.20 Uhr geritten werden.
   Es ist erforderlich, daß diese Zeiten im Interesse der Ruhe aller Pferde im Stall, aber auch im Interesse des Personals der Schule eingehalten werden. Es wird gebeten, sich mindestens eine halbe Stunde vorher zum Reiten anzumelden. Bei Reitern, deren tägliche Reitzeiten festliegen, kann dies entfallen. Soll das Reiten ausfallen, bittet die Schule, anzurufen, um unnötiges Satteln zu vermeiden. Kommt ein Pferdebesitzer unangemeldet, sollte der Stall- und Futtermeister orientiert werden, der das Satteln veranlaßt. Alle Reiter werden gebeten, dafür Verständnis zu haben, daß zu Beginn und am Ende eines Zirkels das Personal der Schule aus Sicherheitsgründen und um Unglücksfälle zu vermeiden, etwa fünf Minuten vordringlich dem betr. Zirkel hilft.
   An der Schule hat das Personal von 12.30 bis 14.30 Uhr *Mittagspause.* In der Mittagspause und abends ab 18.00 bis 20.50 Uhr ist ein Satteldienst eingeteilt.
5. Die Reitbahnen können von Privatreitern je nach Wetter und Lehrgangsbetrieb benutzt bzw. mitbenutzt werden (außer bei besonderen Anlässen wie z. B. Abschlußprüfung, Turniervorbereitung u. ä.).

Wochentags	7.00—20.50 Uhr
Samstags	7.00—18.50 Uhr
Sonn- und feiertags	7.30—12.20 Uhr

   Während der Lehrgangszeit ist teilweise die kleine Reitbahn oder teilweise die große Reitbahn von 9.15—12.00 und von 14.30 bis 17.45 Uhr besetzt. Sehr oft ist aber eine der beiden Bahnen frei. Auf jeden Fall kann in der großen Bahn ohne Schwierigkeiten mitgeritten werden.

Der Zirkelbetrieb ist abends in einer der beiden Reitbahnen von 18.45—20.45 Uhr. Eine Bahn ist also frei, so daß auch hier hinsichtlich Reitbahnbenutzung keinerlei Schwierigkeiten für die Pferdebesitzer seit Fertigstellung der 2. Reitbahn bestehen.
Täglich soll in der Reitbahn *um 21.00 Uhr* das Licht aus und im Interesse aller Pferde im Stall Ruhe sein. *Ab 12.30 Uhr* soll an Sonn- und Feiertagen im Stall für die Pferde wie auch für das Personal Ruhe sein.
Das Reiten innerhalb des Zirkels ist möglich, sofern es sich hierbei nicht um Anfänger handelt. Die Anweisungen des betreffenden Reitlehrers sind zu beachten! Bei erwünschten und begründeten Abweichungen von o. a. normalen Reitbahnzeiten, z. B. Turniervorbereitungen der Pferdebesitzer, kann dies selbstverständlich berücksichtigt werden. Es sollte aber vorher die Zustimmung des Leiters der Schule eingeholt werden.

6. Zum Reiten an Sonn- und Feiertagen von 10.00—12.20 Uhr (Musikreiten im Winterhalbjahr) wird um sonntäglichen Reitanzug gebeten. Bahndisziplin und Rücksichtnahme gegenüber anderen Reitern sollten so gehalten werden, wie es allgemein Sitte und guter Brauch ist. Befindet sich der Leiter der Schule oder ein von ihm beauftragter Reitlehrer in der Bahn, so wird nur von diesem, sonst jedoch von dem ältesten anwesenden Reiter — auch auf Wunsch — das Zeichen Handwechsel usw. gegeben.
   Es kann in der kleinen Reitbahn *mit einem* Pferd longiert werden, solange mit diesem Pferd nicht mehr als drei Pferde in der Bahn sind. *Mit zwei* Pferden kann nur dann longiert werden, wenn außer diesen beiden kein drittes Pferd in der Bahn ist. Die Schule bittet, beim Longieren auf die in der Bahn befindlichen Reiter Rücksicht zu nehmen. Die Benutzung und Einteilung der Longierhalle regelt der dortige Aushang. Im allgemeinen soll nur in der Longierhalle longiert werden.
7. Unreiterliches Verhalten (Prügeln, Reiten kranker Pferde usw.) wird an der Schule nicht geduldet. Die Entscheidung, wann und ob unreiterliches Verhalten vorgelegen hat, liegt beim Leiter der Schule. Bei Abwesenheit des Leiters der Schule handelt der diensttuende Reitlehrer oder Stall- und Futtermeister in allen Fällen in seinem Auftrag.

8. Um allen Besitzern von Pensionspferden und passionierten Einzelreitern eine gesonderte Möglichkeit der Weiterbildung zu bieten, findet dienstags von 7.00—8.00 Uhr ein Zirkel unter Aufsicht eines Reitlehrers statt. Jeder Pferdebesitzer hat hier Gelegenheit, gegen Berechnung von DM 2.— pro Stunde, mit seinem Pferd teilzunehmen. Es wird gebeten, sich für diese angegebene Zeit jeweils im Büro der Schule anzumelden bzw. bei fester Eintragung im Verhinderungsfalle abzumelden.

Die Schule wird immer bemüht bleiben, Wünsche und Anregungen der Pferdebesitzer zu erfüllen, und ist für alle Gedanken und Hinweise dankbar, die geeignet sind, das Reiten innerhalb der Gemeinschaft angenehmer zu gestalten.

Stecken
Leiter der Schule

Fragen vor der Entscheidung für einen Pensionsstall

In jedem Fall ist es ratsam, sich vor einer endgültigen Entscheidung für einen Pensionsstall folgende Fragen zu stellen:

1. Wie groß ist die Entfernung von der Wohnung oder dem Geschäft, und wieviel Zeit ist notwendig, um die Strecke zweimal täglich zurückzulegen?
2. Wie hoch sind die Preise für Pension, Vereinsbeitrag, Aufnahmegebühr, Pflegergeld usw.?
3. Welche Anlagen (Ställe, Reithalle, offene Reitbahn, Sprunggarten, Longierhalle, Reiterstübchen, Umkleideräume, Duschen etc.) stehen dem Pferdebesitzer zur Verfügung, und in welchem Zustand sind sie?
4. In welchem Futter- und Pflegezustand sind die Pferde, die schon längere Zeit dort stehen, und wie sieht die Streu aus?
5. Welches Ausreitgelände steht zur Verfügung?
6. Welche fachlichen Qualifikationen hat das Personal, wie Reitlehrer, Bereiter, Lehrlinge, Stall- oder Futtermeister und Pferdepfleger?
7. Wie sehen die Betriebsordnung, der Pensionsvertrag o. ä. Bedingungen des Reitstalles aus?
8. Wie ist das reiterliche Niveau bei Erwachsenen und Jugendlichen?

9. Was wird das Jahr hindurch an Veranstaltungen geboten, zum Beispiel Geländeritte, Jagden, Reiter-Abzeichen, interne Wettkämpfe, Turnierbesuche und gesellschaftliche Veranstaltungen?
10. Wird das Pferd nach den Erfahrungen anderer Besitzer zuverlässig bewegt oder anständig gearbeitet, auch wenn der Besitzer nicht dabei ist?
11. Besteht die Möglichkeit, das Pferd auf eine Koppel in der Nähe des Stalles zu lassen?
12. Zu welchen Zeiten kann der Besitzer mit oder ohne Reitunterricht in der Bahn reiten?
13. Wie ist die Atmosphäre und der Ton in der Reitbahn und außerhalb?
14. Welche Gesellschaftsschichten sind vor allem vertreten und erwünscht?
15. Ist der Reitstall ein privates Unternehmen oder ein Verein?
16. Wie sind der Service, die Betreuung und Beratung bei auftretenden Schwierigkeiten und Problemen der Kunden?

Die Antworten auf diese Fragen, die für den einzelnen verschieden stark ins Gewicht fallen, werden ausschlaggebend sein, für welchen Pensionsstall man sich entscheidet. Schließlich soll man einige Gewißheit haben, daß das Pferd gut versorgt wird und der Reiter sich auf lange Zeit wohl fühlen kann.

Finanzielle Überlegungen

Kaufpreise für Pferde

Der finanzielle Aufwand für Anschaffung und laufende Kosten richtet sich danach, was für ein Pferd gekauft, wo es untergebracht und durch wen es versorgt werden soll. Kaufpreis und laufende Kosten werden in der Regel für ein Pony oder Kleinpferd erheblich niedriger sein als für ein großes Pferd. Ebenso ist es billiger, sein Pferd beim Bauern oder am Haus unterzubringen und ganz oder teilweise selber zu versorgen.
Der Kaufpreis für ein Pferd hängt von folgenden Faktoren ab:

— Alter
— Ausbildungsstand
— Veranlagung
— Rasse und Abstammung
— Gesundheitszustand
— Exterieur
— Größe
— Temperament und Charaktereigenschaften
— Futter- und Pflegezustand
— Farbe und Abzeichen
— Angebot und Nachfrage

Man muß davon ausgehen, daß die Selbstkosten des Züchters für ein dreieinhalb- bis vierjähriges Pferd in der BRD DM 4000.— bis 4500.— betragen. Mittelmäßige, wenig veranlagte Pferde — teilweise mit erheblichen Gebäudefehlern — müssen vom Züchter oft ohne Verdienst, sogar unter dem Selbstkostenpreis verkauft werden. Der Verlust muß durch die guten Pferde und „Spitzenprodukte" ausgeglichen werden.
Dementsprechend kostet ein sechs- bis zehnjähriger durchschnittlicher deutscher Warmblüter, der in der Abteilung, bei kleineren Springen und im Gelände zuverlässig, aber ohne Wettkampfleistungen geritten werden kann, DM 4000.— bis 7000.—.

Der Preis für ein entsprechendes Pferd, das aus den Balkanländern importiert ist, liegt zwischen DM 3000.— und 4000.—.

Ein fünf- bis zehnjähriges Pferd mit reeller Grundausbildung in Dressur, Springen und Gelände bis Kl. A/L mit kleineren Turniererfolgen ohne höhere Leistungsmöglichkeiten kostet DM 6000.— bis 10 000.—.

Junge, angerittene, für den Leistungssport veranlagte Pferde aus der BRD sind etwa ab DM 6000.— zu haben. Nach oben ist hier kaum noch eine Grenze zu setzen. Die Spitzenpreise für solche Pferde lagen bei der letzten Hannoveraner Auktion zwischen DM 60 000.— und 90 000.—. Überhaupt keine Norm läßt sich für fünf- bis zwölfjährige Pferde aufstellen, die im Leistungssport schon gute Erfolge hatten. Der Kaufpreis richtet sich hier danach, auf welchen Turnieren und in welchen Disziplinen — also Dressur, Springen oder Vielseitigkeit — und in welchen Klassen die Turniererfolge erzielt wurden. Außerdem ist es für den Preis entscheident, ob die Leistungslinie steigend oder abfallend ist.

Ponys und Kleinpferde sind im Vergleich zu den großen Pferden relativ billig, obwohl für elegante, hoch im Blut stehende Ponys DM 2500.— bis 6000.— bezahlt werden, wenn Gänge, Springvermögen und Charakter sie für Kinder und Jugendliche bei Ponywettbewerben geeignet machen.

Der Zwerg unter den Pferden, das Shetlandpony, kostet ca. DM 1000.— bis 2000.—. Ein Islandpony, das auch normalgewichtige Erwachsene (ca. 75 kg) trägt, kann man für ca. DM 3000.—, und wenn es noch die Gangarten Paß und Tölt beherrscht, für DM 4000.— bis 5000.— erwerben. Für Summen, die keinem großen Leistungspferd nachstehen, werden die kleinen englischen und irischen Sportpferde, zum Beispiel das Connemarapony, gehandelt.

Allgemein ist zu den Preisen für Pferde zu sagen, daß auch hier Angebot und Nachfrage die Preise regeln.

Anschaffungskosten für die Ausrüstung

Zum Kaufpreis des Pferdes kommen noch einmalige Anschaffungskosten für Sattelzeug, Putz- und Pflegeutensilien hinzu. Hier eine

Kostenaufstellung, der Durchschnittspreise (1971) zugrunde gelegt wurden:

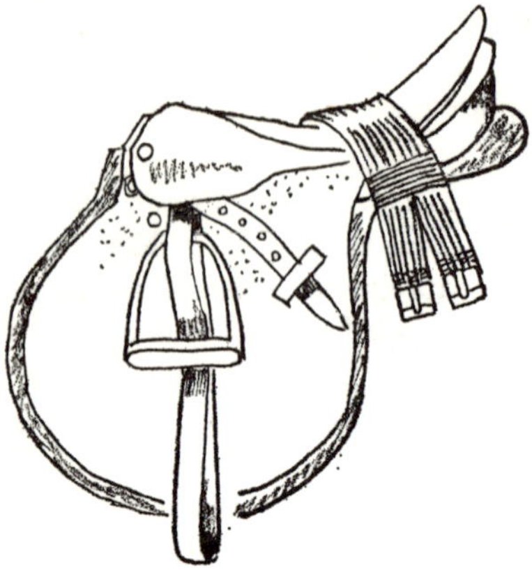

Vielseitigkeitssattel (Markenartikel)	DM	650.—
Filzunterlage	DM	60.—
Sattelgurte (Eisengarn)	DM	30.—
Bügel mit Einlagen	DM	65.—
Bügelriemen	DM	28.—
	DM	833.—

Komplette Trense mit hannoverschem Reithalfter, Verschnallung im Genick oder seitlich, farbigem Stirnband und Gurtzügel oder beflochtene Lederzügel und Martingalschiebern

DM 120.—

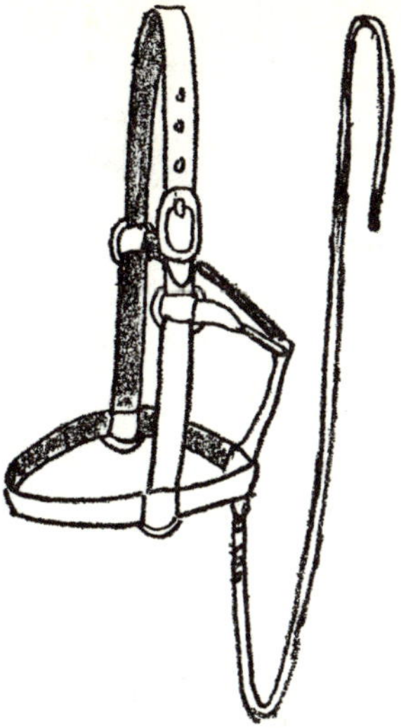

Stallhalfter (Chromleder) mit Anbindestrick (geteert)

DM 50.—

	DM	833.—
	DM	120.—
	DM	50.—
insgesamt	DM	1003.—

Unter Umständen muß noch der Preis für eine Kandare, Stalldecke und für Bandagen oder Ledergamaschen dazugerechnet werden.
Für Ponys und Kleinpferde ist die Summe für diese Anschaffungen ungefähr ein Drittel billiger. Sicher gibt es die hier aufgeführten Gegenstände auch in wesentlich billigerer Ausführung. Ich empfehle jedoch, gerade hier nicht zu sparen. Ein Sattel beispielsweise, der aus zweitrangigem Material nachlässig verarbeitet ist und nicht bequem sitzen läßt, bringt mehr Ärger als Freude. Steigbügelriemen oder Stallhalfter aus billigem Leder können sogar zur Gefahrenquelle werden.
Auch dem Besitzer eines Pensionspferdes empfehle ich, sich Putzzeug und Pflegemittel anzuschaffen, damit er sein Pferd jederzeit unabhängig vom Pferdepfleger selber putzen kann. Auf jeden Fall aber sind es Unkosten, die dem Selbstversorger eines Pferdes entstehen.
Kosten für die Anschaffung von Putzzeug und Pflegemitteln:

Kardätsche	DM 18.—
Striegel (Metall)	DM 2.—
Wurzelbürste	DM 5.—
Hufkratzer	DM 1.50

Huffett	DM 4.—
Fettbürste (oder Hufpinsel)	DM 2.50
Mähnenkamm	DM 1.—
Zwei Schwämme	DM 4.—
Putzlappen	DM 1.—
Sattelseife	DM 4.—
Lederfett (1 kg)	DM 4.—
	DM 47.—
Frisierschere	DM 16.—
	DM 63.—

Laufende Kosten

Folgende laufenden Kosten entstehen dem Eigentümer, der sein Pferd in einem Reitstall in Pension gegeben hat: der monatliche Pensionspreis, der in den verschiedenen Reitställen zwischen DM 250.— und 500.— liegt. Die Höhe richtet sich nach örtlichen Gegebenheiten (zum Beispiel Großstadt oder ländliche Gegend), nach dem Charakter des Reitstalles, ob dieser beispielsweise versnobt oder nicht nur auf Oberschichten ausgerichtet ist. Außerdem richtet sich die Höhe der Pension nach den Gegenleistungen, zum Beispiel danach, welche Reitanlagen (Reithalle, Longierhalle, offene Reitbahn, Sprunggarten, Galoppierbahn) oder welcher Hindernispark dem Privatpferdebesitzer zur Verfügung stehen. Ebenso wirkt sich natürlich das Niveau und die berufliche Qualifikation des betreuenden Ausbildungs- und Pflegepersonals auf die Höhe der monatlichen Pension aus.
In der Regel sind im Pensionspreis folgende Gegenleistungen enthalten:

- Unterbringung (Boxe oder Ständer) und Betreuung
- Futter und Streu
- Pflege des Pferdes und des Sattelzeuges
- Satteln und Absatteln auf Bestellung innerhalb der Betriebszeiten
- Benutzung der Anlage und Einrichtungen des Reitstalles, wie Reitbahn, Hindernisse, Sattelkammer, Umkleideräume usw.
- Schutz durch Betriebshaftpflicht, Feuer-, Einbruch- und Diebstahlversicherung

— Auf Wunsch und mit Absprache des Besitzers Bewegung des Pferdes durch einen fortgeschrittenen Reiter

Zu den laufenden Kosten müssen noch hinzugerechnet werden:

— Schmied- und Tierarztkosten
— Versicherung
— Vereinsbeitrag
— Sattelgeld oder Trinkgeld für den Pfleger

Weitere Unkosten können entstehen durch:

— Reitunterricht
— Arbeiten- und Ausbildenlassen des Pferdes durch eine Fachkraft
— Teilnahme an Jagden oder Reiter-Abzeichen-Prüfungen
— Wettbewerbe und Turniere
— Zusätzliches Vitaminfutter
— Zusätzliche Anschaffungen, wie Pferdedecke, Kandare, Bandagen, Martingal, Verladegamaschen, Schweifschoner usw.

Kosten für das Pferd am Haus

Wesentlich schwieriger ist es, genaue Zahlen für das eigene Pferd beim Haus anzugeben. Es kommt darauf an, ob Stall und Nebenräume neu zu bauen sind oder ob ein fertiges Gebäude nur um- oder ausgebaut werden muß. Soll das erforderliche Grundstück gepachtet oder gekauft werden, oder ist es schon Eigentum?
Während der Ausbau eines früheren Kuhstalles, einer Garage oder Scheune zur Pferdeboxe mit wenig Mitteln zu leisten ist, muß beim Neubau einer Pferdeboxe mit dem Raum für Heuvorrat mit ca. DM 5500.— bis 6000.— gerechnet werden. Hinzu kommen die Kosten für den befestigten Vorplatz zum Putzen und Waschen im Freien, Räume für Futter, Sattelzeug und Geräte und Kosten für den Reitplatz, Koppelumzäunung, Stallapotheke und Geräte.
An laufenden Kosten entstehen je nach örtlichen Futterpreisen Unterhalts- und Pflegekosten von ca. DM 130.— bis 150.— monatlich. Dazu müssen eine monatliche Pauschalsumme für Schmied und Tierarzt von ca. DM 40.— und Betriebskosten für Wasser, Strom, Gebäudeunterhalt und Versicherungen gerechnet werden. Die eigene Pferde-

haltung am Haus ist also vom rein finanziellen Gesichtspunkt aus nur bei sehr günstigen örtlichen und räumlichen Voraussetzungen wesentlich billiger.

Entscheidend weniger kostet die Haltung eines Ponys und Kleinpferdes am Haus. Wenn von ihm keine großen Leistungen verlangt werden, kann es sich vorwiegend auf der Weide ernähren und in einem selbstgebauten Unterstand mit einem Nebenraum für Heu, Sattelzeug und Geräte gehalten werden. Im Winter werden etwas Stroh und täglich ca. 3 kg Heu gefüttert. Dagegen kostet der Bau eines massiven Stalles ca. DM 1600.— bis 2200.—, wenn man ihn selber anfertigt.

Beurteilung, Auswahl und Pferdekauf

Ausbildungsstand des Reiters

Niemand sollte sich nach einigen Anfängerstunden in der ersten Begeisterung ein eigenes Pferd kaufen. Man muß einige Gewißheit haben, daß die Freude an dieser Sportart kein vorübergehendes Strohfeuer ist, sondern auch mühevollere Strecken überdauert, in denen sich kaum Fortschritte zeigen. Und erst nach solchen schwierigen Phasen in der Reitausbildung kann man entscheiden, ob die Freude an diesem Hobby dauerhaft ist.
Der Kauf eines Pferdes wird erst dann sinnvoll, wenn der Reiter in seinem Können so weit fortgeschritten ist, daß er in den drei Grundgangarten einigermaßen geschmeidig sitzen kann. Zudem muß er im Gelände den Jagdsitz beherrschen. Wenn er mit einem Pferd, das keine besonderen Schwierigkeiten hat, in natürlicher Haltung in der Bahn die gebräuchlichsten Hufschlagfiguren reiten kann, so reicht sein Können für ein eigenes Pferd aus. Schließlich ist es empfehlenswert, daß der Reiter das zukünftige Pferd bei der Auswahl selber unter dem Sattel ausprobieren und sich einige Vergleichsmaßstäbe mit verschiedenen Schulpferden aneignen konnte. Außerdem lassen sich die Anfängerschwierigkeiten wohl kaum besser überwinden als auf einem dafür geschulten Verleihpferd. Das eigene, empfindlichere Pferd würde vom Anfänger wahrscheinlich sehr schnell verdorben.
Neben dem praktischen reiterlichen Können sollte der zukünftige Pferdebesitzer mit den wichtigsten Fragen der Sattlung, Zäumung, der Pflege und Haltung eines Pferdes vertraut sein. Erst dann kann er ungefähr abschätzen, welche Verpflichtungen er mit dem Kauf des eigenen Pferdes eingeht. Auch der Besitzer eines Pferdes, das in Pension gegeben ist, sollte ja beurteilen können, ob sein Pferd anständig versorgt wird.

Der Berater

Pferde zu beurteilen, ist schwer, und es bedarf vieler Jahre Praxis und intensiver Beschäftigung mit diesem Metier. Deshalb ist jedem Amateurreiter sehr zu empfehlen, zum Pferdekauf einen Fachmann hinzuzuziehen. Ich habe die haarsträubendsten Dinge erlebt: Gut reitende, sonst ganz vernünftige, geschäftstüchtige Leute kamen mit völlig überbezahlten und durch alte Beinschäden lahmenden Pferden an, die oft zudem noch für ihre reiterlichen Zwecke völlig ungeeignet waren. Solche Käufe brachten dann auch immer Ärger und Unannehmlichkeiten — selbst wenn der Verkäufer das Pferd wieder zurücknehmen mußte. Solche bösen Überraschungen, die sich vom Fachmann ziemlich genau vorhersagen lassen, sind durch einen guten Berater auszuschließen. Selbst wenn der Interessent einiges von der Pferdebeurteilung versteht, ist es ratsam, einen Experten zum Kauf mitzunehmen, denn vier Augen sehen mehr als zwei. Außerdem ist es oft vorteilhaft, bei mündlichen Abmachungen und Zusicherungen einen Zeugen zu haben.

Am besten ist es, sich von dem Reitlehrer beraten zu lassen, der einen später auch betreuen wird. Er hat Interesse daran, ein Pferd zu vermitteln, mit dem er Ehre einlegen kann, und in Ihnen einen zufriedenen Schüler zu haben. Auch der Reitlehrer hat mehr Spaß am Unterricht, wenn Reiter und Pferd zufrieden, vielleicht sogar fröhlich sind und vom reiterlichen Standpunkt aus ein gutes Bild abgeben. Soll das Pferd dazu noch in dem Reitstall des Reitlehrers eine neue Heimat finden, so wird er bei der Beratung mit einbeziehen, daß er unter Umständen bei späterem Ärger einen Kunden verlieren kann.

Ebenso ist ein Bereiter, der das Pferd später arbeiten soll, daran interessiert, ein Pferd auszusuchen, das den Besitzer zufriedenstellt und ihm keine großen Schwierigkeiten und Unannehmlichkeiten bereitet. Er weiß zum Beispiel genau, daß ein Hirschhals oder zu breite Backenknochen — auch bei einem sonst guten Pferd — nicht nur dem Besitzer, sondern auch ihm selbst dauernd Mühe und Ärger bereitet, wenn das Pferd dressurmäßigen Ansprüchen genügen soll.

Wer eignet sich außer Berufsreitern zum fachkundigen Berater? Sehr viele Experten für Pferdebeurteilung und Kauf sind unter Züchtern

und Pferdehändlern zu finden. Der Nachteil ist hier jedoch, daß sie meistens eigene Pferde verkaufen wollen.
Auch viele Richter haben die Qualifikation als Berater für Pferdekäufe, vor allem, wenn sie auf Turnieren Material- und Eignungsprüfungen richten können.
Aber nicht nur die fachlichen Voraussetzungen, sondern auch die charakterlichen Eigenschaften des Beraters sind wichtig. Der Interessent muß vor allem auch menschlich Vertrauen zu ihm haben können. Man kann sich kaum vorstellen, wie oft arglose Käufer nicht nur vom Verkäufer, sondern auch vom eigenen Berater übers Ohr gehauen werden. Der Berater rät zum Beispiel zum Kauf eines ungeeigneten Pferdes, weil er sich vorher mit dem Verkäufer abgesprochen hat. Für den Fall, daß das Pferd für eine bestimmte Summe verkauft wird, verdient er oft eine erhebliche Summe dabei. In diesem Fall vertritt er also mehr die Interessen des Verkäufers als die des Käufers.
Selbstverständlich müssen dem Berater Unkosten und etwaiger Verdienstausfall ersetzt werden, was zum Beispiel bei längeren Fahrten ins Zuchtgebiet ins Gewicht fällt. Es ist auch völlig legal und üblich, daß ein Berater, der einen Pferdeverkauf vermittelt hat, Provision erhält. Dieser Betrag, der je nach Verkaufssumme zwei bis zehn Prozent vom Verkaufspreis ausmachen kann, muß der Verkäufer an den Vermittler bezahlen. Vor allem bei Berufsreitern ist das gerechtfertigt, die ja nicht nur aus Idealismus mit Pferden zu tun haben, sondern damit auch ihre Brötchen verdienen müssen. Natürlich wird der Verkäufer diese Prozente meistens schon von vorneherein auf den Verkaufspreis draufschlagen, so daß Sie letzten Endes die Provision bezahlen. Das sind zusätzliche Kosten, die sich aber bei einem guten Berater lohnen — vor allem, wenn er nicht nur bei der Auswahl und beim Handeln hilft, sondern auch noch die verschiedenen Quellen kennt. Man kann sehr viel Zeit und Geld sparen, wenn der Berater weiß, wo die passenden und gewünschten Pferde zu haben sind.

Wo kann man Pferde kaufen?

Am einfachsten und günstigsten ist es, wenn der Reitstall, in dem man schon auf Schulpferden geritten ist, auch eine Auswahl an Verkaufspferden hat. Meistens kann dort das Pferd auch in Pension gegeben werden. Die angebotenen Pferde können längere Zeit bei der Arbeit beobachtet und vielseitig und gründlich ausprobiert werden. Das bedeutet weniger Risiko, und die Aufwendungen an Zeit und Geld für den Transport fallen weg. Außerdem ist, wie schon erwähnt, der Reitlehrer in der Regel daran interessiert, Sie als Käufer, Reiter und Pensionskunden zufriedenzustellen.

Junge ungerittene oder angerittene Pferde kauft man am besten beim Züchter. Dort können oft auch die Eltern und einzelne Geschwister des angebotenen Pferdes, seine Umgebung und Lebensbedingungen betrachtet werden. Einige Züchter halten sich Bereiter, die die Pferde ausbilden und auf Turnieren vorstellen, so daß dort auch in der Ausbildung weiter geförderte Pferde, zum Teil mit Turniererfolgen, angeboten werden. (Anschriften von Züchtern siehe Anhang.)

Weitere Quellen sind die verschiedenen Pferdeauktionen, wo im Frühjahr und Herbst junge angerittene und auch weiter geförderte Pferde mit Turniererfolgen angeboten werden. Hier hat der Käufer gute Vergleichsmöglichkeiten durch die Vielzahl der von Zuchtverbänden ausgesuchten Pferde. Termine und Kataloge mit Fotos und kurzen Beschreibungen der angebotenen Pferde sind bei folgenden Adressen zu bekommen:

Auktion Trakehner Pferde: Trakehner Gesellschaft m. b. H., 2 Hamburg 72, Postfach 720 107

Verdener Auktion: Verband Hannoverscher Warmblutzüchter e.V., 3 Hannover, Johannssenstr. 10

Westfalen Auktion: Westfälisches Pferdestammbuch e.V., 44 Münster, Postfach 1743

Bayerische Reitpferdeversteigerung: Landesverband Bayerischer Pferdezüchter, 8 München 15, Haydnstr. 11

Dillenburger Reitpferde-Auktion: Arbeitsgemeinschaft Hessischer Pferdezucht-Verbände, 6340 Dillenburg, Postfach 303

Reitpferdeversteigerung in Zweibrücken: Landesverband der Pferdezüchter Pfalz e.V., 675 Kaiserslautern, Fischerstr. 11

Rheinische Reitpferde-Auktion Wülfrath: Landes-Reit- und Fahrschule Rheinland, Rheinisches Pferdestammbuch, 53 Bonn, Endenicher Allee 60

Elbe-Weser-Reitpferde-Auktion: Claus Blank, 2141 Sandbostel 53

Weser-Ems-Auktion: Landes-Reit- und Fahrschule Weser-Ems, 2849 Langförden über Vechta, Postfach 1102

Württemberger Reitpferde-Auktion: Verband Württembergischer Pferdezüchter e.V., 7 Stuttgart, Sophienstr. 21 B

Voll- und Halbblut Auktion: Interessen-Gemeinschaft für Vollblutsport e.V., 5 Köln 41, Petersbergstr. 84

Ponys vermittelt der Deutsche Pony-Club, 53 Bonn, Venusbergweg 10

Alle Typen und Rassen inländischer und ausländischer Pferde werden durch Verkaufsställe und Pferdehändler angeboten. Hier kann der Interessent junge und ältere, angerittene und ausgebildete Pferde finden. Der verschriene, vielzitierte Pferdehändler, der mit allen möglichen Kniffen, Tricks und Kunstgriffen seine Kunden übers Ohr haut, kann sich in unserer Zeit kaum noch halten. Die Zahl dieser Vertreter ihres Berufs hat stark abgenommen, weil der Käufer heute gesetzlich viel mehr gegen dunkle Geschäftspraktiken abgesichert ist als früher. Außerdem wird natürlich lieber auf einer der zahlreichen Auktionen, beim Züchter oder in einem seriösen Verkaufsstall gekauft, wo mit reellen Geschäftspraktiken gerechnet werden kann. Ist ein Käufer bewußt hereingelegt worden, so spricht sich das in Reiterkreisen herum, und jeder wird sich sehr überlegen, ob er bei diesem Mann ein Pferd kaufen und damit das gleiche Risiko eingehen soll. Er wird lieber einige Kilometer weiter zu einem Pferdehändler mit gutem Ruf fahren, der eine zufriedene Stammkundschaft hat.

Immer mehr setzen sich die größeren Verkaufsställe durch, die Reithalle und Anlagen für Arbeits- und Trainingsmöglichkeiten haben und wo der Kunde die Pferde gründlich ausprobieren kann. Viele von diesen Verkaufsställen haben Bereiter angestellt, die die Verkaufspferde arbeiten und veranlagte Pferde auch auf Turnieren vorstellen. Auch dort kann der Interessent sie dann bei den verschiedenen Prüfungen beobachten. Anschriften erfährt man von Berufsreitern und anderen Fachleuten oder aus dem Branchenverzeichnis. Einige dieser Verkaufsställe annoncieren in den Fachzeitschriften.

In diesen Zeitschriften werden auch immer viele Pferde von Privatleuten zum Verkauf angeboten. (Zeitschriften und Adressen siehe Anhang.) Große durchschnittliche Geländepferde oder teure Hochleistungspferde werden durch irgendwelche Umstände und aus verschiedenen Gründen zum Kauf ausgeschrieben.

Nach welchen Gesichtspunkten wählt man ein Pferd aus?

Die Auswahl eines Pferdes richtet sich danach, für welchen Reiter und für welche Zwecke und Ansprüche ein Pferd ausgesucht wird. Auf ausführliche Anleitungen für die Pferdebeurteilung soll hier verzichtet werden, der Laie muß sich hier ohnedies vom Fachmann beraten lassen. Nur er kann letztlich beurteilen, welches Pferd für Ihre Zwecke und Ihren Geldbeutel geeignet ist und welche Schwächen und Mängel im Exterieur durch besonders positive Einzelteile des Körperbaues ausgeglichen werden können.
Welche Merkmale und Eindrücke wirken auf den Nichtfachmann, und welchen Wert haben sie? Als erstes wirkt die Gesamterscheinung des Pferdes, das Gesamtbild: Größe und Kaliber (Kaliber = Verhältnis des Gewichtes zur Widerristhöhe), Farbe und Abzeichen,

Harmonisches Gesamtbild: Pferd und Reiter passen in Kaliber und Größe zusammen

Unvorteilhaftes Gesamtbild: zu großer Reiter auf kleinem Pferd

Pflege und Futterzustand des Pferdes. Dann wirken Einzelheiten, wie Kopf und Gesicht des Pferdes, sein Benehmen und der Eindruck beim Vorführen (Bewegungen und Temperament). Diese Wahrnehmungen sind zum Teil wichtig — auch wenn sie für den Fachmann u. U. von zweitrangiger Bedeutung sind. Dem späteren Besitzer soll sein Pferd gefallen, und er muß es zumindest sympathisch finden. Sicher werden Sie das Pferd, auch wenn es Ihnen gefällt, gar nicht erst an der Hand vorgeführt sehen wollen, wenn der Berater Beinschäden festgestellt und deshalb abgeraten hat. Sein Urteil wird also entscheidend sein, und trotzdem sind Ihre Eindrücke wichtig, weil sie die Grundlage für eine spätere positive Beziehung zu Ihrem Pferd sind. Welche der genannten Kriterien fallen nun auch vom Fachlichen her gesehen ins Gewicht?

Größen- und Gewichtsverhältnis

Das Verhältnis zwischen Größe und Gewicht ist ein wichtiger Faktor für die Auswahl eines Pferdes. Die Größe und das Gewicht des Reiters muß mit denen des Pferdes übereinstimmen. Gerade sehr korpulente Menschen haben oft eine Vorliebe für grazile, leichte Pferde. Oft bekommen solche Pferde nach kurzer Zeit Schäden an Knochen, Sehnen und Gelenken. Als Faustregel dient, daß das Reitergewicht etwa ein Siebtel des Pferdegewichts ausmachen soll — also bei einem Gewicht von 70 Kilo soll das Pferd 490 Kilo (9,8 Zentner) wiegen. Natürlich ist dabei zu berücksichtigen, ob das Pferd starke Knochen und Gelenke hat oder nur durch Fleisch und Fett viel wiegt. Außerdem ist wichtig, ob das Reitergewicht weich und ausbalanciert im Rücken des Pferdes wirkt, weil der Reiter einen geschmeidigen Sitz hat, und welche Anforderungen er stellt. Gewichts- und Größenverhältnisse müssen also stimmen — der Reiter muß auf sein Pferd passen.

Ebenfalls unharmonisches Gesamtbild: kleiner Reiter auf zu großem Pferd

Farben und Abzeichen

Reine Geschmackssache sind Farben und Abzeichen und haben mit der Qualität und Eignung für bestimmte Zwecke nichts zu tun. Sicher wirkt ein Schwarzbrauner ohne Abzeichen besser im Dressurviereck als ein gleich gut gehender bunter Fuchs, der vielleicht auch noch einseitig hochweiß gestiefelt ist und damit gar zu leicht den Eindruck erweckt, als ginge er ungleichmäßig. Eine schiefe Blesse täuscht ein Verwerfen im Genick vor. Aber das sind schon sehr spezielle Überlegungen, und ein gutes Pferd wird auch dann für den Dressursport gerne gekauft werden, wenn Abzeichen unvorteilhaft wirken. Das beweisen viele Pferde, die in dieser Disziplin Weltklasse wurden.
Für Spring- und Geländepferde spielen Farbe und Abzeichen nicht einmal diese kleine Rolle. Farben und Abzeichen sind also insgesamt gesehen rein ästhetische Gesichtspunkte, die beim Kauf nicht ins Gewicht fallen sollten — es sei denn, die wichtige Grundlage der Sympathie zu Ihrem Pferd wäre dadurch gefährdet.

Aufmerksames, zufriedenes Pferd ◄

Nervöses, empfindliches Pferd ►

Kopf und Gesicht

Kopf und Gesicht sind nicht nur wesentlich daran beteiligt, ob man ein Pferd hübsch und sympathisch findet, sondern sagen einiges über Temperament, Charakter, Intelligenz und Rasse aus. Vor allem an den Augen und ihrer Stellung kann jeder Laie sehen, ob das Pferd temperamentvoll, aufmerksam und intelligent ist, und durch die Stellung der Ohren wirkt es vertrauensvoll, ängstlich, sanft und zufrieden oder bösartig und tückisch. Große, wache Augen mit stark entwickelten Augäpfeln sind meistens bei edel gezogenen — kleine, versteckte Augen mit dicken Lidern bei „ordinären“ Pferden zu finden.

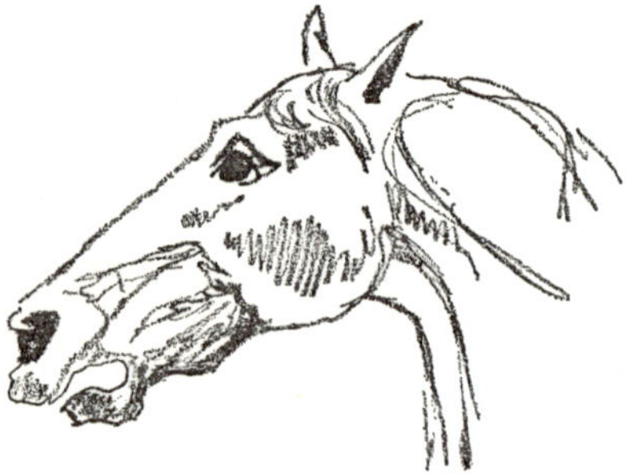

Ängstlich scheuendes Pferd

Beißendes, schwieriges Pferd

Futter- und Pflegezustand

Der Futter- und Pflegezustand eines Pferdes wirkt sehr auf den Nichtfachmann, ist für den Berufsreiter aber unbedeutend, es sei denn, die Ursache für den schlechten Futterzustand ist eine Krankheit, oder ungenügende Fütterung hat zu schwerwiegenden Mangelerscheinungen geführt. Außerdem kann ein mageres Pferd mit breiten Hüftknochen zeigen, daß dieses Tier auch bei gutem Futter schwer rund zu bekommen sein wird. Ein schlechtfutteriges Pferd braucht bei gleicher Leistung immer bedeutend mehr Rauh- und Kraftfutter.

Ein schmutziges, unfrisiertes Pferd macht zwar einen sehr nachteiligen Eindruck, was aber kein Hindernis für die Wahl eines Pferdes ist.

Schwerfutteriges Pferd
mit zu breiten Hüften

Der schlechte Pflegezustand wirkt sich höchstens positiv auf dcn Kaufpreis aus. Der Fachmann weiß, wie schnell sich ein solches „Aschenbrödel“, einmal gepflegt und frisiert, verändert. Und gut frisiert kann dieses Pferd im Handumdrehen durchaus DM 1000.— mehr wert sein.

Einige Hinweise für die Beurteilung des Exterieurs

Hier werden nur einige wichtige Merkmale über den Körperbau des Pferdes gezeigt, auf die der Interessent achten soll. Dabei wird vom gut gebauten Pferd ausgegangen, und nur der fachkundige Berater kann beurteilen, welche Abweichungen für Sie und Ihre Zwecke nicht oder nur wenig ins Gewicht fallen.
Der Kopf sollte den Proportionen der übrigen Körperteile entsprechen, er soll auf keinen Fall zu groß und zu schwer sein. Die Augen

Günstig angesetzter Kopf

Zu breite Backenknochen
und enge Gamaschen

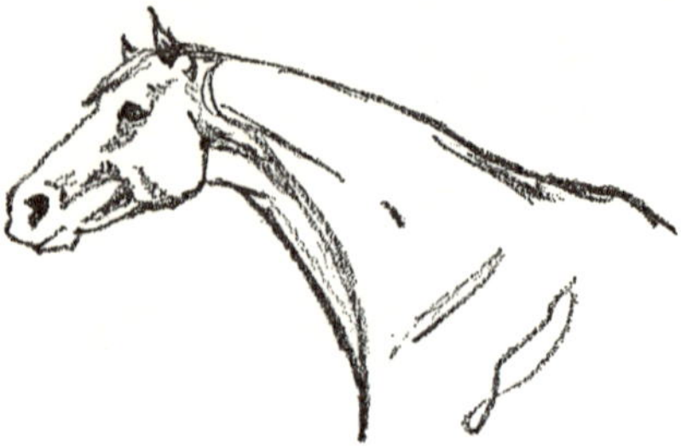

Guter Hals

Hirschhals

wünscht man sich groß, lebhaft und intelligent. Fein ausgebildete Ohren, die durch ihre Beweglichkeit Temperament und Aufmerksamkeit verraten, sind wichtig.

Einen entscheidenden Anteil daran, ob das Pferd ohne große Schwierigkeiten durchs Genick geritten werden kann, haben Kopfansatz und Hals. Bei guter Halsform lassen die breiten Ganaschen den Ohrspeicheldrüsen genügend Spielraum — die Backenknochen dürfen also nicht zu breit sein. (Ganasche = Bereich des hinteren oberen Unterkieferrandes am Übergang vom Kopf zum Halse. Der Ganasche liegt die Ohrspeicheldrüse an. Ganaschenzwang = schmerzhafte Quetschung der Ohrspeicheldrüse beim Beizäumen durch Druck gegen den Atlaswirbel.)

Der Hals soll aus der Schulter heraus breit angesetzt sein. Bei mitt-

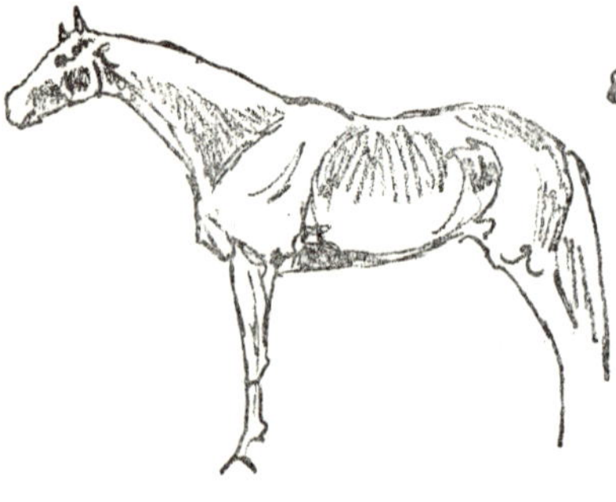

Gut gelagerte Schulter

Steile Schulter, zu tiefer Halsansatz

lerer Halslänge muß die Linie des Oberhalses länger sein als die des Unterhalses. Ein Pferd mit sogenanntem Hirschhals ist — vor allem wenn Ganaschen- und Genickschwierigkeiten hinzukommen — schwer an den Zügel zu reiten und zu regulieren.
Der ausgeprägte, breite und lange Widerrist ist Voraussetzung für eine gute Sattellage. Für Aktion und Raumgriff ist die lange und schräge Schulter (nicht steiler als 45 Grad) wichtig. Sie muß außerdem durch ihre Breite genügend Ansatzfläche für Muskeln bieten. Von großer Bedeutung ist vor allem für Leistungspferde, daß eine breite und tiefe Brust genügend Platz für Herz und Lunge bietet. Der Rücken muß eine leichte Senkung in der Sattellage haben, gut be-

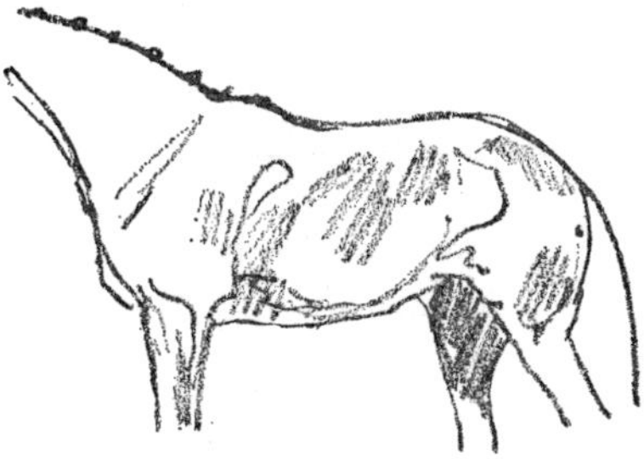
Guter Rücken

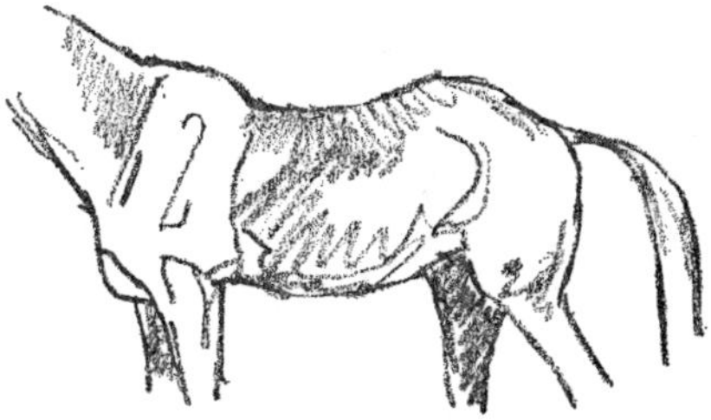
Senkrücken

muskelt, von mittlerer Länge und guter Rippenwölbung sein. Der Senkrücken führt meistens zu Verkrampfungen des Pferdes und schnellem Verschleiß der Beine. Die Kruppe soll möglichst lang, breit und abgerundet sein, ihre Muskeln sollen lang und stark — als sogenannte Hose — am Oberschenkel in Richtung Sprunggelenk verlaufen. Die Beine sollen klar und fest sein und möglichst keine Gallen und Überbeine haben. Das Längenverhältnis von Unterarm zur Vorderröhre ist günstig, wenn der Unterarm mindestens ebenso lang wie die Vorderröhre, möglichst aber länger ist, denn die Vorderröhre ist wenig bemuskelt. Dies gilt auch für Unterschenkel und Hinterröhre.

Vorführen des Pferdes

Beim Vorstellen an der Hand (Vormustern) im Schritt und Trab prüft der Fachmann von hinten, vorne und von der Seite die natür-

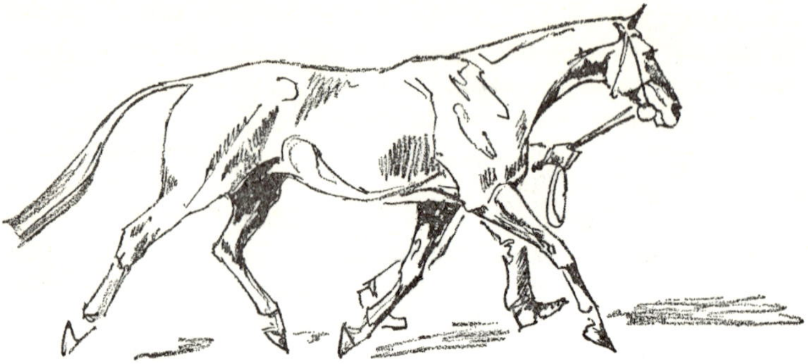

Beim Vorführen gelöst trabendes Pferd

lichen Bewegungen des Pferdes. Das ist aber nur möglich, wenn das Pferd nicht mit Geschrei und Peitschengeknalle angetrieben wird. Beim gelöst gehenden Pferd kann der Betrachter am besten Bewegungsmechanik, Regelmäßigkeit des Ganges, Raumgriffe und Aktion beurteilen.

Tips zum Ausprobieren und Kauf

— Alle vorgestellten Pferde genau betrachten, um Vergleichsmaßstäbe zu bekommen.

— Pferde, die zum Kauf in Frage kommen, möglichst vielseitig ausprobieren: Dressur, Springen, Gelände — alleine und mit anderen Pferden.

— Vom Berater vorstellen lassen und selber ausprobieren, wobei der Berater dann entscheiden muß, ob auftretende Schwierigkeiten am mangelnden Können des zukünftigen Besitzers liegen, die aber durch seine weitere reiterliche Ausbildung bald behoben werden können, oder ob diese Schwierigkeiten immer Anlaß zu Unzufriedenheit und Ärger geben werden.

— Neben Gängen und Ausbildungsstand ist für den späteren Besitzer wichtig, wie ihn das Pferd sitzen läßt — also, ob der Trab weich oder hart und stoßend ist.

— Beim Springen ist, abgesehen von Pferden für den Leistungssport, nicht die Höhe des Hindernisses, sondern die Manier und das Gefühl des zukünftigen Besitzers entscheidend. Nicht dauernd über das gleiche Hindernis an derselben Stelle springen oder an der Hand springen lassen, sondern variieren: Steilsprünge, Oxer, Doppelsprung und Graben.

— Scheuen bedeutet beim gerittenen Pferd immer zusätzliche Schwierigkeiten, Unsicherheit und in manchen Fällen sogar Gefahr für den Reiter.
— Am Anfang Stallsteifheiten und Übermut mit einbeziehen.
— Bei Voranmeldung des Käufers kann das Pferd vor dem Ausprobieren schon gründlich gearbeitet oder präpariert worden sein. Schweißspuren werden wieder beseitigt. Dann zeigen sich spezielle Untugenden weniger oder gar nicht.
— Das Pferd im Stall beim Satteln und Trensen und möglichst auch während der Fütterung beobachten.
— Alle vier Beine aufheben, die Hufe betrachten und damit gleichzeitig prüfen, ob das Pferd schmiedefromm ist.
— Die vorgestellten Pferde weder schlechtmachen, noch bei Interesse große Begeisterung zeigen.
— Die verlangten Preise beim Pferdehandel sind keine Festpreise, sondern Höchstpreise, die auf Herunterhandeln angelegt sind. In der Regel nennt der Verkäufer zuerst seinen Preis, dann der Käufer die unterste Grenze als Gegenangebot. Das bildet die Basis für den Handel, wobei man sich dann ungefähr in der Mitte einigt.
— Oft kommen fingierte Interessenten hinzu, die die obere Preisgrenze garantieren und zum schnellen Entschluß anhalten sollen.
— Ebenso ist vor fremden Experten zu warnen, die als ungebetene Berater fungieren und versichern, wie gut das Pferd unter dem Interessenten wirke (sogenannte Schmuser).
— Der Käufer muß auch damit rechnen, daß diese „Berater“ ein betontes Desinteresse mimen für ein Pferd, das für die Zwecke des zukünftigen Besitzers durchaus geeignet ist. Hierbei handelt es sich lediglich um einen Trick, mit dem das betreffende Pferd „madig“ gemacht werden soll, damit ein viel teureres, aber u. U. weniger geeignetes Pferd gekauft wird.
— Man sollte es bei einem starrsinnigen Verkäufer, der auf einem

unangemessenen Preis beharrt, ruhig einmal auf das Äußerste ankommen lassen und so tun, als ob man nicht weiter interessiert sei und weggehen wolle, um sich andere Pferde anzusehen, etc. Oft wird der Verkäufer plötzlich ein ungeahntes Entgegenkommen zeigen!

— Seien Sie vorsichtig, wenn der Verkäufer beginnt, Sie großartig zu bewirten (vor allem mit Alkohol!). Zu später Stunde gegebene „Verträge" können im nüchternen Zustand peinliche Überraschungen bringen. Sich wegen einer solchen Gastfreundschaft nachher moralisch verpflichtet zu fühlen, wäre eine falsche Einschätzung der Tatsachen.

— Das Pferd, das man kaufen möchte, sollte nach Möglichkeit vom eigenen Tierarzt untersucht werden. Vor allem bei teuren Pferden lohnt es sich, durch Röntgenaufnahmen der Beine festzustellen, ob Spat oder Hufrollenentzündungen beginnen.

— Bei drei- bis vierjährigen Pferden, die angeblich noch nicht geritten worden und nur auf der Weide gegangen sind, ist es möglich, daß sie bereits unter dem Sattel gegangen sind und Sattelzwang oder Zungenfehler haben. Sie lassen sich besser als ungerittene denn als gerittene Pferde verkaufen.

Dr. Ulrich Vogel: Der juristische Parcours

Wer seine Liebe zum Pferd als Zuschauer bei einem Reitturnier entdeckt haben sollte, der wird sich an sein fassungsloses Erstaunen darüber erinnern, welch geheimnisvoller Orientierungssinn es den Reitern ermöglicht, den richtigen Weg zwischen den offenbar wahllos in der Landschaft errichteten Hindernissen zu finden. Dieses fassungslose Erstaunen ergreift zweifellos auch den Pferdefreund, der sich vor oder nach dem Kauf seines Wunschtraumes in das Bürgerliche Gesetzbuch vertieft, um Aufschlüsse über seine rechtlichen Möglichkeiten zu erhalten. Wenn er nach einiger Mühe die Materie entgegen seinen hippologischen Erwartungen unter der profanen Überschrift „Viehgewährschaft" aufzuspüren vermochte, so wird er den S-Parcours des § 481 BGB (Bürgerliches Gesetzbuch) vorfinden: „Für den Verkauf von Pferden, Eseln, Mauleseln und Maultieren, von Rindvieh, Schafen und Schweinen gelten die Vorschriften der §§ 459 bis 467, 469 bis 480 nur insoweit, als sich nicht aus den §§ 482 bis 492 ein anderes ergibt." Die Brust zieht sich zusammen ob der von keiner Ethik getrübten Unverfrorenheit des Gesetzgebers, Pferde und Schweine in ein und demselben Atemzuge zu erwähnen. Hat sich die Entrüstung gelegt und wird der Versuch unternommen, den Parcours des § 481 BGB abzuschreiten, so ist es je nach Veranlagung des Reiters vorteilhaft, wenn besonnene Familienangehörige allzu handliche und zerbrechliche Gegenstände aus dem Griffbereich des Lesers entfernen. Bei der Lektüre der berühmten Kaiserlichen Viehmängelverordnung stellt sich dann beim Republikaner eine tiefe Zufriedenheit darüber ein, daß der höchste Repräsentant seinen Namen hergeben mußte für so unaussprechliche Begriffe wie Rotz, Dummkoller, Dampf und Koppen. Schließlich vereinigt dann Monarchisten und Republikaner die friedliche Erkenntnis, weniger als zuvor zu wissen.

Schön wäre es, könnten wir uns auf diese Nabelschau beschränken und mit einem kräftigen „Prost, Reiter!" das Gesetzbuch weglegen, um es nicht mehr anzutasten. Natürlich gibt es Juristen, die uns mit sachverständigem Wissen beraten und in Prozessen vertreten können. Aber wer sucht schon einen Arzt auf, solange sich noch keine Beschwerden eingestellt haben. Hier liegt die Notwendigkeit eigener Kenntnisse gewisser Rechtsgrundsätze begründet. Die entscheidende juristische Weiche wird bei einem Pferdekauf zu einem Zeitpunkt gestellt, zu dem der Reiter ziemlich allein auf sich selbst angewiesen ist. Grundlegende Fehler in diesem Bereich vermag auch ein noch so brillanter Rechtsanwalt später nicht mehr zu korrigieren.

Diese Erkenntnis ist Anlaß für die Auseinandersetzung mit einigen Rechtsgrundsätzen, gleichzeitig aber auch Richtschnur für die gebotene Beschränkung insofern, als wir juristische Hochseilakte mit dem beruhigenden Netz des Wissens getrost jenen überlassen wollen und müssen, zu deren Beruf diese Art von Akrobatik gehört. Auch ist es sinnvoll, sich hier ausschließlich auf die Interessen des Käufers zu beschränken. Wer ein Pferd verkaufen will, verfügt entweder schon über Erfahrung oder hat Zeit, sich eingehend zu informieren.

Wenden wir uns zunächst der Frage zu, wann ein Kaufvertrag als geschlossen anzusehen ist. Ein Vertragsabschluß vollzieht sich, entfernt ähnlich einer chemischen Reaktion, grundsätzlich in dem Augenblick, wo die entscheidenden Substanzen aufeinandertreffen. Diese

Substanzen heißen hier schlicht Angebot und Annahme. Bietet also nach kurzen oder längeren Vorverhandlungen der Verkäufer schließsich seine Adelheid zum Preise von DM 5000.— an, und erklärt der Käufer, er wolle sie zu diesem Preise erwerben, so ist damit der Vertragsschluß erfolgt und der Verkäufer zur Übergabe, der Käufer zur Zahlung des Kaufpreises verpflichtet. Bereits diese Erkenntnis ist geeignet, mit unheilträchtigen Irrtümern aufzuräumen, die im Gespräch mit Reiterkameraden immer wieder an der Oberfläche dahinplätschern. Es entspricht einfach nicht den Tatsachen, daß beim Pferdekauf erst der berühmte Handschlag die vertragliche Bindung herbeiführt. Desgleichen bedarf der Vertragsabschluß zu seiner Wirksamkeit nicht der Schriftform, wenngleich es als sträflicher Leichtsinn erscheint, keine Vertragsurkunde aufzusetzen. Auch ist die Auffassung unzutreffend, wenn ein überreichter Scheck zur Zahlung des Kaufpreises vor seiner Einlösung gesperrt werde, bestehe keine Bindung mehr an den Kaufvertrag. Auf derselben Ebene liegt die Illusion, ein Vertrag könne innerhalb von 24 Stunden einfach annulliert werden.

Das Wissen um den Zeitpunkt des bindenden Vertragsabschlusses mindert die Gefahr der Abgabe voreiliger Erklärungen. Würde etwa in unserem Adelheidfall der Käufer nach zwei Stunden beim Verkäufer anrufen und erklären, er möchte doch lieber zunächst mit einem Tierarzt vorbeikommen, um Adelheid auf eine Hufrollenerkrankung untersuchen zu lassen, so wäre es zu spät. Aus den gleichen Gründen bestünde kein Anspruch mehr auf eine schriftliche Fixierung der Zusicherungen, die im Laufe des Verkaufsgespräches nicht abgegeben wurden. Der umsichtige Käufer wird daher einen Tierarzt vor Vertragsabschluß hinzuziehen und die Vorverhandlungen etwa mit der Redewendung beenden: „Schön, dann wollen wir den Vertrag aufsetzen.“ Zeigt sich dann bei der Aushandlung des Vertragstextes, daß sich der Verkäufer gegen die schriftliche Fixierung seiner mündlichen Anpreisungen wehrt, dann ist dieses Verhalten einerseits ein gewisses Indiz für einen wunden Punkt. Zum anderen kann bei dieser gewahrten Ausgangsposition selbst nach stundenlangen Vorverhandlungen immer noch vom Kauf Abstand genommen werden.

Vor dem Vertragsabschluß muß der Käufer darüber unterrichtet sein, wofür der Verkäufer eigentlich haftet. Wir betrachten es als selbstverständlich, ohne Aushandlung von Haftungsfragen ein nagelneues

Auto zu erwerben und zu reklamieren, wenn sich einige Tage nach dem Kauf die Zahnräder des Getriebes über dem Auspuff einen Weg in die Freiheit suchen. Beim Pferdekauf ist eine ganz andere Rechtslage vorgezeichnet. Der Pferdeverkäufer haftet, sofern keine besondere vertragliche Vereinbarung getroffen wurde, nur für die sogenannten Hauptmängel, die in der bereits erwähnten „Kaiserlichen Verordnung betreffend die Hauptmängel und Gewährfristen beim Viehhandel" wie folgt abschließend beschrieben sind:

„1. Rotz (Wurm) mit einer Gewährfrist von 14 Tagen;
2. Dummkoller (Koller, Dummsein) mit einer Gewährfrist von 14 Tagen; als Dummkoller ist anzusehen die allmähliche oder infolge der akuten Gehirnwassersucht entstandene, unheilbare Krankheit des Gehirns, bei der das Bewußtsein des Pferdes herabgesetzt ist;
3. Dämpfigkeit (Dampf, Hartschlägigkeit, Bauchschlägigkeit) mit einer Gewährfrist von 14 Tagen; als Dämpfigkeit ist anzusehen die Atembeschwerde, die durch einen chronischen, unheilbaren Krankheitszustand der Lungen oder des Herzens bewirkt wird;
4. Kehlkopfpfeifen (Pfeiferdampf, Hartschnaufigkeit, Rohren) mit einer Gewährfrist von 14 Tagen; als Kehlkopfpfeifen ist anzusehen die durch einen chronischen und unheilbaren Krankheitszustand des Kehlkopfes oder der Luftröhre verursachte und durch ein hörbares Geräusch gekennzeichnete Atemstörung;
5. Periodische Augenentzündung (innere Augenentzündung, Mondblindheit) mit einer Gewährfrist von 14 Tagen; als periodische Augenentzündung ist anzusehen die auf inneren Einwirkungen beruhende entzündliche Veränderung an den inneren Organen des Auges;
6. Koppen (Krippensetzen, Aufsetzen, Freikoppen, Luftschnappen, Windschnappen) mit einer Gewährfrist von 14 Tagen."

Hier sei gleich noch auf zwei Cavallettis hingewiesen, über die zwar nicht das Pferd, sehr wohl aber der Reiter stolpern kann. Es ist wegen der bestehenden Vertragsfreiheit zulässig, einen Ausschluß selbst der Haftung für die erwähnten Hauptmängel zu vereinbaren. Auf ein solches Ansinnen des Verkäufers einzugehen, erscheint als heller Wahnsinn. Handelt es sich doch bei den Hauptmängeln weitgehend um

Krankheiten, die einer Heilbehandlung nicht zugänglich sind. Wenn andererseits der Verkäufer mündlich oder schriftlich „großzügig" zusichert, er übernehme die Gewähr für alle gesetzlichen Fehler und Hauptmängel, so entsteht bei einem Käufer, der nur liebevoll den Hals seines zukünftigen Vierbeiners streichelt, die vermeintliche Erwartung, der Käufer hafte für alles, was nicht Rechtens sei. In Wirklichkeit hat der Verkäufer nur die Haftung für die erwähnten „gesetzlichen" Hauptmängel übernommen, für die er ohnehin einzustehen hat.

Will der Käufer eine über die Haftung für die Hauptmängel hinausgehende Absicherung erreichen, so ist dies nur durch entsprechende vertragliche Vereinbarungen möglich. Hier gesellt sich zu den juristischen Besonderheiten eine auf tatsächlichem Gebiet liegende Schwierigkeit. Je niedriger der Kaufpreis liegt, um so weniger wird der Verkäufer bereit sein, Garantieversprechen abzugeben. Es bleibt dem Verhandlungsgeschick überlassen, welche Erfolge in dieser Hinsicht erzielt werden können. Aufgabe meines Hinweises kann es nur sein, den Käufer vor vermeintlichen Erfolgen zu schützen. Die Gefahr eines vermeintlichen Erfolges ist nicht gering einzuschätzen, will sich doch der Verkäufer durch gezielte Fragen nicht allzusehr in die Enge treiben lassen, um seine Stellung nicht zu verraten.

Da wäre einmal die wundervolle Beschreibung der Eigenschaften des Pferdes in einer Zeitschriftenanzeige zu erwähnen. Es handelt sich grundsätzlich nur um eine Anpreisung mit der Aufforderung, wegen eines Kaufes Kontakt aufzunehmen. Ein Rechtsbindungswille ist solchen Anzeigen selten zu entnehmen. Der Käufer kann also die Stallungen nicht mit der Gewißheit betreten, ein Pferd vorzufinden, das über die in der Anzeige angepriesenen Eigenschaften tatsächlich verfügt. Er muß vielmehr im Verlaufe des Verkaufsgespräches die angepriesenen Vorzüge anschneiden und entsprechende Zusicherungen als solche im schriftlichen Vertrag verankern. Das kann dadurch geschehen, daß die „Gewährleistung für alle Fehler" und zudem die Zusicherung besonderer Eigenschaften in den Vertragstext aufgenommen wird. Schmuggelt der Verkäufer dann bei der schriftlichen Formulierung zwischen die Worte „alle" und „Fehler" das vertrauenerweckende Wörtchen „gesetzliche", so ist, wie bereits erwähnt, nur die Haftung für die Hauptmängel übernommen.

Anstelle der Klausel „Übernahme der Gewährleistung für alle Fehler" sind im Handel auch teilweise Formulierungen wie „gesund und reell", „kerngesund", „ohne Mängel", „fehlerfrei" gebräuchlich. Hier ist aber die Grenze zur unverbindlichen Anpreisung nur sehr schwer aufzuspüren, sofern nur eine mündliche Erklärung abgegeben wurde.
Auf jeden Fall sollten Sie versuchen, in den Vertragstext einzufügen, zu welchem Zweck Sie das Pferd erwerben. Wird die Adelheid ausdrücklich als Jagdpferd, Reitpferd oder Wagenpferd verkauft, dann wird damit die Nutzungsmöglichkeit des Tieres in dieser Weise zugesichert. Wurde ausdrücklich die Zusicherung der Frömmigkeit abgegeben, so haftet der Verkäufer, wenn sich das Pferd im Stall, beim Schmied oder der vorgesehenen Verwendungsart so widersetzlich zeigt, daß eine Gefährdung anderer zu befürchten ist. In diesem Falle würden Sie dann auch einen sogenannten Kleber wieder loswerden, der sich nicht vom Stall oder von anderen Pferden entfernen will.
Für die gesamten Vorverhandlungen empfiehlt es sich, den Verkäufer wie einen Computer mit Fragen zu füttern, ist doch der Verkäufer grundsätzlich nicht verpflichtet, von sich aus auf negative Aspekte hinzuweisen. Die entsprechenden Fragestellungen über Gründe des Verkaufs, Vorbesitzer, frühere Krankheiten, Untugenden (Stall, Halle, Gelände), bisherige Verwendungsart usw. eröffnen dem Käufer die Möglichkeit, sich an den aufschlußreichen Bereich heranzutasten, über den der Verkäufer vielleicht nur ungern spricht. Genauso bedeutsam erscheint es jedoch, die gegebenen Antworten auf ihren Aussagegehalt hin zu analysieren. Talleyrand hat seine Politik mit der Erkenntnis betrieben: „Die Sprache wurde dem Menschen gegeben, um seine Gedanken zu verbergen." Sie dürfen sicher sein, daß diese Kunst, ein aufschlußreiches „Jein" zu verzieren, von einem gewiegten Pferdehändler beherrscht wird. Wer Auskünften solcher Erscheinungsformen nicht auf den Grund geht, findet sich in sonderbaren Situationen wieder. So etwa jener Fabrikant, der einen Züchter durch seine Stallungen führte und in die enthusiastische Frage ausbrach: „Na, was meinen Sie zu meinen Original-Arabern"?, worauf der Begleiter mit reservierter Eleganz erwiderte: „Ich fürchte, Sie sind das einzige Original hier." Der Mensch ist eben bereit, für jede Idee zu sterben, vorausgesetzt, daß ihm die Idee nicht ganz klar ist.

Hier sei noch ein Wort angemerkt zu den Abstammungspapieren. Sie müssen unbedingt auf ihre Echtheit, insbesondere daraufhin überprüft werden, ob die Beschreibung des Pferdes mit den Realitäten übereinstimmt. Einem Gebrauchtwagenhändler würde es schwerfallen, einem alten Schlitten einen taufrischen Kraftfahrzeugbrief unterzujubeln. Im Bereich des Pferdehandels sind hier ungeahnte Möglichkeiten eröffnet. Trauen Sie sich auch in diesem Bereich keine allzu große eigene Fachkenntnis zu. Wie bei jeder reiterlichen Vorführung gilt auch hier der Erfahrungssatz: Was man nicht weiß, sieht man nicht!

Theoretisch hören sich die Ratschläge für das Verhalten vor dem Vertragsabschluß recht nett an. In der Praxis wird sich dann die Wallensteinsche Erkenntnis erhärten: „Leicht beieinander wohnen die Gedanken, doch hart im Raume stoßen sich die Sachen." Möge der Leser zu jenen gehören, deren Verhandlungsgeschick einen Vertragsabschluß ähnlich folgendem Muster ermöglichte.

(Nachdruck aus Reiterrevue international, 14. Jahrgang, Seite 463, mit freundlicher Genehmigung von Herrn Dr. med. vet. Ende und der Redaktion.)

Kaufvertrag zwischen

Herrn . . . . / . . . . . . als Verkäufer
und (Anschrift)
Herrn . . . . / . . . . als Käufer
(Anschrift)

§ 1

Am heutigen Tage verkaufte der oben genannte Verkäufer das Pferd
Name . . . . Geschlecht/Abstammung . . . . . .
Alter . . . . . Farbe . . . . . Abzeichen . . . . . .
Haarwirbel (falls keine anderen Abzeichen) . . . . . .
zu den gesetzlichen Bestimmungen der §§ 481 bis 493
(Bei Vollblutpferden ist weiterhin notwendig die Übergabe der Eintragungsbescheinigung des Direktoriums für Vollblutzucht durch den Verkäufer; Herausgabe der Vollblut-Untersuchungskarte, aus der sich die Eignung der Stute oder des Hengstes zur Zucht ergibt. Weiterhin ist notwendig, daß der Käufer durch Anfrage beim Direktorium sich

vergewissert, daß der Verkäufer oder das betreffende Renn- oder Zuchtpferd nicht auf der Liste der Schuldner steht und daß keine Gewinnabtrennungen vorliegen. Schließlich muß bei Kaufabschluß dafür gesorgt werden, daß der Verkäufer eine für weitere Verwendung des Pferdes notwendige Verkaufsanzeige unterschreibt.)

§ 2

Der Verkäufer garantiert, daß das Pferd gesund und frei von Mängeln und Fehlern ist. Die Zusicherung (frei sein von Mängeln und Fehlern) kann nur in Ausnahmefällen vom Verkäufer verlangt werden, falls der Käufer hierfür eine zusätzliche Summe zum Kaufpreis bezahlt.

§ 3

Der Kaufpreis beträgt . . . . . DM (in Worten . . . . . .)

§ 4

Die zu dem Pferd gehörenden Abstammungsnachweise (und sonstige Bescheinigungen bei Vollblütern) sowie eine Gesundheitsbescheinigung, die nicht älter als drei Tage ist, werden dem Käufer am heutigen Tage übergeben — bzw. innerhalb von zehn Tagen bis zum . . . . nachgereicht. Aus der tierärztlichen Gesundheitsbescheinigung geht unter anderem hervor, daß im vorliegenden Bestand während der vergangenen 40 Tage keine Anzeichen einer ansteckenden Erkrankung der Pferde bekannt wurden.

§ 5

Der Verkäufer übernimmt den Transport des Pferdes in den Bestand des Käufers. Die Gefahr geht erst nach Ablieferung des Pferdes in den Bestand des Käufers auf diesen über.

§ 6

Nach Ablieferung des Pferdes im Bestand des Käufers wird der Kaufpreis fällig.

§ 7

Gerichtsstand für Streitigkeiten aus diesem Vertrag ist das für den Wohnort des Käufers zuständige Amtsgericht.

Ort . . . . , den . . . .

. . . .

Unterschrift des Käufers Unterschrift des Verkäufers

Nach dem Abschluß des Kaufvertrages wäre es sträflicher Leichtsinn, sich wohlwollend auf die eigene Schulter zu klopfen und den juristischen Parcours zu verlassen. Dieser Parcours ist zum Zeitpunkt des Vertragsabschlusses nur zur Hälfte durchritten. Einige „Klötze" aus Unachtsamkeit oder Unkenntnis, und schon ist trotz herrlicher Stilnote der Erfolg der ersten Bravoursprünge gegenstandslos geworden.
Da gibt es den herrlichen Oxer des § 464 BGB: „Nimmt der Käufer eine mangelhafte Sache an, obschon er den Mangel kennt, so stehen ihm ... Ansprüche nur zu, wenn er sich seine Rechte wegen des Mangels bei der Annahme vorbehält." Wird also die inzwischen berühmte Adelheid zwei Tage nach Kaufabschluß aus dem Pferdetransporter ausgeladen und ist ein Gespräch mit dem Fahrer wegen des lauten Kehlkopfpfeifens der Adelheid kaum möglich, so wird der umsichtige Käufer seinen Vorbehalt beim Verkäufer sofort geltend machen, um einen Rechtsverlust zu vermeiden.
Der Verkäufer haftet für irgendwelche Fehler nicht bis zum Jüngsten Gericht. Er hat vielmehr für die Hauptmängel nur einzustehen, wenn sie sich innerhalb der Gewährfrist von 14 Tagen zeigen. Der Lauf dieser Gewährfrist beginnt, sofern im Vertrag keine abweichende Vereinbarung getroffen wurde, gemäß § 483 BGB mit dem Ablauf des Tages, an welchem die Gefahr auf den Käufer übergeht. Man merkt wiederum, die Juristen möchten unter sich bleiben und erreichen dies durch eine Fachsprache, die sich die Reiter für ihren Bereich ebenfalls zugelegt haben. Geben wir den Versuch auf, die weiterführenden Paragraphen aufzuspüren, und begnügen wir uns mit der einprägsamen Erkenntnis, daß die Gewährfrist von 14 Tagen grundsätzlich mit der Übergabe des Pferdes oder im Falle der Versendung dann zu laufen beginnt, wenn der Verkäufer das Pferd einem Spediteur, Frachtführer oder der sonst zur Ausführung der Versendung bestimmten Person ausgeliefert hat. Merken Sie schon etwas? Hat etwa der schlaue Adelheid-Verkäufer vertraglich den Gewährleistungsfristbeginn auf den Zeitpunkt des Kaufabschlusses vorgezogen und gleichzeitig erklärt, er werde das Pferd in 15 Tagen bei einem Sammeltransport anliefern, dann ist die Gewährfrist abgelaufen, noch ehe der Käufer im Besitze des Pferdes ist. Späte Erkenntnisse in dieser Hinsicht lassen beim Käufer allenfalls Rückschlüsse auf einen „Dummkoller" zu, vermitteln aber keine Rechtsansprüche mehr. Prägen Sie

sich als Faustregel schlicht ein, daß innerhalb von 14 Tagen nach Kaufabschluß höchste Aufmerksamkeit Bargeld bedeuten kann.
Hat nun der umsichtige Käufer seinen Liebling kurz nach Abschluß des Kaufvertrages in eigene Obhut übernommen, so ist eine sorgfältige Beobachtung erforderlich, um vorhandene Hauptmängel auch tatsächlich zu erkennen. Alle Sorgfalt ist jedoch vergebens, wenn der Käufer innerhalb der Frist von 14 Tagen den Mangel zwar bemerkt, aber in Verkennung seiner sicheren Position zuversichtlich wartet, ob sich der Husten der Adelheid vielleicht doch noch legt. Es gilt jetzt nämlich, die Mauer des § 485 BGB zu überwinden, wonach der Käufer die ihm wegen des Hauptmangels zustehenden Rechte verliert (!), wenn er nicht spätestens zwei Tage nach dem Ablauf der Gewährfrist dem Verkäufer den Mangel anzeigt. Es genügt die Absendung der Anzeige innerhalb der Zweitagefrist. Also ist nicht erforderlich, daß die Anzeige auch beim Verkäufer in dieser Frist ankommt. Da jedoch der Käufer im Falle eines Prozesses den Abgang der Anzeige zu beweisen hat, empfiehlt es sich, die Anzeige durch eingeschriebenen Brief abzusenden.
Die Anzeige selbst muß eine so genaue Bezeichnung des Mangels enthalten, daß der Verkäufer in der Lage ist, sich dagegen verteidigen zu können. Eine allgemein gehaltene Mitteilung, das Pferd sei krank oder leide an einem Hauptmangel, genügt nicht. Auch hier wird der Tierarzt wieder ein wertvoller Helfer sein.
Hoffentlich haben Sie sich bei den Kaufverhandlungen auch erkundigt, wer eigentlich der Eigentümer des Pferdes ist. Die Mängelanzeige muß zielsicher an den wirklichen Verkäufer oder dessen Vertreter gerichtet werden. Der Unterhändler ist regelmäßig nicht Vertreter des Verkäufers und daher die ungeeignete Person für die Entgegennahme der Mängelanzeige.
Der juristische Parcours ist immer noch nicht zu Ende geritten. Die durch rechtzeitige Mängelanzeige gesicherten Ansprüche wegen eines Hauptmangels verjähren grundsätzlich in sechs Wochen vom Ende der Gewährfrist an, sofern nicht der Verkäufer einen Hauptmangel arglistig verschwiegen hat. Konnte sich in dieser Zeitspanne der Käufer nicht in verbindlicher Weise mit dem Verkäufer über die Rückabwicklung des Kaufes einigen und wurden innerhalb dieses Zeitraumes die Rückabwicklungsansprüche auch nicht durch Erhebung

einer Klage bei Gericht geltend gemacht, so sind unwiderruflich sämtliche Ansprüche verloren. Der Käufer scheidet aus, weil er sich im Parcours verritten hat.
Ist die Mängelanzeige begründet und sind sämtliche Fristen rechtzeitig beachtet worden, so hat der Käufer das Recht auf sogenannte Wandelung, das heißt das Recht, vom Verkäufer die Rückgängigmachung des Kaufvertrages verlangen zu können. Ferner ist in § 488 BGB vorgesehen, daß der Verkäufer im Falle der Wandelung dem Käufer auch die Kosten der Fütterung und Pflege, die Kosten der tierärztlichen Untersuchung und Behandlung sowie die Kosten der notwendig gewordenen Tötung und Wegschaffung des Tieres zu ersetzen hat. Selbstverständlich sind auch die Transport- und Rücktransportkosten vom Verkäufer zu tragen.
Die Ausführungen zu den Gewährleistungs-, Anzeige- und Verjährungsfristen bezogen sich auf die Gewährleistung für die Hauptmängel. Es wurde im Interesse der Übersichtlichkeit bewußt darauf verzichtet, die Fristen für die Fälle der Zusicherung von Eigenschaften oder der Gewährleistung für solche Mängel darzustellen, die nicht zu den Hauptmängeln gehören. Der Käufer kann sich hinsichtlich dieser besonderen Sachverhalte mit der Gewißheit begnügen, einen Verlust seiner Rechte in aller Regel nicht befürchten zu müssen, wenn er so genau und schnell reagiert, als läge ein Hauptmangel vor.
Selbst wenn Sie nun mit Ihrem Verhandlungsgeschick auf der Strecke geblieben sein sollten, sei es, weil der Verkäufer jegliche Zusicherung entschieden ablehnte, sei es, weil sich ein gewaltiger Mangel herausgestellt hat, mit dem Sie auch nicht entfernt gerechnet haben, so müssen nicht unbedingt sämtliche Ansprüche gegen den Verkäufer abgeschnitten sein. Es besteht durchaus die Möglichkeit, daß der Käufer Opfer eines infamen Betruges geworden und deshalb zur Anfechtung des Kaufvertrages oder zur Geltendmachung von Schadenersatzansprüchen berechtigt ist. Das böse Wort vom Gebrauchtwagenhändler, der in unserer Zeit an die Stelle des Roßtäuschers getreten sei, sollte uns nicht zu der Annahme verleiten, es sei nur noch im Gebrauchtwagenhandel ein Betrug zu befürchten. Selbstverständlich werden die dreisten Tricks vergangener Jahrhunderte, etwa einem kurzatmigen Pferd Petroleum in die Ohren zu gießen, nicht mehr angewandt. Als ausbaufähig erscheinen jedoch gewissen Pferdehändlern Methoden, die

schon früher auf der Basis der Arzneimittelkunde entwickelt wurden. Es verblüfft, in dem 1722 erschienenen Werk von Georg Simon Winters „Wolerfahrner Pferd-Arzt“ unter der Überschrift „Ein Altpferd ganz muthig und furios zu machen“ das Rezept zu finden: „Stoße das Kraut Laserpitium, und streiche dem Pferd die Naßlöcher damit, es braust danach, und ist überaus vigoureux.“ Die Erkenntnisse der modernen Pharmazie unserer Tage eröffnen sicher ungeahnte Möglichkeiten zur vorübergehenden Verdeckung von Krankheitssymptomen. Sollte der Tierarzt eine Täuschungshandlung dieser oder ähnlicher Art mit Sicherheit feststellen können, so besteht ein Anfechtungsrecht wegen arglistiger Täuschung.

Mit einem letzten Hinweis möge der juristische Parcours verlassen werden. Es ist eine weitverbreitete und verständliche Fehlmeinung, vor den Gerichten bekomme derjenige Recht, der tatsächlich im Recht ist. In Wirklichkeit gewinnt grundsätzlich einen Prozeß nur derjenige, der sein Recht auch beweisen kann. Mit einem ehrlichen Gesichtsausdruck allein läßt sich ein Beweis nicht führen. Auch hier vermag jedoch der Käufer seine Rechtsposition entscheidend zu verstärken, wenn er von Anfang an auf die Sicherung seiner Beweislage bedacht war. Der Käufer darf in eigener Sache vor Gericht nie als Zeuge auftreten. Hat er jedoch zu den gesamten Kaufverhandlungen einen Zeugen hinzugezogen, sei es einen Tierarzt oder einen Reiterfreund, so kann er sich später zum Beweis für seine Behauptungen auf dessen Wahrnehmungen berufen. Dieselbe Vorsicht ist bei den Gesprächen geboten, die möglicherweise nach dem Abschluß des Kaufvertrages mit dem Verkäufer geführt werden müssen. Für die Wahrung der Gewährfristen usw. ist zwar der Griff zum Telefon die naheliegendste, für den späteren Prozeß aber unsicherste Verständigungsmöglichkeit. Wie häufig wird dann vom Verkäufer vor Gericht erklärt, er könne sich bei der Vielzahl der täglichen Anrufe auch bei Aktivierung der letzten Erinnerungsinsel nicht vorstellen, jemals mit dem Adelheid-Käufer telefoniert zu haben. Um Nachteile dieser Art zu vermeiden, sollten entscheidende Telefongespräche in Anwesenheit von Zeugen geführt und der Inhalt sofort durch eingeschriebenen Brief an den Verkäufer abgesichert werden.

Der juristische Parcours wurde bewußt nur mit schwarz-weiß gestrichenen Hindernissen aufgebaut. Die Farbzwischentöne wird Ihnen ein Rechtsanwalt aufzeigen, wenn tatsächlich der Fall eintreten sollte, den ich dem Leser nicht wünsche. Betreten Sie in dieser Situation ohne falsche Hemmungen das Anwaltsbüro mit der tröstlichen Gewißheit, daß ein Jurist wegen unübersehbarer Bedenken vermutlich schon gar nicht den Mut gehabt hätte, sich zu einem Pferdekauf durchzuringen. Sie jedenfalls gehören aufgrund Ihrer Umsicht vor oder nach dem Kauf zu jenen, auf welche das Sprichwort aus meiner schwäbischen Heimat nicht zutrifft: „Eme Langsame verschimmlet 's Brot em Maul."

Pflege und Sorge für das Wohlbefinden des Pferdes

Den stolzen Besitzer, der sein neu erworbenes Pferd immer wieder betrachten und beobachten will, werden einige Fragen beschäftigen: Was braucht mein Pferd, um sich wohl zu fühlen? Was kann ich tun, damit es gesund und für meine reiterlichen Zwecke leistungsfähig bleibt? Für viele wird es außerdem wichtig sein, wie es zwischen ihnen und ihrem Pferd zu einer engeren Beziehung, Bindung oder gar Freundschaft kommen kann.

Füttern und Tränken

Es ist wesentlich, sich beim früheren Besitzer des Pferdes über dessen Fütterungszeiten, Art, Zusammenstellung und Menge des Futters zu erkundigen und darüber, ob durch Selbsttränke oder mit Eimer — vor oder nach dem Futter — Wasser gegeben wurde. Dann können Appetitlosigkeit, Verdauungsstörungen oder gar Eiweißvergiftungen vermieden und eventuelle Umstellungen und Veränderungen langsam vorgenommen werden. Hat ein Pferd vorher beispielsweise kaum Hafer bekommen und erhält nun bei gleicher Arbeit oder in einer sogenannten Übergangs-Schonzeit auf einmal fünf bis sechs Kilo Hafer täglich, so kann dies zu einer Eiweißvergiftung in Form von Kreuzverschlag führen.

Im allgemeinen wird dreimal am Tag gefüttert: morgens, mittags und abends. Die größte Portion wird beim Abendfutter gegeben, weil danach die längste Ruhepause folgt, was für die Verdauung wichtig ist. Bei der Fütterung ist weniger die Uhrzeit als die Regelmäßigkeit wichtig.

Die Futtermengen richten sich nach der Größe, den Futterverwertungseigenschaften des Pferdes und den Anstrengungen und Leistungen, die von ihm verlangt werden. Mittelschwere Pferde bekommen bei normaler Arbeit pro Tag fünf Kilo Hafer, sechs Kilo Heu und Stroh nach Bedarf. In manchen Reitställen werden Pensionspferden ohne

Unterschied solche Einheitsportionen gefüttert. Ich halte die von anderen Reitställen praktizierte Verteilung nach Bedarf — also nach dem jeweiligen Futter- und Energiezustand des einzelnen Pferdes — für wesentlich sinnvoller. Das heißt, daß ein kleineres, leichtfutteriges, dickes Pferd beispielsweise täglich nur vier Kilo Hafer und ein großer, schlechter Futterverwerter mit breiten Hüftknochen sechs Kilo bekommt.

Neben dem Kraftfutter ist das tägliche Rauhfutter wichtig, dessen Bedarf durch Heu und zum Teil durch Stroh aus der Streu (Roggen- und Weizenstroh) gedeckt wird. Das Heu soll wie der Hafer nach der Ernte mindestens drei bis vier Monate gelagert werden, bevor es gefüttert wird. Schimmeliges und muffig riechendes Futter ist gesundheitsschädigend. Vor allem vor dem Ankauf von gepreßtem Heu sollte man sich durch Öffnen einiger Ballen von der Qualität im Inneren überzeugen.

Pferde brauchen eine abwechslungsreiche Fütterung. Neben verschiedenen Heuarten (die hochwertigsten sind Kleeheu und Luzerne) sollte in kleineren Mengen immer wieder Saftfutter, wie frisches Gras, gelbe Rüben, Futter- und Zuckerrüben, gefüttert werden. Vor allem in der Jagdzeit, bei Turnierpferden in der Saison oder beim Haarwechsel empfiehlt es sich, wöchentlich einmal lauwarmen Mash zu füttern: Hafer, Weizenkleie und Leinsamen werden mit kochendem Wasser übergossen und zum Abkühlen hingestellt. Auch Mash wird möglichst abends gefüttert, weil das Kraftfutter während der langen Nachtruhe am besten verdaut werden kann.

Zeigt das Pferd plötzlich mangelnde Freßlust, so liegt das oft einfach an Überanstrengung. Vor allem nach starken nervlichen Belastungen verweigern Pferde häufig die Futteraufnahme. Etwas Melasse unter das Futter gemischt, regt bei schlechten Fressern oft den Appetit an. Es kann jedoch auch sein, daß das Pferd ganz einfach überfüttert ist. Frißt es aber schon seit längerer Zeit schlecht, so sind oft Haken oder der sogenannte Frosch (Gaumenverdickung) die Ursache; in diesem Fall ist der Tierarzt zu Rate zu ziehen.

Getränkt wird drei- bis viermal am Tage vor oder nach dem Füttern. Das Wasser soll frisch, also nicht abgestanden sein. Nur erkälteten Tieren sollte etwas warmes Wasser hinzugegeben werden. Selbsttränken, die auch einzeln abgestellt werden können, haben sich sehr

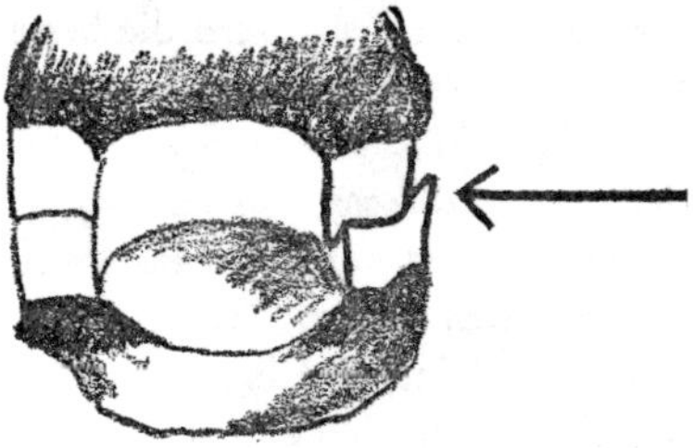

Haken

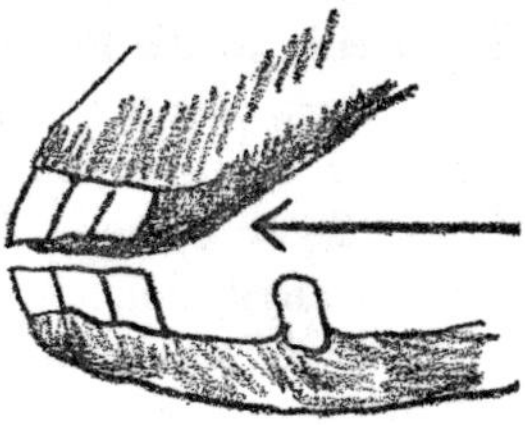

Tief hängender Gaumen (Frosch)

gut bewährt. Wichtig ist dabei (wie auch bei einem in der Boxe hängenden Eimer), daß regelmäßig alte Futterreste beseitigt werden.

Pflege und Beschäftigung vor und nach dem Reiten

Die meisten Privatpferde werden nicht vom Hunger oder Durst, sondern von Langeweile und Stumpfsinn geplagt. Tiere, die zum Laufen mit Artgenossen in wechselnder Umgebung geboren sind, stehen 23 Stunden täglich mit dem Kopf zur Wand. Oft sind sie noch durch entsprechende Boxenwände von anderen Pferden so getrennt, daß sie sich nicht einmal gegenseitig sehen können. Solche Pferde brauchen dringend Abwechslung und Beschäftigung. Die Pferdepflege gewinnt an Bedeutung für das Wohlbefinden des Pferdes nicht nur durch herkömmliche Aspekte, wie Sauberkeit, bessere Hautatmung und Massage, sondern auch dadurch, daß für einige Zeit das stumpfsinnige Einerlei in der Boxe unterbrochen wird. Diese Aufgabe kann der Pferdepfleger, der seine acht bis zwölf Pferde betreuen muß, nur unzulänglich erfüllen. Er muß sehen, daß er mit dem einzelnen Pferd möglichst rasch fertig wird, wenn er alle Pferde angemessen versorgen will. Deshalb ist es auch für ein Pferd in Pension entscheidend, daß sein Besitzer sich so oft wie möglich Zeit nimmt, sich mit ihm zu beschäftigen. Normalerweise ist es für das Pferd mit einem Lustgefühl verbunden, wenn es aus seinem Ständer oder seiner Boxe genommen wird. Nur durch unangenehme Erfahrungen, wie Schmerzen bei unsachgemäßem Putzen oder vorherrschenden Unlustgefühlen bei der Arbeit, wird das Herausgehen aus der langweiligen Behausung zum größeren Übel.

Gleichzeitig ist die Pflege und Beschäftigung mit dem Pferd die beste Möglichkeit, eine Bindung zwischen Roß und Reiter zu schaffen; beide kennen sich gut, freuen sich, wenn sie sich sehen, und werden in gewissem Sinne Freunde. Der Mensch kann in diesem Fall zum ranghöheren Herdenkumpan werden. Dazu kann es nur dann kommen, wenn der Reiter sich immer wieder, etwa durch Putzen, Satteln, Bein- und Hufpflege oder Frisieren, mit ihm beschäftigt, es dabei beobachtet und seine „Sprache“ der Freude und Unlust kennenlernt.

Pferdepflege

Zur Pferdepflege braucht man Striegel, Kardätsche, Reißkardätsche, zwei Schwämme, Wollappen, Hufkratzer, Wurzelbürste, Huffett und Pinsel. Elektrische Putzmaschinen rentieren sich vor allem in größeren Ställen. Mit einer solchen Putzmaschine, die möglichst leise laufen und leicht und beweglich sein soll, kann man sehr gründlich, zeit- und kräftesparend putzen.

Einmal am Tag soll das Pferd gründlich geputzt werden, und zwar grundsätzlich von vorne nach hinten. Zuerst werden alle bemuskelten

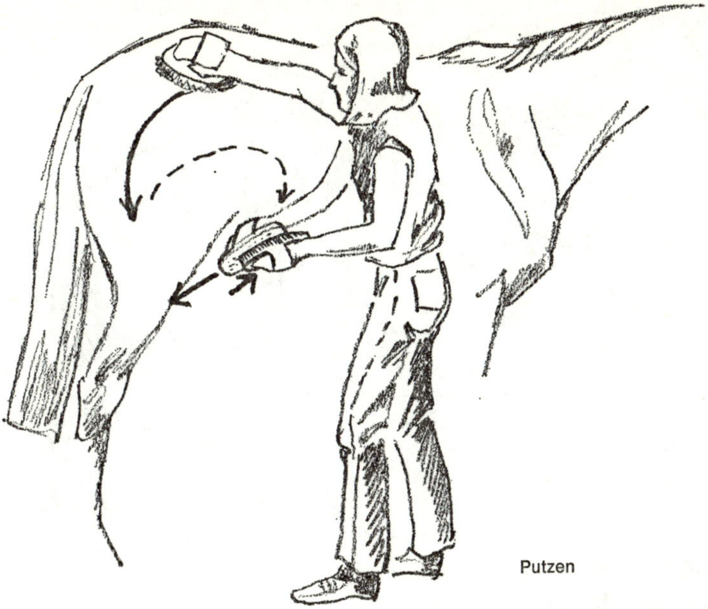

Putzen

Körperteile mit und gegen das Haar durchgestriegelt. Tabu für den Striegel sind der Kopf und die Gliedmaßen vom Vorderfußwurzelgelenk und Sprunggelenk abwärts sowie ein hoher Widerrist und abstehende Hüftknochen. Nach dem Striegeln nimmt man für die linke Seite des Pferdes die Kardätsche in die linke, den Striegel in die rechte Hand (für die rechte Seite des Pferdes ist es umgekehrt). In langen ruhigen Strichen wird das ganze Pferd mit der Kardätsche tüchtig durchgebürstet. Dabei wird die Kardätsche dauernd in Richtung zu den Fingerspitzen am Striegel abgestrichen. Der Striegel wird von Zeit zu Zeit auf der angefeuchteten Stallgasse ausgeklopft. Nach dem Putzen wird zusammengefegt, damit der Staub nicht herumfliegt!

Die Mähne wird mit der Reißkardätsche gut durchgebürstet; anschließend wird das Pferd mit dem Wollappen abgerieben. Die beiden Schwämme müssen besonders gekennzeichnet sein, damit immer derselbe zum Säubern der Geschlechtsteile, des Euters, der Unterseite der Schweifrübe und des Afters und der andere für Augen und

Auskratzen der Hufe

Nüstern benutzt wird. Der Schweif wird von Zeit zu Zeit gewaschen und von Hand verlesen.
Die Hufe werden vor dem Reiten lediglich ausgekratzt. Sie jetzt einzufetten, wäre ziemlich unsinnig und hat vor allem, wenn in der Reitbahn geritten wird, zur Folge, daß die eingefetteten Stellen nach kurzer Zeit mit Lohe oder Sand verklebt sind. Nach dem Reiten müssen die Hufe gründlich gesäubert und bei warmem, trockenem Wetter gewaschen werden. Bei feuchter Witterung genügt es, den Huf von außen mit einem kantigen Holzstück und einer Bürste und die Sohle mit dem Hufkratzer zu säubern. Dann wird der Huf gründlich eingefettet. Vor allem die Krone, wo das neue Horn wächst, und die Sohle brauchen Fett; einmal in der Woche soll die saubere Hufsohle mit Holzteer bestrichen werden.
Viel wichtiger als vor dem Reiten ist das Säubern und Versorgen hinterher. Kein Pferd fühlt sich wohl, wenn es mit schweißverklebtem Fell bis zum nächsten Tag im Stall stehen muß. Die sogenannte Abwartung nach dem Reiten muß besonders sorgfältig vorgenommen werden, weil sie einen großen Einfluß auf das Wohlbefinden und den Gesundheitszustand des Pferdes hat. Besonders verschwitzte und

verschmutzte Pferde müssen sehr gründlich versorgt werden, bevor man sie in den Stall stellt. Bei warmem Wetter bestehen besonders gute Möglichkeiten, sich mit dem Pferd zu beschäftigen, es anschließend sauber, gepflegt und erfrischt in den Stall zu bringen.

Der Kopf, vor allem dort, wo die Riemen der Trense lagen, und die Nüstern werden mit dem immer wieder in frischem Wasser ausgedrückten Schwamm gesäubert. Beim angebundenen Pferd wird der Kopf zum Abschwammen frei, wenn der Genickriemen als Halsriemen geschnallt wird. Danach werden die Sattel- und Gurtenlage ausgewaschen. Besonders wichtig ist es, neben After und Geschlechtsteilen zwischen den Oberschenkeln Schweiß und Schmutz mit dem Schwamm zu entfernen. Vor allem bei gut bemuskelter Hinterhand gleiten in der Bewegung die Innenseiten der Oberschenkel gegeneinander — dadurch entsteht dort Schweißschaum. Hochgeflogene Sandkörner oder Lohe kleben fest und geben dem Pferd in der Bewegung ein recht unangenehmes Gefühl.

Die empfindlichste Stelle gegen Erkältung ist die Nierenpartie; sie soll deshalb nur bei sehr warmem Wetter mit Wasser gesäubert werden. Ist das Pferd abgeschwammt, so werden nasse Stellen mit dem Schweißmesser abgezogen.

Die Beine des Pferdes werden abgewaschen oder abgespritzt; das Wasser wird anschließend mit der Hand nach unten abge-

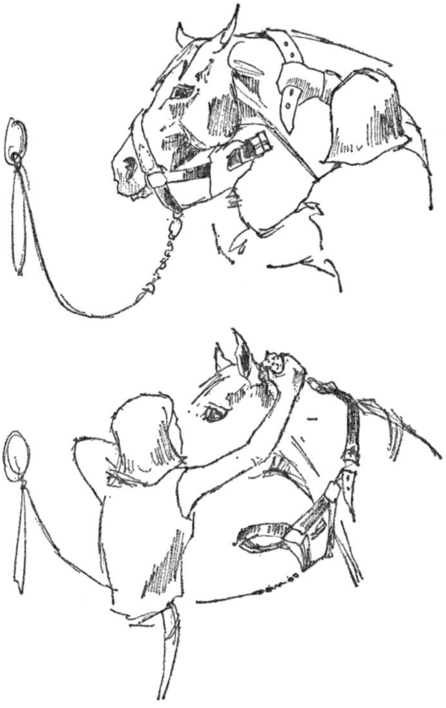

Stallhalfter als Halsriemen geschnallt

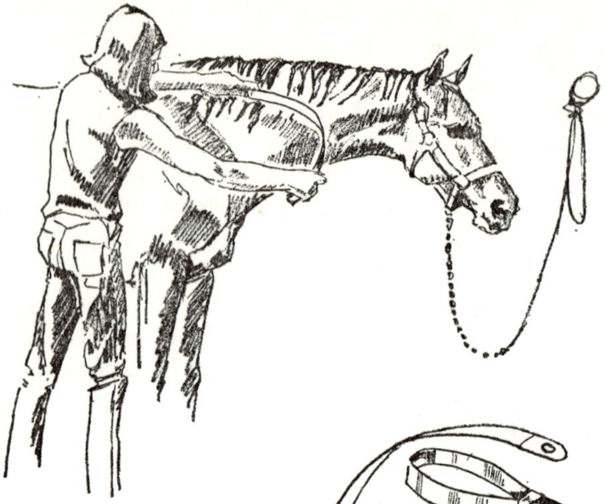

Abziehen des Wassers mit dem Schweißmesser

Grasenlassen an der Hand

Abreiben mit Stroh

streift. Vor allem nach einer Anstrengung massiert man die Sehnen oberhalb des Fesselkopfes mit Spiritus, der mit Wasser verdünnt ist. Das erfrischt, desinfiziert und beugt Sehnenschäden vor. Auch die Sattel- und Gurtenlage sollte man vor allem im Sommer regelmäßig mit dieser Mischung aus Wasser und Brennspiritus abschwammen. Zum Schluß kommt der Teil der Versorgung, der den meisten Pferden großes Wohlbehagen verschafft. Auf einer Rasenfläche darf das Pferd noch etwas grasen und dabei an der Sonne trocknen.

Wenn es sich irgendwie machen läßt, sollte auch bei kühlem Wetter ein naßgeschwitztes Pferd nicht in den Stall gestellt werden. Mit Strohwischen wird es trocken gerieben. In großen, gegeneinander geführten Bogen werden die Strohwische über die nassen oder feuchten Stellen gerieben und immer wieder durch trockene ersetzt, sobald sie feucht sind. Zum Nachtrocknen kann das Pferd mit ein paar alten Frottiertüchern abfrottiert werden. Danach wird es eingedeckt noch etwas geführt, bis es völlig abgetrocknet ist. Das Nachschwitzen kann man verhindern, indem man unter der Stalldecke etwas trockenes Stroh auf den Pferderücken breitet. Ist das Pferd dann völlig trocken, so wird es geputzt oder zumindest glattgebürstet.

Unfrisiertes Pferd

Frisiertes Pferd

Frisieren des Pferdes

Man muß kein Berufsreiter sein, um ein Pferd frisieren zu können. Jeder interessierte Reiter, der weder Zeit noch Mühe scheut, kann es durch Zusehen und Übung lernen. Natürlich werden die ersten

Versuche noch nicht gleich gelingen, und deshalb sollte man nicht gerade kurz vor einer Veranstaltung mit dem Üben beginnen. Sehr günstig ist es, die ersten Versuche unter Anleitung eines Fachmannes zu machen, der jeden Handgriff überwacht und korrigierend eingreift, bevor zu viele Haare weggeschnitten oder ausgezogen sind. Sein Pferd selber zu frisieren, kann viel Freude machen, denn man kann sehen, wie es sich unter den eigenen Händen verändert, schöner und gepflegter wird. Die Regel stimmt, daß ein gut frisiertes Pferd 1000 Mark mehr wert ist. Es zu können, ist also wertvoll und macht jeden Pferdebesitzer unabhängig von überlasteten Fachkräften.

Frisieren der Mähne

Die Mähne soll etwa vier Finger bis eine Handbreit lang und nicht zu dick sein und möglichst auf der rechten Seite glatt anliegen. Beim Frisieren einer langen Mähne wird nichts geschnitten, sie wird verzogen. Fallen die Haare nach zwei Seiten, so werden sie angefeuchtet, in Büschel gefaßt, glatt gezogen und mit Gummibändchen umwickelt. So läßt man die Haare trocknen und wiederholt dies unter Umständen, bis sie gut liegenbleiben. Liegt die Mähne glatt auf einer

Anfeuchten bzw. Waschen der Mähne

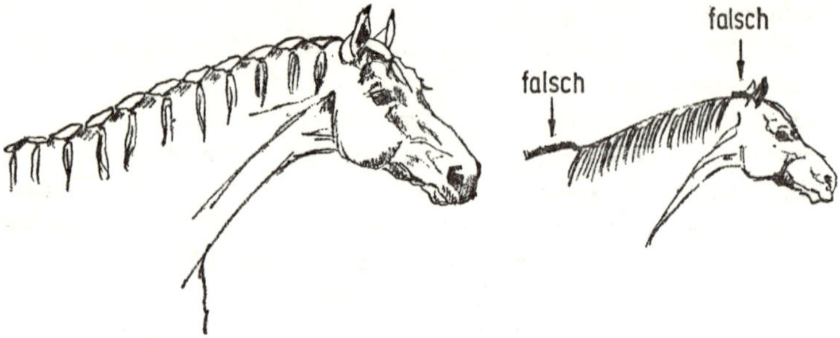

Richtiges Legen der Mähne auf eine Seite

Seite, so beginnt man mit dem Verziehen: Mit der linken Hand faßt man ein langes Ende, mit dem Reißkamm schiebt man die meisten Haare nach oben. Die verbliebenen langen Haare (immer nur wenige nehmen!) werden einmal um den Kamm gewickelt und mit einem scharfen Ruck ausgezogen. Es wird immer nur das untere, lange Ende der Haare angefaßt und ausgezogen, bis die Mähne gleichmäßig die Länge einer Handbreite hat.

Eine kurze Stehmähne hat den Vorteil, daß sie leichter zu pflegen ist und zu dünne und unkorrekte Hälse durch die geschnittene Oberlinie ausgeglichen werden können. Aber bevor man die Haarpracht

Verziehen der Mähne

abschert, soll man daran denken, daß sie eine natürliche Abwehr gegen Insekten ist.

Frisieren des Schweifes

Der gepflegte Schweif soll oben schmal, unten breit und voll und am Ende ungefähr eine Handbreite unter dem Sprunggelenk waagerecht abgeschnitten sein. Der unten spitz zulaufende Fasanenschweif

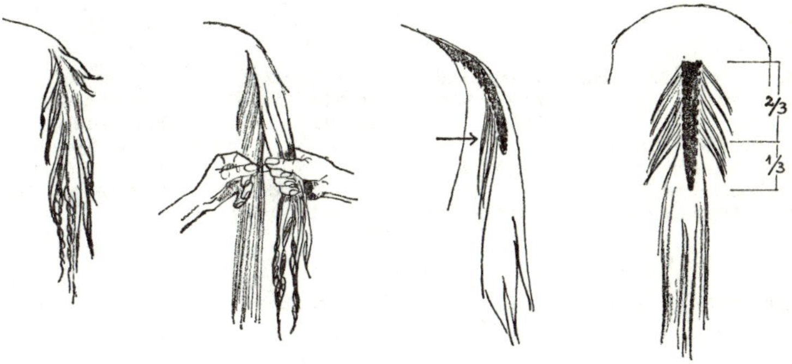

Unfrisierter Schweif (formlos, zu dick, verfilzt) – Verlesen des Schweifes: zuerst Verziehen der Haare unter der Schweifrübe, danach Verziehen der langen Haare seitlich der Rübe bis hinunter zu zwei Drittel der Rübe

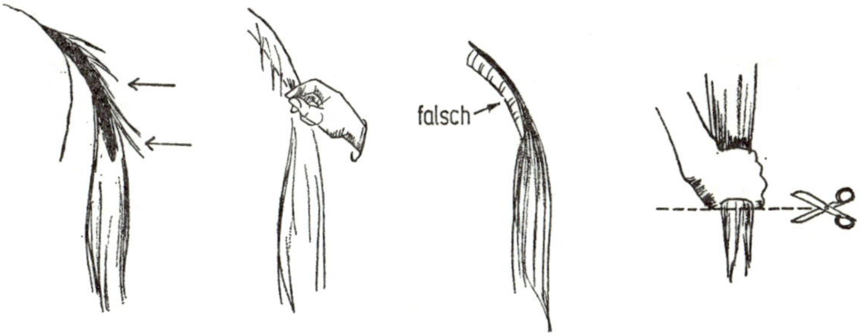

Die lang überstehenden Enden werden auch seitlich-oben bis zu zwei Drittel der Rübe ausgezogen. Mit Daumen und Zeigefinger verzieht man jetzt etwaige noch überstehende Haare, die nicht so lang sind, daß man sie um den Reißkamm wickeln könnte. – Eine falsch frisierte, nackte und häßlich aussehende Rübe. – Mit der linken Faust streift man am Schweif hinab, hält gut fest und schneidet ihn in der gewünschten Länge gerade ab

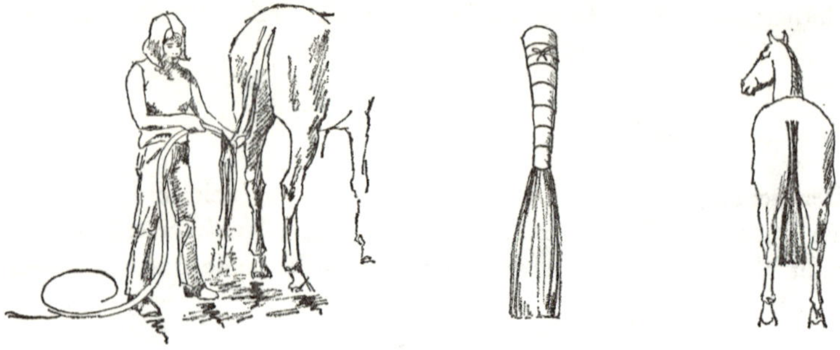

Waschen des Schweifes: Wasser und Shampoo benutzen, gut ausspülen, Schweif ausschlagen! Der feuchte Schweif wird mit einer trockenen Schweifbinde bandagiert. Bänder nicht zu stramm binden, und die Bandage nicht über Nacht dranlassen, da sonst die Blutzirkulation abgeschnürt wird, die Rübe absterben und die Haare ausfallen könnten! – Gut gepflegter Schweif. (Er muß hin und wieder angefeuchtet und einbandagiert werden. Das erste Verziehen soll auf mehrere Tage verteilt werden, damit die Rübe nicht wund und das Pferd nicht scheu wird.)

ist heute kaum noch zu sehen. Bei Pferden, die ausschlagen, legt man beim Frisieren des Schweifes im Ständer ein oder zwei Strohballen direkt hinter die Pferdebeine. Der Schweif kann oben auch von Zeit zu Zeit geschnitten, anstatt verzogen werden.

Frisieren von Kopf und Beinen

Die Fesseln können auch mit der leicht gebogenen Fesselschere oder der Schermaschine über einen untergelegten Kamm geschoren werden; dabei werden alle Haare gleichmäßig ohne Treppenbildung gekürzt.

Scheren (Klippen) des Pferdes

Vor allem Pferde mit langem Winterfell schwitzen schnell bei der Arbeit, trocknen schwer und schwitzen oft nach. Dies verbraucht unnötig viel Kraft und führt leicht zu Erkältungen. Dagegen hilft es, das Pferd zu scheren; außerdem kann die Haut besser atmen. Natürlich muß es mit seinem teilweise geklippten Winterfell in kühlen Stallungen, oder wenn es Zugluft ausgesetzt ist, eingedeckt werden.

Ohren zusammendrücken, überstehende Haare von unten nach oben wegschneiden ▶

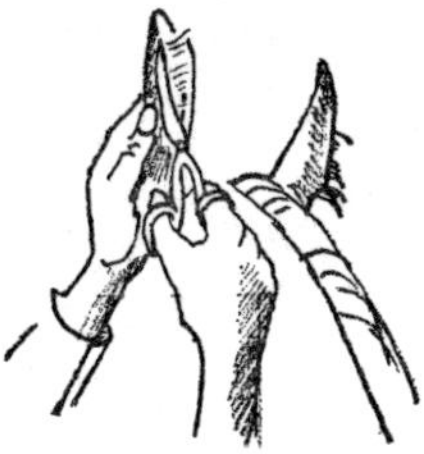

◀
Mit Daumen und Zeigefinger verziehen

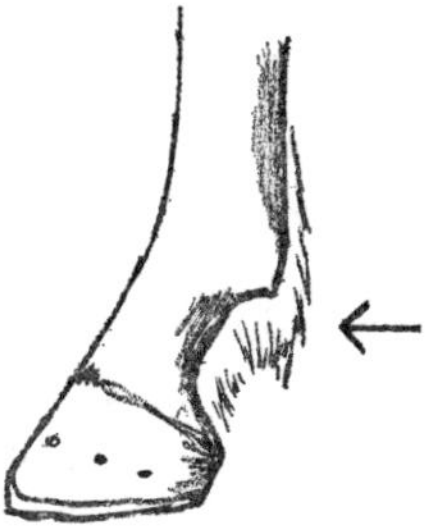

Lange Haare an den Sehnen und Fesseln werden mit einem Hunde-Trimmesser in Abwärtsrichtung entfernt

Scherfrisuren

Zum Scheren legt man die elektrische Schermaschine plan auf und schneidet zuerst die groben äußeren Begrenzungen der Scherfrisur. Dann werden die Innenflächen geklippt und zum Schluß die Begrenzungslinien sauber ausgeglichen. Will man die Haare in der Sattellage lang lassen, legt man zum Scheren dieser Form den Sattel auf.

Die angenehme Behausung (Stall und Einstreu)

Weitaus den größten Teil seines Lebens muß das Pferd im Stall verbringen. Beschaffenheit und Zustand des Stalles sind deshalb entscheidend für Verhalten, Wohlbefinden und Gesundheit. Das Pferd als Herdentier liebt die Geselligkeit und als Steppentier die Bewegung im unbeengten weiten Raum. Es will seine weitere Umgebung sehen und hören und am Geschehen Anteil nehmen. Wie sehr ähnelt doch mancher Stall einem vergitterten Pferdegefängnis, in dem das Tier verblöden muß! Es ist nicht verwunderlich, wenn solche Wesen, je nach Veranlagung und Temperament, abstumpfen, anfangen zu scheuen oder aus Langeweile sich Stalluntugenden angewöhnen. Der Stall muß also für das Pferd so angenehm wie möglich sein. Sehr sinnvoll ist es, wenn Boxe oder Ständer ein Fenster haben, zu dem das Pferd hinausschauen kann. Durch einen nach außen aufklappbaren Fensterflügel oder im Boxenstall durch eine geteilte Tür können Kopf und Hals hinausgesteckt, die anderen Pferde gesehen und das Geschehen außerhalb des Stalles beobachtet werden. Oft kann ein solches Fenster mit dickem Drahtglas nachträglich in den Stall eingebaut werden. Für viele Privatpferdebesitzer besteht die Möglichkeit, nach Absprache mit dem Eigentümer des Stalles durch den nachträglichen Einbau eines Fensters einen großen Beitrag für das Wohlbefinden seines Pferdes zu leisten. Verglichen mit der Wirkung ist der finanzielle Aufwand gering — vor allem, wenn der grobe Teil der Durchbrucharbeit selber gemacht wird.

Worauf soll der Pferdebesitzer bei der Auswahl eines Pensionsstalles außerdem achten? Der Stall soll gute Luft und viel Licht haben, trocken und sauber sein. In jedem größeren Stall mit vielen Pferden müssen vom Fachmann geplante, zugfreie Möglichkeiten für die Zufuhr von Frischluft und den Abzug verbrauchter Luft eingebaut sein. In einem schlecht gelüfteten, ungepflegten Stall ist zu wenig Sauerstoff, und die Luft ist mit ausgeatmetem Kohlendioxyd sowie mit Feuchtigkeit angereichert. Außerdem reizt das giftige Ammoniak, das durch die Zersetzung des Harns entsteht, Atmungsorgane, Schleimhäute und Rachen. Insgesamt führt schlechte Stalluft zu erschwerter Atmung, Husten, Bronchialkatarrh und Dämpfigkeit. Außerdem wird das Wohlbefinden der Pferde durch höhere Pulszahl, gestörten Stoffwechsel, Unlust, Müdigkeit und geschwächte Widerstandskraft beeinträchtigt.

Das Licht im Stall ist wichtig, weil es die Atmung vertieft, den Stoffwechsel belebt und Blutbildung, Abwehrkräfte und Leistung steigert. Außerdem haben Licht und Sonnenschein einen wichtigen Einfluß auf Stimmung und Gemüt des Pferdes. Als Faustregel gilt, daß pro Pferd ca. 0,5 bis 1,0 qm Fensterfläche vorhanden sein soll.

Natürlich fühlt sich ein Pferd in einer geräumigen Boxe (3 m × 4 m bis 4 m × 4 m) wohler als in einem Ständer. Dies ist aber auch eine finanzielle Frage — eine Boxe ist DM 50.— bis 80.— teurer als ein Ständer. Wenn ein Pferd im Ständer steht, der mit 2 bis 2,50 Meter Breite und 3,50 Meter Länge genügend Platz zum Hinlegen haben muß, so ist dies durch mehr tägliche Bewegungsmöglichkeiten auszugleichen.

Die Trennwände von Boxen und Ständern sollten als obere Begrenzung senkrechte Gitterstäbe haben, damit sich die Pferde gegenseitig sehen können. Die Krippe muß so hoch angebracht sein, daß das Pferd mit leichter Halsneigung fressen kann. Nach unten soll die Krippe sich erweitern, damit der Hafer nicht herausgeworfen wird. Auch die Heuraufe darf nicht viel höher als die Krippe angebracht sein, da in beiden Fällen sonst die Gefahr besteht, daß sich vor allem bei jungen Pferden ein Senkrücken bildet.

Auch die Streu hat großen Anteil am Wohlbefinden des Pferdes. Sie soll reichlich und sauber sein und möglichst aus Roggen- oder Weizenstroh bestehen, damit auch der Rauhfutterbedarf aus ihr ergänzt werden kann. Auf einer reichlichen, trockenen Einstreu legen sich Pferde eher nieder und können so jederzeit Hufe und Gliedmaßen schonen und den Körper ausruhen.

Einmal täglich muß gründlich ausgemistet werden. Außerdem sollten während des ganzen Tages immer wieder die Roßäpfel entfernt und die frische Streu aufgeschüttet werden.

Man unterscheidet nach der Einstreutechnik die Matratzenstreu und die Wechselstreu. Während bei der Wechselstreu das Stroh täglich erneuert wird, werden bei der Matratzenstreu nur der Mist und feuchtes Stroh täglich entfernt und durch frisches ersetzt. Die Matratzenstreu besteht aus gleichmäßig verteiltem, festgestampftem Mist, auf den das frische Stroh — das immer wieder leicht aufgelockert werden soll — aufgelegt wird. In Ständern ist darauf zu achten, daß die Pferde zur Schonung ihrer Vorderbeine vorne etwas höher stehen als hinten. Die Matratzenstreu bietet ein weicheres, wärmeres Lager als die Wechselstreu. Allerdings ist die Matratzenstreu oft auch eine Brutstätte für Wurmeier, Larven und Bakterien. Deshalb Heu niemals vom Boden füttern! Die Matratze muß im Frühjahr und Herbst völlig herausgenommen und die Umgebung gründlich desinfiziert werden, bevor eine neue Matratze angelegt wird. Dazu empfiehlt sich eine festgestampfte Schicht aus Torf und Sagespänen, auf die das Stroh aufgelegt wird. Es kann auch mit Torfmull oder Sägemehl eingestreut werden, wodurch vor allem bei zu dicken Pferden das unkontrollierte Strohfressen verhindert wird.

Der Hufbeschlag

Der Hufbeschlag ist für das Reitpferd so wichtig wie der Schuh für den Läufer. Zu lange Zehen können Sehnenschäden verursachen, und lockere Eisen führen oft zu Verletzungen. Auch Steifheiten im Gang, Lahmheiten und Gelenkschäden sind häufig Folgen mangelhaften Beschlags. Alle vier bis sechs Wochen sollte ein fachkundiger Hufschmied das Pferd beschlagen, und es wäre kurzsichtig, gerade an dieser Stelle zu sparen. Als Gleitschutz fürs Gelände und zum Springen gibt es Stollen, die sich in die Eisen einschrauben lassen. Sie können, damit Verletzungen vermieden werden, im Stall ausgeschraubt und die Löcher mit Korken gegen Verschmutzung verschlossen werden.

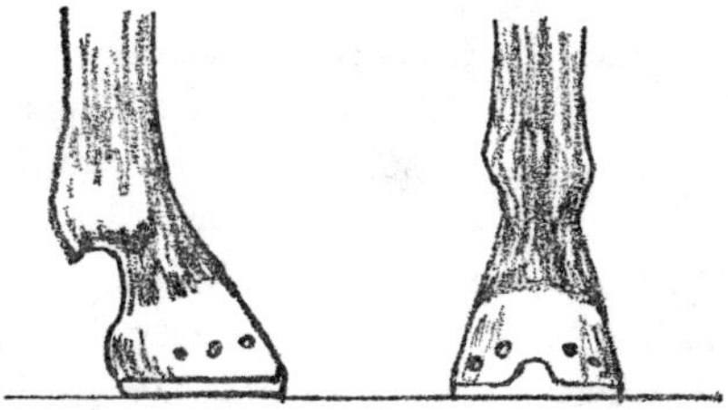

Hufbeschlag

Krankheiten, Verletzungen und Erste Hilfe

Häufig wird ein Pferd bei der Arbeit übermäßig angestrengt — sogar mit Härte und Unwillen behandelt, nur weil sein Reiter nicht erkannt hat, daß das Tier sich unwohl fühlt, krank ist und Schmerzen hat. Außerdem heilen Verletzungen oder Krankheiten meistens viel besser und schneller, wenn sie im Anfangsstadium erkannt und richtig behandelt werden.

Anzeichen von Krankheiten beim Pferd

Woran kann man erkennen, daß das Pferd krank ist? Wichtige Anzeichen sind Teilnahmslosigkeit, Gehunlust, Unruhe, Schweißausbrüche

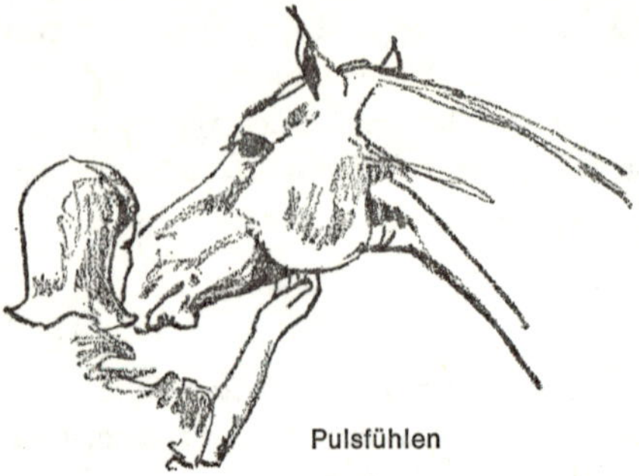

Pulsfühlen

und Appetitlosigkeit, gestörte Lebensfunktionen, wie unangenehmer Geruch, getrübte Augen, rauhes, glanzloses Haar, Husten, Stöhnen, Nasenausfluß, häufiges Wälzen, Sichumsehen zum Bauch, aber auch verlangsamte oder beschleunigte und krampfhafte Atmung, erhöhte Temperatur oder ein unregelmäßiger, zu langsamer oder zu schneller Pulsschlag sind deutliche Anzeichen einer Erkrankung. Die normale, im After gemessene Körpertemperatur liegt bei einem gesunden, ausgewachsenen Pferd zwischen 36,5 und 38,0 Grad Celsius. Das Pferd sollte sich aber vor der Messung — genau wie beim Pulsfühlen — eine Stunde in Ruhe befinden. Der Pulsschlag des gesunden Pferdes zeigt 30 bis 40 gleichmäßig starke Herzschläge pro Minute. Am besten kann man den Puls an der Kopfarterie fühlen.

Erste Hilfe bei Verletzungen und Erkrankungen

Verletzungen

Auch kleine Verletzungen werden wegen des tödlichen Wundstarrkrampfes, der durch den Tetanusbazillus verursacht wird, sehr gefährlich. Am besten ist es, die Pferde regelmäßig dagegen impfen zu lassen. Bei tiefen Wunden, die wahrscheinlich genäht werden müssen, darf nichts gemacht werden, weil vom Tierarzt unter Umständen nach der Verwendung eines Desinfektionsmittels nicht mehr genäht werden kann. Bis der Tierarzt eingetroffen ist, sollte bei starker Blutung oberhalb der Wunde zum Herzen hin abgebunden werden. Von Zeit zu Zeit muß die Abbindung gelöst werden — auch wenn die Wunde im Moment wieder stark blutet —, damit durch die unterbrochene Blutversorgung einzelner Körperteile keine größeren Schäden entstehen. Bei kleineren Wunden werden zuerst die Haare rings um den Wundrand abgeschnitten. Danach wird die Wunde desinfiziert, d.h. mit Alkohol oder Lysollösung abgewaschen, dann mit Jod oder Pyoctanin

bestrichen. Dazu eignet sich am besten ein Wasserfarbenpinsel; außerdem sind diese beiden Mittel auch als Spray zu haben. Für die weitere Behandlung wird Wundpuder oder Heilsalbe verwendet.
Ein frischer Bluterguß wird in der Regel in den ersten drei Tagen gekühlt, wozu Azetat oder essigsaure Tonerde verwendet werden. Ist er älter, wird mit Kampfersalbe, Prießnitz-Umschlägen oder Enelbin die Durchblutung angeregt.
Bei einem Nageltritt soll der Nagel möglichst erst dann entfernt werden, wenn ein starkes Desinfektionsmittel — z. B. Lysol oder Kresol — zur Stelle ist. Beim Herausziehen des Nagels wird die Flüssigkeit eingegossen und dann mit Holzteer bestrichen. Zur Nachbehandlung muß die Stelle vom Schmied ausgeschnitten werden.
Bei Verletzungen um das Auge dürfen keine scharfen Desinfektionsmittel verwendet werden. Die Verletzung kann beispielsweise mit einem Wattebausch, der mit lauwarmem Kamillentee getränkt ist, abgetupft werden.

Mauke und Strahlfäule

Mauke ist eine Hautentzündung in der Fesselbeuge, die im fortgeschrittenen Stadium stark näßt. Verursacht wird sie durch Nässe, Staub und Schmutz, hartes Bürsten und chemische Reize, wie Kunstdünger. Vor der Behandlung werden zuerst die Haare sauber abgeschnitten, dann wird die kranke Stelle mit Alkohol abgewaschen und zuletzt mit Puder oder Zinksalbe behandelt. Scharfe Desinfektionsmittel dürfen nicht benutzt werden, weil sie die Wunde erneut reizen. Am schnellsten heilt Mauke in Ruhestellung.
Bei *Strahlfäule*, die durch unsaubere, nasse Streu entsteht, wird zuerst der Strahl gründlich gesäubert und anschließend mit Holzteer oder Kupfervitriol bestrichen. In fortgeschrittenerem Stadium muß der Schmied die betreffenden Stellen ausschneiden, bevor sie mit diesen Mitteln behandelt werden.

Krankheiten

Bei *Husten* muß zuerst die Temperatur gemessen werden. Wenn die Temperatur nicht erhöht ist, kann schonend — möglichst in frischer Luft — geritten werden. Ist der Husten mit Fieber verbunden, so darf man das Pferd nicht reiten. Auf jeden Fall muß der Tierarzt zu Rate gezogen werden, weil u. a. Seuchengefahr besteht! Wichtig ist, daß die erkrankten Tiere in einem kühlen, luftigen Stall ohne Zugluft stehen und Staubbildung möglichst ganz vermieden wird. Das Heu soll deshalb angefeuchtet werden.

Bei *Nasenausfluß* reibt man ein schleimlösendes Mittel (zum Beispiel Wick-Vaporub) mit dem Finger in die Nüstern ein und geht mit dem Tier möglichst viel an die frische Luft.

Kolik ist eine schmerzhafte Verdauungsstörung, bei der das Pferd nicht Misten oder Wasser lassen kann. Sie entsteht durch Aufregung, Erkältung, schlechtes und verdorbenes Futter oder Wurmbefall. Kolik ist an folgenden Anzeichen zu erkennen: Scharren, Wegstellen der Hinterbeine, öfteres Sichumsehen zum Bauch, Schweifschlagen, häufiges Niederlegen, Schweißausbruch, Versuche zu misten oder Wasser zu lassen. Bis der Tierarzt eintrifft, soll das Pferd mit Stroh abgerieben und eingedeckt werden. Am Wälzen soll es gehindert werden, weil dadurch eine Darmverschlingung entstehen kann.

Streckstellung bei Kolik

Kreuzverschlag ist eine Vergiftungserscheinung, die sich in Bewegungsstörungen der Hinterhand äußert, sich schnell verschlimmert (Erstarrung) und von Schweißausbrüchen begleitet ist. Eine oder mehrere Muskelgruppen der Hinterhand (meistens Kruppe, Lende, Oberschenkel) sind hart und geschwollen. Der Harn ist rot bis schokoladenfarben, manchmal auch schwarz, deshalb wird diese Krankheit auch Schwarze Harnwinde genannt. Sie ist lebensgefährlich, deshalb muß sehr schnell ein Tierarzt geholt werden. Kreuzverschlag wird auch Feiertagskrankheit genannt, weil sie durch zu kräftiges Futter bei Bewegungsmangel entsteht.

Bis der Tierarzt kommt, darf das Pferd nicht bewegt werden, und es darf sich auf keinen Fall hinlegen. In der Nierengegend und Kruppe sollen heiße Leinsamen- oder Kartoffelsäckchen aufgelegt werden.

Ihr Pferd und sein Pfleger

Das eigene Pferd selber zu pflegen und zu versorgen, macht Freude und fördert das gegenseitige Verständnis. In den allermeisten Fällen wird jedoch die Zeit zur regelmäßigen Pflege fehlen, deshalb wird diese Arbeit normalerweise vom Pferdepfleger ausgeführt. Er wird damit zu einer der wichtigsten Personen in einem Pensionsstall. Ihm ist der liebgewordene Vierbeiner während der meisten Zeit anvertraut — oder ausgeliefert. Zwar wird seine Arbeit mehr oder weniger vom Stallmeister, Reitlehrer oder Chef kontrolliert und überwacht, was aber in manchen Fällen wegen Arbeitsüberlastung nur unzureichend geschehen kann. Der Pfleger entscheidet eben maßgeblich über Wohl und Wehe Ihres Pferdes.

Wie in jedem Beruf gibt es auch hier Menschen, die ihre Arbeit besser oder schlechter ausführen. Nur gehen hier Schlamperei, Faulheit und Interesselosigkeit auf Kosten von Lebewesen, die völlig vom Menschen abhängig geworden sind. Über die notwendige Arbeit hinaus erwartet der Besitzer vom guten Pfleger, daß sein Pferd ruhig, verständnisvoll — möglichst sogar liebevoll — behandelt und versorgt wird. Die Einstellung des Pflegers zu seiner Arbeit und zum Pferd wird aber sehr stark vom Verhalten des Pferdebesitzers beeinflußt. Niemand kann erwarten, daß sein Pferd während seiner Abwesenheit besonders liebevoll versorgt wird, wenn er den Pfleger hochnäsig als bezahlten Diener betrachtet und behandelt. Und nicht nur die Bezeichnung Stallknecht sollte aus unserem Wortschatz verschwunden sein, sondern auch das entsprechende Benehmen. Wie vielen Pferden würde es zugute kommen, wenn ihre Besitzer daran dächten, nicht nur ihnen gegenüber menschlich zu sein, sondern auch gegenüber ihren menschlichen Pflegern!

Sicher kann Trinkgeld eine große Rolle spielen, aber das allein ist nicht entscheidend, sondern vor allem auch die Art und der Ton, mit dem es gegeben wird. Wer kennt nicht die widerwärtige, gönnerhafte und erniedrigende Art, mit der Trinkgelder hingeworfen werden!

Oft macht ein kleines passendes Geschenk, verbunden mit ein paar netten Worten, mehr Freude. Der persönliche Kontakt wird durch das Gespräch gefördert, wobei in diesem Fall die Arbeit, Sorgen und Interessen des Menschen mindestens so wichtig sind wie das Interesse am eigenen Pferd. Mich interessiert es immer, was für einem Menschen ich mein Pferd anvertraue, wie es ihm geht, was er für Eigenheiten, Stimmungen und Motive für seine Berufswahl hat. Außerdem ist es mir wichtig zu erfahren, was mein Pferd macht, ob sich etwas Besonderes ereignet hat, wie es sich beispielsweise beim Beschlagen, Frisieren oder Impfen benommen hat, wenn ich nicht dabeisein konnte. Besondere Schwierigkeiten und Untugenden meiner Pferde, deren Ursachen und die Möglichkeit, sie zu verbessern oder abzustellen, bespreche ich mit dem Pfleger und erzähle ihm von Fortschritten, Erfolgen und Freuden. Der Besitzer kann Interesse und Freude an seinem Pferd wecken, indem er dies selber zeigt. Natürlich nützt das bloße Reden gar nichts, wenn man sich zu schade dafür vorkommt, auch einmal selbst sein Pferd zu putzen, es zu satteln oder seine Streu zu richten. Vor allem in Ballungszeiten, wie zum Beispiel am Sonntagmorgen, wenn alle zehn Pferde des Pflegers zur gleichen Zeit geputzt und gesattelt werden müssen, bricht auch dem „feinsten und vornehmsten" Pferdebesitzer kein „Zacken aus der Krone", wenn er selbst mit Hand anlegt, statt herumzustehen und in barschem Ton zu tadeln.

Jeder Mensch ist auf Erfolge und Selbstbestätigung in seiner Arbeit angewiesen. Auch für den Pferdepfleger ist es wichtig, immer wieder zu erfahren, ob der Besitzer mit seiner Arbeit zufrieden ist. Der Standpunkt: Wenn ich nichts sage, heißt das, ich habe nichts auszusetzen, bin also mit der Arbeit zufrieden, zeugt von schlechter Menschenkenntnis und mangelndem Einfühlungsvermögen. Bei Lob und Tadel ist der Ton entscheidend. Wirksam und am wenigsten verletzend ist eine Verbindung von beidem, indem man sachlich und verbindlich sagt, womit man zufrieden ist und was besser sein könnte. Auf Nachlässigkeiten, wie den schlechten Zustand des Sattelzeuges oder der Streu, könnte ja auch in Form einer Bitte aufmerksam gemacht werden anstatt in herrischem Befehlston.

Nun sollen keinesfalls alle Pferdepfleger verherrlicht oder idealisiert werden. Auch hier gibt es, wie in jedem Beruf, Leute, bei denen auch eine anständige, nette Behandlung nichts nützt. In diesen Fällen muß bestimmt und ohne großes Aufsehen dafür gesorgt werden, daß ein anderer Pfleger das Pferd übernimmt. Menschenkenntnis und wacher Verstand sind auf jeden Fall am Platze. Man sollte auch nicht gleich darauf hereinfallen, wenn der Pfleger mit „aufgehaltener Hand" beteuert, dieses Pferd sei sein besonderer Liebling. Wie es gepflegt und versorgt wird, ist wichtig — und das kann schließlich jeder Besitzer selbst beurteilen!

Vor allem bei schwerwiegenden Gründen, wie Mißhandlung von Pferden, darf auf keinen Fall gutmütig eingelenkt, sondern muß auf sofortigem Wechsel des Pflegers bestanden werden. Nur durch den Mangel an geeigneten Pferdepflegern können sich solche Leute überhaupt in dieser Berufssparte halten. Auf der anderen Seite aber wird guten Pflegern, denen der Umgang mit Pferden Freude macht, ihre Arbeit oft durch die arrogante, herablassende Behandlung von Privatpferdebesitzern verleidet.

Das für eigene reiterliche Zwecke unbrauchbar gewordene Pferd

Wer sich ein Pferd kauft, wird sich wohl selten Gedanken darüber machen, was mit ihm geschehen soll, wenn es einmal für die eigenen reiterlichen Zwecke oder auch Ansprüche untauglich geworden ist. Dennoch wird jeder Pferdebesitzer später oder früher vor dieser Frage stehen. Nicht nur Alterserscheinungen mit ihren natürlichen Abnutzungsschäden, sondern auch Unfälle oder langwierige bzw. unheilbare Krankheiten können die Ursache dafür sein, daß das Pferd nicht mehr unter dem Sattel gehen kann. Auf der anderen Seite kann es vorkommen, daß das erworbene Pferd nach einiger Zeit den reiterlichen Ansprüchen — oder dem persönlichen Ehrgeiz — seines Eigentümers nicht mehr genügt. Ich will hier nicht über Reiter sprechen, denen es beim Kauf eines Pferdes in erster Linie um Erfolge im Leistungssport geht und die das Tier schon nach wenigen Turnierenttäuschungen wieder abgeben — ganz zu schweigen von Geschäftsleuten, die durch Kauf und Verkauf finanziellen Gewinn herausschlagen möchten. Dieses Buch richtet sich an diejenigen, die in ihrem Pferd den Partner sehen, die gewiß auch sportliche Ambitionen haben, aber vor allem eine innere Beziehung und gegenseitige Freude mit dem Pferd suchen. Auch in diesem Fall kann allerdings — ohne negativen Ehrgeiz — die Situation eintreten, daß der Reiter mit seinem Können eines Tages über sein Pferd „hinausgewachsen" ist, daß das brave Schulpferd, das ihm am Anfang durchaus genügte oder gar Lehrmeister war, plötzlich nicht mehr das leisten kann, was sein nun fortgeschrittenerer Besitzer von ihm verlangen möchte. Man sollte dann nicht krampfhaft versuchen, dem Tier Unmögliches abzuzwingen, dabei die Geduld verlieren und sich und dem Pferd alle Freude verderben.

Ein solches gesundheitlich intaktes Pferd läßt sich ohne große Mühe verkaufen, wobei es seinem Besitzer allerdings wichtiger sein müßte, es später in guten Händen zu wissen, als möglichst viel Geld herauszuschlagen. Ein Gefühl der Verantwortung dem Pferd gegenüber, das ihm so lange gute Dienste geleistet hat, sollte auch für den Leistungssportler oberstes Gebot sein. Ein Pferd nicht zum bloßen Verkaufsgegenstand zu degradieren, heißt allerdings in vielen Fällen, finanzielle Einbußen hinzunehmen. Es wäre unfair, das Pferd für tausend Mark mehr an irgendeinen Unbekannten, einen Pferdehändler oder gar an einen skrupellosen Tierquäler zu verschachern. Auch sollte ein früheres Schulpferd, das zudem inzwischen älter geworden ist, nach Möglichkeit nicht in den nun ungewohnten Mehrstundentrott des Schulbetriebs zurückgeschickt werden.

Für den verantwortungsbewußten Verkäufer eines Gebrauchspferdes sind ja die Probleme und auch die finanziellen Verluste entscheidend geringer als für denjenigen, der seinem Pferd, das durch Altersschwäche, Krankheit oder einen Unfall für reiterliche Zwecke völlig untauglich geworden ist, einen angenehmen „Lebensabend" ermöglichen möchte. Gewiß gibt es auch hier leichtere Fälle, beispielsweise Beinschäden, die das Pferd für höhere Beanspruchungen oder als „Gewichtsträger" unbrauchbar machen, bei denen aber noch die Möglichkeit besteht, daß leichte Reiter oder Kinder auf ihnen durchs Gelände bummeln und ihre Freude daran haben. Die Gelegenheiten, Reiter dieser Art zu finden, sind jedoch sehr beschränkt. Daß für ein solches Pferd viel Geld bezahlt wird, ist ausgeschlossen — zumal ja der Pensionspreis genauso hoch ist wie für ein völlig gesundes Pferd. Ein reiner Glücksfall ist es, wenn man Bekannte hat, die dieses Pferd für ihre Kinder am Haus halten können und wollen. In jedem Fall muß man das Pferd sozusagen verschenken und dabei noch froh darüber sein, wenn man eine solche Möglichkeit überhaupt findet. Trotzdem sollte man auf einer Garantie bestehen, daß das Pferd nicht weiterverkauft werden darf und daß der frühere Besitzer seine Einwilligung geben muß, wenn das Tier getötet werden soll.

Der Versuch, ein solches Pferd ohne alle Kaufpreisforderungen — als Geschenk für Pferdeliebhaber — in einer Reiterzeitschrift auszuschreiben, wäre zumindest der Erwägung wert. Heute wird das Reiten mehr und mehr als therapeutisches Mittel für spastisch Gelähmte angewandt — auch dies wäre u. U. eine Möglichkeit, ein physisch geschädigtes Pferd noch einer sinnvollen Verwendung zuzuführen. Doch damit ist im Grunde auch schon die geringe Spanne von Möglichkeiten skizziert.

Das Zugpferd für leichte Arbeiten beim Bauern — das im übrigen auch eine gewisse körperliche Stabilität haben muß — wird immer seltener. Und höchstens Stuten, die allerdings eine besonders gute Abstammung haben müssen, könnten noch das Interesse eines Züchters finden, sofern sie eine bestimmte Altersgrenze nicht überschritten haben.

Im allgemeinen bleibt dem Besitzer, dessen Pferd für seine eigenen reiterlichen Zwecke untauglich geworden ist, nicht einmal mehr die Möglichkeit, es zu verschenken. Wenn er ihm trotzdem seinen verdienten Lebensabend geben möchte, muß er für Koppel und Unterbringung, einschließlich Futter und angemessener Pflege, bei einem Bauern oder Züchter nicht unerhebliche Summen auf den Tisch legen, die ihm — wenn er nicht sehr gut bei Kasse ist — eventuell die Ausübung seines Hobbys, der Reiterei, nicht mehr gestatten. Ein sehr hohes Opfer also, zu dem nur große Tierliebhaber und Idealisten fähig sein dürften. Oder eine Möglichkeit, die nur denen offensteht, die sich mehrere Pferde leisten können und außerdem Herz genug für ihr alt und krank gewordenes Pferd haben — was ja leider nicht immer zusammenfällt.

Sogenannte Gnadenhöfe oder Pferde-Altershöfe mit Stallanlagen, Ausläufen und Weidemöglichkeiten, die von Tierschutzvereinen geschaffen werden, können nur eine sehr kleine Anzahl von Pferden aufnehmen. Natürlich müssen vom Besitzer die monatlichen Unterhaltskosten bezahlt werden.

Dem durchschnittlichen Pferdebesitzer, der an der Reiterei hängt und sie weiter betreiben will, bleibt häufig keine andere Wahl, als sein Pferd töten zu lassen, obwohl es sich ohne Sattel und Reiter auf der Koppel noch etliche Jahre seines Lebens freuen könnte. Doch scheint mir falsche Sentimentalität fehl am Platze — vor allem wenn ein Besitzer die Augen vor der Realität verschließt, „gutgläubig" sein Tier einem Händler überläßt, der es dann mit gutem Gewinn als Schlachtpferd ins Ausland abschiebt oder auch — unter Verschweigung der wahren Tatsachen — es als brauchbares Reitpferd verkauft. Diesem Pferd werden Qualen zugemutet, die sein Besitzer hätte voraussehen können und müssen, denn er weiß ja am besten, was sein Pferd noch leisten kann; und er sollte so genau wie möglich wissen, was mit ihm geschieht. Ich möchte so weit gehen zu sagen, daß der wirkliche Tierliebhaber sich mit eigenen Augen davon überzeugen müßte, daß sein Pferd sachgerecht und schmerzlos getötet wird. Und wenn er das selbst nicht kann — was durchaus zu respektieren ist —, sollte er einen Bekannten darum bitten. Das Pferd kann auch in seiner vertrauten Umgebung am Stall getötet und dann abtransportiert werden. Der Pferdemetzger zahlt in diesem Falle den Schlachtpreis von ca. DM 1000.—, wenn das tote Tier ausgeblutet ist.

Es gibt ja auch viele Fälle, in denen der Tod für das kranke Pferd die mildeste Lösung ist. Beinschäden, die schon das Stehen in der Boxe zur ständigen Qual machen, lassen dem Pferd das bloße Existieren zum Martyrium werden; und es ist das Gegenteil von Tierliebe, hier eine rasche Tötung nicht „übers Herz zu bringen". Es mag in vielen Ohren hart klingen, wenn in die Überlegungen über das eigene Pferd auch diese Gedanken über das Ende mit einbezogen werden. Doch ich habe selber erlebt, welchen Quälereien Tierfreunde, die es nicht besser wissen oder die Augen verschließen, ihre Pferde ausliefern; und zu der Verantwortung, die man mit dem Kauf seines Pferdes übernimmt, gehört auch diese letzte.

Die Ausrüstung des Pferdes

Der Sattel

Die Auswahl des Sattels ist für Pferd und Reiter von großer Bedeutung. Einerseits muß er genau auf den Pferderücken passen, andererseits muß der Reiter dem Verwendungszweck entsprechend bequem sitzen. Der Sattel darf weder Pferd noch Reiter drücken. Er muß, ohne Unterlage verpaßt, an allen Punkten gleichmäßig auf dem Pferderücken aufliegen. Wichtig ist, daß die Sattelkammer hoch und breit ist und genügend Raum für den Widerrist bietet, damit kein Satteldruck entstehen kann. Für die Auswahl und das Verpassen des Sattels empfiehlt es sich, einen Fachmann zu Rate zu ziehen. Einige große Sattelfirmen (s. Anhang) haben Fachleute, die sich das Pferd ansehen und dann den passenden Sattel liefern. In jedem Fall ist vor dem Sattelkauf zu fragen, ob die Firma notwendige Abänderungen, wie vorne oder hinter aufzupolstern, kostenlos übernimmt. Schließlich kann bei einer so teueren Anschaffung verlangt werden, daß der Sattel paßt.
Es gibt den Dressur-, Spring- und Vielseitigkeitssattel. Bei allen drei Arten ist es wichtig, daß der tiefste Punkt in der Mitte der Sitzfläche liegt. Beim Springsattel muß die Knielage wegen der kurzen Bügel weit vorgebaut sein, wogegen die langen Bügel beim Dressurreiten eine weniger weit vorgebaute Knielage erforderlich machen.
Das Sattelblatt des Dressursattels muß länger sein als das des Springsattels, damit der Reiter bei langen Bügeln nicht mit dem oberen Stiefelrand am Sattelblatt hängenbleibt und es in die Höhe schiebt. Der Vielseitigkeitssattel ist eine Kombination dieser beiden Sattelformen und für alle Verwendungszwecke mit durchschnittlichen Anforderungen geeignet.
Zum kompletten Sattel gehören: Unterlage, Gurt und Steigbügel mit Riemen. Als Unterlage empfiehlt sich eine Satteldecke aus Filz oder Leder und für rückenempfindliche Pferde aus Lammfell.

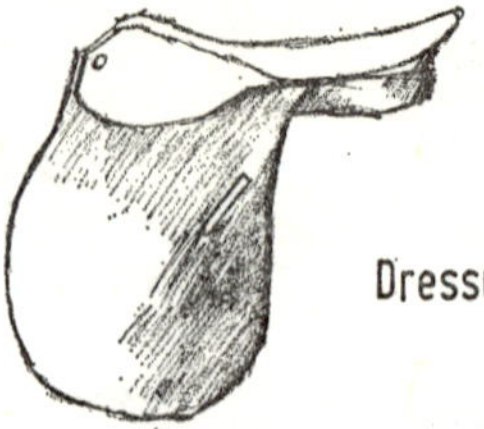

Dressursattel

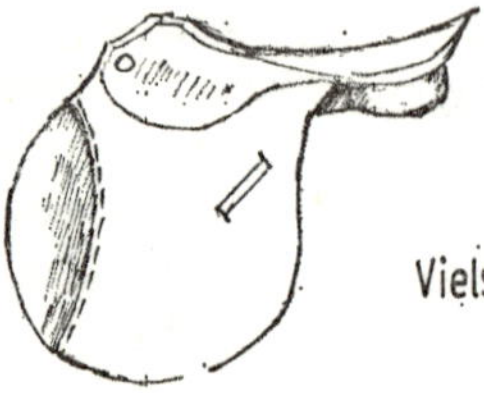

Vielseitigkeitssattel

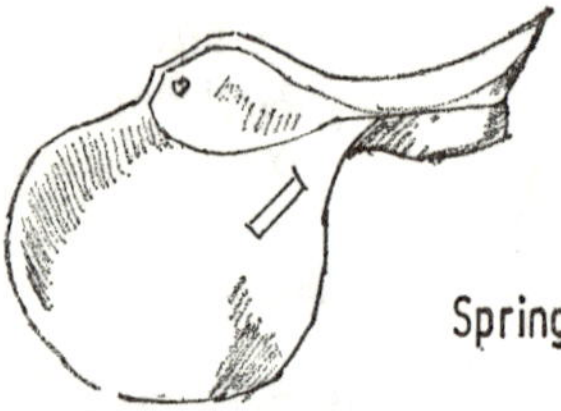

Springsattel

Der am meisten verwendete Sattelgurt ist der sogenannte Schnurengurt aus Eisengarn. Leichter zu pflegen und besser aussehend, aber wesentlich teurer sind Gurte aus Leder. Die Steigbügel sollen groß und schwer sein, damit der Reiter bei einem Sturz schnell herauskommen kann. Wenn er sie während des Reitens verliert, soll es ihm möglich sein, sie schnell wieder aufzunehmen. Beides wird durch einen schweren, nach unten ziehenden Bügel wesentlich erleichtert. Allgemein haben sich hier die sogenannten Fillissteigbügel mit Gummieinlagen durchgesetzt. Die Steigbügelriemen sollen aus gutem Kernleder sein. Die billigeren und leichter zu pflegenden Bügelriemen aus Chromleder haben den Nachteil, daß sie sich dehnen und dadurch ungleich und länger werden.

Die Trense

Auch die Trense muß dem jeweiligen Pferd angepaßt werden. Es empfiehlt sich, vor dem Kauf die Maße von einem Maulwinkel über das Genick zum anderen Maulwinkel und die Länge für den Stirn- und Nasenriemen sowie die Maulbreite für das Gebiß abzumessen. Ob eine Trense mit Genick- oder Backenschnalle gewählt wird, ist Geschmackssache. Anders ist es bei der Wahl des Reithalfters. Am häufigsten wird das hannoversche Reithalfter verwendet, das auch für Material-, Eignungs- und Dressurprüfungen vorgeschrieben ist. In

manchen Fällen ist aber das englische oder mexikanische Reithalfter vorzuziehen. Letztere haben den Vorteil, daß das Pferd besser atmen kann. Bei Pferden mit kurzen Maulspalten liegt der Nasenriemen des Hannoveraner Reithalfters ziemlich tief und engt die Nüstern ein. Höher geschnallt, zieht der Kinnriemen Gebiß und Maulwinkel hoch. Beides entfällt beim englischen und mexikanischen Halfter.
Das Trensengebiß von normaler Dicke muß in der Länge der Maulbreite des Pferdes entsprechen. Bei gebrauchten Gebissen ist darauf zu achten, daß die Gelenke nicht ausgeleiert sind. Dort entsteht bei älteren Gebissen oft ein scharfer Grat, der Schmerzen in den Maulwinkeln verursacht und dadurch häufig die Ursache für Kopfschlagen oder Heftigkeit wird.

▲
Hannoversches, englisches und mexikanisches Reithalfter mit zwei verschiedenen Arten der Verschnallung

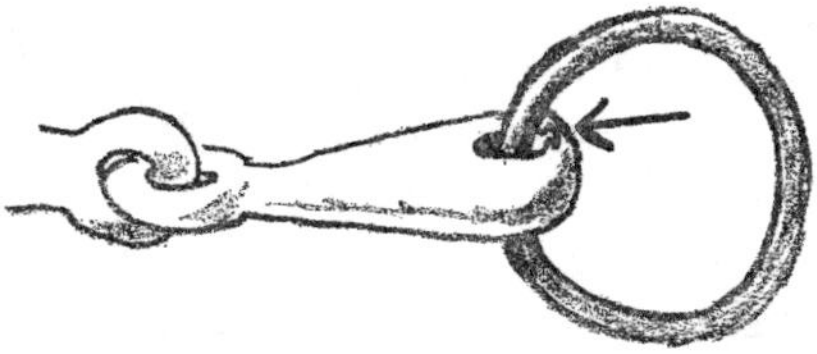

Ausgeleiertes Gebiß mit scharfem Grat ▶

Gurtzügel

Gummizügel

Beflochtener Zügel

Kordzügel mit Lederstegen oder Lederzügel mit griffigem Gummiüberzug verhindern vor allem beim Springen und Geländereiten, daß die Zügel, naß geworden durch Schweiß oder Regen, dem Reiter durch die Hände glitschen. Dagegen empfiehlt sich für die feinere dressurliche Einwirkung der dünnere, geschmeidigere, beflochtene Lederzügel.

Satteln und Trensen

Wenn das Pferd in einem Ständer steht, wird es zuerst gesattelt und dann getrenst. In der Boxe ist die Reihenfolge umgekehrt. So kann man in jedem Fall verhindern, daß das Pferd wegläuft. Im Ständer kann dies auch beim Trensen wirkungsvoll verhindert werden, wenn das Halfter als Halsriemen geschnallt wird.
Zum Satteln nimmt der Reiter den Sattel auf den linken Arm, Sattelgurt von rechts nach links übergeschlagen. Bevor er in den Ständer tritt, spricht er das Pferd ruhig an und läßt es nach rechts auf die Seite treten. Dann wird der Sattel möglichst weit vorne sanft aufgelegt und nach hinten in die Sattellage geschoben, damit das Fell glatt liegt. Der Sattel liegt dann richtig, wenn zwischen der vorderen Kante des Sattelgurtes und dem Ellenbogenhöcker eine Handbreit Platz ist. Nun wird der Sattelfilz nach oben in die Sattelkammer geschoben; eventuell unter den Sattel gerutschte Mähnenhaare werden vorgezogen. Anschließend geht man auf die rechte Seite, um nachzusehen, ob Sattel und Filz glatt liegen. Den Sattelgurt herunterlassen. Dieser wird auf der linken Seite anfangs nur locker festgeschnallt, damit das Pferd sich nicht verkrampft.
Zum Trensen stellt sich der Reiter an die linke Seite des Pferdes, hält dabei Kopfstück, Zügelschnalle und Nasenriemen der Trense in der rechten Hand und legt den Handballen über die Nase des Pferdes. Die linke Hand schiebt das Trensengebiß ins Maul. Wenn

das Pferd das Maul nicht aufmacht, steckt man den Daumen in die zahnlose obere Maulspalte. Dann wird das Genickstück über die Ohren geschoben, der Nasenriemen heruntergelassen, die Zügel werden zurückgeschoben und zuletzt die Schopfhaare über das Stirnband gelegt. Wichtig ist, daß der Stirnriemen gerade sitzt, ohne die Ohren einzuklemmen. Nachsehen, ob der Nasenriemen ebenfalls gerade ist und das Gebiß richtig an den Maulwinkeln anliegt, ohne diese in die Höhe zu ziehen! Die Lage des Nasenriemens richtet sich nach der Höhe der Maulspalte: Zwischen der unteren Kante des Nasenriemens und dem oberen Nüsternrand soll ein Zwischenraum von ungefähr drei Fingern Breite sein. Bei geschlossenem Kinnriemen darf das Gebiß im Maul nicht hochgezogen werden; andererseits könnte ein zu tief liegender Nasenriemen die Atmung behindern. Der Kehlriemen ist so zu verschnallen, daß eine Handbreit Luft bleibt. Zwischen Kinnriemen und Kinn sollen zwei flach angelegte Finger Platz haben. Ist der Kehlriemen zu eng, so spannt er, wenn das Pferd am Zügel geht. Wenn der Kinnriemen zu eng geschnallt ist, behindert er die Maultätigkeit; ein zu weiter Kinnriemen verleitet das Pferd dazu, sich durch Maulaufsperren den Paraden des Reiters zu entziehen.

Auftrensen

Auftrensen bei Pferden, die sich dagegen sträuben

◀ Ein Paar Sandown-Bandagen, aufgerollt

◀ als Extraschutz für die Innenseite des Beines

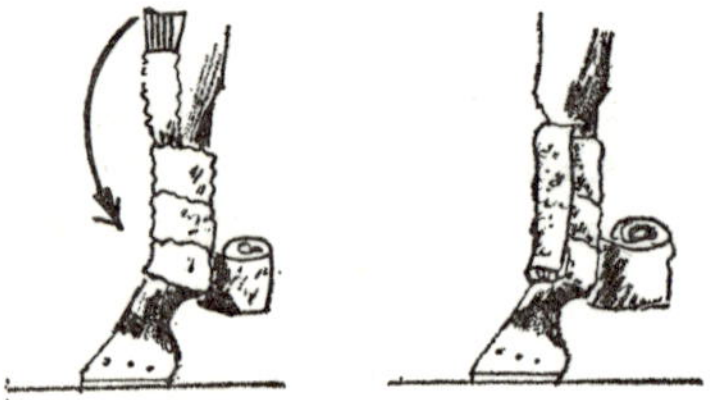

◀ als Extraschutz für das Schienbein beim Springen

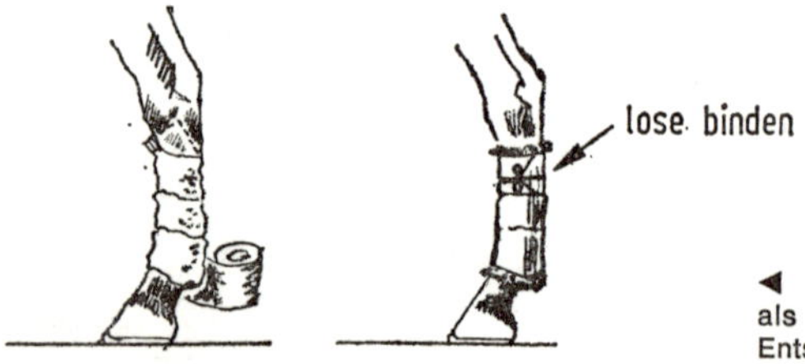

◀ als Stallbandage, verhindert Entstehung von Gallen

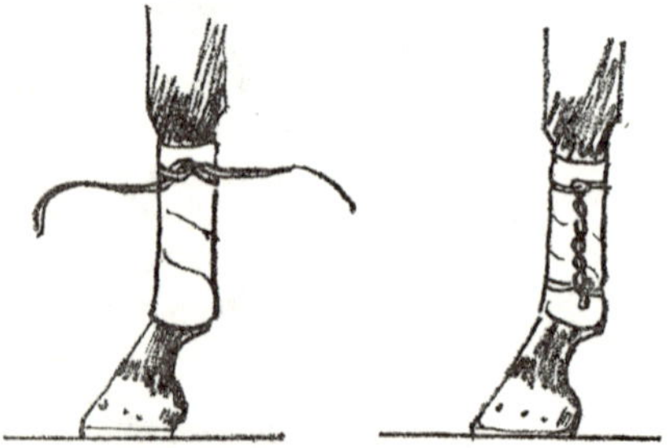

◀ Andere Möglichkeit der Bänder-Verknotung

Bandagen und Sprungglocken

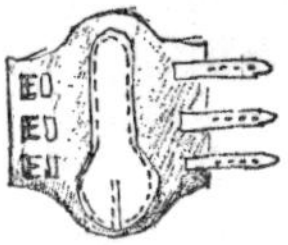

Streichgamasche

Sprungglocke

In der Fachwelt gibt es viele Argumente für und gegen Bandagen. Meiner Meinung nach haben richtig angelegte Wollbandagen viele Vorteile: Sie geben Halt, schützen vor Stauchungen, Prellungen und Verletzungen. Die Gefahr, daß sich eine Bandage während des Rittes löst, läßt sich ausschalten: Man verknotet die Bänder richtig und umklebt sie zusätzlich mit einem Isolierband oder benutzt die praktischen „Elastik-Sicherheitsverschlüsse“. Ledergamaschen, in Größe und Form passend, erfüllen den gleichen Zweck.

Sprungglocken an den Vorderbeinen schützen im Gelände und beim Springen gegen Ballentritte, die sonst, vor allem beim Landen in tiefem Boden, nur zu leicht entstehen können.

Reiterliche Gesichtspunkte und Zielvorstellungen

Das Reiten des eigenen Pferdes ist befriedigender, lohnender und beglückender als das Reiten von Verleihpferden. Darum scheint die Verwirklichung des Traums vom eigenen Pferd Ziel und Erfüllung aller Reiterwünsche zu sein. Unbestritten ist eine so enge Beziehung wie zwischen dem Besitzer und seinem Pferd für den Reiter von Schulpferden nicht zu erreichen, denn die Tatsache, daß jedes Schulpferd mehrere Stunden am Tag immer wieder unter einem anderen Reiter geht, macht eine persönliche Beziehung unmöglich. Auch die Abstumpfung des Pferdes, die notgedrungen daraus entsteht, ist oft reiterlich und psychisch unbefriedigend. Auch wenn man sein „Stammpferd" hat und nicht in jeder Stunde ein anderes Pferd reitet, bleibt es ja nicht „gleich" — es kann kurz zuvor unter einem Anfänger oder unter einem fortgeschrittenen Reiter gegangen sein, es muß auf so verschiedenartige Einwirkungen reagieren, daß eine wirklich feine Abstimmung der Hilfen gar nicht erreichbar und auch nicht erlernbar ist. Bestimmte „Tricks" bekommt man gewiß heraus, man wird sich auf dieses Pferd und seine Schwierigkeiten einstellen und es somit besser „beherrschen" können, aber sehr viel weiter kann die Einstimmung schon deshalb nicht gehen, weil immer wieder andere Voraussetzungen gegeben sind: Das Pferd kann abends einfach müde sein; es ist vielleicht vorher von einem ungeschickten oder groben Reiter verdorben oder von einem guten, erfahrenen korrigiert worden; es kann morgens in der ersten Stunde übermütig und frisch sein oder Stallsteifheiten und Verkrampfungen zeigen. Der Reiter hat nie die Möglichkeit, kontinuierlich seine eigenen Fortschritte oder Fehler an diesem Pferd zu messen. Gewiß wird ihn sein „Stammpferd" vielleicht auch erkennen und gar freudig begrüßen — aber niemals in dem Maße wie das Privatpferd seinen Besitzer, der es ausschließlich oder doch vorwiegend reitet und manchmal auch versorgt.

Nicht ohne Grund träumt also jeder passionierte Reiter vom eigenen Pferd, das nur ihm gehört und nur ihn allein als Herrn und Partner anerkennt. Man sollte jedoch auch die Schwierigkeiten nicht übersehen. Nicht nur die Verantwortung, die man nun alleine für sein Pferd, dessen Bewegung, Versorgung und sein Wohlbefinden zu tragen hat, kann zur Last werden, wenn der Arbeitsdruck des Berufslebens nur wenig Freizeit und Beschäftigung mit dem Pferd ermöglichen. Auch die reiterliche Situation ist grundlegend anders: Das Privatpferd ist weniger abgestumpft und reagiert um so empfindlicher und krasser auf die Fehler seines Reiters. Die Ausrede, andere hätten es „verdorben“ oder es sei müde, fällt weg. Der Reiter bekommt von seinem Pferd in jeder Stunde den Spiegel seines Verhaltens und Könnens vorgehalten — einen Spiegel, der oft wenig schmeichelhaft ist. Es gehört viel Ehrlichkeit gegen sich selbst, viel Geduld mit sich und dem Pferd und vor allem wirkliche Begeisterung und Fairneß dazu, um das „Lernen vom Pferd“ wirklich ernst zu nehmen. Überforderungen, ungeschickte Einwirkung oder Hast und Ungeduld werden dem Reiter in der nächsten Stunde „heimgezahlt“. Wer dem nicht ausweicht, wird nicht nur freudige, sondern auch bittere Erfahrungen machen, die nur dann nicht zum Zweikampf führen, wenn der Reiter ehrlich und selbstkritisch seine eigenen Fehler immer wieder korrigiert.

Neben dem Zeitaufwand und der Verantwortung, die jeder Besitzer für sein Pferd trägt, werden also auch Eigenschaften von ihm verlangt, die ein Reiter von Schulpferden nicht in diesem Maße mitbringen muß. Der Lohn für diesen Einsatz ist aber auch entsprechend größer. Doch sollte der Einsatz selbst nicht unterschätzt werden, weil Enttäuschung und Resignation sonst nur allzu rasch eintreten.

Ein verbreiteter Irrtum ist es zu glauben, das Pferd bliebe ganz von selbst auf dem Ausbildungsstand, den es beim Kauf hatte. Vor allem ein Reiter ohne größere sportliche Ambitionen, der mit seinem Pferd im Gelände und hin und wieder in einer Abteilungsstunde reiten will, ist sich häufig nicht klar darüber, daß dieses Pferd ohne ein gewisses Maß an zielgerichtetem gymnastischem Training mit der Zeit schlechter wird, auf die Hilfen weniger fein oder gar nicht mehr reagiert, nicht mehr am Zügel oder gegen die Hand geht, mit dem Kopf zu schlagen beginnt, auf treibende Hilfen kaum mehr anspricht und insgesamt Steifheiten zeigt, die sich als Ungehorsam oder Sturheit äußern.

Ein braves Schulpferd zum Beispiel, mit dem der Besitzer vor dem Kauf in vielen Abteilungsstunden in Bahn und Gelände gut zurechtkam, verändert sich schon deshalb, weil es nun weniger häufig geritten wird. Am Anfang ist es in einem solchen Fall besonders wichtig, sich entweder selbst viel Zeit zu nehmen, um dem Pferd unter dem Reiter, an der Longe und auf der Koppel möglichst viel Bewegung zu verschaffen, oder einen anderen zuverlässigen Reiter mit dieser Aufgabe zu betrauen. Das ehemalige Schulpferd wird lebhafter und sensibler werden, zugleich aber auch Steifheiten oder Untugenden zeigen, die es vorher nicht hatte.

Auch der Käufer eines Pferdes, das nicht im Schulbetrieb gegangen ist und das er ausprobiert und für seine Zwecke für gut befunden hat, muß mit Überraschungen rechnen. Bei den verhältnismäßig geringen Anforderungen, die er an sein Pferd stellt, beginnt es nach einer Weile vielleicht, Schwierigkeiten zu machen: Es wird heftig in der Abteilung, läßt die Paraden nicht mehr durch, läuft gegen den Schenkel und neigt zum Stürmen im Gelände. Meist liegen solche Untugenden — falls für ausreichende Bewegung gesorgt ist — an reiterlichen Ungeschicklichkeiten, die sich erst dann bemerkbar machen, wenn das Pferd ausschließlich in einer Hand ist. Auch Reiter, die von ihrem Pferd gar nicht viel verlangen, müssen sich darüber im klaren sein, daß Losgelassenheit und Geschmeidigkeit, Biegung und Durchlässigkeit des Pferdes die ersten Bedingungen für die Einwirkungen des Reiters und damit den Gehorsam des Pferdes sind. Nur so kann der Reiter im Gelände und in der Bahn an seinem Partner Freude haben.

Für jedes Pferd, gleichgültig, welches Ziel der Reiter sich gesteckt hat, ist folgende Grundgymnastik entscheidend, deren Ergebnis die Basis für jede weitere Anforderung bildet — sei es in der Dressur oder im Springen:

Auf dem Zirkel wird im Trab und im Galopp die jeweils innere Seite hohl gemacht und die äußere Seite zum Strecken gebracht, so daß mit dem inneren Schenkel die Biegung und damit die Stellung erhalten werden kann. Als Probe für das gelungene Ergebnis dieser Übung muß beim Überstreichen die Stellung bei langem Halsbogen erhalten bleiben.

Begonnen wird auf der „Schokoladenseite“ des Pferdes im frischen

Arbeitstempo: Der innere, am Gurt liegende Schenkel hat dabei die Hauptarbeit zu leisten. Er wirkt seitwärtstreibend und — wenn der Schwung nachläßt — zusammen mit dem äußeren Schenkel und dem Gewicht vorwärtstreibend. Ohne Rücksicht auf die Kopfhaltung halten die Hände eine feine Verbindung zum Pferdemaul; und selbst wenn sich das Pferd am Anfang noch nicht biegt, dürfen die Hände nicht formend einwirken — der Reiter weiß dann, daß er einen langen Weg vor sich hat, bis die äußere Seite zum Strecken gebracht werden kann. Es gehört oft viel Geduld dazu, nicht einfach die Zügel energisch anzufassen und damit aktiv Stellung und Haltung formen zu wollen. Vielleicht hilft der Gedanke daran, wie lange Sie üben müßten, um die Geschmeidigkeit für eine gymnastische Bodenübung, wie zum Beispiel die Brücke, zu erreichen.

Für viele Reiter wird es die langwierige Arbeit vieler Wochen und

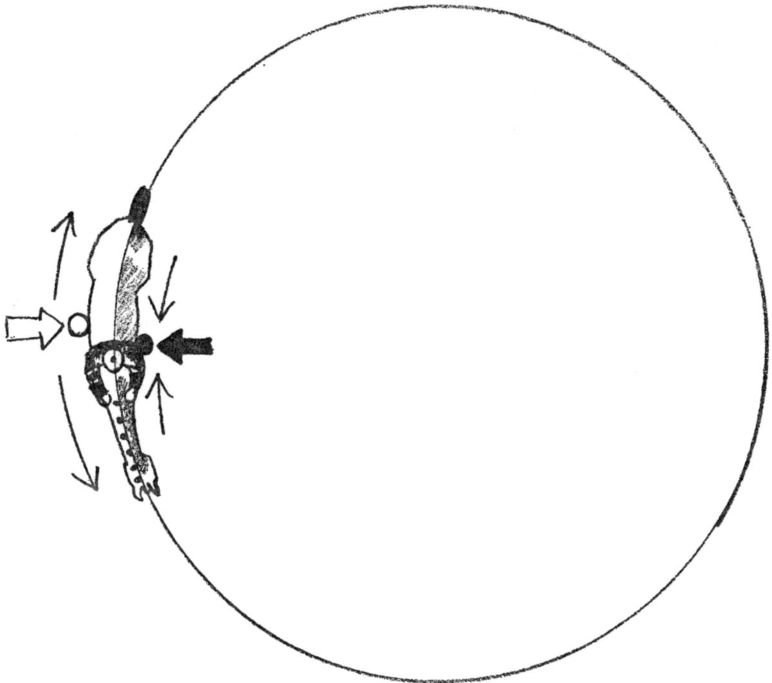

Auf der Zirkellinie gebogenes Pferd

Monate sein, bis das Pferd sich auf beiden Seiten geschmeidig in der ganzen Länge auf die Zirkellinie einstellt und sich biegt. Vielleicht muß das Pferd vorher durch Vorhandwendungen oder Zirkelvergrößern auf den fein wirkenden seitwärtstreibenden Schenkel abgestimmt werden. Aber zeigt sich auch nur auf einer Hand ein kleiner Erfolg, so ist bereits gymnastisch gute Arbeit geleistet worden, die das Pferd auf lange Sicht hin besser, geschmeidiger macht und das Problem des Am-Zügel-Gehens ganz von selbst löst.

Wird diese Gymnastik längere Zeit hindurch immer wieder betrieben, so stellt sich das Ergebnis schon in den ersten zehn bis zwanzig Minuten beim Lösen ein, und weitere Übungen können darauf aufgebaut werden. Wichtig ist es, oft die Hand zu wechseln, vor allem wenn sich auf einer Seite ein erster Erfolg zeigt. Auch wenn auf der schlechteren Seite kein Erfolg eintritt, ist die Hand zu wechseln, damit man sich nicht „festfährt". Zwischendurch reitet man immer wieder ganze Bahn, vor allem, wenn der Schwung nachläßt.

Bei wenig erfahrenen Reitern empfiehlt sich, vor allem am Anfang, dringend die Anleitung durch einen Fachmann, damit es nicht zu einem unerfreulichen Zweikampf kommt. Bis die neue reiterliche Situation wirklich gemeistert wird, d. h. der Reiter mit seinem Pferd allein zurechtkommt, sollte ein Bereiter oder Reitlehrer das Pferd möglichst regelmäßig arbeiten, es korrigieren und mit dem Besitzer über seine Fehler und die besonderen Schwierigkeiten des Pferdes sprechen. Ideal ist es natürlich, wenn derjenige, der das Pferd arbeitet, dem Besitzer auch regelmäßig Reitstunden geben kann. Aus seiner genauen Kenntnis des Pferdes heraus und durch die Beobachtung der Einwirkungen des Reiters kann er die beiden allmählich zusammenführen, aufeinander abstimmen und den Reiter so weit bringen, daß er selbständig arbeiten kann. Wenn der Besitzer den Bereiter oder Reitlehrer bei seiner Arbeit mit dem Pferd beobachtet, hat er natürlich eine besonders gute Gelegenheit, sich selbst zu überprüfen, die Reaktionen des Pferdes und eigene Fehler kennenzulernen und daraus Konsequenzen zu ziehen.

Die Notwendigkeit, einen Reitlehrer oder einen anderen erfahrenen und vertrauenswürdigen Reiter um Hilfe und Rat zu bitten, ist keineswegs eine Art Kapitulation oder das Bekenntnis, man könne eben nicht gut genug reiten, um alleine mit seinem Pferd zurechtzukommen. Gerade fortgeschrittene Reiter, die sich mit ihrem Pferd auch höhere Ziele stecken, geraten im Zweierverhältnis mit ihrem Partner oft in eine Sackgasse.

Schwierigkeiten, die beim Reiten vieler verschiedener Pferde kaum oder gar nicht auftauchen, werden plötzlich zum unüberwindlichen Hindernis, führen zu Verkrampfungen und gar Verbissenheiten, die bei jedem neuen Korrekturversuch eher stärker werden als abnehmen. Das liegt einfach daran, daß sowohl der Reiter als auch das Pferd seine individuellen Schwierigkeiten hat, die bei einer so festen Partnerschaft mit voller Schärfe zum Ausdruck kommen. Zeigt ein Pferd Widerstände im Genick, so wird mancher Reiter in jeder Stunde nichts anderes versuchen, als dieses Pferd durchs Genick zu reiten. Bei anderen Pferden hat ihm vielleicht gerade dies nie Schwierigkeiten gemacht. Die spezielle Schwäche eines Pferdes offenbart nun einmal gewisse Ungeschicklichkeiten des Reiters, etwa seine Unfähigkeit, Gewichts-, Schenkel- und Zügelhilfen richtig aufeinander abzustimmen. Neigt das Pferd außerdem noch zu einer gewissen Heftigkeit, besteht allzu leicht die Gefahr, daß der Reiter zu stark oder gar ausschließlich mit der Hand einzuwirken beginnt. Durch den wachsenden Widerstand seines Pferdes verkrampft sich der Reiter immer mehr und konzentriert sich schließlich nur noch darauf, „den Kopf herunterzubekommen". Hier ist ein völliges „Umschalten" am Platze. Es ist weniger schlimm, wenn das Pferd einige Zeit nicht durchs Genick oder auf der Vorhand geht, als immer wieder erfolglos dasselbe zu versuchen und damit sich und das Pferd in eine Verkrampfung hineinzutreiben, die den Nerven des Pferdes erheblich schadet und beiden die Freude an ihrem Tun nimmt. Zwangloses Bummeln im Gelände, Abwechslung durch einen kleinen Sprung oder andere Lektionen tragen zur Lösung bei; und häufig läßt sich eine Schwierigkeit auf diese Weise leichter beseitigen als durch unablässiges, zähes und lustloses Üben. Etwas um jeden Preis erzwingen zu wollen, führt leicht zu einer Zweikampfsituation zwischen Pferd und Reiter.

Anfangs sollte bei auftauchenden Schwierigkeiten immer ein Fachmann oder erfahrener Laie herangezogen werden. Das Ziel aber sollte sein, daß Pferd und Reiter sich soweit aufeinander abstimmen, daß sie selbständig werden und auftauchende Schwierigkeiten allein meistern.

Auch eine Einzelstunde beim Reitlehrer hat andere Funktionen zu erfüllen als beim Reiten auf Schulpferden. Der Privatpferdebesitzer will lernen, mit diesem, seinem Pferd auf die Dauer allein zurechtzukommen. Er erwartet von seinem Lehrer mit Recht, daß er stärker auf die individuellen Schwierigkeiten zwischen ihm und dem Pferd eingeht, ihm nicht nur das momentane Erfolgsgefühl einer speziellen Stunde vermittelt, sondern vielmehr die Grundlage dafür schafft, daß der Reiter selbständig weiterarbeiten kann. Lehrer und Reiter sollen langfristig ein Programm im Hinblick auf ein bestimmtes Ziel ausarbeiten.

Der Reiter sollte alle Hilfen und Hilfsmittel ausnützen. Er kann einen anderen Reiter bitten, ihn bei der Arbeit zu beobachten und zu korrigieren. Der Spiegel in der Halle ermöglicht ihm die eigene Korrektur von Sitz und Einwirkungen. Allzu leicht vernachlässigt ja der Reiter, der mit *seinem* Pferd auf bescheidenere oder anspruchsvollere Ziele hinarbeitet, seinen Sitz. Diese Gefahr besteht schon deshalb, weil sein Pferd individuelle Probleme aufgibt. Es neigt zum Beispiel zu Schwunglosigkeit, und darum arbeitet der Reiter unverhältnismäßig stark und sichtbar mit Gewichts- und Schenkelhilfen. Er bekommt einen unruhigen Oberkörper und hochgezogene Absätze oder unruhige Schenkel, was wiederum sein Pferd abstumpft. In einem solchen Fall ist zu empfehlen, ab und zu ein anderes Pferd — sei es das eines Bekannten oder ein Verleihpferd — zu reiten und dabei streng auf Sitz und Einwirkungen zu achten. Sitz ist ja weit mehr als äußere Form; der gute Sitz beruht auf Geschmeidigkeit und ermöglicht erst das feine Zusammenspiel der Hilfen, die Abstimmung zwischen Reiter und Pferd, die das Reiten erst wirklich zur Freude macht.

Auch im Hinblick auf die Kontrolle seiner Hilfen sieht sich der Privatpferdebesitzer in einer anderen Situation als der Reiter von Schulpferden. Gewiß muß jedes Pferd mitunter kräftig und wirkungsvoll angepackt werden, damit die Hinterbeine aktiviert werden oder überhaupt den Hilfen der nötige Nachdruck verliehen wird. Immer aber muß das Ziel eine Verfeinerung der Hilfen sein. Ständiges hartes Anfassen stumpft das Pferd ab, so daß die Hilfen immer stärker werden müssen. Ist es einmal notwendig, wirklich zuzupacken und durchzugreifen, so sollte es das Ziel sein, dieselbe Wirkung mit immer feiner werdenden Hilfen zu erreichen und nur dann stärker einzuwirken, wenn die gewünschte Reaktion des Pferdes ausbleibt.

Der beste Lehrmeister ist das Pferd, und das gilt in besonderem Maße für das eigene Pferd, das seinem Reiter Ungeschick wie Geschicklichkeit, richtige und falsche Einwirkungen unverhüllt zeigt. Oft ist es möglich, schon aus der bloßen Beobachtung des sich frei bewegenden oder auch an der Longe gehenden Pferdes viel zu lernen. Ein Reiter, der versucht, sein Pferd zu Beginn der Arbeit fünf Minuten lang durch Leichttraben zu lösen, wird beim Longieren feststellen, daß sein Pferd zehn oder mehr Minuten braucht, bis dieses Ziel erreicht ist. Er kann daraus lernen, daß Verkrampfungen und Ungehorsam bei der Arbeit unter dem Sattel einfach auf die zu kurze Zeitspanne zurückzuführen sind, die er für das Lösen angesetzt hatte.

Sehr zweckmäßig kann es sein, wenn ein anderer das Pferd unter seinem Besitzer longiert, so daß dieser sich zwanglos in die Bewegung einfühlt und daraus viel für seine Einwirkungen lernt. Vielleicht spürt er, daß die fehlende Geschmeidigkeit seines Sitzes zur Verkrampfung des Pferdes führt. Vielleicht stellt sich heraus, daß er glaubt, aktiv werden zu müssen, obgleich das Pferd von sich aus vorwärts geht. Ein Zuviel an Einwirkungen ist im allgemeinen schlechter als ein Zuwenig — das passive Sitzen auf dem an der Longe gehenden Pferd stellt häufig die verlorengegangene Gelöstheit auch beim Reiter wieder her.

Welche Ziele sich der Besitzer mit seinem Pferd auch immer steckt — wichtig sind in jedem Fall Abwechslung und Vielfalt, damit sich Reiter und Pferd nicht verbissen auf eine einzige Lektion oder Aufgabe versteifen und dabei alles Spielerische und die gemeinsame Freude verlieren.

Jagdreiten

Irgendein Ziel sollte sich jeder vornehmen — sei es, im Gelände einen Graben oder eine kleine Hecke zu springen, sei es, das Pferd ins Wasser zu reiten, wovor es anscheinend eine unüberwindliche Scheu hat, sei es, ein etwas heftiges Pferd zuerst allein und dann in Gesellschaft anderer Pferde im Freien zu galoppieren oder aber erfolgreich an einem Turnier teilzunehmen. Nie jedoch darf ein Ziel zur Manie werden, das alle anderen Möglichkeiten vergessen läßt. Im Gegenteil: Gerade die Fähigkeit (und das Bedürfnis) des Reiters, das gesteckte Ziel immer wieder einmal völlig außer acht zu lassen, mit dem Pferd etwas ganz anderes zu tun, dient nicht nur der Entkrampfung und Erholung, sondern steigert zugleich Einsatzbereitschaft und Vertrauen des Pferdes, was sich auf die eigentliche Arbeit nur positiv auswirken kann.

Wer größere Ambitionen hat, sollte sich niemals zu früh spezialisieren. Mit dem eigenen Pferd nicht nur gewöhnliche Ausritte, sondern ohne Zielkämpfe oder übermäßige Anstrengung Jagden mitmachen zu können, ist gewiß ein lohnendes Ziel, dessen Erreichung mehr befriedigt als das Jagdreiten auf einem beliebigen Schulpferd; denn es ist allein der Lohn für den eigenen Einsatz, den der Reiter hierbei erntet *. Es ist auch alles andere als eine „Schande", wenn er die Jagd abbricht, weil sein Pferd heftig wird oder überfordert scheint. Wer nichts erzwingen will, wird sehr bald erfahren, daß sich die Schwierigkeiten wie von selbst lösen. Nichts wirkt sich auf die Dauer schädlicher aus als physische und vor allem nervliche Überforderungen des Pferdes.

---

* Siehe hierzu Hölzel, Jagdreiten, Stuttgart 1969

Dem Privatpferdebesitzer sollte es ohnehin weniger auf äußere und sichtbare Erfolge ankommen als auf das Gefühl, mit seinem Pferd etwas erreicht zu haben.
Ein schöner Erfolg ist es, wenn es dem Besitzer gelingt, mit seinem Pferd die Anforderungen für ein Reiter-Abzeichen zu erarbeiten. Wer dies erreicht, hat ungleich mehr geleistet als der Reiter, der auf einem

Reiter-Abzeichen

▲ Turnierschleife

◀ Dressurarbeit

gut vorbereiteten Verleihpferd, das von anderen gearbeitet wurde, den gleichen Erfolg erzielt *.

Wer mit seinem Pferd eine saubere A- oder L-Dressur reiten möchte, die durch Turniererfolge honoriert wird, oder ähnliches im Springsport anstrebt, sollte sich ganz besonders davor hüten, nur dieses spezielle Ziel zu verfolgen, wenn er aus seinem Pferd keine Sport-

Zwangloses Bummeln

maschine machen will. Ein Dressurpferd soll immer wieder einmal ohne Arbeitszwang im Gelände bummeln oder frei und zwanglos galoppieren dürfen. Am Ende einer konzentrierten Dressurarbeit kann ein kleiner Sprung befreiend wirken, und auch der Reiter wird sich an den übermütigen Sprüngen seines Pferdes freuen.

Im Springsport ergibt sich eine Vielfalt von Möglichkeiten. Abstumpfend und verdummend wirkt es sich auf das Pferd aus, wenn beispielsweise in jeder Stunde am selben Punkt der langen Seite derselbe Steilsprung mit allmählicher Erhöhung gesprungen wird. Kavaletti-Arbeit, Kombinationen, Abwechslung von Steil- und Hochweit-

* Siehe hierzu Hölzel, Das Reiter-Abzeichen, Stuttgart 1971

In ruhigem Tempo taxiert das Pferd mit langem Hals den Sprung an

sprüngen, Freispringen und Springen an der Longe schulen nicht nur die Aufmerksamkeit und Reaktionsfähigkeit des Pferdes, sondern dienen auch der psychischen Entkrampfung. Selbstverständlich darf auch mit einem Springpferd nicht in jeder Stunde gesprungen werden. Auch die dressurmäßige Gymnastik ist unerläßlich für sauberes und gutes Springen. Gesundheit und Nerven des Pferdes sollen nicht überstrapaziert werden, und die nötige Abwechslung sorgt dafür, daß Freude und Einsatzbereitschaft des Pferdes erhalten bleiben.

Springen in guter Manier

Natürlich sind auch hier Ausflüge ins Gelände die beste Möglichkeit zur Entspannung.
Jede einseitige und verkrampfte Spezialisierung ist von Übel — gleichgütig, um welche Zielsetzung es dabei geht. Gerade die Bereitschaft und Fähigkeit des Reiters, das gesteckte Ziel immer wieder völlig zu vergessen, kommt letztlich dessen Erreichung zugute, erhält und fördert die Beziehung zwischen Pferd und Reiter und verhindert den „tierischen Ernst", der ja eine Erfindung des Menschen ist!

Bewegung und Abwechslung fürs Pferd

Allgemeines zur Bewegung

Bewegung ist für jedes gesunde Pferd genausosehr ein Lebensbedürfnis wie Futter und Wasser. Ich will nicht wieder das vielzitierte Wildpferd anführen, das zum Laufen geboren ist — schließlich hat sich das Haustier Pferd seither ganz wesentlich verändert. Aber soviel ist vom Wildpferd noch geblieben: Das Bedürfnis nach Bewegung wird bei normaler Fütterung durch eine Stunde täglich nicht befriedigt. Zwar kann ein Pferd in einer Reitstunde physisch stark beansprucht werden, aber trotzdem fühlt es sich nicht wohl, wenn es die übrigen 23 Stunden im Stall mit dem Kopf zur Wand steht, wobei am wöchentlichen Stehtag auch noch die eine Bewegungsstunde ausfällt.
Es fehlt die lange ruhige Bewegungsmöglichkeit, durch die das Pferd körperlich ausgelastet ist und eine natürliche Ermüdung eintritt. Also Bewegung, die zum Wohlbefinden beiträgt — ohne die Nerven zu belasten und das Gehirn durch die Konzentration auf den Reiter anzustrengen. O. Pohlmann nannte dies auf einem Kursus für Militaryreiter „Seelenmassage“, die er vor allem nach der anstrengenden Trainingsstunde am Vormittag für eine zweite Stunde am Nachmittag empfahl. Diese zwanglose Bewegung, u. a. Bummeln im Gelände, Weidegang oder Spazierenführen, ist wichtig für physische Gesundheit, nervliche Ausgeglichenheit und Leistungsfähigkeit des Pferdes.
In ganz besonderem Maß ist bei einem Pferd, das nicht in der Boxe, sondern angebunden in einem Ständer steht, diese Art zusätzlicher Bewegung auch ein wesentliches Mittel zur psychischen Anregung, zur Wachheit und inneren Lebendigkeit. Stalluntugenden, wie Weben, Koppen etc., beruhen häufig auf Mangel an freier Bewegungsmöglichkeit und Abwechslung, kurz auf Langeweile. Ebenso ist übertriebenes Scheuen auf die Reizarmut und Öde eines langen Stalltages zurückzuführen, der das Pferd gegen alle Umwelteindrücke außerhalb des Stalles in anomaler Weise empfindlich macht.

Nicht zu unterschätzen ist die spielerische Bewegung in der Natur auch für die Beziehung zwischen Reiter und Pferd. Beim Spazierenführen oder Bummeln im Gelände sind beide frei vom berüchtigten „Leistungsdruck“, der Arbeit in Halle oder offenen Bahn — freuen sich am spielerischen Tun miteinander und lassen sich Zeit dazu.

Weidegang

Auch wenn das Pferd auf der Weide geht, sollte der Besitzer sich immer wieder Zeit nehmen, mit ihm zu spielen, es mit Leckerbissen und Stimme zu sich zu locken, mit ihm zu sprechen, seine Bewegungen und sein Verhalten zu beobachten und genau kennenzulernen. Es kann viel Freude machen, die übermütigen Bocksprünge, die freien zwanglosen Gänge, die aufmerksam gespitzten Ohren, das helle Wiehern oder einfach das zufriedene ruhige Grasen zu beobachten.
Auch der Kontakt mit anderen Artgenossen auf der Weide ist für das Herdentier Pferd nicht zu unterschätzen. Allerdings ist es unerläßlich, daß der Besitzer dabei ist, wenn er sein Pferd zum ersten Mal mit einem anderen Stallgenossen zusammenbringt. Die Reaktionen können sehr verschieden sein. Neugierig und vorsichtig beschnuppern sich die beiden Fremdlinge. Dann gibt es entweder eine Keilerei, oder aber die Pferde grasen friedlich nebeneinander, und der Besitzer kann sie beruhigt alleine lassen. Versuchen sich die beiden zu schlagen und zu beißen, so müssen sie sofort mit energischer Stimmeinwirkung getrennt werden. Die beiden Rivalen läßt man möglichst nicht wieder zusammen auf die Koppel, wenn man vermeiden will, daß sie sich bei ihren Rangstreitigkeiten mit den beschlagenen Hufen sehr empfindlich verletzen.
Manches Pferd duldet überhaupt keinen Artgenossen neben sich, zeigt

aber zugleich Unruhe und Unbehagen, wenn es alleine auf der Koppel ist. Es läuft vor dem Eingang nervös wiehernd auf und ab, ja erregt sich bis zum heftigen Schweißausbruch. Nicht selten beruhigt es sich, sobald sich das vertraute „Herrchen“ oder „Frauchen“ daneben auf die Koppel setzt und mit ihm spricht. Der Besitzer wird zum akzeptierten Artgenossen für das wählerische Herdentier.

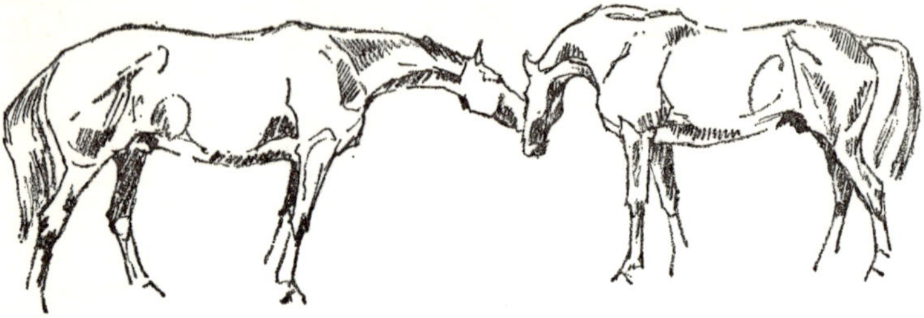

Zwei fremde Pferde beschnuppern sich auf der Koppel

Danach beginnt eine Keilerei

Immer ist der Weidegang eine unschätzbare und die natürlichste Bewegungsmöglichkeit, so daß — falls keine Koppel zur Verfügung steht — der Besitzer alles, was in seiner Macht und im Bereich seiner finanziellen Kräfte steht, tun sollte, um seinem Pferd diese Gelegenheit zu verschaffen. Oft ist eine Wiese in der Nähe, deren Besitzer froh ist, wenn er sie nicht mähen muß und dazu noch eine kleine Summe Jahrespacht erhält. Mit zehn bis zwölf Zentimeter dicken Fichtenstangen, die an Pfosten genagelt werden, kann man die Wiese

Die beiden grasen friedlich nebeneinander

mit einem Freund zusammen leicht selber einzäunen. So läßt sich mit relativ wenig Aufwand die begehrte Koppel schaffen, vor allem, wenn sich einige Besitzer zusammentun.

Bummeln im Gelände

Wenn der Reiter bei schönem Wetter nach der Arbeit in der Bahn noch ein Stündchen bummeln geht, hat das Pferd zwar das Reitergewicht zu tragen, lernt aber, daß dies nicht immer mit Konzentration und Arbeit verbunden ist. Der Reiter läßt sein Pferd am langen Zügel nur mit den nötigsten Einwirkungen spazierengehen. Spannungen, die von der Reitstunde geblieben sind, oder zusätzlicher Bewegungsdrang können auch mit einem zwanglosen Trab oder Galopp gelöst und be-

Bummeln am Strand

friedigt werden. Wichtig ist es, dabei dem Pferd möglichst viel Freiheit zu lassen, auf seine Bedürfnisse einzugehen, also streng zu unterscheiden zwischen diesem Bummeln und der Arbeit im Gelände, dem durchdachten Training, das andere Funktionen hat.

Führen eines Handpferdes: Am sichersten ist ein langer Führzügel, der im Notfall nachgelassen werden kann

Spazierenführen am Halfter

Bewegung als Handpferd

Ein zweites Pferd beim Ausritt am Führzügel mit in die Natur hinauszunehmen, hat wieder andere Vorteile. So können zwei Pferde zugleich ausgiebig bewegt werden. Das Handpferd kann sich ohne Reitergewicht neben dem Führpferd bewegen. Dabei gewöhnen sich vor allem junge Pferde, neben anderen zu gehen, ohne zu stürmen oder zurückzubleiben — zudem eine Bewegungsart, die ihrem Herdentrieb entgegenkommt. Diese Art, Pferde zu bewegen, sollte jedoch nur von guten Reitern praktiziert werden. In der Militärreitschule in Bern werden sogar die Olympia-Dressurpferde immer wieder als Handpferde mit ins Gelände genommen. Und in der großen Reithalle kann man ganze Abteilungsstunden mit Remonten als Handpferde sehen.

Spazierenführen und Grasenlassen

Weniger der Bewegung als der Entspannung und dem Kontakt zwischen Reiter und Pferd dient das Führen oder Grasenlassen am Halfter, das vor allem als Abschluß der Reitstunde beruhigend und belohnend zugleich wirkt. Hier bieten sich viele Möglichkeiten, mit dem Pferd zu sprechen, zu spielen und zu „schmusen". Nach kurzer Zeit wird das Pferd seinem Besitzer wie ein Hund nachstapfen, seinen Kopf an ihm reiben und seine Anwesenheit mit dankbarer Freude

Grasenlassen nach dem Reiten (Gebiß aus dem Maul nehmen)

Das Pferd wälzt sich, ohne vom Reiter dabei gehindert zu werden

Frei laufendes Pferd: unausbalanciert – verkrampft und steif – übermütig, mit durchgedrücktem Rücken – neugierig bei noch verkrampfter Muskulatur – losgelassen und frei trabend quittieren. Mit seinem Besitzer verbinden sich nicht nur Erinnerungen an das Reiten oder gar an konzentriertes Arbeiten. Auch alle Beschäftigungen im Stall erfüllen diese Funktion: vom Trockenreiben übers Tränken und Füttern bis zum Putzen.

Frei in der Reitbahn laufen lassen

Gewiß ist die freie Natur die beste Umgebung, dem Pferd außerhalb der Reitstunde Abwechslung und zusätzliche Bewegung zu verschaffen. In vielen Fällen aber muß der Reiter andere Möglichkeiten finden, weil er entweder während des Tages nicht genügend Zeit dafür hat oder einfach weil das Wetter schlecht ist. Aber auch dann kann er seinem Pferd Gelegenheit geben, sich in der Reitbahn freier und zwangloser zu bewegen als während der konzentrierten Arbeit.
Die freieste Bewegungsmöglichkeit in der Halle ist das Laufenlassen ohne Sattel und Trense. Dabei kann sich das Pferd austoben, Spannungen oder Übermut loswerden, bis es sich ruhig und gelockert bewegt. Allmählich geht es in den Schritt über, beschnuppert neugierig die Bande oder läuft belohnungheischend zu seinem Besitzer, der dann neben ihm ein wenig durch die Halle schlendert. Der Vorteil dieser Methode besteht neben der freien Bewegung und dem spielerischen Kontakt zum Menschen auch darin, daß das Pferd seine „Arbeitsstätte" gleichsam als Spiel- und Tummelplatz erlebt und so auch für die Arbeit psychische Spannungen abgebaut werden. Beim frei laufenden Pferd hat der Reiter ausgezeichnete Möglichkeiten, sein Pferd zu beobachten.

Frei springen lassen

Arbeit und Bewegungsspiel kann man verbinden, indem man ein niederes Hindernis auf den Hufschlag stellt und — bitte, ohne Peitschengeknall und laute Stimme — das Pferd ruhig darüber springen läßt. Wichtig ist, daß das Hindernis einladend mit einer Absprungerleichterung aufgebaut wird.
Bei dieser spielerischen Form des Freispringens sollte es weniger darauf ankommen, ob das Pferd einige Male auf den Zirkel abwendet, die Hand wechselt oder schnaubend stehenbleibt, vielleicht auch auf

den Besitzer zutrottet oder eine Weile Schritt geht. Richtige Arbeit beim Freispringen über hohe Hindernisse soll dem Fachmann überlassen bleiben. Äußerste Ruhe und Zwanglosigkeit müssen die Haltung des Reiters bestimmen — vor allem bei einem Pferd, das beim Anblick eines Hindernisses wild daraufzu zu rennen beginnt.

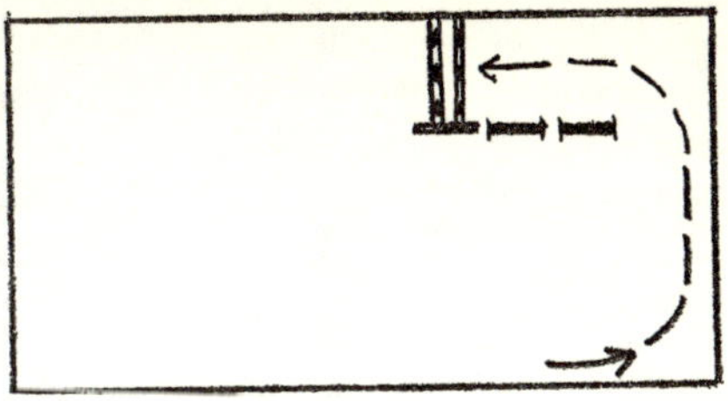

Freispringen: ganze Bahn

Hindernis mit Absprungerleichterung (Cavaletti)

Eine Hürde als Absprungerleichterung

Hindernis ohne Absprungerleichterung (schwer zu taxieren)

Strafen oder schreien Sie nie, wenn es vor dem auch noch so niederen Hindernis stehenbleibt, ja geben Sie dem Pferd jede Gelegenheit, das Hindernis anzusehen, es zu beschnuppern. Es springt dann vielleicht aus dem Stand darüber und anschließend flüssig aus dem gelösten Trab oder Galopp. Überlassen Sie es dem Pferd, seine eigene Manier und sein Tempo zu finden. Tun Sie eher zu wenig als zu viel.

Natürlich kann ein leichter Zungenschnalzer oder ein rechtzeitiges Nachziehen mit der auf die Hinterhand zeigenden langen Peitsche nachhelfen. Dies muß aber mit viel Geschick, äußerster Ruhe und anschließender Belohnung erfolgen. Aufschlußreich ist es, das Pferd zu beobachten, denn sein Reiter kann dabei eine Menge über sein Pferd und seine eigenen Fehler lernen. Er wird feststellen, daß er häufig viel zu aktiv einen kleinen Sprung angeritten hat, wobei sein Pferd irritiert, nervös oder widerspenstig

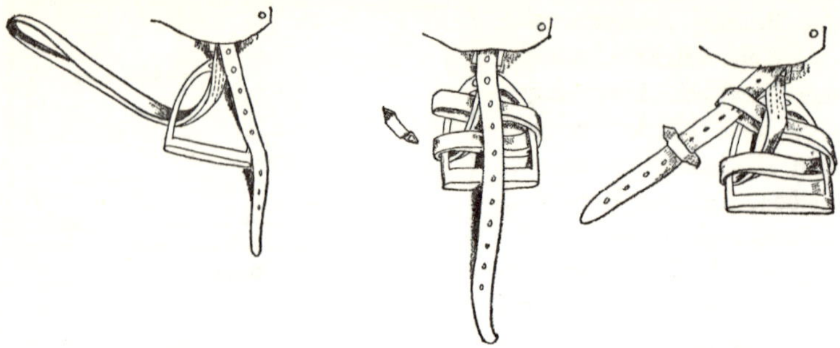

Wegstecken der Bügel zum Freilaufenlassen mit Sattel (wie zum Longieren)

Frei laufendes Pferd mit weggesteckten Bügeln und Zügeln

wurde. Nach einiger Zeit spielerischen Freispringens wird das Pferd auch unter Ihnen zwanglos über ein Hindernis gehen, wenn Sie es mehr in Ruhe lassen. In besonders hartnäckigen Fällen von ständigem Ausbrechen, Verweigern oder Durchdrehen müssen Sie einen Fachmann zu Rate ziehen.

Frei laufen lassen mit Sattel und Trense vor dem Reiten

Schon beim Freispringen werden Bewegung und Vorbereitung auf die Arbeit unter dem Reiter verbunden. Das gilt noch mehr für andere Bewegungsmöglichkeiten in der Reitbahn. So kann man zur Lösung von Stallsteifheiten und angestautem Übermut sein Pferd vor der Reitstunde gesattelt und getrenst frei in der Halle laufen lassen, bevor es mit dem Reitergewicht belastet wird. Natürlich setzt das voraus, daß man die ganze Halle für sich alleine hat. Bevor das Pferd frei laufen darf, müssen Zügel und Steigbügel (wie zum Longieren) befestigt werden.

Longieren

Die beste, aber in der Schwierigkeit nicht zu unterschätzende Art der Lösung und Vorbereitung ohne Reiter ist das fachgerechte Longieren. Auch hier kann sich das Pferd aus Gründen der Zeitersparnis ohne Sattel und Trense, lediglich mit Halfter und Longe, austoben, wobei der Bewegungsraum (Zirkel) natürlich eingeschränkt und vorgeschrieben ist, zugleich aber sind die Einwirkungsmöglichkeiten durch den Reiter größer als beim freien Laufen.
Allerdings ist nachdrücklich davor zu warnen, diese Art des Longierens bei einem Pferd zu versuchen, das noch nicht gelernt hat, an der Longe zu gehen. Dies lernt es besser getrenst und gesattelt mit richtig verschnallten Ausbindern und einer äußeren Begrenzung. Dabei müssen die Einwirkungen des Longierenden durch Peitsche, Longe und Stimme mit viel Feingefühl und Geschick ausgeführt werden. Nur unter diesen Voraussetzungen kann das Longieren seinen Zweck erfüllen. Ungeschicklichkeiten, falsche Einwirkungen mit Longe und Peitsche, Lautstärke oder Nervosität wirken sich so schädlich aus, daß ein Pferd, statt sich zu lösen, in Panik gerät und zuletzt mit

Longieren am Halfter

hochgestelltem Schweif, durchgedrücktem Rücken, hochgerissenem Kopf, schnaubend und schweißtriefend im Stechtrab herumläuft, sich immer wieder querstellt oder gar steigt. Das Longieren ist ein schwieriges Geschäft, und kein Besitzer sollte sich genieren, einen Fachmann um Rat und Anleitung zu bitten. Über das Verhalten seines Tieres und die Möglichkeiten eigener Einwirkungen kann bei richtigem Longieren aus der Beobachtung heraus oft mehr gelernt werden als

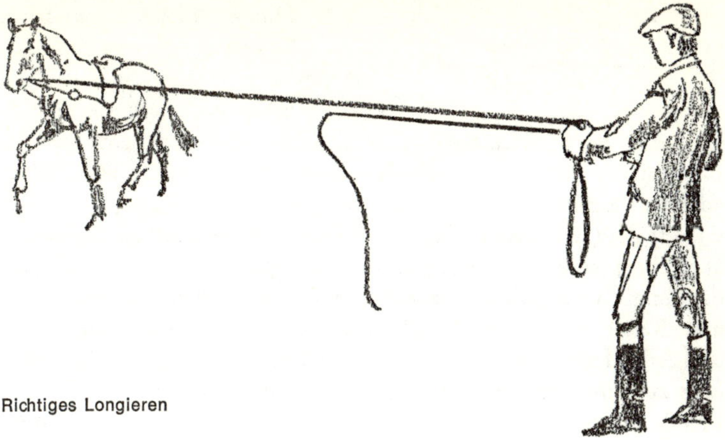

Richtiges Longieren

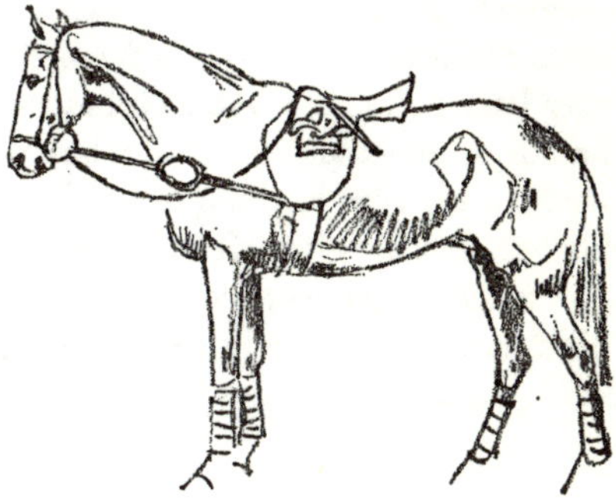

Zum Longieren ausgebundenes Pferd

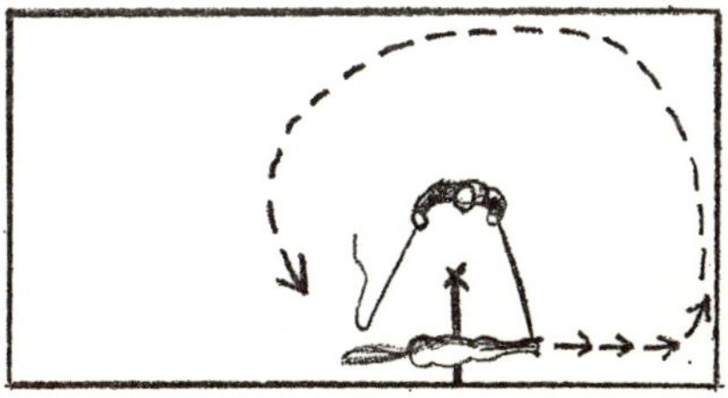

Springen an der Longe

im Sattel: Welches Tempo und welchen Takt geht das Pferd von sich aus, wie und auf welcher Seite stellt (biegt) es sich früher auf die Zirkellinie ein, wann und nach welchen Übungen läßt es den Hals fallen und kommt zum Durchschwingen.

Besonders schwierig, aber – gut ausgeführt – gymnastisch besonders wirkungsvoll ist das Springen an der Longe, das wieder entweder mit Halfter oder mit Sattel und Trense durchgeführt werden kann. Hier gibt es vielfältige Möglichkeiten: Traben über Cavalettis, Springen aus dem Trab oder Galopp über ein

Hindernis, vor das noch ein Cavaletti gestellt werden kann. Immer gilt es, äußerst ruhig und auch flexibel zu sein, das Pferd nicht unnötig anzutreiben oder gar gewaltsam zu „scheuchen", sondern ihm die Freude an der Bewegung zu erhalten oder zu vermitteln.

Gerade dort, wo freie Bewegung und konzentrierte Arbeit ineinander übergehen, wäre es verhängnisvoll, das Spielen zu vernachlässigen, das letztlich ja auch in die Arbeit selbst übergehen soll. Für Pferd und Reiter können beide Elemente so verschmelzen, daß Arbeit und Spiel, freie Bewegung und konzentriertes Training gar nicht mehr klar zu unterscheiden sind. Bewegungsdrang beim Pferd, Spiel und Freude seines Reiters sind die besten Grundlagen für eine Partnerschaft zwischen beiden, die mehr bringt als eine mehr oder weniger gelungene Lektion in der Reitbahn. Weidegang und Arbeitszeit sind zwar die äußersten Extreme der Beschäftigung mit dem Pferd, haben aber letzten Endes dieselbe Grundlage und dasselbe Ziel: Einfühlung, Freude, Gemeinsamkeit. Die „Harmonie zwischen Pferd und Reiter" wird zu oft erwähnt, um nicht abgedroschen und überstrapaziert zu klingen. Die Bereitschaft zum gemeinsamen Spiel — auch in der sogenannten Arbeit —, die enge Beziehung zwischen beiden Partnern, die daraus entsteht, ist das beste Ziel, das der Besitzer eines Pferdes, seines eigenen Pferdes, vor Augen haben kann.

Literatur

Zum weiteren Studium seien folgende Bücher empfohlen:

Barnekow, Marten von:	Die Ausbildung des Springpferdes, Düsseldorf 1959
Bechtle, Wolfgang:	Ponys hinterm Haus, Stuttgart 1963
Boden, A. M., und J. Wimmer:	Hippologisches Lexikon, Frankfurt/Main 1961
Bürkner, Felix:	Ein Reiterleben, Verden/Aller 1957
Deutsche Reiterliche Vereinigung (FN):	Taschenbuch für Vereine, Bereiter und Reitlehrer, Verden/Aller 1970
Fuchs, K. O. von:	Umgang mit Reitpferden, München 1970
Haugk, S. V.:	Das Reiter-ABC, Hannover 1968
Heinze, Rolf Dittmar:	Das Buch vom Pferd, Berlin 1965
Helling, Dr. A. D., Oberlandstallmeister a. D.:	Das vollendete Pferd, Frankfurt/Main 1960
Hölzel, Wolfgang:	Jagdreiten, Stuttgart 1970
Hölzel, Wolfgang:	„Reiten muß nicht Leistungssport sein", Mach mehr aus deiner Freizeit, Stuttgart 1970
Hölzel, Wolfgang:	Das Reiter-Abzeichen, Stuttgart 1971
Hölzel, Wolfgang:	„Reit-Pädagogik", Hippologica, Heft 2, Verden/Aller 1971
Jung, Hertha Luise:	Mit den Pferden wandern, Winterthur 1967
Klimke, Dr. Reiner:	Cavaletti, Stuttgart 1969
Klimke, Dr. Reiner:	Military, Stuttgart 1967
Knopfhart, Alfred:	Beurteilung und Auswahl von Reitpferden, Berlin 1963
Müseler, Wilhelm:	Reitlehre, Berlin 1969

NIEMACK, Generalmajor a. D., und HABEL, Major a. D.: Richtlinien für Reiten und Fahren, Verden/Aller 1964
NISSEN, JASPER: Das Sportpferd, Stuttgart 1964
NISSEN, JASPER: Welches Pferd ist das? Stuttgart 1968
OESE, ERICH: Pferdesport I, Berlin (Ost) 1969
PAALMANN, A.: Springreiten, Stuttgart 1968
SCHÄFER, MICHAEL: Das Pferd — mein Hobby, München 1970
SCHIELE, ERIKA: Haltung des Reitpferdes, München 1970
SCHNITZER, M.: Reitanlagen, Frankfurt/Main 1970
SEUNIG, WALDEMAR: Von der Koppel bis zur Kapriole, Heidenheim 1967
SEUNIG, WALDEMAR: Reitlehre von heute, Heidenheim 1956
STERN, HORST: So verdient man sich die Sporen, Stuttgart 1971
SUMMERHAYS, REGINALD S.: Das schwierige Pferd, Stuttgart 1970

Anhang

Das nachfolgende Verzeichnis soll für den Käufer eines Pferdes und dessen Ausrüstung eine Hilfe sein — es erhebt keinesfalls den Anspruch auf Vollständigkeit.

Firmen für Sattelzeug und Reitzubehör

Brehme, Ulrich: Spezialabteilung für den Pferdesport, 3360 Osterode/Harz, Hauptstr. 60
Breuninger (Sportabteilung): 7 Stuttgart, Marktplatz
Das Hufeisen, Touring-Sport: 5 Köln, Hohenstaufenring 44—46
Der Reiter: 5 Köln, Salierring 14/16
Häfner, Otto: 7000 Stuttgart-M, Charlottenplatz 6
Haus der Reiter: 3 Hannover, Dragonerstr. 31
Hildebrandt: 463 Bochum, Universitätsstr. 71
Hoppe-Reitartikel: 6733 Haßloch, Rennbahnstr. 155
Horse men, Wolf Kaap u. Co.: 2 Hamburg 36, Hohe Bleichen 10
Horse-Shop: 4 Düsseldorf, Hohe Str. 19
Huck, Wolf-Diether: 7419 Riederich, Mühlstr. 18
Kiefer, Georg: 8 München, Kunihoffstr. 12
Krämer, Richard: 6550 Bad Kreuznach, Rheingrafenstr. auf dem Kuhberg
Muche: 1 Berlin 19, Nehringstr. 4
Passier u. Sohn: 3012 Langenhagen/Hannover, Am Marktplatz 8—10
Rademacher, Klaus: 7101 Heilbronn-Frankenbach, Postfach 47
Reitartikel-Exquisit: 2 Hamburg 36, Neuer Wall 19
Reiterschuppen „Zollernalb“, Jürgen Loesdau, Beratungs- und Verkaufsstellen: 703 Böblingen, Jahnstr. 17 a; 7305 Altbach bei Eßlingen, Kirchstr. 17; 712 Bietigheim bei Ludwigsburg, Bahnhofstr. 2; 7951 Unterschwarzbach-Tanneck bei Bad Wurzach; Katalog und Versand nur ab 7476 Onstmettingen/Skilift
Reitsport-Kegel: 4540 Lengerich (Westf.); 2000 Hamburg 13, Grin-

delallee 105; 4600 Dortmund, Kaiserstr. 99; 4800 Bielefeld, Beckhausstr. 121

Reitsport-Kellers: 405 Mönchengladbach, Am Kaiserbad

Sankt Georg: 44 Münster, Aegidiistr. 33

Sport-Krekels: 415 Krefeld, Ostwall 126

Sport-Scheck: 8 München, Sendlinger Str. 85

Stübben, J.: 415 Krefeld, Ostwall 185

Thiedemann, Fritz, Reitsport-Einkauf-Zentrum: 8 München 5, Auenstraße/Ecke Körnerstr. 5

Waldhausen, A.: 5 Köln-Nippes, Steinberger Str. 14 und Christinastr. 31

Winkler: 753 Pforzheim, Bahnhofstr. 6 und 785 Lörrach, Hochhaus an der Grenze

Zuchtverbände

Baden-Württemberg:

Verband Württembergischer Pferdezüchter e. V. (alle Rassen), 7 Stuttgart-S, Sophienstr. 21 B

Badisches Pferdestammbuch, 69 Heidelberg, Mönchhofstr. 52

Bayern:

Landesverband Bayerischer Pferdezüchter e. V. (alle Rassen), 8 München 15, Haydnstr. 11

Hessen:

Arbeitsgemeinschaft Hessischer Pferdezuchtverbände, 634 Dillenburg, Postfach 303

Niedersachsen:

Verband Hannoversche Warmblutzüchter e. V., 3 Hannover, Johannssenstr. 10

Verband der Züchter des Oldenburger Pferdes, 29 Oldenburg, Pferdemarkt 12

Ostfriesisches Stutbuch e. V., 298 Norden/Ostfr.

Rheinland:

Rheinisches Pferdestammbuch e. V. (alle Rassen), 53 Bonn, Endenicher Allee 60

Pferdezuchtverband Rheinland-Nassau e. V., 54 Koblenz, Bahnhofsplatz 9

Schleswig-Holstein:

Verband der Züchter des Holsteiner Pferdes mit Reit- und Fahrschule Elmshorn e. V., 22 Elmshorn, Klostersande 93

Arbeitsgemeinschaft der Ponyzuchtverbände (auch für die übrige BRD), 23 Kiel, Ziegelteich 10

Westfalen:

Westfälisches Pferdestammbuch e. V. (alle Rassen), 44 Münster (Westf.), Engelstr. 52, Postfach 1743

Spezielle Zuchtverbände

Araber: Sekretariat der Gesellschaft der Züchter und Freunde des Arabischen Pferdes e. V., 3101 Langlingen, Kreis Celle, Forsthaus

Araber-Stutbuch Deutschland e. V., 3 Hannover, Vahrenwalder Str. 205

Englisches Vollblut: Besitzervereinigung für Vollblutzucht und Rennen, 5 Köln 1, Arndtstr. 6

Isländer: Islandpferde-Züchter- und Besitzervereinigung e. V., 5 Köln, Humboldtstr. 5—9

Traber: Hauptverband für Traberzucht und -Rennen e. V., 53 Bonn, Endenicher Str. 140

Trakehner: Verband der Züchter und Freunde des Warmblutpferdes Trakehner Abstammung e. V. — Trakehner Verband —, 2 Hamburg 72, August-Krogmann-Str. 194

Ein Verzeichnis der inländischen Privatzüchter, deren Pferde Züchterprämien auf Grund von Erfolgen erhielten, sind im „Jahrbuch für Pferdeleistungsprüfungen“ der Deutsche(n) Reiterliche(n) Vereinigung (FN) aufgeführt.

Fachzeitschriften

Reiter Revue International, 405 Mönchengladbach, Lüpertzender Str. 157—163

Sankt Georg, 8035 Gauting vor München, Pippinstr. 11/11a

Hippologica, Liebhaber Verlag Frerich Söhl, 309 Verden, Schillerstraße 5

Pony Post, Freizeit im Sattel, 53 Bonn, Venusbergweg 10

Register

ULI AECHTNER / BELINDA VOGT

FRAUEN SCHWIMMEN

RHEIN-MAIN KRIMI

Für Veronika!

Alles Gute zum Geburtstag,
Herzlich,
Uli Aechtner

Emons Verlag

Umschlagzeichnung: Heribert Stragholz
Druck und Bindung: CPI – Clausen & Bosse, Leck
Printed in Germany 2009
ISBN 978-3-89705-635-0
Rhein-Main Krimi 2
Originalausgabe

Unser Newsletter informiert Sie
regelmäßig über Neues von emons:
Kostenlos bestellen unter
www.emons-verlag.de

»Bleib dran, auch wenn es anders kommt als geplant.«

Lee Iacocca

Silberfrau

»Ist es nicht schön hier?« Sonja zieht ihre Stupsnase kraus und reibt sich die Hände.

»Einfach himmlisch!« Hanne rückt ihren Stuhl näher an den Tisch und streicht sich mit beiden Händen die kinnlangen blonden Haare hinter die Ohren. Eine Geste, die ich so gut an ihr kenne.

Ich lehne mich zurück und atme tief ein. Mein Blick gleitet über die grünen Auen des Golfplatzes, auf dem ein paar einsame Golfer die letzten Bälle schlagen. Der Himmel verspricht eine klare Nacht, aber noch ist genug Tageslicht da, um drei Loch weit zu schauen.

»Wünschen die Damen die Weinkarte?« Der Kellner macht eine kleine Verbeugung. Fast gleichzeitig heben wir abwehrend die Hände.

»Wir nehmen einen offenen Wein«, erwidert Sonja bestimmt. »Den Rosato.«

»Rosato!«, bestätigen Hanne und ich im Duett.

Der Kellner zuckt sichtlich zusammen. Dann nickt er ergeben, kommt wenig später mit den Speisekarten zurück und legt sie dezent vor uns hin.

»Weinkarte, das fehlte noch!«, prustet Hanne, kaum, dass der Kellner wieder weg ist.

Die Weinkarte ist für uns tabu. Hanne ist Berufspendlerin, ihr halbes Gehalt wird von den Spritkosten aufgefressen. Sonja ist Frührentnerin und ich – ich bin arbeitslos. Ein offener Wein ist auf der nach oben offenen Weinskala das Teuerste, was wir uns leisten können. Zumindest hier, im Golfhotel. Aber das Golfhotel ist mit der schönste Platz, an dem man in der Wetterau gepflegt draußen essen kann. Man sitzt unter freiem Himmel an kleinen Teakholztischen, die schon silberne Patina angesetzt haben, auf einer Terrasse aus Teakholzplanken, vor einem frisch gestärkten weißen Damastdeckchen. Auf Augenhöhe erstreckt sich eine elegante Schiffsreling, links und rechts baumeln Rettungsringe, und wenn man über die Reling hinwegschaut, blickt man aufs Wasser. Mit ein bisschen Phantasie kann man sich vorstellen, dass man auf einem Ozeanriesen unterwegs ist. Auf einem Vergnügungsdampfer.

»Haben die Damen gewählt?« Der Kellner steht wieder vor unserem Tisch, wieder mit einer kleinen Verbeugung. Ein schöner südländischer junger Mann mit gebräunter Haut und schwarzem Haar. Andächtig schauen wir ihn an.

»Darf ich Ihnen das Menü vorschlagen?«, fragt er sanft. »Es umfasst drei Gänge und ein süßes Dessert.«

»Ach, ich musste im Job schon essen, ich nehme nur einen kleinen Salat. Den Blattsalat bitte«, meint Hanne bedauernd und tut, als stünden auf ihrem Terminkalender ausschließlich Geschäftsessen.

»Ich mache Diät«, behaupte ich schnell. »Auch ich nehme den Blattsalat.«

»Und ich habe ausgerechnet heute so gar keinen Hunger«, tönt Sonja. »Ich schließe mich euch an. Blattsalat und noch einen Rosato!«

Unser Kellner zuckt schon wieder zusammen. Ob er Rosato heißt?

»Dreimal Vorspeise«, fasst er traurig zusammen.

Wir nicken tapfer, und er dreht ab. Mit uns kann er heute kein Geschäft machen.

Der Blattsalat ist hier teuer genug. Die Hauptgerichte muss Rosato denen andrehen, die mit ihren Zweitwagen hier sind, mit den kleinen Mercedes Cabrios.

»Zu Hause käme so ein Blattsalat auf ein paar Cent«, jammert Sonja.

»Pass du nur auf!«, meint Hanne. »Wenn du hier einen Rosato nach dem anderen bestellst, wirst du ärmer, als wenn du eine Flasche genommen hättest.«

»So darf man das nicht sehen«, schlichte ich den Streit meiner besten Freundinnen. »Wir bezahlen hier schließlich das Ambiente und die Aussicht mit! Wo guckt man in dieser Gegend schon aufs Wasser?«

Sonja und Hanne nicken versöhnt.

Der künstliche Weiher vor dem Golfhotel in Dortelweil ist, wenn man vom Hungener und Schottener See absieht, der einzige See, den ich weit und breit kenne. Zufrieden lasse ich meinen Blick darüberschweifen. Gleich werden all die kleinen Lichter angehen, die abends den Weiher beleuchten. Und der letzte Baum da ganz hinten, der wird von unten angestrahlt werden. Wunderschön wird das aussehen.

Auch Sonja und Hanne blicken aufs Wasser.

»Sag mal, haben die in ein neues Kunstwerk investiert?«, fragt Sonja plötzlich.

»Wie bitte, Kunstwerk?«

Ich liebe die Skulpturen am Eingang des Hotels und im hinteren Teil des Sees. Diese kleinen steinernen Nackten mit den golfballrunden Brüsten. Wenn die Hotelbesitzer ein weiteres Kunstwerk angeschafft haben, bin ich begierig, es zu sehen.

Rosato unterbricht meine Überlegungen, indem er uns unseren Blattsalat vorsetzt. Es gibt ein bisschen Brot dazu, das appetitanregend duftet.

»Wo ist das Kunstwerk?«, frage ich, nachdem ich meine Augen von den kargen Speisen losgerissen habe.

»Da hinten, da! Da liegt doch etwas am Ufer!«, sagt Sonja.

Ich gucke. Ich sehe Fähnchen, Büsche, Bäume, aber …

Doch! Sonja hat recht. Da ist etwas Glitzerndes am Ufer. Von meinem Platz aus kann ich es nur schwer erkennen, dafür ist es zu weit entfernt.

Plötzlich flackert das Objekt meiner Betrachtung ein wenig auf. Die untergehende Sonne ist noch einmal hinter einer Wolke hervorgekommen, bevor sie sich von uns verabschiedet, und hat das Kunstwerk angestrahlt.

»Moment mal. Ich muss mir das anschauen«, bescheide ich meine beiden Begleiterinnen, springe auf und laufe die Reling entlang, runter von der Teakholzterrasse, hin zum See.

»Juliane!« Meine Freundinnen rufen mir empört hinterher. Aber meine Neugier ist einfach zu groß. Und mein Blattsalat ist eh kalt.

Die Wiese dämpft meine Schritte und mein Tempo. Aber vielleicht bin ich auch nur müde. Ich habe mein Glas Rosato zu schnell getrunken. Der Weg am See entlang bis hin zum Kunstwerk scheint jedenfalls nicht enden zu wollen.

Als ich schließlich ankomme, stockt mir der Atem. Am Ufer liegen die nackten Beine einer Frau. Der restliche Körper der Dame hängt im Weiher, knapp unter der Wasseroberfläche. Ihre Haare schwimmen auf dem stillen Nass. Wie ein wabernder Heiligenschein sieht das aus. Die Frau ist jung, viel jünger als ich zumindest. So um die fünfundzwanzig. In ihrer Blöße ist sie vollkommen, ihr Körper ist makellos. Ihre Waden sind gut ausgebildet, ihre Beine sind muskulös und sehnig. Sie muss Sport getrieben haben. Vielleicht war sie eine Tänzerin. Zumindest hat sie trainiert. Aber was ist dieser schimmernde Glanz auf ihrer Haut? Ist das etwa … silberne Farbe? Tatsächlich, die Frau ist von oben bis unten versilbert. Deshalb sieht sie so unwirklich aus. Wie eine Braut aus dem All.

Betroffen trete ich einen Schritt zurück und betrachte ihren Gesichtsausdruck, die geschlossenen Augen. Was ist dieser Frau geschehen? Und warum ist sie so … silbern?

Zitternd ziehe ich mein Handy aus der Blazertasche und wähle 110.

»Juliane Bach. Ich … Ich habe hier etwas gefunden«, höre ich mich sagen. »Eine Leiche. Eine silberne Leiche, um genau zu sein. Auf dem Golfplatz in Dortelweil. Sie schwimmt zur Hälfte im Weiher.«

Der diensthabende Beamte zögert einen Moment, vielleicht überlegt er, ob ich betrunken bin. Dann verspricht er, sofort jemanden zu schicken.

Sonja und Hanne stehen inzwischen auf der Terrasse an unserem Teakholztisch und geben mir aus der Ferne aufgeregt Zeichen. Ich bedeute ihnen meinerseits mit vielsagenden Winken, dass sie zu mir kommen sollen. Dann trete ich wieder an meine Fundstelle. Es ist, als würde mir jetzt erst klar, was ich da entdeckt habe. Als dringe die Realität verzögert zu mir vor. Meine Hände werden klamm und mein Atem geht flach. Arme Alienfrau! Als ein Koi es wagt, an ihrem Ohr zu knabbern, um dann über ihre Brüste hinwegzuschwimmen, wird es mir zu viel. Dieser blöde, überteuerte japanische Fisch! Was bildet der sich ein?

Ich schaffe noch zwei, drei Meter, dann füttere ich die übrigen Kois, die hier im See ausgesetzt wurden, mit meinem Mittagessen.

»Juliane!«, höre ich Sonja hinter mir besorgt rufen. »Was ist denn nur los?«

Wortlos deute ich auf die silberne Frau im Weiher.

»Oh mein Gott!«, stößt Hanne hervor.

»Ist sie tot?«, will Sonja wissen.

Ich nicke nur stumm.

»Warum ist sie silbern?«

»Himmel, das weiß ich doch auch nicht!«

Wir treten näher zusammen und legen die Arme umeinander, wie Fußballspieler nach einem Siegestor in der neunzigsten Minute. Aber wir tun es nicht vor Glück, Stolz und Erleichterung.

Wir tun es aus Angst. Uns fröstelt.

Ermittlungen

»Waren Sie das? Haben Sie den Tatort derart verunreinigt?«

Ein großer starker Mann steht vor mir, guckt streng und weist mit einer Hand auf das Seeufer. Just auf die Stelle, an der ich mich vorhin übergeben habe. Er hat keine Uniform an, aber jeder, der einmal einen *Tatort* gesehen hat, weiß sofort, dass dieser Mann ein Kommissar ist, da bin ich mir sicher.

»Es … es ging nicht anders«, sage ich kleinlaut. »Ihr Anblick hat mich zu sehr mitgenommen.«

Der große Mann seufzt mitfühlend und ist plötzlich gar nicht mehr so streng. Er ist einer von denen, die älter wirken, als sie sind. Die Falten im Gesicht lassen ihn wie vierzig aussehen, doch an seiner Haltung kann ich erkennen, dass er Anfang dreißig sein muss.

»Baer. Frank Baer vom Kriminaldauerdienst. Mein Partner telefoniert noch im Auto. Ist der Streifenwagen aus Bad Vilbel schon da?«

»Wieso? Kommen Sie denn nicht aus Bad Vilbel?«

Er schüttelt stumm den Kopf. Er sieht müde aus, hat Ringe unter den Augen. »Wir sind aus Friedberg, wir haben Bereitschaft. Den Erkennungsdienst, den brauchen wir hier auch noch. Da ruf ich gleich mal an. Geht es Ihnen denn inzwischen etwas besser?«

»Hm.« Ich nicke, dankbar für seine mitfühlenden Worte.

»Mir geht es heute auch nicht so gut«, gesteht er unvermittelt. »Ich habe die ganze Nacht kein Auge zugetan. Ihre Schuhe!« Er zeigt auf meine Füße. »Ziehen Sie die mal aus!«

»Wie bitte?«

»Wir müssen Abdrücke von Ihren Schuhen nehmen, um sie von den anderen Abdrücken zu unterscheiden.«

Das verstehe ich. Ich ziehe also meine Schuhe aus, reiche sie ihm, und er übergibt sie seinem herbeieilenden Kollegen. Zwischen meinen nackten Zehen fühle ich nun den Rasen. Er ist kühl und feucht und kitzelt ein wenig.

Dann muss ich dem Kommissar erzählen, wie ich die silberne Frau gefunden habe. Alles will er ganz genau wissen. Sogar, wie ich überhaupt auf die Idee gekommen bin, zum Wasser zu laufen und sie mir näher anzusehen.

Da ich annehme, dass jedes Detail wichtig ist, gebe ich mir alle Mühe, seine Fragen so präzise wie möglich zu beantworten. Sonja und Hanne sind so lieb, bei mir zu bleiben und mir beizustehen. Auch an sie beide hat der Kommissar etliche Fragen.

Während wir bereitwillig Auskunft geben, wird es um uns herum betriebsam. Der erwartete Streifenpolizist erscheint auf der Bildfläche.

»Hallo, Frank! Wie geht es unserem frisch gebackenen Vater?«, wird Baer begrüßt. »Hält dich dein Nachwuchs auf Trab?«

Baer seufzt ergeben. »Wir mussten den Prinzen die ganze Nacht herumtragen, so hat er wieder gebrüllt.«

»Das sind die Jungs! Wir Männer haben viel öfter Bauchweh als die Weiber.«

Baer nickt müde. Dann wird er amtlich: »Sag mal, kannst du bitte zum Hotel gehen und die Gäste auf der Terrasse befragen und deren Personalien aufnehmen? Nimm meinen Partner mit. Der Herbert kann dir helfen. Und die Gaffer fernhalten, ja? Die zertrampeln uns hier sonst alles!«

Drei Männer in weißen Overalls, die ich dem Erkennungsdienst zuordne, sperren wenig später weiträumig den Tatort ab, lassen nur eine schmale Gasse, um ihn vom Parkplatz aus zu erreichen. Stellen überall kleine Tafeln mit Nummern auf. Gießen Gips in alle möglichen Abdrücke. Mehrere Beamte fotografieren, eine Videokamera surrt. Blitzlichter zucken auf.

Es sieht nun am Golfplatz aus wie am Filmset von CSI:NY.

»Kommt der Staatsanwalt raus?«, wird Baer gefragt.

»Keine Zeit, hängt in Frankfurt fest. Macht halt ein paar Fotos mehr. Der Gerichtsmediziner kann auch nicht, der schaut sich die Leiche in Sachsenhausen an.«

Wie kalt und nüchtern das klingt.

Irgendwann gibt mir jemand meine Schuhe wieder. Die Dämmerung bricht herein, schließlich traut sich der Mond aus seinem Versteck. Er taucht die Leiche der Silbernen, die immer noch halb im Wasser hängt, in käseweißes Licht. Gespenstisch.

Auf der Terrasse des Golfhotels ist Leben in die Gäste gekommen. Längst sitzt niemand mehr auf seinem Platz, alle stehen sie an der Reling und schauen. Zu uns kommen dürfen sie nicht, die zwei Beamten halten sie dort fest. Befragen sie, nehmen ihre Personalien auf. Jedenfalls sieht es aus der Ferne so aus. Jemand hat ein Fernglas organisiert, aufgeregt wird es herumgereicht.

»Was meint ihr, wer die Tote ist?«, will Hanne wissen.

»Keine Ahnung«, sagt Sonja nachdenklich. »Aus dem Dorf ist sie jedenfalls nicht. Die habe ich hier noch nie gesehen.«

»Wissen Sie, wer die Tote ist?«, gibt Sonja die Frage ungeniert an Baer weiter.

Der nimmt den Blick nicht aus seinem Notizblock und kratzt sich am Kopf. »Das werden wir herausfinden«, sagt er bestimmt.

»Und warum ... Warum ist sie ...«

»Silbern?« Baer reibt sich die Nase. »Was weiß ich. Vielleicht ist sie eine Schauspielerin. Oder ein Fotomodell. Vielleicht war das Ganze ein Partyscherz. Die Römer haben vergoldete Knaben als Tischdekoration eingesetzt.«

»Die Römer!«, protestiere ich schwach.

Die Baumeister der Antike sind aus dieser Gegend nicht wegzudenken. Eine halbe Autostunde von hier haben sie einen Limes errichtet und ein Kastell, die Saalburg. Den Bad Vilbeler Kurpark schmückt die Rekonstruktion eines Mosaiks, das man bei den Bauarbeiten für den Südbahnhof gefunden hat. Aber all das ist kein Grund, römische Tischsitten aufleben zu lassen und vergoldete – oder versilberte – Menschen als lebende Dekoration zu missbrauchen.

»Vielleicht ist sie eine Tänzerin aus dem Frankfurter Rotlichtmilieu«, biete ich an. Dort passen Verbrechen hin, wie ich finde. Unser Dorf ist unschuldig.

»Möglich ist alles«, nickt Baer wissend. »Tabledance, klar. Machen Sie mal Platz für den Leichenwagen, bitte.«

Ein Kleintransporter setzt rückwärts an den See, eine Bahre wird herausgezogen. Ein Mann öffnet den Reißverschluss des schwarzen Plastikteils, das darauf liegt. Klappt den Sack auf. Vorsichtig legen sie dann zu zweit die Silberfrau hinein. Die Schöne tropft ein wenig und macht ihren Totenträgern die Kleidung nass. Ihr Gesicht glänzt feucht im Mondlicht. Ihr linker Unterarm hängt schlaff über den Rand der Bahre. Einer der Spurensicherer ergreift ihn und hält plötzlich inne. Er streicht über die silberne Farbe.

»He, Leute, das ist echt der Hammer!«, ruft er verblüfft.

Hanne und Sonja stehen wieder dicht neben mir, gemeinsam ist uns nicht so bang. Synchron heben wir die Köpfe und lauschen.

»Von wegen Tabledance! Die Nummer an der Stange könnt ihr vergessen, Kollegen. Guckt euch das an! Was die hier auf dem Körper trägt, das ist dieselbe Farbe, die mein Viano auf der Karosserie hat. Silbermetallic. Keine Frage, das ist Autolack!«

Eine Weile ist es ganz still. Dann lacht Baer böse auf. »Erzähl das deiner Großmutter!«

»Nee doch, ganz im Ernst«, beharrt der Ermittler. »Schau doch selbst!«

Baer winkt ab. »Das überlasse ich der Gerichtsmedizin. Was getan werden musste, haben wir getan. Den Rest sollen die machen. Wir sind hier fertig.« Er wendet sich an uns. »Die Damen dürfen nun auch nach Hause gehen. Falls wir noch Fragen haben … Ihre Personalien haben wir ja. Und falls Ihnen noch etwas einfällt: Einfach in Friedberg nach dem Baer fragen. Baer wie Brummbär. Das können Sie sich doch merken, oder?«

Im Gänsemarsch suchen wir unseren Weg über die Wiese, zurück zum Golfhotel. Dort werden wir lauthals empfangen.

»Was war denn da los?«

»Was gibt es da zu sehen?«

»Stimmt es, dass Sie eine Leiche gefunden haben?«

Ich winke wortlos ab. Die Tote am Weiher hat ein seltsam berührendes Bild hinterlassen. Ich habe das Gefühl, dass es falsch wäre, sie als skurrile Entdeckung zu feiern. Schweigend begleiche ich bei Rosato unsere Rechnung, dann bahne ich mir einen Weg durch die Menge. Hanne und Sonja folgen mir still. Sie scheinen meine Ansicht zu teilen; die silberne Fremde hat ein bisschen Würde verdient.

»He, Sie!« Eine Männerhand greift aus der Menge nach mir, zieht mich ein Stück zur Seite. Der Mann ist kräftig, um seinen Hals baumelt ein Fernglas. Ich mache mich los, will weiter. Da ergreift er meine Hand erneut und drückt mir ein Stückchen Papier hinein.

»Meine Visitenkarte. Ich bin Ermittler. Martin Konz. Sie sind das doch, die die Leiche gefunden hat?«

»Ja, schon.« Verwirrt blicke ich auf die kleine Karte in meiner Hand. Sie sieht nicht sehr amtlich aus.

»Wenn Sie etwas Neues hören, über diese Leiche im See ... Ich meine, die Leute aus dem Dorf, die reden doch ...«

»Ja?«

»Dann rufen Sie mich einfach an, okay?«

»Ja, aber ...«

»Ich verlasse mich auf Sie!«

Ehe ich sein Gesicht näher betrachten kann, um es mir einzuprägen, ist mein Gesprächspartner in der Menge verschwunden.

Verfolgt

Jeden Vormittag laufe ich dieselbe Strecke, erst quer durch die Felder, dann am Fluss entlang. Präziser müsste ich sagen: Ich gehe diese Strecke. Ich walke nämlich, und zwar keinesfalls nordisch, weil ich mir mit diesen albernen langen Stöcken, mit denen man diesen Sport betreibt, doch immer nur selbst in die Quere komme. Ich gehe vielmehr schnellen Schrittes, die Arme angewinkelt, alle Muskeln angespannt. Ich kneife die Pobacken zusammen und halte mich gerade. Angeblich bringt das sowohl etwas für die Figur als auch für die Gesundheit.

Die meisten Läufer, die hier unterwegs sind, walken nicht, sondern sie joggen, weswegen sie auch viel schneller sind als ich. Sie überholen mich irgendwann, notgedrungen. Mir macht das normalerweise nichts aus. Sollen sie doch laufen, so schnell sie wollen! Ich habe genug mit mir zu tun. Ich genieße die frische Luft und den Blick über die Felder. Freue mich an den Pferden, die in der Sonne auf der Weide stehen und sich die Fliegen vom Leib schütteln. Ihre Mähnen und Schweife flattern dabei für Sekunden im Wind: ein Bild, das ich mag.

Als sich nun ein Jogger von hinten an mich anpirscht, wird mir direkt mulmig. Ich höre seine energischen, festen Schritte auf dem Sandweg, wage aber nicht, mich umzudrehen. Meine Nackenhaare scheinen sich aufzustellen. Ich muss unwillkürlich an die Tote im Golfsee denken, sehe ihr silbern schimmerndes Gesicht vor mir, ihr Haar, das auf dem Wasser schwimmt. Wie verrückt muss jemand sein, um einer Frau so etwas anzutun? Wer ist fähig, eine hübsche junge Frau nicht nur umzubringen, sondern ihre Leiche auch noch mit Farbe anzusprühen? Ich darf gar nicht daran denken, dass der Täter noch frei herumläuft. Vielleicht ist er hier aus der Gegend?

Angespannt laufe ich weiter und weiter, im immer gleichen Rhythmus, den Blick geradeaus gerichtet. Angstvoll lausche ich, wie sich mein Verfolger von hinten nähert. Der Sand quietscht unter seinen Füßen, seine Schritte sind so rhythmisch wie mein Herzschlag.

Pochpoch, pochpoch.

Ich starre nach vorn. Neben mir fließt gemächlich das Flüsschen, auf der anderen Seite spenden Sträucher Schatten. Nehmen mir die Sicht oder bieten meinem Angreifer Sichtschutz, ganz, wie man es nimmt. Ich habe einen riesigen Haken geschlagen, um das Dorf herum. Es liegt jetzt vor mir, ich sehe die Kirchturmspitze. So zwei, drei Kilometer ist sie entfernt. Wenn ich hier schreie, hört mich kein Mensch. Aber vielleicht schreie ich ja nicht einmal. Vielleicht wird mir der Mund zugehalten.

Gleich.

Jetzt passiere ich die Schutzhütte. Ein wunderbarer Ort, um jemanden hineinzuschleppen und ungestört umzubringen. Angestrengt blicke ich im Vorbeilaufen hinein. Die Hütte ist leer. Die Schritte meines Verfolgers werden unterdessen lauter und lauter. Er kommt immer näher. Ich spüre, wie ein Schauer meinen Rücken herunterrieselt, dann ist der Fremde an mir vorbeigelaufen: Ein älterer Herr mit O-Beinen. Schweißperlen tropfen von seiner Glatze und treffen mich, als er mich ächzend überholt. Ekelhaft!

Aber ich bin erleichtert. Mit dem wäre ich wohl noch fertig geworden.

Zum Dorf hin wird es betriebsam. Immer mehr Leute sind jetzt auf der Strecke. Jogger, Walker, Radfahrer.

Ich ertappe mich dabei, wie ich die Frauen anstarre, die mir entgegenkommen. Je jünger sie sind, desto fester, glatter, elastischer sind sie.

Wie ungerecht das ist!

Gelegentlich kommt eine dürre Hippe daher, das ausgemergelte Model. Meine Freundin Sonja predigt mir immer: Nach der Menopause kannst du eine Ziege werden oder eine Kuh. Der Kuh-Typ, so Sonjas Philosophie, produziert mehr Östrogen. Ist immer gut drauf, aber kugelrund. Die Ziegen, das sind die Nörglerischen mit dem Gestagen-Überschuss. Die werden nicht dick. Die sind schroh und dürr. Und die werfen schnell Falten.

Bei der nächsten Ziege, die mir entgegenkommt, versuche ich, die Falten zu zählen, während sie an mir vorbeihuscht.

Es klappt nicht.

Fürs Faltenzählen läuft sie doch zu schnell.

Wieder vernehme ich Schritte hinter mir. Dynamische diesmal. Das klingt stark. Das hat Power. Diesmal werde ich meinem Verfolger in die Augen sehen, das schwöre ich mir. Als ich ihn dicht hinter mir wähne, bleibe ich einfach stehen und blicke mich um. Blicke ihn ungeniert an.

Er trägt eine kurze rote Sporthose über sehnigen, muskulösen

Beinen. Sein Brustkorb ist so breit, dass ich sofort anlehnungsbedürftig werde. Sein braun gebranntes Gesicht lacht nicht – es strahlt vielmehr. Seine weißblonden Haare scheinen bei jedem Schritt durch die Luft zu fliegen.

»Guten Morgen!«, ruft er. Und rennt an mir vorbei.

Ich mache erneut eine halbe Drehung, diesmal, um ihm hinterhersehen zu können. Er läuft leicht und selbstsicher. Seine Bewegungen sind harmonisch und rund. Außerdem ist er super in Form. Das Laufen scheint ihn überhaupt nicht anzustrengen. Und dann dreht er sich nach mir um. Lacht mir fröhlich zu.

Ich stehe immer noch mitten auf dem Weg, lache zurück, hebe schon zögernd den rechten Arm. Es fehlt nicht viel, und ich winke ihm.

Da ruft er mir grinsend zu: »Weiterlaufen nicht vergessen!«

Und schon federt er davon.

Kastrierter Kerl

Später, nach einer erfrischenden Dusche, stehe ich zu Hause im Bademantel am offenen Fenster, die Arme auf das Fensterbrett gestützt, und schaue eine Weile nachdenklich hinaus. Die Sonne wirft ihr Licht zwischen die Häuser und zaubert lange Schatten auf die Wege. Die Sommerlinde unten im Hof lässt ihre Blätter gemächlich im Wind schaukeln. Mir fällt auf, dass sie in den vergangenen Jahren enorm gewachsen ist. Als mein damals halbwüchsiger Sohn Laurenz und ich vor fünf Jahren hierherzogen, war die Linde noch ein mickeriger Baum, an dessen untere Zweige wir heranlangen konnten. Jetzt ist sie ein Prachtstück mit ausladenden Ästen und mächtig vielen Blättern. Wie majestätisch sie dasteht. Und wie friedlich. Als wisse sie nichts von Frauenleichen, die im See schwimmen. Als habe sie keine Ahnung von einem Mörder, der unweit von ihr sein Unwesen treibt.

Mein zweites Frühstück nehme ich mit Paul Halbschwanz vor dem Fernseher ein. Ich habe es mir auf dem Sofa bequem gemacht, balanciere den Teller mit meinem Nutella-Brötchen auf meinem Schoß, und Paul rutscht nah genug an mich heran, sodass ich ihn ein bisschen streicheln kann. Schon bald dämmert Paul mit halb geöffneten Augen vor sich hin. Er steht nicht auf Fernsehköche. Zum Ausgleich kraule ich mit langsamen Bewegungen seinen Nacken. Das mag er gern.

Paul heißt nicht wirklich Halbschwanz, das ist ein Spitzname, den ihm Sonja gegeben hat. Ich versuche immer, ihn in Pauls Gegenwart nicht zu benutzen. Ich mag ihn nicht an den dummen Unfall erinnern, dem er den Namen zu verdanken hat, zumal das alles schon so lange zurückliegt. Paul ist einmal eine schwere Keramikschüssel auf den Schwanz gefallen. Sie zerbarst dabei in zwei gleich große Teile und eine der Scherben hieb ihm die Hälfte seines Schmuckstücks ab. Paul wäre beinahe verblutet. Er hat nur überlebt, weil ich ihn, taub für sein Protestgeschrei, unverzüglich zu einem befreundeten Tierarzt gefahren habe, der ihm auch gleich zu helfen wusste. Bis heute weiß ich nicht, ob Paul mir dafür dankbar ist.

»Ist es gestern wieder spät geworden?«, frage ich Paul. »Du musst vorsichtig sein da draußen. Da läuft ein Verrückter herum.«

Paul fährt seine Augen zu schmalen Schlitzen zusammen und schaut mich schläfrig an. Jetzt gähnt er ungeniert und streckt grazil ein Bein von sich.

Ich seufze ergeben.

»Paul«, schnurre ich, »weißt du, was du bist? Du bist nichts weiter als ein fauler, fetter, alter ...« Sack, möchte ich sagen. Aber dann ergänze ich ganz wahrheitsgemäß: »... schwarzer Kater.«

Nachdem das Nutella-Brötchen in meinem Magen verschwunden ist, drehe ich dem Fernsehkoch den Saft ab und räume mein Geschirr in die Spüle. Ich lausche in die Wohnung. Von Laurenz ist noch kein Mucks zu hören. Er liegt noch in Morpheus' Armen, er ist mal wieder erst um drei Uhr nachts nach Hause gekommen. Eine Zeit, zu der ich schon lange im Bett liege.

Vor fast zwei Jahren hat Laurenz das Abitur bestanden. Er müsste sich eigentlich um einen Studienplatz bemühen. Um einen

Ausbildungsplatz, ein Praktikum. Irgendetwas. Aber er verschiebt das von einem auf den anderen Tag. Geht abends lange aus. Trampt an Wochenenden zu Rockfestivals. Wenn er Geld braucht, sucht er sich für ein paar Wochen einen Job, trägt Zeitungen aus, verkauft Döner, arbeitet als Kurier. Manchmal fertigt er eine Zeichnung an, darin ist er gut, er hat richtig Talent. Laurenz ist immer geschäftig, stets hat er etwas vor.

Nur nicht das Richtige, wie ich finde. Abends lungert er mit seinen Kumpels herum, chillt ab, wie er das nennt. Bis spät in die Nacht. Beim Bund haben sie ihn zurückgestellt. Er wäre untergewichtig. Eigentlich eine Frechheit!

Als bekäme er bei mir nicht genug zu essen.

Neulich hat er zwei Kumpel mitgebracht, bis in den frühen Morgen haben sie in seinem Zimmer gegrölt und gelacht, und noch am nächsten Tag hat es dort gerochen wie nach Tausendundeiner Nacht. Eine tönerne Wasserpfeife hat auf dem Boden gestanden; ich habe lange gebraucht, um Laurenz zu fragen, was sie daraus geraucht haben.

»Apfelschalen«, hat Laurenz gesagt und ganz verträumt dreingeschaut.

Mein Sohn fing an auszugehen, als er sechzehn wurde. Noch immer kann ich nicht wirklich entspannt schlafen, bevor ich ihn heil wieder zu Hause weiß. Manchmal wälze ich mich im Bett mit den grauenhaftesten Befürchtungen, was ihm alles zugestoßen sein könnte. Man liest ja so dies und das in der Zeitung. Dass junge Leute mit ihren frisierten Karren mitten in der Stadt Rennen austragen. Zu neunt in ein Auto kriechen, über die Landstraßen jagen und vom Weg abkommen, weil auch der Fahrer betrunken ist.

Immer öfter ertappe ich mich bei dem Gedanken, dass meinem Sohn eine feste Freundin guttäte. Ich denke an eine nette junge Frau, die eine Ecke vernünftiger ist als er. Eine, die ihm ein gutes Leben vorlebt und ein klein wenig auf ihn aufpasst.

So eine müsste doch zu finden sein?

Auflauf

Das Sichten des Stellenmarktes ist mein nächster routinemäßiger Tagesordnungspunkt. Sorgfältig breite ich meine Zeitung auf dem Küchentisch aus. Langsam durchforste ich Seite für Seite des Anzeigenteils. Keine noch so kleine Annonce entgeht mir.

Im Hof hält derweil eine Horde Nachbarn Kriegsrat. Durch das gekippte Küchenfenster höre ich sie aufgeregt debattieren, während ich die eine oder andere halbwegs interessante Anzeige mit Kulikringeln verschönere. Ich kann mir ja denken, worum es da draußen geht. Vermutlich bereden meine Nachbarn alle Einzelheiten meiner gestrigen Entdeckung. Vielleicht haben sie schon Neuigkeiten? In der Zeitung stand jedenfalls noch nichts, schließlich habe ich die silberne Tote erst kurz vor Redaktionsschluss gefunden. Aber vielleicht haben sich schon ein paar Einzelheiten über die Frau im See herumgesprochen. Wer sie war. Wo sie wohnte. Mit wem sie zusammen war. Ich muss gleich unbedingt rausgehen und hören, was es da draußen gibt. Aber zunächst ist Disziplin angesagt. Jeden Tag ein Jobanruf, das ist meine eiserne Devise.

Ich reiße mich also zusammen und gehe die eingekreisten Annoncen noch einmal durch. Und ja, da ist doch schon etwas!

»Ihr Alter spielt keine Rolle!«, lese ich erstaunt und gehe dem Satz sofort auf den Leim. Ehe ich mich versehe, habe ich die darunter stehende Nummer gewählt.

Eine freundliche Dame meldet sich und will wissen, wer ich bin. Ich umreiße ihr das in groben Zügen und gestatte mir die Gegenfrage, was denn für ein Job zu vergeben sei. Telefondienst am Empfang, erfahre ich, und ein wenig leichte Bürotätigkeit. Wie schön! Mein Herz schlägt einen Takt schneller, ich bekunde Interesse.

»Darf ich fragen, wie alt Sie sind?«, will die nette Dame wissen.

Da haben wir den Salat. Ich bin neunundvierzig. Aber wenn ich das jetzt sage, denkt sie bestimmt, ich sei fünfzig und mache mich ein Jahr jünger. Fast alle Fünfzigjährigen tun das. Zumindest ist Sonja dieser Meinung.

Ich beschließe schweren Herzens, ehrlich zu sein.

»Neunundvierzig!«, schmettere ich.

»Schade«, sagt mein Gegenüber fast schnippisch. »Wir suchen Leute über fünfzig.«

»Über fünfzig?«, schäume ich. Ich weiß, ich höre mich dumm an.

»Ja, über fünfzig«, wiederholt sie streng.

»Was macht denn das für einen Sinn? Was kann eine Über-Fünfzigjährige, das ich nicht kann?«, schnappe ich nach Luft.

»Gar nichts«, sagt die Stimme nüchtern. »So gesehen. Es ist nur ... Die Person käme dann in so ein Programm.«

»Wie bitte? Was für ein Programm?«

»Sie würde dann aus einem Programm bezahlt. Ein Programm für Arbeitslose über fünfzig.«

Nach diesem Gespräch halte ich noch eine Weile mein Telefon in der Hand, leicht erschüttert und unfähig, mich zu rühren. Schön, dass es ein Programm für Arbeitslose über fünfzig gibt. Mir hilft das momentan leider nicht. Meine Stelle als Redaktionsassistentin bei einer Tageszeitung haben sie vor einem Jahr wegrationalisiert. Sie wurde in Luft aufgelöst, und meine Arbeit wurde aufgeteilt auf einen Redakteur und seinen Computer. Dabei hieß es bis zum Schluss, dass meine Dienste unschätzbar wertvoll seien. Im Ressort Wissenschaft könne man gar nicht genug Leute haben. Oft übernahm ich Recherchen für die Redakteure, wenn die gleich mehrere Projekte am Hals hatten. Wir waren immer ein gutes Team. Aber als die Umstrukturierung kam, weil die Zeitung glaubte, nur so überleben zu können, da dachte jeder nur noch an sich. Alle waren darauf fixiert, den eigenen Job zu behalten. Da konnte es wohl niemand wagen, ein gutes Wort für mich einzulegen.

Als ich den Kopf aus dem Fenster strecke, um zu sehen, wie weit sich das Treffen meiner Nachbarn entwickelt hat, haben sie einen Kasten Bier herbeigeschleppt und fangen an, die Flaschen zu öffnen und zu verteilen.

»He, Juliane, komm runter!«, ruft Jens sehr ernst, als er mich am Fenster entdeckt. »Du hast doch die Leiche gestern gefunden. Das musst du uns alles ganz genau erzählen!«

Die meisten meiner Nachbarn sind in meinem Alter. Viele haben ihren Job verloren und finden nicht mehr in den ersten Arbeitsmarkt zurück. Wenn man den Wirtschaftsexperten glaubt, stehen wir am Anfang einer großen Krise. Man kann nur hoffen, dass sie unser Dorf nicht zu sehr mitnimmt.

Mein Nachbar Jens war Manager in der Touristikbranche, jetzt arbeitet er im Außendienst für eine Versicherung. Auf Provisionsbasis.

»Feiert ihr die Gründung einer neuen Bürgerwehr?«, frage ich sarkastisch. »Für den Fall, dass noch jemand im Golfweiher ersäuft werden soll?«

»Wir trinken uns nur Mut an!«, ruft Almuth zurück. »Schließlich läuft der Kerl hier irgendwo noch frei herum! Ist doch zu gruselig.«

Almuth ist freie Grafikerin, sie arbeitet zu Hause, hat aber seit Monaten kaum Aufträge. Gott sei Dank hat sie betuchte Eltern, die sie unterstützen. Der glatzköpfige Carl-Peter hingegen hatte noch nie eine feste Stelle. Er hat Geologie studiert und jobbt sich seit Jahren durchs Leben. Momentan gibt er Erdkundestunden an einem Gymnasium in Frankfurt. Die Sekretärin der Schulleitung ruft ihn morgens an, wenn der richtige Lehrer krank ist. Zu Carl-Peters Glück ist der Mann ziemlich oft krank.

»Juliane, komm endlich runter!«, bittet Hanne energisch. »Ich spiele hier den einzigen Zeugen, dabei habe ich die Frau gar nicht gefunden, sondern du!«

Hanne ist meine Flurnachbarin. Sie arbeitet seit ein paar Monaten als Referentin eines Politikers in Berlin. Ihre Wohnung hier steht meist leer. Sie hat sie trotzdem behalten, damit sie ein Zuhause hat, wie sie sagt. Wenn es eben geht, verbringt sie die Wochenenden hier bei uns. In letzter Zeit muss sie jedoch immer öfter in Berlin bleiben, so viel Arbeit hat sie. Jetzt köpft sie eine Flasche Sekt für die versammelten Damen.

Minuten später stehe ich zwischen meinen Nachbarn im Hof.

»Hier, nimm!«, sagt Hanne gönnerhaft, und schon habe ich ein Glas in der Hand. Es ist schmal, zart und fragil. Die Mittagssonne verfängt sich in seinem perlenden Inhalt. Ich halte die Nase an den hauchdünnen Rand und erkenne den typischen Duft der Rieslingtraube.

»Muss man so etwas denn feiern?«, frage ich moralinsauer in

die Runde. »Den Fund einer Toten? Die Frau hat doch auch Familie gehabt, Menschen, die sie geliebt haben …«

»Und zwar möglicherweise zu sehr!«, tönt Carl-Peter schlau. »Für mich sieht das ganz nach einem Beziehungsdrama aus. Die eigene Frau versilbern! Das könnte man ja schon wie eine Metapher lesen.«

»Juliane, hör bloß auf!« Almuth schüttelt sich ganz leicht. »Das ist alles so schrecklich mit dieser toten Frau. Ich trau mich schon gar nicht mehr in die Tiefgarage!«

»Und du hast sie gefunden!« Jens reibt sich die Nase und lauscht einen Moment seinen Worten nach. »Oha! Man könnte schon auf die Idee kommen, eine Bürgerwehr zu gründen. Schließlich will doch keine von euch die Nächste sein. Und der Kerl ist noch auf freiem Fuß.«

Jens blickt der Reihe nach tief in alle ihn anstarrenden Frauenaugen. »Aber ich habe auch eine gute Nachricht. Ich habe gehört, dass jemand eine Belohung ausgesetzt hat, für Hinweise auf den Täter. Eine ganz saftige Belohnung, sage ich euch. Das finde ich goldrichtig!«

»Und da feiert ihr schon mal im Voraus, weil ihr euch die Belohnung …«

»Wir organisieren gerade ein Hoffest!«, klärt Hanne mich endlich auf und macht eine weitläufige Armbewegung über die umliegenden Gebäude. Sie gehörten früher einmal zu einem Bauernhof. Heute beherbergen sie eine Ansammlung von ineinander verschachtelten Reihenhäusern und Eigentumswohnungen.

Unser Dorf liegt zu dicht vor den Toren der Bankenmetropole Frankfurt; es ist mit der Zeit verstädtert. Weiden sind zu Golfplätzen geworden, Weizenfelder zu Baugrundstücken, Schweineställe zu Ateliers. Bauernhöfe wie unserer wurden zu Apartments umgebaut, und den alten Fachwerkbauten entlang der Hauptstraße hat man schnurgerade glutrote Plastikdächer aufgesetzt. Man hat sie mit nagelneuen Fensterläden in modischen Farben bestückt. Ikeablau. Die Sommerlinde inmitten unseres Hofes ist das letzte unverfälschte Wahrzeichen bäuerlichen Lebens.

»Ein Hoffest?«, wiederhole ich erstaunt. »Das halte ich – bei aller Liebe – für keine gelungene Idee. Wo gerade jemand gestorben ist, gibt es nichts zu feiern.«

»Was ist denn los mit dir?« Hanne übergeht meine A… Sie scheint in Sachen Feiern die Wortführerin zu sein. Si… ihren sehnigen langen Körper, der immer ein bisschen s… sieht, als habe sie ihn von einem Mann geliehen, stopft sich … Bluse tiefer in die Jeans und streicht ihre halblangen blon…en Haare mit beiden Händen hinter die Ohren. »Ihr ladet all eure Freunde ein, und hier in den Hof stellen wir ein paar Biergarnituren. Wir machen ein Fass auf. Jeder bringt seinen Grill raus und was zum Draufschmeißen.« Dann kommt sie zum Punkt. »Wir machen jeden Sommer unser Hoffest. Also findet es auch dieses Jahr statt. Wir lassen uns doch nicht bange machen, nur weil in unserer Nähe eine Leiche gefunden wurde! So weit kommt es noch. Wer weiß, bestimmt wurde die Tote hier nur abgelegt …«

»Genau!« Almuth nickt zustimmend. »Hier in der Nähe wurde noch nie jemand ermordet. Wuchersheim ist ein friedlicher Ort!«

»Wir gehen zur Normalität über«, spricht Hanne auch schon weiter. »Wie das die Amerikaner nach dem 11. September auch gemacht haben. In der Beziehung können wir mal was von denen lernen.«

Die Umstehenden nicken ernst. Dann, wie auf Kommando, reden plötzlich alle durcheinander. Jens will lieber Wein als Bier, Almuth besteht auf frisches Brot. Salate werden geordert, Kuchenrezepte einander versprochen. Es dauert nicht lange, und alle sind sich einig: Das Hoffest – und auch das traditionelle Organisationskomitee für das Hoffest – müssen sein.

Ich lasse mir Hannes kleine Rede noch einmal durch den Kopf gehen. Schmecke dem Wort »Normalität« nach. Ich muss an den Jungen denken, den zwei Betrunkene vor Jahren mit offenen Messern durch das ganze Dorf gejagt haben, des Nachts. Geschrien hat er, wie am Spieß, blutend hat er sich in einen Hauseingang gedrückt, um Hilfe wimmernd. Doch er blieb allein draußen in der Nacht. Die Dörfler haben sich die Ohren zugehalten und die Läden geschlossen. Niemand redet heute mehr darüber.

Immer mehr Nachbarn strömen herbei, neugierig und begierig auf einen Sekt oder ein Bier und einen kurzen Plausch. Alle wollen sie sichergehen, dass ihnen keine Neuigkeit über die geheimnisvolle Tote im Golfweiher vorenthalten wird: die Hausfrauen und die Frührentner. Die Arbeitslosen. Die Ich-AGler, die ihr Büro im Wohnzimmer haben und arbeiten können, wann immer sie wollen. Keiner von ihnen hat Hemmungen, um diese Uhrzeit spontan Party zu machen. Es kommt zu einer Feier im Vorfeld der Feier. Hanne schleppt den Eintopf heraus, den sie einfrieren wollte – in Single-Portionen, für die nächsten Monate. Almuth findet noch einen Laib frisches Brot in ihrer Küche, und ich hole den Gugelhupf heraus, mit dem ich Laurenz überraschen wollte.

Heute ist heute. Wer weiß, was uns morgen blüht.

Und dann sehe ich ihn. Er steht nur ein paar Meter von mir entfernt, im Pulk zwischen den Männern, eine Bierflasche in der Hand. Er lacht mit Jens und Carl-Peter um die Wette. Meine Nachbarn müssen ihn vom Joggen abgefangen haben, denn er steckt noch in seinen Sportklamotten. Trägt sein knappes rotes Turnhöschen und lässt die Muskeln seiner strammen Beine spielen.

Nur ... Was macht der hier? Wie kommt der hierher? Wohnt der etwa in der Nähe? Aber seit wann? Und wo genau? So lange, wie er unterwegs war, muss er bis Friedberg gelaufen sein. Und zurück.

Doch, der Typ hat was. Es ist weniger sein Aussehen. Obwohl er natürlich nicht schlecht aussieht. Er hat so etwas Lässiges, Entspanntes. Er macht den Eindruck, als käme er einfach mit allem zurecht, als könne ihm nichts und niemand etwas anhaben.

So aus der Entfernung kann ich sein Alter schlecht schätzen. Vorhin, als er an mir vorbeigelaufen ist, ging alles viel zu schnell.

Wenn ich ihn jetzt so ansehe, glaube ich, dass er vielleicht in meinem Alter ist. Oder etwa jünger? So weit, wie der läuft.

Ob er verheiratet ist? Frau und Kinder hat?

Entschieden zu viele Fragen auf einmal.

Aber ein paar davon möchte ich möglichst schnell klären. Und zwar jetzt, auf der Stelle.

Fieberhaft überlege ich, wen ich über ihn ausfragen kann. Am liebsten würde ich laut in die Runde rufen: Wer weiß etwas über diesen Mann? Doch halt, so geht das nicht. Wem gegenüber wirken meine Nachforschungen am harmlosesten?

Hanne weiß fast immer alles und ist verschwiegen wie ein Grab. Denke ich mal.

»Hanne?« Mein Mund ist ganz trocken, als ich sie endlich in der Menge finde und anspreche.

»Juliane!«, sagt Hanne fast erschrocken. »Was hast du denn auf dem Herzen? Du siehst aus, als hättest du einen Geist gesehen …«

»Ja, äh …« Ich schlucke. Nicke schließlich nur stumm. Doch als ich mich nach dem roten Turnhöschen umsehe, um Hanne meine Entdeckung zu zeigen, ist er spurlos verschwunden.

»Ja, was denn?«, meint Hanne irritiert.

»Ach, nichts«, beteuere ich rau und winke schnell ab. »Gar nichts, wirklich.«

Hanne runzelt die Stirn und schaut mich ein zweites Mal prüfend an. Zum Glück zupft Almuth Hanne am Arm, sie will wissen, ob es Sektnachschub gibt.

»Ja, gleich«, sagt Hanne und lässt sich von Almuth wegziehen, doch noch in der Bewegung fragt sie mich:

»Ist was mit dir?« Sie klingt besorgt.

»Nichts, ehrlich nicht«, rufe ich zu laut hinter ihr her. »Alles okay! Wirklich.«

Ich spüre, wie mein Puls schneller geht. Ich fühle mich ganz leicht, und ich merke ein Ziehen im Magen. Die Symptome kommen mir vage bekannt vor. Sie treffen mich unvorbereitet. Lange her, denke ich verwundert. Und: Ist das nicht eher etwas für Teenies? Für Menschen in Laurenz' Alter? Überhaupt: Laurenz. Ich habe einen erwachsenen Sohn …

Meine Emotionen schlagen Purzelbäume, mein Hirn arbeitet fieberhaft. Der einzige Gedanke, den ich am Ende sauber auf die Reihe kriege, verrät mich endgültig: So, wie mein Jogger angezogen war, kam er tatsächlich vom Laufen. Bestimmt steht er jetzt keine hundert Meter Luftlinie entfernt unter einer Dusche. Splitterfasernackt.

Belohnung

Es gibt Tage, da fühlt man alles auf einmal: Liebe und Wut, eine verdammte Sehnsucht und eine unbändige Freude. Verwirrung, Unsicherheit. Und obendrein eine gehörige Portion Angst, ja, die auch. Am ehesten hat man solche Tage in der frühen Jugend, Pubertät genannt. Ich bin nun neunundvierzig – und erlebe den Gefühlsmischmasch einer Dreizehnjährigen. Der Typ im roten Turnhöschen geht mir nicht aus dem Sinn, meine Sorge um meinen Lebenskünstler von Sohn macht mich verrückt, meine Jobsuche wird langsam quälend. Zwischendrin fällt mir immer wieder die Tote im See ein. Ihr ebenmäßiges, versilbertes Gesicht schwimmt vor meinem inneren Auge im Wasser und stimmt mich schwermütig. Wenn ich Geld hätte, ginge ich zu einem Psychologen. Denn da gehöre ich mittlerweile hin. Nur habe ich eben kein Geld.

Wie ein blinder Maulwurf taste ich mich nach dem Aufstehen zum Briefkasten, um die Zeitung herauszuziehen. Meine Zeitungslektüre und meine tägliche Jobsuche kann ich nicht sausen lassen, das muss einfach sein. Nur das Laufen werde ich mir heute schenken.

Gähnend breite ich das Blatt auf meinem Küchentisch aus. Es ist kein guter Moment. Aus Frust, mein rotes Turnhöschen aus den Augen verloren zu haben, habe ich bei der gestrigen Versammlung im Hof wohl ein wenig zu tief ins Glas geschaut. In meinem Hirn tanzen die Nervenstränge Polka, und auf meinem Rücken hat sich ein Alien festgekrallt. Egal. Ich schlage meine Zeitung auf. Und erstarre.

Da ist ein Foto von ihr im Lokalteil, von meiner Frau im See. Ihr Gesicht hat man gesäubert, alles Silber ist verschwunden. Die Haare kleben eng an dem schmalen Kopf, liegen nicht mehr wie ein Heiligenschein auf dem Wasser. Mich überkommt ein Würgereiz. Die gereinigte Tote ist ein verstörender Anblick. Da hilft es auch nicht, mir einzureden, dass es sich nur um ein Foto in der Zeitung handelt. Erschrocken wende ich mich ab. Ich halte die Luft an und zähle bis zehn.

Dann siegt meine Neugier.

Wie sah die junge Frau im wahren Leben aus?

Ich schaue das Foto erneut an, sehe ein ebenmäßiges, zartes Gesicht. Geschlossene Lider, die einen Blick aus großen Augen erahnen lassen. Ein schlanker Hals. Schön modellierte, gerade Schlüsselbeine. Ein Grübchen im Kinn. Das Foto reicht nur bis zum Dekolleté. Ihr durchtrainierter Körper, der am See so schutzlos vor mir gelegen hat, bleibt den Zeitungslesern vorenthalten.

Eine diffuse Traurigkeit überkommt mich. So ein junger Mensch! Kaum älter als Laurenz.

Die fette Schlagzeile darüber ist nüchtern: Silberne Tote im Golfsee.

Ich überfliege kurz den Artikel: *»In den späten Abendstunden des vergangenen Sonntags ... vierundzwanzigjährige Studentin aus Frankfurt ... vermutlich Opfer eines Gewaltverbrechens ... Hinweise auf den Täter ... fünfundzwanzigtausend Euro Belohnung ...«*

Moment mal! Den letzten Satz lese ich genauer: *»Für sachdienliche Hinweise sind fünfundzwanzigtausend Euro Belohnung ausgesetzt. Informationen nimmt jede Polizeidienststelle entgegen.«*

Carl-Peter hat also recht gehabt.

Im Zusammenhang mit einem so traurigen Schicksal sollte niemand an Geld denken, sagt mir mein Gewissen.

Dennoch denke ich die nächsten handgestoppten drei Minuten an nichts anderes.

Fünfundzwanzigtausend Euro! So viel habe ich als Redaktionsassistentin im ganzen Jahr nicht verdient. Zumindest nicht netto. Irgendwer, der sehr reich ist, hatte diese Frau sehr lieb und will unbedingt, dass der Fall aufgeklärt wird.

Ihr Vater, vermute ich.

Was, wenn mir dazu etwas einfiele? Ein sachdienlicher Hinweis? Was ist das überhaupt so ganz genau? Ich nehme mal an, es betrifft alles, was bei der Aufklärung weiterhilft.

Nervös gehe ich zur Spüle, fülle ein Glas mit Wasser und trinke es in einem Zug aus. Unser Leitungswasser ist sehr gut, es gibt hier in der Nähe viele Quellen, und das feuchte Nass wird seit über hundertfünfzig Jahren in Flaschen abgefüllt. Kein Grund also, es teuer im Laden zu erwerben.

Ein paarmal gehe ich mit meinem leeren Wasserglas in der

Hand in meiner Küche auf und ab, dann setze ich mich wieder an den Tisch. Ich betrachte noch einmal dieses zarte, zerbrechliche Gesicht, das so verletzlich wirkt ohne all die Farbe und ohne jedes Make-up. Ich lese den Artikel wieder und wieder.

Und jedes Mal bleibe ich an der Zahl hängen: fünfundzwanzigtausend Euro.

Damit käme ich erst mal über die Runden! Müsste nicht jedem dubiosen Jobangebot hinterherlaufen. Könnte vielleicht eine Weiterbildung bezahlen. Oder mich selbstständig machen.

Aber wie und wo soll ich anfangen?

In dem Artikel steht nichts darüber, was die genaue Todesursache war. Ist sie durch die Farbe auf ihrer Haut erstickt, wie die vergoldete Frau in dem James-Bond-Film »Goldfinger«? Ich brauche einen Experten in Sachen Haut.

Altersflecken

Dr. Schöns Praxis ist in Hellgrün gehalten, hübsch sieht das aus. Der Warteraum ist mit den neuesten Frauenzeitschriften ausgestattet. Fast bin ich versucht, mich freudig darüber herzumachen. Doch ich darf nicht vergessen, warum ich hier bin. Ich will eine kleine Recherche in Sachen Haut durchführen, darauf muss ich mich jetzt konzentrieren. Ich muss meine Gedanken zusammenhalten.

Der Lautsprecher funktioniert nicht. Er quakt, und man kann kein Wort verstehen. Jedes Mal, wenn jemand aufgerufen wird, geht eine der Patientinnen hinaus an den Empfangstresen und fragt, wer denn soeben aufgerufen wurde. Dann kommt sie zurück und verkündet laut den jeweiligen Namen.

Ich lasse meine Blicke durch den Raum schweifen. Überall prangen Plakate von Schönheitsoperationen. Botox unterspritzen, Peeling gegen Falten. Die Vorher-Nachher-Fotos zeigen es ganz genau. Vorher der große Faltenwurf à la Pekinese – und nachher straff wie Madonna.

Was man mit menschlicher Haut alles anstellen kann! Sogar

versilbern kann man sie. Gleich, so hoffe ich, werde ich mehr darüber wissen.

Als ich aufgerufen werde – man versteht den Namen wieder nicht, und ich erfahre ihn von einer Patientin –, begebe ich mich in den Behandlungsraum. Dort muss ich noch ein wenig warten, bis Dr. Schön zu mir kommt. Ich vertreibe mir die Zeit, indem ich die Aquarelle an den Wänden anschaue und mir meine Fragen zurechtlege.

Endlich ist Dr. Schön da. Sorgenvoll beugt er sich über mich, und ich kann ihn aus der Nähe betrachten. Er sieht so aus, wie er heißt: schön. Ein gepflegter, älterer Herr.

»Was wird denn bei Ihnen gemacht?«, fragt er mich freundlich und starrt dabei auf das, was ich für meine Patienten-Karteikarte halte.

Runderneuerung!, möchte ich rufen. Fett absaugen, überall, großes Lifting. Mein Busen kann so bleiben, wie er ist – aber alles andere richten Sie bitte wieder so her, wie es vor zwanzig Jahren einmal aussah ... und wenn Sie damit fertig sind, sagen Sie mir, ob man an Silberfarbe ersticken kann.

»Nun?«, ermutigt er mich noch einmal.

»Haben Sie von der Toten im Golfsee gehört? Der Mörder hat sie silbern angesprüht.«

»Von der Toten im See spricht ja jeder«, meint Dr. Schön kurz angebunden. »Aber warum sie bemalt wurde, kann ich Ihnen auch nicht sagen.«

Er schüttelt energisch den Kopf. Seine Stimme klingt ganz so, als möchte er seine Zeit nicht mit überflüssiger Konversation vertun. Dennoch bleibt er höflich. Schließlich bin ich eine dieser sensiblen Post-Midlife-Crisis-Patientinnen, die bereit sind, gutes Geld für eine jung wirkende Haut auszugeben.

»Was passiert eigentlich, wenn man jemanden mit Farbe einsprüht?«, komme ich zum Punkt. »Erstickt man dann? Weil doch die Haut atmet ...«

Gott sei Dank fühlt sich nun der Arzt in Dr. Schön angesprochen. Bereitwillig holt er zu einer Erklärung aus. »Nur zwei Prozent der Atmung gehen über die Haut. Man erstickt also nicht in so einem Fall. Was passiert, ist etwas anderes. Der Wärmeaustausch über die Haut funktioniert nicht mehr. Man stirbt an Überhitzung. Wenn man den Körper bemalt, bei Schauspielern oder Tänzern zum Beispiel, oder beim Bodypainting, dann muss man unbedingt Farben wählen, die die Transpiration nicht behindern. Und nun lassen Sie mal sehen!«

Er rollt mit seinem Arzthocker näher und sein grauer Schopf beugt sich über meine Hände.

»Dauert das lange, bis man stirbt? Ich meine, wenn man mit Autolack eingesprüht wird …«

»Oh mein Gott!«, sagt Dr. Schön erschrocken.

»Was ist?«, hauche ich unsicher. Ich spüre, wie mir das Blut ins Gesicht schießt, bestimmt werde ich gerade puterrot.

Der Doktor ergreift ganz sanft meine Hände.

»Das muss ja nicht sein!«, murmelt er mitfühlend.

»Was denn?«, frage ich verwirrt. Was meint er nur?

»Sie haben ja ganz furchtbare Altersflecken!«

»Auf den Händen?« Meine Stimme kippt. Erschrocken betrachte ich meine Patscherchen. Und dann sehe ich es auch. Mein Arzt hat recht. Meine Handrücken sind übersät von dunklen, großen Flecken. Die habe ich immer der Sonne zugeschrieben, nie dem Alter. Ich weiß, dass ich zu selten Schutzfaktor dreißig aufgetragen habe. All die Lenze meines Lebens bin ich gern draußen gewesen. Im Freien. Ohne mich einzucremen.

»Ja, was habe ich denn da?«, frage ich bebend und finde mich dämlich.

»Das sind Pigmentansammlungen, die kommen mit den Jahren. Im Volksmund nennt man sie auch Altersflecken. Sie sind außergewöhnlich früh damit dran, eigentlich sind Sie noch viel zu jung dafür. Aber keine Sorge. Die mache ich Ihnen ganz schnell weg.«

Ich überlege. Warum nicht? Wenn diese Flecken nicht von herrlichen Sonnensommern herrühren, sondern Zeichen meines beginnenden Verfalls sind … und wenn Dr. Schön diese Beweise entfernen kann …

»Ja, bitte«, murmele ich. »Ist es teuer?«

»Nicht sehr, nein«, tröstet er mich. »Die Kasse zahlt das natürlich nicht, Sie bekommen eine Privatrechnung zugestellt, aber teuer ist es nicht. Wollen wir gleich anfangen?«

Ich nicke. Hoffentlich tut es nicht weh.

Dr. Schön reißt die Tür auf und ruft seine Assistentin. Murmelt lateinische Worte. Die Assistentin lächelt mir beruhigend zu. Auch sie ist auf der anderen Seite der fünfzig, sieht aber frisch und rosig aus. Sie ist aufmerksam und freundlich und hat eine angenehme Ausstrahlung. Sie legt riesige rosa Lappen unter meine Hände, die jetzt auf den Armlehnen des Behandlungsstuhls ruhen. Der Doktor wäscht meine Handrücken mit einer Lösung und reibt sie liebevoll ab. Dann tupft er verschiedene Tinkturen auf die braunen Flecken. Sekunden später brennen meine Hände, als hielte ich sie ins Fegefeuer.

»Was machen Sie da?«, schreie ich ihn an.

»Das ist ein Peeling«, klärt mich Dr. Schön auf. »Ich ätze Ihnen die Hautstellen, auf denen sich die Pigmentansammlungen befinden, mit einer Säure weg. Die nächsten vier Tage müssen Sie die Hände dreimal am Tag waschen und mit einer fetthaltigen Creme einreiben. Dann bildet sich Schorf auf den behandelten Stellen. Der verheilt und fällt von selbst ab. Nicht dran piddeln, versprochen?«

Piddeln?

Ich will etwas erwidern, doch Dr. Schön scheint in Gedanken schon bei der nächsten alternden Patientin zu sein. Er nickt seiner Assistentin zu, dann verlässt er fluchtartig das Behandlungszimmer.

»Mein Gott, das tut höllisch weh!«, fluche ich.

Die Assistentin lächelt glücklich und hält mir verzückt ihre Handrücken vors Gesicht.

»Ich hab's auch machen lassen!«, strahlt sie. »Ist es nicht schön geworden?«

Tatsächlich! Ihre Hände sind rein und fein. Leise stöhnend schöpfe ich Hoffnung.

Wenig später verlasse ich mit brennenden Händen die Praxis.

Cher

Für den Abend haben Sonja und ich Puschenkino verabredet. Wir haben uns mit Chips und Rotwein bewaffnet, legen uns in meinem Wohnzimmer große Kissen auf den Boden und machen es uns darauf bequem.

Als ich die DVD einlege, schreit Sonja entsetzt auf.

»Was ist mit deinen Händen passiert? Hast du dir heißes Fett darübergegossen?«

Ich starre auf meine Handrücken. Sie sehen aus, als hätte jemand Zigaretten darauf ausgedrückt. Die Haut ist übersät mit blutunterlaufenen runden Flecken – blaurot über dunkelrot bis tiefviolett –, die schon zu verschorfen beginnen. Das ist der Preis für meine Neugier. Immerhin weiß ich jetzt, dass die Frau im See an der Bemalung mit dem Autolack gestorben sein kann. Zwar nicht an Sauerstoffnot, wie ich zunächst annahm, aber an Überhitzung. Schließlich habe ich keine Verletzungen an ihrem Körper gesehen, keine Stich- oder Schusswunden. Ihr Körper war makellos. Wenn ich darüber nachdenke, hat die silberne Farbe ihre Muskeln sogar besonders schön hervorgehoben. Muskeln, die man nur bekommt, wenn man regelmäßig trainiert.

»Krieg ich langsam mal eine Antwort?«, mault Sonja.

Ich schlucke.

Soll ich Sonja wirklich erzählen, was ich getan habe? Dass ich bei einem Hautarzt war, um an die Belohnung von fünfundzwanzigtausend Euro heranzukommen, und nun deshalb mit ruinierten Händen dastehe?

Ich weiß nicht recht. Ihre Theorie mit dem heißen Fett gefällt mir.

»Ja, gestern«, lüge ich forsch drauflos. »Ich habe im Wok gekocht und Shrimps in heißes Fett geworfen, die noch nass waren vom Auftauen.«

»Um Gottes willen!«, klagt Sonja besorgt. »Mach das nur ja nie wieder, du könntest furchtbare Narben zurückbehalten. Hoffentlich geht das jemals wieder weg!«

»Ah, ja doch«, tröste ich sie. »Davon bin ich überzeugt!«

Doch Sonja ist nicht so schnell zu beruhigen. Sie kann ihre Blicke gar nicht von meinen geschundenen Händen abwenden. Verzweifelt legt sie ihre Fingerspitzen auf ihren Mund und schüttelt den Kopf.

»Wie das aussieht! Wie die Hände einer alten Frau.«

»Ich weiß!«, zische ich sie an.

»Das sieht voll eklig aus, damit musst du unbedingt zum Hautarzt.«

»Da war ich schon!«, sage ich bestimmt und starte den DVD-Player. »Ruhe jetzt!«

Endlich. Der Film beginnt und Sonja ist still.

Wir schauen uns zum x-ten Mal den Streifen »Meerjungfrauen küssen besser« an. Sonja mag Cher. Und ich mag Sonja.

In der Komödie spielt Cher die unstete Mutter zweier Töchter, die jedes Mal fluchtartig ihren derzeitigen Wohnort verlässt, wenn wieder eine Beziehung in die Brüche gegangen ist. Systematisch geht sie jedem ernsthaften Annäherungsversuch eines Mannes aus dem Weg. Und doch kann der kleine, rundliche Lou Landsky, dargestellt von Bob Hoskins, schließlich ihr Herz gewinnen. Da sieht man mal wieder: Es zählen doch die inneren Werte. Bei Männern.

»Sieht sie nicht toll aus?«, schwärmt Sonja bewundernd und fasst sich prüfend an ihr Kinn. »Ich glaube, in spätestens zehn Jahren muss ich mir mein Doppelkinn wegmachen lassen. Ob ich schon mal für eine OP sparen soll?«

»Wenn du dir das Doppelkinn absaugen lässt«, sage ich böse, »dann hast du anschließend so einen Schwanenhals wie Carrie in ›Sex and the City‹ und darüber Hängebäckchen, Tränensäcke und Sorgenfalten wie Angela Merkel.«

»Meinst du echt?«, fragt Sonja besorgt.

»Ja«, ärgere ich sie weiter, denn mir ist einfach danach. »Wer sein Doppelkinn wegmachen lässt, der muss auch ein kleines Lifting im Gesicht einplanen. Das gehört zusammen.«

Sonja seufzt leise.

Cher schwebt in ihrem Meerjungfrauenkostüm durchs Bild.

»Das hat mir der Chirurg auch gesagt«, meint Sonja.

»Sonja! Du warst doch nicht etwa schon … Du hast doch eben gesagt, in zehn Jahren …«

»Na ja«, gesteht Sonja kleinlaut. »Ich wollte wissen, was dann so auf mich zukommt. Deshalb war ich schon mal beim Schönheitschirurgen und habe mich beraten lassen.«

»Aber Sonjaaaa!«

»Was?«, fragt Sonja kleinlaut. »Ist das so schlimm, dass ich mich schon mal informiere?«

Ich blicke schuldbewusst auf meine Hände. Dann schenke ich uns entschlossen von dem guten Roten nach.

»Also gut, jetzt mal ehrlich: Halbe Sachen gehen in diesem Metier einfach nicht. Wie sieht denn das sonst aus? Kannst du dir unsere Kanzlerin mit einem Schwanenhals vorstellen?«

Sonja schnieft. »Was meinst du, was hat Cher alles machen lassen?«

»Sie hat sich öffentlich dazu bekannt, dass zumindest Teile von ihr noch echt sind«, kläre ich Sonja auf. »Und dass es verdammt noch mal ihre Sache ist, was sie mit ihrem Arsch und ihren Titten macht. Das sagt doch wohl alles.«

»Demi Moore hat ja auch alles machen lassen«, nimmt Sonja Cher in Schutz. »Und Melanie Griffith. Und Sharon Stone!«

»Ja, die.«

»Iris Berben nimmt Hormone ...«

Klar, denke ich grimmig, so ist das. Haben alle ein halbes Jahrhundert auf dem Buckel, wollen aber so aussehen, als gingen sie noch zur Schule.

»Inge Meysel hat gar nichts machen lassen«, sage ich pampig. »Und Charlize Theron hat sich viel, viel älter und hässlicher machen lassen und dafür einen Oscar gekriegt.«

»Aber das war doch nur vorübergehend, für einen Film!«, protestiert Sonja empört.

Das weiß ich natürlich auch.

»Man kann sich nicht jünger machen lassen«, sage ich finster. »Man kann höchstens ein bisschen an sich rummachen lassen.«

Wie ich an meinen Händen, denke ich betrübt.

»Bei Cher findest du Schönheitsoperationen aber ganz okay, oder?«, setzt Sonja neu an.

Ich überlege.

»Bei Cher ist das etwas anderes«, erkläre ich Sonja. »Cher ist ein Kunstwerk. Ein Gesamtkunstwerk, um genau zu sein.«

Sonja nickt eifrig. »Das stimmt. Du müsstest mal ihre Fitness-DVDs sehen! So ein Training bringt schon eine ganze Menge. Deshalb gehe ich ja auch regelmäßig ins Sportstudio in Dortelweil. Und ob du es glaubst oder nicht, da kommen sogar Leute aus Frankfurt hin!«

»Im Ernst?« Das ist ja interessant.

»Aber sicher«, erklärt Sonja. »Das TOP 1 ist groß, es ist nicht so teuer wie in der Stadt, und man findet dort immer einen Parkplatz.«

Während Cher auf dem Bildschirm schreitet und streitet, überlege ich, wie ich meine Recherchen im Mord an der silbernen Frau vorantreiben kann. Meine Anhaltspunkte sind verdammt überschaubar. Anders ausgedrückt: Ich habe nicht sehr viele. Von Farben verstehe ich nichts, vom Körper einer Frau schon eher. Plötzlich kommt mir eine Idee.

»Sonja?«, sage ich bittend.

»Ja?« Sonja schaut gebannt auf den Fernseher.

»Nimmst du mich mal mit in dieses Sportstudio?«

»Warum nicht?«, meint Sonja gutmütig. »Gut, dass du auch mal auf die Idee kommst, was für dich zu tun!«

»Danke«, murmele ich ergeben.

Die Tote im Dortelweiler Golfsee sah aus, als wären bei der Modellierung ihres Körpers schwere Geräte im Spiel gewesen. Und wo sollte man die finden – wenn nicht im nächsten Fitnessclub? Zwar war die Silberfrau Studentin in Frankfurt, aber Sonja hat ja gerade gesagt, dass hier auf dem Land auch Frankfurter trainieren. Vielleicht traf sich die Silberfrau im Studio mit einer Freundin aus der Gegend zum gemeinsamen Training. Irgendetwas hat sie jedenfalls in die Wetterau gebracht, sonst hätte man sie wohl kaum hier gefunden.

Als der Abspann läuft, fragt Sonja: »Gehen wir zu ihrer Abschiedstournee? Wenn Cher ihre letzten Konzerte gibt? Sie tritt auch in der Festhalle auf.«

»Klar gehen wir hin«, verspreche ich ihr.

»Yeah!«, schreit Sonja und wir machen High Five.

Sonja stimmt »If I Could Turn Back Time« an, und ich trällere mit. Wir schlüpfen aus den Schuhen und fangen an, auf meinem Teppich zu tanzen. Unsere Wangen glühen.

Es stimmt: Cher *kann* die Zeit zurückdrehen.

Für eine Weile sind wir voll pubertär.

Sport ist Mord

»Und? Bist du bereit?«

Sonja zieht das kleine Sporttäschchen, das sie über der Schulter trägt, bis unter die Achseln und kraust die Nase. Wir stehen vor dem TOP 1.

Ich zupfe an meiner Trainingshose herum und nicke vage. Ich weiß: Ich muss es diesmal besser machen als bei Dr. Schön. Auf jeden Fall.

»Okay«, grinst Sonja. »Dann wollen wir mal!«

Seit Sonja fünfzig ist, sportelt sie regelmäßig. Einen alten Menschen erkennt man an dieser Wackelei beim Laufen, sagt Sonja. Die Hüftgelenke und die Knie nutzen sich ab und schmerzen bei jeder Bewegung. Daher versuchen die Betroffenen, die Gelenke möglichst wenig zu bewegen. Sie heben die Beine beim Gehen nicht mehr richtig an, verlagern nur das Gewicht von einem steifen Bein auf das andere. Das gibt dann diesen Watschelgang. Sagt Sonja.

Und dann die Osteoporose, holla! Sonja zieht bei dem Wort immer die Os in die Länge. Da hilft nur Calcium. Und Sport. Überhaupt: Wer Sport treibt, schüttet Hormone aus. Glückshormone. Sonja ist überzeugt: Nur der Sport kann eine Frau retten. Vorm Watschelgang. Vor Depressionen. Vor der Osteoporose.

Im Sturmschritt erobern wir das Sportstudio, nehmen vier Treppen im Flug und bremsen im Empfangsraum scharf vor dem Tresen. Eine lichte Fee nimmt dort Sonjas Plastikkarte entgegen, hört höflich zu, als Sonja etwas von »Probestunde« murmelt und auf mich weist. Sie lächelt, nickt und händigt uns zwei Schlüssel aus.

Vorsichtig schaue ich mich um. Direkt an den Tresen grenzt ein riesiger Raum, in dem sich Pflanzen und Trainingsgeräte abwechseln. Foltergeräte, wie ich auf den ersten Blick sehe. Im hinteren Teil des Raums liegt ein Mann im Muskelshirt auf einer Bank und stemmt Gewichte. Bei jedem Anheben stöhnt er ungeniert. Richtig unanständig klingt das. Neben einer großen Zimmerpalme versucht eine grazile Frau, auf dem Laufband bis nach Hanau zu kommen. Ihre zarte helle Haut hat einen rosigen Schimmer angenommen. Gut durchblutet, könnte man sagen.

Sonja lässt mir keine Zeit, die fremde Umgebung – und die Menschen darin – näher zu betrachten. Sie zieht mich vom Tresen weg. Schubst mich mitleidlos die Treppe hoch und in die Umkleidekabine, die hier schlicht Umkleide heißt.

Ruck, zuck habe ich meine alten Turnschuhe an den Füßen, und schon gelangen wir in eine weitere, kleinere Halle. Hier hocken drei Sportler auf Trainingsfahrrädern, die im Halbkreis aufgestellt sind. Spinning heißt der Sport, klärt Sonja mich auf. Im respektablen Abstand hat der Trainer sein Rad vor dem Halbkreis platziert – so, dass ihn alle gut sehen können. Musik kracht aus zwei riesigen Boxen, die Räder quietschen, der Vorstrampler schreit um sein Leben.

»Und rechts, und rechts, und rechts!«

Wie besessen strampeln sich die Kursteilnehmer die Seele aus dem Leib. Mal im Sitzen, mal im Stehen. Gelegentlich müssen sie auch noch Liegestützen auf dem Lenker machen.

»Dürfen wir noch mitmachen?«, schreit Sonja gegen die Musik an. »Wir sind etwas spät dran!«

Der Trainer bedeutet uns mit einem gutmütigen Augenschließen, dass wir noch willkommen sind. Mühsam steige ich auf einen freien Drahtesel und probiere zunächst die Variante »gemütliches Radeln im Park«.

»Moment mal! Fährt deine Freundin zum ersten Mal mit?«, will der Trainer von Sonja wissen. Er klingt besorgt.

»Ja, schon!«, gibt Sonja kleinlaut zu. Der Trainer steigt kopfschüttelnd von seinem Stahlross ab und kommt zu mir herüber. Ich muss noch mal runter vom Rad. Dann schätzt der Meister schnell ab, wie hoch mein Sattel sein muss und wie tief mein Lenker. Er stellt alles ein und zeigt mir außerdem, wie ich an einem kleinen Rad am Lenker den Schwierigkeitsgrad einstellen kann. Behände schwingt er sich wieder auf sein Trainingsgerät, und ich erklimme artig meines. Meine lädierten Patscherchen müssen immer schön in der Nähe der Handbremse bleiben, denn die Fahrt kann gefährlich werden.

»Wir flitzen nun bergab. Also Tempo!« Mit einem aufmunternden Kopfnicken gibt mir der Trainer zu verstehen, dass ich gefälligst einen Zahn zulegen soll.

Unser Vorturner ist ein netter Kerl, blond und freundlich und kaum älter als Laurenz. Vermutlich ein Sportstudent. Ihn scheint der ganze Akt nicht weiter mitzunehmen. Er hält Volksreden, während er strampelt, macht Witze. Dass er sich überhaupt anstrengt, das sieht man nur daran, dass seine Haut ein wenig feucht geworden ist. Feinste Schweißperlen schimmern auf seinen wohlgeformten Extremitäten. Jeder seiner Muskeln ist durch hartes Training in Form gebracht und gut zu erkennen. Definiert, so nennt Sonja das.

Eine Weile strampeln wir angestrengt vor uns hin. Niemand sagt etwas. Als endlich ein ruhigeres Musikstück aus den Boxen säuselt, nehme ich all meinen Mut zusammen.

»Die Tote, die man nebenan auf dem Golfplatz gefunden hat …«

Sonja schaut mich vernichtend an. Wenn Blicke töten könnten, fiele ich jetzt vom Rad.

»Ich denke, du bist zum Sportmachen hier, nicht zum Dummrumquatschen«, zischt sie leise.

Die anderen Kursteilnehmer treten wie auf Kommando langsamer. Selbst unser Vorturner fährt eine Spur zahmer.

»Die Sabine?«, meint die drahtige Frau neben mir. »Die hat doch hier Qi-Gong-Kurse gegeben!«

Unser Trainer nickt zustimmend. »Sabine kam immer in den Semesterferien. Dann war sie auch an den Geräten. Supernett war die.«

Bingo! Die Tote hat also im TOP 1 nicht nur trainiert, sondern sogar gearbeitet.

»Die Sabine«, wiederhole ich und tue so, als überlege ich. »Sabine Schmitt?«

»Nein«, sagt der Radler ganz außen. »Sabine Ott.«

Bravo. Jetzt kenne ich schon ihren vollen Namen!

»Die hat Chemie studiert«, weiß die Frau in Pink neben Sonja. »Das Studium hat sie sich selbst verdient. Die hat alle möglichen Jobs gemacht. Zuletzt hat sie Telefonverträge verkauft, für City-Call in Frankfurt. Aber da war sie sehr unglücklich. Das hat sie uns während ihrer Qi-Gong-Kurse erzählt, die haben ihr immer viel Spaß gemacht. Das hat man auch gemerkt – so wie sie unterrichtet hat. Ich kann gar nicht glauben, dass sie tot ist.«

»Eine schreckliche Geschichte!«, ergänzt die Frau neben mir.

»Man kann sich gar nicht vorstellen, wer so etwas macht. Die war doch überall beliebt, die Sabine. Jedenfalls hier bei uns im Studio.«

»Hoffentlich kriegen die das Schwein«, sagt der Mann mit ernstem Blick.

Die Musik hat wieder eine härtere Gangart angenommen. Wir sollen nun einen Berg hochfahren, im Stehen. Dazu müssen wir die Fahrräder an dem kleinen Rad am Lenker so einstellen, dass sich die Pedale nur noch mit viel Kraft treten lassen. Ich drehe mein Rädchen zu stark zu und kann nun meine Pedale gar nicht mehr bewegen. Unser Trainer hat einmal mehr Erbarmen mit mir, er hüpft wieder von seinem Rad herunter, kommt erneut zu mir und stellt mein Rad ein.

»Und Sie?«, frage ich ihn, während er an der Schaltung herumfummelt. »Kannten Sie die Sabine?«

»Nicht wirklich«, antwortet er. »Ich bin ja selbst noch nicht so lange hier. Wie gesagt, nett war sie, aber auch immer in Eile. Leicht gestresst. Trotz Qi-Gong.«

Er schwingt sich wieder auf sein Rad.

»Armes Ding«, wirft er abschließend in die Runde. »Das hatte sie nicht verdient.«

Alle nicken andächtig.

Schweiß tropft von meiner Stirn, meine Beine sind mittlerweile weich wie Pudding.

Aber ich will nicht meckern, ich bin tatsächlich einen Schritt weitergekommen.

»Na?«, fragt Sonja, als wir im Duschraum nebeneinander unter unseren Brausen stehen. »Wie fühlst du dich jetzt? Toll, oder?«

Meint sie das ironisch? Wahrscheinlich kann ich morgen nicht mehr laufen. Wo ich doch zu CityCall muss, um mehr über Sabine Ott zu erfahren.

»Geht so«, antworte ich und schaue mich im Duschraum um. Gerade sind die Mädels vom Step-Aerobic-Kurs aus dem großen Trainingsraum eingelaufen. Jede Menge Gekicher, Geplauder und Nebelschwaden von heißem Wasser.

Erschrocken stelle ich fest, dass ich hinter dem Mond leben muss, ich weiß gar nicht mehr, was angesagt ist: Tattoos, jede Menge, Schlangen quer über dem Busen und Schmetterlinge just über der Pospalte, um genau zu sein. Brillis im Bauchnabel. Und kein einziges Schamhaar am Leib.

Ich betrachte die tätowierten Ladys um mich herum. Das ist es also, was Männer um den Verstand bringt: gestylte Bodys, Tattoos und gepiercte Nabellöcher.

Doch wenn das stimmt – wie konnten sie dann früher halb verhungerten Twiggys hinterherrennen, sich auf ausladende Rubensfrauen stürzen oder auf eieruhrförmige Rock-'n'-Roll-Tänzerinnen in Caprihosen abfahren?

Was Männer anzieht, muss etwas anderes sein als das, wofür sich diese Frauen so anstrengen und wofür sie so viel Geld ausgeben. Irgendetwas, das gar nichts kostet und überhaupt keiner besonderen Anstrengung bedarf. Mir schwant, die Frauen veranstalten den ganzen Schönheitszirkus gar nicht für die Männer, sondern füreinander. Es geht darum, die Konkurrentinnen in den Bann zu schlagen. Sie so sehr zu beeindrucken, dass sie zur Salzsäule erstarren und unfähig sind, einen Mann anzuflirten – so lange, bis das Alphaweibchen das begehrte Männchen vom Fleck weg erobert hat.

Zu Hause lasse ich mich in die weichen Polster meiner Couch fallen. Paul nähert sich auf Samtpfoten und sieht mich anklagend an. Ich liege auf seinem Lieblingsplatz.

»Ihr Katzen habt gut Jaulen!«, erkläre ich ihm. »Euch kann jedes Fitnessstudio gestohlen bleiben. Ihr seid immer geschmeidig, selbst im Alter. Und immer elegant angezogen in euren Pelzmäntelchen – sommers wie winters.«

Entschlossen packe ich Paul am pelzigen Nacken und ziehe ihn zu mir auf den Schoß. Dort rollt er sich sofort zusammen und schnurrt.

»Ach Paul«, schütte ich ihm mein Herz aus. »Dein verrücktes Frauchen will einen Mörder fassen. Vielleicht habe ich mir da zu viel vorgenommen. Aber ... Wenn ich das schaffe, dann bekommst du eine Extraportion frische Leber.«

Dass ich überhaupt kein Katzenfutter mehr im Haus habe, ist mein letzter Gedanke, bevor ich einschlafe.

Traumauto

Es ist schon Abend, als ich mich aufraffe, um Paul etwas zu essen zu besorgen.

Was wäre, wenn ich jetzt zufällig einen Jogger im roten Sporthöschen sehe ... Das könnte doch sein? Er könnte doch zufällig gerade jetzt vom Joggen kommen!

Ich stiefele los. Mit meinem riesigen, riesigen Einkaufskorb in der Hand. Damit auch ein jeder sieht, dass ich einkaufen gehe: einkaufen.

In Wirklichkeit schleiche ich nervös um die Häuser. Pirsche unruhig von Tür zu Tür, von Vorgarten zu Vorgarten, in der wilden Hoffnung, einen Blick auf ihn zu erhaschen.

Verdammt, wo könnte er wohnen?

Ich weiß ja nicht einmal, wie er heißt.

Ich drehe noch eine Runde um den Block.

Und noch eine.

Falle ich schon auf? Wie viele Nachbarn haben mich bereits gesehen, wie viele ahnen, dass ich auf der Jagd bin? Eine verzweifelte Indianerin auf der Pirsch. Bestimmt haben sie mir schon einen Spitznamen verpasst: Die-mit-dem-Korb-um-die-Wigwams-schleicht.

Verdammt.

Doch dann habe ich eine Erleuchtung. Die-mit-dem-Korb-um-die-Wigwams-schleicht wird sich unverzüglich zu der Squaw begeben, die das Feuerwasser verkauft. Denn die Squaw, die das Feuerwasser verkauft, ist weise und kennt immer die neuesten Nachrichten.

Franka führt ihren Laden unweit unseres Hofes, schräg gegenüber, auf der anderen Seite der Straße. Bei ihr bekommt man nicht nur Getränke, sondern auch alles, was sich in Gläser und Dosen abfüllen lässt. Dazu kommt noch Frankas unvergleichlicher Service: Nicht nur, dass sie Getränke und Bierzeltgarnituren frei Haus liefert, sie hat auch für jedes Problem ein offenes Ohr und weiß immer einen guten Rat. Franka ist eine dralle Dame jenseits der sechzig, die im Sommer wie im Winter das Gleiche trägt: die gleiche Kleidung, die immer gleiche Frisur. Eine Angewohnheit, die auf mich seltsam beruhigend wirkt. Franka enttäuscht mich auch heute nicht. Wie gewohnt hat sie ein langes schwarzes Kleid an. Ihr schlohweißes Haar ist im Nacken zu einem schweren Zopf gebändigt. Sanft schaukelt ihr mächtiges Doppelkinn über ihren melonengroßen Brüsten, die sich in einem großzügigen Ausschnitt üppig runden. Franka stammt aus Sizilien und geht mit ihrem Alter wie mit ihrer Leibesfülle selbstbewusst um. Sie ist Mama von fünf Kindern, Ahnin von fünfzehn Enkeln. Respekt und Anerkennung innerhalb ihrer Familie sind ihr sicher. Mehr noch: Franka weiß, dass sie geliebt wird. Und das spürt jeder, der auch nur ein Wort mit ihr wechselt.

Sie lächelt breit, als sie mich sieht.

»*Dica, Signora!* Das gibte ja eine Feste bei Ihne!«

Fest? Ich brauche einen Moment, um mich zu erinnern. Richtig, die Nachbarn wollen ein Fest feiern.

»Stimmt genau!«

»Wir habe die Biergarniture schon rausgestellte. Wir liefern sie am Samstagmorge mitte Getränke«, plaudert Franka fröhlich.

»Ist gut«, sage ich munter und tue so, als sei ich die Speerspitze unseres Festkomitees und somit bestens informiert. Denn gerade kommt mir ein wunderbarer Einfall.

»Die Garnituren nimmt unser neuer Nachbar an, der Herr, der immer joggen geht«, improvisiere ich schnell. »Sie wissen bestimmt, wo der wohnt?«

»Ah, *va bene*, der *Dottore* in de rote Sportehose!« Um Frankas Mund spielt ein anzügliches Grinsen, das ich am besten unkommentiert hinnehme, wenn ich auf diese Tour rauskriegen will, wo der Dottore wohnt.

»Ja«, sage ich erleichtert, »haben Sie seine Adresse?«

Jetzt!, hoffe ich. Jetzt! Sag sie! Seine Adresse.

»Nein«, sagt Franka. »Habisch keine Ahnung.«

So ein Mist.

»Okay!«, sage ich schnell. »Macht ja nichts, ich weiß sie auch nicht. Dann bringen Sie die Garnituren halt in Gottes Namen am Samstagmorgen direkt zu uns rüber.«

Franka schaut mich seltsam an.

»*Come, Signora*? Das hatte wir doch eh vor!«, beschwert sie sich.

»Sagen Sie, Franka«, wechsle ich das Thema, »was halten Sie denn von der Sache mit der Toten im Golfweiher?«

»*Madonna mia.*« Franka schlägt die Hände über dem Kopf zusammen. »*Un disastro*, eine Katastrophe. Wie kann man nur die Leben von eine so blühende junge Frau auslöschen. Das kann niemande von die Ort sein. Habe Sie gehört, es gibte eine Belohnung.«

Ich nicke. Dafür interessiert sich niemand mehr als ich.

»Und die silberne Farbe?« Vielleicht weiß Franka noch mehr.

Sie beugt sich verschwörerisch zu mir über den Tresen.

»Das ist eine Zeichen, glauben Sie mir.« Franka flüstert fast.

»Was für ein Zeichen könnte denn Silberlack sein?«

»Liegte klar auf die Hand: Für vierzig Silberlinge wurde unser Herr Jesus verraten. Sie verstehen? Silberlinge – Silberfarbe. Die arme Mädchen war bestimmt Mitglied in eine Sekte. Wollte aussteigen. Hat man sie umgebracht deswegen. Damit sie schweigt für jetzt und in alle Ewigkeit.«

Ich starre Franka entgeistert an. Auf was für Ideen sie kommt.

»Aber Franka! Die Wetterau ist traditionell evangelisch.«

»Was hate das zu bedeuten? Gibt es trotzdem Sekten hier in die Gegend. Sperren Sie Ohren auf!«

Ich denke noch darüber nach, ob Frankas religiöse Phantasien mich in meiner Recherche über die Tote am Golfweiher weiterbringen könnten, da hat sie schon das Thema gewechselt.

»Wolle Sie die Preisausschreibe mitmache?«

»Was für ein Preisausschreiben?«, frage ich gedehnt zurück. So viel ist klar: Ich will momentan bei keinem Preisausschreiben mitmachen, ich suche gerade eine rote Sporthose. Genauer: Den Typ, der sie trägt. Ich schaue Franka unschlüssig an.

»Na, da gucke Se ma in mein Hof!«, wechselt Franka in bestes Hessisch und bringt mir damit in Erinnerung, dass sie schon seit vierzig Jahren hier lebt.

Ich nicke, rühre mich aber nicht vom Fleck. Dass Franka auch nicht weiß, wo mein Jogger wohnt, enttäuscht mich so sehr, dass es wehtut. Und ich bin viel zu müde, um in irgendeinen Hof zu gehen.

»Ei, gucke Se ma!« So schnell gib Franka nicht auf.

»Na gut«, gebe ich nach. Um des lieben Friedens willen folge ich gehorsam Frankas vor mir herwankenden Massen – hinaus aus dem Laden, nach draußen auf die Straße und von da aus in den Hof.

Auf dem Pflaster im Hof steht ein Mercedes GLK Offroader, ein Geländewagen, dunkelgrün, getönte Scheiben, schnittig, kompakt und vermutlich irrsinnig schnell. Mir bleibt vor Staunen die Spucke weg. Franka, die jetzt dicht neben mir steht, schnauft erregt. Auch ihr gefällt der Wagen, keine Frage. Oder hat sie der kurze Weg so sehr angestrengt?

»Wow!«, sage ich endlich.

O ja. So einen hätte ich gern.

»Den könne Sie gewinne«, freut sich Franka. Als sei das alles ganz einfach.

»Gern«, stimme ich zu.

»*Allora*. Mussen Sie nur so eine Kärtche ausfülle! In die Lade, *andiamo*!«

»Ist gut«, verspreche ich wie in Trance.

Das Auto ist nicht meine Preisklasse, der Unterhalt würde mich ruinieren. Mit diesem dicken Schlitten würde ich die Umwelt zudem nachhaltig schädigen. Aber … Wenn ich ihn gewinne, kann ich ihn ja verkaufen und mir von dem Erlös einen Kleinwagen anschaffen. Vielleicht sogar zwei. Einen für mich und einen für Laurenz. Und vorher könnte ich das Teil ein wenig durch die Gegend fahren. Und so ganz nebenbei den einen oder anderen tief beeindrucken. Ich wäre nicht mehr Die-mit-dem-Korb-um-die-Wigwams-schleicht.

Ich wäre Die-mit-dem-Geschoss-über-die-Felder-jagt.

Ich folge Franka zurück in den Laden. Fülle mein Kärtchen aus, erstehe vier Dosen Katzenfutter und schwebe mit Pauls Fastfood hinaus auf die Straße. Die Adresse meines roten Turnhöschens habe ich leider nicht.

Aber vielleicht habe ich demnächst ein schickes Auto.

Den Rest des Tages weide ich mich an der traumhaften Vorstellung, mit quietschenden Reifen in einem dunkelgrünen Geländewagen der Luxusklasse auf unseren Hof zu donnern und einem ganz bestimmen Herrn mit meinem Anblick den Atem zu rauben.

Klinken putzen

Für meinen Besuch bei der Firma CityCall habe ich mich in meinen türkisen Hosenanzug geschmissen. Der lässt mich frisch und jugendlich aussehen. Dazu trage ich hautfarbene Pumps. Die strecken nämlich ungemein. Ein rascher Check noch vor dem Spiegel im Eingang. Ich finde, ich sehe eindrucksvoll aus. Gelassen nehme ich in dem Wartezimmerchen Platz, in das man mich schickt.

Dort hockt bereits ein kleiner gedrungener Mann, der mich mit leicht gesenktem Haupt aus seinen kleinen Schweinsäuglein neugierig ansieht. Bei näherer Betrachtung schaut er wie ein Amateurboxer aus. Seine Nase war in seinem Leben bestimmt schon mehrmals gebrochen, so schief, wie sie in seinem Gesicht sitzt, und die Lippen wurden ihm auch schon genäht.

»Atze«, sagt er jetzt und grinst mich mit seinen geflickten Lippen freundlich an.

Ich brauche einen Moment, bis ich begreife, dass das ein Vorname ist. Sein Vorname.

»Juliane«, sage ich endlich.

Atze betrachtet mich eingehend und nickt zufrieden.

»Wir sehn uns«, sagt er mit wissendem Unterton.

Dann steht er auf. Er verlässt mich, und ich bin allein in dem Warteräumchen.

Die Zeit vergeht. Ich lausche nach draußen. Im Nebenraum werden verschiedene Personen unter lautem Gejohle gefeiert. Ihre Namen werden aufgerufen. Dann werden Zahlen in den Raum geschrien.

Und schließlich skandieren sie: Yeah, yeah, yeah, dritter Platz!

Yeah, yeah, yeah, zweiter Platz!

Und: Wow, wow, wow, erster Preis.

Ich lausche weiter.

Nun erklingt ein Lied. Den Worten nach, die zu mir herüberwehen, ist irgendetwas schwierig, aber man wird es trotzdem schaffen. Die Melodie erinnert mich an ein bestimmtes Lied von Xavier Naidoo. Sie klingt ein bisschen wie eine tibetanische Gebetsmühle. Der Text ist allem Anschein nach kurz, er wird offensichtlich mehrmals wiederholt.

Endlich strömen viele Menschen an mir vorbei und nach draußen auf die Straße. Ich werde in das Zimmer geführt, in dem eben noch die Party stattfand. Herr Osang, der Boss, wartet auf mich.

»Sorry, wir sind ein bisschen später dran«, sagt er mit Moderatorenstimme, »aber unser Motivationstraining ist su-per-wichtig!«

»Klar. Kein Problem.«

Gespannt scanne ich das Bild, das sich mir bietet. Der Chef, ein großer, schöner Mann, steht hinter einem großen, schönen Chefschreibtisch. Ein Alphamännchen, ohne Frage. Der Mann sieht nicht nur gut aus, er ist auch gut und teuer angezogen. Anzug, Hemd, Krawatte, alles stimmt. Er richtet seinen tiefen, kontrollierenden Blick auf mich. Ein Leuchten geht über sein Gesicht.

Ich habe mir bereits zurechtgelegt, wie ich am elegantesten auf Sabine Ott zu sprechen komme. Sie ist eine Schulfreundin meines Sohnes, werde ich behaupten, ich will sie zu einer Überraschungsfete anlässlich seines Geburtstags einladen. Deshalb brauche ich dringend ihre Adresse. In einschlägigen Kreisen nennt man so etwas wohl eine Legende. Und eine Legende muss stimmen.

Doch alles kommt ganz anders, als ich mir vorgestellt habe. Noch bevor ich den Mund aufmachen kann, ergreift Herr Osang erneut das Wort.

»Sie sind meine Frau! Das sehe ich doch auf einen Blick. Sie haben Lebenserfahrung und Power. Sie wissen, was Sie wollen, haben Menschenkenntnis und Einfühlungsvermögen. Sie sind all diesen jungen Schnöseln, die hier ankommen, haushoch überlegen! Sie haben Klasse. Eine Frau wie Sie kann ich auf unsere besseren Kunden loslassen. Sie machen bei mir ganz viel Geld!«

Oha. Ob er das noch einmal wiederholen kann?

»Danke. Das höre ich gern.«

»Also: Wir verkaufen Telekommunikation. Anschlüsse. An Geschäfts- und Privatkunden.« Er versucht, seine Informationen durch eine kleine Kunstpause spannender zu machen. Dann fährt er fort: »Die Bewerbung hier funktioniert anders als alle anderen Bewerbungen. Sie machen gleich einen Probetag. Ich habe fünfunddreißig Stellen zu vergeben, den ganzen Tag wird es hier zugehen wie in einem Taubenschlag. Aber Ihnen gebe ich meinen besten Mann mit, den habe ich Ihnen heute Morgen direkt aus Berlin eingeflogen. Er zeigt Ihnen alles, was Sie wissen müssen. Heute Abend frage ich Sie dann: Ja oder Nein? So geht das hier. Ich erwarte dann eine schnelle und klare Entscheidung. Noch Fragen?«

»Ja, ich bin auf der Suche ...«, beginne ich.

»... nach einem wirklich tollen Job?«, vollendet Herr Osang meinen Satz. »Den bekommen Sie hier. Wenn Sie sich an die Spielregeln halten. Keine Pausen, die können Sie nach der Arbeit machen.« Er lächelt, als habe er einen guten Witz gemacht. »Niemanden auf der Straße anhauen! So proll wollen wir nicht sein. Wir klingeln und sehen zu, dass wir in die Häuser kommen und vernünftig mit den Kunden reden.«

Er lächelt aufmunternd, hebt den Telefonhörer ans Ohr.

»Schick mir mal den Krause«, befiehlt er der Person am anderen Ende der Leitung.

Ich gebe es auf, Osang zu widersprechen. Vielleicht ist ja dieser Krause meine Chance. Osang sieht nicht so aus, als hätte er sich groß um Sabine Ott gekümmert. Sie war für ihn bestimmt eine von vielen. Da halte ich mich besser an die Kollegen. Die Angestellten wissen voneinander meistens mehr, als der Chef über sie weiß.

Kurz darauf betritt jemand das Zimmer, und Herr Osang erklärt stolz: »So. Das ist Herr Krause, wie gesagt, heute Morgen extra für Sie aus Berlin eingeflogen. Herr Krause zeigt Ihnen dann alles.«

Vor mir steht Atze.

Atze nimmt mich in der S-Bahn mit in die Stadt. Uns begleitet noch eine Kollegin, die eigentlich in einem ganz anderen Revier arbeitet. Sie heißt Heike. Eine nette Brünette molligen Ausmaßes. Irgendwie wirkt sie lieb.

Schweigend sitzen wir in der S-Bahn. An der Konstablerwache schreit Atze knapp: »Hier isset!«

Wir steigen rasch aus. Kaum sind wir mit der Rolltreppe ins Freie gelangt, lässt Atze seinen Stadtindianer-Blick über die unendlichen Weiten des Konstabler Marktes schweifen.

»Weeste, wo hier dit nächste Café is?«, werde ich gefragt.

Ich zucke die Achseln. »Hier sind überall welche«, antworte ich ausweichend.

»Na jut, dann nehm wa dit McDonald's«, entscheidet Atze schnell.

»Wollen wir nicht lieber in einem der Geschäfte anfangen?«, frage ich unsicher.

Ich stelle es mir einfacher vor, einen kleinen Blumenhändler dazu zu überreden, seinen Telefonanbieter zu wechseln, als eine Fastfood-Kette.

»Die Jeschäfte? Nee, da redeste dir bloß den Mund fusselich, die ham ihre Vatäge, wa, die loofen lange. Die koofen nischt.«

»Ich geh da auch gar nicht so gern rein«, stimmt Heike ungefragt zu. »Da traue ich mich nie.«

Wir landen also bei McDonald's.

Ich erwarte nun, dass Atze den Assistenten rufen lässt, um ihn zu fragen, wann er dem Chef die wunderbaren Konditionen von CityCall für einen Telefon- und Internetanschluss mit Recht auf ewiges Surfen und kostenlosem Telefonieren-bis-der-Arzt-kommt vorlesen darf. Doch Atze fragt gar nicht nach dem Assistenten. Er würdigt das gesamte Personal keines Blickes. Er steuert viel mehr zielstrebig einen Tisch am Fenster an.

»Hol ma wat für hinter die Binde«, befiehlt er Heike. Und mit einem schrägen Blick auf mich fügt er hinzu: »Kannst ja ma Juliane fragen, ob die ooch wat will. Vielleicht 'n Kaffee?«

Er blickt auf die Uhr, während Heike schon losrennt, um das vage Bestellte zu besorgen.

»Na ja, ick denk ma, ne Stunde könn wa uns jönnen.«

Wir trinken Kaffee und betrachten durch die Scheibe das Treiben auf der Straße. Geredet wird nichts. Atze und Heike scheinen noch Schlaf nachholen zu müssen und dösen mit halb offenen Augen vor sich hin. Das Schweigen der Dämmerer sozusagen.

Ich wage es nicht, ihre wohlige Stimmung zu unterbrechen und nach Sabine Ott zu fragen. Ich muss zunächst ihr Vertrauen gewinnen.

Atze hat offensichtlich ein gutes Zeitgefühl, denn nach ziemlich genau einer Stunde springt er auf.

»Et jeht los, wa.«

Nun bin ich aber mal gespannt.

Wir laufen zu dritt in Richtung Main und schlagen uns dann nach rechts in die Gassen. Meine beiden Begleiter haben nicht nur ihre eigenen Methoden. Sie entpuppen sich auch als ein eingespieltes Team. Heike schellt an den diversen Klingeln, und wenn dann jemand den Kopf zum Fenster herausstreckt – was übrigens die meisten vorsorglich tun, niemand drückt einfach auf den Türöffner –, dann hebt sie ihr in schwarzes Leder gebundenes Notizbuch, das sehr amtlich aussieht, und ruft mit strenger Miene: »Wir kommen wegen Ihrem Telefon!«

Die meisten machen uns sofort die Haustür auf, um uns dann an der Wohnungstür zu erwarten. Dort schauen sie abwartend in Heikes liebes Gesicht und dann neugierig auf meinen türkisen Anzug. Sie sehen drein, als würden sie überlegen, bei welcher Fluggesellschaft man mich wohl ausgemustert hat.

Atze bleibt etwas im Hintergrund. Bei seiner napoleonischen Größe ist es kein Problem für ihn, sich hinter uns zu verstecken.

»Ist mit Ihrem Telefon alles in Ordnung?«, fragt Heike. Meist klingt sie einfach nur hilfsbereit. Sind die Leute abwehrend, setzt sie im Ton einer Stationsschwester eine strengere Variante nach: »Alles in Ordnung mit Ihrem Telefon?«

Manchmal muss sie den Satz auch ein drittes Mal sagen, denn viele, die wir besuchen, sind schwerhörig. Wir treffen meist alte Menschen an, die nicht mehr im Berufsleben stehen. Oder Unpässliche, die beteuern, die Grippe zu haben und nur deshalb nicht zur Arbeit gegangen zu sein. Und Leute, die ganz offensichtlich keine Arbeit haben.

»Na ja, wat Arbeit hat, dit arbeitet nu!«, philosophiert Atze. »Morjens um die Zeit, wa?«

Einmal machen uns Kinder auf, einmal eine sehr junge Frau, um deren Knie sich vier Gören ranken. Die Kinder lässt Heike in Ruhe. Auch wenn die Leute zu schwerhörig sind, kaum Deutsch verstehen oder wenn es sich um Frauen handelt, die offensichtlich nichts ohne ihren Mann unterschreiben dürfen, bricht Heike die Verhandlungen rasch ab.

»Das hat keinen Zweck«, meint sie müde. »Da verschwende ich nur meine Zeit.«

»Ist die Wohnungstür erst mal offen«, erklären mir meine Begleiter im Duett, »musst du reinkommen.« Und auch da gibt es jede Menge geschickte Redewendungen, die einem weiterhelfen.

»Kann ick mir mal irjendwo setzen?«, fragt Atze oft ungeniert. »Mir tun schon die Füße weh vom ewijen Rumloofen.« Erstaunlich viele Leute haben dafür Verständnis und gehen sehr hilfsbereit darauf ein. Sie bieten Atze einen Stuhl in der Küche oder gar im Wohnzimmer an.

Heike sagt gern: »Wo kann ich denn mal schreiben?« Dabei schaut sie sich suchend um und wedelt mit ihrem Block. Allem Anschein nach ist Schreiben für viele eine höhere Kunst, ehrfurchtsvoll wird Heike ein Platz zum Schreiben angeboten, und so gelingt es ihr, ohne lange Umschweife – und ohne weitere Nachfragen, was sie denn eigentlich zu schreiben gedenkt – an den Küchentisch geführt zu werden.

Ist es erst gelungen, einen Stuhl in der Wohnung angeboten zu bekommen, heißt es: hinsetzen und reden, reden, reden – bis man »schreibt«. Und nur nicht locker lassen! Denn wenn man »schreibt«, bedeutet das, dass man den Vertrag ausfüllt.

Im Eifer des Gefechts, so gesteht Atze, hat er mal einen Internetvertrag an einen Kunden verkauft, der gar keinen Computer hatte.

»Ach!«, meint Atze gelassen. »Dit is doch denen ihre Sache. Ick kann mir nich um allet kümman.«

Nach dreißig Wohnungen tun mir die Füße weh. Warum hab ich heute Morgen nur meine Pumps angezogen?

Nach einunddreißig Gesprächen fange ich an, mich zu schämen. Was für ein Recht habe ich, mir die Wohnungen all dieser Menschen anzusehen? Blicke in ihre unaufgeräumten Küchen zu werfen, ihre ausgeklappten Schlafsofas zu betrachten, auf denen das zerknüllte Bettzeug aufs Lüften wartet?

Nach der zweiunddreißigsten Wohnung kriege ich Wut auf die Leute, die in den Wohnungen leben. Wie blöd sind die eigentlich? Machen die denn jedem die Tür auf? Und warum? Aus Langeweile? Wollen die einfach mal mit jemandem reden?

Nun ja, so einfach kaufen sie uns dann doch nicht alles ab. Die meisten hören uns zwar interessiert zu, wollen dann aber doch nicht »schreiben«. Wir haben bisher nur drei Verträge ergattert, und alle drei hat Heike reingeholt.

Nach der dreiunddreißigsten Wohnung bin ich tot.

Nach der vierunddreißigsten Wohnung rempelt Atze einen Typen auf offener Straße an, einen jungen Ausländer. Wir stehen vor einer Änderungsschneiderei. Atze gibt alles. Er will mir offensichtlich zeigen, was er draufhat. Er redet und redet auf den jungen Mann ein. Nach fünfzehn Redeminuten ist der Jugendliche bereit, unser komplettes Paket zu kaufen: Telefonanschluss, Internetanschluss, einfach alles.

Atze hält ihm gerade den Vertrag unter die Nase und drückt ihm seinen Kuli in die Hand, da tritt ein alter Mann aus der Änderungsschneiderei, vor der wir stehen.

»Was tust du da, Jussuf?«, fragt er ruhig.

Der Jugendliche fährt zusammen und lässt den Kuli fallen. Er ist zur Salzsäule erstarrt und schaut erschrocken den Alten an. Er benimmt sich, als habe Allah persönlich aus dem Himmel zu ihm gesprochen.

»Nu halten Se sich doch da raus!«, plärrt Atze den Alten frech an.

Jussuf schüttelt energisch den Kopf.

»Das meine Boss«, stellt er den Patriarchen vor, der immer noch reglos auf der obersten Stufe vor seiner Änderungsschneiderei steht. »Mache ich Lehre bei ihm.«

Wenn ich gedacht habe, dass Atze nun aufgibt, so habe ich mich vertan. Atze versucht allen Ernstes, beiden einen Vertrag aufzudrücken, dem Jugendlichen und seinem Chef. Doch der Alte kennt das Spiel. Er bleibt freundlich, sagt kaum etwas, lässt Atze ins Leere reden. Dann, nach einer geraumen Weile, dreht er sich schweigend um und verschwindet in seinem Änderungshimmel.

Der Jugendliche hebt nur vielsagend die Achseln.

Atze zieht Heike und mich wütend mit sich fort.

»Beinahe hättest du geschrieben! Wenn nur der scheiß Alte nicht gekommen wär!«, tröstet ihn Heike.

»Beinah hätt ick beide jeschriebn!«, meint Atze großspurig. »Aber wat soll's? Wir soll'n ja ooch nich drücken.«

Er lacht.

Endlich geht es nach Hause, das heißt: zurück ins Büro.

Unterwegs in der S-Bahn ergreife ich meine Chance. Atze und Heike scheinen schon länger dabei zu sein.

»Kennen sich alle Kollegen so gut wie ihr?« Ich lächele die beiden, die ermattet vor mir sitzen, ermutigend an.

»Nö, dit nich«, berichtet Atze gleich freimütig. »Die meisten kennen sich jenau jenommen ja nich. Is ja nen ständijes Kommen und Jehen. Aber wir beede haben schon so manche Tour jemeinsam jemacht, wa Heike?«

Heike nickt. Verwirrt sehe ich Atze an.

»Aber Herr Osang sagte doch, er hätte Sie extra aus Berlin kommen lassen, um Neue wie mich anzulernen.«

»Ick gloob, et hakt«, erwidert Atze. »Nee, nee, ick wohn oben inna Nordweststadt.« Und nach einer Pause fragt er: »Wofür willste denn dit eijentlich allet wissen?«

»Ach, ich kenne eine Sabine Ott, die hat mal bei CityCall gejobbt.«

»Sabine? Die mit dem Fernsehmacker?« Atze weicht die Farbe aus dem Gesicht. »Die is tot, weeste dit nich?«

Heike nickt mitfühlend. »Ermordet. Ist das nicht schrecklich?«

Atze reckt sich selbstbewusst. »Und ick weeß ooch, wer dit war.«

»Wirklich?«, frage ich mit großen Augen.

»Na klar. Dit war der ihr Freund, Matthias heeßta.«

»Wie kannst du denn so etwas sagen«, widerspricht Heike. »Die haben sich doch geliebt.«

»Wat war denn dit für ‘ne Liebe?«, fährt Atze fort. »Anjebrüllt ham se sich am Telefon. ›Wo biste jetzt‹, ›Wann kommste denn‹, ›Ick mach Schluss, wenn dit so weiterjeht‹. Eenmal hat die Sabine sojar ihr Handy innen Main jeschmissen vor lauter Wut. Ick sach euch, dem Matthias sind die Sicherungen durchjeknallt.«

»Ein Beziehungsdrama?«, bohre ich nach.

»Ob man dit ‘ne Beziehung nennen möchte, sei ma dahinjestellt. Aber Drama stimmt schon«, meint Atze.

Heike nickt zustimmend. »Sabines Freund hat fürs Fernsehen gearbeitet. War viel unterwegs und – wie soll man sagen – stets in weiblicher Gesellschaft. Aber Sabine sollte immer auf ihn warten. Am besten sollte das Essen schon auf dem Tisch stehen, wenn er kam. Wenn Sabine selbst bis spätabends unterwegs war, hat er gleich das Schlimmste vermutet. Weißte noch, Atze, wie er sogar mal auf dich eifersüchtig war?«

»Ja, und ob«, sagt Atze stolz. »Wir sind dem Idiot ma übern Weg jeloofen, als wa im Westend jeschriebn ham. Kam daher wie Graf Rotz. Macht der die Sabine uff offena Straße an: ›Wer issn dit‹, ›Wat willn der‹, un deutet uff mich. Dann kiekta an mir runta und sacht: ›Nee, die Witzfijur kommt wohl nich für dich in Fraje‹. Kriegste doch die Motten! Dann falln sich die beeden um'n Hals. ›Matthias, Matthias‹, hat se jeschluchzt. Un denn der Zungenkuss vor meenen Augen!«

»Und die silberne Farbe?«, versuche ich, Atze wieder in die Gegenwart zurückzuholen.

»Weeßte, wat die für ausjefallene Sexspielchen druffhatten?«

Das muss ich verneinen und gehe zur letzten Frage über.

»Wisst ihr denn, bei welcher Firma Sabines Freund angestellt ist?«

»EventMedia!«, sagen meine Kollegen auf Zeit wie aus einem Mund. Und Atze wiederholt noch einmal fast andächtig: »Bei EventMedia arbeitet die Arschgeije.«

Magnus

Ich spüre meine Füße nicht mehr, als ich mich in Wuchersheim in meine Wohnung schleppe. Verwundert stelle ich im Flur fest, dass aus meiner Küche verlockende Düfte dringen. Es riecht verdammt gut – nach irgendeinem mir unbekannten Fleischgericht.

Vorsichtig öffne ich die Küchentür.

An meinem Herd steht ein fremder junger Mann. Er trägt eine lederne Kniebundhose und ein weites Leinenhemd. Darüber hat er ein … Moment mal, was ist das denn? Ja, doch. Über dem Leinenhemd trägt er ein dünnes Kettenhemd aus feinem Draht. Er sieht aus, als wäre er dem Film »Der Herr der Ringe« entsprungen. Seine langen schwarzen Haare fallen ihm bis über die Schultern. Und, wie gesagt, er steht an meinem Herd und brutzelt etwas in meiner Le-Creuset-Pfanne. Meiner Lieblingspfanne!

»Hallo, guten Abend!«

»Seied gegrüßt!«

Der edle Ritter ruckelt an meiner Pfanne, blickt zu mir herüber und schenkt mir ein freundliches Lächeln.

Hübsch ist er, so viel steht schon mal fest. Blaue Augen zu dunklem Haar, das sieht immer gut aus. Auch auf seinen schönen Mund und die tadellosen Zähne kann der junge Herr stolz sein. Wie alt mag er sein? Mitte, Ende zwanzig, schätze ich.

»Wo warst du denn den ganzen Tag, Mama?« Laurenz sitzt am Tisch, einen Teller vor sich, und wartet offensichtlich auf das Essen, das der Rittersmann im Kettenhemd zubereitet.

»Ich hatte ein Bewerbungsgespräch.« Mehr muss Laurenz nicht wissen.

»So lange?«

Ich vermute, dass mein Sohn diesen vorwurfsvollen Ton anschlägt, um von dem abzulenken, was hier in meiner Küche geschieht: dass sein Kumpan in dem höchst seltsam anmutenden Outfit sich ungefragt mit meiner Lieblingspfanne an meinem Herd zu schaffen macht. Woher kennt er den überhaupt? Er ist doch ein ganzes Stück älter als Laurenz.

»Es war ein ganzer Probetag«, erkläre ich und lasse mich neben Laurenz auf einen Stuhl fallen. Erlöst schleudere ich meine unbequemen Treter von den Füßen; sie rutschen ein Stück weit quer durch die Küche.

»Was kocht ihr denn Schönes? Riecht gut.«

»Das ist Magnus«, stellt Laurenz seinen Kumpel endlich vor. »Er brät uns gerade ein paar Amseln.«

Amseln??

»Wenn die edle Frau auch von der Speise kosten mag? Die Vögelein sind gar zart geraten!« Der junge Mann am Herd hat sich erneut zu mir gewandt. Mit ernstem Gesicht wartet er auf meine Antwort.

Ich schaue Laurenz fragend an.

»Magnus verdient sich etwas auf Mittelaltermärkten dazu«, erklärt Laurenz. »Auf der Ronneburg und so. Mittelalterfestspiele, du weißt schon.«

Alles klar. Mein Sohn meint diese Volksfeste mit historischem Markttreiben, Schmaus und Trank. Die Handwerker, die Händler und ihre Waren, die Musik – alles ist dort wie vor Jahrhunderten. Gut organisiertes Mittelalter für den Sonntagsausflug.

»Mit gebratenen Amseln?«

»Das mit den Mittelalterfesten ist Magnus' Hobby«, klärt Laurenz mich auf. »Er grillt da so Sachen auf offenem Feuer. Und nun will er ein neues Rezept ausprobieren. Es stammt aus einem Kochbuch von 1234.«

»Also noch vor der Erfindung der Buchdruckkunst«, stelle ich fest.

»Ist ja auch ein handgeschriebenes Kochbuch«, erläutert Laurenz leicht genervt.

»Na, wenn das so ist …«

»Ich würde die Freifrau gern fragen, wo sie in ihrer Burg die Krüge aufbewahrt?«, will Magnus Mittelalter nun von mir wissen.

»Die Krüge stehen gar der Gewohnheit nach an ihrem angestammten Platze«, sage ich und weise mit meiner Linken auf meine neuen Ikea-Gläser im Regal hinter mir.

»Das ist recht artig!«, lobt Magnus. »Darf ich Euch ein Brettlein vorlegen?«

Ich gebe ihm dazu meine Erlaubnis, und so komme ich nach diesem anstrengenden Tag zu einer kleinen geschmorten Amsel, die ich aber – wir haben uns ja ins Mittelalter gebeamt – mit den Fingern essen muss. Genauer gesagt: Ich darf nur ein Kartoffelmesserchen zur Hilfe nehmen, um das Vögelchen stilgerecht zu verzehren.

»Gabeln benutzte man damals noch nicht zum Essen«, klärt Magnus mich gar nicht mittelalterlich auf. »Es gab sie zwar schon, aber sie hatten nur zwei Zinken, und sie waren allenfalls dazu da, ein Stück Fleisch aufzuspießen und über das Feuer zu halten.«

»Na, wenn das so ist …«, pflichte ich ihm bei. »Dann müssen wir uns wohl an die Gepflogenheiten halten.«

Magnus strahlt mich dankbar an, schweigend fallen wir drei über unser Mahl her.

Mein Amselchen schmeckt gar nicht schlecht. Und nach den vierunddreißig Wohnungen, die ich heute unfreiwillig besichtigt habe, nach Herrn Osangs hartnäckigen Anwerbeversuchen und nach Atzes Eröffnung in Bezug auf das Beziehungsdrama der armen toten Sabine, nach all dem kann ich mir kaum etwas Schöneres vorstellen, als ein mittelalterliches Amsel-Gelage mit meinem Sohn und seinem historischen Gefährten.

Movie Star

Das Casting findet in einem Frankfurter Nobelhotel statt. Dicke Teppiche schlucken meine Schritte. Der Portier lächelt mich freundlich an. Ich flüstere ihm mein Anliegen zu. Er lächelt immer noch.

»Sie müssen den Flur entlanggehen, am Ende des Ganges finden Sie einen großen Saal«, erklärt er mir zuvorkommend.

Ich nicke dankbar. Großer Saal, merke ich mir. Heute ist mein großer Tag. Wenn Atze recht hat, stelle ich heute den Mörder von Sabine Ott.

Ich habe mich über das Internet zu einem Casting bei Event-Media angemeldet. Ein Kinderspiel. Gesucht werden Darsteller für eine Justizserie. Recht so.

Vor Aufregung muss ich erst mal auf die Toilette. Ich schaue mich nach einer Orientierungshilfe um und entdecke ein kleines Schildchen mit den gesuchten zwei Buchstaben, allerdings weist es in einen völlig anderen Gebäudetrakt. Der Pförtner ist mindestens so aufgeregt wie ich. Er wedelt mit dem Arm, als er mich in eine Richtung entschwinden sieht, die entgegengesetzt von der liegt, in die er mich eingewiesen hat. Ich winke freundlich zurück. Er wedelt heftiger. Ich tue so, als würde ich seine Gesten nicht verstehen, lasse ihn leiden und gehe meines Weges.

Die sanitären Anlagen sind atemberaubend. Märchenhafte Gemächer, die Wände mit Marmor vertäfelt. Die Waschbecken sehen aus wie überdimensionale Muscheln. An der Wand ist eine mannshohe Parfumflasche montiert, unter deren Zerstäuber ich sofort eine großzügige Duftdusche nehme. Leise Musik rieselt durch die Hallen, das entspannt.

Der Blick in den Spiegel ist ein Erlebnis. Der Architekt hat ein Licht gewählt, das mich feriengebräunt und faltenlos aussehen lässt. Dimmer und Weichzeichner! Bin ich das wirklich? Wie wunderbar. Da könnte sich glatt Sharon Stone noch eine Scheibe abschneiden. Ich strahle Eleganz und Selbstbewusstsein aus. Wäre es nicht Ironie des Schicksals, wenn ich heute für eine Rolle entdeckt würde? Mein Alter ist bestimmt kein Hindernis, es spricht eher für mich. Sind sie nicht gerade begehrt, die reifen Kommissarinnen, die besonnenen Richterinnen und die abgeklärten Ermittlerinnen in den Fernsehkrimis?

Klopfenden Herzens erreiche ich den Saal, öffne die Tür – und stehe inmitten einer riesigen Menschenmenge.

Was ist denn hier los?

Hunderte von Frauen, alle wie ich in den besten Jahren, wollen Schauspielerin werden. Und alle, *alle* sehen sie so aus wie ich.

Na ja, ungefähr.

Bei näherem Hinsehen sind sie etwas größer, kleiner, dicker … je nachdem. Schwarz, rot, golden die Haare. Mit und ohne Brille. Aber alle sind super gepflegt und jeansmäßig angezogen.

Mich überkommt die ernüchternde Einsicht, dass ich nicht die einzige gut aussehende Frau in der Lebensmitte bin. Dass ich kein einzigartiges Individuum bin, wie ich es so gerne wäre. Ich bin nur ein Puzzleteilchen in der großen Masse geburtenstarker Jahrgänge, die soeben in die besten Jahre gekommen sind.

Ich werde an ein Tischchen gesetzt. Ein freundlicher junger Mann lächelt mich an und drückt mir einen Stift und eine Klemmmappe in die Hand.

»Bitte ausfüllen«, murmelt er sanft.

Ob das der Freund meiner toten Sabine ist, besagter Matthias?

Gehorsam beuge ich mich über die Papiere. Es gilt, einen Stapel Formulare auszufüllen. Tausend Fragen soll ich beantworten. Eine Million Angaben sind zu machen. Name, Alter, Beruf, Hobbys, Vorlieben, Automarke, Kinder, Mann, Haustier, Leibgericht, Lieblingskondom, Lieblingsserie. Alles, alles wollen die wissen. Vermutlich werden meine Angaben an den nächstbesten Adressenhandel verkauft, und ich werde auf Monate und Jahre hinaus zugespamt werden, mein Briefkasten wird überquellen vor lauter Katalogen und Lotterielosen.

Am besten, ich lasse schon mal einen größeren anbringen.

Nachdem ich alle Fragebögen brav ausgefüllt habe, werde ich im Pulk meiner Mitbewerberinnen in einen angrenzenden, noch viel größeren Saal geführt. Hier stehen Stühle in Reih und Glied, wir sollen uns hinsetzen. Der junge Mann stellt sich uns vor. Er heißt tatsächlich Matthias! Matthias Roth, und wir dürfen Matthias zu ihm sagen. Er scheint hier auf dem Terrain der ranghöchste Chef zu sein. Dabei ist sein Outfit lässig bis zum Anschlag. Er trägt sein Hemd bis zum Sohnes geöffnet. Wobei der Sohnes da ist, wo die rechte Hand bei dem Wort »Sohnes« landet, wenn man sich flüchtig bekreuzigt, das hat mir Sonja beigebracht. Doch, Matthias ist eine beeindruckende Erscheinung, groß, schlank, ein aristokratisches Gesicht, vielleicht ein bisschen wie Hugh Grant, nur jünger. Er spricht schnell und unaufgeregt. Er erklärt uns, was gleich hier abgeht.

»Ich kenne mich aus, ich weiß, was ich brauche«, sagt er, »vertrauen Sie mir. Wir machen zwei Durchgänge. Beim ersten lächeln Sie einfach nur in die Kamera und sagen Ihren Namen und Ihre Adresse. Von dieser Aufnahme machen wir dann später ein Foto für die Kartei. Beim zweiten Durchgang machen wir eine kleine Probe, und Sie sagen mir einen Text auf. Den bekommen Sie vorher auf einem Zettel, keine Unruhe bitte. Sie treten also vor die Kamera, dahin, wo der blaue Strich auf dem Boden markiert ist. Sie schauen direkt in die Kamera und sagen Ihren Text auf. Dann gehen Sie wieder zu Ihrem Platz zurück und setzen sich hin. Ich werde mich anschließend mit meiner Kollegin beraten. Und dann werde ich diejenigen aufrufen, die in die nächste Runde kommen. Bitte murren Sie nicht, stellen Sie keine Zwischenfragen, Sie halten uns nur auf. Ich kenne meinen Job, ich weiß ganz genau, was ich brauche. Okay?«

Uns bleibt nichts anderes übrig als zu nicken und zu schweigen. Auf Matthias' Wink hin steht eine nach der anderen auf und stellt sich akkurat an den blauen Klebstreifen, den jemand auf dem Parkett befestigt hat. Brav sagt jede ihren Namen und ihre Adresse auf.

Endlich bin ich dran. Ich schaue in die Kamera. Das Objektiv spiegelt mein Bild wider. Ich sehe gut aus. Nicht ganz so gut wie vorhin auf der Damentoilette, aber gut. Vielleicht sollte ich lächeln? Unentschlossen ziehe ich die Schultern ein wenig hoch, lege den Kopf schief.

»Ihre Adresse!«, fordert Matthias ungeduldig. »Wir haben nicht ewig Zeit.«

»Juliane Bach«, höre ich mich sagen. »Aus Wuchersheim. Kiefernweg 18.«

Ich will noch schnell meine Telefonnummer hinzufügen. Wie lautet sie gleich? Zu blöd. Ich brauche sie so selten. Die Telefonnummer meiner Mutter kann ich immer noch im Schlaf aufsagen, obwohl meine arme Mutter seit fünf Jahren unter der Erde liegt. Meine Mutter habe ich ja zu ihren Lebzeiten auch tausendmal angerufen. Aber wie oft rufe ich mich selbst an?

»Aus! Aus! Wegtreten!«

Ich bin noch in Gedanken, als Matthias schon losbrüllt.

Ich zucke zusammen. Dass er so böse werden kann. Aber … wundert mich das tatsächlich? Bei dem, was er Sabine vielleicht angetan hat!

Jetzt geht alles ganz schnell. Kaum sitze ich wieder, bekomme ich einen Zettel in die Hand gedrückt. Das soll also meine Rolle sein. Der Drehbuchtext. Ich soll ihn auswendig aufsagen, nachher.

Du hast meine Tochter flachgelegt. Ich bring dich um, du alte Sau!

Ich huste und verschlucke mich. Was produzieren die hier eigentlich? Trash-TV am Fließband? Vielleicht habe ich auch nur zufällig diesen Satz.

Verzweifelt versuche ich herauszukriegen, was meine Nachbarin auf ihrem Zettel stehen hat und spicke auf ihren Text.

Du hast deinen Wedel in meine Freundin gesteckt! Wenn das noch mal vorkommt, schneide ich ihn dir eigenhändig ab.

Nun, wer solche Texte schreibt, ist wohl zu allem fähig.

Direkt im Anschluss folgt der zweite Durchgang. Eine jede tritt zum blauen Klebstreifen vor und sagt ihren Text auf. Eine einzige Frau hat es nicht geschafft, ihn auswendig zu lernen und liest inbrünstig vom Blatt ab.

»Du alte Sau hast mich nicht flachgelegt!«, verheddert sie sich trotz Zettel. Das Papier in ihren Händen zittert. Die Ersten fangen an zu giggeln.

»Nicht lachen, bitte!«, ruft Matthias sehr streng. »Die Nächste!«

Die Dame, die als Nächste dran ist, hüstelt vornehm und fährt sich vorsorglich mit einem Tempotaschentuch über den Mund, aus dem gleich die schmutzigen Worte purzeln werden.

»Du Sau hast meine Tochter geffff…«, flüstert sie kaum vernehmbar. »Dich Aaaaschlll…« Und dann, ganz entschieden, setzt sie nach: »Ich bringe dich um!«

»Die Nächste, bitte«, murmelt Matthias, ohne sich anmerken zu lassen, was er von der Vorstellung hält.

Eine kleine Dicke pumpt sich so voll Luft, dass sie rot anläuft. Dann schreit sie los, dass der Saal erbebt: »Wenn du deinen Wedel noch einmal in die Friedel steckst, noch einmal, duuu … Ich sage dir, ich schneide dir dein kleines Würstchen ab!«

Alles lacht noch, als sie sich zufrieden wieder auf ihren Stuhl fallen lässt.

Ihre Nachfolgerin probiert es auf Hessisch und wirft die beiden Texte gnadenlos durcheinander: »Du Labbeduddel hast mei Töschtersche flachgeleecht. Ich sach dir aans: Isch schneid en dir ab. Dann kommste in de Bau. Für immer un ewisch, des schwör ich dir, du Drecksack!«

Als ich endlich an die Reihe komme, ist mein Kopf ganz leer. Ich habe bei all den Proben zu viel Text mitgehört und weiß nicht mehr so recht, wie meiner lautet. Dann werde ich eben meine eigene Interpretation hinlegen. Ich schenke Matthias ein diabolisches Lächeln und flüstere heiser: »Meine Tochter ist viel zu schade für dich.« Ich hebe eine Braue und verziehe spöttisch die Lippen. »Du willst doch nicht, dass ich dich zur Frau mache?« Das klingt doch schon mal besser als das Original. Noch ein fieses Grinsen zum Schluss, dann drehe ich ab und setze mich wieder auf meinen Platz.

Ich bin zufrieden. Ich weiß noch nicht, was genau dieser Matthias mit Sabine angestellt hat, aber wer in so einem Job arbeitet, dem ist alles zuzutrauen.

Matthias ruft mit dem Handy seine Assistentin herein. Ist das die Sorte Frau, die Sabine das Leben schwer gemacht hat? Sie sieht aus wie eine Mathestudentin im ersten Semester, die sich für den Catwalk gestylt hat. Sie trägt eine Safarihose, die ganz knapp ihren kleinen Hintern umspannt und gerade so viel vom Stringtanga freigibt, dass man erkennt, dass es ein Stringtanga ist. Millimeterarbeit. Oben herum hat sie ein knappes T-Shirt an, das ihren durchtrainierten Bauch frei lässt. Ihre kurzen Haare sind in alle Richtungen frisiert, irre kreativ sieht das aus.

Matthias und seine Assistentin stecken nun die Köpfe hinter einem kleinen Monitor zusammen und schauen sich noch einmal an, was die Damen des heutigen Castings da abgelassen haben. Endlich lächelt Matthias seiner Assistentin zu und wendet sich erneut an uns.

»Ich werde jetzt die Namen derer aufrufen, die in die nächste Runde kommen. Die Damen gehen bitte leise raus auf den Flur. Von dort geleitet meine Assistentin Lisa sie in den nächsten Saal. Alle anderen bleiben still sitzen und gehen dann ganz ruhig nach Hause. Es hat keinen Zweck, sich zu beschweren, keinen Zweck, mich hier anzumachen. Ich kenne meinen Job, glauben Sie mir, ich weiß ganz genau, was ich hier tue. Sie können mir vertrauen.«

Hm. Gespannte Erwartung bei allen Teilnehmerinnen.

Plötzlich überfallen mich ungeahnte Ängste. Was ist, wenn mein kurzer Auftritt zweckentfremdet im Fernsehen verbraten wird? Als Lachnummer, wieder und wieder, bis sich der letzte Zuschauer leer gelacht hat. Bei meinen Freunden und Bekannten bin ich dann unten durch bis in die Steinzeit. Mir wird seltsam heiß, eine warme Woge durchflutet meinen Körper. Ist das eine dieser gefürchteten Hitzewellen? Komme ich ausgerechnet hier und jetzt in die Wechseljahre? Wie konnte ich mich nur zu diesem dummen Aufsager hinreißen lassen! Meine eigene Eitelkeit hat mir einen Streich gespielt. Ich wollte besser dastehen als alle anderen Frauen meines Alters. Bestürzt pelle ich mich aus meinem Strickjäckchen und hänge es hinter mir über die Stuhllehne.

In diesem Moment ruft Matthias zwei Namen in den Saal. Die betreffenden Damen stehen auf und verlassen den Raum. Allerdings sind sie dabei keineswegs leise. Sie führen vielmehr ein ziemliches Theater auf. Sie glucksen vor Freude, kichern hinter vorgehaltener Hand, machen kleine Hüpfer, jubeln schließlich und schlenkern mit den Armen. Es sind die kleine Dralle, die sich so aufgeplustert hat und rot angelaufen ist, bevor sie loslegte, und die

Frau, die im Dialekt vortrug. Die tun mir jetzt schon leid. So viel Geld kann es gar nicht geben, dass man sich in diesem Alter noch so zum Affen macht.

»Wie viel Gage kriegt man eigentlich?«, rufe ich laut.

Das interessiert jetzt alle. Selbst die beiden Auserwählten machen im Flur auf dem Absatz kehrt und kommen in den Saal zurück. Die Assistentin Lisa steht unschlüssig in der Tür.

»Ja, nun.« Matthias ziert sich. »Also ...« Kunstpause. »Sie bekommen natürlich das Zugticket zum Drehort. Und eine ganz tolle Maske, wie eine richtige Schauspielerin. Sie können die Kollegen vom Fernsehen kennenlernen.« Er lächelt. »Außerdem gibt es ein super Buffet. Und überhaupt ... Sie sind ganz einfach unser Star, einen ganzen Drehtag lang.«

Der Dialektsprecherin scheint das zu reichen, sie winkt ab und will schon wieder zur Tür hinaus. Doch ihre Kollegin pumpt sich einmal mehr auf und läuft erneut rot an.

»Und was bekommt man so an Geld?«, wiederholt sie meine Frage sinngemäß.

»Na ja.« Matthias windet sich. »Wie viel ist das, Lisa? So sechzig Euro?«

»Un wie oft kann mer des mache?« Die Dialektsprecherin will es jetzt auch genau wissen.

»Wie oft?« Matthias tut so, als ob er überlegt. Er fühlt sich sichtlich unwohl in seiner Haut. Endlich beschließt er, der Show ein Ende zu machen: »Einmal natürlich nur«, sagt er bestimmt. »Dann kennen die Zuschauer Sie, und Sie sind als Typ verbrannt.«

Lisa macht eine unruhige Bewegung an der Tür, der Betrieb muss weiterlaufen. Die Dralle und die Dialektsprecherin zögern, dann geben sie sich einen Ruck und verschwinden hinaus auf den Flur.

»Und Sie alle gehen ganz ruhig nach Hause!«, herrscht Matthias uns Verbliebene an. Er sieht jetzt aus wie ein böser Dompteur.

Leise und gesittet stehen wir auf. Wir verlassen schweigend den Saal. Die Enttäuschung macht es uns leicht, diszipliniert zu sein. Die vornehme Dame, die sich mit dem Taschentuch den Mund abwischte, noch bevor ihr die schmutzigen Worte über die Lippen kamen, lächelt mir freundlich zu.

»Schade, ich dachte, das hier wäre für so eine Sendung wie

Tatort«, sagt sie achselzuckend. »Dass man hier so viel schimpfen muss, das habe ich nicht gewusst.«

»Geht mir genauso«, stimme ich ihr verständnisvoll zu.

Matthias' Assistentin empfängt uns im Gang, sie hat mitgehört.

»Ich bin Lisa«, sagt sie und streckt mir ihre Rechte entgegen. Der vornehmen Dame schüttelt sie auch die Hand. »Tut mir leid, wenn es nicht das war, was Sie sich vorgestellt haben. Lassen Sie den Kopf nicht hängen. Wir casten andauernd Leute für alle möglichen Sendungen. Morgen sind wir in Stuttgart, übermorgen in Hamburg, und schon nächste Woche sind wir wieder hier in Frankfurt. Vielleicht sind Sie dann mit dabei. Wir haben Sie ja jetzt in unserer Kartei.«

Ohne mich, denke ich, aber ich bin Lisa trotzdem dankbar. Was für ein nettes Mädchen!

Ich hole tief Luft und nehme Anlauf für mein Hauptanliegen.

»Sagen Sie, Lisa, kann ich Matthias Roth ganz kurz unter vier Augen sprechen? Es dauert nicht lange. Nur fünf Minuten.«

»Ausgeschlossen!«, kommt es wie aus der Pistole geschossen. »Für Ihre Bitten hat er keine Zeit.«

»Was für Bitten?«, hake ich verärgert nach.

»Egal was für Bitten«, präzisiert Lisa. »Weder private noch andere Anliegen.« Sie zieht mich zur Seite, in den Flur. Sie ist jetzt gar nicht mehr so freundlich wie vorhin.

»Kann ich nicht doch nur ganz kurz ...«

»Hören Sie«, sagt Lisa scharf. »Sie gefährden gerade meinen Job, verstehen Sie das? Ich bin hier angestellt, damit ich Matthias Roth den Rücken freihalte! Wenn ich das nicht schaffe, fliege ich. Darauf habe ich absolut keinen Bock. Alles klar?«

Ich muss sehr betroffen dreinschauen, denn Lisa will ihr Statement nun doch etwas abmildern. Vermutlich um mich zu trösten, greift sie in ihre Jeanstasche und reicht mir ihre Visitenkarte.

»Rufen Sie mich bei Gelegenheit mal an«, sagt sie in vertraulichem Ton. »Ich schaue dann, ob ich Sie zum Vorsprechen einladen kann – für eine Rolle, die garantiert zu Ihnen passt. Aber nun müssen Sie gehen.«

Ihre Hand weist den Flur hinab, Richtung Ausgang.

Ihre Geste ist eindeutig.

Ballett in der Regenrinne

Die S-Bahn wird nicht nur mit schöner Regelmäßigkeit immer teurer und obendrein unzuverlässiger, was die Pünktlichkeit angeht – sie ist auch eine Welt für sich. Und so begegne ich auf meiner Heimreise auch diesmal wieder allen Stereotypen, die dieses öffentliche Verkehrsmittel bevölkern. Zwei Plätze vor mir sitzt ein abgerissener Mann mittleren Alters, der ganz offensichtlich betrunken ist. Und das ist nicht nur an der Bierflasche zu erkennen, die er in der Hand schwenkt und mit deren Inhalt er die gegenüberliegenden Sitze besprengt wie ein Priester seine Gläubigen an Fronleichnam mit Weihwasser. Dieser Fahrgast schwankt auch selbst hin und her; seine Bewegungen sind nicht mehr kontrolliert zu nennen. Sein Kopf ruckt nach hinten und dann nach vorn, sobald die S-Bahn bremst. Gelegentlich entfährt dem Guten ein Rülpser, der bis zu mir herüberriecht.

Mir gegenüber sitzt eine Frau mittleren Alters, die einen Roman verschlingt. Es ist ein dicker Schinken, und ich frage mich, wie sie den überhaupt in die S-Bahn geschleppt hat, so schwer und unhandlich, wie der ist. Die Frau kaut ein Kaugummi, und immer wenn es spannender wird, so nehme ich jedenfalls an, fangen ihre Zähne rhythmisch an zu mahlen. Irgendwann werden ihre Wangen rot, die Kaubewegungen werden rasend, sie atmet schneller. Und dann, als müsse sie sich beruhigen, schaut sie vom Buch auf und eine Weile aus dem Fenster. Wenn ihr Atem wieder ein normales Tempo angenommen hat, blickt sie wieder ins Buch, und die Nummer startet von vorn.

Himmel, was liest die da nur?

Links, vier Reihen weiter vorn, hockt eine junge Deutsche mit Migrationshintergrund. Sie hat ihr Handy fest ans Ohr gepresst und telefoniert mit einer Lautstärke, als müsste sie ohne Handy bis New York durchdringen.

»Ey, haste Hausaufgabe? Weißte nich? Ey, ich auch nich. Ey, die Sigrid ihr Freund, ey, der hatse nit alle. Habbisch zu den gesagt, geh isch mitte Sigrid ins Kino, nä. Sacht der: Nä, gehste nicht. Wassdasdenn?«

Ich versuche, nicht hinzuhören, und damit das besser klappt, schaue ich aus dem Fenster. Doch im Fenster – draußen spenden an dieser Strecke des Weges ein paar Bäume Schatten und machen das Fenster zum Spiegel –, im Fenster begegne ich dem Blick der Romanleserin, die sich gerade mal wieder gedanklich abkühlt. Und der Alkoholiker schickt mir einen weiteren süßsauer riechenden Rülpser.

»Wassdas für Scheiße, ey?«, schreit Fräulein Krass-Geile-Foto-Handy in höchsten Tönen durch das Abteil.

Das frage ich mich auch.

Mein Besuch bei EventMedia war ein Reinfall auf ganzer Linie. Ich habe nicht ein Wort mit Matthias gewechselt.

Irgendwie komme ich so nicht weiter.

Ich bin nun mal leider keine forsche Kommissarin mit Dienstmarke und Ausweis, sondern ein Niemand. Wer sollte mir schon freiwillig Auskunft geben?

In fasse in meine Jeanstasche, in die ich Lisas Visitenkarte gesteckt habe, ich will sie mir jetzt in aller Ruhe ansehen. Doch was ist das? Als ich die Hand aus der Tasche ziehe, halte ich zwei Visitenkarten in den Fingern.

Lisas und die von einer Detektei namens Konz.

Dunkel erinnere ich mich an den schweren Mann, der mich im Golfhotel aus der Menge heraus angesprochen hat, kurz nachdem ich die Leiche von Sabine Ott gefunden hatte. Was hat er noch gesagt? Wenn die Dörfler interessante Informationen haben, rufen Sie mich an. Etwas in der Art.

Den Typen hatte ich glatt vergessen.

Ob das ein richtiger Detektiv ist?

Während ich die S6 verlasse und mir meinen Weg durch Wuchersheim bahne, kommt mir folgende Idee: Was wäre, wenn ich eine richtige Detektivin wäre? Mit einem Ausweis, den ich den Leuten unter die Nase halten kann. Wie in diesen amerikanischen Fernsehkrimis. Ein Ledertui, schnell aufgeklappt, und schon plaudern die Befragten wie ein Wasserfall.

Wenn ich für ein Detektivbüro arbeitete, hätte ich ganz andere Möglichkeiten, Menschen wie Matthias Roth in die Zange zu nehmen. Eine Detektivin würde Lisa nicht so einfach abwimmeln wie eine fernsehgeile Möchtegerndarstellerin. Und etwas anderes bin ich vermutlich nicht in ihren Augen.

Meine Erfahrung bei der Jobsuche lehrt mich, dass es wenig

nützt, freundlich anzurufen, wenn man etwas will. Ich werde bei der Detektei Konz persönlich vorbeigehen. Gleich morgen. Ich kann ja sagen, ich sei gerade in der Nähe gewesen.

Als ich nach Hause komme, ist Laurenz nicht da. Wahrscheinlich ist er wieder mit Magnus Mittelalter unterwegs. Nicht unsympathisch, der Typ, aber eben nicht von dieser Welt. Ich gehe in Laurenz' Zimmer. Wie es hier wieder aussieht! Klamotten auf dem Boden, ein dreckiger Teller im Bett, Bücher und Zeitschriften überall verstreut. Ich kann nicht anders, sammle Laurenz' Kleidung ein und mache sein Bett.

Als ich die Decke zurechtziehe, schreit draußen eine Katze. Ihr Geschrei wird lauter, als ich das Kopfkissen aufschüttele. Komisch. Noch mal schütteln. Da! Erneut ein Schrei, der mir diesmal bekannt vorkommt.

»Paul?«, rufe ich gedämpft.

Wo steckt der alte Streuner? Kämpft er da draußen mit Nachbars gestiefeltem Kater?

Mit einem Ruck öffne ich das Fenster.

»Was habt ihr Viecher nur für tierische Probleme?«, rufe ich hinaus, immer noch unsicher, ob ich tatsächlich Paul gehört habe.

Ein jämmerlicher Klagelaut. Direkt unter mir.

Paul sitzt in der Regenrinne und schaut hilflos zu mir hoch.

Unsere Wohnung liegt im Dachgeschoss, also über der Traufe.

»Paul!«, stoße ich hervor. »Bleib nur ja sitzen, beweg dich nicht! Ich hole dich da raus!«

Das ist tatsächlich mein fester Vorsatz. Die Frage ist nur: Wie stelle ich das an? Von der Regenrinne bis zum Boden sind es ungefähr ... Ach, ich kann schlecht schätzen. Zwei Stockwerke eben. Vom Fenster bis zur Regenrinne dürften es zwei Meter sein. Bei einer Steigung von bestimmt dreißig Grad. Paul kann nicht einfach das Dach heraufkriechen, er würde hilflos abrutschen auf den glatten Ziegeln. Und ich kann mich nicht bis zu Paul hinauslehnen, ohne aus dem Fenster zu fallen.

Ob ich Paul etwas hinhalte, auf dem er zu mir heraufspazieren kann? Aber das müsste schon eine Hanfmatte sein oder ein grober Sack, etwas, woran Paul sich festkrallen kann. So etwas habe ich nicht in der Wohnung.

Die Feuerwehr?

Ja, ich rufe die Feuerwehr. Das Ganze ist zu verrückt, meine Hände fangen an zu zittern.

»Ruhig, ganz ruhig«, rede ich Paul und mir Mut zu.

Paul fängt derweil an, in der Regenrinne auf und ab zu wandern. Grazil wie ein Balletttänzer setzt er eine Pfote vor die andere.

»Paul«, befehle ich ihm streng, »setz dich verdammt noch mal hin!«

Erstaunlicherweise gehorcht er diesmal aufs Wort und nimmt in der Regenrinne Platz.

»Schau nicht nach unten, Paul«, ermahne ich ihn, »da wird dir nur schlecht.«

Das wiederum hört Paul nicht so gern. Als wolle er mir beweisen, wie schwindelfrei er ist, beugt er den Kopf, den Hals und dann noch den halben Oberkörper über die Reling und schaut nach unten.

Oh Gott, wenn er nur nicht abstürzt!

»Lass das gefälligst«, fauche ich ihn an. »Unsere Lage ist ernst!«

Im Ernst. Was mache ich nur?

Die Feuerwehr, überlege ich erneut. Nein, bis die hier ist, vergeht viel zu viel Zeit. Bis dahin ist Paul bestimmt schon abgerutscht und liegt vor dem Haus auf dem Beton, mürbe wie ein Klumpen Keks.

Ich brauche Hilfe.

»Hallo«, rufe ich verzweifelt ins Ungewisse, »hallo, ist da jemand?«

Und das Wunder geschieht. Unten, auf dem Weg vor dem Haus, bleibt tatsächlich jemand stehen. Ein Mann in einem karierten Hemd. Kenne ich ihn? Von hier oben kann ich ihn nicht richtig sehen, er steht zu nah am Haus, das Dach ist mir im Weg. Außerdem hat er einen breitkrempigen Hut auf dem Kopf. Einen braunen Cowboyhut.

»Bitte«, brülle ich, »holen Sie eine Leiter und kommen Sie hier herauf!«

Der Mann lacht laut auf.

»Und beeilen Sie sich!«, setze ich ungestüm nach.

Angespannt lausche ich auf seine Antwort.

»Ei, wenn du dein Haar herunterlässt, Rapunzel ...«, ruft er amüsiert zurück.

Rapunzel?

»Hier oben sitzt mein Kater in der Regenrinne!«, rufe ich.

»Ich sehe es!«, brüllt er zurück. Seine Stimme kommt mir vage bekannt vor.

»Hallo, Sie da! Hallo?«

In diesem Moment geht er auf und davon. Schiebt den Hut in den Nacken und präsentiert mir seinen Rücken. Ein Hut, ein kariertes Hemd und eine Jeans entschwinden hinter den Sträuchern.

Verdammt.

Da! Was ist das? Der Mann kommt zurück, den Hut nun tief im Gesicht. Auf seiner Schulter schleppt er eine Aluleiter zum Ausklappen herbei.

Dann steht er wieder am Haus, verdeckt vom Dach. Er legt die Leiter ans Haus, ich sehe erwartungsvoll zu, wie ihr oberes Ende Paul und mir entgegenschwankt. Wie sich ihre Holme ans Dach lehnen und unter den Schritten unseres Retters erzittern.

Sekunden später taucht sein Gesicht unter mir auf der Leiter auf. Er lüpft seinen Hut. Sein hellblondes wirres Haar darunter ist leicht verschwitzt und klebt ihm auf der Stirn.

Er grinst.

»Hallo«, sagt er warm. »Entschuldigen Sie, wenn ich so einfach bei Ihnen fensterln komme. Eckhard, Ihr neuer Nachbar«, stellt er sich vor. »Ich wohne erst seit Kurzem in Wuchersheim.«

Ich weiß, möchte ich sagen.

»Juliane Bach«, antworte ich.

»Juliane«, wiederholt Eckhard andächtig. »Ein schöner Name.«

Dann streckt er ganz langsam die Hand nach Paul aus, um ihn sanft aus der Regenrinne zu heben. Aber Paul weicht zurück. Faucht. Krümmt sich zusammen.

»Vorsichtig!«, mahne ich noch halblaut, dann macht dieses verrückte Tier einen Hechtsprung durch mein Fenster. Zum Glück stolpere ich vor Schreck zurück, sodass Paul Platz hat, ins Zimmer zu springen.

Ich haste wieder ans Fenster.

»Mein Gott, in nur einem Satz!«, murmelt der neue Nachbar beeindruckt.

»Danke für Ihre Hilfe«, sage ich.

»Keine Ursache«, wehrt er ab. »Sind Sie eigentlich auch im Organisationskomitee für das Hoffest?«

»Aber sicher doch«, lüge ich tapfer.

Ich muss unbedingt ins Komitee eintreten.

»Dann sehen wir uns ja morgen Abend in der Kneipe an der Ecke!«

Gut, dass ich das jetzt auch schon weiß.

»Dann bis dann.«

Er steigt die Leiter hinunter und geht langsam davon. Was für ein wunderbarer Mann! Wie ruhig und entschlossen er mir aus der Patsche geholfen hat. Diese warme Stimme und das freundliche Gesicht ... Ich muss unbedingt bei der Organisation des Hoffestes mitmachen, selbst wenn sie mich dazu verdonnern, die Bierkästen zu schleppen.

Private Eye

Die Detektei liegt in der Heidelberger Straße. Vom Frankfurter Hauptbahnhof aus sind es nur ein paar Minuten zu Fuß. Neugierig schaue ich mich um. Die Gegend sieht normaler aus als normal. Bürobauten und Mietshäuser mit schmucklosen Fronten. Ein ganz normales kleines Klingelschild trägt den Schriftzug »Detektei Konz«. Dritter Stock. Im Eingang habe ich die Wahl zwischen Treppe und Aufzug. Da der Lift gerade kommt, entscheide ich mich für den bequemeren Weg. Zwei Männer in schwarzen Anzügen treten aus der Kabine, und einer der beiden hält mir höflich die Fahrstuhltür auf. Sehr nett. Dann gleite ich nach oben, um den Mann vom Golfplatz zu treffen.

Meine Augen suchen verzweifelt nach der Tür mit dem großen Milchglasfenster, auf dem in geschwungenen Lettern der Name des Detektivs steht. Der Tür, hinter der sich der dunkle holzgetäfelte Raum befindet. Und der kantige Schreibtisch, hinter dem

Philip Marlowe alias Humphrey Bogart auf mich wartet. »Was kann ich für Sie tun?«, wird er fragen, dann wird er den Glimmstängel anzünden, der schon in seinem Mundwinkel steckt. Über die Flamme des Feuerzeugs hinweg wird er einen abschätzenden Blick auf mich werfen. Und ich, ich werde mich fühlen wir Lauren Bacall. Tote schlafen fest.

Doch hier ist alles hellgrau und glatt. Die Wände, der Boden. Ebenso wie die Etagentür, die sich mühelos aufschieben lässt.

Dahinter zweigen von einem schmucklosen grauen Flur vier Zimmer ab. Die Türen sind teilweise angelehnt; ich höre, wie verschiedene Personen verhalten telefonieren. Alles Detektive, nehme ich an. Mit Ausweis.

Dann tappt ein Mann über den Flur. Er ist etwas behäbig, trägt Jeans und ein Poloshirt, unter dem sich ein kleiner Bierbauch abzeichnet. Ich schätze ihn auf Mitte vierzig. Er hat dünnes Haar, das aber in einem satten Dunkelbraun leuchtet. Wahrscheinlich gefärbt. Als Frau sieht man so etwas.

»Verzeihung«, spreche ich ihn an.

Und er fragt tatsächlich: »Was kann ich für Sie tun?«

»Ich bin Juliane Bach, ich möchte Herrn Konz sprechen.«

Er nickt knapp. »Das bin ich.«

»Guten Tag, Herr Konz!«

Ist das der Mann, der mich auf dem Golfplatz angesprochen hat? Ich kann mich gar nicht mehr so recht an sein Gesicht erinnern. Alles ging so schnell. Die Menschenmenge im Hotel war riesig, all die vielen Polizisten, die Fotografen und die neugierigen Gaffer ... Außerdem stand ich unter Schock. Wie oft im Leben findet man schon eine Leiche?

»Sie haben mir Ihre Visitenkarte gegeben«, sammle ich mich nun. »Ich sollte Sie anrufen, wenn die Dörfler interessante Neuigkeiten haben.«

Konz' Gesicht erhellt sich um etliche Lux.

»Und, haben sie?«, fragt er höchst interessiert.

»Ja. Die Tote hieß Sabine Ott.« So viel kann ich ihm wohl verraten, ohne meine Belohnung in Gefahr zu bringen.

Er seufzt gequält.

»Das weiß ich bereits«, sagt er abwehrend.

Schade. Ich hätte zu gern einen Detektivausweis.

»Wenn Sie mich als Mitarbeiterin engagieren, finde ich bestimmt noch viel mehr heraus«, pokere ich.

»Wie bitte?«

»Ich habe viele Jahre für die Zeitung gearbeitet«, lege ich nach, »ich kann sehr gut recherchieren.«

Konz fährt sich mit der Rechten durch sein gefärbtes Haar und überlegt.

Mit einer Handbewegung bedeutet er mir, dass ich in sein Büro eintreten soll. Es ist ein kleines, helles Zimmer. An den Wänden stehen weiße Billy-Regale, aus denen zahlreiche Ordner herausragen, was daran liegen mag, dass Billy nun mal nicht für Ordner, sondern für Bücher konzipiert wurde. Herr Konz lässt sich auf den Schreibtischstuhl hinter seinen schmalen Schreibtisch fallen. Ich identifiziere den Schreibtisch als Jonas; der Stuhl könnte ein Markus sein. Oder doch eher ein Kläppe?

Auf Konz' Schreibtisch stapeln sich jede Menge Unterlagen: Schnellhefter, Briefe, Notizen auf abgerissenen Zetteln. Und Zeitungen. Ganz obendrauf erkenne ich die Frankfurter Rundschau von letzter Woche. Es muss die Ausgabe sein, in der Sabine Otts Foto abgedruckt war. Ich deute auf das Blatt.

»Wissen Sie denn schon etwas über den Mord in Dortelweil?«

Konz sieht mich verblüfft an. »Nein, darüber weiß ich gar nix«, sagt er bestimmt.

»Aber den Artikel in der Zeitung über die Tote auf dem Golfplatz, den haben Sie doch wohl gelesen?«

Konz nimmt die Rundschau in die Hand. »Kann sein, aber ich les montags vor allem de Sportteil.«

Sein plötzlicher Wechsel zum Frankfurterisch irritiert mich. Den leicht hessischen Akzent kann man bis in die höchsten Kreise sprechen, ohne gleich als ungebildet oder roh zu erscheinen. Doch Konz gehört bestimmt nicht zur Upperclass im Main-Taunus-Kreis. Wie er so an seinem Schreibtisch sitzt, wirkt er eher wie ein abgekämpfter Berufsschullehrer aus Offenbach, der noch einmal den Job gewechselt hat.

Jetzt legt er die Zeitung wieder weg und greift zu seinem Frühstück, das angebissen auf einem der Papierstapel gelegen hat, eine Laugenstange mit Camembert und Salatblatt, wie es sie bei jedem Bäcker gibt. Konz beißt hinein.

»Wo, sagten Sie, wohne Sie?«, fragt er kauend

»In Wuchersheim, in der Wetterau. Guten Appetit übrigens.«

»Sie müsse schon entschuldige«, sagt Konz. »Aber in unserm Job kommt mer so schlecht zum Esse.«

Ich nicke verständnisvoll.

»Sie waren doch auch auf dem Golfplatz«, bohre ich weiter. »Was glauben Sie denn, warum man Sabine Ott umgebracht und silbern angemalt hat?«

»Ei, was weiß ich. Möglich is alles. E junges Mädel, en Partyspaß ...«

»Das hat der Kommissar auch gesagt.«

»Na bitte. Und Sie wohne in Wuchersheim?«

»Ja«, bestätige ich erneut.

»Des is gut, sogar sehr gut.«

Er schweigt und kaut.

Legt er eine Gedenkminute für Sabine Ott ein?

Ich warte angespannt.

»Hören Sie!« Ich versuche, zugleich vertraulich und überzeugend zu klingen. »Ich war jahrelang als Redaktionsassistentin tätig. Da musste ich für die Redakteure jeden Tag irgendetwas ermitteln. Unsere Zeitung hat zum Beispiel Artikel darüber geschrieben, wie die Pharmaindustrie einen Bedarf für ihre Medikamente schafft. Soll ich es Ihnen erklären? Da werden auf einmal neue Grenzwerte für Cholesterin definiert, nur damit man mehr Mittel dagegen absetzen kann. Und um so etwas herauszukriegen, da muss man schon ein bisschen findig sein.«

Konz ist mit seinem Laugengebäck fertig und wischt sich den Mund ab. Allem Anschein nach interessieren ihn Cholesterinwerte nicht. Aber er schaut mich nun prüfend an, so als würde er überlegen, ob ich fit genug bin für eine Geiselbefreiung in Südamerika.

»Könne Sie Rechnungen schreiben?«, lautet seine nächste Frage.

»Ja!«, sage ich schnell. »Kein Problem!«

Mir ist klar, dass es ihm nicht darum geht, ob ich eine Rechnung tippen kann. Die Detektei Konz will mich vermutlich weder kranken- noch rentenversichern, kurz: keine Arbeitgeberanteile zahlen, kein Urlaubs- und kein Weihnachtsgeld. Die Beiträge zur Pflegekasse nicht zu vergessen.

»Gut. Da, wo Sie wohnen, hätt ich tatsächlich was. Ganz in Ihrer Nähe gäb's einen Auftrag zu erledigen.« Er schaut mich schon wieder nachdenklich an. »Sind Sie wirklich sicher, dass Sie verdeckt ermittele könne?«

Ich nicke eifrig. »Worum handelt es sich denn? Wer ist denn unser Auftraggeber?«

»Unser Auftraggeber brauch Sie jetzt net zu interessiern.« Herr Konz zieht scharf die Luft ein. »Aber ich sag Ihne, worum es in dem Fall geht. Also: Die Zielperson wohnt ganz in Ihrer Näh, deswegen kommt mir Ihre Bewerbung gelegen. Und des macht es auch einfacher für Sie. Sie sehe zu, dass Sie mit der Zielperson ins Gespräch komme, freunden sich mit ihr an. Unter Nachbarn dürfte des net allzu schwer sein. Horche Sie den Mann aus. Verschaffe Sie sich Zugang zu seiner Wohnung.«

Es geht also um einen Mann.

»Und was soll ich dann tun?«

»Der Mann hat seiner Firma ein Patent gestohlen. Des müssen Sie zurückhole.«

Na, das kann ja heiter werden.

»Warum macht das denn nicht die Polizei?«, frage ich spitz.

Herr Konz wedelt jetzt mit beiden Händen. »Des Patent gehört der Firma. Der Mann hat es mit Firmengeldern entwickelt und dann geklaut. Des ist mittlerweile klar wie Klosbrüh. Aber es besteht Verdunkelungsgefahr. Der schafft doch alles beiseit, wenn die Polizei bei ihm auftaucht.«

»Was für ein Patent ist das eigentlich?«, möchte ich wissen.

Herr Konz atmet tief ein. »Wissen Sie, was Nanotechnologie is?«

Ich muss passen. »Nein, nie gehört.«

»Nun, des macht nix. Für den Auftrag müssen Sie net unbedingt ganz genau wissen, was des is. Nur so viel: Ihre Zielperson hat Forschungsergebnisse für die Entwicklung neuartiger Lacke gestohle. Die Lacke funktioniern auf der Basis von Nanotechnologie. Wenn ein Auto damit beschichtet is, könne Sie es mit Stahlwolle polieren, des glänzt trotzdem wie am erste Tag. Und der Schmutz rutscht einfach ab, grad so, wie ein Spiegelei aus der Teflonpfann.«

»Und das hat unsere Zielperson entwickelt?«

»Nein, des gibt's schon. Die Erfindung, um die's geht, soll noch sensationeller sein. Ein sich selbst reparierender Lack! Kaum zu glaube, was?«

»Und nach Unterlagen zu dieser Erfindung soll ich suchen?«

»Ganz recht. Nenne mer es: das Nanopatent. Dieses Nanopatent müsse Sie für die Firma zurückhole. Wohl und Weh des Unternehmens hänge davon ab. Sie könne sich bestimmt net vorstelle, wie groß der finanzielle Schaden is, wenn eine Firma jahrelang Geld in eine Erfindung steckt – und die wird dann geklaut. Vom eigene Mitarbeiter.«

»Aber die müssen doch irgendwelche Kopien haben.«

»Das Schwein hat alles mitgehe lassen. So hat sich jedenfalls unser Auftraggeber ausgedrückt. Wisse Sie, da hängt viel dran, vor allem Arbeitsplätz. Wenn die Firma ihrn Speziallack net herstellen kann, können die dichtmache. Was unser Kandidat alles gestohlen hat, weiß unser Auftraggeber selber net. Um herauszukriegen, wo er die Informationen versteckt oder abgespeichert hat, müsse Sie halt mit dem Mann ins Gespräch komme. Schmeicheln Sie ihm! Vielleicht is er eitel genug, Ihnen die Unterlagen zu zeigen. Heucheln Sie ein bisschen Interesse für seine Erfindung. Komme Sie, Sie sind eine Frau. Bezirze Sie ihn halt!«

»Hm. Sie meinen, ich soll mit dem Verbrecher ... flirten?«

Herr Konz mustert mich mit einem ganzheitlichen Blick und denkt einen Moment nach.

»Dann bemuttern Sie ihn eben e bissi«, lenkt er ein. »Des Wichtigste is, dass Sie mich immer aufm Laufende halte.«

»Ja, sicher«, sage ich vage.

»Wenn Sie des hinkriegen, hab ich vielleicht öfter was für Sie.«

»Sie meinen einen Job?«

»Job, Auftrag, ganz wie Sie wollen. Geschickte Leut kann ich immer gebrauchen.«

Habe ich recht gehört? Bietet sich hier eine Zukunft für mich an bei der Detektei Konz? Moment mal, ich könnte tatsächlich als Detektivin Erfahrung sammeln. Und dann, nach einiger Zeit, könnte ich mich mit den fünfundzwanzigtausend Euro selbstständig machen. Mit einem eigenen Detektivbüro ... Das sind doch glänzende Perspektiven!

Langsam, langsam, sage ich zu mir selbst, du bist nur hier wegen einer Kleinigkeit.

»Ich brauche einen Ausweis«, sage ich mit fester Stimme.

»Wasn fürn Ausweis?«

»Nun, einen Detektivausweis, damit ich Leute befragen kann.«

Konz lacht und schüttelt den Kopf.

»Um Gottes wille, Sie solle doch verdeckt ermittele. Scheuche Sie mir den Mann bloß net auf! Der Kerl is net ohne. En Sonderling. Ziemlich unberechenbar.«

Er reicht mir eine Visitenkarte, die gleiche, die ich bereits habe.

»Hier, nehme Sie die, des langt fürs Erste.«

Konz wirft einen flüchtigen Blick in seinen Computer und greift dann zu einem Zettel.

»Ich geb Ihnen jetzt die Adresse der Zielperson. Melden Sie sich sofort, wenn Sie was erreicht ham!«

Noch während er schreibt, erfasse ich die paar handgeschriebenen Zeilen. Die Zielperson wohnt in Wuchersheim. Am Weiher 8. Es ist Eckhard Peters.

Recherche

Am Morgen ist unser Dorf am schönsten. Nun ja, es war einmal ein Dorf. Früher. Vor hundert Jahren. Heute ist es eher eine Schlafsiedlung. Ackerbau betreibt hier kaum noch jemand; die meisten Menschen, die hier leben, arbeiten in der nahen Stadt. Die Häuser sind entweder auf ländliche Romantik getrimmt. Da wurde Fachwerk entblößt und entblättert, das ehemals sorgsam verputzt war, einfache Schieferschindeln wurden durch glänzend glasierte Biberschwänze ausgetauscht. Oder das Gegenteil ist geschehen, und die Moderne hielt unverhofft Einzug: Schnurgerade Fertiggaragen wurden vor alte Bauernhäuser gestellt, genormte Wintergärten aus Glas und Metall an windschiefe Hütten gebaut. Ganz zu schweigen von elektrischen Toren, Plastikrollläden und doppelt verglasten Scheiben ohne Fensterkreuze, die die alten Gebäude aussehen lassen, als habe man ihnen die Augen ausgestochen. In den gepflegten Vorgärten wächst das immer gleiche Einerlei aus Buchs, Rhododendron, Rollrasen und Rosen. Alles ist grün, gerade und glatt. Nur noch selten sind Nutzpflanzen zu finden. Obstbäume und Gemüse werden nur noch in den Schrebergärten entlang der Bahn geduldet.

Ich bin unterwegs, um mir Gewissheit zu verschaffen. Das Ganze muss ein Irrtum sein. Es kann sich bei Eckhard Peters doch nicht um meinen Helden an der Regenrinne handeln! Wie hat er sich vorgestellt, als er bei mir auf der Leiter stand? Hat er wirklich gesagt, sein Name sei Eckhard? Oder war es vielleicht doch Ehrhard? Oder Eberhard?

Endlich stehe ich vor dem Haus Am Weiher 8. Es liegt in einer Sackgasse am Dorfrand. Höchstens einen halben Kilometer von unseren Häusern entfernt. Zugegeben: Hier war ich in all den Jahren noch nie. Das Sträßchen liegt nun mal nicht auf meiner Walking-Strecke. Und mit dem Auto kommt man hier erst recht nicht vorbei.

In eine bunte Wiese, die voller Löwenzahn, Hahnenfuß, Klee und Gänseblümchen steht, duckt sich ein einfaches weißes Haus mit roten Fensterrahmen und Läden. An das Haus schließt eine große Scheune aus hellem Holz an, die zu einem Teil verglast ist. Was sich darin befindet, kann ich nicht so genau erkennen; es könnten aber Gemälde sein. Über die Scheune – oder ist es ein Atelier? – streckt eine Birke schützend ihre Zweige. Rund um das Haus führt ein Kiesweg, eine lange weiße Bank lädt seitlich der Haustür zum Sitzen ein. Vereinzelt wachsen Obstbäume auf dem Grundstück. Ich mache einen Apfelbaum aus und einen Pflaumenbaum. Zwischen beiden baumelt eine weiße Hängematte im Wind.

Da möchte ich mich jetzt reinlegen.

Vorsichtig werfe ich einen Blick auf das Türschild. »Peters« steht da ganz schlicht. Hier wohnt er. Herr Peters, der Patentdieb.

Ich bin also an der richtigen Adresse.

Ich überlege, unter welchem Vorwand ich schellen könnte.

»Ich gründe eine Bürgerinitiative gegen Rollrasen. Wollen Sie mitmachen?«

Nein, das geht nicht.

»Ich möchte eine Firma aufbauen und Hängematten herstellen. Darf ich mir Ihre mal anschauen?«

Auch nicht besser.

»Ich will die Geschichte von Hänsel und Gretel neu schreiben. Kann ich ein paar Ihrer Kieselsteine haben – zur Inspiration?«

Ich bin ja so albern.

Das macht die Aufregung.

Ich schlendere die Straße einmal auf und einmal ab. Dabei überlege ich mir ein Orakel: Wenn meine Zielperson in den nächsten Minuten nicht ganz zufällig von selbst herauskommt, dann gehe ich nach Hause und schmiede erst mal einen vernünftigen Plan. Ich falle auf, wenn ich zu lange hier herumstreune. Und ich darf es nicht versauen, sonst war das mein erster und letzter Auftrag für Herrn Konz.

Also, noch ein einziges Mal die Straße auf und ab.

Gedacht, getan.

Die Zielperson lässt sich nicht blicken. Zeit, nach Hause zu gehen.

Ich werfe zum vorläufigen Abschied noch einen Blick auf das wunderhübsche kleine Haus inmitten des verträumten Naturgartens, da öffnet sich prompt die Haustür. Ein Mann tritt eilig heraus und kommt zielstrebig auf das Gartentor zu. Erschrocken suche ich hinter der dichten Hecke des Nachbarhauses Schutz. Ducke mich hinter piekenden Feuerdorn und spähe vorsichtig durch die Zweige.

Wie es aussieht, will meine Zielperson joggen gehen. Mein Verbrecher hat seine blonde Mähne zu einem Zopf gebändigt. Vermutlich ist das sehr praktisch beim Laufen. Er trägt Sportschuhe.

Und ein rotes Turnhöschen.

Vor Schreck taumele ich einen Schritt nach vorn, greife, um nicht zu fallen, in den Feuerdorn. Die wehrhafte Hecke sticht mich in sämtliche Finger. Ich möchte laut aufschreien vor Schmerz.

Na prima, jetzt habe ich also Gewissheit! Mein Katzenretter ist niemand anders als Eckhard Peters, der Betrüger.

Aber verdammt, wieso muss ausgerechnet er meine Zielperson sein? Ich hatte es bereits geahnt, meine Enttäuschung ist dennoch gewaltig.

Es wäre ja zu schön gewesen, auf einen netten, aufrichtigen Mann zu treffen. Stets gerate ich an Männer mit dunkler Vergangenheit und bösen Geheimnissen. Wie an Stefan, meinen Ex. Packt der doch eines schönen Tages die Koffer und behauptet, er würde nun Kühlschränke verkaufen, in Thailand. Lässt mich mit einem Haufen Schulden und dem kleinen Laurenz zurück. Anscheinend ziehe ich falsche Helden an. Wenn ich nur daran denke, wie ich Stefan kennengelernt habe, sträuben sich mir die Haare.

Es war auf einer Silvesterfeier in Frankfurt-Hausen. So Ende der achtziger Jahre. Die meisten Leute kannte ich nur flüchtig, hauptsächlich New-Wave-Fans aus Bockenheim, gemischt mit ein paar Alternativen aus dem Nordend. Die Party schleppte sich so dahin, begleitet von dem einen oder anderen verstohlenen Blick auf die Uhr. Als dann endlich der Mitternachts-Countdown begann, kam Leben in die Bude. Die Sektkorken knallten, jeder umarmte jeden, und wir versammelten uns auf der Dachterrasse, um das Feuerwerk über der Frankfurter Skyline zu bestaunen.

Ein tolles Schauspiel, besonders vom fünften Stock aus.

Plötzlich sahen wir, wie eine funkelnde Rakete auf dem Balkon des Nachbarhauses landete, einem Wohnhaus mit neun Stockwerken. Zuerst knisterte die Rakete vor sich hin, doch dann fing der Weihnachtsbaum Feuer, der üppig geschmückt draußen prangte. Keine fünf Minuten später stand auf dem Balkon alles in Flammen.

»Bring mal ein Fernglas«, rief jemand.

»Die Balkontür ist gekippt, das seh ich von hier aus«, kommentierte die Frau neben mir.

»Was ist, wenn die Flammen nach innen schlagen?«, überlegte ich laut.

»Ach, da ist doch niemand zu Haus«, hörte ich jemanden hinter mir sagen.

Ich drehte mich um.

»Und wenn die Leute schlafen?«, gab ich zu bedenken.

»Wir müssen die Feuerwehr anrufen«, kam endlich der einzig vernünftige Vorschlag.

Ein großer Typ mit dunklen Locken und Lederjacke ließ sich das Telefon geben.

In klaren Worten schilderte er die Situation und verkündete nach einer Minute:

»Die Feuerwehr kommt gleich. Zwei von uns sollen schon mal rübergehen und ihnen dann zeigen, wo der Brand ist.«

»Ich geh mit«, beschloss ich sofort und warf meinen Mantel über.

Gemeinsam gingen wir rüber und postierten uns vor dem Eingang des Nachbarhauses.

»Ich bin der Stefan«, meinte mein Begleiter beiläufig, als wir im Dunkeln auf der Straße warteten.

Wir konnten den Balkon von dort aus nicht sehen. Ob die Wohnung schon abgebrannt war?

»Ich bin die Juliane«, gab ich zurück. »Schöner Mist, so was.«

»Kannst du laut sagen.«

Wenig später drang ein Tatütata aus der Ferne, und dann – ruck, zuck – standen zwei riesige Löschwagen vor dem Haus.

Drei Männer sprangen heraus, einer wandte sich an Stefan.

»Wo ist der Brandherd?«

»Siebter Stock, auf der Rückseite.«

Klingeln, rein, die Treppen hoch, wir immer hinterher.

Bestürzte Nachbarn traten ins Treppenhaus, teils noch mit Sektgläsern in der Hand, teils schon im Morgenmantel.

»Was ist denn hier los?«, war die meist gestellte Frage.

Anscheinend hatte keiner etwas mitbekommen. Glücklicherweise konnte auch ich keinen Rauch riechen. Keuchend und als Letzte kam ich schließlich im siebten Stock an. Und jetzt? Wir standen vor vier geschlossenen Wohnungstüren, zwei vor uns, eine links und eine rechts.

»Hier muss es sein«, sagte Stefan und deutete auf die Tür ganz rechts.

Ich versuchte, in Gedanken einen Grundriss zu zeichnen, um zu erkennen, auf welche Hausseite wir von gegenüber geblickt hatten.

Der Feuerwehrmann klingelte an allen vier Türen und hämmerte dagegen.

»Öffnen Sie die Tür, hier ist die Feuerwehr!«

Keine Reaktion, an keiner der Türen.

»Sie meinen also hier«, wandte sich der Brandschützer wieder an Stefan.

»Ja, genau.«

Halt, wollte ich gerade rufen, denn meiner virtuellen Zeichnung zufolge musste der Brand hinter der Tür daneben toben. Aber da hatte Red Adair schon beherzt die Axt gezogen und mit gezielten Hieben die Tür aus dem Rahmen gesprengt. Von drinnen hörten wir wimmernde Rufe: »Ei, was mache Sie dann da?«

Sekunden später stand uns eine alte Frau in Nachthemd und Bettjäckchen gegenüber.

»Mei Tür, was mache Sie mit meiner Tür?«

Ein Feuerwehrkollege stürzte an ihr vorbei, Richtung Balkon. Er kam schnell zurück. »Nichts«, meinte er achselzuckend.

Ich deutete wortlos auf die Tür direkt vor uns.

Wieder flog die Axt.

Den Rest erzählten uns die anderen, als wir zurückgekehrt waren.

Noch immer standen alle gebannt auf der Terrasse, mittlerweile dick vermummt und mit Mützen und Schals ausgerüstet. Das Feuer hatte den Tannenbaum verschlungen und war dann nach und nach schwächer geworden. Als endlich der erste Feuerwehrmann auf dem Balkon erschien und mit tosendem Applaus begrüßt wurde, hatte er nicht mehr viel zu tun. Ein paar Fußtritte, und der Brand war gelöscht. Die Schläuche blieben eingerollt. Die Partygesellschaft hatte endlich genug Gesprächsstoff, und Stefan war der Held des Abends. Gar nicht oft genug konnte er erzählen, wie die dummen Feuerwehrmänner sich in der Tür geirrt und die arme Oma verschreckt hatten.

Schon damals habe ich mich blenden lassen. Ich verwechselte Stefans laute Großspurigkeit mit Durchblick und Tatkraft. Und jetzt habe ich geglaubt, eine warme Stimme und große Hilfsbereitschaft wären ein Garant für Ehrlichkeit. Ich muss mich von dem Gedanken verabschieden, Eckhard Peters wäre der richtige Mann für mich. Meine Gefühle für ihn werden ab jetzt nur geschäftsmäßig sein. Immerhin habe ich einen Dieb zu überführen und einen Mord aufzuklären.

Morgenmuffel

Als ich zu meiner Wohnung zurückkomme, sehe ich eine Gestalt vor der Haustür. Jung, zierlich, dunkelhaarig. Sie wendet sich gerade zum Gehen.

»Lisa«, sage ich erstaunt, als ich sie erkenne. »Was machen Sie denn hier?«

»Hallo, Frau Bach!«

Sie reicht mir die Hand. Lisa, die Assistentin von Matthias Roth, dem Casting-Einpeitscher und Freund der toten Sabine.

»Hallo, Lisa! Was führt Sie zu mir?«, frage ich. Woher hat sie meine Adresse? Ach richtig, ich habe ja die Bögen ausgefüllt.

»Ich wollte Ihnen nur Ihr Jäckchen zurückgeben.«

Tatsächlich: Sie hat mir meine Twinset-Jacke gebracht, die ich beim Casting in der Aufregung an der Stuhllehne habe hängen lassen. Für einen Moment bin ich tief gerührt.

»Oh, danke! Kommen Sie doch einen Moment herein, ich koche uns schnell einen Kaffee!«

Ich mache eine einladende Handbewegung und sehe sie auffordernd an. Für mich ist Lisas Besuch *die* Gelegenheit, mehr über Matthias Roth zu erfahren. Vor allem seine Adresse.

»Ich habe nicht viel Zeit!«, lächelt Lisa. »Aber ich war gerade in der Nähe, und da dachte ich … Ich war neulich beim Casting nicht sehr freundlich zu Ihnen, tut mir leid. Das ist sonst gar nicht meine Art. Aber Sie waren so … so bestimmt. Da bin ich halt etwas nervös geworden. Fast schon unprofessionell. Dafür wollte ich mich bei Ihnen entschuldigen.«

»Mein Gott! Deshalb müssen Sie doch nicht bis nach Wuchersheim rauskommen!«

»Ach, ich wollte mal aus der Stadt raus und etwas Landluft schnuppern«, sagt sie mit einem schiefen Grinsen. Und tatsächlich hält sie ihre Nase leicht in den Wind.

»Vielen Dank für die Jacke, wie nett von Ihnen. Darf es zur Belohnung nicht doch eine kleine Erfrischung sein?«

Ein strahlendes Lachen gleitet über Lisas Gesicht.

»Na ja, gut«, gibt sie nach, »wenn Sie ein Glas Wasser für mich haben …«

Minuten später sitzen wir an meinem Küchentisch. Ich setze Kaffee auf, und Lisa fängt an zu erzählen.

Sie beschreibt mir ihre Arbeit; ich erfahre, wie aufregend ihr Job ist. Sie reist durch ganz Deutschland, von Stadt zu Stadt. Überall bleibt sie nur ein paar Tage. Und überall casten sie Leute.

»Bei so einem Casting schleusen wir Hunderte von Menschen durch«, sagt Lisa. »Und von allen nehmen wir die Personalien auf. Wir casten immer für mehrere Serien gleichzeitig. Mit den Fragebögen, die die Leute ausgefüllt haben, suchen wir später nach geeigneten Mitspielern für ganz andere Serien. Auf diese Weise haben wir schon interessante Statisten für bekannte Soaps gefunden.«

»Ist das nicht ziemlich anstrengend?«, will ich wissen.

»Ja, doch«, gibt Lisa zu. »Freizeit ist da Nebensache, oft arbeite ich bis spät in die Nacht. Manchmal komme ich die ganze Woche nicht zu einer warmen Mahlzeit. Aber egal, so oft ich kann, fahre ich nach Hause, und da bekocht mich dann meine Mutter. Dann lege ich mich bei meinen Eltern in den Garten und ruhe mich aus. Den ersten Tag schlafe ich meistens rund um die Uhr.« Sie lächelt bedauernd.

»Ja, und warum nehmen Sie das alles auf sich? Das klingt ja wirklich nach einem verdammt anstrengenden Leben.«

»Ich möchte gerne Regisseurin werden. Aber es ist gar nicht so einfach, einen Platz an der Akademie zu bekommen, geschweige denn später mal einen großen Regieauftrag. Man muss dafür schon eine Menge Erfahrung mitbringen.«

»Und die sammeln Sie gerade?«

»Ja. Und diesmal bekomme ich sogar Geld dafür.«

»Heißt das, Sie haben gearbeitet, ohne bezahlt zu werden?«

»Manche Arbeitgeber nutzen ihre Praktikanten wirklich nur als billige Arbeitskräfte aus. Bei einer Produktionsfirma musste ich ständig das Equipment schleppen, die ganzen schweren Scheinwerfer und die Stative. Und das alles für lau. Da ist dieser Job schon besser: achthundert Euro im Monat – und ich darf sogar Entscheidungen treffen.«

»Immerhin«, murmele ich. Gedankenverloren fülle ich unsere Kaffeebecher. »Und Sabine Ott?«, frage ich scharf. »Hat die auch für lau gearbeitet?«

Lisa hält sich erschrocken die Hand vor den Mund.

»Sabine? Ja wissen Sie denn nicht …? Die ist doch … War das nicht hier ganz in der Nähe?«

»Ich habe sie gefunden!«, sage ich trocken. »Nackt im Weiher schwimmend.«

Lisa zieht die Luft ein.

»Sie Arme! Das muss schrecklich für Sie gewesen sein.«

»Nicht so schlimm wie für Matthias«, improvisiere ich. »Wie hat er es verkraftet?«

»Gar nicht«, sagt Lisa leise. »Nach außen hin gibt er zwar den coolen Producer, aber tatsächlich macht er sich schwere Vorwürfe.«

Sein schlechtes Gewissen plagt ihn, keine Frage.

»Meinen Sie, da war Eifersucht im Spiel?« Ich denke an die Szene, die mir Atze erzählt hat.

Lisa überlegt. »Kann schon sein. Die beiden waren ja noch nicht so lange zusammen. Kein halbes Jahr. Matthias war oft weg, und Sabine machte dauernd irgendwelche schlecht bezahlten Jobs.«

»Sie meinen den Verkauf von Telefonanschlüssen?«

»Telefonverkauf, Callcenter, Fitnessstudio, Putzstelle, da war alles dabei.«

»Und das passte Matthias nicht?«

»Er konnte nicht verstehen, warum Sabine nicht seine Unterstützung annahm. Er hatte ihr angeboten, bei ihm einzuziehen und in Ruhe zu studieren, aber Sabine wollte das nicht. Sie wollte ihre Unabhängigkeit. Matthias dachte, da würde vielleicht ein anderer Mann dahinter stecken.«

Wir legen eine Schweigeminute ein für Sabine Ott.

So sind sie, die Mädchen von heute, denke ich. Beharrlich erkämpfen sie sich ihren Weg nach oben. Studieren, arbeiten, bleiben unabhängig. Wenn die Männer damit nicht zurechtkommen … Dann knallen eben die Sicherungen durch!

»Was glauben Sie, Lisa«, nehme ich den Gesprächsfaden wieder auf. »Warum war Sabine silbern angemalt?«

»Silbern angemalt?« Lisa sieht mich erstaunt an. »Das wusste ich gar nicht. Ist ja abgefahren!«

Schlurfende Schritte unterbrechen unser vertrauliches Gespräch. Laurenz schleppt sich an uns vorbei zum Bad. Es ist fast elf Uhr.

»Morgen!«

Wenn Laurenz aufsteht, hat er etwas von einem Teddy. Sein Gesicht ist leicht zerknittert. Er ist noch nicht richtig wach und wirkt etwas hilflos. Bei Müttern und Mädchen ruft das den Beschützerinstinkt wach. Man möchte ihn sofort in den Arm nehmen und knuddeln. Jedenfalls geht mir das so. Und bei Lisa scheint Laurenz das gleiche Gefühl auszulösen. Sie macht eine winzige zuckende Bewegung auf ihn zu, verharrt dann aber und starrt ihn nur sprachlos an.

Seine Haare stehen genauso zu Berge wie ihre, nur dass es bei ihm nicht vom Stylen kommt, sondern vom Schlafen. Er trägt nichts an den Füßen, er hat seinen schwarzen Schlafanzug an, bei dem der oberste Knopf fehlt. Ein Handtuch hat er über die Schulter geworfen, an dem zuppelt er jetzt verträumt herum.

»Hallo, Laurenz! Lisa, das ist Laurenz. Laurenz, das ist Lisa«, sage ich. Ich komme mir vor, als spiele ich in einer amerikanischen TV-Serie mit. Ein Dialog wie aus »Friends«.

»Hey!«, sagt Lisa freundlich.

Wenn ich mich nicht irre, verspeist sie meinen Sohn soeben mit den Augen. In einem Haps. Doch Laurenz verpatzt seinen Auftritt.

»Hallo«, sagt er mürrisch und drängt sich an uns vorbei. Lässt das Handtuch fallen und steigt darüber hinweg. Dann verschwindet er im Bad und zieht die Tür hinter sich zu.

Moment mal. Das Handtuch braucht er doch im Bad?

»Mein Sohn ist ein Morgenmuffel«, erkläre ich Lisa fast schwärmerisch.

Mutterregel Nummer eins: So tun, als sei alles im Lot.

Mutterregel Nummer zwei: Falls Regel Nummer eins aus irgendwelchen Gründen nicht anwendbar ist, einfach nachdrücklich auf den Nachwuchs stolz sein. Im Zweifel kleine Fehler zu netten Marotten erklären.

Letzteres ist mein Lieblingssport, seit ich Mutter bin.

Ich unterdrücke einen Seufzer.

Von so einer Lisa könnte sich mein lieber Sohn eine Scheibe abschneiden. Von so viel Zielstrebigkeit und Arbeitseifer.

Überhaupt. So ein Mädchen wie Lisa brächte meinen Sohn vielleicht auf andere Gedanken. Wenn es nur eine Chance gäbe, die beiden miteinander bekannt zu machen!

»Haben Sie eigentlich einen Freund?«, frage ich Lisa unverfänglich.

»Keine Zeit, leider«, sagt Lisa bedauernd. »Und so eine Beziehung wie zwischen Matthias und Sabine will ich mir nicht antun. Dann warte ich lieber.«

»Ich kann mir vorstellen, dass es junge Männer gibt, die trotz Ihres Berufes zu Ihnen halten würden«, wende ich ein. Ich denke an Laurenz.

»Wer weiß«, antwortet sie vage und steht auf.

»Warum kommen Sie eigentlich nicht zu unserem Hoffest nächste Woche?«, frage ich und versuche dabei so beiläufig wie möglich zu klingen. »Samstag so ab siebzehn Uhr. Wir würden uns freuen.«

Lisa kneift die Lippen zusammen und nickt entschlossen: eine Geste ohne Worte, die eine komplette Verschwörung zwischen einer Mutter und ihrer potenziellen Schwiegertochter beinhaltet.

»Jetzt muss ich aber wirklich los. Die ganze Crew fährt heute nach Köln zurück. Drei Tage Produktion von ›Richterin Barbara Salesch‹.«

»Ist Matthias auch dabei?«

»Ja, aber nur kurz, dann muss er nach Frankfurt zurück. Ihm steht ja noch Einiges bevor.«

»So? Was denn?«

»Na, die Beerdigung von Sabine. Am Freitagnachmittag auf dem Friedhof in Ockstadt.«

Bevor Lisa hinausgeht, wirft sie noch einen schnellen Blick in meinen Flur. Ganz eindeutig Richtung Bad.

»Vielen Dank für das interessante Gespräch«, gebe ich Lisa noch mit auf den Weg. Die Adresse von Matthias Roth brauche ich nun nicht mehr.

Ich werde ihn am Freitag auf der Beerdigung sehen.

Zweites Frühstück

Als Lisa gegangen ist, klopfe ich an die Badezimmertür.

»Wie lange noch?«

Ich vernehme heftiges Wasserrauschen. Wenn ich es nicht besser wüsste, müsste ich annehmen, in meinem Bad gingen die Niagarafälle nieder.

»Gleich!«, durchdringt Laurenz' Stimme das Prasseln der Wassermassen.

»Ich backe uns ein paar Brötchen auf!«, schreie ich gegen die Niagarafälle an.

Ein spätes Frühstück mit meinem Sohn kann nicht schaden. Erstens muss ich bei Kräften bleiben und zweitens möchte ich wissen, ob er Lisa überhaupt wahrgenommen hat.

»Sind auch Blindenbrötchen dabei?«

Blindenbrötchen – so nennt Sonja die Mohnbrötchen. Wenn man mit der Fingerkuppe ganz leicht darüberfährt, fühlen sich die Mohnsamen auf dem Brötchen an wie Blindenschrift. Sagt Sonja jedenfalls.

Mit Blindenbrötchen kann ich leider nicht dienen, ich habe nur »Bäckers Goldstücke« im Haus – einfache Weizenbrötchen aus der Plastiktüte.

Mit nassen Haaren setzt sich Laurenz an den Tisch und wirft dem heißen Backwerk böse Blicke zu. Dann macht er sich wortlos ein Müsli mit viel Milch. Über den Rand der Schale schaut er mich vielsagend an. Erst denke ich, er ist sauer, weil er keine Blindenbrötchen kriegt. Aber dann begreife ich, dass er nicht um seine Nahrung fürchtet, sondern um mich.

»Wo bist du denn mit deinen Gedanken, Mama?«, fragt er besorgt. »Ist mit dir auch alles okay?«

Okay? Wenn man davon absieht, dass ich einen Mörder auf dem Friedhof treffe und einen Dieb im eigenen Dorf jage, geht es mir gut. Ob ich die Sache mit dem Nanopatent schnell erledigen kann? Dann würde Konz bestimmt staunen. Wenn ich die Unterlagen rasch beschaffe, könnte ich mich wieder dem Mordfall widmen. Und der Belohnung. Ich müsste irgendwie an Eckhards Computer herankommen.

»Weißt du eigentlich, wie man Passwörter knackt?«

Laurenz findet die Frage offenbar lustig. Er lacht laut los.

»Was geht denn mit dir ab, Mama?«

»Ja, stimmt es denn, dass die meisten Leute die Namen ihrer Freundinnen, Frauen und Kinder als Passwörter nehmen?«, hake ich nach. »Ich habe das mal in so einem Krimi gesehen, weißt du …«

Laurenz schüttelt den Kopf. »Wie kannst du nur so naiv sein, Mama? Beliebt sind auch Lieblingsweinlagen. Automarken, die man gern fahren würde. Oder die Namen der Orte, an denen man guten Sex hatte.«

»Na, na!«

Laurenz amüsiert sich noch immer über mich. Er schmunzelt.

»Weißt du, was die meisten machen? Sie schreiben ihre Passwörter auf kleine Zettelchen und schieben sie dann unter das Mousepad oder die Schreibtischunterlage. So wie manche Leute ihre Haustürschlüssel unter die Fußmatte legen.«

Ich starre meinen Sohn mit offenem Mund an.

»Du hast ja so recht!«

In der Redaktion hatten wir unsere Passwörter eine Zeit lang sogar auf Post-its stehen, die wir an die Computer geheftet haben. Nur so konnte einer die Arbeit des anderen übernehmen, wenn mal jemand krank war.

»Hast du sonst noch Fragen?«, will Laurenz spöttisch wissen.

»Ja. Weißt du, wann das Organisationskomitee für das Hoffest tagt?«

»Warum?«

»Ich muss das wissen!«

Schließlich muss ich mit der Sporthose alias Eckhard Peters Kontakt aufnehmen. Ich muss mich an ihn ranmachen. Jetzt, nachdem mir die Lust dazu gründlich vergangen ist.

»Da musst du Hanne fragen«, sagt Laurenz gedehnt.

»Ja, danke. Das mache ich. Du sag mal … Die junge Frau, die vorhin hier bei mir war, die hast du doch kurz gesehen?«

»Warum?«

»Wäre die nicht dein Typ? Ich glaube, die mochte dich.«

»Mamaaa!« Laurenz lässt den Löffel in die Müslischale fallen. Milch schwappt über den Rand und spritzt auf das frische Tischtuch. »Was ist denn nun los? Wie bescheuert ist das denn? Suchst du jetzt etwa eine Frau für mich?«

»Herrje, reg dich doch nicht gleich so auf, das war doch nur so eine Frage ...«

»Nur so eine Frage? Du hast die doch nicht etwa hierher eingeladen, hinter meinem Rücken, damit sie mich besser kennenlernen kann, oder?«

»Was denn? Sie kam zufällig vorbei. Und ich habe sie nur zum Hoffest eingeladen. Das kann doch nicht so schlimm sein.«

»Mama, ehrlich! Wenn du jetzt auch noch anfängst, dich derart in mein Leben einzumischen ...« Laurenz schnauft. Er meint seine Vorwürfe ernst. Ich erkenne es unschwer an seiner sauren Miene.

»Nun mach aber mal einen Punkt«, versuche ich ihn zu beruhigen. »Wann mische ich mich denn schon mal in dein Leben ein?«

In dein Lotterleben, möchte ich sagen.

»Andauernd!«, brüllt Laurenz wütend. »Glaubst du, mir würden deine Seufzer, deine Blicke zum Himmel oder deine Kommentare gegenüber Sonja und Hanne entgehen? Ich weiß doch, dass es dir nicht gefällt, wie ich lebe! Ich soll mich endlich anpassen, einen ›Beruuuf‹ ergreifen, in Schlips und Anzug herumrennen, damit du stolz auf mich sein kannst, ja?«

»Das stimmt doch alles gar nicht!«, wehre ich mich. »Ich hätte gern, dass du etwas aus deinem Leben machst, ja. Ich möchte, dass du eine Ausbildung anfängst ...«

Laurenz lacht schäbig. »Tja, haha, in deinem tiefsten Inneren willst du einen Spießer aus mir machen, gib es doch zu. Du kannst es einfach nicht ertragen, dass ich mir keine Sorgen um meine Zukunft mache.«

»Da hast du recht.«

»Und? Was hast du für Vorschläge?«

Ich hole tief Luft. »Es ist mir im Prinzip egal, was du machst. Nur: Tu endlich irgendetwas!«

»Was denn?«, fragt Laurenz mich allen Ernstes.

»Mach eine Lehre. Such dir einen Job.« Verärgert setze ich nach: »Von mir aus beleg einen Zeichenkurs beim Kunstverein!« Das fällt mir gerade so ein.

»Ich denk drüber nach«, sagt er abwehrend.

»Was heißt das, darüber nachdenken?«, mache ich Druck. »Du musst endlich mal den Hintern hochkriegen!«

Oh, jetzt habe ich eine Spur zu viel Gas gegeben. Laurenz' Gesicht verfinstert sich.

»Ja, duuu weißt ja immer, was gut für mich ist!«, tönt mein Sohn erbost. »Wenn du jetzt auch noch anfängst, mich zu verkuppeln, dann ...«

»Ja, was dann?«

»Dann ziehe ich hier aus!«

»Wohin denn, wenn ich fragen darf?«, entfährt es mir wütend. »Etwa zu einem deiner Kumpel? Diesem schrägen Magnus mit seinem Mittelalter-Spleen? Der wird sich freuen, wenn du kommst und ihm sein Kettenhemd polierst. Dann kannst du dir dein Essen aber mit Pfeil und Bogen schießen, anstatt dich hier wie selbstverständlich am Kühlschrank zu bedienen.«

»Wie arm ist das denn?«, klagt er. »Jetzt hackst du auch noch auf meinen Freunden rum. Du hast doch keine Ahnung. Für dich zählen nur Leute, die brav jeden Tag in ihr Büro stiefeln. Solche Spastis, die ihr ganzes Leben vor dem Chef buckeln. Und jetzt willst du mir auch noch 'ne Frau andrehen! Soll die mich dann auf den rechten Weg bringen, oder was? Das ist echt hammerhart. Ich glaube, ich ziehe wirklich hier aus!«

»Pah!«, spiele ich unseren Streit herunter. »Das sind doch alles leere Versprechungen!«

Laurenz rückt seinen Stuhl geräuschvoll zurück und schiebt die Müslischale in die Mitte des Tisches.

»Okay«, droht er mir. »Ich muss hier nicht wohnen.«

»Wo willst du denn überhaupt hinziehen?«, frage ich erschrocken.

Er wird doch nicht Ernst machen? Wegen so einer Lappalie?

»Lass mich bitte einfach nur in Ruhe!«, sagt Laurenz schon im Gehen.

Sekunden später schlägt die Tür hinter ihm zu.

Komitäter

Es gibt zwei Kneipen in unserem Dorf. In der einen gibt es Pizza, weswegen die Kneipe im Volksmund auch ganz einfach »die Pizzeria« genannt wird. Sie gehört Frankas Bruder und ist der Zufluchtsort für alle politisch Linksgerichteten.

Die andere Kneipe trägt den schönen Namen »Deutscher Michel« und ist das Asyl für alle Mitte-Rechts-Wähler. Im Michel gibt es Licher vom Fass und Volksmusik. Aber da der Michel gleich bei uns um die Ecke liegt und die Pizzeria am Ende des Dorfes, bevölkern meine Nachbarn und ich bei unserer Hoffest-Lagebesprechung den Michel, ungeachtet unserer politischen Wahlgewohnheiten.

Um kurz vor acht mache ich mich also auf zu Licher und Patrick Lindner.

Als ich im Michel ankomme, sitzen meine Nachbarn schon rund um den Stammtisch, den man unschwer an dem porzellanenen Aschenbecher erkennt, der in der Mitte des Tisches prangt. Er hat die Ausmaße eines Hundefressnapfs und auch die entsprechende Form. Ihn schmückt eine Art Torbogen, ebenfalls aus Porzellan, auf dem »Stammtisch« steht.

Ich grüße in die Runde und setze mich dann zwischen Sonja und Hanne. Mir gegenüber sitzt Eckhard Peters.

»Darf man hier denn eigentlich überhaupt noch rauchen?«, fragt Sonja neben mir mit einem spöttischen Blick auf den Stammtisch-Aschenbecher.

Ich schüttele den Kopf und mache eine Geste in die Tiefe des Raums hinein. Dort teilt ein Glasfenster einen zweiten Raum ab, den Raucherraum. Wie in einem Aquarium kann man die Paffer dahinter begaffen.

»Na, so was«, meint Hanne, »und wozu steht hier dieser gigantische Aschenbecher?«

Eckhard Peters kommt mir mit der Antwort zuvor: »Wenn das Teil hier nicht stünde, dann wüsste doch niemand, dass das der Stammtisch ist.«

Da hat er recht. Die Tische sehen hier alle gleich aus. Ohne den Stammtisch-Aschenbecher sähen sie noch gleicher aus.

Carl-Peter fällt auch gleich der passende Zungenbrecher zum

Thema ein: »Alle Hesse sin Verbrescher, denn sie klaue Aschebescher.«

Wir wiederholen das alle ein paarmal, um zu sehen, wer von uns den Satz am schnellsten aussprechen kann, ohne sich allzu sehr zu verhaspeln. Carl-Peter gewinnt und ist stolz auf sich.

»Glückwunsch, U-Plus!«, ruft Hanne ausgelassen. Sie hat ihn mit diesem Spitznamen belegt, seit er im Rahmen dieser hessischen Erfindung tätig ist: Unterrichtsgarantie Plus. Wer immer schon mal Lehrer spielen und versuchsweise unterrichten wollte, kann sich nun an einer Schule melden und als Hilfslehrer einstellen lassen. Genau wie Carl-Peter.

Der Wirt kommt und nimmt unsere Bestellungen auf. Das braucht seine Zeit.

»Mein Gott«, seufzt Hanne neben mir. »Diese Kneipenkultur. Dieses ewige Herumhocken! Ich sitze doch schon im Büro den ganzen Tag. Wie gern ginge ich mal wieder in eine Disco!«

Oh ja, Tanzen!

»Nimm mich mit«, bitte ich Hanne.

»Mich auch!«, fleht Sonja an meiner anderen Seite.

»Seid ihr verrückt?«, lacht Hanne hell auf. »Was meint ihr denn, wie alt Diskothekenbesucher so sind? Ich komme ja selbst nur noch mit Mühe am Türsteher vorbei. Wie soll ich das mit euch beiden schaffen? Ihr seid schließlich noch 'ne Ecke älter als ich!«

»Dumme Kuh!«, ruft Sonja.

Und auch ich schimpfe: »Was heißt das denn, du kommst mit uns nicht am Türsteher vorbei?«

»Wie ich es sage. Wenn du über dreißig bist, kannst du dich nicht mehr in einer normalen Disco sehen lassen. Dafür gibt's ja die Ü30-Partys.«

»Ha!«, ruft Carl-Peter dazwischen. »Ich geh manchmal in Bockenheim in das alte Kulturhaus. Das ist echt klasse. Da gibt es jeden ersten Freitag im Monat Disco für all diejenigen, die schon was erlebt haben. Der Cohn-Bendit ist da auch oft anzutreffen.«

Ich zwinkere Sonja zu. »Klingt, als wäre das genau das Richtige für uns.«

Sonja grinst. »Tja, Hanne. Und zur Strafe darfst du nicht mit, wenn wir mit Danny le Rouge tanzen!«

Allgemeines Gemurmel erfüllt die Gaststube, es dauert eine Weile, bis alle mit Getränken versorgt sind und eine gewisse Ruhe eingekehrt ist. Dann, endlich, kann das Komitee seine Arbeit aufnehmen.

»Ich kann ja wieder die Liste machen«, bietet Sonja bereitwillig an. »Ihr wisst ja, nicht alle nur Nudelsalat!«

Ja, die Liste. Das kenne ich seit Laurenz' Kindergartenzeit. Damals flatterte mir alle zwei Tage eine Liste ins Haus. Wer hilft mit beim Sommerfest, beim Frühjahrsputz, beim Flohmarkt? Wer besorgt Frühstück, Putzmittel, Toilettenpapier? Wer kann singen, basteln, Plätzchen backen? Laurenz' Kindergarten war eine Elterninitiative – was bedeutete, dass wir Eltern ständig initiativ sein mussten. Aber die Kinder waren glücklich. Und unsere Buffets waren wirklich abwechslungsreich.

Sonja hat mittlerweile auf einem Wirtshausblöckchen alle Essensbeiträge notiert: angefangen mit Kartoffelsalat über Spundekäs mit Bretzelchen bis zu griechischem Salat und Mozzarella mit Tomaten.

»Bier ist schon erledigt, Wasser auch«, sagt Carl-Peter eifrig. Womit er meint, dass er die Getränke schon bei Franka bestellt hat. »Und natürlich auch die Bänke.«

»Die Bänke?«, will Eckhard Peters wissen.

»Ja«, sagt Carl-Peter, »die Biergarnituren. Die brauchen wir für in den Hof. Werden wie immer gebracht. Hanne, kannst du wieder für Brot und Ketchup sorgen?«

»Und für Servietten und Holzkohle. Geht klar!«, sagt Hanne. »Grillgut bringt wieder jeder selbst mit?«, fragt Sonja und alle nicken. »Aber wer macht den Grillmeister?«

»Da könnte ich mich anbieten«, schlägt Eckhard vor.

»Wir können uns ja abwechseln«, meint Jens schnell, als ob ihm etwas entgehen würde. Grillen ist und bleibt nun mal Ehrensache unter Männern.

»Ja, Leute«, sage ich in die Runde. »Und nun wieder mal die große Abstimmung: Glas oder Plastik? Pappe oder Porzellan?«

Nach der üblichen Diskussion über Plastikmüll, Recycling und Wasserverschwendung entscheiden wir uns für einen Kompromiss: Richtige Gläser, aber Pappteller zum Wegwerfen. Sonja räumt ihre Schränke und bringt alle Gläser mit. Die Pappteller besorgt Hanne.

»Wie sieht's aus mit Wein?«, fragt Sonja. »Weißwein, Rotwein, Apfelwein?«

»Am besten alles«, sagt Carl-Peter. »Ich kümmer mich drum, auch um den Äppelwoi. Ich hol uns einen guten Speierling. Der zieht euch die Schuhe aus.«

»Bring auch noch Orangenlimo mit«, ruft Sonja, »dann können wir uns einen Süßgespritzten machen.« Also Apfelwein mit Limo. Im Gegensatz zum Sauergespritzten, das ist Apfelwein mit Mineralwasser.

Ich biete noch an, einen Kuchen zu backen, damit die Süßmäuler unter uns auch auf ihre Kosten kommen.

»Ja, gut!«, freut sich Jens. »Mach aber bitte einen nassen Kuchen, ja?«

»Na ja, mal sehen … So eine tolle Bäckerin bin ich nicht.«

Nasser Kuchen, so werden in Wuchersheim alle Kuchen bezeichnet, die Feuchtigkeit beinhalten. Darunter fallen Sahnekuchen, Käsekuchen, Donauwellen und Philadelphiatorten. Kategorisch ausgeschlossen ist damit die Kategorie »trockener Kuchen«, als da wären: Sandkuchen, Streuselkuchen oder Marmorkuchen. Um trockenen Kuchen machen die Wuchersheimer gern einen Bogen.

»Was machen wir, wenn es regnet?«, fällt mir plötzlich ein.

»Es regnet nicht«, sagt Eckhard und sieht mich an, »wenn Engel feiern.«

Damit ist die Arbeit des Komitees auch schon erledigt. Schließlich haben wir solche Feste schon zigmal gemacht, und jeder kennt seinen Job. Im Prinzip hätten wir uns gar nicht treffen müssen, jedenfalls nicht, um das Fest zu planen. Das Komitee ist offenbar nicht nur für mich ein dankenswerter Anlass, die Kneipe aufzusuchen.

Wir gehen also dazu über, die wichtigen Dinge zu besprechen.

»Gibt es etwas Neues im Mordfall am Golfweiher?«, will Eckhard Peters von uns wissen. Alle schütteln die Köpfe. Ich auch. Das bisschen, das ich weiß, kann ich nicht preisgeben, um meine Belohnung nicht zu gefährden. Sonja öffnet den Mund, als wolle sie etwas sagen. Sie scheint zu überlegen, schaut mich fragend an.

»Die Frau hat Qi-Gong-Kurse im TOP 1 gegeben«, sagt sie schließlich. »Hat uns ein Trainer erzählt.«

»Das weiß doch hier jeder!«, ruft der Wirt hinter der Theke.

Als Jens, der Außendienstler, schnell mal aufs Klo geht, hat Carl-Peter einen echten Knaller.

»Wisst ihr was?«, fragt er und schaut jeden Einzelnen von uns nach Aufmerksamkeit heischend an. »Der Jens hat mir vor sechs Wochen erzählt, dass er mit Kollegen in der Frankfurter Kaiserstraße in so einem Schuppen war. Wo die Mädels an der Stange tanzen, ihr wisst schon. Und er sagt, die waren von oben bis unten silbern angemalt!«

»Bodypainting«, sagt Eckhard ruhig.

Carl-Peter winkt ab. »Das Heiße daran ist: Der Jens hatte vor vierzehn Tagen so eine Tussi übers Wochenende zu Besuch. Hab sie auf seiner Terrasse liegen sehen.«

»Silbern angemalt?«, fragt Almuth amüsiert.

»Nee, aber halb nackt. Könnte ja sein, das war eine von diesen Mädels, oder?«

»Und was hat das mit der Toten im Weiher zu tun?«, frage ich unmutig dazwischen.

»Na ja. Vielleicht war auch die Tote ein Mädel von der Stange – und sie hat beim Freizeitversuch einfach nur die falsche Farbe erwischt? Möglicherweise wusste sie nicht, welche Wirkung Autolack auf die Haut hat?«

Eckhard zuckt unmerklich zusammen.

»Die falsche Farbe erwischt? Bei einer Privatvorführung für Jens?«, giftet Hanne.

»Männerphantasien!«, spottet Sonja.

Wir können nicht mehr viel zum Thema beitragen, denn Jens kommt auch schon zurück an unseren Tisch.

Mädels von der Stange! Die Polizisten am See hatten meiner Theorie vom Tabledance zugestimmt.

Um uns von diesem grausamen Mord abzulenken, erzählen wir von den letzten Festen, flechten diverse Witze ein, von denen wir schon wissen, dass sie uns gefallen, weil wir schon viele Male herzlich über sie gelacht haben. Wir tauschen die letzten Neuigkeiten über nicht anwesende Dorfbewohner aus.

»Wussten Sie schon, dass Frau Bachs Kater ein Balletttänzer ist?«, wirft Eckhard Peters aufgeräumt in die Runde. Und dann gibt er die Geschichte von Paul in der Regenrinne zum Besten.

Erstaunt höre ich zu. Der Mann ist ein witziger Erzähler, bald hängen alle an seinen Lippen. Seine Augen leuchten lebhaft, als er berichtet, mit was für einem Satz Paul zu mir ins Zimmer gesprungen ist. Paul ist ein Akrobat. Und Eckhard Peters ein begnadeter Entertainer.

»Ist der nett!«, flüstert Hanne mir auch schon ins Ohr.

Und ob! So nett wie George Clooney auf der Leinwand, kurz bevor er einen Safe ausräumt. Das Patent für die Nanolacke hat dieser Peters bestimmt vor aller Augen aus dem Büro geklaut. Hat es mit einem charmanten Lächeln ganz einfach in seinem Aktenkoffer verschwinden lassen. Ist dann mit einem lässigen Gruß an der Empfangsdame des Unternehmens vorbeigeschlendert und überlegt nun, wie er sein kostbares Wissen in klingende Münze verwandeln kann.

Man steckt eben in niemandem drin.

Irgendwann geht Hanne nach Hause. Sie muss morgen nach Berlin. Wenig später gehen fast alle, bis auf Sonja, Carl-Peter, Eckhard und mich.

Wir rücken zusammen.

Glücklicherweise lande ich endlich wie zufällig direkt neben Eckhard Peters. Ich bin schließlich hier, um ihn besser kennenzulernen. Um in sein Haus zu kommen …

»Wohnen Sie schon lange hier?«, mache ich Konversation.

»Erst seit Kurzem. Ich bin vor ein paar Monaten ganz unfreiwillig zum Frührentner geworden.« Er lacht versonnen und erzählt nach einer kleinen Weile weiter: »Damals habe ich mich schwarzgeärgert, als sie meine Abteilung heruntergefahren haben, nur um Geld zu sparen. Und bald danach war ich selbst überflüssig und konnte gehen. Aber dann habe ich mir gesagt: Jetzt machst du das Beste aus deiner Lage! Also habe ich wieder angefangen zu zeichnen und zu malen. Ich habe mal ein paar Semester Kunst studiert, müssen Sie wissen. Und ich habe mir dieses kleine Haus am Rande des Dorfes gekauft.«

»Wie sind Sie denn da drangekommen?«

»Ach, das gehörte so einem grünen Studienrat, der hat eine Rektorenstelle im Kohlenpott gekriegt und suchte für das Häuschen einen Käufer.«

»War es sehr teuer?«, frage ich teilnahmsvoll. »Ich meine, die Grundstücke in den Ballungsgebieten sind ja heutzutage fast unbezahlbar.«

»Ach, so kostspielig war die Hütte gar nicht. Da muss ja noch unheimlich viel gemacht werden. Neue Fenster, neue Heizung und noch einiges mehr. Der Vorbesitzer war wirklich nicht sehr anspruchsvoll. Außerdem hatte ich etwas gespart über all die Jahre. Und für die nächste Zeit habe ich immer noch die Abfindung, die sie mir gegeben haben, als ich nach Hause ging.«

Das finde ich jetzt eher komisch. Wie hat er das denn gemacht? Patente gestohlen und eine Abfindung kassiert? Wie geschickt muss dieser Mann sein?

Ich glaube, ich bin beim dritten Bier, als seine Hand ganz leicht und fast wie versehentlich meine Rechte berührt. Mitten auf dem Tisch. Direkt neben dem Stammtischaschenbecher.

Im ersten unschuldigen Moment freue ich mich über diese Geste, fast möchte ich sie erwidern. Ich möchte Eckhards Hand streicheln, sie nehmen und in der meinen halten. Doch dann fällt mir schmerzlich ein: Der Mann ist nicht koscher.

Er ist ein Betrüger.

Das darf ich nie vergessen.

Wir haben schon gezahlt und wollen gerade aufbrechen, als Carl-Peter uns mit großen Augen fragt: »Mag einer von euch mit mir einen Schnupperkurs machen?«

Wie bitte?

»Woran willst du denn schnuppern?«, fragt Sonja. Sie kichert.

»Es ist ein Schnupperkurs im Paddeln«, sagt Carl-Peter ernst.

Was soll man nun darauf sagen? Sonja und ich sammeln uns erst mal. Aber da bricht es schon aus Eckhard heraus: »Oh, super! Ich komme mit. Wann denn? Paddeln! Das wollte ich schon immer mal ausprobieren!«

Moment mal. Wenn Eckhard Peters mit von der Partie sein wird, dann ist das eine weitere Gelegenheit, an ihn heranzukommen.

»Ich ...«, räuspere ich mich. »Ich komme auch mit.«

Sonja schaut uns kurz der Reihe nach an. Sie will wohl nicht allein daheim bleiben. »Ich auch. Was kostet es denn?«

Es stellt sich schnell heraus, dass die Sache erschwinglich ist, dafür aber schon am Sonntag steigt.

»Ich bin ja so froh«, freut sich Carl-Peter. »Bernd, also der Paddellehrer, der macht es nämlich nicht unter vier Leuten. Allein hätte ich gar keine Chance auf den Kurs. Dann melde ich uns also alle an!«

Wir bestätigen das und wanken zufrieden nach Hause. Nun haben wir ein neues Abenteuer vor uns.

Ein Abenteuer zu Wasser mit Eckhard Peters.

Neue Kleider

Als ich am nächsten Morgen leicht verkatert aufwache, ist die Wohnung still. Zu still, wie ich finde.

Ich schäle mich aus dem Bett und gehe zu Laurenz' Zimmer. Ist er wieder die ganze Nacht nicht nach Haue gekommen? Leise klopfe ich an die Tür. Keine Reaktion. Nun ja, es ist noch keine zehn Uhr, wahrscheinlich schläft er tief und fest. Langsam drücke ich die Klinke nach unten und werfe einen vorsichtigen Blick in seine Bude. Sein Bett ist leer. Ordentlich gemacht. Ich trete ein und sehe die offenen Schranktüren. Alles ausgeräumt. Laurenz ist wirklich ausgezogen.

Ich kann es kaum fassen.

Warum habe ich nur diesen blöden Streit vom Zaun gebrochen? Laurenz fehlt mir. Ich mache mir Sorgen um ihn.

Nun ja, rede ich mir ein, vielleicht tut ihm ein bisschen Selbstständigkeit gut. Das war es doch, was ich wollte: Dass er auf eigenen Beinen steht. Vielleicht habe ich ihn wirklich zu sehr bemuttert.

In meinem Kummer gehe ich in Laurenz' vier Wänden auf und ab. Sogar seinen Schreibtisch hat er aufgeräumt. Es ist ihm also ernst. Über dem Stuhl hängt noch ein letztes T-Shirt. Ich nehme es und drücke meine Nase hinein. Es riecht ganz nach meinem Sohn. Ich möchte am liebsten weinen.

Wo er nur hin ist?

Den Auszug meines einzigen Kindes habe ich mir weitaus harmonischer vorgestellt. Ich hätte Laurenz gern Möbel mitgegeben, Geschirr, Bettwäsche. Wollte ihm Pflanzen schenken zum Einzug in sein erstes eigenes Heim. Ich hätte ihn gerne beraten bei der Einrichtung und ihm sogar geholfen bei der Renovierung. Wir hätten regelmäßig telefonieren können, und vielleicht wäre unser Verhältnis mit der Zeit sogar besser geworden, entspannter, so auf die Distanz. Zu Unrecht und zu abrupt, wie ich finde, wurde ich abgeschnitten von seinem Leben.

Das Klingeln des Telefons reißt mich aus meinen Gedanken. Es ist Konz.

»Ei, guten Morgen, Frau Bach«, begrüßt er mich freundlich, aber auch mit einer gewissen Dringlichkeit in der Stimme. »Wie sieht's aus?«

Was sage ich ihm jetzt? Ich kann mich kaum konzentrieren. Erwartet er vielleicht, dass ich das Patent schon habe?

»Gut sieht's aus, Herr Konz«, taste ich mich langsam vor. »Der Kontakt zur Zielperson ist bereits hergestellt. Wir gehen am Sonntag zusammen paddeln.«

»Paddeln? Heißt des, Sie warn noch net bei ihm in de Wohnung?«

»So schnell geht das alles nicht. Ich muss den Mann doch erst mal kennenlernen.«

»Sie sollen ihn doch net heirate, Frau Bach, sondern nur ma an sein Schreibtisch komme.« Konz schweigt und überlegt. Ich höre seinen Atem durchs Telefon.

»Also, folgende Idee«, fährt er fort. »Sie lasse sich beim Paddele ins Wasser fallen. Dann sin Sie klatschnass und sehe zu, dass Sie sich bei ihm in de Wohnung abtrockne könne. Des wär dann die Gelegenheit, auf die mer gewartet ham.«

»Ich sehe zu, was ich machen kann, Herr Konz. Versprochen.«

Der spinnt wohl. Die Nidda hat vielleicht fünfzehn Grad. Überhaupt – da lassen die den Mann monatelang gewähren und kümmern sich nicht um ihr angeblich so kostbares Patent, und jetzt kann es nicht schnell genug gehen.

Es klingelt an der Tür. Auch das noch. Ich bin mit Hanne verabredet, die mich beraten soll beim Klamottenkauf. Ich will mir einen schwarzen Hosenanzug zulegen, damit ich morgen bei der Beerdigung nicht sofort auffalle. Hanne habe ich erzählt, ich bräuchte etwas Seriöses für meine Jobsuche.

Ich öffne die Tür.

»Was ist denn mit dir los?«, lautet ihre Begrüßung. Ich weiß nicht, ob mir das blöde Gespräch mit dem Privatdetektiv noch im Gesicht steht oder meine Enttäuschung über Laurenz. Warum ergreift er beim geringsten Streit gleich die Flucht und hinterlässt noch nicht mal eine Nachricht? Hat er mich nicht mehr lieb?

»Laurenz ist weg!«, heule ich in das T-Shirt meines Sohnes, das ich immer noch mit mir herumtrage. »Er ist ausgezogen … für immer.«

»Ach was!« Hanne nimmt mich in den Arm. »Der ist schneller wieder bei dir, als du glaubst. Der braucht doch sein Hotel Mama.«

»Wenn ich mir vorstelle, wie er jetzt über die Märkte zieht, im Zelt schläft und sich von Singvögeln ernährt …«

»Na, dann ist er doch spätestens im Winter zurück«, beruhigt mich Hanne. »Und jetzt kaufen wir dir erst mal schöne Klamotten für deine Jobsuche!«

Mit schicker Kleidung kennt sich Hanne aus. Und weil es das Praktischste ist und wenig Fahrzeit kostet, gehen wir dazu in die einzige Boutique, die Wuchersheim zu bieten hat.

Nur eine der beiden Verkäuferinnen, die hier arbeiten, ist im Laden. Es ist die kleine Dünne, die ich immer so fürchte. Zu Recht. Auch diesmal ernte ich böse Blicke von ihr, kaum, dass sie mich erkennt. Ich bin ganz offensichtlich eine Beleidigung für das Mode-Paradies, das sie hütet. Von früheren Versuchen her, hier etwas käuflich zu erwerben, weiß ich, dass sie es spießig liebt. So sonntäglich wie meine Mutter. Flott ist für sie, wenn man den Kragen aufstellt oder den obersten Knopf offen lässt. Ich hingegen hatte meinen modischen Höhepunkt in den achtziger Jahren. Bei mir darf es immer noch etwas flippiger sein. Die Mode der achtziger Jahre war bei genauer Betrachtung ein Revival der fünfziger Jahre. Hahnentrittblazer, Pünktchenkleider und Schößchenjacken waren wieder der letzte Schrei, allerdings in schriller Farbkombination: Schwarz mit Sonnengelb, Schwarz mit Zinnoberrot, Schwarz mit Kobaltblau oder sogar Lila. Man lief herum, als sei man dem Farbkasten eines Grundschülers entsprungen. Ich weiß noch, dass jedes Jahr ein neuer modischer Trend mein Herz erfreute. Ich fing an mit gestreiften Hosen und Nietengürteln in der Post-Punk-Ära und wagte mich dann an abgeschnittene Spitzenhandschuhe und Strass-Schmuck à la Madonna. Dann kam die berühmte Y-Linie, die aus jeder Frau einen Rugby-Spieler machte. Die ultrabreiten Schulterpolster sorgten dafür, dass Taille und Hüften wunderbar schmal wirkten. Das sah auch meistens super aus – allerdings nur bei Frauen wie Jamie Lee Curtis oder Joan Collins. Letztere sorgte dafür, dass bunt glitzernde Pailletten auf Pullovern oder Jacken tagsüber gesellschaftsfähig wurden. Die grauenvollen Ballonröcke ließ ich aus, damit machte sich selbst Lady Di lächerlich.

Bei der Safariwelle war ich wieder dabei und besorgte mir alles, wo nur ein Fetzen Leopardenfell dran war. Danach entdeckte ich mein Herz für Mütterchen Russland, als die ersten kyrillischen Buchstaben auf Winterpullovern auftauchten. Schwere rote Wollmäntel wurden in der Taille gekräuselt und mit schwarzen Borten versehen, schon fühlte man sich wie Katharina die Große. Ich glaube nicht, dass die Dünne hier im Laden sich solche extremen Modewechsel überhaupt vorstellen kann.

»Hallo«, grüßt Hanne fröhlich.

»Morgen«, kommt es gelangweilt zurück.

Mit einem schrägen Blick aus den Augenwinkeln taxiert die Verkäuferin Hanne und mich von oben bis unten. Oberweite, Taille, Schritt. Enttäuscht verzieht sie die Mundwinkel und wendet sich von uns ab. Wortlos versinkt sie mit Kopf und Händen in einer Kiste mit fabrikneuen Pullovern, die in Plastikfolie eingeschweißt sind – vermutlich die frisch eingetroffene Winterkollektion –, und fängt an, darin herumzusortieren. Es ist schon klar: Wir haben den A-Kunden-Check nicht bestanden. Ich habe, als ich das letzte Mal hier war, nichts gekauft. Und Hanne ist groß wie ein Mann und trägt von Kopf bis Fuß Schwarz. Sie steht nun mal auf Klassisches und Zeitloses. Modische Fummel, die nach einer Saison out sind, sind ihr ein Gräuel. Keine von uns sieht so aus, als wolle sie viel Geld für angesagte Klamotten ausgeben. Und so werden wir die nächsten Minuten keines Blickes mehr gewürdigt.

Todesmutig wenden Hanne und ich uns dem Kleiderangebot in der Boutique zu. Ein eigenmächtiger Akt, der unsere Verkäuferin aus ihrer Pulloverkiste hochschießen lässt.

»Sie stehen am falschen Ständer«, tadelt sie Hanne mit nöliger Stimme, »das da ist nicht Ihre Größe ...«

Hanne steht da, wo die Abendkleider in Größe 38 hängen, und tut so, als habe sie die Verkäuferin nicht gehört.

»Sie brauchen Größe 44!«, stößt diese böse hervor. »Sie kennen wohl Ihre Größe nicht?«

Ich nehme gelassen einen Blazer vom Bügel und halte ihn mir am Spiegel vor.

»Der ist Ihnen zu klein!« Die Verkäuferin benimmt sich inzwischen wie eine genervte Kindergärtnerin.

»Kann ich Ihnen helfen?«, fragt sie jetzt und kommt einen Schritt auf mich zu. Der Satz klingt wie eine gefährliche Drohung.

»Ich schaue mich nur mal um«, sage ich und lasse meinerseits einen provozierenden Unterton mitschwingen.

Ich weiß, dass sie Kunden, die sich nur umschauen, nicht mag. Sie will nicht, dass wir alles nur antatschen, begrapschen und anprobieren, sie will, dass wir etwas kaufen.

»Ich suche einen schwarzen Hosenanzug«, gebe ich schließlich zu.

»Wolle, Leinen, Poly?«, kommt die unwirsche Frage. Mit Poly meint sie bestimmt Polyester, also den billigsten Stoff.

»Was Schlichtes«, antworte ich.

Die Verkäuferin schnaubt.

Da kommt Hanne und reicht mir drei verschiedene Modelle. Einen Hosenanzug mit Nadelstreifenmuster, einen in dunkelblau und einen schwarzen aus leicht glänzendem Stoff. Zuerst drehe ich die Preisschilder um. Am günstigsten ist der glänzende schwarze Anzug.

»Der sieht doch gut aus!«, sage ich zu Hanne.

»Ich weiß nicht.« Hanne hält skeptisch die drei Modelle ins Licht. »Der glänzt so. Vielleicht nicht ganz so passend für ein Vorstellungsgespräch.«

Sie kann ja nicht wissen, dass ich in dem Anzug jemanden unter die Erde bringen will.

»Vorstellungsgespräch?«, hakt die Verkäuferin ein.

Eifrig zieht sie eine Bluse aus einem der Regale, brav geschnitten, mit artigen feinen Streifen in rot und weiß.

»Wie wär's noch damit?«, fragt sie streng.

Ich betrachte die Sonntagnachmittagskaffee-Bluse mit zusammengekniffenen Augen und runzele die Stirn. Damit könnte ich mich beim Maggi-Kochstudio bewerben, wo glückliche Menschen über ein Nudelgratin jubeln. Aber zu einer Beisetzung passt die nicht.

»Das sieht frisch aus«, sagt unsere Verkäuferin bestimmt.

»Ganz nett«, lüge ich, um sie etwas abzukühlen. Vergebens. Als ich nach einer schwarzen Chiffonbluse mit roten und pinkfarbenen Rosen greife – ein schräges Teil, mit dem ich den Anzug nach der Beerdigung aufpeppen und weitertragen kann –, bekommt die Herrscherin über die Kleiderständer einen hysterischen Anfall.

»Die Bluse doch nicht! Die zieht ihnen die ganze Farbe aus dem Gesicht!«

»So, tut sie das?«

»Diese Rosen sind viel zu wild für Sie!«

»Ach ja?«, ärgere ich die Gute. »Wie wild darf man denn in meinem Alter noch sein?«

Eine andere Kundin rettet mich vor dem Verkaufsdrachen. Sie ist während unseres Gesprächs hereingekommen und hat sich in der Umkleidekabine in einen herabgesetzten, aber definitiv zu engen weißen Anzug gezwängt. Sie sieht darin aus wie eine Wurst in der Pelle.

»Den nehme ich!«, jubelt sie nichtsdestotrotz und zieht sich ungeniert den beklemmenden Stoff aus dem Schritt. »Bei dem Preis!«

Jetzt bin ich aber mal gespannt.

Unsere Verkäuferin schreitet brav mit ihr zur Kasse.

»Steht Ihnen gut!«, lobt sie begeistert und nimmt die Kreditkarte der Kundin entgegen.

Hanne und ich wechseln einen vielsagenden Blick.

Endlich habe ich den schwarzen Anzug angezogen. Er passt wie angegossen. Vielleicht wirke ich darin ein wenig streng, aber zu einer Beerdigung passt das – und die schrille Bluse wird danach ihr Übriges tun.

»Gut siehst du aus«, meint Hanne zufrieden. »Den kannst du immer gebrauchen.«

»Na ja«, sagt die Verkäuferin enttäuscht. »Schwarz! Das macht das Gesicht so hart.«

Hanne zwinkert mir zu. Das Spiel hat längst begonnen, uns so richtig Spaß zu machen.

»Und die Bluse nehme ich auch noch«, sage ich unschuldig und lege das transparent-rüschige Teil mit den grellen Rosen auf die Theke.

»Na, wenn Sie meinen, dass Sie damit glücklich werden«, sagt die Verkäuferin spitz. Ihr Blick bleibt für einen Moment an meinen Händen hängen, auf denen Dr. Schöns Arbeit seine Spuren hinterlassen hat. Dort, wo ich einst Altersflecken hatte, habe ich jetzt kreisrunde Wunden.

»Was haben Sie denn da gemacht?«, fragt sie erschrocken. »Sind Sie die Treppe heruntergefallen?«

Wie bin ich froh, dass die meisten Neugierigen gleich eine eigene Version des Geschehens mitliefern, das macht mir das Rausreden so viel einfacher.

»Ja, leider«, sage ich trocken, »neununddreißig Stufen. Ich war sinnlos betrunken.«

»Sie Arme!«, murmelt die Verkäuferin.

Ihrem Gesichtsausdruck nach hat sie mich gerade zur Unkundin des Jahres gekürt. Nicht nur, dass ich Sachen kaufe, die mir nicht stehen, ich bin obendrein eine Alkoholikerin, die zu dumm ist, eine Treppe herunterzugehen.

»Größe 44 würde Ihnen besser stehen, darin hätten Sie viel mehr Freiheit«, sagt sie im Ton tiefsten Bedauerns. »Aber wir führen nur bis Größe 42.«

Sie kassiert mein Geld so beiläufig, als hätte sie es nicht nötig. Umständlich packt sie meine neuen Klamotten in zu große, knisternde Tüten.

Draußen vor dem Laden prusten wir los. Wir kichern und fallen uns gegenseitig in die Arme, johlen und biegen uns schließlich vor Lachen.

»Darin hätten Sie mehr Freiheit!«, gluckst Hanne.

»Freiheit! Mehr Freiheit!«, japse ich.

Ein paar Passanten bleiben irritiert stehen. Einige lachen verhalten mit.

Trostpreis

Als ich meine Wohnungstür aufschließe, schellt mein Telefon. Ich stelle die knisternde Tüte mit meinen Neuerwerbungen ab und gehe an den Apparat.

»Bach«, melde ich mich.

»Allora!«, ertönt Frankas Stimme aufgeregt. »*Signora* Bach?«

»Ja! Was ist denn passiert?«

»*Signora* Bach, Sie habe das grüne Auto gewonne!«

»Moment mal, Franka ... Was sagen Sie da?«

»Sie habe doch meine Preisausschreibe mitegemachte! Das Preisausschreibe, *Signora*! Sie habe gewonne!«

»Ich habe das Auto gewonnen? Das grüne Auto?«

»Das sage ich doch die ganze Zeite. Sie habe das grüne Auto gewonne. Komme Sie schnelle abhole, ja?«

»Ich bin gleich bei Ihnen!«

Gott, ist mir heiß. Aber vielleicht ist es diesmal eine Hitzewelle? Fühlt sich das so an?

Ich reiße mir die Kleider vom Leib, zumindest oben herum, fächele mir Luft zu, ziehe ein leichtes T-Shirt an und mache mich auf den Weg zu Frankas Laden.

Das grüne Auto! Der Mercedes GLK. Was für ein Gewinn, ich kann es kaum fassen, dass mir so ein Glück widerfährt. Hanne und Sonja werden staunen. Ich werde die Karre teuer verkaufen. Aber vorher werde ich die Leute im Dorf damit kirre machen, bis sie platzen vor Neid.

Ich renne über die Straße, ohne nach links und rechts zu schauen, gerate um ein Haar unter einen Laster, stolpere, knicke mir beinahe den Fuß um. Abgehetzt und hustend betrete ich Frankas Getränkehandlung.

Franka begrüßt mich mit einem breiten Lachen.

»Na, iste nich schön, endlich einmal gewinne?«

»Und ob, und ob!«, bestätige ich außer Atem.

»Na, dann hole ich Ihne das Auto mal her, *va bene*?«

»Aber ja!«, sage ich glücklich.

Franka schaukelt ihre ausladenden Hüften in den Abstellraum nebenan.

Moment mal. Irgendetwas ist hier faul.

Wieso geht sie nicht mit mir auf den Hof? Steht das Auto nicht mehr dort? Wie konnte es in ihren Abstellraum gelangen?

Passt es da überhaupt hinein?

»Franka ...« Ich will ihr etwas nachrufen, aber ich halte abrupt inne, denn genau in diesem Moment geht die Ladentür auf. Eckhard Peters betritt den Raum und schaut mich mit hochgezogenen Brauen an.

»Hallo, wen haben wir denn da? Die Frau Bach, die Lady vom Dach. Wie geht es denn so?«

»Ich habe gerade einen Mercedes GLK gewonnen«, teile ich ihm beiläufig mit.

Für Sekunden habe ich seine volle Aufmerksamkeit.

»Himmel, das ist ja stark!«, ruft er beeindruckt.

Ich nicke. Wir lächeln uns an, benommen von meinem Glück. Ich stelle mir vor, wie ich ihm großzügig anbiete, meinen Wagen Probe zu fahren. Wie er meine Schlüssel entgegennimmt, wie wir beide einsteigen. Und wie ich dann an seiner Seite durchs Dorf brettere und über die Felder jage, den Wind in meinem Haar.

Bestimmt lädt er mich dann anschließend zu sich ein, und ich kann mich, während er die Drinks mixt, in aller Ruhe an seinem Computer zu schaffen machen, um das Nanopatent zu finden ...

Da kommt Franka auch schon zurück. Zärtlich, als handele es sich um ein Baby, hält sie mir ein ferngesteuertes Spielzeugauto entgegen, das etwa so groß ist wie ein Laib Brot. Es ist grün und glänzt verlockend. Die perfekte Kopie des Autos draußen auf dem Hof.

»Da iste es, *Signora*«, sagt Franka mit bebender Stimme und wartet darauf, dass ich ihr das Teil aus den Armen nehme.

Ich starre sie an und atme schwer. Ich hoffe, der Boden tut sich unter mir auf und die Erde verschlingt mich. Das ist alles einfach nicht wahr! Ich habe gar nicht gewusst, dass es dieses beschissene

Auto auch als Spielzeug zu gewinnen gab. Dass es überhaupt noch andere Preise gab. Ich hatte keine Ahnung.

»Sie haben einen so köstlichen Humor!« Eckhard Peters fasst mich tatsächlich vertraulich an der Schulter. »Sie haben es geschafft, mich reinzulegen. Ich habe wirklich gedacht, Sie hätten ein richtiges Auto gewonnen!«

»Das richtige Auto hate jemand gewonne, der in München wohnt«, sagt Franka lakonisch. »Iste längst abgeholt.«

Ich bin zur Salzsäule erstarrt. Ich wage nicht, mich zu bewegen.

Eckhard Peters lacht neben mir immer noch in sich hinein und kann sich kaum einkriegen.

Das Kind im Manne

Wir sitzen in unserem Hof auf der Bank; das grüne Teil liegt in meinem Schoß. Vermutlich ist Eckhard Peters nicht entgangen, dass ich tatsächlich dachte, ich hätte das echte Auto gewonnen. Wie peinlich!

Immerhin kann ich ihn nun ein wenig ausfragen. Er soll nur tüchtig von sich erzählen. Ich kann ein paar Fakten brauchen, mit denen ich Herrn Konz hinhalte, bis ich an die besagten Unterlagen gekommen bin.

»Was machen Sie denn jetzt so den ganzen Tag?«, eröffne ich lächelnd die Inquisition. »Wo Sie doch nicht mehr zur Arbeit müssen … Pflegen Sie Ihren Garten, oder putzen Sie Ihr Häuschen?«

Meine Zielperson hat keine Lust auf ein Verhör.

»Darf ich das Auto mal ausprobieren?«, fragt Eckhard begierig. »Sind Batterien dabei?«

Ich reiche ihm bereitwillig mein neues Spielzeug. Sachte nimmt er es mir ab. Dabei stößt er einen kleinen Laut des Entsetzens aus. Er hat die Wundmale auf meinen Handrücken gesehen. Sie sind mittlerweile zu kreisrunden, dunkelroten Krusten mutiert. Besorgt schüttelt er den Kopf. Zart fasst er nach meinen Händen und hält sie für ein paar Sekunden behutsam in den seinen.

»Was haben Sie denn da gemacht?«, fragt er mit gespielter Strenge. »Sadomaso-Spielchen mit Zigarettenausdrücken und so?«

»Genau!«, sage ich fest.

Er streichelt sanft über meine Wunden.

»So eine sind Sie also!«

»Bratfett«, korrigiere ich seinen Eindruck von mir.

Er nickt verständnisvoll und lässt meine Hände los. »Ist mir auch schon passiert«, tröstet er mich.

Dann widmet er sich wieder meinem grünen Auto. Fachmännisch betrachtet er es von allen Seiten, findet schließlich eine Klappe, die sich öffnen lässt und hinter der tatsächlich Batterien stecken.

»Perfekt!«, freut er sich.

Die nächsten Minuten ist er damit beschäftigt, die Fernbedienung zu betrachten und vorsichtig den großen Hebel hin und her zu bewegen. Das Auto sirrt leise vor sich hin. Er lässt den Hebel los und nimmt das Gespräch wieder auf.

»Was ich so mache? So einiges. Ein bisschen Sport. Ein bisschen Malen und Zeichnen. Das Leben wird im Ruhestand erst so richtig schön, wissen Sie? Es ist wie bei gutem Wein. Je älter man wird …«

»Was haben Sie denn beruflich so gemacht?«

»Ich war Leiter der Abteilung Forschung und Entwicklung in einem Industrieunternehmen. Und Sie?«, will er wissen.

Er setzt das Auto ab und spielt weiter mit der Fernbedienung.

Srr. Srr. Srr.

Das Teil schießt los, sobald er den Hebel nach vorne drückt, und stoppt abrupt, wenn er ihn loslässt. Es kennt nur eine Geschwindigkeit. Dafür kann es Haarnadelkurven nehmen. Sein Wendekreis ist beeindruckend.

»Redaktionsassistentin«, sage ich. »Ich war Redaktionsassistentin bei einer Tageszeitung. Ressort Wissenschaft und Gesundheit.«

»Oh. Sie haben Medizin studiert?«

»Nein, bewahre. Davon verstehe ich nicht besonders viel. Ich habe für den Redakteur …«

Recherchiert, will ich sagen und besinne mich noch gerade rechtzeitig, dass ich ihm meine detektivischen Fähigkeiten verschweigen sollte.

»Ich habe für den Redakteur das bunte Beiwerk ausgesucht. Fotos und Karikaturen zum Beispiel.«

»Und wieso haben Sie damit aufgehört?«

»Ich habe nicht freiwillig aufgehört«, gestehe ich ein. »Man hat mich gegen meinen Willen geschasst. Einfach wegrationalisiert.«

Er nickt wissend und lässt mein Auto über den Hof flitzen. Dann schickt er es einmal um unsere Linde herum.

Und immer wieder um die Linde herum.

In jedem Manne steckt ein Kind, sagt Sonja immer. Ich fürchte, in Eckhard Peters stecken zwei.

»Vorsicht!«, warne ich ihn und deute mit dem Finger auf mein Spielzeugauto. »Gleich wird ihm schwindlig!«

Er lacht.

»Das Leben ist schon manchmal komisch«, sagt er unvermittelt und schaut mich so direkt an, dass ich fast ein bisschen erschrecke. Seine Augen sind braun, mit grünen Einsprengseln drin, und sie halten meinen Blick fest. »Ich hatte es immer mit den Farben. Ich wollte eigentlich Maler werden. Aber mein Vater hielt das für brotlose Kunst. Er hat mich gezwungen, Chemie zu studieren. Kunst habe ich heimlich nebenbei belegt, ein paar Semester lang. Und nun kann ich da weitermachen, wo ich damals aufgehört habe zu träumen. Mit der Kunst. Nun habe ich Zeit dafür. Das ist doch ein Geschenk, finden Sie nicht?«

»Wenn Sie das so sehen ...«, sage ich vage.

»Und wissen Sie was?«, fährt er fort, den Blick auf mein Spielzeug gerichtete. »Der Kunstverein sucht Dozenten. Ich habe mich dort gemeldet, sie wollen mich tatsächlich einen Kurs leiten lassen. Und nun werde ich doch noch Kunsterzieher auf meine alten Tage. Das nenne ich: dem Leben ein Schnippchen schlagen.«

»Hm, ja.«

Eine Weile sinniere ich schweigend vor mich hin. Eckhard Peters muss ein optimistischer Mensch sein. Er fühlt sich ganz offensichtlich wohl in seiner Haut und ist mit sich selbst im Reinen.

Wieso tut so jemand etwas Unrechtes? Wieso bestiehlt so ein Mensch seine Firma?

Die Linde im Hof schaukelt ihre Blätter friedlich im Wind. Es riecht ein wenig nach Rosen und Sommerflieder.

»Sie glauben also nicht«, nehme ich unser Thema auf, »dass Sie in ihrem Leben irgendetwas verpasst haben?«

Er kneift die Augen zusammen und fixiert wieder mein grünes Auto.

»Nein«, sagt er fest. »Mir ist alles, was ich haben wollte, in den Schoß gefallen. Nur manchmal nicht zum passenden Zeitpunkt. Nicht immer in der richtigen Reihenfolge. Aber was macht das schon?« Er überlegt einen Augenblick. »Im Moment fehlt nur noch eine nette Muse an meiner Seite ...«

Er lässt seinen Blick nicht von meinem Spielzeug, doch um seinen Mund spielt ein fröhliches Grinsen.

Na warte! Mein Job ist es, dich zu überführen, nicht zu verführen.

»Sie können das Auto gern haben«, biete ich an. »Zum Dank dafür dürfen Sie mich bei passender Gelegenheit auf einen Wein einladen.«

»Ach du Scheiße!«, schreit Eckhard aufgebracht.

Ich zucke zusammen.

Paul Halbschwanz hat soeben die Schusslinie unseres grünen Spielzeugs gekreuzt, und Eckhard hat nicht sofort gebremst. Ein schwarz-grüner Kugelblitz fegt um unsere Linde herum, es faucht und dröhnt und fiept und scheppert. Dann kracht es. Das Auto klebt am Stamm der Linde, und Paul sitzt auf einem der unteren Äste und leckt sich beleidigt die Pfote.

»Totalschaden«, sagt Eckhard.

»Tja«, sage ich. »So schnell kann das gehen. Kaum gewonnen, schon zerronnen.«

Synchron erheben wir uns von der billigen, halb verrosteten Gartenbank. Im Gleichschritt begeben wir uns an den Unfallort und besichtigen den Schaden.

Paul geht es blendend. Aber an dem Auto ist die Stoßstange abgebrochen. Die Batterien sind herausgekullert und liegen traurig am Boden.

»Ich repariere Ihnen das Auto«, verspricht Eckhard spontan.

»Ach, das ist doch nicht nötig. Ich kann doch gar nichts damit anfangen.«

Ich brauche das Auto nicht. Ich habe noch nie mit Autos gespielt. Und ich werde jetzt nicht mehr damit anfangen.

»Doch, doch! Das mache ich! Mit so etwas kenne ich mich aus.«

Er ist untröstlich und besteht auf Wiedergutmachung.

»Also gut«, gebe ich nach. »Dann reparieren Sie es eben.«

Er blickt mich an und denkt nach.

»Und ich nehme Ihren Vorschlag an, und wir treffen uns zu einem gemütlichen Glas Wein auf meine Kosten.«

Er hebt mein Auto hoch und fährt liebevoll mit dem Zeigefinger über den Lack.

»Wissen Sie, dass man Lacke entwickeln kann, die sich von selbst reparieren, wenn man einen Kratzer hineinmacht? Ihre Oberfläche besteht aus ... Sagen wir, sie besteht aus winzigen kleinen Kügelchen, die gemeinsam ein Netz bilden. Und diese Kügelchen können sich nach einem Riss im Netz wieder zusammenschließen.«

»Das ist ja interessant. Warum werden solche Lacke denn noch nicht hergestellt?«

Er zuckt die Achseln und lacht. »Das Problem ist das Trägermaterial. Es muss hart genug sein, um kleine Kratzer abzuwehren, aber weich genug, damit die Kügelchen wieder zu einem Netz zusammenfinden. Außerdem sind diese Lacke farblos, und die meisten Käufer wollen ein farbiges Auto haben. Aber es gibt einen Trick, die Farbe zu erzeugen.«

»Wer hat den denn erfunden?«, frage ich lauernd.

»Die Natur!«, lacht er fröhlich. »Schmetterlingsflügel funktionieren so.«

Schmetterlingsflügel?

»Es ist ein optischer Trick. In den Tropen gibt es einen Schmetterling, der exakt die Farbe des Lichts widerspiegelt, das auf ihn fällt. Er schillert dann so blau wie der Himmel, unter dem er fliegt. Sein Geheimnis sind präzise angeordnete Schuppen, die nur einen Zehntel Millimeter groß sind und das Licht brechen. Wenn man nun die winzigen Kügelchen in den Lack einarbeitet wie die Schuppen dieses Schmetterlings, kann man jede beliebige Farbe erzeugen. Und man kann auch dafür sorgen, dass sich die Schuppen bei einer Verletzung wieder wie von selbst aufrichten.«

»Das klingt aber schön«, sage ich, fasziniert von der Vorstellung eines blauen Falters in den Tropen.

»Stimmt. Schmetterlinge sind wunderschöne Insekten. Ganz im Gegensatz zu Heuschrecken.«

»Heuschrecken?«

»Heuschrecken, die alles abfressen und dann weiterziehen.«

»Ich verstehe nicht, was Sie meinen«, antworte ich irritiert. Dieser Mann gibt mir Rätsel auf.

»Ach, lassen wir das«, meint er leise. »Ich muss mal los. Ich hab noch zu tun. Wir sehen uns!«

Er nickt noch kurz zum Gruß. Dann zieht er davon, mein Auto unter dem Arm.

»Ich kann es ja ein bisschen gießen«, ruft er über die Schulter zurück. »Vielleicht wächst es noch.«

Grabrede

Freitagnachmittag. Fast eine Stunde war ich mit Bus und Bahn unterwegs, obwohl Ockstadt nur einen Katzensprung von Wuchersheim entfernt liegt. Ich bin spät dran. Endlich erreiche ich den Friedhof am Ortsende. Der Parkplatz ist voller Autos, viele mit Friedberger Kennzeichen, aber auch einige aus Frankfurt. Ich betrete das Gelände. Ein moderner Friedhof, flache Beete mit viel Grün, helle Wege. Sauber und ordentlich aufgereiht liegen die Toten unter schlichten Grabsteinen. An einem Gestell hängen angekettet grüne Gießkannen, hier kümmert sich wohl jeder noch selbst um die Grabpflege. Von Weitem sehe ich die Trauerhalle. Ein geradliniger Bau aus den siebziger Jahren, Backstein und Schiefer. Ich höre Gitarrenspiel.

Rasch betrete ich die Halle und drücke mich in die letzte Bank. Mein Blick wandert durch den Raum. Fast alle Bänke sind besetzt, ich sehe die schwarzen Rücken der Trauergäste. Vorne steht der Sarg, eingerahmt von zwei prächtigen Blumensäulen aus roten und weißen Rosen. Den Sarg selbst schmückt ein Gesteck aus weißen Lilien. Auf einer Staffelei steht ein großes Schwarz-Weiß-Foto von Sabine Ott. Ich sehe das Gesicht eines fröhlichen jungen Mädchens mit hellen Augen und dunklen, glatten Haaren. Sie wirkt so unbeschwert. Alle lauschen gebannt dem jungen Mann an der Gitarre, der sehr gefühlvoll »Ain't No Sunshine When She's Gone« von Bill Withers spielt. Die traurige Melodie geht auch mir sofort ans Herz.

Nachdem der letzte Ton verklungen ist, erhebt sich der Pfarrer und tritt hinter ein Stehpult.

»Liebe Familie Ott, liebe Trauergäste, liebe Gemeinde«, beginnt er und schaut noch einmal auf die Blätter, die vor ihm liegen.

»Ein junger Mensch ist von uns gegangen. Brutal herausgerissen aus der Mitte unseres Lebens. Wie viele Träume, wie viele Pläne wurden mit einem Schlag zunichtegemacht! Sabine hatte noch so viel vor. Sie wollte ihren Doktor in Chemie machen, in die Forschung gehen, Dinge erfinden, die der Menschheit Heil und Segen bringen sollten. Aber das Böse war stärker. Sabine konnte ihren Weg nicht zu Ende gehen.«

Ich versuche zu erkennen, wer in den vorderen Reihen sitzt. Ein älteres Ehepaar – das müssen Sabines Eltern sein. Die Mutter hat ihre Faust um ein Taschentuch geballt, das sie sich vor den Mund hält. Der Vater sitzt starr daneben. Die Leute in der Reihe dahinter müssen wohl weitere Verwandte und Freunde sein. In der dritten Reihe entdecke ich Matthias Roth.

»Sabine war kein sehr religiöser Mensch«, fährt der Pfarrer in seiner Trauerrede fort. »Und doch tat sie alles, was ein guter Christ tun sollte. Sie liebte ihre Eltern über alles und war ihnen eine gute Tochter. Sie half ihnen, wo sie nur konnte, als das Geschäft des Vaters in eine schwere Krise geriet. Sie wollte Ihnen nicht zur Last fallen und ging nach Frankfurt. Wie stolz waren ihre Eltern, dass ihre Tochter studierte.«

Ich beobachte, wie Sabines Vater den Kopf senkt und die Mutter in ihr zerknülltes Taschentuch schluchzt.

»Aber nun ist sie wieder zu Hause. Hier in Ockstadt, wo sie eine unbeschwerte Kindheit erlebte, zwischen den Wiesen und Feldern der Wetterau. Sabine war sehr naturverbunden, sie hatte einen Blick für die kleinen Dinge des Lebens: eine Blume, einen Grashalm. Darin spürte sie Gottes Nähe.«

Ich stelle mir vor, wie Sabine als kleines Kind über die Wiesen getollt ist. Wie sie sich ins Gras fallen ließ und die Wolken beobachtete. Und ich denke daran, wie sie in unserem Golfsee lag, mit geschlossenen Augen.

Wenn es eine göttliche Gerechtigkeit gibt, muss Sabines Mörder dafür bezahlen.

Von meinem Platz aus kann ich das Gesicht von Matthias Roth nicht sehen. Zeigt es Betroffenheit oder Kälte? Bereut er seine Tat? Weiter hinten erkenne ich die Radler aus dem TOP 1, auch unseren Kursleiter. Die anderen jungen Leute könnten ebenfalls Mitglieder aus dem Sportstudio sein. Und da drüben, da sitzt Heike von der Telefongesellschaft CityCall. Atze ist nicht dabei.

»Sabine war ein Mensch der Naturwissenschaft. Sie lebte in der Welt der Elemente und Moleküle. Wenn wir zurückkehren in Gottes Erde, so finden auch wir wieder den Weg zurück in die Natur. Wir leben weiter in einer Blume, einem Grashalm oder in der Luft, die die jubelnden Vögel umgibt. Und so wollen wir unserer lieben Sabine gedenken mit den Worten, die uns Jesus Christus geschenkt hat: Vater unser ...«

Die Gemeinde erhebt sich und betet im Chor das Vaterunser. Schließlich begibt sich der Pfarrer wieder zu seinem Platz, und der junge Mann greift noch einmal zu seiner Gitarre. Diesmal stimmt er ein Kirchenlied an, ein modernes, wie mir scheint.

Einige der Gemeindemitglieder haben Gesangbücher dabei und singen mit.

Mit einem freundlichen Lächeln lädt mich die Frau neben mir ein, mit in ihr Buch zu schauen. Ich versuche der Melodie zu folgen. Es ist ein schönes Lied.

»Is des nit fürchterlisch«, flüstert die ältere Dame aufgebracht. »Erst des Geschäft pleite und dann die Zwangsversteischerung. Un jetzt verliern die noch ihr einzisch Kind.« Die Frau schüttelt betroffen den Kopf.

»Ja, schrecklich«, stimme ich zu.

»Manche trifft's halt dobbelt un dreifach.«

»Weiß man denn schon, wer der Mörder von Sabine ist?«

»Die Polizei tappt im Dunkele. Aber die kriehe den noch.«

Oder ich kriege ihn.

Mittlerweile geht es mir nicht mehr nur um die Belohnung, sondern ums Prinzip. Ich möchte, dass der Täter bestraft wird.

Als der Trauergottesdienst zu Ende ist, begeben sich alle nach draußen. Wir müssen warten, bis der Sarg auf einen Karren umgeladen ist. Die Friedhofshelfer rollen ihn nach vorne, damit er die Spitze des Trauerzugs bildet. Vor dem Sarg nimmt der Pfarrer seine Position ein, und der Zug setzt sich langsam in Bewegung. Wir gehen mit gemessenen Schritten den Hauptweg entlang, bis wir zu einem freien Rasenstück kommen. Erste Gräber sind hier angelegt. Sie alle ziert nur ein einfaches Holzkreuz, bis die Zeit reif ist für den eigentlichen Grabstein. Die Trauergäste verteilen sich im Halbrund um die Grube für Sabines Sarg.

»Nun, lieber Herrgott, übergeben wir dir deine Tochter Sabine Ott. Asche zu Asche, Staub zu Staub.« Der Pfarrer macht ein letztes Kreuzzeichen und die Friedhofshelfer lassen den Sarg vorsichtig in die Öffnung gleiten. Dann verbeugen sie sich ehrerbietig und treten zur Seite. Nun kann jeder der Anwesenden eine Rose und eine kleine Schaufel Erde auf den Sarg werfen. Zuerst treten die Eltern an das Grab, der Vater stützt die Mutter, sie bleiben lange stehen. Nach und nach folgen die anderen dem Brauch. Ich sehe, wie Matthias Roth seine Rose küsst, bevor er sie auf Sabines Sarg wirft. Ich halte mich im Hintergrund und wechsele nach einiger Zeit zu den Trauergästen, die schon Abschied genommen haben.

Die Sportler vom TOP 1 legen einen Kranz an Sabines Grab nieder. Ich grüße kurz hinüber, und unser Vorturner vom Spinningrad nickt zurück.

Langsam löst sich die Trauergesellschaft auf. Die Ersten streben zum Parkplatz. Jetzt darf ich Matthias Roth nicht aus den Augen verlieren. Ich sehe, wie er den Eltern von Sabine die Hand gibt und sich von ein paar Leuten verabschiedet. Unauffällig folge ich ihm zum Friedhofsausgang. Er bleibt draußen stehen und zündet sich eine Zigarette an.

»Entschuldigung, Herr Roth«, spreche ich ihn an.

»Ja?« Er wendet sich mir zu.

Ich ziehe die Visitenkarte der Detektei Konz aus meiner Jackentasche und strecke sie ihm mutig entgegen.

»Ich bin Privatdetektivin und möchte Ihnen gerne ein paar Fragen stellen.« Meine Güte, wie das klingt. Wie aus einem Columbo-Film.

Matthias Roth betrachtet die Karte und sieht mich stirnrunzelnd an.

»Kenne ich Sie von irgendwoher?«

»Nein, bestimmt nicht«, lüge ich. Er wird sich doch hoffentlich nicht an meinen vergeigten Casting-Auftritt erinnern.

»Detektei Konz«, liest er laut von der Karte ab.

»Ja, ich ermittele im Mordfall Sabine Ott.«

»Ich dachte, das macht die Polizei.«

»Nicht nur, wir sind auch an dem Fall dran.«

»Das ist gut«, antwortet Matthias Roth leise. »Das ist sogar sehr gut.«

Er zieht kräftig an seiner Zigarette und bläst den Rauch in die Luft.

»Wissen Sie«, sagt er und sieht mich direkt an. »Ich möchte mit Ihnen reden.« Er wirft einen Blick auf seine Armbanduhr.

»Kennen Sie das Moody's im Frankfurter Nordend? Könnten Sie dort in etwa zwei Stunden sein?«

»Meinen Sie das Lokal in der Nähe vom Merianplatz?«

»Ja, genau das.«

»Das kenne ich.«

»Gut. Ich sehe Sie dann so um achtzehn Uhr im Moody's, okay?«

»Okay.«

Er tritt seine Zigarette aus und geht zu seinem Wagen. In zwei Stunden am Merianplatz! Hoffentlich schaffe ich das. Denn für mich bedeutet das: Bus, S-Bahn, U-Bahn. Und die passenden Anschlüsse.

Inzwischen füllt sich der Parkplatz. Einige Trauergäste stehen noch zusammen. Sie haben den typischen erleichterten Gesichtsausdruck, den man nach einer Beerdigung so oft sieht. Er spiegelt das schöne Gefühl wider, noch unter den Lebenden zu weilen.

Aus der Gruppe der Sportler vom TOP 1 ist ein Lachen zu hören. Rund um Sabines Eltern haben sich geschäftige Verwandte gesammelt. Wahrscheinlich geht es jetzt in mehreren Autos in ein Lokal zum obligatorischen Leichenschmaus. Zwei Männer fallen mir auf, die bitterernst an einem schwarzen BMW lehnen. Komisch, die beiden habe ich gar nicht unter den Trauergästen in der Friedhofshalle gesehen.

Bestimmt sind das schon die ersten Ankömmlinge für die nächste Grablegung.

»Hallo, Frau Bach«, spricht mich eine Frauenstimme von hinten an. Es ist Heike von CityCall.

»Ach, hallo, nett, dich zu sehen«, antworte ich lahm.

»Was machst du denn hier?«, fragt Heike erstaunt.

»Na, ich habe die Tote doch gefunden.«

»Das wusste ich gar nicht.«

»Ja, ganz hier in der Nähe. Ich dachte, ich hätte das erwähnt.«

Einen Moment lang schweigen wir beide.

»Was macht denn Atze?«, frage ich schließlich.

»Der ist jetzt Gruppenleiter in Berlin, zurück in der alten Heimat«, gibt Heike bereitwillig Auskunft.

»Das freut mich für ihn«, sage ich mit einer gewissen Aufrichtigkeit. Dann kommt mir eine Idee.

»Sag mal, Heike, könntest du mich ein Stück nach Frankfurt mitnehmen?«

»Klar, wo willst du denn hin?«

»Wenn du mich an der Friedberger Landstraße rauslassen könntest …«

»Aber gerne«, antwortet Heike freundlich und drückt auf ihren Autoschlüssel.

Die Rücklichter an ihrem Kleinwagen blinken auf. Ich steige ein und lasse mich ins Frankfurter Nordend kutschieren, wo Matthias Roth gleich ganz bestimmt ein Geständnis ablegen wird.

Moody's

Dank Heike bin ich eine halbe Stunde später in der Frankfurter City. Zum Glück hat sie während der ganzen Fahrt geredet, sodass ich nicht in Versuchung gekommen bin, ihr von meinem Treffen mit Matthias Roth zu erzählen. Heike führt nun die Liste der Mitarbeiter an, die die meisten Abschlüsse gemacht haben und hat gute Chancen, die Nachfolgerin von Herrn Osang zu werden. Ja, Herr Osang verlässt CityCall. Er wird Trainer eines Fußballklubs im Saarland. Regionalliga. Ich finde, die richtigen Vorraussetzungen für diesen Job hat er.

Heike lässt mich irgendwo zwischen Friedberger Landstraße und Alleenring aussteigen. Ich versuche, mich zu orientieren, schließlich habe ich mit Stefan fast vier Jahre im Frankfurter Nordend gewohnt. Ja, genau, da drüben war früher der Grieche, bei dem es immer diese gigantischen Portionen gab. Und gar nicht so weit entfernt ist auch das Moody's. Dass es das noch gibt! Ich kann mich noch gut erinnern, wie das Lokal eröffnete. Die erste schicke Kneipe im Nordend. Da war Schluss mit dem Schmuddelflair der Studentenkneipen. Stefan und ich hatten schon lange genug von der Sperrmülleinrichtung und der Flohmarktdekoration vieler Szene-Treffs der siebziger Jahre. Der neue, aufgeräumte Stil im Moody's gefiel uns gut.

Ein halbes Jahr nach unserer ersten Begegnung auf der Silvesterfeier hatten wir geheiratet. Stefan war ein Macher, der nur Nägel mit Köpfen gelten ließ. Er war Vertriebsleiter bei einem Hersteller für »Weiße Ware«. Das heißt, er verkaufte Kühlschränke, Waschmaschinen, Geschirrspüler. Natürlich waren die Produkte die besten der Welt.

Leistung muss sich wieder lohnen, hieß die Devise in den achtziger Jahren. Dass sich Leistung für Stefan lohnte, stand außer Zweifel. Hatte jemand einen Saab, konterte er mit unserem Volvo, hatten andere ein neues Bad von Villeroy & Boch, so befand sich in unserem bald etwas von Philip Starck – und wenn es nur der Zahnbürstenhalter war. Wir lebten in einer sanierten Altbau-Etage in der Rotlindstraße.

Seine ständige Protzerei ging mir zwar auf die Nerven, aber schließlich hatte ich ja etwas davon. Wir machten Urlaub in Griechenland, später in Mexiko, auf den Seychellen und in Thailand. Essengehen mit Freunden stand an, wann immer wir Lust dazu hatten. Tanzen, Kino, ein gemeinsamer Einkaufsbummel durch die Stadt – das alles war für mich selbstverständlich, Geld war ja immer da.

Irgendwann war unser Luxusleben jedoch vorbei. Mühsam wahrte Stefan den Schein des Erfolgsmenschen, wenn uns die alten Freunde besuchten. Dann dozierte er über den feinen Geschmack eines Lafite-Rothschild, während er ungerührt den Korken aus einer Flasche Rotwein »aus Weinsorten der EU« zog.

Eines Tages – ich kam mit Laurenz gerade aus der Krabbelgruppe zurück – war Stefan überraschenderweise zu Hause statt im Büro. Mittags um halb eins. Bevor ich Hallo rufen konnte, sah ich bereits das Schreiben auf der Kommode im Flur. Es war von seiner Bank. Ich war zu neugierig, um es ungesehen liegen zu lassen. Rasch überflog ich das Blatt.

»Sehr geehrter Herr Bach«, las ich ungläubig, »wir bitten Sie, den ausstehenden Fehlbetrag von 138.476 DM auf Ihrem Konto umgehend auszugleichen.«

Ich starrte auf die Zeilen, als seien sie eine Nachricht von Außerirdischen. Der Boden unter meinen Füßen schien zu schwanken. Die Erkenntnis traf mich wie ein Schlag in den Magen. Daher kamen also die angeblichen Sonderzahlungen und Provisionen! Stefans großzügiger Lebenswandel war nichts anderes als ein fauler Kredit! Sein ganzer Erfolg – ein einziger Fake.

Ich fand Stefan im Schlafzimmer, wo er Klamotten in seinen Samsonite-Koffer warf.

»Du«, sagte er zu mir, »die haben mir das Büro in Thailand anvertraut. Bangkok, verstehst du. Jede Menge Kühlschränke brauchen die dort. Vielleicht mach ich mich auch selbstständig. Ich zieh da was ganz Neues auf.«

Ich konnte sehen, dass er geweint hatte.

»Du, wenn die Sache richtig am Laufen ist, melde ich mich. Dann kommst du mit Laurenz nach.«

Stefan schaute mich nicht an, während er sprach. Sein Blick war fest auf seinen Koffer gerichtet, den er nun zudrückte. Ich wagte kaum zu atmen. Als Stefan an mir vorbeiging, versuchte er, mir einen Kuss auf die Wange zu geben. Doch seine Lippen landeten nur irgendwo in meinem Haar.

Es war meine Freundin Sonja, die mich davon abbrachte, länger als ein paar Monate auf eine Postkarte von Stefan zu warten. Und es war Sonja, die mich dazu beglückwünschte, dass Stefan und ich Gütertrennung vereinbart hatten. Für seine Schulden war ich also nicht verantwortlich.

Hätte ich Stefan damals umbringen können? In manchen Momenten sicher. Ich war enttäuscht, dass er mir nicht vertraut hatte. Dass er mich so schlecht kannte und wohl meinte, diese ganze Labelversessenheit wäre für mich so wichtig wie für ihn. Und dass er mich und Laurenz zurückließ, als wären wir nur hübsche Accessoires gewesen in seinem exklusiven Dasein. Ein Jahr später reichte ich die Scheidung ein.

Endlich stehe ich vor dem Moody's. Von außen sieht es noch immer wie früher aus, ein Eckladen in einem klassizistischen Altbau, ein paar Stühle auf dem Bürgersteig. Innen jedoch hat sich der Stil geändert. Keine weiß getünchten Wände mehr und schlichte Holztische, sondern mehr Bombast. Neobarock, würde ich sagen. Weinrote Tapeten wie aus glänzendem Brokat. Wandleuchter mit Glasfacetten und verschnörkelte goldene Bilderrahmen. Das Mobiliar ist dunkel, Kolonialstil. Das Moody's hat jetzt etwas von einer Kuschelhöhle mit Wohnzimmeratmosphäre. Ich setze mich an einen der hinteren Tische und warte auf die Bedienung.

Die lässt sich Zeit. Gerade als ich einen Latte macchiato bestellt habe, betritt Matthias Roth das Lokal.

Er hat sich umgezogen. Der schwarze Anzug ist lässig sportlichen Klamotten gewichen, er trägt Jeans und ein dunkelblaues Poloshirt. Er sieht blass und angegriffen aus.

»Hallo«, begrüßt er mich und lächelt matt. »Haben Sie gut hierhergefunden?«

»Ja, ich kenne das Lokal von früher.«

Matthias Roth setzt sich mir gegenüber an den Tisch. Die Kellnerin kommt, und er bestellt einen Long Island Ice Tea. Ziemlich starker Cocktail. Jede Menge Alkohol.

»Happy Hour«, erklärt Roth, als könne er meine Gedanken lesen.

»Ich möchte mich Ihnen vorstellen«, beginne ich. »Mein Name ist Juliane Bach. Ich recherchiere die Hintergründe für den Mord an Sabine Ott.«

Roth nickt. Anscheinend klang das professionell genug.

Wir schweigen. Seine Blicke gehen rasch durch das Lokal, nachdem die Kellnerin unsere Getränke gebracht hat. Vermutlich sucht er nach bekannten Gesichtern. Nach drei kräftigen Schlucken ist sein Glas halb leer.

»Wie geht es Ihnen jetzt so?«, frage ich vorsichtig.

Keine Antwort, stattdessen lässt Roth sein Glas ein bisschen kreisen, sodass die Eiswürfel klingeln. Er starrt auf die kühle Flüssigkeit.

»Es ist alles meine Schuld«, sagt er mit gesenktem Blick.

Wusste ich's doch! Ja, erleichtere dein Gewissen! Sag mir alles, was du getan hast.

Er sieht mich traurig an.

»Vielleicht habe ich sie zu sehr geliebt. Wissen Sie, Sabine war die tollste Frau, die mir je begegnet ist. Schön, intelligent, mutig. Für mich war es Liebe auf den ersten Blick. Das war vor etwa vier Monaten.«

»Wo haben Sie sie kennengelernt?«

»Ach, das war witzig. Im Supermarkt. Da lief gerade so eine Aktion. Single-Shopping. Wir wussten beide nichts davon und wunderten uns nur, warum manche Leute ein Herz an ihrem Einkaufswagen hatten. Stellen Sie sich vor, wir hatten beide fast die gleichen Sachen gekauft. Sie liebte Blaubeer-Joghurt – genau wie ich.«

»Na, wenn das kein Wink des Schicksals war«, bemerke ich.

»Ja, Schicksal«, meint Matthias Roth versonnen. »Wenn es nach mir gegangen wäre, hätten wir schon zusammen gewohnt. Aber sie wollte nicht. Jedenfalls nicht gleich.«

»Sie wollten Sie also ganz für sich allein haben?«, versuche ich das Gespräch in eine bestimmte Richtung zu lenken. Richtung Eifersucht.

»Natürlich fanden andere Männer Sabine toll. Aber ich glaube, sie machte sich eher Sorgen, was ich so treibe, wenn ich unterwegs bin.«

»Und …? Was treiben Sie?«

»Nichts!« Matthias Roth sieht mich entsetzt an. »Verstehen Sie denn nicht? Sabine war die Frau meines Lebens, sie war mein Ein und Alles!« Seine Augen füllen sich mit Tränen. Mir kommen Zweifel. Sieht so ein Mörder aus?

»Wer könnte Sabine umgebracht haben?«, frage ich.

Matthias Roth wischt sich hastig über die Augen. »Ich weiß es nicht. Fünfundzwanzigtausend Euro Belohnung und keine heiße Spur. Dabei habe ich persönlich den Betrag aufgestockt. Zehntausend Euro hat die Polizei ausgesetzt, fünfzehntausend kommen von mir.«

»Haben Sie denn so viel Geld?« Ich bin ehrlich überrascht.

»Ehrlich gesagt, nein.« Er starrt wieder in sein Glas. »Als Erstes habe ich mein Auto verkauft. Dann habe ich meinen Bausparvertrag aufgelöst. Der ist ja doch sinnlos, wo es keine Zukunft mehr mit Sabine gibt. Den Rest habe ich mir von einem Freund gepumpt. Bei dem stehe ich jetzt mit fünftausend Euro in der Kreide. Ich hätte besser auf Sabine aufpassen müssen. Dann wäre das alles nicht passiert.«

»Was wäre nicht passiert?«

»Sie wäre nicht ums Leben gekommen. Wenn ich sie nur an diesem einen Abend mit dem Auto abgeholt hätte, dann würde sie noch leben. Aber gerade da war ich in Köln«, erzählt er mit belegter Stimme. »Wissen Sie, wir entwickeln gerade ein neues Format«, erklärt er weiter und bekommt für einen Moment wieder sein Moderatorengesicht. »Die Sendung heißt ›Schichtwechsel‹. Dabei tauschen Menschen für eine bestimmte Zeit ihren Arbeitsplatz. Der Lehrer stellt sich ans Fließband, und der Arbeiter unterrichtet die Klasse, wenn Sie sich das vorstellen können.«

Ja, das kann ich. Erinnert mich irgendwie an U-Plus.

»Sie waren also zur Tatzeit in Köln«, hake ich noch mal nach.

»Das sagte ich ja gerade.«

»Und von wo wollten Sie Sabine abholen?«, komme ich wieder aufs Thema zurück.

»Von ihrem Job, da oben in Wuchersheim.«

»Sie meinen, vom Sportstudio.«

»Nein. Das war ja nicht abendfüllend. Sie hatte außerdem noch eine andere Stelle, einen Putzjob. Zweimal pro Woche war sie bei einem älteren Herrn, der kürzlich nach Wuchersheim gezogen war, und machte ihm den Haushalt. Mensch, Sabine, hab ich zu ihr gesagt, das hast du doch gar nicht nötig. Putzen gehen! Wenn du Geld brauchst – ich hab genug. Aber nein. Sie meinte, der Mann könne ihr noch nützlich sein.«

»Nützlich?«

»Ja, der Kerl, bei dem sie putzte, ist Chemiker. Ich nehme an, der sollte ihr irgendwie weiterhelfen … im Studium oder später im Beruf. Frau Bach, was haben Sie denn? Ist Ihnen nicht gut? Soll ich Ihnen einen Drink bestellen?«

Ich habe das Gefühl, dass der Stuhl unter mir zu Butter wird. Die Tapete an der Wand bekommt ein schillerndes Muster. Ich höre Matthias' Stimme wie durch Watte.

»Wasser«, ist das einzige Wort, das ich noch herausbringe. Matthias macht der Bedienung ein Zeichen und plötzlich steht eine kleine Flasche Bad Vilbeler Urquell vor mir, dazu ein Glas. Zitternd schenke ich mir ein und führe das Getränk zum Mund. Ich kann kaum schlucken.

Matthias sieht mich besorgt an. »Geht es schon etwas besser?«

»Nein«, antworte ich knapp und dann schaffe ich es tatsächlich, etwas zu trinken.

Schon wieder Eckhard Peters! Nach außen charmant und offenherzig und gleichzeitig ein dreister Lügner! Er hat ein Nanopatent gestohlen und erzählt mir etwas von Kündigung und Abfindung. Er verschweigt, dass sich Sabine Ott regelmäßig in seinem Haus aufgehalten hat, obwohl es kein anderes Thema in Wuchersheim gibt als den Mord an der jungen Frau. Vielleicht gibt es eine harmlose Erklärung. Aber es könnte auch bedeuten …

»Ich werde sehen, was ich herausbekomme«, sage ich, wieder einigermaßen gefasst.

»Wirklich?« Matthias Roth ergreift dankbar meine Hand.

Dann sagt er mit Verschwörermiene: »Das wird schwer werden. Wissen Sie, diese Dörfler halten doch alle zusammen.«

Paddelstütze

Das Gespräch mit Matthias kreist immer noch in meinem Kopf, als Sonja und ich uns am Sonntagvormittag auf den Weg zum Paddeln machen. Ja, etwas Sport an der frischen Luft wird mir guttun. Ich hoffe, dass Eckhard Peters die Lust aufs Paddeln noch nicht vergangen ist und dass auch er bald auftaucht. Dann spreche ich ihn direkt auf Sabine Ott an.

Unser Treffpunkt liegt in Karben, just unterhalb des Sportplatzes. Von dort aus sollen wir dann nach Bad Vilbel paddeln. Das Problem ist nur: Vorher müssen wir das Paddeln noch lernen.

Pünktlich sind Sonja und ich an der verabredeten Stelle. Wir sind mit unseren Rädern gekommen, die wir inzwischen in der Nähe des Ufers an einen Baum gekettet haben, und bestaunen schon mal die Nidda.

»Geht schon«, zwinkert Sonja mir zu. »Bei dem kleinen Wässerchen! Wenn wir das nicht schaffen, dann können wir uns ein L auf die Stirn malen.«

L wie Loser.

Ich betrachte das harmlose Rinnsal, vor dem wir stehen, und stimme ihr mit einem vorsichtigen Kopfnicken zu. Doch tief in meinem Inneren habe ich meine Zweifel. Wenn man tot im Dortelweiler Golfweiher schwimmen kann, kann man mit Sicherheit auch als Wasserleiche in der Nidda treiben.

Unser Paddellehrer erscheint zeitgleich mit Carl-Peter, der neben uns von seinem Fahrrad springt, während unser Paddellehrer seinen Ford Transit am Ufer abbremst. Auf dem Dachträger hat er jede Menge bunter Kajaks festgezurrt. Sie sind ziemlich lang. Vor allem aber sind sie sehr schmal. Und sie haben winzige Einstiegsluken.

»Hallo, ich bin der Bernd!«, werden wir begrüßt. »Ihr wollt also paddeln.«

Letzteres ist weniger eine Frage als eine Feststellung. Eine Feststellung, die Bernd, dem Paddellehrer, einige Sorge zu bereiten scheint. Er kratzt sich nämlich seinen roten Schopf und schaut uns zweifelnd an.

»Ja, wir wollen es mal ausprobieren«, ergreift Carl-Peter für uns das Wort.

Wo bleibt Eckhard Peters?

»Na schön, dann suchen wir mal Boote für euch aus.«

Bernd betrachtet uns nun skeptisch von oben bis unten. »Schon mal gepaddelt?«

»Nein, noch nie«, geben wir freimütig zu.

Nach einer mündlichen Einführung bekommen wir jeder ein Paddel in die Hand gedrückt und müssen paddeln üben. Bernd macht es uns vor. Keine Frage: Es ist albern, neben einem Wanderweg in einem Kajak zu hocken und ein Paddel durch die Luft zu ziehen.

Zu allem Überfluss nähern sich auch noch drei Dörfler aus Wuchersheim, die sich hier die Beine vertreten und uns neugierig zuschauen.

Wer den Schaden hat, spottet jeder Beschreibung.

»Weitergehen!«, zischt Sonja im Kajak neben mir. »Weitergehen nicht vergessen!«

Natürlich bleiben unsere drei Dörfler jetzt erst recht wie die Ölgötzen stehen.

Was ist mit Eckhard? Wagt er sich nicht mehr unter die Leute? Ich mache das hier schließlich nur, um ihn zu treffen. Um ihn auszufragen. Vielleicht erzählt er beim gemütlichen Paddeln so dies und das.

Etwas, das ihn belastet.

Nein, bloß nicht! Lieber etwas, das ihn entlastet.

Endlich werden unsere Boote zu Wasser gelassen, und wir müssen unter kompletter Inanspruchnahme unseres Gleichgewichtssinnes – vorsichtig! – einsteigen. Nur nicht die Balance verlieren! Die Kajaks sind kippelig. Wir müssen eine Paddelstütze machen, also das Paddel mit einem Blatt auf das Boot legen und mit dem andern aufs Land, um das Boot zu stabilisieren.

Ein Profi, so erfahren wir, steigt mit der Bootsnase flussaufwärts ein. Was zur Folge hat, dass man als Erstes einen schönen Bogen paddeln muss, um die Bootsnase wieder in die richtige Richtung zu kriegen, und zwar flussabwärts.

Ich versuche das auf der Nidda, von der wir eben noch meinten, sie sei ein jämmerliches Rinnsal. Wie war das noch? Wer mit diesem kleinen Wässerchen nicht fertig wird, muss sich ein L auf die Stirn malen. Ich versuche einen schönen, runden Bogen – da dreht die Strömung mein Heck weg und stellt mein Boot quer zur Fließrichtung. Die nächste ach so kleine Welle greift unter meinen nicht vorhandenen Kiel und kippt mein Schiffchen um. Ich gehe baden.

Die Wuchersheimer am Flussufer klatschen Beifall. Ich bin offensichtlich interessanter als das Fernsehprogramm.

Bernd, der Paddellehrer, springt kopfschüttelnd ins Wasser,

schwimmt zu mir und dreht mein Boot um. Zack, Luke nach unten. Er hebt abwechselnd Heck und Bug hoch und lässt das Wasser auslaufen. So einfach ist das. Dann zieht er mein Boot und mich an Land und bedeutet mir ohne Worte, schleunigst wieder einzusteigen.

Wenn Konz mich jetzt sehen könnte … Ich bin tatsächlich klatschnass. So nass, dass ich die Tour am liebsten sofort abbrechen würde. Nur leider ist mein Retter ein Paddellehrer – und nicht Eckhard. Der ist erst gar nicht aufgetaucht. Konz' Vorstellung, dass ich mich in Eckhards Bademantel durch sein Haus schleiche, ist damit buchstäblich ins Wasser gefallen.

Mir ist kalt, ich zittere, meine Zähne schlagen aufeinander. Aber die drei Wuchersheimer stehen am Ufer und staunen, und ich will mir keine Blöße geben. Also versuche ich noch einmal mein Glück. Diesmal klappt es schon besser, abgesehen davon, dass ich friere und am ganzen Körper schlottere.

»Paddel, paddel!«, ruft Bernd. »Nur wenn du paddelst, kannst du das Boot dirigieren!«

Carl-Peter und Sonja sind mittlerweile ein ganzes Stück den Fluss hinuntergetrieben. Sie halten sich am Ufer krampfhaft an Grasbüscheln fest und warten auf uns. Es sieht ganz so aus, als hätten sie Angst, dass auch ihr Boot irgendetwas Unangenehmes mit ihnen macht, wenn sie die Grasbüschel loslassen.

Unser Paddellehrer lacht.

»Wo bleibt eigentlich Eckhard?«, frage ich Carl-Peter.

»Ach ja«, sagt Carl-Peter und verdreht die Augen. »Das habe ich total vergessen, euch zu sagen. Eckhard hat mich noch vor dem Frühstück auf dem Handy angerufen. Er kann heute nicht mitkommen. Warum, hat er nicht gesagt. Schien aber wohl was Wichtiges zu sein.«

Na prima.

Am liebsten würde ich sofort aus meinem Boot aussteigen und nach Hause gehen. Aber das Wasser ist an dieser Stelle ziemlich tief. Bestimmt kann ich hier gar nicht stehen.

Ich nehme mir vor, bis Bad Vilbel nicht an Eckhard Peters zu denken. Ich konzentriere mich vielmehr auf die Drehungen, die mein Kajak machen will, achte darauf, nicht zu viel Druck auf die Paddelblätter zu geben und das Boot gerade zu halten. Nach ein paar Kilometern fängt die Sache sogar an, mir halbwegs Spaß zu machen. Ich bin inzwischen getrocknet und genieße die frische Luft. Die Nidda schneidet hier tief ins Land. Mit meinem Boot liege ich so weit unterhalb des Ufers, dass ich rechts und links nur Böschung ausmachen kann. Es kommt mir vor, als seien meine Begleiter und ich allein unterwegs, ja, allein auf der Welt. Es ist richtig romantisch.

Plötzlich ein gellender Schrei. Carl-Peter ist mit seinem Boot zu nah ans Ufer geraten. Er hat einen Baum touchiert. Und nun sitzt er vornübergebeugt im Kajak und wimmert elendig vor sich hin.

»Scheiße!«, entfährt es unserem Scout.

Rasch paddelt Bernd zu Carl-Peter hin. Springt aus dem Boot, zieht es an Land und wendet sich wieder Carl-Peter zu. Ohne allzu viel Mitleid zu zeigen, hievt er ihn an Land.

Carl-Peter wimmert.

»Schulter ausgekugelt«, diagnostiziert Bernd trocken. »Hatte ich schon ein paarmal. Passiert oft beim Paddeln.«

Wir Frauen sind mit unseren Booten zur Unfallstelle geeilt, sitzen aber immer noch in den Kähnen. Um nicht Richtung Bad Vilbel abzutreiben, klammern wir uns an diversen Grasbüscheln fest.

Carl-Peter stöhnt.

Nun steigen auch Sonja und ich aus unseren schwimmenden Untersätzen und klettern die Böschung hoch, schleppen die Boote an Land.

Bernd hat schon sein Handy gezückt und schüttelt betrübt den Kopf.

»Akku alle.«

Da sonst niemand ein Handy dabei hat, laufe ich los in Richtung menschliche Zivilisation und nächste Erdbewohner. Die dürfte ich nahe der Domäne in Gronau antreffen, also mindestens einen Kilometer von der Unfallstelle entfernt.

Es ist schon komisch: Da lebt man am Rande einer europäischen Großstadt, einen Steinwurf von der feudalen Welt der Kaufhäuser und Banken entfernt. Und trotzdem fühlt man sich hier bei einem kleinen Badeunfall verloren wie in der Wildnis.

Den ersten Jogger, der mit begegnet, haue ich an. Er hat ein Handy dabei, Gott sei Dank. Meine nächste Übung lautet: Beschreiben Sie dem Unfallwagen die Unfallstelle! Da die Unfallstelle keine Hausnummer hat, ist das gar nicht so einfach. Ich versuche es mit Indianersprache: direkt hinter der Biegung des Flusses.

Dann laufe ich zu unserem verwundeten Bleichgesicht zurück, das immer noch wimmert. Wir reden Carl-Peter mit vereinten Kräften zu und machen ihm Mut. Endlich kommt auch der Unfallwagen. Wir hören sein Kriegsgeheul schon von Weitem: Lalülala. Carl-Peter wird aufgeladen, begleitet von seinem eigenen Geschrei, und in den Krankenwagen geschoben. Der Fahrer und sein Helfer springen behände wieder ins Auto und geben Gas. Zu viel Gas, wie sich schnell herausstellt. Die Räder drehen durch. Graben sich in den weichen Acker.

Srr. Srr. Srr.

Der Krankenwagen klingt wie mein Spielzeugauto, was mich wieder daran erinnert, dass Eckhard nicht bei uns ist, sondern wer weiß wo – und dass ich diesen Ausflug nicht hätte erleben müssen, wenn ich das vorher gewusst hätte.

Srr. Srr. Srr.

Es hat keinen Zweck.

Der Krankenwagen kommt einfach nicht frei, er gräbt sich nur immer tiefer ein. Betreten steigen die Sanis wieder aus.

»Wir holen einen Hubschrauber«, bescheiden sie uns.

Wieder müssen wir warten. Dann, endlich, Fluglärm über unseren Köpfen. Die Rotoren des Helis wirbeln das Gras durcheinander, unsere Haare flattern uns um die Ohren.

»Ich danke euch«, flüstert Carl-Peter kläglich, aber erlöst, als er aus dem Wagen gezogen und in den Hubschrauber geschoben wird.

Sonja und ich nicken nur. Matthias hatte recht: Wir Dorfbewohner halten zusammen.

»Keine Angst«, tröstet uns der Pilot freundlich. »Das Unfallkrankenhaus ist ganz nah. Luftlinie keine drei Kilometer.«

Irgendwie finde ich das eher komisch.

Gar nicht komisch finde ich, dass ich nun eine neue Möglichkeit finden muss, den Kontakt zu Eckhard aufzubauen.

Ich schiebe gerade mein Fahrrad über den Hof, als ich Jens erblicke, der unter der Linde seine Beine von sich streckt.

»Hallo, Juliane!«

»Hallo, Jens!«

Es tut gut, nach dem Irrsinn des Tages ein ganz normales, freundliches Gesicht zu sehen. Und so nehme ich für einen Augenblick neben Jens Platz, um ein kleines Stück beruhigenden Alltag zu genießen. Einen Plausch zwischen Nachbarn auf dem Dorf.

»Was gibt's Neues?«, beginne ich freundlich.

Jens macht große Augen.

»Ja, hat sich das denn noch nicht bis zu dir herumgesprochen?«

»Was ist denn nun schon wieder?«

»Die Polizei war bei unserem neuen Nachbarn!«, sagt Jens und tut wichtig.

»Bei Eckhard Peters?«, frage ich erschrocken und schieße von der Bank hoch.

»Genau!«, sagt Jens und nickt vielsagend.

Deswegen konnte Eckhard bei unserer Paddeltour nicht mitmachen. Die Polizei hat ihn verhört.

»Der hat die Silberne aus dem Golfweiher gekannt.«

Jens zieht eine Augenbraue hoch und wippt mit dem Fuß.

»Was? Die waren befreundet?« Ich tue so, als wüsste ich von nichts.

»Nee.« Jens winkt ab. »Sie war seine Putzfrau! Zwei Tage die Woche.«

»Na ja. Zwei Tage die Woche ... Das ist dann wohl kein sehr enges Verhältnis«, wiegele ich ab. »Und was wollte die Polizei nun von ihm?«

»Na, ich bitte dich!« Jens tut, als sei ich auf den Kopf gefallen. »Der Peters ist der Einzige aus dem Dorf, der mit der Toten was zu tun hatte! Das heißt im Klartext, er ist auch der einzige Verdächtige in ganz Wuchersheim.«

»Weil sie bei ihm geputzt hat? Wenn eine Frau bei einem Mann sauber macht, ist das kein Grund, sie umzubringen, sondern eher einer, sie leben zu lassen. Gute Putzfrauen findet man nicht so leicht. Das kann ich dir versichern. Vielleicht ist das alles ganz harmlos.« Ich klinge nicht sehr überzeugt. Aber irgendetwas bringt mich dazu, Eckhard zu verteidigen.

Etwas Gefühlsmäßiges, zugegeben.

»Juliane!«, bricht es auch schon aus Jens hervor. »Wie naiv bist du eigentlich?«

Das frage ich mich auch.

An meinem Küchentisch versuche ich in Pauls Gegenwart, auf einem Stück Papier eine Übersicht über meine Probleme aufzustellen.

»Problem Nummer eins: Ich habe kein Geld und keinen Job«, verkünde ich Paul. »Aber das könnte ich ändern: Wenn ich den Mörder von Sabine Ott finde, winken mir fünfundzwanzigtausend Euro. Und wenn ich das Nanopatent beschaffe, bekomme ich einen Job in der Detektei Konz. Beides zusammen wäre der Königsweg aus meiner gegenwärtigen Misere.«

Paul gähnt gelangweilt.

»Denk nur nicht, das geht dich nichts an«, erkläre ich ihm. »Deine kostspieligen Leckereien wären damit auf lange Zeit gesichert.«

Nun versteht Paul mich sehr gut. Voller Vorfreude fährt er sich genüsslich mit seiner rauen Zunge übers Maul.

»Problem Nummer zwei«, doziere ich weiter. »Eckhard Peters hat ein bahnbrechendes Patent gestohlen. Sagt Konz. Sabine Ott war mehrmals bei Eckhard im Haus. Das hat Eckhard verschwiegen, als wir so nett im ›Deutschen Michel‹ zusammensaßen. Sabine Ott ist jetzt tot. Bedeutet das vielleicht etwas?«

Oh, mein Gott, es könnte eine Menge bedeuten. Sabine hat Chemie studiert. Was wäre, wenn es einen Zusammenhang gäbe zwischen den beiden Fällen? Vielleicht haben die beiden Bonnie und Clyde gespielt, und sie haben die Patente gemeinsam entwendet? Möglicherweise wollte Sabine den Coup dann allein durchziehen und Eckhard hat sie daraufhin ... versilbert und in den Golfweiher gestoßen.

Meinem guten Paul sträubt sich das Fell. Er macht einen Buckel und fährt seine Krallen aus.

»Problem Nummer drei ist, dass ich Eckhard verdammt gern mag.«

Paul guckt mich erschrocken an.

»Na ja«, gestehe ich widerstrebend. »Wenn ich ehrlich bin, ist das Wort viel zu schwach. Daraus ergibt sich Problem Nummer vier: Ich will gar nicht erfahren, dass Eckhard ein Mörder ist. Aber wenn ich meine Nachforschungen einstelle, kommt er vielleicht ungestraft davon, falls er doch ... Und meine Belohnung ist futsch. Ähnlich vertrackt ist es mit dem Nanopatent: Gehe ich Eckhard aus dem Weg, kann er sein kriminelles Treiben ungestört zu Ende bringen. Überführe ich ihn, bekomme ich einen Job bei Konz, aber der Mann, den ich mag, sitzt hinter Gittern.«

Nun weiß auch Paul nicht mehr weiter. Nachdenklich kratzt er sich mit der Hinterpfote am rechten Ohr.

Cut and go

»Freust du dich auch schon auf morgen Abend?« Sonja sieht mich erwartungsvoll an.

»Morgen Abend?« Ich weiß nicht, was sie meint.

»Na, das Cher-Konzert. Ich habe uns doch Karten besorgt.« Sonja dreht sich zur Seite und schnappt sich eine Modezeitschrift.

Wir sitzen im Hessencenter beim Frisör. Sonja hat gehört, dass der Chef die Haare hier umsonst schneidet.

Na ja, so gut wie umsonst.

Es ist eigentlich ein sehr teurer Frisör. Aber er hat *Cut and go*, also einen Billigservice fürs Haareschneiden – ohne große Anmeldung. Und Sonja hat herausgefunden, dass der Chef, der sonst unbezahlbar ist, auch selbst im *Cut and go* bedient. Und das will sie jetzt unbedingt mal erleben. Sie will den Selbstversuch wagen – und ich bin als Zeugin geladen.

»Natürlich freue ich mich, das Konzert wird bestimmt toll«, streiche ich Balsam auf Sonjas Seele. Schließlich weiß ich ja, wie sehr sie sich freut. Die teure Karte muss ich mir in den nächsten Wochen allerdings irgendwie vom Mund absparen.

Eine Frisörin schaut nach uns und fragt nach unseren Wünschen. Wir lassen uns kostenlosen Kaffee bringen und harren in der Sitzecke erwartungsvoll der Dinge, die nun kommen werden.

»Wenn eine Frau nicht mehr weiter weiß, geht sie zum Frisör!«, blödele ich.

»Was?«, schnappt Sonja zurück.

»Sonja, kannst du dir vorstellen, dass Eckhard Peters etwas mit der Toten im See zu tun hat?«, frage ich jetzt ernst.

»Eckhard? Der nette Chemiker? Du meine Güte! Wie kommst du nur darauf?«

»Die Tote, du weißt schon, Sabine Ott, hat zweimal in der Woche bei ihm geputzt.«

Sonja beißt sich auf die Unterlippe und guckt mich fragend an.

»Aber das muss doch gar nichts heißen.«

»Sabine hat Chemie studiert und brauchte Geld. Sie hat sich ihr Studium ganz allein finanziert.«

»Woher weißt du das?«

»Von Sabines Freund, der sie eigentlich unterstützen wollte. Der auch einen Teil der Belohnung ausgesetzt hat. Von dem vielen Geld, das er bei Castingshows verdient.«

Jetzt wird Sonja hellhörig. »Du warst bei einer Castingshow?«

»Ja, aber doch nur, weil ich …«

»Juliane, ich fasse es nicht!« Sonja ist außer sich. »Du gehst in deinem Alter noch zu einer Castingshow? Wen haben die denn gesucht, eine Darstellerin für Mutter Theresa?«

»Jetzt hör aber auf!«, widerspreche ich. »Es gibt heutzutage genug Rollen für Frauen in unserem Alter.«

»So?« Sonja wirft mir einen ironischen Blick zu.

Sie zieht einen Taschenspiegel aus ihrer Handtasche und legt ihn auf ihre Knie. Dann schiebt sie den Kopf über den Spiegel und schaut von oben hinein.

»Musst du mal machen«, presst sie zwischen zusammengebissenen Zähnen hervor. »Da siehst du, wie deine Haut gealtert ist. Alles Schwabbelige fällt nach unten!«

»Zeig mal!« Ich reiße Sonja den Spiegel weg, lege ihn auf meine Knie und schaue hinein. Sonja hat recht. Mein Gesichtsfleisch fällt nach unten, und meine Gesichtshaut sieht aus wie ein auf den Kopf gestelltes Mittelgebirge. Die Schwerkraft hat mein Gewebe besiegt. Alles hängt.

»Bin ich das?«, murmele ich entsetzt.

Ich schaue in den großen Frisörspiegel, der vor mir an der

Wand hängt, und wieder in den kleinen Taschenspiegel auf meinem Schoß. Der Blick in den großen Spiegel ist ganz erträglich. Aber der Blick in den kleinen Spiegel ist ... einfach unbeschreiblich!

Wandspiegel: Flachland, Strand, Weizenfeld. Taschenspiegel: Mittelgebirge, Alpen, Grand Canyon.

»Oh nein!«, schreie ich erstickt auf.

Eine der Frisörinnen steht sofort vor mir, eine Auszubildende, vom Alter her.

»Ist etwas nicht in Ordnung? Ist der Kaffee zu heiß?«

»Nein, nein, es ist alles okay«, beteuere ich.

»Nichts ist in Ordnung!«, sagt Sonja anklagend. »Ich bin dabei zu verschrumpeln!«

Die junge Frisörin schaut uns fragend an. Was ihr kurzer Rock und ihr modisches Top von ihrem Körper freigeben, ist braun gebrannt und knackig fit. Ihr Haar ist perfekt geschnitten und gesträhnt. Alle positiven Adjektive sind wie für sie ausgedacht. Keine Frage: Sie versteht nicht, was Sonja und ich meinen. Sie ist Lichtjahre entfernt von unseren Problemen.

»Ich habe einen Termin beim Chef«, kommt Sonja zur Sache.

»Ja.« Das Mädchen fasst an ihre Hüften, wo unter dem Bauchfrei-Top ein lederner Werkzeuggürtel baumelt, der voller Scheren, Bürsten und Klammern steckt. »Sie haben *Cut and go* bestellt, richtig?«

Sonja nickt.

»Der Chef lässt fragen, ob es Ihnen recht ist, wenn ich das übernehme. Er hat einen dringenden Termin bei einer Stammkundin.«

Sonja schaut mich entgeistert an. Ich schmecke dem Begriff »dringender Termin« nach. Klingt nach Arzt. Oder Manager. Ich unterdrücke ein Grinsen. Stammkundin! So einfach ist das also doch nicht, den Chef im *Cut and go* zu buchen und einen Haarschnitt für zehn Euro zu ergattern, der normalerweise fünfundsiebzig gekostet hätte.

Sowieso komisch, dieses Preissystem. Vermutlich dient es nur dazu, jedem so viel abzuknöpfen, wie er eben noch hat. Es gibt Schuhgeschäfte, die haben in jeder größeren Stadt drei Läden. De Luxe, medium und billig. In dem einen gibt es Lederschuhe ab dreihundert Euro aufwärts, in dem anderen normale Treter für durchschnittliches Geld und in dem dritten billige Plastik- und Leinenlatschen für dreißig Euro abwärts. So werden die Käufer nach Geldbeuteln aufgeteilt und ausgenommen.

Sonja schnauft, erhebt sich aus dem Sessel.

»Nein«, sagt sie barsch. »Ich will den Chef – oder auf meinem Kopf bleibt alles, wie es ist.« Empört lässt sie sich wieder in den Sessel fallen.

Ich bin erstaunt. Sonja klingt, als hätte sie vergangene Nacht »Gute Mädchen kommen in den Himmel, böse überallhin« auswendig gelernt! Die Frisörin ist entsprechend verstört. Sie ringt die Hände, als wolle sie sie eincremen und blickt Hilfe suchend zu mir.

»Was wird denn bei Ihnen gemacht?«, flüstert sie tonlos.

»Waschen, schneiden, fegen«, höre ich mich sagen.

Moment mal. Habe ich das wirklich gesagt?

»Kommen Sie bitte mit«, sagt die Frisörin dankbar. Sie hat sich wieder gefangen.

Ich zucke hilflos die Achseln. Ich wollte dem jungen Mädchen helfen. War mal wieder weiblich vermittelnd. Das habe ich nun davon. Jetzt komme ich in den Himmel.

Sonja zieht fragend eine Braue hoch. Ich nicke ihr beruhigend zu und lasse mich zum Waschbecken führen.

Auf dem Weg dorthin schnappe ich mir noch schnell eine der Hochglanzillustrierten, die hier stapelweise herumliegen. Ich presse sie an meinen Körper, als würden diese Gazetten ab morgen verboten. Für den normalen Alltag sind diese Zeitungen viel zu teuer. Und offen herumliegen lassen kann man sie zu Hause auch nicht. Damit fördert man nicht gerade sein intellektuelles Image.

»So was lese ich immer nur beim Frisör«, sagt Hanne gern, wenn sie aus so einer Zeitschrift zitiert. Und da lese ich sie auch immer. Beim Frisör. All diese Geschichten über all diese perfekten Menschen, deren Leben so gelungen ist! Ich liebe sie, auch wenn mir sonnenklar ist, dass die eine Hälfte übertrieben und die andere erlogen ist.

Kaum hat mich die Frisörin unter einem Umhang versteckt, vertiefe ich mich gierig in die Fotos der Schönen und Reichen.

Die Schauspielerinnen sehen alle gleich aus. Gleich dünn. Gleich jung. Vom gleichen Arzt geliftet. Ihre Froschlippen verraten sie. Aufgespritzt. Quak. Collagen und Eigenfett. Quak, quak. Bei einigen ist die Form der Lippen ausgeleiert, das Eigenfett hat sich verschoben und seitlich angelagert. Ihre Apfelbäckchen glühen verräterisch. Sie wirken so, als hätte man ihre Wangen über einen Leisten gespannt. Angeblich reflektiert die gestraffte Epidermis das Licht anders als normale Haut und bereitet den Maskenbildnerinnen beim Schminken enorme Probleme.

Hab ich mal gelesen.

»Wie hätten Sie's denn gern?«, fragt die Frisörin. Ihre Hände fühlen sich kühl und leicht an in meinem Haar. »Mal ein bisschen kürzer? Das macht jung.«

»Ja, gerne jung«, murmele ich dankbar.

Einen Moment muss ich meine Zeitschrift auf den Schoß sinken lassen. Mein Kopf wird nach hinten gerissen, damit mein Haar gewaschen werden kann. Mein Nacken liegt unbequem auf dem Beckenrand, meine Halsmuskulatur verkrampft sich, die Durchblutung wird spontan unterbrochen, mein armes Hirn kriegt vorübergehend keinen Sauerstoff mehr. Ich weiß nicht, wer das erfunden hat, dieses Rücklingswaschen. Mag ja sein, dass die Methode das Make-up schont. Aber welche Frau geht schon vom Frisör aus zu einem wichtigen Date? All meine Freundinnen gehen vom Frisör aus erst mal nach Hause und waschen sich die Haare, um nicht so auszusehen, als kämen sie gerade vom Frisör.

Hat das den Frisören noch nie jemand erzählt?

Meine Frisörin shampooniert und massiert meinen Kopf, als wolle sie mir das Hirn waschen.

»Sollen wir ein paar Strähnchen machen? Kostet nur zehn Euro«, schmust ihre Stimme an meinem Ohr. »Oder lieber eine Intensivtönung in Schoko und dazu ein paar Highlights in Weizen? Ich könnte Ihnen auch zweifarbige Strähnchen machen. Sahara und Pflaume …«

»Ist gut!« Mir ist alles recht. »Ja, gerne Schoko.«

Schoko klingt lecker.

Erlöst schließe ich die Augen, um ein bisschen zu dösen und auszuruhen.

Als ich die Augen wieder öffne, erkenne ich mich selbst nicht mehr. Meine Haare sind braun. Sie sind aber keinesfalls schokofarben und schon gar nicht zum Anbeißen. Sie sind hundehaufenbraun.

Das darf doch wohl nicht wahr sein!

Die Frisörin drückt mir den Fön in die Hand und wendet sich der nächsten Billig-Kundin zu. Ich lasse den heißen Luftstrahl durch meine Haare wirbeln und hoffe, dass ich nach dem Trocknen besser aussehe. Weit gefehlt – ein Blick in den Spiegel zeigt mir eine Frau mit Faschingsperücke, Modell Struwwelpeter. Ich schlucke, schleppe mich zur Kasse und zahle mit gesenktem Kopf die stolze Rechnung von vierzig Euro: Waschen und Schneiden, Kopfmassage, Intensivtönung, Kurpackung. Für jeden Handgriff zehn Euro extra.

»Gefällt es Ihnen nicht?«, fragt meine Azubine besorgt und schiebt ihr Sparschwein einen Zentimeter näher zu mir ran.

»Doch, doch! Vielen Dank«, sage ich schnell. Mein Stimme klingt belegt. Jetzt nur nicht erklären müssen, was alles falsch an meinen Haaren ist. Das Schreckliche nicht auch noch beschreiben und aussprechen.

Schweigend schlüpfe ich in meinen Blazer, der mir hingehalten wird. Ein gezwungenes Lächeln und ich taumele ins Freie. Glücklicherweise wartet Sonja schon vor der Tür auf mich.

»Ich sehe schrecklich aus!«, bricht es aus mir hervor.

»Ach, Juliane«, sagt Sonja. »Ich weiß gar nicht, was du hast!«

»Nein?«

»Nein. Sooo schlimm ist es gar nicht.«

»Guck mich doch an!«, flüstere ich. »Du wolltest zum Chef – und ich werde das Versuchskaninchen einer Azubine!«

Ich könnte heulen.

»Ach, weißt du …«, tröstet Sonja. »Das wächst wieder raus.«

Spontan nimmt sie mich vor den Augen aller Hessencenter-Passanten in den Arm und streicht mir mitfühlend übers Haar. Vermutlich sehen wir aus wie zwei trauernde Schwestern, deren Mutter soeben verstorben ist.

»Hallo, die Damen!«, sagt da jemand neben uns.

Wir streben auseinander, sehen erst uns an und dann den Herrn, der da gesprochen hat. Es ist Eckhard Peters.

Meine Hände fahren wie ferngesteuert an meinen Kopf und wissen dort nicht mehr, was sie vorhatten. Verlegen knete ich an meinem zu kurzen Pony herum.

Aber Eckhard sieht auch recht gewöhnungsbedürftig aus: Ein brauner Cowboyhut über den halblangen Haaren lässt ihn aussehen wie einem Western entsprungen. Nur fehlt ihm ein Revolver.

»Na, auch mal was einkaufen?«, sagt Sonja kurz angebunden und will mich weiterziehen.

In meinem Kopf machen sich wirre Gedanken breit. Will ich die Wahrheit wissen oder nicht? Will ich die Belohnung haben? Den Job? Dann muss ich mich jetzt entscheiden, ob ich Eckhard zulächle oder ihn stehen lasse.

Sonja drängt zum Weitergehen.

Ich lächle.

»Wir müssen doch nicht hier stehen bleiben und Wurzeln schlagen«, sagt Eckhard. »Sollen wir vielleicht nebenan einen Kaffee trinken?«

Er deutet auf ein italienisches Eiscafé am Ende der Ladenpassage.

Sonja versucht, freundlich zu bleiben. »Leider haben wir gar keine Zeit.«

»Ach. Für einen Kaffee reicht es schon noch«, entgegne ich.

»Wie du meinst«, sagt Sonja.

Ich nicke.

»Sei vorsichtig«, flüstert sie mir zu. Und rauscht davon.

Eckhard und ich betreten das Eiscafé und setzen uns an einen kleinen runden Tisch. Der Kellner kommt, und wir bestellen unisono Latte macchiato. Wenig später wird uns das Verlangte vorgesetzt.

Eckhard nippt schweigsam an seinem Glas, und ich bin auch sehr still. Mit diesem braunen Mopp auf meinem Kopf habe ich wirklich kein Oberwasser. Der kindlich kurze Pony lässt mich so schlau aussehen wie eine Grundschülerin.

Dritte Klasse, höchstens.

»Wie geht es meinem Auto?«, mache ich etwas unbeholfen Konversation.

»Oh, ich bin noch nicht dazu gekommen, es zu reparieren.

Aber das mache ich noch. Und Sie haben auch noch etwas bei mir gut!«

»Meine Haare ...«, stammele ich vor lauter Verlegenheit. »Der Schnitt ist nicht gelungen.«

Er fährt sich mit den Händen durch seine helle Mähne, in der sich bei näherem Hinsehen naturblonde, sonnenblonde und perlgraue Strähnen vereinen – quasi Sahara, Weizen und Platin –, und lacht unbekümmert.

»Ich gehe auch nicht gern zum Frisör. Der schneidet mir meist zu viel ab. Ich finde, die langen Haare lassen mich jünger aussehen.«

Unsicher schaue ich ihn an. Will er mich jetzt auf den Arm nehmen?

»Neulich haben Sie noch behauptet, das Alter habe seine schönen Seiten!«

Seine braunen Augen mit den grünen Einsprengseln darin blitzen mich an.

»Das hat es ja auch. Aber es ist nicht ausschließlich schön. Es ist nur ... Alle Menschen werden älter. Irgendwann. Damit muss man leben. Aber man kann sich ja auch fit halten. Ich zum Beispiel – ich jogge jeden Tag.«

»Ich weiß«, sage ich. In meiner Phantasie sitzt er jetzt in seinem roten Turnhöschen neben mir.

»Aber es gibt schon Dinge, die nicht mehr so klappen.«

Ach ja?

»Eine Nacht durchmachen ... Das fällt mir heute viel schwerer als früher. Und morgens liege ich manchmal bleischwer im Bett«, gesteht er. »Vor allem, wenn ich am Abend vorher eine halbe Flasche Wein getrunken habe.«

Wir müssen beide lachen.

»Es heißt, wenn eine Frau älter wird, nimmt sie sich einen jüngeren Mann«, locke ich ihn. Vielleicht verrät er mir endlich sein Alter.

»Es heißt, wir Männer kaufen uns Motorräder, wenn wir nicht mehr können!«, feixt er.

»Und? Haben Sie schon ein Motorrad?«

»Noch nicht«, sagt er mit viel Betonung auf dem Wort noch – und er klingt recht stolz dabei.

»Apropos Motorräder und Fahrzeuge: Das war höchst interessant, was Sie mir da neulich über Lacke erzählt haben.«

Eckhard fällt prompt auf mein Kompliment herein.

»Die Nanowissenschaft hat mit Teilchen aus Kunststoff oder Keramik zu tun, die zweitausendmal kleiner sind als der Durchmesser eines Menschenhaares«, erzählt er begeistert. »Das muss man sich mal vorstellen! Materialien, die mit Nanopartikeln beschichtet sind, haben ganz besondere Eigenschaften. Man nehme zum Beispiel beschichtete Brillengläser: Solche Gläser könnte man getrost mit Schmirgelpapier abreiben, ohne dass sie einen Kratzer bekämen. Die winzigen Teilchen, die auf die Gläser aufgetragen werden, sind dabei so klein, dass sie das Licht durchlassen.«

»Unglaublich!«, murmele ich. Ich bin tatsächlich ein bisschen beeindruckt. Was es alles gibt!

»Sie kennen sicher die Fassadenfarbe, die sich bei Regen selbst reinigt. Das nennt man den Lotuseffekt. Die Regentropfen perlen ab wie auf den Blättern der Lotusblüte und nehmen den Schmutz gleich mit. Und schließlich die Autolacke. Hochglänzend bis zum letzten Tag des Wagens. Ebenfalls Schmutz abweisend und kratzerresistent. Da muss schon so ein Straßenvandale kommen und seinen Schlüssel durch den Lack ziehen. Das ist dann auch den Nanoteilchen zu viel.«

»Aber Sie sagten doch, es gäbe auch einen Lack, der sich selbst repariert«, versuche ich, auf das Patent zu sprechen zu kommen.

Eckhard winkt ab und lacht. »Ja, wer den zuerst auf den Markt bringt, hat gewonnen. Aber bis so eine Entwicklung reif ist, braucht es viel Zeit. Vor allem müsste ein Unternehmen an den Erfinder glauben.«

Eckhard schüttelt leise den Kopf und hängt seinen Gedanken nach.

»Übrigens: Wegen des Lackschadens an meinem grünen Auto müssen Sie sich wirklich keine Sorgen machen«, bringe ich das Gespräch wieder in Gang. »Die abgebrochene Stoßstange ist nicht der Rede wert.« Ich habe noch etwas bei ihm gut, hat er gesagt. Ich muss sein schlechtes Gewissen also ein bisschen wachhalten.

»Ach ja, das kleine grüne Auto!« Er lacht. »Was machen wir

denn da? Wäre eine Einladung auf ein Glas Wein eine angemessene Entschädigung?«

Nein, nein, nicht schon wieder in eine Kneipe! Ich muss in dein Haus, du Verbrecher!

»Ach, das wäre nett!«

»Trauen Sie sich in meinen Garten? Dann haben wir einen kurzen Weg in meinen Weinkeller.«

Bingo.

»Na ja, warum nicht?«

»Wann würde es Ihnen denn passen? Am Freitag vielleicht?«

»Am Freitag ...?«

Ich ziehe die Stirn kraus und tue so, als müsse ich schwer nachdenken. Lupfe meinen Terminkalender aus der Tasche und blättere darin herum.

»Ja, Freitag ist recht.«

»So gegen achtzehn Uhr?«

»Ja, das geht.«

Na also! Geschafft.

Er räuspert sich. »Wollen Sie mit mir heimfahren? Oder müssen Sie auf Ihre Freundin warten?«

»Meine Freundin hat noch zu tun«, erkläre ich ihm. »Auf die brauchen wir nicht zu warten.«

»Na prima!«, freut sich mein Verbrecher.

Bei Muttern

Eckhard fährt einen alten Ford Escort Kombi.

»Ist nichts Besonderes«, entschuldigt er sich, als wir einsteigen. »Früher hatte ich schickere Autos. Echt repräsentativ.«

»Firmenwagen?«, frage ich, dankbar für jeden Anknüpfungspunkt.

»Hm. Ja.«

Mit Karacho brettern wir durch die Stadt, schnell sind wir auf dem Hohenzollernring. Eckhard lächelt zu mir herüber. »Macht es Ihnen etwas aus, wenn wir rasch bei meiner Mutter vorbeischauen?«

Hups. So schnell hat mich noch keiner seiner Frau Mama vorgestellt.

»Nein, natürlich nicht. Wohnt sie in der Stadt?«

»Ja, es liegt sozusagen auf dem Weg. Wissen Sie, meine Mutter hat zurzeit riesigen Ärger mit dem Personal. Der neue Koch ist auch nicht die versprochene Wunderwaffe. Er haut pfundweise Butter ins Essen. Als wenn das für einen alten Menschen gesund wäre!«

»Ihre Mutter sollte das Personal rausschmeißen«, stimme ich ihm zu.

»Wenn das so einfach wäre.« Er klingt abgelenkt und scheint mir nur halb zuzuhören, denn im Moment konzentriert er sich aufs Autofahren. Wir müssen trotz regen Gegenverkehrs einen Laster überholen, der auf unserer Fahrbahn parkt. Männer können bekanntlich selten zwei Dinge gleichzeitig tun, Eckhard ist da keine Ausnahme. Als wir den Laster hinter uns haben, nimmt er das Gespräch wieder auf.

»Die alte Dame hat sich dermaßen aufgeregt, dass ihr Kreislauf verrücktgespielt hat. Ich muss mich etwas mehr um sie kümmern.«

»Haben Sie hier in Frankfurt sonst keine Familie? Ich meine – außer Ihrer Mutter?«

Statt eine Antwort zu geben, kneift Eckhard den Mund zusammen und blickt angestrengt auf die Fahrbahn. Dabei muss ein Mann in seinem Alter doch eine Vergangenheit haben. Ehefrauen, Kinder, Geliebte. Oder wenigstens Lebensabschnittsgefährtinnen. Er ist attraktiv und nett, er hat ein schönes Haus, und er hatte einen guten Job. So jemanden übersieht die Frauenwelt nicht.

»Wir sind gleich da«, sagt er. Und schon biegt er auf einen Parkplatz ein. »Hier ist es.«

Neugierig spähe ich durch die Windschutzscheibe. Wir stehen vor der Arbeiterwohlfahrt. Genauer: Vor dem Altenheim der Arbeiterwohlfahrt.

»Ihre Mutter lebt im Altenheim?«, frage ich erstaunt.

Ich habe Eckhards Mutter in einer alten Villa mit Stuck und Vorgarten vermutet. Habe mir einen schönen Salon mit antiken Möbeln vorgestellt, in dem eine gepflegte alte Dame im Twinset an einem netten, kleinen Sekretär Patiencen legt.

Wie bei den Guldenburgs eben.

Was man doch für Klischees im Kopf hat.

Der Pförtner grüßt Eckhard freundlich, er kennt seinen Namen. Eckhard scheint seine Mama regelmäßig zu besuchen.

»Hallo, Mama, wie geht's?«, ruft er fröhlich, als er – nach einer schweigsamen Fahrt mit dem Aufzug in den sechsten Stock – die Tür zu Zimmer 617 öffnet.

Es ist ein kleines, helles Zimmer, das an ein Einbettzimmer im Krankenhaus erinnert. Genau wie der Krankenhausmuff, der uns empfängt. Eckhard eilt zum Fenster, um es aufzureißen. Dann erst bekommt Mama, die vor einem winzigen Tischchen in einem Sessel thront, zwei Küsschen links und rechts auf die Wangen.

»Ich habe dir hier jemanden mitgebracht!« Eckhard schreit, anscheinend ist die alte Dame schwerhörig. »Eine liebe Freundin aus der Nachbarschaft!«

Die alte Dame mustert mich staunend. Ihr schlohweißes Haar ist wassergewellt und kurz geschnitten, sie trägt ein Kleid mit kleinem Krägelchen, wie es anno 1950 modern war. Mir fällt spontan dazu ein, dass jede Generation versucht, die Mode ihrer Jugend bis ins hohe Alter zu bewahren.

Werden Sonja und ich einst in Streifenhosen und Netzhemd im Altersheim sitzen?

»Hast du denn schon Hunger?«, schreit Eckhard und raunt mir achselzuckend zu: »Das Mittagessen gibt es hier um elf, da kann man nichts machen.«

Die alte Dame schüttelt traurig den Kopf.

»Was? Du hast noch keinen Hunger? Na, ein paar Happen wirst du schon runterkriegen. Du darfst auf keinen Fall noch mehr abnehmen.«

Erneutes Kopfschütteln.

Ich betrachte die alte Dame näher. Sie ist tatsächlich sehr schmal. Eine kleine, zarte Person.

»Ich hole mal das Menü!«, brüllt Eckhard. Er schenkt mir noch ein Augenzwinkern, dann ist er aus der Tür.

Das ist der perfekte Moment für ein paar vertrauliche Worte, denke ich mir. Vielleicht kann ich von Eckhards Mutter etwas über ihn erfahren, das mir nützlich ist. Die Namen seiner Kinder vielleicht.

Möglicherweise benutzt er die als Passwort.

»Sie sind doch bestimmt stolz auf Ihren Sohn?«, sage ich so laut wie möglich. Es ist nicht die eleganteste Eröffnung, aber immerhin.

Sie lächelt ein wenig.

»Ein feiner Kerl, was?«, setze ich fast schreiend nach.

Sie nickt zaghaft. Oder ist das gar kein Nicken? Jedenfalls bewegt sie den Kopf hin und her.

Warum sagt sie nichts?

Mein Gott, beeil dich, Mutter! Wir haben wenig Zeit, Eckhard wird gleich zurückkommen.

»Wie geht es Ihren Enkelkindern?«

Stehen denn hier keine Fotos herum? Auf ihrem Nachttisch vielleicht?

Auf Ihrem Nachttisch steht eine kleine gerahmte Rötelzeichnung. Sie ist sehr gelungen und anheimelnd. Sie zeigt Eckhards Haus unter der ausladenden Birke. Sogar die lange weiße Bank vor dem Haus ist darauf abgebildet. Vermutlich hat Eckhard die Zeichnung angefertigt.

»Ihre Enkel, Frau Peters?«, rufe ich mit Krankenschwesternstimme, also noch lauter und noch eine Oktave höher. »Wann bekommen Sie denn Besuch von Ihren Enkeln?«

»Der Nikolaus ...«, bringt Frau Peters schwerfällig hervor.

Aha. Eckhard hat also einen Sohn.

»Was für ein schöner Name«, lobe ich aufrichtig. »Was macht er denn so, der Nikolaus?«

Die alte Dame überlegt. Ich überlege ebenfalls. Ob Eckhards Sohn auch so ein Lebenskünstler ist wie mein Laurenz? Wer weiß. Vielleicht studiert er ja Wirtschaftswissenschaft in New York.

»Wie alt ist der Nikolaus denn?«, mache ich einen neuen Versuch. »Besucht er Sie oft?«

»Sein Alter kennt niemand so genau«, beantwortet Frau Peters etwas zeitversetzt meine Frage. Sie spricht sehr undeutlich, und ich habe Mühe, sie zu verstehen. »Jedenfalls kommt er im Dezember.«

Im Dezember??

Dann ist Eckhard auch schon zurück, ein Tablett in der Hand.

»Na also, hier haben wir das Essen!«, sagt er zufrieden.

Er stellt das Tablett vor seine Mutter auf das Tischchen, bindet ihr eine Serviette um den Hals und beginnt sie zu füttern.

Die alte Dame sperrt auch schon artig den Mund auf und isst brav. Kein Protest mehr, keine Rede davon, dass sie keinen Hunger hat.

»Ich muss das ein paarmal die Woche machen«, sagt Eckhard leise, wieder eine Erklärung, die nur für mich bestimmt ist. »Das Personal hat dafür zu wenig Zeit.«

»Na, schmeckt's?«, sagt er laut zu seiner Mutter. Und zu mir sagt er in normaler Lautstärke: »Sie leidet an Altersdemenz. Letztes Jahr hatte sie einen Schlaganfall. Seither fällt ihr auch das Sprechen schwer. Sie kann sich nicht einmal mehr richtig beschweren, wenn das Personal etwas falsch macht.«

Und er schreit wieder: »Gell, Mama?«

Eckhard füttert seine Mutter geduldig, bis alle Teller leer sind.

»Morgen gibt es schönes Wetter!«, feixt er. »Brauchst du noch was, Mama? Ist sonst alles in Ordnung?«

»Hmhm!«, macht seine Mutter mit noch vollem Mund und deutet mit dem ausgestreckten Arm auf mich. Gruselig sieht das aus.

»Was?«, will Eckhard wissen. »Was ist los?«

»Hmmm!« Ihr Finger zeigt immer noch auf mich. Wahrscheinlich will sie ihm klarmachen, dass ich versucht habe, sie auszuhorchen.

»Ist irgendwas gewesen, als ich vorhin draußen war?«, fragt Eckhard mich besorgt.

»Nein«, lüge ich scheinheilig. »War alles okay.«

Die alte Dame sieht mich an, schüttelt den Kopf und lässt ihren ausgestreckten Arm endlich sinken.

»Na dann«, sagt Eckhard, »dann ist ja alles gut.«

Zum Abschied tätschelt er seiner Mutter beide Wangen. Sie kriegt noch einen Kuss auf die Stirn, dann überlassen wir sie ihrem Schicksal.

»Bloß nicht so alt werden!«, stoße ich hervor, kaum dass wir wieder im Wagen sitzen und losfahren. »Ich will nicht im Heim landen und gefüttert werden. Den ganzen Tag im Sessel hocken und warten, dass der Nikolaus kommt ... Dass die Zeit vergeht und dass man stirbt. Das ist alles so entwürdigend.«

»Wie naiv ist das denn?«, schimpft Eckhard entrüstet. »Meinen Sie, meine Mutter hätte sich den Schlaganfall zum Geburtstag gewünscht? Es passierte einfach, und jetzt müssen wir damit umgehen. Ich weiß, dass das Heim nicht ideal ist. Aber ich kann meine Mutter auch nicht bei mir aufnehmen. Die braucht jemanden, der den ganzen Tag rund um die Uhr auf sie aufpasst, auch nachts. Das kann ich gar nicht leisten ...«

»Sie hören mir nicht richtig zu. Ich habe gesagt, dass *ich* nicht alt werden will.«

»Brauchen Sie ja auch nicht!«, giftet Eckhard und geht mit solchem Karacho in die Kurve, dass ich für Sekunden befürchte, er will meine Wünsche wahrmachen und mich gegen den nächsten Baum fahren, damit ich nicht alt werden muss. Die Räder quietschen. »Ehrlich gesagt, so komisch ist mir noch niemand gekommen, den ich zu meiner Mutter mitgenommen habe!« Er ist ehrlich empört. »Sie kann doch nichts dafür, dass sie so lange lebt.«

»Nein, natürlich nicht. Wie alt ist sie überhaupt?«

»Wie alt darf man denn Ihrer Meinung nach werden?«

»Ich weiß nicht. Ich möchte einfach nicht ...«

»... alt werden. Ich hab's verstanden. Aber das gehört zum Menschsein dazu. Wir werden alle alt. Die einen eleganter, die anderen weniger elegant. Meine Mutter hat nun mal Pech gehabt.«

Wir schweigen, bis wir Wuchersheim erreichen. Ab dem Ortseingangsschild versuche ich, die Situation zu retten. Ich entschuldige mich. Ich sage, ich hätte es nicht so gemeint. Behaupte fest, das alles sei ein Missverständnis.

Eckhard reagiert kaum darauf. Dabei tut mir mein Fauxpas wirklich leid.

Unsere Verabredung ist jetzt wohl geplatzt.

Auf dem Hof vor meiner Wohnung bremst Eckhard scharf. Er beugt sich über mich und hält mir die Wagentür auf.

»Dann bis Freitag«, sagt er trocken.

Besonders begeistert klingt er nicht.

Er wartet, bis ich ausgestiegen bin, dann zieht er wortlos die Tür ins Schloss.

Ohne sich noch einmal nach mir umzudrehen, fährt er davon.

Göttin ohne Alter

Am nächsten Abend ist es so weit. Cher tritt im Rahmen ihrer Farewell-Tournee in der Frankfurter Festhalle auf. Sonja hat uns Karten im Parkett besorgt.

Ich habe keine rechte Lust, Cher zu sehen. Ich denke an den kommenden Freitag, an die Stunde der Wahrheit. Was werde ich bei Eckhard finden? Beweise für Diebstahl und Mord? Das wäre schrecklich. Oder aber ich finde nichts, dann wird Konz von mir enttäuscht sein. Und meine letzten Ersparnisse sind aufgebraucht für die Suche nach Sabines Mörder. Ich kann froh sein, dass mich Sonja – großzügig wie sie ist – zu dem Cher-Konzert eingeladen hat.

Wir nehmen die S-Bahn bis zur Messe und laufen dann über das Messegelände durch den warmen Spätsommerabend. Die Sonne ist bereits untergegangen, doch ihre letzten Strahlen tauchen die Wolken in zartrosa Farben.

Je näher wir an die Festhalle herankommen, desto größer wird der Menschenstrom, in dem wir mitschwimmen. Die meisten Leute sind in unserem Alter oder ein bisschen älter. Männer und Frauen bunt gemischt. Doch nicht wenige werden von ihren halbwüchsigen Kindern begleitet.

Drinnen ist die Festhalle bereits brechend voll. Das Publikum ist gut gelaunt und friedlich, die Stimmung voll freudiger Erwartung.

Cher hat eine Abba-Imitation als Vorgruppe mitgebracht. »Waterloo« und »San Fernando«. »Dancing Queen« und »Mamma Mia«. Die vier auf der Bühne sehen Agnetha, Björn, Benny und Anni-Frid verblüffend ähnlich. Die Mädels tragen Föhnwelle und die Jungs Schlaghosen und Rüschenhemden. Ihre Kostüme aus buntem Satin glänzen im Scheinwerferlicht.

Ich erinnere mich, dass mir jemand erzählt hat, die Abba-Musik beruhe auf schwedischen Volksliedern. Vermutlich ist das der Grund, warum die Melodien den direkten Weg in die Seelen der Fans finden und so schnell zum Ohrwurm werden.

Für einen Moment lasse ich mich treiben von dieser rhythmischen, leichten Musik und denke an gar nichts.

Cher schwebt auf einem Kronleuchter aus lichter Höhe auf die Bühne herab, eine nordische Königin, die in gleißendem Scheinwerferlicht erstrahlt. Ein weißer Pelzmantel mit einem riesigen Kragen hüllt sie ein. Um sie herum wuseln junge Tänzer, die die gewagtesten akrobatischen Figuren zeigen: Doppelsalto und Flickflack. Cher selbst bewegt sich kaum noch. Sie lässt mittlerweile tanzen. Zum Ausgleich hat sie alle Kunst in ihr Outfit investiert. Als ihr Fußvolk ihr den Mantel abnimmt, zeigt sie fast alles. Ihr Kostüm ist knapper als knapp, ein paar Lederstreifen verdecken nur das Allernötigste. Andächtig betrachte ich ihren Körper. Jeder weiß, dass Cher um eine Schönheitsklinik keinen Bogen machen kann. Aber für eine Frau, die über sechzig ist, sieht sie einfach atemberaubend aus. Das Publikum erstarrt bei ihrem Anblick in ehrfürchtigem Schweigen. Und als Cher »If I could turn back time« anstimmt, da möchte man ihr zurufen: Nicht nötig, Cher! Nicht nötig. Du bist die ewige Jugend. Die Göttin ohne Alter.

Irgendwann werde ich von der Menge näher an die Bühne geschoben. Irgendwann drückt mir Sonja das Theaterglas in die Hand, das sie vorsorglich mitgenommen hat. Nun kann ich Cher in ihrer ganzen Schönheit bewundern. Und da erkenne ich es: Sie steckt vom Hals bis zu den Zehen in einem engen, hautfarbenen Trikot, auf dem die kleinen, knappen Lederteile aufgenäht sind. Was sie da trägt, das ist ein verjüngendes … Ganzkörperkondom.

»Hast du gesehen, was sie da anhat?« Aufgeregt zupfe ich Sonja am Ärmel.

Sonja zuckt gelassen die Achseln.

»Cher gibt eben immer alles!«, sagt sie cool. »Ab einem gewissen Alter sind alle Tricks erlaubt.«

Meine Verblüffung hält noch eine Weile an. Irgendwie hat Sonja ja recht. Cher hat schon immer alle Register gezogen. Trotzdem brauche ich noch ein paar Lieder, bis ich ihr verzeihen kann.

Wir schlendern zu Fuß durch die Nacht zur S-Bahn, der Mond hängt über unseren Häuptern am Himmel und versucht, uns heimzuleuchten, doch kleine graue Wolken schieben sich immer wieder vor ihn und nehmen uns das Licht. Wir können unsere Gesichter nicht richtig sehen im Dämmer, erkennen nur unsere Schemen.

»Ich weiß nicht«, meine ich nachdenklich. »Das Konzert war ja wirklich toll, aber Cher ist eben kein Maßstab. Warum ist es bloß so schwer, die fünfzig zu überschreiten? Was meinst du, was ist der wahre Grund dafür?«

»Der wahre Grund? Frauen über fünfzig sind für die Fortpflanzung nicht mehr geeignet«, beginnt Sonja. »Die Erhaltung der Art ist nun mal als wichtiger Impuls in uns angelegt und …«

Ich unterbreche sie sofort: »Nein, nein! Wir sind doch keine Primaten mehr, wo ein Weibchen ausschließlich zum Begatten da ist, damit die Art erhalten wird!«

»Vielleicht nicht ausschließlich, Gott sei Dank, da hast du recht. Aber tief in unserem Stammhirn sind all diese Funktionen noch programmiert. Die Amerikaner nennen das den Fuckability-Quotienten. Danach teilen sie ihre Schauspielerinnen ein.«

»Waaas? Wo hast du das denn her, Sonja? Ich bitte dich! Das darf doch wohl nicht wahr sein!«

»Das kannst du in jeder Boulevard-Gazette nachlesen. Frauen über fünfzig sind für die Männerwelt Krüstchen: die trockenen, harten Enden vom frischen Brot.«

Ich starre sie sprachlos an. Es dauert einen Moment, bis ich schimpfen kann.

»Reife Frauen haben Lebenserfahrung, ich möchte sogar noch weiter gehen: Sie haben Stil und Witz, sie sind geistreich, und man kann sich toll mit ihnen unterhalten. Sie sind nette Kumpel …«

»Klar«, stimmt Sonja mir zu. »Das ist es ja. Welcher Mann ist schon scharf auf eine Affäre mit einem netten Kumpel, hm?«

»Du meinst: Es ist noch immer wie bei den Primaten?« Empört bleibe ich mitten auf der Straße stehen.

»Es geht immer noch darum, die Art zu erhalten und die Weibchen zu schwängern«, bestätigt Sonja gnadenlos. »Und da bei Frauen jenseits des Klimakteriums jeder Fortpflanzungsversuch sinnlos ist, sorgt die Natur dafür, dass die Männer das auch so wahrnehmen. Auf einem alternden Dekolleté steht in unsichtbarer Schrift: Begatten sinnlos!«

»Aber die Männer werden doch auch älter«, protestiere ich.

»Ja, und bei denen zählt dann die Karriere, das Prestige. Kennst du nicht den Spruch? Ein Mann verdankt den Erfolg seiner ersten Frau, und seine zweite Frau verdankt er seinem Erfolg.«

»Du meinst, diese älteren wohlhabenden Männer glauben, sie würden von ihren jungen Frauen wirklich geliebt?«

»Geld macht eben sexy«, antwortet Sonja lapidar.

»Aber ein Mann mit Verstand möchte doch eine Partnerin, die ihm geistig ebenbürtig ist. Man hat doch ab einem gewissen Alter ähnliche Erfahrungen gemacht, liebt vielleicht die gleiche Musik, mag bestimmte Filme. Das zählt doch auch etwas.«

»Da kennst du die Männer aber schlecht«, sagt Sonja spöttisch.

Ich denke an Eckhard. An Sabine und Eckhard. Hatten die beiden eine Liebesbeziehung? Und wenn ja, ging es dabei um Geld? So reich erscheint mir Eckhard nun auch nicht, und Sabine hatte schließlich einen gut verdienenden Freund. War es vielleicht Eckhards Ruhe und Reife, die Sabine anzogen? Als Gegensatz zu Matthias' hektischem Leben zwischen Castings und Filmproduktionen? Sie war doch eher ein Kind vom Land und naturverbunden, wie der Pfarrer erzählt hat. Aber warum sollte Eckhard seine junge Geliebte töten? Und silbern anmalen? Ein misslungenes Experiment? Oder hat es etwas mit seiner Kunst zu tun? Ein Unfall? Eckhard sprüht sie ein, will vielleicht ein Bild von ihr malen …

Ich bin wieder am Anfang, alles dreht sich im Kreis.

Als ich nach Hause komme, bin ich müde, ja, fast zerschlagen. Mein armes Hirn ist voller Eindrücke, Gedanken und Cher-Musikfetzen. In meiner Wohnung blinkt meine eiserne Jungfrau, als würde sie dafür bezahlt. Ich drücke auf den Wiedergabeknopf meines Anrufbeantworters.

»Rufe Sie mich bitte sofort zurück! Notfalls aufm Handy!«

Es ist die Stimme von Herrn Konz, sie klingt ungehalten. Die Stimme gibt mir zwölf Zahlen durch.

Ich gehorche widerstrebend und wähle mit gemischten Gefühlen seine Nummer.

»Konz«, meldet er sich. Im Hintergrund ist absolute Stille. Liegt er schon im Bett?

»Frau Bach? Wie weit sin Sie dann jetzt?«, raunzt er mich an. »Ich wart seit Tagen auf Ihrn Anruf. Hat des geklappt mit dem Paddele?«

Konz hat also wirklich gehofft, dass mich der Paddelausflug bis an Eckhards Schreibtisch führt.

»Leider nur zum Teil, Herr Konz«, erwidere ich leicht ironisch. »Ins Wasser gefallen bin ich. Aber mein Retter war nicht da, und ich musste mich ganz alleine abtrocknen.«

Konz schnaubt durch den Hörer: »Sie scheine mir den Job net ernst genug zu nehme. Wisse Sie, dass die Papiere wertlos wern mit der Zeit? Die Konkurrenz schläft ja net. Wenn jemand anneres schneller mit dene Sache auf den Markt kommt, dann könne sich unsere Auftraggeber nur noch den Arsch damit abwische.«

Ich atme schwer. Wie kommt Konz dazu, so ausfallend zu werden? Ging es nicht darum, gestohlene Papiere dem ursprünglichen Besitzer zurückzugeben, und das war's? Jetzt tut er so, als wären wir in den internationalen Wettlauf um ein weltveränderndes Patent verstrickt.

»Herr Konz«, sage ich ruhig. »Ich nehme den Job ernst, das können Sie mir glauben. Ich treffe mich morgen Abend mit der Zielperson. Herr Peters hat mich sogar in sein Haus eingeladen.«

»Morgen Abend also«, sagt Konz etwas beruhigter.

Eine Weile schweigen wir beide.

»Dass Sie mir des nur net vermasseln«, lässt sich Konz wieder hören.

»Nein, nein!«, beteuere ich. »Ich werde die Papiere finden und wiederbeschaffen.«

Wenn die Polizei nicht schon vor mir fündig geworden ist. Aber deren Besuch bei Eckhard muss ich Herrn Konz jetzt nicht auf die Nase binden.

»Stelle Sie sich e bissi geschickt an! Sie sin e erfahrene Frau. Vergesse Sie des net.«

Was soll das nun wieder heißen?

»Wie bitte?«

Konz konkretisiert seine Bemerkung nur zu gern: »Wie oft soll ich Ihnen des noch sage? Lasse Sie Ihre weiblichen Reize spiele. Verwirrn Sie den Mann. Bringe Sie ihn durcheinander. So in der Art wie die Mata Hari. Und dann suche und finde Sie des Nanopatent und bringe es auf de Stell hierher!«

»Mache ich alles«, verspreche ich matt.

Damit ist unsere Unterredung beendet.

Candle-Light-Dinner

Freitag, siebzehn Uhr fünfzig. Ich bin zu früh.

Ich muss noch einmal in der kleinen Straße auf und ab gehen, die ich schon so gut kenne. Und zwar am besten ein Stück weit von Eckhards Haus entfernt. Es wäre zu peinlich, wenn Eckhard jetzt zufällig aus dem Fenster schaut und mich sieht. Man kann niemanden um siebzehn Uhr fünfzig besuchen, wenn man um achtzehn Uhr eingeladen ist.

Achtzehn Uhr zehn wäre perfekt.

Ich muss zwanzig Minuten totschlagen.

Ich schlendere an den Einfamilienhäusern entlang und werfe neugierige Blicke in die dazugehörigen Gärten. Die meisten Hausbewohner haben ihre Gartenmöbel noch draußen stehen. Das Wetter ist ja auch wirklich noch schön. Zu schön fast für die Jahreszeit. Obwohl wir schon September haben, scheint die Sonne um diese Uhrzeit noch mit einiger Kraft.

Vermutlich eine Folge der Erderwärmung.

Mein Outfit ist eigentlich etwas zu warm für dieses Wetter. Ich trage einen weiten Leinenrock mit bunten Bordüren. Damit er nicht bieder wirkt, habe ich ihn mit einem schwarzen, tief ausgeschnittenen T-Shirt und Ballerinas kombiniert. Den Rock habe ich gewählt, weil er riesengroße, aufgesetzte Taschen hat. Sie sind ideal, um mit einem Handgriff ein paar CDs darin verschwinden zu lassen.

Um achtzehn Uhr fünf beende ich meine Wanderung durch Eckhards Nachbarschaft und schelle an seiner Gartenpforte.

Eckhard öffnet gut gelaunt die Haustür. Grinsend kommt er mir entgegen, bis zur Straße. Er reißt das Gartentor auf.

»Aha!«, sagt er mit einem Blick auf mein Kostüm. »Die Julischka aus Budapest!«

Er selbst trägt Jeans und ein weißes Poloshirt, die Haare hat er im Nacken zu einem Zopf gebunden.

Er sieht gut aus.

Auch sein Garten sieht gut aus.

Eckhard hat einen schmalen, langen Tisch vor die weiße Bank gerückt, die ich schon kenne. Der Tisch ist prächtig gedeckt, auf einer weißen Leinendecke prangt schönes, altes Silber neben hübschem, altem Porzellan. Geschliffene Gläser stehen auf dem Tisch, außerdem ein Blumenbouquet. Und ein halbes Dutzend niedrige Windlichter. Eckhard hat sie schon angezündet, ihre kleinen Flammen flackern verhalten in den Gläsern.

»Wie schön!«, sage ich überwältigt, als er mich dorthin führt.

Eckhard lächelt. »Danke.« Er macht eine Armbewegung über den Tisch. »Die Ausrüstung stammt von meiner Mutter.«

Mir geben seine Worte einen kleinen Stich ins Herz.

»Tut mir so leid«, murmele ich. »Mein Auftritt im Altersheim … Und alles, was ich danach noch gesagt habe. Ich war irgendwie nicht vorbereitet auf die Situation.«

»Ach«, sagt er. »Mir tut es leid. Ich habe überreagiert. Ich habe Ihr Statement auf meine Mutter bezogen und mich angegriffen gefühlt. Aber ich weiß inzwischen, was Sie gemeint haben. Ich glaube, die große Tragik für uns Menschen als denkende Wesen ist tatsächlich die, dass wir wie die Blumen verwelken müssen. Und sterben wie die Tiere. Und dass wir daran trotz all unseres Intellekts nichts ändern können. Wir haben Ideen für tausend Jahre und können doch nur hundert Jahre leben. Damit müssen wir ganz einfach fertig werden.«

»Das haben Sie jetzt schön gesagt.«

»Klang wie das Wort zum Sonntag, ich weiß. Aber damit soll

es auch gut sein. Wir können ja heute Abend von etwas anderem reden als vom Altwerden. Ist das recht?«

»Und wie!«

Wir müssen beide lachen.

Wir sitzen sehr gemütlich an dem langen, schön gedeckten Tisch. Das alte Haus im Rücken vermittelt ein Gefühl von Sicherheit, und der Blick auf die bunte Blumenwiese stimmt fröhlich. Eckhard kredenzt als Erstes einen trockenen Sherry. Auf dem Tisch steht schon ein Salat aus frischen Spinatblättern mit geräucherten Lachsstückchen.

»Ich hätte nie gedacht, dass Sie kochen können!«, entfährt es mir.

Er grinst spitzbübisch. »Meinen Sie nicht, dass wir so langsam zum ›Du‹ übergehen könnten?«

Ich nicke gnädig und denke: Wenn das nur kein Fehler ist. Was, wenn er sich jetzt als Gangster erweist? Wer möchte schon mit jemandem per Du sein, der eigentlich in den Knast gehört?

»Meine Kochkünste ...«, plaudert mein Gastgeber derweil. »Das hat sich zwangsläufig so ergeben. Meine Frau ist vor drei Jahren an Krebs gestorben. Wir haben keine Kinder, ich stand also buchstäblich allein da. Am Anfang hatte ich eine Haushälterin, die alles für mich erledigt hat: Kochen, Waschen, den ganzen Haushalt. Aber irgendwie war mir das unangenehm. Ich kam mir wie ein Pascha vor. Als sie dann einmal die Grippe hatte, habe ich versucht, ein paar Dinge selbst zu erledigen. Einmal habe ich sogar Brot gebacken. Das hat hervorragend geklappt, und es hat mir Spaß gemacht. Es ist schön, etwas herzustellen, das dann auch noch nützlich ist und schmeckt. Ja, und seit ich hier wohne, mache ich alles allein.«

Eckhard hebt sein Glas mit dem Sherry und hält es vor sich.

»Ich hoffe, das ist passend«, sagt er und wirkt dabei plötzlich fast schüchtern. »Ich meine, um Bruderschaft zu trinken.«

Auch ich erhebe mein Glas. Etwas umständlich überkreuzen wir an dem schmalen Tisch unsere Arme. Wir nippen an unserem Sherry und stellen die Gläser wieder ab. Eckhard nähert sich mir. Sein Kuss ist wie ein zarter Hauch auf meiner Wange. Dann bin ich an der Reihe. Unter meinen Lippen spüre ich seine glatt rasierte und dennoch raue Haut, ich rieche sein Rasierwasser und fühle die Wärme seines Körpers.

»Du hast den Haushalt also immer allein gemacht?«, hake ich lauernd nach.

Er nickt. »Bis auf das Putzen«, erzählt er unbekümmert. »Dafür hatte ich eine Putzfrau.«

»Und, war sie gut?«

»Sie war ausgezeichnet, aber sie ist mir abhanden gekommen.«

»Wie denn das?«

»Eines Tages ist sie einfach nicht mehr gekommen. Wie Putzfrauen so sind.«

Na warte, Freundchen!

»Wie war das, als du arbeitslos geworden bist?« Ich lehne mich zurück und komme wieder auf harmlosere Themen. »Ich meine, für mich war es schrecklich. Ich habe als Erstes auf ein Auto verzichtet, um mein Geld zusammenzuhalten. Dadurch war ich plötzlich so angebunden. Ich fühlte mich irgendwie verloren und obendrein …«

»Nutzlos, ziellos, unausgefüllt?«

»Ja, genau! Ich wusste gar nicht, was ich den ganzen Tag tun sollte.«

»Das ging mir auch so. Ich glaube, das ist ganz normal, wenn man arbeitslos wird. Bei mir kam noch dazu, dass ich ziemlichen Ärger in der Firma hatte.«

»Ach ja? Wieso denn das?«

Na also! Endlich komme ich meinem Detektivauftrag näher.

Eckhard verteilt eine Portion Salat auf meinen und seinen Teller.

»Hm, ja.« Er greift zu einem Stück Brot, streicht Kräuterbutter darauf und verspeist es langsam und genüsslich. »Ich habe damals an einer zukunftsträchtigen Entwicklung gearbeitet. Aber meine Firma war nicht interessiert.«

»Worum ging es denn?«, frage ich in möglichst beiläufigem Tonfall.

Ich gebe mir alle Mühe, nicht zu neugierig zu erscheinen, kann aber nicht umhin und schaue ihn ganz gespannt an.

»Ach, nicht so wichtig. Magst du einen Schluck Weißwein? Gleich gibt es Fisch, da kannst du ihn weitertrinken.«

»Ja, gern.«

Ich koste seinen Weißwein und überlege, wie ich wieder auf die Geschichte mit seiner Erfindung komme.

Eine Detektivin zu sein ist doch nicht so leicht.

Auf den Salat mit geräuchertem Wildlachs folgen Garnelen in Kräuterbutter. Und darauf, begleitet von einem weichen Burgunder, ein deftiges Rumpsteak mit zarten grünen Bohnen und Petersilienkartoffeln. Ein sehr männliches, schnörkelloses Essen, wie ich finde. Es passt zu Eckhard. Während des Essens erklärt er mir, was er in seinem Haus noch vorhat. Er hat entdeckt, dass der Boden aus alten Holzdielen besteht. Die möchte er gern abschleifen. Vor dem Winter müssten neue Fenster eingebaut werden, und auch den offenen Kamin im Wohnzimmer will er wieder flottmachen. Für gemütliche Abende am prasselnden Feuer. Das kann auch ich mir sehr schön vorstellen, aber diese Unterhaltung bringt mich im Moment nicht weiter.

»Der Nachtisch kommt später«, verspricht er verheißungsvoll, als wir mit dem Hauptgang fertig sind. »Wir machen eine kleine Pause. Möchtest du meine Bilder sehen? Ich zeige sie nicht jedem.«

Ich nicke stumm. Briefmarkensammlungen hatte ich schon und Münzsammlungen. Sogar Hochzeitsfotos. Aber Bilder, die man nicht jedem zeigt?

Eckhard nimmt mich am Ellbogen und führt mich ums Haus herum. Er öffnet die Tür zu der Scheune aus Holz und Glas, die ich schon von außen betrachtet habe, und schiebt mich sanft hinein. Eine Glut von Farben strömt mir entgegen. Ich bin in einem richtigen Atelier. Auf einem Arbeitstisch drängen sich Farbtöpfe, Lacke und Sprühdosen. Saubere und benutzte Pinsel stehen in Einmachgläsern Spalier, bunt beschmierte Lappen liegen herum. An den Wänden hängen lauter riesengroße Bilder. Und sie sind wun-der-schön!

»Hast du das alles gemalt?«, frage ich staunend.

»Gefällt es dir?«

»Mir fehlen die Worte«, sage ich beeindruckt. »So etwas habe ich noch nie gesehen.«

Auf den Leinwänden erkenne ich surreale Landschaften, bevölkert von Fabelwesen. Trolle und Einhörner. Echsen und Zwerge. Turmhohe Farne. Käfer mit menschlichen Gesichtszügen. Aber nicht eine der dargestellten Kreaturen erinnert auch nur im Entferntesten an Sabine Ott. Und nirgends steht ein Topf Silberfarbe. Hier im Atelier finde ich keinen einzigen Hinweis auf die Ermordete.

»Schon als Junge wollte ich Maler werden«, sagt Eckhard neben mir leise. »Das habe ich dir ja schon erzählt. Aber mein Vater hat mich gezwungen, etwas ›Anständiges‹ zu studieren …«

»Chemie.«

»Genau, Chemie. Er war selbst Chemiker und fand das großartig. Er konnte gar nicht verstehen, dass jemand etwas anderes machen wollte.«

»Und jetzt malst du diese Bilder«, sage ich nachdenklich.

»Ja. Irgendwie empfinde ich das als ein Geschenk, dass ich jetzt doch noch machen kann, was ich immer machen wollte. Als sie in der Firma meine Arbeit als unwichtig und zeitraubend erklärt haben, war ich außer mir vor Wut. Aber wenn sie mich nicht entlassen hätten, wäre es nie dazu gekommen, dass ich mich doch noch der Malerei gewidmet hätte. In jeder Krise steckt auch eine Chance, verstehst du?«

Ich schaue ihn verwundert an.

Eckhard ist entweder ein ganz wundervoller Mensch – oder ein ganz gemeiner Schauspieler.

Wenn es nach Konz ginge, träfe wohl Letzteres zu. Aber ist es nicht er, der anfangs so coole Privatdetektiv, der mir zunehmend unwirsch, gehetzt und anmaßend erscheint? Und plötzlich etwas von Konkurrenz erzählt, von wertlosen Patenten und verpassten Chancen. Dabei ging es doch am Anfang nur um gefährdete Arbeitsplätze, um die Zukunft einer kleinen Firma und ihrer treuen Angestellten! Das hatte mein Mitleid erregt. All die Menschen, die traurig vom Fabrikgelände trotten an ihrem letzten Arbeitstag. Kennt man ja, diese Bilder aus den Nachrichten. Aber vielleicht sollte ich lieber mit Eckhard Mitleid haben. Vielleicht stimmt es ja, was er sagt, und man hat ihn zum alten Eisen geworfen, obwohl er noch gut und gerne zehn Jahre weitergearbeitet hätte. Jetzt hat er aus der Not eine Tugend gemacht und malt. Andererseits … Er kannte Sabine Ott, die silbern lackiert im See schwamm.

Und er kommt immer wieder von sich aus auf die Erfindung dieses Lacks zu sprechen.

Vielleicht erkenne ich die Wahrheit, wenn ich das Patent endlich selbst in den Händen halte.

Wir betrachten noch eine Weile schweigend seine Bilder. Dann will er mir den Nachtisch servieren. Dazu soll ich mich draußen an den Tisch setzen und warten. Er bittet um ein bisschen Geduld. Das Dessert soll eine Überraschung werden. Er muss es frisch zubereiten, und das kann eine Weile dauern.

Das ist meine Chance.

Ich lausche, bis ich Eckhard sicher in der Küche weiß. Dann erhebe ich mich von seiner Gartenbank und folge den guten Gerüchen in Richtung Küche.

»Nicht reinkommen!«, ruft Eckhard schon von Weitem.

Der macht es aber wirklich spannend!

»Nein, keine Angst. Ich will nur wissen, wo die Toilette ist.«

»Direkt neben der Haustür!«

Ich stapfe mit möglichst lauten Schritten in die angegebene Richtung, nehme meine Schuhe in die Hand und husche leise zurück, biege hurtig ins Wohnzimmer ab.

Hier muss sein Computer stehen. Im Atelier gab es nur Staffeleien, Leinwände und Farben, da habe ich keinen PC gesehen. Demnach wird er im Wohnzimmer einen Schreibplatz eingerichtet haben. Lautlos mache ich mich auf die Suche. Ich darf nur nicht vergessen, auf meinem Rückzug in den Garten einen Umweg über das Klo zu machen und die Toilettenspülung zu betätigen. Bestimmt hört man die in der Küche. Wasseranschlüsse liegen in den meisten Häusern nebeneinander.

Aha, da steht auch schon sein Schreibtisch.

Ich schleiche über den dicken Teppich zu seinem Arbeitsplatz. Das Tageslicht hat mich bereits im Stich gelassen, es ist hier inzwischen ziemlich dunkel. Kann ich es wagen, das Licht anzuknipsen? Wie schnell bin ich am Schalter, um es wieder auszumachen, falls Eckhard unversehens durch den Flur geht, vielleicht, weil er etwas hinaustragen will?

Ich entscheide mich dafür, das Licht auszulassen. Sicher ist sicher. Meine Hand fährt unter die Schreibtischunterlage.

Passwort, wo bist du?

Ich fühle jede Menge Papier. Berge von Notizen. Das kann ja heiter werden. Wie soll ich die jetzt so schnell durchsehen? Bei den Lichtverhältnissen?

Ich zerre einen Stapel Zettel hervor und husche damit ans Fenster, um im fahlen Licht der Terrassenbeleuchtung etwas zu erkennen. Fasziniert starre ich auf Eckhards Schrift. Die Buchstaben sehen so sauber und ordentlich aus.

»Milch«, lese ich. »Rindenmulch.«

Verdammt. Er verwahrt seine Einkaufszettel unter der Schreibtischunterlage auf!

Ich haste zurück an seinen Arbeitsplatz, schiebe Milch und Rindenmulch wieder an ihren Platz.

Was mache ich nun? Ich kann doch nicht einfach seinen Computer hochfahren, selbst wenn ich das Passwort finde.

Das sähe schon etwas komisch aus. Was soll ich sagen, wenn er doch zufällig hereinkommt?

Ach, Entschuldigung, ich will nur mal nach meiner Ebay-Auktion gucken!

Oh, Pardon, ich brauche mal rasch einen Routenplaner nach Frankfurt!

Und dennoch. Es ist meine einzige Chance. Wenn ich nur schnell genug bin ...

Fieberhaft tasten meine Hände seinen Arbeitsplatz ab. Ich fühle etwas Eckiges. Neben Eckhards Rechner liegt ein Stapel CD-Hüllen.

Angespannt lausche ich in den Flur. Höre in der Ferne einen Eisschrank zuklappen. Eckhard singt in der Küche: »O sole mio ...«

Noch mal ans Fenster. Die Hüllen sind beschriftet. Was steht da drauf? »Versuchsreihe 1–10«, entziffere ich. Gott sei Dank! Ich habe allem Anschein nach tatsächlich gefunden, was ich suche. Die Versuchsreihe für die Nanolacke! Herr Konz wird begeistert sein. Vor Aufregung beben die Hüllen in meinen Händen, so sehr zittere ich am ganzen Körper. Jetzt muss ich sie nur noch in meine Julischka-Rocktaschen stecken und unbemerkt nach draußen schleichen. Ich muss möglichst unschuldig an meinem Platz auf der Gartenbank sitzen, wenn Eckhard mir den Nachtisch serviert.

»Was machst du denn da?«

Das Licht geht an, im Raum wird es taghell. Eckhard steht in der Tür. Die CDs gleiten mir aus den Händen und landen klappernd auf dem Boden. Ein paar Hüllen springen auf, und die silbernen Scheiben rutschen heraus. Eckhard sieht mich fassungslos an.

»Was soll das, sag mal? Was suchst du an meinem Schreibtisch?«, fragt er barsch.

Ich gebe ihm keine Antwort. Nicht, weil ich nicht will. Sondern weil mir die Worte fehlen. Eckhard hält eine Schale in Händen. Darin brennt eine helle Feuerflamme.

»Eis mit heißen Kirschen«, stellt er fest. »Flambiert mit Escorial. Extra für dich.«

Ich zittere immer noch, sage noch immer nichts.

»Es ist nicht so, wie du denkst«, bringe ich endlich hervor.

Vermutlich ist das der dümmste Satz der Welt.

»Nein?« In Eckhard kommt nun Leben. »Was denke ich denn, bitte schön?«

Ich zucke hilflos die Achseln.

»Ich denke, dass du das Letzte bist«, schreit Eckhard mich an. »Ja, das denke ich. Du bist herzlos gegenüber alten Menschen. Und du schnüffelst in fremden Sachen. Genau das denke ich.«

»Ich kann dir alles erklären!«, sage ich rau.

Der zweitdümmste Satz der Welt.

»Ich glaube nicht, dass ich irgendwelche Erklärungen hören will«, erwidert Eckhard heftig. »Ich habe dich verdammt gern gewonnen. Trotz all deiner Macken! Ist dir das denn nicht klar geworden?«

»Du bist ein Dieb!«, gebe ich schneidend zurück. »Und vielleicht sogar ein Mörder. Du hast deiner Firma eine wichtige Entdeckung gestohlen. Aber damit kommst du nicht durch. Ich arbeite nämlich für eine Detektei. Und die haben mich auf dich angesetzt. Weil du ein Verbrecher bist und ein Patent gestohlen hast. Dieses Nanopatent hier.« Zur Bestätigung weise ich triumphierend auf die CDs am Boden, hebe schnell eine der silbernen Scheiben auf und strecke sie ihm entgegen. »Hier sind die Beweise! Willst du mir widersprechen?«

Eckhard kommt langsam auf mich zu. Ich werde unruhig. Was

wird er jetzt tun? Ganz dicht vor mir bleibt er stehen. Balanciert nachdenklich die Eisschale in seiner Rechten. Mit der Linken nimmt er mir die CD ab und legt sie sachte auf den Schreibtisch.

»Das sind lauter Sachen, die ich ganz allein entwickelt habe«, erklärt er. »Die Firma hatte kein Interesse daran. Sie haben mich anfangs forschen lassen. Aber dann haben sie das Projekt eingestellt. Keine Geduld. Sie haben einfach nicht an mich und meine Erfindung geglaubt.«

»Du lügst doch, meine Auftraggeber sagen etwas anderes. Die gehen jetzt pleite, weil du sie betrogen hast. Aber ich bringe ihnen ihre Sachen wieder.«

Eckhard weicht einen Schritt zurück. »Und ich habe gedacht, du lädst dich bei mir ein, weil du mich auch gern hast.«

»Ich habe mich bei dir eingeladen?«, frage ich empört. »Wie kommst du denn darauf?«

»Das war doch sonnenklar. Du hast diese Einladung forciert! Aber ich bin liebend gern auf dein Spiel eingegangen. Habe mich darauf gefreut, dich hier zu haben. Was war ich nur für ein Idiot!« Die Schale mit dem Eis, den heißen Kirschen und dem brennenden Escorial, die er immer noch auf einer Hand balanciert, schwankt gefährlich.

»Und ich habe auch noch für dich gekocht«, setzt Eckhard nach.

Seine letzten Worte klingen matt und traurig. Sie sind schwer vor Enttäuschung, Vorwurf und Wut. Und mit einer entschlossenen Geste schleudert er den Nachtisch in den alten schwarzen Kamin. Die olympischen Flammen, die bis eben in der Schale gelodert haben, verlöschen im Flug. Das Glas zerspringt auf den grauen Steinen, und der süße Inhalt macht sich klebrig in der stillgelegten Feuerstelle breit.

»Du hast Sabine Ott umgebracht«, klage ich ihn erneut an. »Du wolltest sie aus dem Weg schaffen, weil sie hinter deinen Diebstahl gekommen ist.

»Du bist ja völlig verrückt!«, schreit Eckhard zurück. »Sabine hat bei mir nur geputzt. Sie war ein kluges Mädchen, okay. Immerhin hat sie Chemie studiert, und ich konnte mich wunderbar mit ihr über mein Fachgebiet unterhalten. Mehr war da nicht. Herrgott, Juliane, was denkst du nur von mir?«

»Die Polizei war doch schon hier!«, sage ich böse.

Eckhard stöhnt auf. »Wie konnte ich glauben, dass man in diesem Dorf etwas verheimlichen kann? Das war wirklich dumm von mir. Aber weißt du was? Ich habe nur nichts gesagt, weil ich nicht ins Gerede kommen wollte, verstehst du. In der Nacht, bevor Sabine gefunden wurde, war ich bei meiner Mutter im Altersheim. Ich habe bis zur Morgendämmerung an ihrem Bett gesessen. Es ging ihr so verdammt schlecht. Juliane, ich dachte, sie stirbt.«

»Lass mich raten: Du hast ein wasserfestes Alibi, weil sämtliche Schwesternschülerinnen dir Gesellschaft geleistet haben?«

Eckhard tippt sich an die Stirn. »Abgesehen davon, dass dir wohl gar nichts heilig ist: Was denkst du denn, warum mich die Polizei nicht eingebuchtet hat?«

»Eben wegen deiner wunderschönen Alibis!«

»Mein Gott!«, brüllt er. »Und so was habe ich in mein Haus gelassen!«

Eckhard dreht sich wütend um und entschwindet schimpfend in seinem Keller. Ich bin schon an seiner Haustür, um zu gehen, da steht er noch einmal vor mir.

»Da, nimm das mit. Bei jemandem wie dir will ich keine Schulden haben.«

Ich starre ihn an. Was er mir entgegenhält, ist mein kleines grünes Auto. Nur ist es nicht mehr grün. Es ist …

»Silber metallic?«

»Ich hab's umlackiert. Viel Spaß damit.«

Seine letzten Worte klingen zynisch.

»Du kannst das Teil behalten«, zetere ich. »Ich will nichts mehr mit dir zu tun haben!«

»Und du nimmst das Ding jetzt mit! Ich hab mir die Arbeit doch nicht umsonst gemacht!«

Ich schüttele vehement den Kopf, drehe mich um und suche fluchtartig das Weite. Da pfeffert er das Auto hinter mir her. Es rutscht über seinen Kiesweg, schlittert, kippt auf die Seite, dreht sich einmal um die eigene Achse und trifft meine Fersen.

»Autsch!« Verärgert hebe ich es auf und stapfe damit nach Hause. Was bin ich nur für eine Detektivin? Ich wollte seine CDs stehlen und habe doch nur mein eigenes Spielzeug ergattert.

Daheim stelle ich das Auto auf meine Fensterbank zwischen die Blumen und gerate dabei ins Grübeln.

Hat Eckhard wirklich ein Alibi? Ich könnte es nachprüfen, ein Anruf im Altenheim genügt. Aber ich habe keine Kraft mehr. Ich brauche eine Pause, in der ich meine Gedanken ordnen kann. Nur zu gerne würde ich glauben, dass Eckhard unschuldig ist.

»Warum bist du nur so klein?«, frage ich mein Auto. »Den Elchtest hast du auch nicht bestanden. Ich sollte dich wirklich mal gießen. Vielleicht hilft es. Wir könnten eine nette Versuchsreihe anlegen.«

Mein Auto schweigt beleidigt, und ich betrachte es näher.

Komisch. Es ist doch eben über Eckhards Kiesweg gerutscht. Es müsste total zerschrammt sein. Aber ich sehe nicht einen Kratzer.

Colakuchen

»Ah! *Buon giorno, Signora* Bach! *Come sta?*«

Franka zeigt mir ihre Lachfalten und verschränkt die Arme unter ihrem Melonenbusen. Sie sieht umwerfend aus. Ihre Haut ist leicht gebräunt, wie immer. Ihre schweren schlohweißen Haare sind zu diesem malerischen Zopf zusammengefasst. Wie immer.

Franka zählt schon mehr als sechzig Lenze. Und sie ernährt immer noch weite Teile ihre Familie mit ihrem Geschäft. Sie spielt immer noch eine wichtige Rolle im Leben ihrer fünf Kinder und fünfzehn Kindeskinder.

»Kommte Ihre Sohne auch zu diese Feste?«

»Ja«, gebe ich bereitwillig Auskunft. »Er kommt auch zum Fest.«

Wenigstens hoffe ich das. Den Termin kennt er ja. Zumindest hat er die Planung des Hoffestes noch mitgekriegt, bevor er Knall auf Fall auszog.

»Hatte eigentlich eine Freundin, ihre Sohn?«

»Na ja.« Ich versuche ein Lächeln.

Dass Franka immer gleich den Finger in die Wunde legen muss! Wie schön fände ich es, wenn Laurenz eine patente Freundin hätte. Eine, die ein bisschen vernünftig wäre und ihm ab und an zeigen würde, wo es langgeht. Aber als Mutter sollte ich mich da lieber nicht reinhängen. Dafür habe ich meine Quittung ja schon bekommen. Mein Versuch, meinen Sohn mit der taffen Lisa zusammenzubringen, ist nicht nur kläglich gescheitert. Er hat schlussendlich zu Laurenz' Auszug geführt.

Ich darf gar nicht dran denken.

»Ich frage ihn nicht so aus …«, bescheide ich Franka.

»Va bene«, lacht sie. *»Allora. Dica!* Was brauchen Sie, *Signora?*«

Unter Frankas mütterlicher Fürsorge werde ich wieder zum Schulmädchen. »Ich möchte Colakuchen backen«, gestehe ich leise. Colakuchen ist zwar kein richtiger nasser Kuchen, aber er ist entschieden nasser als ein trockener Kuchen. Richtig nasse Kuchen kann ich nicht backen, ich bin – wie gesagt – keine große Bäckerin. Die Nachbarn müssen sich mit einem Colakuchen zufriedengeben.

Franka runzelt die Stirn. »Was solle das sein?«

»Na ja. Ein Kuchen. Da kommen Pecannüsse rein. Und Coca-Cola.«

»Ah, so eine amerikanische Zeug!«, beschwert sich Franka. »Backe Sie lieber eine schöne Rotweinkuche, da wisse Sie, was Sie haben!«

Mit Schwung setzt mir Franka eine Flasche Chianti auf die Theke.

Ich muss lächeln.

Ja, ja, der Chiantiwein. Das haben meine Eltern in den sechziger Jahren gesungen. Als sie nach Italien in die Ferien fuhren. Die Flaschen waren damals groß und bauchig und mit Bast umspannt. Darin war ein einfacher Landwein. Aber das Fernweh gab ihm ein köstliches Aroma.

»Sagen Sie, Franka, der Herr in dem roten Turnhöschen …«

»Der Dottore? War gerade hier!«, strahlt Franka und nickt wissend. »Hatte Sekte gekaufte für Ihre Feste. Zwei Kiste.«

Er kommt also zum Fest.

Das war's, was ich wissen wollte.

Ich bedanke mich artig und verlasse mit gemischten Gefühlen Frankas Getränkehandlung. Unterwegs umklammere ich die Chiantiflasche und singe gegen meine Furcht an:

»Ja, ja, der Chiantiwein! Der lädt uns alle ein ...«

Zu Hause bei mir in der Küche hole ich eine Schüssel aus dem Schrank und suche die Backutensilien zusammen.

Ich fürchte mich tatsächlich, Eckhard auf dem Fest wiederzusehen. Er ist zwar nicht der Typ, der mir in aller Öffentlichkeit eine Szene macht, aber wenn er mich mit blanker Verachtung straft, ist das schlimm genug. Die anderen werden ja merken, dass zwischen uns etwas nicht stimmt. Da wird sich dann jeder seinen Reim darauf machen, vor allem Sonja.

Paul ist auf die Fensterbank gesprungen und sieht mir interessiert zu, wie ich Margarine, Zucker und Mehl in die Schüssel gebe. Jetzt zwei Eier obendrauf und einen ordentlichen Schuss Rotwein. Ein Schluck tut auch mir gut, und ich setze die Flasche kurz entschlossen an.

Der große Abend mit Eckhard war ein Desaster. Ich habe das Patent nicht an mich bringen können und die zarte Pflanze gegenseitiger Sympathie für immer zerstört. Was bin ich nur für ein Idiot! Sagt mir nicht mein Gefühl schon die ganze Zeit, dass Eckhard ein guter Mensch ist? Er ist warmherzig, witzig und hilfsbereit. Er kümmert sich um seine alte Mutter und versucht, hier in der Dorfgemeinschaft Anschluss zu finden. Welche Mühe er sich gegeben hat bei seinem Dinner im Garten! Er hat mir sein Haus gezeigt und seine Bilder und mir zu verstehen gegeben, dass ich etwas Besonderes bin. Und wie habe ich es ihm gedankt? Mit Misstrauen und Schnüffelei.

Der Quirl fährt durch die Schüssel und bald entsteht ein glatter, leicht rosafarbener Teig. Paul sieht mich bettelnd an. Ach, wenigstens zu ihm will ich nett sein und lasse ihn etwas Teig von meinem Finger ablecken. Vorsichtig fährt seine raue Zunge über meine Fingerkuppe. Ich wasche meine Hände unter dem Wasserhahn, fülle den Teig in eine flache Backform und schiebe sie in den Ofen. Paul trollt sich und beginnt, sich von Kopf bis Fuß zu putzen. Ich gieße mir derweil ein Glas Rotwein ein, setze mich an den Küchentisch und sinniere vor mich hin. Freudlos starre ich auf das

Guckloch im Backofen und beobachte den Kuchen, der in der Hitze Farbe bekommt.

Angenommen, Eckhard sagt die Wahrheit. Angenommen, er war mitten in einem Forschungsprojekt und wurde dann entlassen. Wenn das Projekt eingestellt wurde, bevor Eckhard fertig war, dürfte es doch gar kein Nanopatent geben. Was also sucht Konz? Irgendetwas muss Eckhard ja haben, sonst würde mich Konz nicht so bedrängen. Und wenn das Nanopatent wirklich existiert, wem gehört es dann? Der Firma, weil Eckhard dort angestellt war? Oder ihm selbst, weil er es erfunden hat? Und was hat Sabine Ott damit zu tun?

Ich kann einfach nicht glauben, dass Eckhard sie umgebracht hat. Es war vermutlich wirklich ein Zufall, dass sie bei ihm geputzt hat.

Andererseits: Die Polizei war schon bei Eckhard.

Aber nur einmal, und man hat ihn nicht verhaftet. Wenn die Polizei noch mal bei ihm aufgetaucht wäre, hätte das schon die Runde im Dorf gemacht.

Mein Glas ist leer, und mein Blick fällt auf den Kuchen. Es scheint sich nichts getan zu haben im Backofen. Ich hole die Form heraus und begutachte mein Werk. Der Kuchen ist flach wie eine Frisbee-Scheibe und genauso hart. Backpulver vergessen.

Wenn aber Eckhard nicht der Mörder von Sabine Ott ist, wer ist es dann? Ich weiß es nicht. Und das bedeutet: Ich bin wieder bei null angekommen, und die fünfundzwanzigtausend Euro Belohnung sind in unerreichbare Ferne gerückt.

Ich nehme den abgekühlten Kuchen aus der Form. Den kann man nur noch als Untersetzer verwenden.

Wie viele Jahre bekommt man wohl für einen Patentdiebstahl?

Altweibersommer

Am Nachmittag vor dem Hoffest durchwühle ich meinen Kleiderschrank.

Ich entscheide mich für ein schlichtes bodenlanges schwarzes

Kleid. Um meinen Kleinmädchen-Pony zu verdecken, schlinge ich mir ein schickes Tuch um den Kopf, turbanmäßig.

Als ich in den Hof komme, wird mir klar, dass ich den Ablauf meiner Festvorbereitungen unglücklich geplant habe. Ich hätte erst beim Aufbauen mit anpacken und mich danach aufdonnern sollen. Jetzt stehe ich in bodenlanger Robe hier und soll Bierzelte aufstellen und Tische und Bänke zurechtrücken. Gott sei Dank sind fast alle Nachbarn schon fleißig dabei, unseren Hof in eine Art Open-Air-Restaurant zu verwandeln. Jeder fasst mit an, alle sind beschäftigt. Und so fällt es im allgemeinen Trubel niemandem auf, dass ich unschlüssig und müßig herumschaue.

Nachdem der Frisbee-Kuchen im Müll gelandet war, habe ich eine Tiefkühltorte vom Aldi aus meinem Gefrierfach gezerrt und aufgetaut. Gedeckter Apfel. Mein Beitrag zum Fest. Soll mir keiner kommen und meckern! Ich bin entschuldigt. Sogar vor mir selbst. Ich war halt viel zu nervös, um zu backen.

»Wow! Juliane! Toll siehst du aus!«

»Einfach umwerfend!«

Hanne und Sonja stehen vor mir und lachen mich an.

»Ihr auch«, sage ich mit aufrichtiger Bewunderung. »Ihr seht auch klasse aus!«

Hanne steckt in Jeans und Trägerhemdchen, die Strickjacke darüber hat sie so nachlässig zugeknöpft, dass möglichst viel von ihrem schönen Dekolleté zu sehen ist. Sie ist dezent geschminkt und sieht rundum aus wie das blühende Leben.

Sonja hat sich aufgebrezelt. Sie trägt eine enge schwarze Hose und ein Glitzer-Top, ein bühnenreifes Make-up und eine verwegene Sturmfrisur.

Die hätte sie nie hingekriegt, wenn diese Azubine sie statt meiner erwischt hätte!

»Wir sollten uns mal fotografieren lassen«, lacht Sonja. »Bevor wir nachher vom Tanzen derangiert sind. Almuth, komm doch mal her!«

Almuth, die Grafikerin aus meiner Nachbarschaft, fotografiert mit ihrer kleinen Digitalkamera bereits die Salate auf dem Buffet. Sie kommt zu uns herüber.

»Weißt du, ich war neulich beim Fotografen«, plaudert Sonja weiter. »Der hatte eine ganze Menge Tipps auf Lager.«

»So? Was denn für Tipps?« Almuth hebt die Kamera wieder vor die Augen.

»Wenn du auf einem Foto gut aussehen willst, dann musst du das Kinn hochhalten. Dann verschwinden die Falten am Hals. Am besten, du reckst den Unterkiefer möglichst weit vor. Dann wirken auch die Wangen straffer.«

»Ach ja?«

»Und das soll funktionieren?« Hanne ist auch ganz Ohr.

»Ja. Und du setzt dich so hin, dass dein Gesicht ganz nah am Objektiv ist, der Rest von dir aber weiter von der Kamera entfernt. Dann wirkt das Gesicht groß und der Körper klein und schmal. Also: Kopf ans Objektiv, Bauch rein, Brust raus, Kinn hoch, Unterkiefer vor, Schultern zurück.«

Sie proben das. Sonja macht es vor, und Hanne macht es nach. Bauch rein, Brust raus, Schultern zurück ...

»... Kinn vor!«, schreit Almuth übermütig und fuchtelt mit ihrer Digitalkamera vor den beiden herum.

»Na, ist das nicht ein herrlicher Altweibersommer?«

Eckhard steht neben uns, in der Hand eine Flasche Sekt.

Altweiber ...?

»Der Herbst soll auch noch ein paar schöne Tage haben.« Eckhard lächelt zufrieden. »Ich wollte mal wissen, ob ich helfen kann beim Aufbauen. Und ob schon jemand eine kleine Stärkung braucht?«

Meine Nachbarinnen nicken dankbar. Hanne holt schnell ein paar Gläser, und Eckhard gießt uns allen ein. Mir auch, obwohl er dabei an mir vorbeischaut.

Genau genommen würdigt er mich keines Blickes.

Ich bin schon beschwipst, als Laurenz und Lisa eintreffen. Laurenz und Lisa. Wie wunderbar das schon klingt!

Mein Traumpaar kommt allerdings nicht gemeinsam, sondern nur gleichzeitig. Lisa sieht atemberaubend aus, sehr sexy und attraktiv. Sie trägt einen Zopfpulli aus dicker Baumwolle mit Rollkragen. Untenherum ist der Pulli bauchfrei; er hat auch keine Ärmel und gibt ihre wohlgeformten nackten Schultern frei.

»Hallo, Lisa!«

»He, Juliane!«

»Das sind Sonja, Hanne und Almuth. Und das ist Eckhard.«

Lisa begrüßt alle artig.

Als sie Eckhard die Hand gibt, geht ein Leuchten über dessen Gesicht. »Wo kommen Sie denn her?«

»Von der Venus«, sagt Lisa prompt und tut geheimnisvoll.

Dann wendet sie sich mir zu. »Juliane, ich habe da etwas für Sie.«

Sie reicht mir eine Visitenkarte mit drei großen Buchstaben: BND. Bundesnachrichtendienst?

»Machen Sie jetzt ein Praktikum beim Geheimdienst?«, frage ich Lisa verwirrt.

»Aber nein«, antwortet sie vertraulich flüsternd. »Die drei Buchstaben bedeuten ›Büro für Neue Darsteller‹. Das ist ein Fotostudio in Frankfurt. Die brauchen immer neue Gesichter für die Werbung. Eine Freundin von mir hat da vor Kurzem ein Praktikum gemacht. Von der weiß ich, dass die alle möglichen Leute suchen, ob jung oder alt, ob dick oder dünn. Auf den Typ kommt es eben an. Das könnte doch etwas für Sie sein.«

Sonja hat mitgehört und schaut über Lisas nackte Schulter neugierig auf das Kärtchen.

Bevor sie Fragen stellen kann, stecke ich es in meine kleine Umhängetasche.

Vielleicht habe ich den Mut, mich beim BND zu bewerben, wenn ich meine aktuellen Kriminalfälle gelöst habe.

Laurenz begrüßt mich verhalten mit einem stummen Küsschen auf die Wange. Allen anderen murmelt er etwas zu, ich kann ihn kaum verstehen. Er hält mir eine Mappe vor die Nase.

»Ich bring die Mappe mal in deine Wohnung, Mama, okay? Hier fliegt sie nur herum und wird schmutzig«, meint er zu mir.

Aha, jetzt ist es meine Wohnung, nicht mehr unsere. Aber immerhin, anscheinend weiß er seine Mappe dort in Sicherheit.

»Was hast du denn da drin?«, frage ich.

»Zeichnungen«, antwortet er kurz angebunden.

»Darf ich mal sehen?« Ich muss doch irgendwie den guten Draht zu meinem Sohn wiederfinden.

»Später.« Laurenz dreht sich weg von mir.

»Jetzt sag doch, was machst du so? Wo wohnst du? Geht es dir gut?«, bricht es aus mir heraus, während ich versuche, ihn am Oberarm festzuhalten. Er soll sich mir gefälligst zuwenden.

Laurenz windet sich los. »Mach dir keine Gedanken, Mama. Mit mir ist alles in Ordnung.« Er dreht sich tatsächlich um und umarmt mich ganz leicht.

»Bitte melde dich mal ab und zu.« Ich versuche, so nüchtern wie möglich zu klingen, damit er sich nicht gleich bedrängt fühlt. Ich möchte ja nicht eine von diesen Müttern sein, die angeblich nicht loslassen können. Eine Nervensäge, bei der man das Telefon ganz weit vom Körper wegstreckt, wenn sie verzweifelt und besorgt anruft.

»Zu deiner Beruhigung: Ich wohne bei Magnus«, sagt Laurenz und drückt mir noch einen Kuss auf die Wange, diesmal etwas herzhafter. »Kann ich jetzt deinen Schlüssel haben?«

Sprachlos reiche ich ihm meinen Wohnungsschlüssel, und er macht sich davon, seine Mappe unter dem Arm.

Bei Magnus lebt er also.

Wenigstens gut, dass dieser schräge Vogel überhaupt einen festen Wohnsitz hat. Ob es in seinem Haushalt Gabeln gibt?

Da sehe ich ihn auch schon. Magnus Mittelalter. Heute trägt er ein schmales Lederband um die Stirn. Um seine Augen entdecke ich eine Spur von Kajal, was seinen Blick noch heller erscheinen lässt. Das Kettengeschirr hat er glücklicherweise zu Hause gelassen. Aber sein weites Hemd und die Leinenweste über der Wildlederhose geben ihm trotzdem ein abenteuerliches Aussehen.

»Edle Dame!«, ruft er, als er mich sieht, und eilt auch schon auf mich zu. »Seid vielmals gegrüßt«, schnurrt er weiter. »Sagt, wie ist es Euch ergangen, seit ich an Eurem Herde die Vögelein gebraten, die wir gemeinsam verspeisten?«

Ich muss zugeben, dass ich mich doch sehr amüsiere, wenn Magnus in seiner mittelalterlichen Zungenfertigkeit zu reden anhebt. Sein heiteres Wesen lässt diese Marotte liebeswert erscheinen. Also versuche ich, ihm standesgemäß zu antworten.

»Ich mag keine Rede darüber führen, was mir inzwischen an Schrecken widerfahren, edler Magnus. Die Lippen sind mir versiegelt«, gestehe ich wahrheitsgemäß. »Sind Eure Vögelein ein Erfolg auf den Märkten?«

»Das sind sie, fürwahr!«

»Es ist mir eine Freude, dies zu vernehmen!«

Hanne verfolgt unser Gespräch mit glühenden Wangen.

»Wenn Ihr die Jungfer Hanne zum Tanze geleiten wollt?«, versuche ich, den Knaben weiterzureichen.

»Es ist mir eine Ehre, der edlen Frau zu Diensten zu sein!«, sagt er brav und vollführt eine ritterliche Verbeugung vor Hanne.

Sie ist ganz offensichtlich entzückt.

Das Fest nimmt seinen trügerischen Lauf, ohne jede Rücksicht auf meine Gemütsverfassung. Ich bin allein mit meinen Zweifeln, ob Eckhard mir die Wahrheit gesagt hat oder nur so harmlos tut. Alles isst und trinkt und schwatzt, ein einziges Summen erfüllt den Hof. Es riecht nach Süßgespritztem und Apfelkuchen, nach späten Rosen und dem letzten Rest Sonnencreme.

Irgendwann steht Eckhard mit offenem Hemd am Grill und brät für alle Berge von Fleisch. Aus Hannes Anlage plärrt Musik, »Just the two of us«, volle Lautstärke. Doch irgendwie gibt es keine Two of us, nirgends.

Laurenz hockt im Schneidersitz auf einer Bank und beobachtet das Festtreiben. Eckhard steht immer noch am Grill und macht – aus ein paar Metern Abstand – Lisa Komplimente. Oder bilde ich mir das nur ein? Lisa wirft Laurenz schmachtende Blicke zu, schiebt die Unterlippe vor und spielt mit ihren Haaren.

Und ich? Ich sitze am Rand des Geschehens, ducke mich in meinen eigens herbeigeschleppten Korbsessel und versuche tapfer zu verbergen, wie elend mir zumute ist.

Als Eckhard auf mich zukommt, hebe ich abwehrend beide Hände.

»Juliane.« Er stellt sich zwischen mich und die untergehende Sonne, sein großer Schatten fällt auf mich und verschluckt mich. »Juliane, es tut mir leid. Ich habe gestern etwas überreagiert. Ich war so wütend, weil du mir nicht glaubst, dass ich das Opfer einer Intrige bin. Es ist mir sehr wichtig, dass du nichts Falsches von mir denkst. Ich war immer ehrlich dir gegenüber und möchte weder meine noch deine Gefühle zerstören.«

Gefühle mir gegenüber? Holla!

Er geht vor mir in die Hocke, die letzten Sonnenstrahlen des Tages tauchen hinter seinem Rücken wieder auf und blenden mich.

»Juliane, ich schwöre dir, ich habe Sabine Ott nicht umgebracht. Ich kannte sie ja kaum. Welchen Grund sollte ich haben, meine Haushaltshilfe zu töten? Auch deine Idee, sie sei mir wegen irgendwas auf die Schliche gekommen, ist völlig absurd. Dann hätte ich sie doch still und heimlich verschwinden lassen und sie nicht zur Schau gestellt im Dortelweiler Golfweiher. Und sie war auch nicht meine Geliebte, falls du das denkst.« Eckhard sieht mir tief in die Augen. »Sie war doch viel zu jung.«

»Ja, das glaube ich dir auch alles, aber ich denke trotzdem, dass du das Patent gestohlen hast«, sage ich fest.

»Ich habe nichts gestohlen, wie oft soll ich das noch sagen. Ich weiß nicht, wer deine Auftraggeber sind, aber du begibst dich da möglicherweise in große Gefahr. Ich ahne Schreckliches. Du musst diesen Detektivauftrag unbedingt zurückgeben!«

Er nimmt meine Hände in seine und betrachtete sie. Zart fährt er mit der Fingerspitze über die letzten Narben, die mein Besuch bei Dr. Schön hinterlassen hat. »Versprichst du mir das?«

»Ich verspreche dir gar nichts, bevor du mich nicht vom Gegenteil überzeugst.«

Enttäuscht wendet sich Eckhard ab und geht wieder zu den anderen. Ich hieve ich mich aus meinem Korbstuhl und schleppe mich in meine Wohnung.

Warum hat mir niemand gesagt, dass der Altweibersommer so anstrengend ist?

Hanne hat mich vorhin gefragt, ob sie sich in meinem Wohnzimmer kurz »auf die Couch hauen« dürfe, sie sei plötzlich so müde. Ich habe sie gar nicht erst gefragt, warum sie nicht gleich in ihre Wohnung geht, sondern ihr ganz selbstverständlich aufgeschlossen. Nun liegt sie auf meinem ausladenden französischen Bett, entspannt und unschuldig wie ein Engel. Ihr Atem geht ruhig und gleichmäßig, nur beim Ausatmen gibt sie einen kleinen Pfeifton von sich, gerade so, als wolle sie im Schlaf singen.

Ich hole mir eine Wolldecke und bette mich neben sie.

Just the two of us.

Anstandslos

Am nächsten Morgen bin ich gerädert und schlecht gelaunt. Mein Mund ist trocken und pelzig, mein Magen rebelliert. Ich habe keinen Geruchssinn mehr und keinen Orientierungssinn. Stattdessen habe ich einen scheußlichen Geschmack auf der Zunge und einen instabilen Kreislauf.

Komisch. Ich habe doch kaum etwas getrunken.

Hanne hat meine Wohnung verlassen, während ich noch schlief. Und Laurenz ist auch schon wieder abgereist.

Was für ein Jammer!

Ich hätte mich zu gern ausgiebig mit meinem Sohn unterhalten. Hätte zu gern erfahren, was er jetzt so macht und wie es ihm geht. Was für Jobs er hat. Wie sich sein Zusammenleben mit Magnus Mittelalter anlässt.

Deprimiert schleppe ich mich in die Küche, fülle am Spülbecken ein Glas mit kaltem Wasser und leere es in einem Zug. Entweder hilft das jetzt sofort, oder ich kollabiere auf der Stelle.

Glücklicherweise kollabiere ich nicht.

Ich setze mich auf mein Sofa und betrachte alte Fotoalben. Hier ist ein Bild von Laurenz, als er klein war. Aus dem Urlaub am Edersee. Stefan, Laurenz' Vater, hält unser Kind mit ausgestreckten Armen in die Luft. Ich stehe glücklich lachend neben meinen beiden Lieben. Das war vor zwanzig Jahren und acht Kilo.

Das Foto hat ein Spaziergänger auf unsere Bitte hin geschossen. Es hält einen besonderen Moment fest. Ich hatte damals die Hoffnung, dass alles wieder gut werden würde mit Stefan und mir. Der Urlaub am Edersee bewies, dass wir nicht das größte Auto, den neuesten Fernseher und den spektakulärsten Urlaubsort brauchten, um glücklich zu sein. Ich glaubte, wir würden von nun an mehr Zeit füreinander haben. Und ich könnte anfangen, mich beruflich weiterzuentwickeln.

Ich schaute also nach vorn. Das Eigentliche sollte erst noch kommen. Ich wollte eine berühmte Journalistin werden. Laurenz war ein Wunschkind und machte uns Freude, aber er war nicht mein einziger Lebensinhalt. Ich hatte noch so viel vor.

Und nun? Ist das Eigentliche inzwischen geschehen, ohne dass es sich besonders angefühlt hätte? Ist es vorbeigeschlüpft, während ich auf ein Zeichen wartete?

Es ist schon seltsam: Wenn man jung ist, sind alle Gedanken in die Zukunft gerichtet. Die Gegenwart spielt keine so große Rolle. Dabei gestaltet man aber in genau dieser Gegenwart das zukünftige Leben.

Wenn man älter wird, kann man nur noch zurückblicken und sich sagen: Ja, so war es.

Rückwirkend kann man dann meist nicht mehr so sehr viel ändern. Die großen Entscheidungen sind getroffen, die meisten Wegbiegungen genommen.

Die nächsten Minuten stehe ich unter der Dusche, danach geht es mir leidlich besser. Ich überlege, ob ich mich ins Bett legen und den Rest dieses angegammelten Tages einfach verschlafen soll. Ich könnte mich schön warm einmummeln, mir ein Buch vornehmen. Zwei bis drei Tafeln Schokolade täten ein Übriges für mein Wohlbefinden.

Untätig und ohne mich zu irgendetwas durchringen zu können, stehe ich schließlich in meiner Wohnung. Ich sehe Paul im Flur die Wand entlangstreichen und setze mich neben ihn auf den Boden.

»Paul«, sage ich, »jetzt habe ich wirklich nur noch dich, weißt du das?«

Paul macht eine Bewegung mit dem Kopf, die beinahe wie ein Nicken aussieht. Gerührt strecke ich die Hand nach ihm aus, um ihn zu streicheln. Doch genau in diesem Moment streckt Paul ein Hinterbein nach vorn und beginnt, es abzuschlecken.

»Ach, Paul«, seufze ich. »So richtig verstehst selbst du mich nicht, hab ich recht?«

Doch das will Paul nicht auf sich sitzen lassen. Ich bin schon wieder aufgestanden, da springt Paul an mir hoch und krallt seine Pfoten in meinen Bademantel.

»Achtung«, rufe ich noch.

Aber zu spät. Denn da hat er sich schon in meinem Bademantel verheddert. Ich will seine Krallen aus dem Frottee lösen, er wehrt sich, wir taumeln beide umeinander, ich kann mich gerade noch fangen. Paul zischt davon, und an meinem Bademantel hängt ein Faden, der ein unschönes Muster im Stoff hinterlassen hat.

»Paul!«, rüge ich ihn wütend.

Die Mappe, die Laurenz in meiner Wohnung abgestellt hat, ist bei unserem Kampf umgefallen. Einige Zeichnungen sind herausgerutscht und liegen nun vor mir auf dem Boden. Auf den ersten Blick erkenne ich Skizzen der Ronneburg. Eine Flusslandschaft mit Brücke erinnert mich an die Niddabrücke bei Assenheim. Das Schloss ist an seinen Umrissen zu erkennen. Gerade will ich die Blätter wieder zusammenschieben, als mir beinahe schwindelig wird.

Was hat Laurenz denn da gezeichnet?

Wenn es das ist, was ich zu sehen glaube ...

Meine Hände flattern. Wo ist der verdammte Lichtschalter? Wie das Papier raschelt. Vorsicht, nur nicht drauftreten, jetzt. Da, der Schalter. Endlich sehe ich klar.

Auf einigen Skizzen ist ein Mann zu sehen, ganz naturalistisch gezeichnet, jedes Detail minutiös aufgenommen. Ein Mann im Adamskostüm. Er sitzt da in der Pose des Dornenziehers, den linken Fuß hat er auf den rechten Oberschenkel gezogen. Mit beiden Händen hält er den Fuß fest, betrachtet ihn eingehend. Sein halblanges Haar gibt ihm eine jugendliche Attitüde, aber sein Körper lässt erkennen, dass er schon etwas älter ist. Der Bauch wirft kleine Falten, schwer zu entscheiden, ob das Haut- oder Speckfalten sind, die Knie wirken etwas spitz und knochig. Auch seine Hände sind nicht mehr so fleischig wie bei jungen Leuten. Dafür aber sehen sie sehnig und stark aus, als könnten sie kräftig zupacken. Ein versonnenes Lächeln spielt um den Mund des Dargestellten, ansonsten spiegelt sein Gesicht nur pure Konzentration wider. Sein Fuß, den er so innig untersucht, ist schön, viel zu schön für einen Mann.

Solche Füße hat er also.

So sieht er also aus, denke ich. So sieht er aus, wenn er nichts anhat.

Der Mann auf der Zeichnung ist Eckhard, ganz ohne jeden Zweifel.

Laurenz hat Eckhard gemalt.

Eine Weile noch hält mich die Schönheit des Bildes gefangen, die Schönheit des dargestellten Mannes. Tausend Gedanken stürzen auf mich ein: Wann und wo hat Eckhard Laurenz Modell gestanden? Warum haben die beiden mir nichts davon erzählt?

Am Ende überkommt mich die Scham. Jetzt habe ich ihn nackt gesehen, denke ich.

Und er weiß nichts davon.

Als ich die Blätter wieder zusammenlege, fällt eine Träne auf Eckhards schönen Fuß und macht ihn nass. Und irgendwie gibt mir das den letzten Rest.

Mit zitternden Händen stelle ich die Mappe wieder dorthin, wo sie stand. Dann lasse ich mich aufs Sofa fallen und starre ins Leere.

Ausmisten

Ich blase immer noch Trübsal, als es an meiner Wohnungstür schellt.

Vor meiner Tür steht Hanne. Verlegen tritt sie von einem Bein auf das andere, während sie sich mit der vertrauten Geste die Haare hinter die Ohren steckt. Ich sehe sofort, dass sie etwas auf dem Herzen hat.

»Du, Juliane«, druckst sie herum. »Könntest du mir vielleicht helfen?«

»Ja, gerne«, antworte ich, obwohl mir der Sinn eher nach Alleinsein steht. »Was kann ich denn für dich tun?«

»Ich habe ein neues Bett gekauft. Könntest du mir beim Aufbau helfen?«

»Ein neues Bett?«

»Ja, es ist gestern geliefert worden, und jetzt verbarrikadieren die ganzen Einzelteile mein Schlafzimmer.«

Was soll ich dazu sagen?

»Deshalb wolltest du dich vergangene Nacht ›in meinem Wohnzimmer auf die Couch hauen‹!«

»'ne lesbische Beziehung habe ich nicht gesucht«, kontert Hanne und hält meinen Blick abwartend fest.

Na gut. Dann heißt es eben mal wieder, die Aufbauanleitung entziffern, die Schrauben sortieren und den Inbusschlüssel zücken. Und wenn wir Glück haben, sind wir nach vier Stunden fertig und haben Kopfteil und Fußteil nicht miteinander verwechselt.

Ich folge Hanne in ihre Wohnung. Sie besitzt die gleiche Wohnung wie ich, nur liegt ihre spiegelverkehrt. Außerdem hat sie zwei Zimmer, nicht drei wie ich. Hanne öffnet die Tür und drückt sie mit Mühe zur Seite. Kein Wunder, der ganze Boden ist mit Schuhen bedeckt. Sandalen, Pumps, Badelatschen, Winterschuhe, Sportschuhe, alles wild durcheinander. Mit gezielten Kickbewegungen schleudert sie die Treter beiseite und schafft uns eine Schneise durch ihren Eingangsbereich. Ich drücke mich an einem Garderobenständer vorbei, der unter der Last unzähliger Jacken und Taschen beinahe zusammenbricht. Mein Blick fällt auf die Flurkommode gegenüber. Sie ist völlig bedeckt mit einem Wust aus Zetteln, Notizen, Einkaufsprospekten und amtlichen Schreiben. Obendrauf stehen eine benutzte Kaffeetasse und ein Teller mit Krümeln. Aus einer halb offenen Schublade quellen Plastiktüten.

»Ja, wie sieht es denn hier aus!«, entfährt es mir.

Ich bin – gelinde gesagt – entsetzt. War ich schon jemals in dieser Wohnung? Ja doch, erinnere ich mich, vor zwei Jahren, als Hanne einzog. Sie hat mich damals zu ihrer Einweihungsparty eingeladen. Aber da sah das hier alles ganz manierlich aus. Wie konnte sie in nur zwei Jahren dieses Chaos anrichten? Meine taffe, adrette Hanne, die in Berlin ihrem Abgeordneten die Reden schreibt – wie kann sie nur in so einer Rumpelkammer leben? Habe ich es mit zwei verschiedenen Menschen zu tun?

»Ich bin in letzter Zeit nicht so richtig zum Aufräumen gekommen«, erklärt Hanne entschuldigend.

Ein kurzer Blick in ihr Wohnzimmer sagt mir, dass »in letzter Zeit« ein dehnbarer Begriff ist. Hier kann man vor Unrat die Möbel kaum erkennen. Wir gehen weiter ins Schlafzimmer.

Hanne schiebt das Wäschegestell beiseite und führt mich zu den Einzelteilen des Bettes, die hoch aufgerichtet an der Wand neben dem Fenster lehnen. In Plastik eingewickelt stehen hier die Seitenteile, Kopf- und Fußteil, daneben die Matratze.

Ich sehe mich langsam um.

»Aber Hanne«, meine ich nachdenklich. »Um das Bett aufzubauen, brauchen wir doch Platz.«

Hannes Schlafzimmer besteht eigentlich aus einer ganz normalen Einrichtung: Bett, Nachttisch, Kleiderschrank, Kommode. Bilder an der Wand und ein großer Spiegel. Aber Hanne hat es geschafft, jeglichen Zwischenraum zwischen ihren Möbeln mit irgendetwas zu bedecken. Da liegen Klamotten zusammengeknüllt auf dem Boden, da stapeln sich Zeitschriften kreuz und quer übereinander, da stehen Kartons aus dem Aldi in jeder Ecke. Nicht zu vergessen der Staubsauger, der aber, wie Hanne sagt, nicht funktioniert, weil sie im Supermarkt keine passenden Beutel gefunden hat. Zwei Schranktüren stehen sperrangelweit offen, mehrere Kleider hängen darüber, und ich frage mich, ob überhaupt noch etwas *in* dem Schrank hängt. Eine Säule von Büchern auf dem Nachttisch bildet einen gefährlich wackeligen Turm zu Pisa, der jederzeit in das schmutzige Geschirr vor dem Bett krachen kann. Auf der Kommode sieht es aus, als hätte jemand eine Schatzkiste ausgeleert; Ketten, Anhänger, Ohrringe, Armreifen sind zu einem glitzernden Haufen vereint.

»Zuerst muss das hier raus«, sage ich und deute auf das ungemachte Bett, auf dem nicht nur das Bettzeug, sondern auch Schals und T-Shirts liegen.

»Aber wohin denn?«, fragt Hanne hilflos.

»Am besten erst mal in den Hausflur.«

Wir räumen also das Bett ab und schaffen das Bündel aus Bettzeug und Klamotten hinüber ins Wohnzimmer. Hier bietet sich ein ähnlicher Anblick. Mitten im Raum steht überdies ein Bügelbrett, das als Abstellplatz für eine Sammlung Musik-CDs dient. Die Datenträger liegen hüllenlos neben dem Bügeleisen.

Als wir die Matratze des alten Betts hochwuchten, sehe ich, dass der Lattenrost an einer Seite eingebrochen ist. Die ganze Liegefläche hängt schräg.

»Hast du etwa die ganze Zeit so geschlafen?«, frage ich Hanne.

»Was sollte ich denn machen?« Sie zuckt mit der Schulter. »Ich bin doch handwerklich so unbegabt.«

Ich nehme meinen ganzen Mut zusammen. Hanne ist meine Freundin, zwischen uns muss ein offenes Wort möglich sein.

»Hanne«, beginne ich vorsichtig. »Das ist doch hier keine normale Unordnung mehr. Das ist Chaos pur.«

»Ich weiß«, gibt Hanne zu. »Aber diese ständige Pendelei zwischen Wuchersheim und Berlin ... Ich bin einfach nirgendwo mehr zu Hause. Und wenn ich mal hier bin, dann will ich mich nur noch ausruhen, zum Aufräumen habe ich dann keine Lust.«

»Das verstehe ich, aber je länger du mit dem Aufräumen wartest, umso schlimmer wird es. Was meinst du, sollen wir einfach mal anfangen?«

Hanne nickt nur.

Ich haste hinüber in meine Wohnung, schnappe meinen Wäschekorb und leere ihn aus. Ich werfe eine Rolle Mülltüten hinein, noch ein paar Schwammtücher hinterher und greife mir meinen Staubsauger. Ich schleppe alles in Hannes Wohnung, und dann geht es los.

Nach dem Motto: Die Guten ins Töpfchen, die Schlechten ins Kröpfchen, fangen wir mit Hannes Kleidern an. Ihre Lieblingssachen und alles, was sie unbedingt behalten möchte, kommen in den Wäschekorb, der Rest kommt in einen blauen Müllsack – für die Altkleidersammlung. Mit den Schuhen verfahren wir genauso. Während Hanne ihre Kleidungsstücke wieder aufhängt, sammele ich das schmutzige Geschirr ein und bringe es in die Küche. Dort muss es erst einmal stehen bleiben, denn der Berg, der mich hier erwartet, ist einfach zu groß, um ihn »mal eben« zu bewältigen. Nachdem Hanne den Wäschekorb geleert hat, benutzen wir ihn als Container für das Papier.

»Aber das habe ich doch noch gar nicht alles gelesen!«, protestiert Hanne, als ich ihre Wochenmagazine in den Korb werfe.

»Das wirst du auch nicht«, antworte ich wohlwissend und nehme ihr die letzte Ausgabe der Wetterauer Zeitung ab, die sie aufgehoben hat und unentschlossen in Händen hält. Ungerührt werfe ich das Blatt zu den anderen Zeitungen und Journalen in den Korb. Der ist schnell voll, und ich hole noch ein paar Klappkisten aus meiner Wohnung.

Nach zwei Stunden sind wir so richtig in Fahrt. Die Wäsche abhängen, Gestell zusammenklappen, neben den Schrank. Den Schmuck sortieren, in kleine Kästchen verstauen, zurück in die

Kommode. Schals, Tücher, Gürtel auf einen Bügel hängen, ab in den Schrank. Die CDs zurück in die Hüllen und ins Regal. Notizen und Briefe überfliegen, danach abheften oder wegschmeißen.

Um die Mittagszeit sind wieder erste freie Flächen erkennbar. Wir beginnen das Geschirr zu spülen, und Hanne trennt sich von allen angestoßenen Tellern und Tassen. Ich muss wieder hinüber zu mir, noch mehr Kisten holen. Hinein kommen alte Blumentöpfe mit abgestorbenen Pflanzen, verstaubte Reiseandenken und Taschen, von denen Hanne gar nicht mehr wusste, dass sie sie besaß.

Wir bauen ihr schmales Kiefernbett ab, bestimmt ein Relikt aus ihrem Jugendzimmer, und schaffen es in den Hausflur zu den sechs Müllsäcken, den vier Klappkisten und dem Wäschekorb voll Papier. Während ich die ersten Mülltüten ins Zwischenlager »Keller« schaffe, schiebt Hanne zwei Pizzasnacks in die Mikrowelle. Wir haben zwar Hunger, aber keine Lust, unseren Super-Aufräum-Lauf für ein längeres Mahl zu unterbrechen. Auf zwei Hockern in der Küche nehmen wir unseren Imbiss ein.

»Ich finde, das befreit ungemein«, meint Hanne. Sie klingt ein wenig verschämt, aber auch irgendwie erlöst.

»Das stimmt«, nicke ich ihr zu.

Auch mir tut das Aufräumen gut. Mein Kreislauf kommt wieder auf Touren, mein Hormonhaushalt stabilisiert sich, mein Selbstbewusstsein ist wieder da. Und irgendwie, obwohl ich überhaupt nicht aktiv nachdenke, spüre ich, dass auch in meinem Kopf Ordnung einzieht. Ich kann nicht sagen, wieso, aber ich habe das sichere Gefühl, dass ich weiß, was ich tun muss, wenn Hannes Wohnung erst fertig ist.

»Darf ich dich etwas fragen? Ich sehe dich immer nur in Schwarz und in Jeans. Wann trägst du eigentlich das ganze … Zeug?« Den Plunder, wollte ich schon sagen.

Hanne braucht einen Moment, bis sie antwortet. Anscheinend ist ihr die Frage unangenehm.

»Weißt du«, erklärt sie zögernd. »Ich bin doch die ganze Woche in Berlin. Und dann gehe ich nach der Arbeit noch mal durch die Stadt. Sehe hier was Schönes und da. Gehe in die Geschäfte, probiere was an, lasse mich beraten. Es ist einfach toll, wenn dir die Verkäuferin mit einem Lächeln eine Tüte voller schöner Dinge reicht. Dann ist der Abend für mich gerettet. Zu Hause packe ich dann die Sachen noch einmal aus und erfreue mich an ihnen. Und dann packe ich alles wieder ein und schaffe es hierher.«

Sie macht eine kleine Pause, ehe sie fortfährt. »Aber weißt du was? Die Tüten von der letzten Einkaufstour habe ich immer noch im Kofferraum. Die habe ich noch gar nicht angerührt.«

»Kein gutes Zeichen«, bemerke ich besorgt.

»Ja«, sagt sie ernst. »Machen wir weiter?«

Als Nächstes kommen Staubsauger und Wischtücher zum Einsatz. Hanne saugt, ich putze die freigelegten Flächen.

Es ist später Nachmittag, als wir auf eine glänzende, saubere Wohnung blicken.

»Ach, das ist toll!«, jubelt Hanne und fällt mir um den Hals.

Ich umarme und drücke sie. »Und in so kurzer Zeit.«

Endlich haben wir Platz, Hannes Bett aufzubauen. Ich hole Werkzeug aus meiner Wohnung. Der Aufbau geht uns leicht von der Hand, es sind ja nur vier Teile. Es ist ein schlichtes Futonbett mit einem Kopfteil aus schwarzem Metall und einer Standardbreite von einem Meter vierzig. Schließlich kommt der Lattenrost drauf und die Matratze darüber, fertig ist Hannes neue Schlafstatt.

»Geschafft!«, ruft Hanne und lässt sich auf ihr Bett fallen.

Ich lege mich ungeniert neben sie. Meine Güte, tut mir mein Rücken weh. Und erst die Füße! Die ganze Aktion war doch anstrengender, als ich dachte.

»Ich bin dir wirklich dankbar«, sagt Hanne.

»Gern geschehen«, antworte ich und schließe die Augen. Ich könnte auf der Stelle einschlafen.

»Du, Juliane«, beginnt Hanne unvermittelt. »Was hältst du eigentlich davon, wenn der Mann jünger ist als die Frau?«

»Hm. Was soll ich davon halten?« Ich drehe mich auf den Bauch, stütze mich auf die Unterarme und sehe Hanne verwundert an. »Kommt vielleicht darauf an, wie viel jünger. Zwei Jahre mehr oder weniger spielen doch keine Rolle.«

»Und fünf Jahre?«

Fünf Jahre? Wie kommt Hanne denn darauf? Will sie mir damit sagen, dass Eckhard fünf Jahre jünger ist als ich? Du meine Güte! Ich hätte ihn etwa in meinem Alter geschätzt.

»Ich finde, das ist auch okay«, sage ich schnell.

»Und zehn Jahre?«, bohrt Hanne nach.

Also, alles, was recht ist, Eckhard sieht keinesfalls wie vierzig aus. Auch wenn seine Haare noch voll sind und seine Bewegungen geschmeidig, aber als Vierzigjähriger geht er nicht mehr durch.

»Du, Hanne«, sage ich sanft. »Es kommt doch in erster Linie darauf an, dass man sich versteht. Gleiche Interessen, gleicher Geschmack, ähnliche Hobbys. Und als Frau ist es nur klug, sich einen jüngeren Mann zu nehmen. Schließlich ist die Lebenserwartung der Männer um acht Jahre kürzer als die der Frauen. Wenn man gemeinsam alt werden will, ist man doch mit einem zehn Jahre jüngeren Mann auf der sicheren Seite.«

Gemeinsam alt werden – das könnte ich mir mit Eckhard sogar vorstellen. Aber vermutlich müsste ich ihn die ersten Jahre im Knast besuchen.

Hanne greift meine Hand und drückt sie fest.

»Du bist wirklich eine echte Freundin.«

»Nichts zu danken«, sage ich rau. »Mir hat die Aktion mindestens so gutgetan wie dir.«

Und das stimmt. Ich weiß jetzt nämlich, was ich tun werde. Ich steige aus. Gleich morgen gehe ich zu Konz und gebe ihm den Auftrag zurück. Ich möchte keine Marionette sein in einem Spiel, das ich nicht kenne. Wer sind wohl diese mysteriösen Auftraggeber, für die Konz arbeitet? Ich weiß es nicht. Theoretisch können das doch die letzten Verbrecher sein. Und genau deswegen beschaffe ich für die gar nichts mehr!

Und Eckhard? Es wird mir wohl kaum gelingen, sein Vertrauen erneut zu gewinnen. Wie soll ich nur herausfinden, ob er ein Dieb ist oder nicht? Schade, dass ich mich im Patentrecht so gar nicht auskenne. Aber wie dem auch sei: Wenn diese Leute etwas von ihm wollen, sollen sie direkt zu ihm gehen. Ich habe genug von diesem Detektivspiel. Was ist dabei schon herausgekommen? Ich habe schlaflose Nächte, Geheimnisse vor meinen Freunden und traue dem einzigen Mann nicht, der in den letzten zehn Jahren für mich in Frage kam. Schluss, aus, Ende. Wer in einer Sackgasse steckt, hat immerhin die Möglichkeit zur Umkehr. Ich war verrückt, mich auf die Suche nach dem Mörder von Sabine Ott zu machen. Abgesehen davon, dass das alles viel zu gefährlich ist, kann ich nicht auf fünfundzwanzigtausend Euro Belohnung hoffen, während sich mein Kühlschrank zusehends leert. Ich gehe wieder auf Jobsuche und überlasse das Geschäft mit den Kriminellen kompetenteren Leuten. Am besten der Polizei.

Frauenschwimmen

Zum zweiten Mal nehme ich den Weg vom Bahnhof in die Heidelberger Straße zur Detektei Konz. Unterwegs repetiere ich, was ich Herrn Konz sagen will.

Ich glaube, die Zielperson Eckhard Peters ist unschuldig.

Ich wünschte, die Zielperson wäre unschuldig.

Eckhard Peters ist das Opfer einer Intrige, wussten Sie das?

Ich habe kein Nanopatent, tut mir leid, ich weiß nicht, wem die Erfindung wirklich gehört.

Ich fürchte, ich habe mich in die Zielperson verliebt – also habe ich alles vermasselt.

Ich variiere die diversen Statements. Es hilft nichts. Ich habe noch keinen Job so versaut wie diesen. Ich habe die Zielperson aufgescheucht. Und im Gegenzug kein Nanopatent an mich gebracht. Und nun will ich Konz mitteilen, dass seine Auftraggeber möglicherweise die Bösen sind – und Eckhard Peters ihr Opfer.

Wie um alles in der Welt kann ich das Herrn Konz erklären?

Als ich das Haus betrete, in dem Herr Konz seine Detektei hat, kommt es mir vor wie ein Déjà-vu. Der gleiche sterile Geruch wie beim letzten Besuch zieht durch das Treppenhaus. Wie beim letzten Mal bringt mich der enge Aufzug nach oben. Die Eingangstür der Detektei ist auch diesmal nur angelehnt. Leise schlüpfe ich in den Flur.

Mir ist mulmig zumute. Noch immer mangelt es mir an schlagkräftigen Argumenten. Zögernd steuere ich auf Konz' Büro zu. Noch kann ich umkehren.

Der Chef hat anscheinend Besuch. Die Tür ist halb geöffnet, und ich sehe, dass zwei Herren in dunklen Anzügen meinem Detektiv gegenübersitzen. Business-Typen. Sie sehen aus, als seien sie dem Film »Wall Street« mit Michael Douglas entsprungen. Irgendwie kommen sie mir bekannt vor, aber ich weiß nicht, woher.

Am besten warte ich einen Moment vor der Tür.

Neugierig linse ich durch den Türschlitz. Konz hat ein hochrotes Gesicht, das sehe ich sogar auf die Entfernung. Er wirkt irgendwie nervös, hat seinen Blick fest auf die Männer vor sich geheftet.

Die beiden geben sich sehr bestimmt und fordernd.

»Ich dachte, Sie haben unser Zeichen verstanden. Schon wieder ist eine Woche vorbei, und Sie haben noch immer keine Ergebnisse!« Einer der beiden Männer steht auf und geht zum Fenster. Bevor er mich wahrnehmen kann, husche ich schnell zur Seite und suche hinter der Bürotür Schutz.

»Sie könne mir glaube, ich tu was ich kann«, windet sich Konz. Er ist so aufgeregt, dass er noch stärker Hessisch spricht als sonst. »Ich hab aane von meine beste Mitarbeiterinnen da druff angesetzt. Die Frau is klasse. Die hat die Sach so gut wie in de Tasch. Bitte, gewwe Sie mir noch e bissi Zeit ...«

»Wir haben aber leider keine Zeit mehr«, sagt der Anzug-Typ vor dem Schreibtisch. »Wie Sie wissen, haben wir Millionen in die Entwicklung dieses Produkts gesteckt. Wenn diese Neuheit in unserem Produktportfolio fehlt, ist es um die Zukunft der Firma schlecht bestellt.«

»Und Sie wissen ja«, ergänzt der Mann am Fenster, »dass das Arbeitsplätze kostet.«

»Ja, ich versteh schon«, antwortet der Detektiv matt.

Ich kann Konz und die Besucher nicht mehr sehen, höre aber sehr gut, was sie sagen.

»Mit diesem Produkt in der Pipeline könnten wir ein Joint Venture mit einem Global Player eingehen, wenn Sie verstehen, was ich meine.«

Herr Konz schweigt einen Moment. Ich fürchte, es geht ihm wie mir, und auch er überlegt, was das heißen soll.

»Wolle die Herrn vielleicht en Kaffee?«, höre ich Konz verzweifelt fragen.

»Geht klar, danke«, sagt einer seiner Besucher.

Stuhlrücken. Konz huscht aus der Tür und biegt in Richtung

Kaffeeküche ab. Ich drücke mich noch ein bisschen flacher an die Wand. Ich bin sicher, er kann mich nicht sehen, die Kaffeeküche ist zwei Räume weiter auf derselben Seite.

»Das war jetzt gut, der Einwurf mit dem Global Player«, fängt der Mann am Fenster wieder an. »Das hat den Wicht beeindruckt. Aber wenn der die Unterlagen nicht beschafft, können wir den Deal wirklich vergessen. Ich möchte wissen, welcher Idiot diesen Peters nach Hause geschickt hat?«

Der Ton zwischen den beiden wird schärfer: »Soweit ich weiß, warst du das selbst, mein lieber Gregor. Du hast ihn doch als Querulant bezeichnet, als sie die Abteilung restrukturiert haben. Und jetzt stehen wir mit leeren Händen da, während die Konkurrenz die Forschung vorantreibt.«

»Wer sollte denn ahnen, dass der alte Zausel an einer technischen Sensation arbeitet«, rechtfertigt sich der Typ namens Gregor. »Wie der schon aussah … Ich gebe zu, ich habe es mit dem Umbau vielleicht etwas übertrieben. Aber schließlich hast du verkündet, das Renditeziel läge bei zwanzig plus. Das ging eben nicht ohne Entlassungen.«

Nun ist mir alles klar. Sie sprechen von Eckhard, meinem Eckhard! Und sie sprechen von seinen Forschungsergebnissen, die ich stehlen sollte!

»Da hast du leider den falschen Mann entlassen. Ohne den Nanolack ist die Firma doch nur ein Ladenhüter. Finito. Sense. Alles abgegrast, verstehst du? Wir müssen uns etwas einfallen lassen.«

Abgegrast? Das klingt ja nach … Heuschrecken!

Beinahe hätte ich nicht bemerkt, wie Konz wieder in das Büro zurückkehrt.

Ich höre Tassen klappern und Löffel, die den Kaffee umrühren.

»Sie könne sich unbedingt uff mich verlasse«, ertönt Konz flehende Stimme. »Ich bin doch selbst des Opfer von dem Mädel. Mir alle sind des.«

»Ja, genau«, sagt der Mann, der nicht Gregor heißt. »Deshalb haben wir auch das kleine Frauenschwimmen veranstaltet. Damit Sie sehen, was passiert, wenn Sie uns verarschen wollen.«

»Woher sollt ich dann ahne, dass die auf eigene Rechnung gearbeit hat?«, lamentiert Konz. »Des weiß ich ja erst von Ihne!«

»Eines sollten Sie bedenken«, schaltet sich Gregor vom Fenster aus ein. »Hier geht es nicht um die Sanierung einer Bäckerei, sondern eines Weltmarktführers. Und Sie schicken uns ein Mädel vom Land, das sich für besonders schlau hält.«

»Aber die hat doch Chemie studiert«, verteidigt sich Konz.

»Ja, und deswegen wusste sie auch, was die Entwicklung wert ist. Sie wollte sie versilbern und uns erpressen. Jetzt ist sie leider selbst versilbert.« Er lacht höhnisch.

»Mir hat sie gesagt, sie hätt nix gefunde«, beteuert Konz.

»Sie hat sehr wohl etwas gefunden«, sagt der andere Mann. »Nur leider nicht das Richtige. So schlau war sie anscheinend auch wieder nicht. Dafür dumm genug, sich mit uns anzulegen. Sie glauben nicht, wie schnell so jemand tot ist, wenn man ihm nur für ein paar Minuten Mund und Nase zuhält.« Erneut höre ich ein kaltes Lachen.

»Ich hol noch den Zucker«, murmelt Konz.

Wieder ducke ich mich in meine Ecke. Ich sehe gerade noch, dass Konz gar nicht in die Küche eilt, sondern auf die Toilette.

»Na, der Wicht hat die Hose aber gestrichen voll«, meint die Stimme, die nach Gregor klingt, passgenau. »Wollen wir hoffen, dass er diesmal spurt. Wir brauchen endlich Ergebnisse. Peters *muss* noch etwas haben, das das Material von der Ott vervollständigt.«

Ich presse mich hinter der Bürotür an die Wand, als könnte ich im Mauerwerk verschwinden. Keine fünf Meter entfernt von Sabines Mördern! Ich wage kaum zu atmen, und die Angst kriecht mir den Rücken hoch bis in den Nacken.

Sie haben sie umgebracht, ratzfatz, weil sie ihnen die Erfindung vorenthalten hat. Oder nicht das Richtige gebracht hat, was weiß ich! Jedenfalls sind sie nicht die Art von Menschen, die sich etwas genauer erklären lassen – entweder man spurt, oder man ist tot.

Konz hat mich eingestellt, um die Arbeit von Sabine Ott zu Ende zu führen. Damit ich das letzte Puzzleteil finde, das diesen Heuschrecken fehlt, um mit Eckhards Erfindung den großen Reibach zu machen. Es ging ihnen nie um den Erhalt von Arbeitsplätzen, ganz im Gegenteil, sie haben die Leute bereits massenhaft entlassen. Zum großen Pech der Firma war auch Eckhard dabei.

Ironie des Schicksals, jetzt weiß allein Eckhard, wie man den Nanolack herstellt. Und Konz glaubt noch immer an das Märchen von der armen Firma, die allein mit einem Patent für Autolack gerettet werden kann.

Was wird wohl geschehen, wenn sich herausstellt, dass ich gar nichts in den Händen habe? Dann kann ich auch bald dem Koi guten Tag sagen.

Konz kommt aus der Toilette zurück und geht wieder in sein Büro. Er hüstelt nervös.

»Na, wo ist der Zucker?, brüllt Gregor ihn zackig an.

Konz hat den Zucker vergessen.

»Jetzt sin Sie doch bitte net so ungehalte«, versucht Konz, die beiden Männer wieder freundlich zu stimmen, »ich hab jetzt en absolute Profi auf den Mann angesetzt. Des is e Top-Frau, Ex-Journalistin. Die kriet alles eraus. Die wohnt doch im gleiche Ort. Ich weiß zufällig, dass die schon bei ihm im Haus war. Bestimmt hat die dem Kerl des Patent schon abgeluchst, da bin ich ziemlich sicher.«

In seiner Not macht Konz aus meiner Ankündigung eine Tatsache. Die beiden müssen glauben, dass ich das Nanopatent bereits habe!

»Wir geben Ihnen noch achtundvierzig Stunden Zeit, die Unterlagen zu beschaffen. Wenn bis dahin das Nanopatent nicht hier auf dem Tisch liegt, veranstalten wir mit Ihnen ein Männerschwimmen. Das wird Ihren Golfkumpels weiteren Gesprächsstoff für die Abende im Klubhaus liefern. Nur können Sie dann leider nicht mehr mitreden.«

Die beiden lachen einvernehmlich.

Das Gespräch scheint beendet, ich höre erneutes Stühlerücken.

Auf leisen Sohlen pirsche ich zur Eingangstür und verlasse lautlos die Detektei Konz. Mein Herz klopft bis zum Hals, als ich auf der Straße ankomme. Achtundvierzig Stunden! Armer Konz. Sein nackter Körper im Golfweiher ist bestimmt kein so schöner Anblick wie die silberne Leiche von Sabine Ott. Ich muss sofort etwas unternehmen. Eckhard ist unschuldig, so viel ist sicher. Gott sei Dank weiß ich nun endlich, wer Sabine umgebracht hat. Aber ich weiß auch, dass diese Typen vor einem weiteren Mord nicht zurückschrecken. Fragt sich nur, wer das nächste Opfer sein wird:

Konz oder ich. Und dann sehe ich das Auto vor der Tür – einen schwarzen BMW. Jetzt fällt mir auch wieder ein, wo ich die beiden gesehen habe: Auf dem Parkplatz in Ockstadt, nach der Beerdigung von Sabine Ott.

Im weißen Haus

Völlig außer mir klingele ich am Haus Weiher 8. Die Klingel befindet sich blöderweise am Gartentor, und das ist ziemlich weit weg von der Haustür. So viel steht fest: Dies ist kein gutes Haus, um Verträge zu verkaufen. »Mit ihrem Telefon alles in Ordnung?«, hört sich von hier aus ganz albern an.

Ich rüttele ein wenig am Gartentor. Wenn es offen wäre und ich schon mal bis vor die Haustür vordringen könnte … Dann wäre es für Eckhard nicht ganz so einfach, mich zurückzuweisen.

Aber das Gartentor bleibt fest verschlossen.

Todesmutig schelle ich noch einmal.

Endlich bewegt sich etwas, und Eckhard steht in der Tür.

Als er mich sieht, kneift er die Augen zusammen und reckt das Kinn.

»Was willst du diesmal bei mir stehlen?«, ruft er.

»Gar nichts«, beteure ich schnell. »Ich will dir nur etwas sagen. Es ist wichtig!«

»Vorsicht!«, warnt er. »In der Antike wurden die Überbringer schlechter Nachrichten ermordet, wusstest du das? Bleib mir also lieber vom Hals!«

Ohne ein weiteres Wort wendet er sich zurück ins Haus. Er will die Tür schon wieder hinter sich schließen, als ich ihm quer durch den Garten zuschreie: »Verzeih mir, bitte. Ich weiß, dass du unschuldig bist! Vergib mir!«

Keine Chance. Die Tür fällt ganz langsam weiter zu.

»Ich habe die Heuschrecken gesehen!«, brülle ich aus Leibeskräften.

Die Haustür öffnet sich wieder einen Spalt breit.

»Was soll das denn heißen?« Eckhard runzelt die Stirn. Er lässt die Klinke seiner Haustür los, schiebt die Matte mit dem Fuß zwischen Tür und Angel und kommt mit finsterer Miene auf mich zu. Ich stehe immer noch vor seinem Gartentor. Angespannt umfasse ich das Gitter, bis meine Fingerknöchel weiß hervortreten.

»Hör zu«, sprudele ich hervor, als Eckhard endlich vor mir steht, »zwei Männer in teuren Anzügen, Managertypen ... Sie haben die Detektei Konz beauftragt, deine Forschungsergebnisse bei dir zu stehlen. Anscheinend brauchen sie die unbedingt, sonst können sie ihren Deal vergessen ...«

»Das ist ja interessant!« Das Gartentor schwingt vor mir auf. Eckhard hat es geöffnet. Ich nehme es als unausgesprochene Einladung und spaziere über den Kiesweg durch seinen Garten und auf das weiße Haus zu.

Der Hausherr folgt mir, und so gebe ich ihm, während wir über den Kiesweg schreiten, eine Kurzfassung von dem Gespräch zwischen Herrn Konz und den Business-Typen, das ich in der Detektei belauscht habe.

»Sabine Ott haben sie auch auf dem Gewissen«, füge ich atemlos hinzu. »Konz hat sie dir geschickt. Sie sollte nicht bei dir putzen, jedenfalls nicht nur. Sie hatte als Erste den Auftrag, die Nanopatente bei dir zu stehlen.«

»Ich verstehe«, stößt Eckhard gepresst hervor. »Deshalb hat sie mich immer so viel gefragt. Aber warum haben sie sie umgebracht?«

»Weil sie die Typen erpressen wollte.«

Eckhard pfeift durch die Zähne. »Wie tollkühn! Und die Silberfarbe?«

»Das war eine Warnung für Konz, der spielt auch auf dem Golfplatz. Und das wussten die wohl.«

Ich ernte einen strafenden Blick, gerade so, als würde ich völligen Unsinn reden.

Wir haben die Haustür erreicht. Eckhard lässt mich nun ein in sein Reich und führt mich weiter in seine Küche. Wir lassen uns an seinen Küchentisch gleiten, ohne dass ich meinen Redefluss stoppe. Ich rede und rede. Nachdem ich fertig bin mit dem Mord an Sabine, der Beerdigung in Ockstadt, dem Treffen mit Matthias und dem belauschten Gespräch im Büro der Detektei Konz, schweigt Eckhard.

Wortlos stellt er mir ein Glas hin und holt noch eines für sich. Dann schenkt er uns beiden Wasser ein.

»Oder möchtest du etwas Stärkeres?«, fragt er.

»Zu früh«, winke ich ab.

Ich will jetzt wissen, was genau mit Eckhard passiert ist.

Eckhard stellt das Wasserglas auf den Tisch, das er soeben noch in Händen gehalten und nachdenklich betrachtet hat, und beginnt zu erzählen. »Wir waren ein Traditionsunternehmen im Bereich Farben und Lacke. Wir produzierten aber nicht nur Autolacke, sondern auch Folien und Beschichtungen aller Art. Vor zwei Jahren wollte sich der Gründer des Unternehmens aus dem Geschäft zurückziehen und suchte einen Nachfolger. Eines Tages stand plötzlich eine Investorengruppe auf der Matte, die hatten die Taschen voller Geld. Sie versprachen, die Firma noch profitabler zu machen und erhielten den Zuschlag. Damals ahnten wir noch nicht, dass sie nach der Methode ›buy it, strip it, flip it‹ vorgehen wollten.«

»Und das heißt?«

»Kaufen, ausziehen, wegwerfen! Das haben sie mit der Firma gemacht. Mit dem Kauf fing es schon an: Die neuen Investoren bezahlten die Millionen für die Übernahme gar nicht. Sie nahmen einfach einen Kredit auf.«

»Einen Kredit?«, frage ich. »Ich dachte, dass gibt es nur für Immobilien oder Autos.«

»Ja, warum denn nicht auch für Unternehmen?«, fährt Eckhard fort. »Die Bank hatte ja als Sicherheit das Firmenvermögen und unsere guten Geschäftsaussichten. Und verdiente selbst an den Kreditzinsen.«

»Also hatten die Investoren gar kein Geld?«

»Doch, aber sie gaben es nicht für die Firma aus. Sie legten es vermutlich anderswo an und zwangen uns dazu, uns selbst zu finanzieren.«

»Meine Güte!«, sage ich entsetzt. »Wer sind denn diese Leute?«

»Die handeln im Auftrag anonymer Geldgeber. Das können reiche Privatleute sein, aber auch Investmentgesellschaften aller Art.«

»Und wie ging es dann weiter?«

Gebannt lausche ich Eckhards Schilderung.

»Nun, mit der riesigen Kreditlast auf dem Buckel waren unsere Reserven bald aufgezehrt. Die Firma hatte kein Geld mehr für Investitionen, wir konnten weder neue Maschinen anschaffen noch neue Verfahren testen. Meine Abteilung, die Forschung und Entwicklung, war eines der ersten Opfer. Schluss mit den aufwendigen Testreihen, hieß es, das kostet nur Zeit und Geld. Materialprüfung war das Einzige, was ich noch machen durfte.«

»Aber ... Ich verstehe das nicht«, unterbreche ich Eckhard. »Welches Interesse können denn die Investoren haben, eine Firma in den Ruin zu treiben?«

»Nun, nicht gleich in den Ruin. Einen Versuch ist es ihnen allemal wert, ob die Firma sich selbst retten kann. Und in der Zwischenzeit lockt die schnelle Rendite, das schnelle Geld«, erklärt er weiter. »Solange sie im Besitz der Firma sind, streichen sie selbst horrende Gehälter ein und beglücken ihre Anleger mit Sonderdividenden. Sollte es die Firma schaffen, sich am eigenen Schopf aus dem Sumpf zu ziehen, wird sie anschließend weiterverkauft.«

»Das ist der Deal, von dem die beiden sprachen.«

»Genau. Offensichtlich wollen sie die Firma weiterverkaufen. Sie wollen weiterziehen, wie Heuschrecken auf der Suche nach frischem Grün. Doch dazu brauchen sie offenbar meine Entwicklung.«

Eckhard lehnt sich auf seinem Stuhl zurück und denkt über seine Worte nach.

»Und wie ging es mit dir weiter?«, frage ich.

»Mit mir?« Eckhard schüttelt traurig den Kopf. »Ich konnte einfach nicht einsehen, dass ich ein Projekt, das kurz vor dem Abschluss stand, aufgeben sollte. Also führte ich die Testreihen für den sogenannten Schmetterlingslack im Geheimen weiter. Ich hatte ja nicht mehr viel zu tun. Meine offizielle Arbeit, die Materialprüfung, konnte ja jeder Chemielaborant machen. Manchmal ging ich sogar am Wochenende in die Firma, um wieder eine Motorhaube mit einem meiner Versuchslacke zu besprühen.«

»Und dabei wurdest du erwischt?«

Langsam nimmt die ganze Geschichte vor meinem inneren Auge Gestalt an.

»So war es.« Eckhard nickt. »Ich denke, dem Pförtner kam mein Kommen und Gehen komisch vor. Jedenfalls wurde ich zur Rede gestellt und bekam eine Abmahnung.«

»Aber ... Hast du dich denn nicht verteidigt?«

»Das wollte ich ja. Ich wollte die neuen Firmenchefs unbedingt vom Potenzial meiner Erfindung überzeugen. Stell dir vor, ein Lack, bei dem sich Kratzer von selbst schließen! Aber ich bekam nicht einen einzigen Termin für ein Fachgespräch. Ich galt fortan als Spinner und Querulant.«

Eckhard nimmt einen großen Schluck Wasser.

»Als es dann zu den unvermeidlichen Entlassungen kam – wieder, um die Rendite zu erhöhen –, da stand ich ganz oben auf der Liste. Im Kündigungsschreiben hieß es dann: In gegenseitigem Einvernehmen. Das war gut, denn so hatte ich noch das Recht auf eine Abfindung.«

»Von der du das Häuschen gekauft hast.«

»Nur zum Teil. Ich hatte in all den Jahren ja auch noch etwas zurückgelegt.«

»Ich glaube, jetzt brauche ich doch etwas Starkes«, sage ich erschöpft.

»Wir wäre es mit einem Calvados, dreißig Jahre alt, aus Frankreich?«

Ich nicke matt.

Eckhard steht auf und geht aus der Küche hinüber in sein Wohnzimmer, um das Versprochene zu holen, wie ich vermute. Als er mit der angekündigten Flasche zurückkommt, betrachtet er sie mit Kennerblick, bevor er sie öffnet und zwei stilechte Gläser füllt, die er ebenfalls mitgebracht hat. Der Calvados duftet nach Holzfässern und Äpfeln, er glänzt im Glas wie flüssiger Bernstein.

Eine Weile sitzen wir schweigend nebeneinander, nippen an unserem Calvados und schauen aus dem Küchenfenster. Irgendwo muss Eckhard eine Uhr stehen haben, einen ganz altmodischen Wecker. Ich kann ihn nirgends sehen, aber sein Ticken dringt durch die Stille der Küche. Mich überkommt ein heimeliges Gefühl. Das Ticken des Weckers erinnert mich an die Tage, die ich als Kind bei meinem Großvater verbracht habe. Er war für sein Alter jung geblieben und erstaunlich rüstig, hatte immer einen Scherz auf den

Lippen und einen sauren Drops in der Tasche. Zitronenbonbons, die waren nur für mich bestimmt.

Mein Großvater wurde dreiundachtzig Jahre alt. Er hatte kein Auto und keinen Fernseher, er holte sein Wasser aus einem nahe gelegenen Brunnen und heizte mit Holz, das er im Wald sammelte. Er war keinen einzigen Tag seines Lebens krank. Am Tag vor seinem Tod sägte er im Garten ein paar Äste aus dem Pflaumenbaum aus und ging, da ihn das etwas angestrengt hatte, ein wenig früher zu Bett als sonst. Meine Tante, die – damals dachte man sich bei so etwas gar nichts – das geräumige Schlafzimmer mit ihm teilte, hörte ihn des Nachts einen ungewöhnlich tiefen Atemzug machen. Sie fragte ihn, ob es ihm auch gut gehe, bekam aber keine Antwort mehr. Er hatte diese Welt bereits verlassen.

Mein Großvater wusste nichts von Heuschrecken und Finanzhaien. Er hatte keine Ahnung von Kreditlasten und Deals. Sein Leben war schlicht, einfach und ehrlich.

Wenn ich doch auch so leben könnte …

Ich schaue Eckhard nachdenklich an.

»Möchtest du denn deine Erfindung nicht zum Patent anmelden? Wo sie so wertvoll ist«, frage ich gedehnt.

Eckhard dreht langsam sein Glas in den Händen. Dann räuspert er sich. »Was hätte ich davon? Ich habe mit dem Kapitel abgeschlossen. Irgendwo auf der Welt wird sicher jemand anders auch die ersten Versuchsreihen starten. Ich gönne ihm den Erfolg.«

»Aber wenn du für das Nanopatent viel Geld bekämest, was würdest du dann machen?

»Malen«, sagt Eckhard einfach. »Meine Freizeit genießen.«

»Und wie sähe das dann aus?«

Er schmunzelt. »Ich würde den ganzen Tag joggen, kochen, gärtnern.«

»Und zwischendrin ein Mittagsschläfchen machen?«, necke ich ihn.

»Warum nicht? Eine Siesta ist auch in unseren Breitengraden eine schöne Sache.«

Ein paar seiner weißblonden Haare sind ihm in die Stirn gerutscht. Mit einer ruckartigen Kopfbewegung wirft er sie nach hinten. Seine Augen blitzen mich angriffslustig an.

Meint er überhaupt ernst, was er sagt? Oder will er sich nur über mich lustig machen?

»Nun sag schon. Was wäre dein absoluter Traum? Was möchtest du für dein Leben gern machen?«

Er tut so, als würde er angestrengt überlegen.

»Ich würde gern eine Galerie mit Weinkneipe eröffnen«, sagt Eckhard in die Stille seiner Küche hinein. »Weißt du, ich denke an so einen feinen, kleinen Laden mit guten alten Weinen. An den Wänden hängen wunderschöne Bilder …«

»Deine Bilder?«, werfe ich ein.

»Warum nicht?«, fährt Eckhard selbstsicher fort. »Jedenfalls sitzen an den Tischen auserwählte Gäste, die ich mit meinen Weinen und mit kleinen Leckereien verwöhne. Ich sehe sie vor mir sitzen: Die Männer sind alt und reif wie der gute Wein. Und die Frauen sind jung und strahlend schön wie die frischen Farben meiner Kunstwerke!«

»Bäh!« Ich strecke ihm die Zunge heraus. »Du bist doch ein ganz gewöhnlicher Macho!«

»Du hast recht«, erwidert Eckhard. »Jetzt ist nicht der Moment, um über unerfüllbare Träume nachzudenken.«

Das Leonardo-Prinzip

»Langsam begreife ich, was da läuft«, sagt Eckhard und stellt die Calvadosgläser weg. »Den Heuschrecken steht das Wasser bis zum Hals. Ohne den Schmetterlingslack haben sie kein attraktives Produkt, um die Firma weiterzuverkaufen. Aber der einzige Mann, der die vollständigen Unterlagen dazu hat, bin ich. Dass ich sie nicht freiwillig hergebe, wissen sie, also beauftragen sie Martin Konz und seine Detektei.«

Ich nicke und fahre fort: »Der setzte seine Mitarbeiterin Sabine Ott auf dich an, weil sie ihm als Chemiestudentin besonders geeignet erschien.«

»Genau«, redet Eckhard weiter. »Getarnt als Haushaltshilfe, zweimal pro Woche. Während ich beim Kunstverein Zeichenstunden gab, hatte sie genügend Zeit, sich an meinem Computer zu schaffen zu machen und die Dateien zu durchforsten.«

»Dann kam sie auf die Idee, sich die Erfindung von Konz' Auftraggebern direkt versilbern zu lassen.«

»An dem Tag, als sie starb, musste ich zu meiner Mutter ins Altersheim«, erinnert sich Eckhard. »Eine Pflegerin hatte angerufen und mir gesagt, ich solle sofort kommen, meiner Mutter ginge es schlecht. Diese Gelegenheit nutzte Sabine und kopierte alle Dateien. Ich erinnere mich, dass ich Sabine in die Stadt mitnehmen wollte, aber sie sagte, ihr Freund würde sie abholen.«

»Doch ihr Freund kam gar nicht, vermutlich war sie überhaupt nicht mit ihm verabredet. Stattdessen nahm sie Kontakt zu den Heuschrecken auf. Irgendwie war sie an deren Namen gekommen. Sie muss aus Konz herausgekitzelt haben, wer hinter dem Auftrag steckte.«

Mir entfährt ein leiser Seufzer. Er drückt ein wenig Enttäuschung aus, aber auch eine winzige Portion Hochachtung. »Da muss sie sehr geschickt gewesen sein. Mir wollte Konz die Auftraggeber nicht verraten!«

Eckhard zuckt die Achseln. »Wie dem auch sei. Anders kann es nicht gewesen sein. Was dann passierte, können wir uns nur ausmalen. Sabine trug die CDs, die sie bei mir gestohlen hatte, zu den Heuschrecken und verlangte ein hübsches Sümmchen für mein Nanopatent.«

»Daraufhin nahmen sie ihr alle Datenträger ab und brachten sie um.«

Eckhard nickt schwer. »Eine Kronzeugin konnten sie nicht brauchen. Das arme, dumme Ding. Statt reich zu sein, ist sie nun tot. Wer weiß, wofür sie so viel Geld brauchte. Wenn sie doch nur einmal offen mit mir über ihre Motive gesprochen hätte. Vielleicht hätte man ihr helfen können.«

»Wohl wahr«, murmele ich. »Junge Leute …« Ich muss an Laurenz denken. Hoffentlich lässt er sich nur niemals zu solch krummen Touren verleiten.

»Sabines Mörder haben ihre Leiche dann benutzt, um Konz einzuschüchtern. Sie sprühten sie mit Silberlack ein und legten sie in den Golfweiher.«

»Ein silbernes Kunstwerk im Weiher, als Warnung für Konz, der in ihren Augen versagt hatte. Das muss ein Schock für ihn gewesen sein, als er im Golfclub eintraf. Ich weiß noch, wie er mich am Arm festhielt, nachdem ich die Leiche gefunden hatte, und wie er mir seine Visitenkarte gab. Er muss in absoluter Panik gewesen sein.«

»Da war es eine glückliche Wendung des Schicksals für ihn, dass ausgerechnet du ihm deine Dienste angeboten hast.«

»Nun, ich war ja …«

»Jemand direkt vor Ort, in meinem Alter und nicht auf den Kopf gefallen.« Eckhard grinst mich an.

Ich lasse mich durch die Zweideutigkeit seiner Worte nicht ablenken.

»Eine Sache verstehe ich nicht. Unserer Theorie zufolge haben die Heuschrecken Sabine doch alles abgenommen, was sie bei dir geklaut hat. Wieso waren sie dann nicht zufrieden und gaben Ruhe? In dem Gespräch mit Konz behaupteten sie, was Sabine beschafft hätte, wäre nicht das Richtige. Deshalb sollte ich ja noch mal ran.«

»Tja, Juliane, ich bin eben auch nicht so dumm, wie ich aussehe. Sie haben zwar meine Erfindung in der Hand, aber sie können nichts mit ihr anfangen, weil sie den Fehler nicht entdecken. Das ist das Leonardo-Prinzip.«

»Ich verstehe kein Wort.«

»Leonardo da Vinci hat in all seine Erfindungen absichtlich einen Fehler eingebaut, um sich vor der Konkurrenz zu schützen. Damals gab es schließlich kein Patentamt. Wenn jemand ihm eine seiner Erfindungen gestohlen hätte, wäre Leonardo machtlos gewesen. Also veränderte er eine entscheidende Kleinigkeit in seinen Bauplänen und behielt dieses letzte Geheimnis für sich. Wer auch immer Leonardos Flugobjekte oder Kriegsmaschinen nachgebaut hätte, wäre gescheitert.«

»Und was hat das mit dir zu tun?«

»Ich habe mir dieses Leonardo-Prinzip zunutze gemacht. Auch mein Schmetterlingslack ist nicht als Patent angemeldet, denn er interessierte die Firma ja nicht. Aber ganz ungeschützt wollte ich meine Erkenntnisse dann doch nicht bei mir daheim rumliegen haben. Also habe ich einen Fehler eingebaut.«

Eckhard tippt an seine Stirn. »Die richtige Zusammensetzung des Trägermaterials befindet sich hier. Und nur hier.«

Ich bin beeindruckt. Aber auch nicht wirklich überrascht. Das Wichtigste bewahrt man am sichersten im eigenen Kopf auf. Eckhard wäre nicht Eckhard, wenn er so etwas nicht wüsste.

»Und was passiert jetzt?«, frage ich ihn. Er zuckt nur mit den Schultern.

»Du gehst morgen direkt zur Polizei und machst eine Aussage. Juliane, du hast die Mörder von Sabine Ott gefunden!«

Dauerdienst

In der Friedberger Polizeistation scheint für die meisten Mitarbeiter schon Dienstschluss zu sein, als ich mein Fahrrad davor abstelle. Nur noch wenige zivile Pkws stehen vor dem Gebäude. Eckhard hat gesagt, ich soll die Polizei gleich morgen früh benachrichtigen. Aber warum warten, wo doch die Polizei rund um die Uhr Dienst hat?

Ich bin mit der S-Bahn aus Wuchersheim hierhergekommen, das Rad habe ich mitgenommen. Nur so konnte ich es in Rekordzeit vom Friedberger Bahnhof in den Grünen Weg schaffen, wo sich die Polizeistation befindet.

Nun bin ich außer Atem. Es war ein ziemliches Stück, das ich durch Friedberg radeln musste. Böse Zungen bezeichnen die Kreisstadt als das größte Dorf in der »Werrerau«, wie es im Dialekt heißt. Friedberg wird »Fribsch« ausgesprochen. Entlang der Hauptstraße kann man alles kaufen, was man zum Leben benötigt. Anders als Bad Vilbel liegt Friedberg nämlich so weit von Frankfurt entfernt, dass eine eigene Infrastruktur wichtig ist. Zwar sind die Angebote hier nicht so *up to date* wie in der Bankenmetropole, sie sind eher solide und lange haltbar, aber es mangelt an nichts.

An einem Ende des Städtchens liegt die Polizeistation, am anderen Ende prangt auf einer kleinen Anhöhe die Burg. Dort residierten vor hundert Jahren die reichen Adeligen, wenn sie in Bad Nauheim eine Kur machten. Nauheim umweht noch heute der Charme des Jugendstils. Der nostalgische Bahnhof und die Eisenbahnlinie zwischen Nauheim und Friedberg wurden eigens zu dem Zweck errichtet, die blaublütigen Kurgäste zwischen Badestätte und Schlafstätte hin- und herzubefördern. Elvis hat es in den fünfziger Jahren umgekehrt gemacht. Er hat, belagert von kreischenden Teenies, in Nauheim im Hotel gewohnt und hier in Friedberg Dienst bei der Army geschoben, ganz nahe der Stelle, an der heute die Polizeistation steht.

Ich betrete den modernen weißen Zweckbau. Ein rotes Dach und ein paar Winkel geben dem Gebäude ein klein wenig Heimeligkeit, doch drinnen ist alles praktisch und schmucklos. Hell und modern zwar, aber die niedrigen Decken und die engen Flure bezeugen, dass kein Geld für Luxus verschwendet wurde. Hier steht die Arbeit im Vordergrund. Ähnlich wie in einem Krankenhaus gibt es ein Foyer und dahinter eine zweite Eingangstür. Im Glaskasten davor sitzt, ebenfalls wie im Krankenhaus, ein Pförtner. Das heißt, in meinem Fall ist es eine Pförtnerin.

»Hallo?«, melde ich mich.

»Sie wünschen?«, werde ich über eine Lautsprecheranlage gefragt.

»Ich möchte Herrn Baer sprechen.«

Baer wie Brummbär, das war wirklich leicht zu behalten. Ich erinnere mich bestens an den großen jungen Beamten, der am Tatort so müde war, weil er sein Neugeborenes des Nachts hatte herumtragen müssen. Wie könnte ich den Abend je vergessen, an dem ich den Kommissar das erste Mal traf, jenen gespenstigen Abend, an dem ich die Leiche von Sabine Ott am Dortelweiler Golfweiher fand.

»Schön. Ich rufe ihn an, er ist in ein paar Minuten hier. Bitte nehmen Sie Platz.«

Ich schaue mich um. Ein paar Klappstühle hängen an der Wand. In Kopfhöhe sind die Lehnen fettig verdunkelt.

»Danke. Ich bleibe lieber stehen.«

»Wie Sie wollen.«

Während ich auf Kommissar Baer warte, lege ich mir die kleine Geschichte zurecht, die ich ihm gleich auftischen werde. Eckhard will ich nach Möglichkeit außen vor lassen, jedenfalls so weit das geht. Schließlich ist er unschuldig. Aber die Belohnung darf ich natürlich nicht vergessen ... Ob ich das hinkriege?

»Frau Bach?«

»Hallo, Herr Baer! Hab ich Sie vom Babysitten weggeholt?«

Baer hat das bescheidene Foyer von der Straße her betreten. Auf meine Frage nickt er lachend und winkt ab. »Sie haben ja so recht. Der kleine Prinz will immer noch nicht durchschlafen. Aber was führt Sie hierher? Erzählen Sie mir bitte nicht, dass Sie schon wieder eine Leiche gefunden haben!«

»Nein. Da kann ich Sie beruhigen.«

»Was für ein Glück! Wir sind nämlich mit der silbernen Toten noch nicht ganz fertig.«

»Da kann ich vielleicht helfen. Ich weiß nämlich, wer die Versilberte auf dem Gewissen hat!«, verkünde ich stolz.

Baer überlegt einen Moment, fährt sich mit der flachen Hand über das leicht verknitterte Gesicht. Auch heute sieht er müde aus. »Dann nehmen wir am besten ein Protokoll auf?«

Ich nicke nur kurz.

Wir gehen die Treppe hinauf, in den dritten Stock. Überall ist es sauber geputzt, es riecht sanft nach einem Reinigungsmittel. Baer öffnet die Tür zu einem schlicht eingerichteten Büro.

»In diesem und in den drei angrenzenden Zimmern arbeitet die SOKO Golfplatz vom K 10 für gewöhnlich acht Stunden am Tag. Alle paar Stunden schließen sich die Beamten kurz und tauschen ihre Informationen aus. Wir tun, was wir können. Ich selbst gehöre übrigens zum K 32, das haben Sie vielleicht nicht mitbekommen, zum Kriminaldauerdienst. Aber Sie können trotzdem bei mir Ihren Bericht abgeben. Ich leite ihn morgen früh an die Kollegen weiter.«

»Ja, danke. Das ist mir recht.«

»Nun, dann legen Sie mal los!« Baer nimmt hinter einem der Schreibtische Platz, fährt den Computer hoch und schaut mich aufmerksam an. »Bitte«, sagt er freundlich und deutet mit der Hand auf den freien Stuhl ihm gegenüber.

»Nachdem ich mit Ihnen gesprochen hatte, damals auf dem Golfplatz«, beginne ich zögernd und setze mich, »da hat mich ein Mann aufgehalten, als ich nach Hause gehen wollte. Er hat mir seine Visitenkarte in die Hand gedrückt und sich vorgestellt. Konz hieß der Mann. Ein Detektiv. Er hat gesagt, wenn ich im Dorf irgendetwas höre, über die Tote im See, dann soll ich ihn anrufen.«

»Und weiter?«

»Ich habe dann durch Zufall erfahren, dass die Tote im TOP 1 trainiert hat.«

»Das wissen wir schon.«

»Und ich habe überlegt, es dem Detektiv mitzuteilen.«

»Dem Detektiv? Aber wieso denn das?« Baer runzelt die Stirn. Ich überlege, wie ich fortfahren soll. Ich will nichts über meinen Auftrag oder über Eckhards Patent erzählen.

»Weil ich die ausgesetzte Belohnung gut brauchen könnte«, gebe ich zu.

Baer starrt mich überrascht an. »Die Belohnung? Die kriegen Sie – wenn überhaupt – von uns, von der Polizei.« Er kratzt sich irritiert am Kopf. »Verstehe ich das richtig: Sie wollten dem Detektiv mitteilen, dass Sabine Ott ins TOP 1 ging, in der Hoffnung, dass Sie für diese Information die Belohnung bekommen?«

»Nun ja, nicht ganz. Ich hatte die Hoffnung, vielleicht einen kleinen Job in der Detektei zu ergattern. Wissen Sie, ich bin arbeitslos, und ich dachte ...«

»Ja?«

»Vielleicht als Sekretärin oder so ...«

»Ich sehe schon. Und was passierte dann?«

Ich überlege, wie ich meine Geschichte am besten kürze.

»Ich konnte den Detektiv nicht gleich sprechen, er war noch beschäftigt. Während ich wartete, habe ich im Nebenzimmer ein Gespräch zwischen zwei Männern belauscht. Zwei gut aussehende Männer in teuren Anzügen, ich konnte sie durch die Türritze ein wenig sehen.«

»Und worüber haben die Männer gesprochen?« Baer scheint plötzlich hellwach zu sein; ich habe seine volle Aufmerksamkeit.

»Allem Anschein nach hatten die Männer den Detektiv beauftragt, ein Patent für sie zu stehlen. Der hat eine Mitarbeiterin darauf angesetzt, und zwar Sabine Ott, unter anderem wohl, weil sie Chemie studierte. Die hat das Gesuchte aber nicht gefunden oder etwas Falsches abgeliefert. Jedenfalls haben die beiden Männer sich darüber unterhalten, dass sie dem Detektiv das Mädchen – und damit konnte ja nur Sabine Ott gemeint sein – zur Warnung in den See gelegt hätten.«

Baer kratzt sich am Kinn und schiebt geräuschvoll den Stuhl zurück. Als er sich zu seiner vollen Größe aufrichtet, muss ich den Kopf in den Nacken legen, um ihm ins Gesicht zu sehen.

»Das passt zu dem, was wir bisher haben«, sagt er nachdenklich. »Kommen Sie doch mal mit nach nebenan!«

Er zieht mich am Arm aus dem Raum, über den Flur und in ein anderes Büro. Stößt die Tür auf.

»Waren es diese beiden Männer?«

Ich unterdrücke mühsam einen Schrei. Da hängen sie an der Wand, im DIN-A4-Format. Die Heuschrecken.

»Ja, das sind die beiden Männer. Woher ...«

Baer nickt bedächtig und strebt auch schon wieder in das Büro, aus dem wir gekommen sind. Er bedeutet mir, ihm zu folgen, und ich gehorche. Wir nehmen unsere Plätze von vorhin ein, er setzt sich wieder hinter den Schreibtisch, ich davor.

»Was genau haben die beiden gesagt? Können Sie sich an den Wortlaut erinnern?«

Ich gebe mir alle Mühe. Im Geiste stehe ich wieder in Konz' Büro. Höre, wie die Heuschrecken kalt über ihren Mord an Sabine reden.

Baer tippt und tippt, seine flinken Finger sausen über die Tastatur.

Endlich druckt er das Protokoll aus, und ich unterschreibe, nachdem ich es noch einmal überflogen habe.

»Und wie geht es nun weiter? Was werden Sie jetzt tun?«, will ich wissen.

»So ein Zugriff erfolgt meist durch eine operative Einheit«, erklärt mir Baer. »Wir werden ein Sondereinsatzkommando bilden, das muss sorgfältig geplant werden. Wir besorgen uns zum Beispiel Baupläne von der Wohnung der Täter, schauen, ob sie vielleicht durch den Hinterhof oder über einen Balkon fliehen können. Da riegeln wir dann vorher alles sorgfältig ab. Natürlich brauchen wir zuallererst einen Haftbefehl von einem Richter. Aber das dürfte in diesem Fall kein Problem sein. Interpol ist nämlich auch schon an den beiden Herren dran. Sie werden verdächtigt, Plagiate in Umlauf gebracht zu haben. Industrieplagiate, hochwertige Maschinen und Werkzeuge, die in Fernost billig nachgebaut wurden. Ein Geschäft im ganz großen Stil.«

»Mein Gott. Das klingt ja so, als wären das richtige Wirtschaftsverbrecher. Die sich selbst die Hände nicht schmutzig machen ...«

»... aber eine Menge Geld scheffeln, indem sie anderer Leute Patente stehlen!«, bestätigt Baer. »Doch jetzt haben sie einen Mord begangen, und damit kriegen wir sie hinter Schloss und Riegel. Dank Ihrer Zeugenaussage, Frau Bach.«

Ich erinnere mich an Konz' Lobhudelei, was meine detektivischen Fähigkeiten und das so gut wie zurückeroberte Patent angeht. Mir wird mulmig.

»Wie lange wird das dauern, bis sie diese Männer festgenommen haben?«, frage ich zaghaft. »Die haben Konz nämlich dasselbe Schicksal angedroht wie Sabine Ott, wenn er nicht innerhalb von achtundvierzig Stunden Ergebnisse präsentiert.«

»Ich denke, das geht jetzt schnell. Ich informiere umgehend den Leiter der SOKO, der kümmert sich um alles Weitere. Und was Sie betrifft: Sie fahren am besten direkt nach Hause und bleiben dort. Ich sage Ihnen Bescheid, wenn unser Zugriff erfolgt ist. Sollte Ihnen etwas Ungewöhnliches auffallen, rufen Sie sofort an.«

»Ja, alles klar!« Ich bedanke mich erleichtert. Nicht mehr lange, und der ganze Spuk ist vorbei.

Baer bringt mich noch bis vor die Tür. Als ich auf mein klappriges Fahrrad steigen will, kommen ihm ernsthafte Bedenken. »Soll ich Sie nicht lieber von einer Streife heimfahren lassen? Das Fahrrad können Sie ja bei Gelegenheit abholen.«

Ich nicke dankbar. Die Vorstellung, dass mich die Heuschrecken verfolgen und unterwegs vom Fahrrad reißen könnten, erscheint mir zwar unwahrscheinlich, aber sicher ist sicher.

Baer geht noch einmal ins Gebäude und gibt der Pförtnerin eine Anweisung. Minuten später rollt ein Streifenwagen vors Haus. Beruhigt steige ich ein und ziehe den Schlag hinter mir zu.

Der Kommissar schenkt mir ein kleines Nicken zum Abschied, und ich lehne mich entspannt zurück. Der Fall scheint gelöst zu sein. Mit Sicherheit werden die Verbrecher gefasst, bevor sie mir oder Konz etwas antun können. Und Eckhard? Der sollte mit seinem Patent etwas Besseres anfangen, als es im Schreibtisch herumliegen zu lassen!

Kingsize

Am nächsten Morgen weckt mich Paul. Er hat sich zu mir ins Bett geschlichen und tritt jetzt mit seinen Pfoten auf meinem Brustkorb herum, eine deutliche Aufforderung, dass er auf der Stelle seinen Napf gefüllt haben will. Schlaftrunken stehe ich auf und gebe ihm in der Küche ein Schälchen mit Edelfisch in Kräutersoße. Riecht gar nicht so schlecht. Gerade, als ich wieder ins Schlafzimmer zurücktaumeln will, klingelt es an der Haustür. Wer kann das jetzt sein?

»Hallo«, sage ich in die Gegensprechanlage.

»Frau Bach, lasse Sie mich sofort rein.« Es ist Martin Konz.

Ich drücke auf den Öffner und eile rasch davon, um mir einen Bademantel überzuwerfen. Um Gottes willen, was sage ich dem bloß?

Zurück an der Tür, höre ich ihn die Treppe hochkeuchen. Dann steht er vor mir. Schlimm sieht er aus. In seine Gesichtszüge haben sich tiefe Falten gegraben, seine Mundwinkel hängen herab. Wortlos schiebt er sich an mir vorbei und bleibt im Flur stehen.

»Guten Morgen, Herr Konz«, sage ich freundlich, um ihm die offensichtliche Anspannung ein wenig zu nehmen.

»Frau Bach«, erwidert er ohne Umschweife, »ich brauch die Unterlagen. Bitte geben Sie mir des Nanopatent.«

»Setzen Sie sich erst mal«, sage ich und führe ihn in meine Küche, auch wenn sich dort auf der Arbeitsplatte das schmutzige Geschirr stapelt. Paul springt erschreckt auf. Fluchtartig verlässt er die Küche und sucht sich anderweitig einen Platz. Konz lässt sich auf einen der Holzstühle fallen.

»Um die Wahrheit zu sagen ...«, beginne ich vorsichtig, entschließe mich dann aber, nicht länger mit der Wahrheit hinter dem Berg zu halten. »Ich habe die Unterlagen nicht.«

»Des darf doch net wahr sein«, stöhnt Konz und greift sich mit der Hand an seine verschwitzte Stirn. »Jetzt is alles aus. Jetzt kann ich mei Testament mache.«

»So schlimm wird es schon nicht werden«, sage ich und stelle ihm unaufgefordert ein Glas Wasser hin.

»Des sage Sie«, entgegnet Konz erregt. »Aber ich werd bedroht. Wenn ich des Patent net bis morgen beibringe, dann bin ich dran. Unser Auftraggeber hawwe nämlich die Geduld verlorn, die wolle jetzt Ergebnisse sehn. Hawwe Sie dann gar nix, Frau Bach, is Ihne nix geglückt?«

Ich raffe meinen Bademantel zusammen und setze mich ihm gegenüber an den Küchentisch.

»Doch, ich hatte das zweifelhafte Glück, gestern das Gespräch in Ihrem Büro zu belauschen. Daher weiß ich, dass Ihre feinen Auftraggeber die Mörder von Sabine Ott sind. Herr Konz, ich war bei der Polizei.«

»Ich werr verrückt.« Konz trinkt hastig aus seinem Wasserglas. Als er es zurückstellt, zittert er so sehr, dass etwas Wasser überschwappt. »Was hawwe Sie über mich erzählt?«, fragt er ängstlich.

»Nicht viel, außer dass ich zufällig dieses Gespräch belauscht habe.«

Konz sieht mich flehend an. »Wisse Sie, Frau Bach, ich hab des alles net gewusst. Ich war felsenfest devon überzeugt, dass es dene zwei Vertreter um ihr Firma ging und um des Patent. Außerdem war ich doch um jeden Auftrag froh. Ich hab die Detektei noch net so lang, zwei Jahr, um genau zu sein.«

»So schlecht kann sie ja nicht laufen, wenn Sie Golf spielen können.«

Konz winkt ab. »Ich hab versucht, im Golfclub Kontakte zu knüpfe, auch wenn mich des e Stang Geld gekost hat. Aber Beschattunge von reiche Fraue sin ziemlich lukrativ un stressfrei. Vorher war ich Fahrlehrer. Des ging mir vielleicht auf mein Nervenkostüm! Immer der Verkehr in Frankfurt un dann die Stümper neben mir.«

Na, da habe ich ja gar nicht so falsch gelegen mit meiner Ahnung über Konz' berufliche Vergangenheit.

»Dann kam der Abend, als die arm Sabine in dem Teich geschwomme is«, sagt Konz matt. »Da wurd mir klar, dass mit dene net zu spaße is, und dass die Sach mit dem Patent bestimmt auch net ganz koscher is.«

»Warum sind Sie denn nicht zur Polizei gegangen, als Sie die Warnung der Verbrecher verstanden hatten?«

»Hawwe Sie sich schon mal mit solche Leut angelegt? Die sin gefährlich! Nee, nee, ich wollt raus aus der Sach. Ich mach mir ja heut noch Vorwürf, dass ich die Sabine Ott eingesetzt hab, des unerfahrene Mädel. Die hat im Golfclub an de Rezeption gearbeit, un so kame mer ins Gespräch. Ich hab ihr den Auftrag gegebe, bei dem Peters des Patent mitzunehme. Wie gesagt, ich dacht, ich geb's dene wahre Besitzer zurück.«

»Doch als Sie schon wussten, dass die Sache für Sabine tödlich ausgegangen war, haben Sie mich der gleichen Gefahr ausgesetzt.«

»Aber Frau Bach«, sagt Konz jetzt und sieht mich mit ganz treuen Hundeaugen an. »Sie sin doch ein ganz anderes Kaliber. E Frau mit Erfahrung. Jemand wie Sie bringt mer doch net so leicht um. Außerdem wollte Sie ja unbedingt en Job von mir. Ich hab Ihne zugetraut, dass Sie des schnell und sauber erledige.«

Ich bleibe skeptisch, lenke aber dennoch ein. »Jedenfalls werden ihre beiden Klienten in den nächsten Stunden verhaftet.«

»Des kann mer nur hoffe. Sonst steh'n die morge früh bei mir auf de Matt.« Seufzend steht Konz auf. »Nix für ungut, Frau Bach. Anscheinend is mir kein Glück beschieden. Ich will nur noch, dass des alles ein gutes Ende nimmt.«

»Davon bin ich überzeugt.« Tröstend klopfe ich Konz auf die Schulter und geleite ihn zur Tür

Auf dem Treppenabsatz dreht er sich noch einmal um und lächelt mir zu. »Wisse Sie, was mein Traum wär?«

Ich sehe Konz fragend an.

»Hundeschlittenrennen. Nur ich und die Huskys und der Schnee.«

»Na dann, auf nach Alaska, Herr Konz.«

Nachdem Konz gegangen ist, beschließe ich, mich anzuziehen und in der Küche sauber zu machen. Ich habe seit Tagen die Geschirrspülmaschine nicht geleert; dementsprechend steht die ganze Arbeitsfläche voll mit schmutzigem Geschirr. Dazwischen liegen die

Verpackungen von hastig heruntergeschlungenen Lebensmitteln – Joghurtbecher, Salatschalen, eine Pizzaschachtel und eine angebrochene Tüte Gummibärchen. Mir fällt auf, dass ich seit dem Hoffest nichts Anständiges mehr zu mir genommen habe. Ich packe den ganzen Müll in den gelben Sack und schaffe ihn in den Hof zu den Tonnen. Weg mit dem Zeug! Ja, nur weg mit allem, was stört und bedrückt. Ein Gefühl der Erleichterung breitet sich in mir aus und durchströmt meine Adern. Es ist vorbei. Überstanden. Die Polizei weiß Bescheid, und Konz bin ich auch endlich los.

Als ich die Treppe hochkomme, steht Hanne im Flur. Sie hat einen Hammer in der Hand und versucht gerade, ein Namensschild an ihrer Tür anzubringen. Ein richtig offizielles Messingschild mit eingravierten schwarzen Buchstaben.

Wenn sie jetzt noch die passenden Schrauben mit dem Schraubenzieher befestigt, anstatt sie mit dem Hammer ins Holz zu schlagen, wird die Sache perfekt. Ich husche in meine Wohnung und hole ihr, was sie braucht.

»Oh Mann, Hanne! Das ist ja ein Fortschritt!«, sage ich und reiche ihr wortlos das richtige Werkzeug.

»Ach, Juliane. Ich bin ja so froh über unsere Aufräumaktion. Es ist doch verdammt schön, ein ordentliches Zuhause zu haben.«

»Ist schon gut«, murmele ich, und sie nickt dankbar.

»Möchtest du nicht auf ein paar Minuten hereinkommen?«

Oh ja, das möchte ich. Mir ist im Moment nichts lieber als die entspannende Nähe einer Freundin. Ich warte, bis sie mit dem Schrauben fertig ist, und wir betreten ihre Wohnung. Ohne dass ich es will, gehen meine Augen sogleich dort spazieren. Hat sie es geschafft, die gemeinsam hergestellte Ordnung zu halten? Oder ist sie wieder rückfällig geworden?

Ein Stapel Briefe auf dem Eisschrank und ein Berg Unterwäsche auf dem Küchentisch sprechen für sich. Aber bevor ich Hannes Domizil näher inspizieren kann, zieht sie mich auch schon in ihr Schlafzimmer.

Hier sieht es gemütlich aus. Hanne hat kleine Lichter vor das Fenster und über das Bett gehängt. Es ist ordentlich gemacht, eine schöne, große Tagesdecke ist darüber ausgebreitet.

»Komm auf mein Kingsize-Bett!«, lacht Hanne. »Ohne dich wär das noch immer nicht aufgebaut!«

»Hm, ja. Aber du hast ja auch kräftig mitgeholfen«, spiele ich ihr Lob herunter.

Wenig später liegen wir wieder einmal bäuchlings nebeneinander auf Hannes Schlafstatt. Hier fühle ich mich sicher.

»Und, was macht Berlin?«, frage ich.

»Das ist im Moment weit weg«, erklärt Hanne. »Ich feiere gerade Überstunden ab und hab die ganze Woche frei. Was macht Wuchersheim?«

Viel passiert, möchte ich sagen.

»Hast du den Jogger in der roten Turnhose wiedergetroffen?«

»Ja, schon. Ich hoffe, dass mehr daraus wird«, gestehe ich. Gern würde ich Hanne all meine Erlebnisse schildern, aber ich habe Angst, zu irgendwem auch nur ein Wort zu sagen, bevor die Polizei die Handschellen an den Gelenken der Heuschrecken zuschnappen lässt.

»Fährst du mit mir auf die Ronneburg?«, fragt Hanne mit leuchtenden Augen.

»Wann?«, will ich wissen.

»Jetzt gleich«, lacht Hanne.

Ich setze mich erstaunt auf. »Was willst du denn da?«

»Na ja. Da ist so ein Mittelaltermarkt, heute ist der letzte Tag. Ich glaube, es gibt sogar ein Feuerwerk.«

Ich überlege. »Keine so schlechte Idee«, stimme ich vorsichtig zu. Ich könnte etwas Ablenkung und neue Eindrücke gut gebrauchen. Aber Herr Baer hat gesagt, ich soll zu Hause bleiben. Ob die Polizei schon zugeschlagen hat? Dann hätte er mich sicher schon angerufen. Noch sind die Mörder also auf freiem Fuß. Aber auf der Ronneburg werden sie bestimmt nicht herumlaufen. Bei den unechten Rittern dort gibt es keine Patente zu stehlen. Und wer weiß, vielleicht treffe ich Laurenz auf diesem Markt. Vielleicht ist er da mit Magnus unterwegs. »Dann also los. Zur Ronneburg!«

In Hannes Auto brausen wir durch die flache Landschaft der Wetterau. Weizenfelder scheinen an uns vorbeizufliegen. Die Dämmerung bricht langsam herein, Straßenlaternen eifern mit dem letzten Licht der Sonne, die hinter dem Horizont versinkt, um die Wette.

An unserem Ziel angekommen, finden wir einen Parkplatz

ziemlich abseits des Geschehens in einer kleinen Seitenstraße und stapfen zu Fuß hoch auf die Ronneburg. In den engen Gassen ist es mittlerweile fast dunkel. Hier und da leuchten uns brennende Fackeln den Weg. Ein Summen und Surren klingt von der Burg zu uns herab, die Töne von Dudelsäcken und Leierkästen mischen sich mit aufgeregten Stimmen.

Im Burghof wird es dann richtig romantisch. Um ein kleines offenes Feuer haben sich ein paar Minnesänger geschart, die melodiös Gedichte rezitieren. Menschen in bunten mittelalterlichen Gewändern bieten Honigwein und Bauernbrot feil. Es gibt allerlei schönes Kunsthandwerk zu kaufen, Stecken, Reifen und für die Kinder kleine Schilde und Schwerter aus Holz. Ein schwerer Duft nach Holzkohlefeuer, Spanferkel und Zuckermandeln streift meine Nase.

»He!«, zupft mich Hanne am Ärmel. »Ist das nicht schön hier?«

»Ganz wunderbar«, antworte ich. »Sag mal, suchst du hier jemanden Bestimmtes?«

Hanne macht ein vielsagendes Gesicht und lächelt verlegen. »Kannst du dir das nicht denken?«

»Ist es wohl gar der edle Herr, der dich zum Tanze führte bei unserem Gelage im Hofe?«

Hanne grinst und nickt.

Eine Weile streifen wir zwischen den Ständen umher. Wir stolpern über einen Trupp Kinder, der stilecht mit einer gereinigten Schweineblase Ball spielt, schauen einem Gaukler zu, der Feuer speit. Die Band Schandmaul hat hier heute einen Auftritt, und wir lauschen der Musik ein paar Minuten. Gebannt versuche ich, den Text zu verstehen.

»Hätt ich einen Pinsel, zu zeichnen dein Antlitz,
Den Glanz deiner Augen, den lieblichen Mund,
Ich malte die Wimpern, die Brauen, dein Lächeln,
Wie ich es erkannte in jener Stund.«

Ich wünsche mir, Eckhard würde solche Worte zu mir sprechen, vielleicht, während ich ihm Modell stehe und er mich malt. Für Sekunden zieht sich mein Herz zusammen. Dann nehmen wir die Suche nach unseren beiden Jünglingen wieder auf. Doch wie viele

Buden wir auch abklappern, nirgends gibt es einen Stand mit gebratenen Amseln.

Wir finden weder Magnus noch Laurenz.

Schließlich bin ich sogar froh, dass das Feuerwerk gar nicht stattfindet und Hanne nach Hause möchte.

Während ich neben ihrem Auto darauf warte, dass sie aufschließt, schaue ich mich um. Ich glaube, meinen Augen nicht zu trauen. Just auf der anderen Straßenseite steht ein bizarres Gebäude. Es ist riesig. Und ganz aus Glas. Ein altes Gewächshaus, das aber zwischenzeitlich einmal als Kneipe gedient haben muss. Ein verblasstes Schild baumelt im Wind, den Namen kann ich gerade noch so entziffern: »Glashaus« hieß die Kneipe wohl früher. Wie passend.

»Warte mal!« Ich zerre Hanne vor das Gebäude. Sie lässt es geschehen, die Autotür bleibt derweil sperrangelweit offen stehen.

»Hanne, was ist das?«

»Ach das«, meint Hanne nur.

»Hast du das schon einmal gesehen?«

»Aber ja. Das ist das Glashaus. Das war mal eine Kneipe. Und davor war es ein Gewächshaus.«

Na ja, so viel kann ich mir auch noch selbst zusammenreimen.

»Und ... Und was ist es jetzt?«, dränge ich Hanne.

»Der vorige Besitzer hat Pleite gemacht. So viel ich gehört habe, sucht man nun einen Nachmieter. Magnus hat mir davon erzählt. Ich wollte ihn schon überreden, den Laden zu übernehmen. Aber wir haben ja beide kein Geld.« Sie winkt ab, schüttelt den Kopf und streicht die blonden Haare mit beiden Händen hinter die Ohren. »Außerdem hat Magnus auch gemeint, er habe gar keine Zeit für so etwas.«

»Ja, ja«, murmele ich. »Das fahrende Volk ...«

Der Lack ist ab

Als wir nach Wuchersheim zurückkommen, ist das Dorf dunkel und still. Hanne hält an einer Straßenecke in der Ortsmitte.

»Du, ich zieh noch mal weiter«, sagt sie verlegen.

»Jetzt noch?«, frage ich verwundert.

»Es gibt da eine Kneipe in Sachsenhausen …«

»In der du hoffst, Magnus zu finden«, vollende ich ihren Satz.

»Stimmt«, gibt Hanne kleinlaut zu. »Was soll ich machen? Der Typ gefällt mir eben. Er ist so ganz anders, schert sich nicht um Konventionen und lebt ein Leben in Freiheit. Das ist keiner dieser Bürohengste, die vor lauter Termindruck fies und ungehobelt werden. Du hast ja selbst erlebt, wie charmant er ist. Andere mögen lachen über seinen Mittelalter-Spleen, aber ich finde seine ritterliche Art einfach nur edel. Wo gibt es so was heute noch?«

»Dann geh und suche deinen Ritter Lancelot«, sage ich lachend zu Hanne.

Ich steige aus, und Hanne brettert davon in Richtung Bundesstraße.

Langsam gehe ich durch die Straßen, die zu meiner Wohnung führen. Die Luft ist frisch, jeder Atemzug tut gut. Am Himmel steht kein Wölkchen, das Licht der Sterne findet den geraden Weg zu mir herunter. Bald erkenne ich unseren Dorfplatz, von da sind es nur ein paar Schritte bis nach Haus.

Und dort sehe ich sie.

Sie sind zu zweit, tragen Regenjacken, haben Kapuzen über den Kopf gezogen. Sie stehen unter der alten Linde. Sie sagen nichts, geben keinen einzigen Mucks von sich. Mein Herz pocht, meine Finger kribbeln.

Sie haben ihren schwarzen BMW in unserem Hof geparkt, dort, wo niemand sein Auto abstellen darf. In unserer blechlawinenfreien Zone. Auf dem Platz, wo wir uns zum gemütlichen Austausch treffen und zu unseren Festen. Da stehen sie und warten auf mich. Verfluchter Mist, wo ist mein Handy? Fieberhaft fahre ich über meine Hosentaschen. Ja, jetzt fällt es mir ein: Es ist im Blazer, der an der Garderobe hängt. Ich habe nur die dünne Strickjacke an.

Ich drücke mich an die nächste Hauswand, bewege mich wie in Zeitlupe zurück. Sie dürfen mich nicht entdecken.

Ich schiebe mich am Haus entlang und winde mich um die nächste Ecke. Verdammt, wieso hat die Polizei die beiden noch nicht erwischt? Oder konnten die sich etwa herausreden? Wohin soll ich mich wenden? Wenn ich schreie, hört mich bestimmt kein Mensch. Wuchersheim liegt schon im Tiefschlaf. Und wenn mich doch einer hört, wird er mir nicht helfen, aus Angst, auch ihm könne selbst etwas geschehen.

Ich erreiche die Hauptstraße. Am liebsten würde ich zu Eckhard laufen. Aber ich bin keine gute Läuferin. Ich walke nur. Die beiden Kerle holen mich bestimmt ganz schnell ein.

Da! Bei Franka brennt noch Licht! Wie auf glühenden Kohlen überquere ich die Straße, lausche auf die Schritte meiner Verfolger.

Kommen sie hinter mir her? Oder warten sie weiter unter der Linde auf mich?

Endlich. Ich erreiche Frankas Laden, drücke die Klinke. Sie hat nicht abgeschlossen.

»*Allora*, *Signora* Bach! *Buona sera!*«, freut sich Franka.

Sie steht hinter dem Tresen, beugt sich über ein paar Papiere. Anscheinend ist sie noch mit der Abrechnung der Tageskasse beschäftigt.

Ich erwidere nichts. Meine Zähne schlagen aufeinander, ich kann meine Kiefer kaum ruhig halten.

Franka schaut mich prüfend an. »Wo drückte denn der Schuh?«

»Sie sollten die Tür abschließen«, bringe ich mühsam hervor. »Ich werde verfolgt!«

Zu meinem Erstaunen tut Franka ganz ruhig, was ich ihr sage. Sie geht schweigend zur Tür, schließt sie ab und schiebt auch noch ein großes Fass davor. Dann kehrt sie gelassen hinter ihre Theke zurück. Mir kommt die vage Idee, dass Franka im kriminellen Milieu weitaus mehr Erfahrung hat als ich.

»Wer iste hinter Ihne her?«, erkundigt sie sich sachlich.

»Die Männer, die Sabine Ott umgebracht haben.«

»*Porco dio*, die silberne *ragazza* aus dem See!« Meine Getränkehändlerin klingt fast beeindruckt.

Nun erzähle ich Franka von Eckhards Patent, von Nanoteilchen und Schmetterlingslacken und von den Verbrechern, die für diese Erfindung über Leichen gehen.

Franka hört aufmerksam zu.

Als ich endlich fertig bin, greift sie wie in Trance zum Telefon.

»Lassen Sie mich das machen, Franka. Ich wollte die Polizei längst anrufen. Ich habe nur leider mein Handy oben in meiner Wohnung liegen gelassen. Und da die Typen direkt vor meiner Wohnung standen ...«

Ich strecke meine Hand nach ihrem Telefon aus, doch Franka sieht mich bloß entsetzt an.

»Wieso die Polizei anrufe?«, protestiert sie vehement und schüttelt den Kopf. »Habe ich eine viel bessere Idee. *Allora*, Sie brauche Kontakte zu meine Familie.«

Sie zieht das Telefon näher zu sich ran und fängt an zu telefonieren.

Ich mache noch eine schwache Geste des Protests, dann höre ich angespannt zu und versuche, wenigstens das eine oder andere Wort zu erraten. Sie spricht schnell und melodisch, es hört sich gut an. Verstehen kann ich allerdings nichts. Sie wechselt die Tempi, lacht, schimpft, schmust. Plötzlich hält sie die Muschel zu.

»Habe Sie eine Beweis für die Lack aus Nano?«

Ich denke angestrengt nach. Was könnte die Existenz des Schmetterlingslacks beweisen? Vor meinem inneren Auge sehe ich die Szene auf dem Kiesweg vor Eckhards Haus. Als er mir mein Auto hinterherwarf und es über die Steine rutschte. Doch als ich es bei mir auf die Fensterbank stellte, da war so gut wie keine Schramme zu sehen.

Ich schlage mir mit der Hand vor den Kopf. Wie blöd bin ich eigentlich? Na klar! Eckhard hat das Auto ja nicht nur repariert, sondern auch umlackiert. Der Beweis steht bei mir auf der Fensterbank!

»Franka, wenn wir es schaffen, in meine Wohnung zu kommen, an meinen Verfolgern vorbei, dann habe ich vielleicht den Beweis«, sage ich aufgeregt.

»Alles klaro!«, erwidert Franka und nimmt ihr italienisches Telefonat wieder auf.

Als sie aufgelegt hat, greift sie tief in ein Regal hinter der Theke und zieht einen Baseballschläger hervor.

»Franka, was haben Sie vor?«, rufe ich entsetzt. Sie wird es doch nicht allein mit zwei mafiösen Killern aufnehmen wollen?

»Wir hole die Beweis, ganz einfach«, sagt Franka trocken. »Wusste Sie nicht? Meine Bruder arbeitet in große Autofabrik in Turin. Iste Forscher sogar, ganze Stolz von die Familie. Und hat letzte Winter erzählt, dass sie in die Firma wollte so besondere Lacke machen. Wo keine Kratzer und glänzt wie an erste Tag. Ah, habe mir alle gelacht. Iste doch unmöglich! Musste nur einmal mit die Schlüssel …«

»Ja, ja, ich weiß Bescheid«, unterbreche ich Frankas Redefluss. »Ist das wirklich wahr, Ihr Bruder entwickelt Autolacke?«

»*Ma certo*, sicher. Rede ich heute italienisch mitte Ihne oder was?«

»Und Ihr Bruder kann mir helfen?«

»Nein, Signora Bach, Sie könne meine Bruder helfen!« Franka hält den Baseballschläger mit der Rechten und schlägt ihn fest in ihre linke Handfläche. »Un mit diese zwei *stronzi*, diese Verbrecher, werde wir schon fertig! *Allora, andiamo!* Gehen wir!«

Und schon ist sie an der Tür. Sie kommt gar nicht darauf, mir auch eine Waffe zu reichen. Sie scheint zuverlässig zu wissen, dass sie es allein mit zwei ausgewachsenen Männern aufnehmen kann: Eine Großmutter im wallenden, langen schwarzen Kleid, der ein schwerer schlohweißer Zopf den Rücken herunterrieselt.

Doch wir brauchen den Baseballschläger gar nicht. Unter unserer Linde steht niemand mehr. Die Typen sind fort. Unser Hof liegt ruhig und unschuldig im Mondlicht, als könne hier nichts Böses geschehen.

Ich bugsiere Franka leise in meine Wohnung, ziehe sie an meine Fensterbank. Für Sekunden blicken wir beide schweigend auf das kleine silberne Auto, das früher einmal grün war. Ich muss an die Szene in Frankas Laden denken, wie sie das Spielzeug aus dem Abstellraum holte, um es mir zu überreichen. Damals dachte ich doch tatsächlich, ich hätte einen schönen Geländewagen gewonnen. Und nicht bloß einen Talisman für die Fensterbank.

Suchend schaue ich mich in meinem Wohnzimmer um. Meine Hände tasten über den Schreibtisch, finden eine Papierschere. Ich reiche sie Franka.

»Nur zu«, sage ich zu ihr. »Machen Sie mal einen Kratzer an die Seite.«

Franka sieht mich fragend an. Ich nicke ihr aufmunternd zu. Schließlich ergreift sie mein Auto und presst es vor ihren ausladenden Busen. Die Schere fährt kratzend durch Eckhards silbernen Lack und hinterlässt eine feine Spur.

Wir schauen uns bedeutungsvoll an. Ich zähle in Gedanken bis zehn. Dann legen wir das Auto unter meine Schreibtischlampe und beginnen unsere Untersuchung.

»*Madre mia, benedetta!* Wie eine Messer durch Pudding«, entfährt es Franka.

Kein Kratzer, nirgends.

»*Va bene*«, sagt sie bestimmt. »Die Sache iste geritzte.«

Der Pate, Teil 4

Es ist Vormittag, als ich in Turin ankomme. Hauptbahnhof Porta Nuova. Wie das schon klingt! Mit steifen Knien steige ich aus dem Zug. Ich bin wie gerädert nach der langen Fahrt im Nachtzug. Zwar habe ich mein Abteil lediglich mit einer netten Frau in meinem Alter geteilt, die obendrein noch einen ruhigen Schlaf hatte, aber all die fremden Geräusche, das leise Klackern der Räder auf den Schienen, das Kommen und Gehen der Fahrgäste, das Öffnen und Schließen der Abteiltüren und auch die ungewohnten Bewegungen des fahrenden Zuges haben mich kaum ein Auge zumachen lassen. Abgesehen davon, dass ich vor Aufregung über das, was mich hier erwarten würde, meine Gedanken kaum ruhig halten konnte. Nun fehlt mir der Nachtschlaf. Gleichzeitig bin ich hellwach. Gehe wie auf Wolken. Irgendwie fühlt sich das alles ganz unwirklich an.

Wie im Traum erscheinen mir jetzt die Szenen in Frankas Lädchen und in meinem Wohnzimmer am Abend zuvor: Wie sie an meinem Schreibtisch noch einmal zum Telefon griff und italienisch sprach ohne Punkt und Komma. Lachte, redete, anscheinend auch Ratschläge gab und geduldig zuhörte. Am Ende hatte ich einen Zettel in der Hand mit einer Adresse und der Skizze einer Wegbeschreibung.

Noch im Bahnhof gönne ich mir an einem Stehcafé einen doppelten Espresso. Für viel mehr reicht mein Geld auch nicht. Ging alles für die Fahrkarte drauf.

Mein Blick fällt auf die Bahnhofsuhr. Kurz vor elf. Die achtundvierzig Stunden, die die Verbrecher Konz gegeben hatten, sind jetzt abgelaufen. Und er steht da mit leeren Händen. Vielleicht ist er schon tot!

Während ich hier mit einem silbernen Modellauto in einer Plastiktüte stehe, um wildfremden Menschen zu beweisen, dass ein Nachbar aus meinem Dorf in der Wetterau einen Autolack entwickelt hat, der wie ein Schmetterlingsflügel funktioniert. Das kann doch nicht wahr sein!

Vielleicht hat Konz etwas gefälscht, versuche ich, mich selbst zu beruhigen. Vielleicht hat er sich irgendwie herausgeredet. Oder er ist untergetaucht. In Alaska.

Der Gedanke beruhigt mich, und ich gehe weiter.

Mein Treffpunkt liegt in einer Seitenstraße gleich neben dem Bahnhof. Franka hat mich angekündigt. Der Laden heißt »Il Pescatore«, und ich muss nach Tonno fragen. Das werde ich wohl noch schaffen. Auch, wenn ich kein Wort Italienisch verstehe.

Entschlossen stelle ich meine leere Espressotasse auf der Theke ab und zahle. Mutig mache ich mich auf den Weg. Alles klingt fremd um mich herum. Die Menschen sind hier viel lebendiger und lauter als in Wuchersheim. Alles riecht auch ganz anders. Nach Abgasen, Parmesan und Pfirsichen, aber auch nach mehr Parfum. Das Licht ist viel heller als in Frankfurt, vor allem, als ich aus dem Bahnhof heraus auf die Straße trete. Einen Moment halte ich die Hand vor Augen, um mich an diese Helligkeit zu gewöhnen. Dann schlage ich mich nach links durch die Menschenmenge vor dem Bahnhof und biege in die nächste kleine Straße ein.

Den Pescatore finde ich schnell. Es ist ein Fischgeschäft, eines der ganz alten Sorte, wie es sie noch überall auf der Welt gibt. Der Fischhandel scheint es am wenigsten nötig zu haben, Geld für modernes Design auszugeben. Hauptsache, alles ist kühl und gekachelt.

Eine kleine Glocke läutet, als ich die Tür öffne und eintrete.

Hinter einer großen Theke, die mit hübschen Mosaiken belegt ist, steht ein mächtiger Mann in einer blutverschmierten weißen Schürze.

»Mi dica, Signora!«, brummt er.

In seiner Rechten hält er ein blutverschmiertes Beil.

»Tonno?«, flüstere ich.

Mein dicker Verkäufer zuckt die Achseln. Er hievt einen riesigen Fisch aus einem Bottich, zeigt ihn mir. Ich habe nicht viel Ahnung von Fischen, aber es muss ein Thunfisch sein.

»Tonno«, wiederhole ich etwas hilflos.

Dann fliegt das Beil durch die Luft. Fast zur gleichen Zeit hüpft ein abgeschlagener Fischkopf über die Theke und landet vor meinen Füßen.

»Oh, perdona me!«, singt der Fischschlächter. Er kommt um die Theke herum, hebt den Fischkopf auf und wirft ihn hinter die Theke zurück.

Ich atme tief durch.

Wieder hebt er das Meerestier auf meine Augenhöhe, um es mir zu zeigen, nur hat der Fisch jetzt keinen Kopf mehr.

»*Bene*?«, fragt mein Gegenüber erwartungsvoll. »*Tonno*!«, fügt er hinzu und zeigt auf den Fisch. Das Warten auf meine Antwort dauert ihm wohl zu lange. Er sieht mich stirnrunzelnd an. Was sage ich jetzt?

Franka kann wohl nicht gemeint haben, dass ich mit einem Fisch reden soll, bei allem, worum es hier geht.

Was heißt »reden« überhaupt auf Italienisch? Ich hätte mir von Franka wenigstens die wichtigsten zwanzig Wörter beibringen lassen sollen. Aber dazu ging alles viel zu schnell, und ich habe mir nur dieses eine Wort gemerkt.

Was ist falsch an meiner Parole?

»Parole Tonno«, sage ich erneut zu dem Fischmann und sehe ihn eindringlich an. Jetzt muss er doch erkennen, dass ich in geheimer Mission unterwegs bin.

»Ah, parlare con Tonno …« Seine Miene hellt sich auf, und ein Leuchten huscht über sein Gesicht.

»Andiamo!«, höre ich ihn sagen. Er gibt mir mit einem Kopfnicken ein Zeichen. Ich soll ihm folgen.

Mit wackligen Knien schleiche ich hinter die Theke und von da aus durch eine kleine Tür, hinaus in einen dunklen Flur. Der Mann hält noch immer das Beil in seinen Händen. Das kann ja heiter werden! Entweder befinde ich mich mitten in einem Mafia-Film – der Pate und Marlon Brando lassen grüßen –, und ich lande bald bei den Fischen. Oder alles wird doch noch gut.

Vom Flur aus geht es in einen Lagerraum. Hier ist es bitterkalt. Hoffentlich ist das der einzige Grund, warum ich nun zittern muss. Suchend schaue ich mich um. Hier stehen überall Kisten. Kisten voll glibberigem Fisch. Glitzernd schimmern ihre Schuppen im Dunkeln, traurig schauen mich ihre gebrochenen Fischaugen an.

»Tonno«, sagt der Mann mit dem Beil sanft und schiebt mich weiter hinein in den dunklen Raum, in dessen Tiefe ich jetzt einen Schatten erkenne.

Nun werde ich Frankas Kontaktperson treffen. Ich hätte mir denken können, dass Frankas Beziehungen bis in die Unterwelt reichen. »Man erwartet Sie«, waren die letzten Worte, die sie mir mit auf die Reise gab. Typisch Mafia, so ein Satz. Wahrscheinlich macht mir der Boss von Turin jetzt ein Angebot, das ich nicht ablehnen kann.

»Hallo«, sage ich in die Dunkelheit der kalten Halle hinein.

»Hallo«, klingt es hell und freundlich zurück.

Der Schatten kommt auf mich zu. Jemand knipst das Licht an.

Vor mir steht eine junge Frau. Sie ist höchstens Mitte dreißig. Ihr dunkles Haar fällt ihr bis auf die Schulter. Sie trägt einen hellen Ledermantel zu Designerjeans. Ihr Gesicht ist sorgfältig geschminkt, ihre gepflegten weißen Zahne blitzen.

»Hatten Sie eine gute Reise?«, fragt sie ohne jeden Akzent.

»Ging so«, antworte ich wahrheitsgemäß und ein wenig verwirrt.

Ich habe mir einen Paten anders vorgestellt.

»Franka hat mir am Telefon schon alles erzählt«, kommt mir Tonno schnell entgegen. »Wir müssen aber wissen, wie gut die Entwicklung ist, die Sie uns da anbieten …«

»Das verstehe ich vollkommen.«

»Haben Sie das kleine Auto mitgebracht?«

»Natürlich habe ich das!« Ich hieve es aus meiner Plastiktüte und überreiche es ihr vorsichtig.

Tonno schaut es prüfend an, zieht anerkennend die Brauen hoch. Dann fügt sie dem armen Spielzeug zu, was Franka ihm schon angetan hat. Sie zerkratzt es. Nur dass sie dazu die Hülle ihres Montblanc-Füllers benutzt. Sie dreht mir den Rücken zu, während wir auf das Wunder warten, das Auto in ihren Händen. Und so kann ich nicht sehen, wie es passiert. Aber der kleine Juchzer, der ihr entfährt, sagt mir, dass sich auch diesmal der Kratzer wieder von selbst repariert hat.

Tonno hebt die Hand, um mir zu bedeuten, dass es nun eine kleine Pause gibt. Hinter den Kisten mit dem Fisch hat sie auf einem langen Tisch ihren Laptop stehen. Sie klappt ihn auf, schaut im Internet etwas nach. Schickt eine Mail. Zückt ihr Handy, tätigt einen kurzen Anruf auf Italienisch.

Vorsichtig steckt sie mein Auto wieder in die Plastiktüte. Doch sie gibt sie mir nicht zurück. Sie drückt die Tüte vielmehr an sich, als gehöre sie ihr bereits samt Inhalt.

»Wir wissen, wer die Leute sind, von denen Sie da erzählen«, sagt sie ruhig. »Wir wissen Bescheid, was für einen Deal die da planen. Und ja, wir sind sehr interessiert an der Erfindung Ihres Herrn Eckhard.«

Ich atme auf und nicke erleichtert. Sie sind also interessiert, das kling schon mal gut. Hoffentlich kriege ich diese Nummer hier glatt über die Bühne.

»Wer ist ›wir‹?«, traue ich mich zu fragen.

»Na, die Familie, wer sonst?« Tonno sieht mich erstaunt an.

Also doch. Ich habe es ja gewusst.

Tonno steht auf, wirft sich ihre große Handtasche über die Schulter. Mein Auto behält sie fest im Arm.

»Kommen Sie, wir müssen los. Wir sind zum Mittagessen verabredet. Ein schönes Lokal, es wird Ihnen gefallen. Sie sind natürlich eingeladen.«

Ergeben folge ich Tonno durch die Fischhalle und eine eiserne Hintertür. Jetzt geht es also zum Paten von Turin. Hoffentlich gerate ich nicht zufällig in eine Familienfehde und werde beim Spaghettiessen von einer Maschinengewehrsalve niedergestreckt. Liege dann mit dem Gesicht in der Tomatensoße. Na bravo!

Zu Fuß gehen wir zurück Richtung Bahnhof und überqueren

einen großen Innenstadtboulevard. Hier stehen endlose Häuserzeilen mit hochherrschaftlichen Palazzi im Stil der Gründerzeit. Tonno legt ein ordentliches Tempo vor.

Wir laufen durch eine kleine Grünanlage, vorbei an einem Monument mit der Aufschrift »Torino 2006«. Das Andenken an die Olympischen Winterspiele ist ein hässliches Ding aus weißem Beton.

Warum muss ich jetzt ausgerechnet an Betonfüße denken?

Wenn das so weitergeht, vermassele ich den ganzen Deal mit meiner Panik! Ich muss mich ablenken, im Gespräch bleiben, dann kann ich diese Begegnung eventuell überleben.

»Bitte!«, halte ich Tonno auf. »Darf ich Sie etwas fragen?«

»Gerne«, antwortet sie und wird langsamer.

»Wie sind Sie zu diesem Namen gekommen? Tonno?«

Sie runzelt die Stirn und schaut mich skeptisch an.

Bin ich zu weit gegangen?

»Wenn Sie es keinem verraten …«

»Natürlich nicht!« Heftig schüttele ich den Kopf.

»Es ist ganz einfach«, sagt sie nüchtern. »Als Kind war ich fett wie ein Thunfisch. Kugelrund, um ehrlich zu sein. Deshalb haben mich alle Tonno genannt. Nomen est omen, und so habe ich tatsächlich den Pescatore übernommen und zu einem Großhandel ausgebaut. Wir beliefern die feinsten Restaurants in Turin und Umgebung. Sie wissen ja, Fisch ist Vertrauenssache.«

Dabei sieht sie mich an, als müsste sie auch meine Absichten auf die Probe stellen.

Mittlerweile haben wir einen großen Platz erreicht. Er ist wunderschön – so stilvoll und harmonisch, wie nur Plätze im Süden sein können. An einem Ende sehe ich eine barocke Kirche, an der Seite stehen in ruhiger Würde edle Hotels mit stuckverzierten Fassaden. Tische und Stühle warten draußen auf Gäste; ihre Formen und Farben weisen ihre Zugehörigkeit zu den verschiedenen Straßencafés aus.

Tonno geht zielgerichtet auf eines der Hotels zu, und wir betreten gemeinsam die Lobby. Wenig später stehen wir im Restaurant. Sehr gepflegt ist es hier, sehr elegant, cremefarbene Tischdecken, Blumen überall.

An einem der hinteren Tische erhebt sich behände ein älterer

Herr und erwidert Tonnos Blick. Sie geht auf ihn zu, und ich folge ihr.

Das ist nun also der Big Boss. Nett sieht er aus, geradezu harmlos. Brille und Kinnbart, grauer Anzug und gedeckte Krawatte.

Freundlich lächelnd schüttelt er meine Hand. Dann tritt er an Tonno heran, und die beiden begrüßen sich mit Küsschen. Links, rechts, links, immer auf die Wange. Wir setzen uns.

»Darf ich vorstellen«, beginnt Tonno. »Das ist Alberto, Frankas Bruder und mein Vater.«

»Gute Tag und eine herzlich Willkommen«, sagt Alberto stockend.

»Leider kann mein Vater nur diesen einzigen Satz auf Deutsch«, erklärt Tonno. »Deshalb bin ich mitgekommen. Zum Übersetzen.«

Ein Kellner ist an unseren Tisch getreten und reicht uns die Speisekarte. Wir bestellen Getränke, Wasser für mich und Wein für meine Gastgeber. Während ich die Speisekarte studiere und mich freue, dass alle Gerichte auch auf Englisch verzeichnet sind, reden Tonno und ihr Vater auf Italienisch weiter.

Dann überreicht Tonno dem Big Boss die Plastiktüte, in der sich mein Auto befindet. In den letzten Minuten hat das Spielzeug auf ihren schlanken Oberschenkeln geruht, knapp unter der Tischplatte. Der Big Boss nimmt es entgegen, ohne eine Miene zu verziehen, steht auf und verschwindet aus dem Lokal.

Wir warten. Der Kellner kommt, serviert die Getränke. Ich nippe an meinem Pellegrino. Die Zeit scheint stillzustehen. Tonno und ich betrachten das zarte Muster der hellen Damasttischdecke. Sie versucht gar nicht erst, Konversation zu machen, allem Anschein nach ist sie genauso angespannt wie ich. Also tue ich es ihr gleich und schweige auch. Der Kellner hat uns inzwischen ein Körbchen mit *panini* auf den Tisch gestellt, von denen ich nun gedankenverloren eins zerbrösele.

Endlich kommt der Big Boss zurück.

Er stellt die Tüte, in der ich nach wie vor mein Auto vermute, neben Tonnos Stuhl ab und grinst. Ich halte das für ein gutes Zeichen.

Die beiden unterhalten sich eine Weile in einem rasanten Tempo. Ich versuche schon gar nicht mehr, etwas zu verstehen. Dann wendet sich Tonno wieder mir zu.

»Mein Vater freut sich, eine Freundin der Familie kennenzulernen, und bittet Sie zu erzählen, wie es seiner Schwester Franka in Deutschland ergeht.«

Ich berichte von Franka, ihrem Lädchen und dem Leben auf dem Dorf. Dass sie die gute Seele unserer Gemeinschaft ist und dass ihr Rat weitaus mehr zählt als die Meinungen der ortsansässigen Politiker oder die gut gemeinten Anweisungen der einheimischen Beamten. Dass ich dabei an Polizeibeamte denke und an den netten Kommissar Baer, das behalte ich natürlich für mich. Wie mag es ihm gerade ergehen? Ich hoffe, er hat die bösen Buben schon gefangen.

Alberto hört Tonnos Übersetzung mit Wohlgefallen.

Sodann geht es ans Bestellen der Speisen. Ich entscheide mich für Lamm in Rosmarinkruste.

Tonno und Alberto sehen mich erstaunt an. Keine Vorspeise? Na, das ist ja typisch deutsch.

Und so stellen sie ein Menü für mich zusammen, an dem ich normalerweise einen ganzen Tag essen würde.

Schön der Reihe nach nehme ich erst eine kleine Suppe zu mir, Minestrone genannt, dann Nudeln, in diesem Fall Spaghetti mit Muscheln. Dann erst gibt es mein Lamm. Ich habe kaum Zeit, das alles sacken zu lassen, da rollt der Kellner noch einen Wagen mit Dolce, also Süßspeisen, heran, von denen ich zwei wählen muss, damit meine Gastgeber endlich zufrieden sind.

Eine Stunde später – ich habe ein Gefühl absoluter Schwere im Bauch – kommen wir bei einem Espresso endlich zum Geschäft.

Tonno ergreift das Wort.

»Mein Vater kennt Ihren Freund, den Herrn Eckhard Peters. Sie sind sich vor etwa drei Jahren auf einer Tagung in Genf begegnet. Damals arbeiteten alle großen Autofirmen an der Entwicklung des kratzfesten Lacks. Aber anscheinend ist es nur Ihrem Freund gelungen, die Forschung zu einem erfolgreichen Ende zu führen. Mein Vater ist begeistert von dem, was Sie mitgebracht haben. Eckhard Peters scheint einfach genial zu sein, er hat offenbar das richtige Trägermaterial gefunden. Mein Vater nimmt aber an, dass weder er noch Sie wissen, wie wertvoll diese Erfindung ist.«

Nein, das weiß ich wirklich nicht. Ich möchte nur zu gern dieses Geschäft für Eckhard einfädeln, damit er sich seinen Traum erfüllen kann. Dann könnte er aus dem verlassenen Glashaus eine Wein- und Kunstgalerie machen. Wie viel kostet wohl die Renovierung? Zehntausend Euro? Oder gar zwanzigtausend?

»Wir wollen fair zu Ihnen sein«, fährt Tonno fort. »Da wir davon ausgehen, dass Sie den Kontakt zu Herrn Peters herstellen werden, bekommen Sie von uns eine Provision. Alles Weitere verhandeln wir dann mit ihm selbst. Sie müssen aber dafür sorgen, dass er seine Ergebnisse niemand anderem anbietet. Schaffen Sie das?«

Ich nicke. Na klar, Eckhard ist bis jetzt ja noch gar nicht auf die Idee gekommen, sein Patent zu verkaufen. Da kann ich ihn einfach bitten, mal seinen Kollegen Alberto anzurufen.

Alberto greift unter den Tisch und holt einen unscheinbaren schwarzen Koffer hervor. Er entnimmt ihm einen braunen Umschlag und überreicht ihn mir.

»Nun, schauen Sie mal hinein«, sagt Tonno lächelnd. »Es sind fünfundzwanzigtausend Euro.«

Fünfundzwanzigtausend? Als Provision!

Anscheinend spricht mein Gesicht Bände, denn beide sehen mich mit dem gleichen amüsierten Grinsen an.

Vorsichtig öffne ich den Umschlag. Drei dicke Bündel mit Euroscheinen stecken darin.

Das genügt, um mich monatelang über die Runden zu bringen. Ach was, ein ganzes Jahr!

»Das ist ein Prozent für Sie«, erklärt Tonno.

Mir bleibt die Spucke weg. Kopfrechnen war noch nie meine Stärke, aber wenn ich das jetzt richtig auf die Reihe kriege, dann wollen sie Eckhard …

Sie wollen Eckhard zweieinhalb Millionen bezahlen, wenn er ihnen seine Erfindung überlässt! Ich kann es nicht fassen! Das reicht dicke, um aus dem Glashaus einen Glaspalast zu machen!

Jetzt steigt mir Hitze in den Kopf. Ich ergreife mein Wasserglas und trinke es in einem Zug aus.

»Geht es Ihnen nicht gut?«, fragt Tonno besorgt.

»Doch, schon«, antworte ich schwach. »Es ist nur … Meine Provision …«

»Ist es nicht genug?«

»Doch, doch«, sage ich und ringe mühsam um Fassung. »Für den Anfang reicht es.« Ich versuche ein Grinsen.

»Dafür lassen Sie uns ihr kleines Auto da«, sagt Tonno. Ich nicke stumm. Ich bin ganz froh, dass ich das Ding nicht wieder nach Hause schleppen muss.

Alberto reicht mir seine Visitenkarte und lässt durch Tonno übersetzen, dass Eckhard ihn unbedingt und so schnell wie möglich anrufen soll. Dann gibt er dem Kellner einen Wink und lässt die Rechnung kommen. Tonno tätigt derweil noch zwei rasche Telefonate auf Italienisch. Es muss um etwas Dringendes gehen, das ziemlich schnell klappen soll, denn sie wird zwischendrin lauter und sogar richtig energisch.

Ich tupfe mir dezent mit der Damastserviette den Schweiß von der Stirn. Dann stecke ich den Umschlag sorgfältig in meine Handtasche und ziehe den Reißverschluss zu. Ich wünsche mir, ich hätte Handschellen dabei, um die Tasche an mein Handgelenk zu ketten. Mir ist bange vor der langen Heimreise.

Nachdem Alberto zwei Hunderteuroscheine in einem kleinen Kästchen verstaut hat, das der Kellner noch abholen wird, verlassen wir das Lokal. Alberto und Tonno begleiten mich vor die Tür, wo zu meinem Erstaunen eine große schwarze Limousine auf uns wartet. Ein Chauffeur steigt aus und reißt uns die Türen auf. Angenehm überrascht sinke ich in die bequemen Polster. Ich habe einen Platz auf dem Rücksitz zugewiesen bekommen, direkt neben Alberto. Und der öffnet nun auch schon ein winziges Schränkchen, das zwischen uns eingebaut ist. Grinsend wie ein Schuljunge wartet er auf meine Reaktion, als ich in das verspiegelte Innere sehe. Es ist eine Minibar.

»Digestivo?«, fragt Alberto augenzwinkernd.

Ich entscheide mich für ein Minifläschchen Ramazotti. Magenbitter soll bekanntlich besonders gut sein für die Verdauung. Und die muss bei mir in den nächsten Stunden noch etwas arbeiten.

Tonno, die vorne sitzt, hat sich zu uns umgedreht und betrachtet uns amüsiert.

»Ich habe einen Platz im Flieger für Sie buchen lassen«, klärt sie mich auf. »Wir fahren Sie jetzt schnell zum Flughafen. Er liegt nur sechs Kilometer nördlich von hier in der Gemeinde Caselle. Sie kommen dann direkt in Frankfurt an. Ich dachte, das ist angenehmer für Sie. Nach all den Strapazen, die Sie schon hatten. Der Flug geht auf uns. Als kleiner Extrabonus sozusagen.«

Ich atme auf. Tonnos Angebot ist nicht nur verlockend praktisch und bequem; so bin ich auch schneller mit dem Geld daheim.

Ich nuckle an meinem Ramazotti, und eher als erwartet stehen wir im Flughafen »Sandro Pertini«. Tatsächlich sind es nur noch dreißig Minuten, bis mein Flieger nach Frankfurt geht. Zum Abschied bekomme ich von Alberto und Tonno Küsschen auf die Wange. Links, rechts, links. Und noch mal: Links, rechts, links.

Ich bin in die Familie aufgenommen.

Presserummel

Am Frankfurter Flughafen steige ich erschlagen in ein Taxi. Ich habe jetzt so viel Geld, da kommt es auf ein paar Euro nicht an. Soll das Taxameter knattern! Viel schrecklicher wäre, wenn mir jemand in der S-Bahn meine Handtasche entrisse.

»Wo soll's denn hingehen?«

Der Fahrer ist ein netter junger Mann. Vermutlich wieder mal einer von denen, die Astrophysik und Philosophie studiert haben und nun das akademische Proletariat darstellen. So, wie er aussieht, ein Mehrsprachiger mit Migrationshintergrund. Es gibt in Frankfurt eine Menge junge Leute seines Schlages. Die Frankfurter sind so gemütlich wie weltoffen, und die Stadt tut darum viel für die Integration von Migranten. Ich nehme an, das hat damit zu tun, dass Frankfurt seit jeher eine Handelsstadt war und schon immer Fremde aus aller Welt angezogen und aufgenommen hat. Mich würde interessieren, woher mein Taxifahrer kommt. Aber ich bin einfach zu müde, um ihn zu fragen, was für ein Landsmann er ist. Und was er studiert hat.

»Wuchersheim!«, sage ich nur.

Der Fahrer setzt sich widerspruchslos in Bewegung. Ich döse vor mich hin, meine Handtasche zwischen die Knie geklemmt.

Schon bald führt uns die Autobahn in die Gefilde nördlich der Mainmetropole. Wenig später rollen wir über die Bundesstraße Richtung Wuchersheim.

Ich bin kurz vor dem Einschlafen, da klingelt mein Handy.

»Frau Bach?« Eine Stimme, die mir bekannt vorkommt.

»Ja, bitte?«

»Baer hier. Frank Baer. Wo stecken Sie? Wir haben die Täter heute Morgen nach Ablauf der Achtundvierzig-Stunden-Frist in der Detektei Konz gestellt. Um siebzehn Uhr gibt es eine Pressekonferenz. Der Leiter der Presseabteilung wird den erfolgreichen Abschluss der SOKO Golfplatz verkünden.«

Ich drücke mein Handy ans Ohr, klammere meine Handtasche mit dem kostbaren Inhalt fester an mich und starre aus dem Fenster.

Draußen gleiten bereits die flachen Felder der Wetterau an uns vorbei. Es tut dem Auge gut, so weit sehen zu können. Der Boden besteht überwiegend aus Löß, das bedeutet, dass die Erde gut zu bestellen und ertragreich ist. Seit Jahrhunderten ernährt sie die Menschen in der Umgebung.

»Frau Bach, sind Sie noch da?«

»Natürlich!« Ich springe doch nicht aus einem fahrenden Taxi.

»Frau Bach, wir warten hier auf Sie! Sie wollen doch sicherlich dabei sein, wenn der Fall offiziell abgeschlossen wird. Schließlich haben Sie ihn quasi gelöst.«

»Na ja ...«

»Ach kommen Sie, Sie müssen gar nicht so bescheiden sein. Wir haben natürlich auch gute Arbeit geleistet. Aber ohne Ihre Aussage hätten wir die feinen Herren nicht festnageln können.«

»Wissen Sie, was aus dem Detektiv geworden ist, dem Herrn Konz?«, frage ich vorsichtig.

»Das erfahren Sie alles auf der Pressekonferenz. Soweit ich weiß, war er nicht bei der Festnahme zugegen. Na los, geben Sie sich einen Ruck! Wir rechnen hier mit Ihnen.«

Ich blicke auf meine Armbanduhr und überlege. Das Taxi ist nicht sehr weit von Friedberg entfernt.

»Wie lange wird das denn dauern?«

»Höchstens eine Stunde. Wie gesagt, wir haben hier schon alles für Sie vorbereitet.«

Für mich?

»Frau Bach, ich muss Schluss machen, die ersten Pressevertreter sind da. Bis gleich, ja?«

Im Hintergrund höre ich noch ein paar Sekunden lang aufgeregte Stimmen und geschäftiges Treiben. Dann ist die Verbindung unterbrochen.

Ich atme tief durch und beuge mich vor. Tippe meinem multikulturellen Taxifahrer auf die Schulter und sage ergeben: »Kleine Kursänderung!«

Im Grünen Weg steige ich aus, zahle und entlasse den Fahrer. Schließlich steht mein Rad noch hier. Irgendwie ist das jetzt ganz praktisch.

Die Dame an der Rezeption schenkt mir ein beflissenes Lächeln. Ich komme gar nicht dazu, es zu erwidern, so schnell werde ich von Baer in den Konferenzsaal geschoben. Er hat am Eingang auf mich gewartet.

Der Saal ist schon voller Menschen. Die eine Hälfte trägt Uniform, die andere Kamera. Blitzlichter flammen auf, als Baer mich durch die Menge nach vorn schiebt. Zu meinem Schrecken bugsiert er mich auf das Podium.

»Die SOKO Golfplatz wurde aufgelöst. Sie hat ihre Arbeit erfolgreich beendet«, verkündet ein freundlicher Herr mittleren Alters den Anwesenden.

»Der Leiter der regionalen Einsatzkommission«, flüstert Baer mir ins Ohr. »Neben ihm steht der Pressesprecher.«

»Eine operative Einheit konnte die Mörder von Sabine Ott fassen. Die Täter haben bereits gestanden und das Gewaltverbrechen auf dem Golfplatz ist damit aufgeklärt. Als Todesursache wurde …«, er räuspert sich. »Dem Opfer wurden Mund und Nase gewaltsam zugehalten. Die Erstickende geriet in Panik und erlitt einen Herzanfall, der ihren Tod beschleunigte. Der entkleideten Leiche wurde silberne Farbe aufgetragen, sodann wurde sie am Weiher abgelegt.«

Aus dem Pulk der Journalisten dringen erste Fragen zu uns hoch. Der Einsatzleiter hebt beruhigend die Hände.

»Es handelt sich um ein Verbrechen aus niederen Motiven. Sabine Ott sollte für eine Gruppe betrügerischer Geschäftsleute bei einem Wissenschaftler Patente stehlen. Als ihr das nicht gelang, wurde sie von ihren Auftraggebern ermordet.«

Ich finde, dass das jetzt eine reichlich verkürzte Version ist, aber mir soll es recht sein. Je weniger über Eckhard und sein Patent in der Öffentlichkeit berichtet wird, umso besser. Ich will gerade erleichtert aufatmen, da bleibt mir die Luft weg.

»Die Täter waren keine Unbekannten. Nach ihnen wurde wegen diverser Wirtschaftsdelikte bereits im Ausland gefahndet. Was uns fehlte, waren die Beweise. Eine aufmerksame Bürgerin aus Wuchersheim konnte der Polizei jedoch vorbildlich helfen. Die Frau wurde zufällig Zeugin eines Gesprächs zwischen den Tätern, und ihre exakten Angaben haben zu unserem schnellen Erfolg wesentlich beigetragen. Zu meiner Freude ist sie heute hier unter uns: Juliane Bach!«

Applaus dröhnt durch den Saal, ein Blitzlichtgewitter geht auf mich nieder. Und es prasseln Fragen aus dem Publikum auf mich ein:

»Wie konnten Sie die Verbrecher aufspüren?«

»Wo haben Sie die Männer belauscht?«

»Wie sind Sie darauf gekommen, dass es sich um die Mörder handelte?«

Der Einsatzleiter drückt mir das Mikrofon in die Hand, damit ich antworten kann.

Mein Gott, was soll ich den Presseleuten nur erzählen? Dass ich lediglich die ausgesetzte Belohnung kassieren wollte? Dass ich mit einem Detektiv paktiert habe, um an einen Ausweis zu kommen und leichter recherchieren zu können? Dass ich beinah selbst die besagten Patente für den Detektiv gestohlen hätte?

Zur echten Heldin macht mich das nicht gerade.

Ich lächle, um Zeit zu gewinnen. Glücklicherweise rettet mich der Pressesprecher und nimmt mir das Mikrofon wieder aus der Hand.

»Sie erinnern sich sicherlich, dass für sachdienliche Hinweise im Mordfall Sabine Ott eine Belohnung ausgesetzt war. Frau Bach hat sich die natürlich redlich verdient. Wir haben für diesen Anlass ...«

Eine junge Polizistin in Uniform steigt zu uns auf das Podium. Sie trägt ein riesiges Plakat vor sich her.

»… eine symbolische Übergabe vorbereitet. Damit die Presse auch zu einem schönen Foto kommt!«

Das Plakat entpuppt sich als überdimensional große Abbildung eines Schecks. Mein Name steht darauf, der Name einer ortsansässigen Bank und eine Zahl: 25.000.

Ein Raunen geht durch den Saal. Die Ersten stehen auf und klatschen. Irgendwann geht das Klatschen in tosenden Beifall über, man hört Bravorufe. Mitten in der Menge erkenne ich ein bekanntes Gesicht. Es ist Matthias, der Freund der toten Sabine, der nun auch von seinem Sitz aufgesprungen ist.

»Schauen Sie mal hierher, Frau Bach!« Ein Fotograf will, dass ich in seine Kamera blicke.

»Frau Bach, was machen Sie denn nun mit dem Geld?« Erstaunte Reporter starren mich abwartend an.

»Mit welchem Geld?« Ich umklammere instinktiv meine Handtasche, in der immer noch die Provision für Eckhards Patent steckt. Für einen kurzen Moment weiß ich nicht mehr, von was für Geld wir hier reden.

»Na, mit der Belohnung!«

Der Pressesprecher lässt das Mikro wieder in meine Hände wandern, damit die Reporter mich besser hören können. Ich überlege fieberhaft. Nun soll ich also auch noch die Belohnung für die Hinweise zum Mord an Sabine Ott bekommen. Ist es nicht so, dass es zum Teil Matthias' Geld ist? Er hat sich dafür sogar verschuldet. Ich erinnere mich, wie verzweifelt er war, als er mir im Moody's davon erzählte, und daran, wie sehr er um seine Sabine geweint hat. Und nun sitzt er da unten und jubelt mir zu.

»Ich nehme die Belohnung nicht an!« Meine Stimme hallt über das Mikrofon durch den Saal. Einen Moment lang passiert gar nichts, dann ertönt unverständiges Murren.

Jemand schreit aufgebracht: »Sie wollen das Geld nicht haben?«

»Nein. Zumindest nicht alles. Sie werden das vielleicht nicht wissen, aber es war der Freund der Verstorbenen, der einen großen Teil der Belohnung ausgesetzt hat, weil er die Mörder hinter Schloss und Riegel sehen wollte. Er kam über ihren Verlust kaum hinweg. Das Geld, das er zur Belohnung ausgesetzt hat, gebe ich ihm hiermit zurück.«

»Aber Frau Bach …«

»Den Rest dürfen Sie mir gern überweisen. Ich danke Ihnen allen!«

Ich drücke der Dame, die den riesigen Scheck aus Pappe hereingetragen hat, das Mikro in die Hand und schreite die kleine Treppe vom Podium hinab, bahne mir meinen Weg durch die Menge.

»Frau Bach, Frau Bach!«

Von allen Seiten prasseln Fragen auf mich ein, Hände strecken sich mir entgegen, versuchen, mich zu berühren. Fühlt sich das so an, wenn man berühmt ist?

Nur langsam öffnet sich vor mir eine Gasse, durch die ich entfliehen kann. Nur weg von hier. Ich werde mein Fahrrad einmal mehr stehen lassen und erneut ein Taxi nehmen. Nicht, dass mich irgendein Rüpel auf dem Heimweg überfällt.

An der Pförtnerloge bitte ich die Dame hinter dem Glas, mir ein Taxi zu rufen. Sie willigt gnädig nickend ein, und ich wende mich schon einmal dem Ausgang zu.

»Frau Bach!« Matthias ist mir gefolgt und stellt sich mir in den Weg. »So warten Sie doch. Ich möchte mich bei Ihnen bedanken.«

»Das ist schön«, ringe ich mir ab. Ich bin einfach nur noch todmüde. »Sehen Sie, ich will Ihr Geld wirklich nicht. Nehmen Sie Ihre fünfzehntausend zurück, Sie haben doch schon genug gelitten.«

»Ich weiß nicht, wie ich Ihnen danken soll«, beginnt er wieder. »Durch Ihre Hilfe hat man die Mörder gefasst. Endlich kann ich wieder ruhig schlafen. Und jetzt geben Sie mir auch noch das Geld zurück. Frau Bach, ich muss sagen, Sie haben wirklich ein großes Herz.«

Wenn er wüsste, dass ich ihn anfangs für den Täter gehalten habe …

»Mir bleiben ja noch zehntausend«, murmele ich tröstend. Mit den fünfundzwanzig in meiner Handtasche sind das schon fünfunddreißig.

»Und was machen Sie jetzt, nachdem der Fall glücklich gelöst ist …?« Auch er scheint mich für die neue Rosa Roth der Wetterau zu halten.

»Ich mache ein Lokal auf«, bescheide ich ihn knapp. »Der eigentliche Besitzer weiß nur noch nichts davon.«

Matthias schaut mich erstaunt an. »Frau Bach, wenn das so ist, dann müssen wir unbedingt in Verbindung bleiben. Wir suchen nämlich für diverse TV-Sendungen immer wieder interessante Locations. Wenn Ihr Restaurant hübsch wird, und davon gehe ich mal aus … Ich meine, jeder Drehtag wird super gut bezahlt. Das ist etwas Reelles.«

»Okay. Dann drehen wir am besten eine Serie!« Wie sagt der Volksmund? Der Teufel scheißt immer auf den größten Haufen. Nun, wo ich etwas Geld habe, wollen mir alle noch mehr geben. »Ich melde mich, wenn es so weit ist. Ich habe ja Ihre Visitenkarte!« Entschlossen drücke ich meine Handtasche an mich, lasse den Castingmeister stehen und mache, dass ich aus der Polizeistation komme.

Draußen schwinge ich mich gelassen in das Taxi, das schon auf mich wartet. Und atme endlich auf. Mein Chauffeur kann mir gar nicht schnell genug fahren. Ich habe das Gefühl, dass ich mich mit jedem Kilometer weiter vom Mordfall Sabine Ott entferne. Und das ist gut so.

Daheim empfängt mich Paul mit anklagendem Miauen. Kein Wunder, seit gestern Morgen hat ihm niemand mehr den Futternapf gefüllt. Verfressen wie er ist, wird er sich das, was ich ihm hingestellt hatte, nicht eingeteilt haben. Paul ist halt ein Tier. Zur Versöhnung kriegt er von mir nun eine doppelte Portion Katzenfutter, über die er sich gierig hermacht. Ich hingegen falle auf mein Bett, und zwar so, wie ich bin – vollständig angezogen. Auf der Stelle schlafe ich ein, den Kopf auf der Handtasche, die meine Arme noch immer fest umklammert halten.

Das Glashaus

Eckhards Haus liegt friedlich in der zarten Morgensonne, als ich am nächsten Tag vor seinem Gartentor stehe. Ich halte meine schwarze Handtasche an mich gepresst und drücke stürmisch auf die Schelle. Mir ist, als stehe ich unter Strom. Die Aufregungen der Reise und die Pressekonferenz stecken mir noch in allen Kleidern. Mein Hirn arbeitet fieberhaft. Was soll ich Eckhard nun sagen? Oder vielmehr: Wie soll ich es ihm sagen?

»Eckhard!«, rufe ich. »Mach mir auf!«

Erneut drücke ich auf die Schelle, meine Handtasche im Arm.

»Juliane?«, höre ich endlich Eckhards Stimme. Er öffnet die Haustür und starrt mich entgeistert an.

»Um Gottes willen, wo warst du denn? Ich habe dir doch gesagt, dass du das Haus nicht verlassen sollst! Und gestern, als ich nach dir sehen wollte, warst du nicht da. Ich habe mir die allergrößten Sorgen gemacht!«

»Los, lass mich rein!«, feuere ich ihn an.

Langsam kommt Eckhard auf mich zu und schimpft dabei weiter.

»Schließlich habe ich gehört, dass die Polizei die Mörder von Sabine Ott gefasst hat. Abends kam es im Radio, auf FFH. Und dann in der Hessenschau. Ich dachte schon, jetzt folgt die Nachricht, dass sie noch eine weitere Leiche gefunden haben – nämlich deine!«

Endlich öffnet er das Tor. Ich darf passieren, und wir gehen über den Kiesweg auf sein Haus zu.

»Und da, in der Hessenschau, da habe ich dann auch dich gesehen. Und deine kleine Ansprache an das Volk. Sag mal, wie konntest du mich nur so in Sorge stürzen? Und wie kommst du darauf, drei Fünftel der Belohnung abzulehnen? So viel Geld!«

»Weil ich genug davon habe!«, erkläre ich ihm bestimmt.

»Wie jetzt?« Eckhard sieht mich fassungslos an.

Wir haben sein Häuschen erreicht. Er zieht die Fußmatte zur Seite, mit der er die Tür festgestellt hat. Gibt mir mit einer Geste zu verstehen, dass ich eintreten soll. Er schiebt mich sanft in seine Küche und bedeutet mir, dass ich mich setzen soll. Ich bleibe ungeduldig stehen.

»So nimm doch Platz!«

Ich schüttele stumm den Kopf. »Ich danke dir für deine Gastfreundschaft. Aber du musst jetzt mit mir kommen. Zur Ronneburg. Ich muss dir unbedingt etwas Tolles zeigen.«

Eckhards Stirn legt sich in Falten. »Zur Ronneburg?«, fragt er erstaunt. »Was soll ich denn da? Das Mittelalterspektakel ist doch vorbei.«

»Vertrau mir«, bettele ich. »Komm einfach mit. Ich meine es doch nur gut mit dir!«

»Frauen, die es gut mit mir meinen, waren mir schon immer suspekt«, sagt Eckard ruhig. »Mit mir darf es nur meine Mutter gut meinen.«

Ich öffne meine Handtasche und ziehe den brauen Umschlag heraus. Dann greife ich hinein und lege langsam die dicken Geldbündel auf Eckhards Küchentisch.

Eckhard zieht einen Stuhl zu sich heran und setzt sich langsam hin.

»Aber Goldmarie«, sagt er tonlos. »Wo kommt denn das viele Geld her? Du machst mir Angst!«

Vorsichtig nimmt er ein Bündel in die Hand. »Ist das dein Anteil an der Belohnung für den Hinweis auf die Mörder von Sabine?«

Ich winke ab. »Nein, der wird überwiesen. Kennst du einen Mann namens Alberto Giribaldi? An den habe ich deine Erfindung so gut wie verkauft!«, verkünde ich stolz. »Und wenn du mit mir zur Ronneburg fährst, dann zeige ich dir auch, was du mit dem vielen Geld anstellen kannst.«

»Und dieses Geld hier hast du für mein Patent bekommen?« Eckhard fängt ungerührt an, die Scheine durchzuzählen. »Sag das noch mal.«

»Nein, was du in den Händen hast, ist meine Provision«, erkläre ich ihm. »Fünfundzwanzigtausend Euro. Das ist ein Prozent für mich. Rechne mal aus, wie viel du dann erst bekommst.«

»Oh!«, spottet Eckhard. »Schön, dass ich mir das selbst ausrechnen darf. Noch besser finde ich, dass du hinter meinem Rücken mein Patent verkaufst. Ohne mich wenigstens vorher zu fragen. Was ist das für ein Theaterstück, das du hier aufführst? Sind die Scheine überhaupt echt?«

Er tut noch immer so, als würde er mir meine Geschichte nicht glauben. Als würde ich puren Unsinn erzählen. »Natürlich sind die Scheine echt. Ich habe sie dafür bekommen, dass ich den Kontakt zu dir herstelle und verhindere, dass du deine Erfindung jemand anderem anbietest. Die Italiener kaufen dir das Nanopatent auf der Stelle ab. Du musst nur entscheiden, ob dir der Preis genehm ist.«

Eckhard schnaubt ungläubig durch die Nase. »So ist das also. Ich muss das nur mal so eben entscheiden, ja?«

»Okay«, lenke ich ein. »Gib mir zwei Stunden. Zwei Stunden, um dir etwas zu zeigen und zu erklären. Danach darfst du mit mir machen, was du willst.«

»Eijeijei!« Eckhard amüsiert sich jetzt erst recht über mich. »Lass mich das wiederholen: Ich darf mit dir machen, was ich will. Und dafür schenkst du mir zwei Stunden deines Lebens?«

»Es geht um zwei Stunden deines Lebens«, korrigiere ich ihn. »Es ist mein voller Ernst!« Ich stopfe die Geldbündel wieder in den Umschlag und suche einen Platz in Eckhards Wohnung, um sie zu verstecken. Er kommt mir zu Hilfe und schließt das Geld in seinem Schreibtisch ein. Dann zieht er kopfschüttelnd die Autoschlüssel aus der Hosentasche und führt mich zu seinem klapprigen Wagen.

Eine knappe Stunde später stehen wir dort, wo ich vorgestern Abend mit Hanne geparkt habe. Ich ziehe Eckhard über die Straße, rüber zu dem ominösen Glashaus. Vielmehr: Ich will ihn dahin ziehen. Eckhard bleibt nämlich mitten auf der Straße stehen.

»Mein Gott! Was ist das denn? Das ist ja …«

»Ja, komm näher, schau es dir genauer an!«, flehe ich fast.

»Juliane! Wie hast du das denn gefunden?«

»Einfach so. Ich stand auf einmal davor.«

»Das ist ja der helle Wahnsinn. Sag mal, war das mal eine Kneipe?«

Ein Auto kommt wild hupend die Straße entlang und fährt uns beinahe um. Gerade noch rechtzeitig ziehe ich Eckhard zur Seite. Endlich ist er aus seiner Trance erwacht, überquert den Rest der Straße und geht auf das Glashaus zu.

Lange steht er vor dem unwirklichen Gebäude. Späht durch die Scheiben ins Innere. Legt eine Hand an das Glas und fühlt seine kühle Glätte.

»Wenn man das wiedereröffnen könnte …«, murmelt er.

»Aber Eckhard, klar, das kannst du. Locker!«, jubele ich.

Endlich begreift er, worauf ich hinauswill.

»Weißt du, wer das verkauft?«

»Noch nicht. Aber das kriegen wir ganz schnell heraus.«

»Ja aber … Wovon soll ich das finanzieren? Mein Häuschen wirft nicht so sehr viel ab, wenn ich es verkaufe.«

»Wenn du mich nun bitte zu dir nach Hause fahren würdest? Dann erläutere ich dir dort meinen kompletten Plan«, verspreche ich.

»Na, du bist mir ja eine«, murmelt Eckhard. »Nun gut, für diese Überraschung hast du eine Belohnung verdient. Ich werde mir deinen Plan anhören. Husch, husch, zurück ins Auto!«

Diesmal öffnet mir Eckhard sein Gartentörchen ohne Widerstand. Er öffnet mir sogar die Haustür und geleitet mich galant in die Küche.

»Dann lass mal hören.«

Wieder hocken wir an seinem Küchentisch. Und diesmal lässt Eckhard mich ausreden. Er hört mir tatsächlich aufmerksam zu. Und ich erzähle ihm meine ganze lange Geschichte, angefangen von meinem nächtlichen Besuch bei Franka über das Treffen mit Tonno bis hin zur Begegnung mit seinem Forscherkollegen. Nur eins bleibt offen: Ich weiß immer noch nicht, ob Alberto nur ein Mitglied von Frankas Familie ist – oder auch eins der *famiglia*.

»Donnerkeil!«, sagt Eckhard, als ich fertig bin. »Das hast du ja toll hingekriegt.«

Endlich lobt er mich mal! Ich bin angenehm verblüfft.

Und dann kriege ich doch noch die Dusche, die ich verdient habe:

»Obwohl du ein unberechenbares Biest bist«, sagt er. »Ein Miststück, das einen hintergeht und bestiehlt. Das keinen Rat annimmt und macht, was es will. Du kannst froh sein, dass dir nichts passiert ist.«

Die Worte kommen harsch aus seinem Mund, doch seine Blicke sprechen bereits eine andere Sprache. Sie machen mir Mut.

»Komm schon«, sage ich. »Wie oft soll ich mich noch entschuldigen? Ich war arbeitslos, ich brauchte endlich Geld. Ich dachte, ich schnappe den Mörder von Sabine Ott und bekomme die fette Belohnung. Und falls das nicht klappt, wenigstens einen Job in der Detektei. Und du musst zugeben: Dein Verhalten war undurchsichtig. Ich hätte mir vorstellen können, dass du deine Firma betrogen hast. Aber als Mörder, na ja, als Mörder habe ich dich dann doch nicht gesehen.«

»Na, das ist doch schon was!« Er lacht herzlich. »Und wie geht es jetzt weiter?«

»Wir eröffnen eine Galerie mit Weinkneipe!«, sage ich leidenschaftlich. »Wir verkaufen deine Patente an die Turiner. Mafia hin, Mafia her.«

»Wieso Mafia?«, fragt Eckhard leise, und seine Stimme klingt jetzt rau. »Dr. Giribaldi ist ein unbescholtener Wissenschaftler, ein kompetenter, verdammt netter Kollege. Hat er dir nicht erzählt, dass wir uns auf einer Tagung kennengelernt haben? Wenn ihm meine Erfindung so viel wert ist ... Bitte! Warum nicht? Soll er sie haben.«

»Und was ist mit dem Leonardo-Fehler?«

»Du meinst, die Falschinformation, die ich eingebaut habe, um meine Erfindung zu schützen? Nun, sobald die Verträge unter Dach und Fach sind, korrigiere ich meine Dateien. Ich werde bestimmt öfter nach Turin fahren müssen, um die Entwicklung noch ein bisschen zu begleiten. Aber in Italien ist es ja schön. Da kann ich mir schon erste Ideen für die mediterranen Speisen holen, die es dann in unserem Restaurant geben wird. Vielleicht kann ich schon ein paar besondere Zutaten einkaufen.«

Während er redet, kommt sein Gesicht immer näher. Irgendwann finden sich unsere Münder, ich kriege meinen ersten richtigen Kuss von ihm. Er küsst mich ungeheuer lange. Aber er wäre nicht Eckhard, wenn er wie jeder andere küssen würde. Kurz bevor ich von ihm lassen muss, weil ich einfach keine Luft mehr kriege, beißt er mich fest in die Lippe.

»He? Was soll das denn?«, will ich wissen. »Willst du mich auffressen?«

»Das auch«, sagt Eckhard und streicht mir das Haar aus dem verschwitzten Gesicht. »Aber erst später. Das hier, das war nur, damit du den Kuss nicht so schnell vergisst.«

Er lächelt selbstbewusst. »Trinkst du wieder ein Glas Wasser mit mir? Oder darf es diesmal direkt etwas Stärkeres sein?«

Ich nicke heftig. »Ja, danke. Etwas sehr Starkes, wenn ich bitten darf.«

Überraschung

Am nächsten Morgen hängt ein grauer Himmel über Wuchersheim. Das richtige Wetter, um den ganzen Tag im Bett zu bleiben. Aber möglichst allein und ohne jede überflüssige Bewegung. In meinem Schädel ist Hammerwerfen in der Gedächtnishalle angesagt. Ich darf gar nicht daran denken, wie viel ich gestern getrunken habe. Was wir noch alles besprochen haben. Eckhard und ich. Und was er noch alles mit mir angestellt hat.

Wie war das? Er hat mir zwei Stunden seines Lebens geschenkt und durfte dafür mit mir machen, was er wollte?

Na ja, so ähnlich.

Nur, dass es mehr als zwei Stunden waren.

Als ich mich meinem Haus nähere, sehe ich Licht in meinem Wohnzimmerfenster.

Habe ich das Licht angelassen? Gestern Morgen, bevor ich zu Eckard gegangen bin?

Als ich die Wohnungstür erreiche, höre ich Stimmen. Zwei junge Stimmen, eine männliche und eine weibliche. Die männliche gehört Laurenz und die weibliche …

»Lisa! Laurenz! Was macht ihr denn hier?«, rufe ich erfreut, als ich ins Wohnzimmer trete. Die beiden hocken in Bademänteln auf meinem Sofa, die Füße auf meinen Sesseln, die sie sich entsprechend zurechtgeschoben haben, und gucken Fernsehen. Frühstücksfernsehen.

»Komm mal her, Mama«, schmust Laurenz. »Ich muss dir was sagen.«

»Brauchst du Geld?«, witzele ich. »Oder was treibt dich her?«

Laurenz grinst breit. Strahlend zieht er Lisa an sich. »Wie hast du das nur wieder so schnell erraten? Wir wollen übers Wochenende nach Paris fahren, und ich bin pleite. Du willst doch nicht, dass Lisa mich aushält?«

Was sagt man dazu? Ich lege den Kopf schief und überlege. »Nein, das will ich nicht. Aber ich will dich auch nicht aushalten, stell dir vor! Ich kann euch beiden allerhöchstens etwas leihen, so sieht's aus.«

»Ach danke, Mama!« Laurenz übergeht rasch die feinen Nuancen zwischen Geben und Leihen. »Du bist echt toll! Nächste Woche ziehe ich auch wieder bei dir ein.«

»Wieso das denn?« Das kommt mir denn doch zu überraschend. »Ich denke, du wohnst bei Magnus. Hat der edle Ritter dir gar sein Kämmerchen verweigert?«

Laurenz lacht laut, und Lisa fällt in sein Lachen ein.

»Nein, oder vielleicht doch. Er wollte nicht, dass ich noch länger bei ihm herumhänge. Und Lisa meint auch, alles hätte seine Zeit«, fügt er mit philosophischer Attitüde hinzu.

»Und was für eine Zeit bricht dann für dich an?«

»Ich bin jetzt beim Fernsehen. Ich arbeite für ein neues Format vom HR als Location-Scout. Ich suche der Produktionsfirma die passenden Drehorte aus. Ein paar in Frage kommende Orte habe ich schon in Skizzen festgehalten.«

Ich möchte fragen, wieso das so lange gedauert hat, bis er sich zu einem Berufsziel durchgerungen hat. Wann er zu Lisa gefunden hat. Warum er auf dem Hoffest so mürrisch war.

Aber das sind vielleicht ein paar Fragen zu viel auf einmal.

»Seit wann denn?«, frage ich erstaunt.

Laurenz grinst. »Offiziell erst seit vorgestern. Angefangen hab ich schon vorher, zur Probe.«

»Apropos Skizzen«, sage ich. »Du hast deine Zeichnungen bei mir stehen lassen.«

»Ja, genau«, ruft Laurenz, und schon ist er in den Flur gehuscht, um seine Werke zu holen und uns zu zeigen.

»Hier. Die Ronneburg, der perfekte Platz für die neue Mittelalter-Telenovela!«

»Aha!«, mache ich, und Laurenz präsentiert das nächste Blatt. Lisa und ich sehen noch ein paar potenzielle Drehorte in der Wetterau und in Assenheim – und dann den nackten Eckhard.

»Hui!«, macht Lisa andächtig, doch bevor sie sich sattsehen kann, nehme ich Laurenz das Blatt ab.

»Und wie kommt Eckhard in deine Mappe?« Ich klinge betroffener, als ich will.

Das interessiert Lisa nun auch.

»Ach das.« Laurenz winkt ab. »Du hast mir doch, als ich auszog, vorgeschlagen, ich soll mich irgendwie beschäftigen – egal, womit, und wenn ich im Kunstverein malen würde, erinnerst du dich?«

Und wie ich mich erinnere!

»Tja, genau das hab ich gemacht. Eckhard Peters hat sich beim Kunstverein etwas dazuverdient. Als Zeichenlehrer.«

Nun, das Dazuverdienen wird er jetzt nicht mehr nötig haben.

»Du meinst ... als Aktmodell?«, platze ich heraus.

»Nein«, lacht Laurenz amüsiert auf. »Wie kommst du denn darauf? Aber Eckhards Kurs war echt gut«, erzählt er eifrig weiter, »und nun kann ich das, was ich bei ihm gelernt habe, im Job einsetzen.«

»Aber wie kam es denn, dass ... Wieso hast du Eckhard denn ... nackt gezeichnet?«, frage ich ungläubig. »Ich meine, hattet ihr kein Geld für ein Modell?«

»Doch, doch«, sagt Laurenz ungerührt. »Aber der Typ war so verdammt unzuverlässig. Er kam immer zu spät. Oder gar nicht. Irgendwann hatte Eckhard die Nase voll, und er hat sich selbst als Modell zur Verfügung gestellt. Er macht das übrigens gut, musst du wissen, er kann stundenlang still sitzen, ohne auch nur mit einem Muskel zu zucken. Keine Ahnung, wie er das hinkriegt.«

Das würde ich mir bei Gelegenheit gern mal ansehen.

»Du musst mich auch mal zeichnen«, schmachtet Lisa. Ihre Wangen glühen, ihre Haare stehen noch höher als sonst zu Berge. Und sie strahlt, als hätte irgendjemand tausend Glühbirnen in sie eingebaut und eingeschaltet. Als sie meinen Blick sieht, fällt ihr etwas ein.

»Waren Sie eigentlich schon beim Fototermin?«

Ich schüttele leise den Kopf.

»Aber Sie gehen doch noch hin, oder?«, ruft sie enttäuscht. »Bitte, bitte, Sie müssen hingehen. Ich bin mir absolut sicher, dass das das Richtige für Sie ist. Sie kommen ganz groß raus!«

Ehe ich mich versehen kann, springt sie auf und durchsucht ihre Handtasche nach einem Büchlein. Dann setzt sie sich mit meinem Telefon auf den Boden und legt los. Ich mache ihr eindeutige Gesten, ihr Telefonieren zu unterlassen, aber Laurenz fällt mir in den Arm. Und so muss ich mitanhören, wie Lisa mich zu einem Fototermin beim BND anmeldet.

BND

Zwei Tage später fahre ich nach Frankfurt. In der Tasche habe ich eine ganze Liste von Dingen, die ich mir ansehen möchte, um die perfekte Einrichtung für unser Glashaus zu finden. Wir brauchen stilvolles Geschirr und Gläser, Möbel, Stoffe, Dekoration und was sonst noch dazugehört. Keinesfalls möchte ich eine Ausstattung mit Brauereimobiliar und dem üblichen Hotelporzellan haben. Ich werde mich zunächst auf der Zeil umsehen und dann vielleicht noch nach Bockenheim fahren. Dort erinnere ich einen kleinen Laden mit schöner, ausgefallener Tischwäsche. Bei der Gelegenheit schaue ich in diesem Fotostudio vorbei und sage den Termin ab. Aber zunächst gönne ich mir noch einen kleinen Spaziergang am Mainufer entlang.

Ich lasse meinen Blick über den Fluss schweifen. Mir gegenüber liegt das Museumsufer mit all den schönen Gebäuden, die die Kultur vergangener Jahrhunderte beherbergen. Generationen von Menschen haben in dieser Stadt um ihre Existenz gekämpft: Handwerker, Kaufleute, Geldverleiher, Künstler. Bauern sind unweit von hier am Römer auf die Märkte gekommen, um ihre Produkte zu verkaufen. Und in diesem Karmeliterkloster, an dem ich gerade vorbeigehe, haben sich Mönche in Kontemplation versenkt.

Ich merke schon, wie beruhigend die soliden Mauern des Klosters auf mich wirken. Weit weg vom Verkehrslärm und der Hektik der Großstadt. Ob ich mich mal hineinbegebe? Die schlichte Einrichtung eines Klosters könnte eine gute Inspiration für die Ausstattung unserer Kneipe sein.

Ich trete durch das gotische Portal und sehe mich ein bisschen um. Kühl ist es hier, und meine Augen müssen sich erst an die Lichtverhältnisse gewöhnen. Ich scheine allein zu sein – bis auf einen Mann, der im Foyer auf und ab geht. Seine Bewegungen kommen mir vage bekannt vor, doch sein Gesicht kann ich nicht gleich erkennen. Langsam gehe ich näher an ihn heran. Im Moment dreht er mir den Rücken zu, er trägt Jeans und ein beiges Cordjackett, seine dunklen Haare hat er zusammengebunden.

Ich kenne ihn, das weiß ich genau.

Endlich dreht er sich um, und mein Rätseln hat ein Ende: Vor mir steht Magnus. Magnus Mittelalter!

»Ritter Magnus!«, spreche ich ihn an. »Mir gehen schier die Augen über, Euch hier zu sehen. Sucht Ihr vielleicht ein neues Rezept für Eure Amselchen?«

»Psst, nicht so laut, Frau Bach«, antwortet Magnus erschreckt. »Ich warte gerade auf meine Kollegen.«

»Auf Ihre Kollegen? Sie ... arbeiten hier im Kloster?«

»Ja, hier ist doch das Institut für Stadtgeschichte untergebracht«, erklärt er fast ein bisschen genervt. »Da arbeite ich. Und jetzt wollen wir gleich zum Thai-Express. Mittagspause, verstehen Sie?«

Er wirkt sehr alltäglich, wie er so dasteht in seinem braven, karierten Hemd.

»Aber ich dachte, Sie gehören zum fahrenden Volk?« Ich kann ein Lächeln nicht unterdrücken.

Magnus lächelt zurück. »In meiner Freizeit, ja. Eigentlich bin ich aber Historiker. Magister der Geschichte an der Uni Frankfurt. Seit zwei Monaten habe ich diesen Job hier. Im Moment organisiere ich einen historischen Rundgang auf den Spuren der mittelalterlichen Stadtmauer.«

»Was sagt man dazu? Dann hat Ihr Hobby ja doch einen tieferen Sinn.«

»Auf jeden Fall. Wenn man auch mal körperlich in diese Zeit eintaucht, hat man ein ganz anderes Verständnis für die Menschen dieser Epoche.« Magnus senkt die Stimme. »Meinen Kollegen habe ich noch nichts von meiner Leidenschaft erzählt. Ich will ja nicht, dass die mich für einen Spinner halten.«

»Aber Magnus«, erwidere ich mit Unschuldsmiene. »Wer sollte denn so etwas denken?«

Magnus wird noch eine Spur leiser und tritt von einem Fuß auf den anderen. »Bitte, Frau Bach, verstehen Sie doch. Es ist schließlich so: Den einen gefällt man in dieser Rolle, den anderen in jener. Hanne zum Beispiel ... Sagen Sie bitte Hanne erst mal nichts davon, dass ich hier arbeite. Ich glaube, Hanne liebt mich nur als Ritter. Sie wäre enttäuscht, wenn sie wüsste, dass ich ein ganz normaler Wissenschaftler bin. Ein Schreibtischhengst sozusagen.«

Bevor mir dazu etwas einfällt, nähern sich die Institutskollegen. Magnus wendet sich ihnen zu und winkt mir nur kurz zum Abschied.

Ich mache mich auf den Weg zur Zeil, die seit hundert Jahren die berühmteste und umsatzträchtigste Einkaufsmeile Frankfurts ist. Einst hörte die Stadt hier auf, und die Häuser standen in einer Zeile – ohne ein Gegenüber auf der anderen Straßenseite zu haben. Nach der Gründung der Neustadt im Jahre 1333 war nämlich vor der Stadtmauer zwischen Bockenheimer und Friedberger Pforte nur die Nordseite der Straße bebaut worden. An der Südseite verlief weiterhin der Wassergraben der alten Staufermauer, der erst Ende des 16. Jahrhunderts zugeschüttet wurde.

Zielstrebig steuere ich auf den Kaufhof zu und begebe mich direkt in die Haushaltswarenabteilung. Das Angebot ist riesig, Gläser, Teller, Besteck in allen Varianten. Die Vielfalt der Waren erschlägt mich geradezu, das kommt davon, wenn man jahrelang auf dem Dorf wohnt und zwischen einer einzigen Mini-Boutique und Frankas Getränkeladen hin- und herpendelt. In der Zeilgalerie ergeht es mir ähnlich; es gibt hier unzählige Modeläden und dazwischen auch einige Shops mit stilvoller Wohnungsdekoration. Als Anregung sind die Auslagen ganz schön, aber von einer Kaufentscheidung bin ich noch weit entfernt.

Ich beschließe, einen Abstecher nach Bockenheim zu machen. Wie so viele Städte hat auch Frankfurt im Lauf der Zeit zahlreiche Dörfer ins Stadtgebiet integriert. Die einzelnen Dorfmittelpunkte, Kinos, Marktplätze und Einkaufsstraßen sind nach wie vor erhalten. Die Leipziger Straße ist sozusagen Bockenheims Zeil. Dunkel erinnere ich mich, wo mein gesuchter Laden liegt. Doch vor Ort angekommen muss ich feststellen, dass es das Geschäft nicht mehr gibt, ein Handyshop ist an seine Stelle getreten. Als ich noch enttäuscht die bunten Mobiltelefone im Schaufenster betrachte, legt mir jemand von hinten den Arm über die Schulter.

»Na, so was, Sonja!«, entfährt es mir.

Sonja strahlt mich an. Sie sieht ganz wundervoll aus. Ihre Haare sind kunstvoll hochgesteckt, sie trägt ein dunkelblaues Etuikleid und dazu eine lange Perlenkette. Richtig edel, wie eine Gräfin von und zu.

Sonja bemerkt meinen erstaunten Blick und wird etwas verlegen.

»Du, äh, ich bin gerade hier in der Gegend«, stottert sie. »Ich lass mich mal fotografieren. Nur so, äh, zum Spaß …«

»Etwa beim BND?«, fällt mir dazu ein.

»Stimmt«, gibt sie sofort zu. »Auf unserem Hoffest hat doch Lisa die Adresse herumgereicht. Da konnte ich nicht widerstehen. Wo doch sogar du bei einem Casting warst.«

Ja, sogar ich, obwohl ich nicht so schön bin wie sie! Das will sie mir doch damit sagen.

»Bitte begleite mich«, fleht Sonja jetzt. »Ich bin richtig nervös.«

Nun gut, ich wollte ja sowieso bei diesem Studio vorbeigehen und meinen Termin absagen. Also nicke ich, und wir machen uns auf den Weg.

»Du, meinst du, die nehmen auch jemand in meinem Alter?«, fragt Sonja unsicher, als wir die Leipziger Straße entlanggehen.

»Lisa hat gesagt, die nehmen jeden. Bestimmt auch jemanden wie dich.« Eine kleine Retourkutsche meinerseits. Unter guten Freundinnen.

Kurze Zeit später stehen wir in einem loftähnlichen Raum in einem Hinterhaus in der Leipziger Straße.

Die junge Dame am Schreibtisch nimmt uns gleich in Empfang und lotst uns zum Ende des Raums, wo Scheinwerfer und Reflektionsschirme stehen. Während sie uns nach hinten geleitet, erklärt sie die Vertragsbedingungen.

»Ich habe Ihnen ja am Telefon schon gesagt, dass eine Setkarte hundertfünfzig Euro kostet. Dafür sind Sie dann in unserer Kartei und können jederzeit vermittelt werden. Mit nur einem Fotoshooting holen Sie das Geld dicke wieder raus.«

Sonja und ich sehen uns bedeutungsvoll an. Ich schüttele unmerklich den Kopf. Doch Sonja zuckt mit den Schultern und lässt alles Weitere über sich ergehen.

»Nun kommen Sie mal her und stellen Sie sich hier vorne auf das weiße Papier. Ja, ja, treten Sie ruhig drauf!«, sagt die Fotografin zu Sonja.

»Drauftreten? Auf das Papier?«

»Ja, nur Mut!«

Gehorsam tut sie, was die fremde Frau will. Eine riesige Rolle Papier hängt in dem Fotostudio von der Decke herab und läuft auf dem Boden weiter. Schneeweiß. Sonja wagt kaum, mit ihren nicht ganz sauberen Straßenschuhen auf den Fleck zu treten, den die Fotografin ihr angewiesen hat. Vorsichtig tapst sie auf das Papier.

»Ja, brav. Und nun sehen Sie mich an. Bauch rein, Brust raus ...«

»... Kinn vor!«, ergänzt Sonja.

Die Fotografin lacht. »Sie kennen sich wohl schon aus?«

»Nein«, sagt Sonja stolz. »Es ist das erste Mal, dass ich ein Fotoshooting habe.«

»Dafür machen Sie es verdammt gut. Kinn hoch und lachen! Ja, zeigen Sie es mir!«

Sonja gehorcht.

»So, und nun mal so richtig streng!«

Die Fotografin kommt näher, den Fotoapparat auf halber Höhe vor der Brust, und betrachtet Sonja kritisch. Als sei sie ein schlapper Kleiderhaufen, den es zu arrangieren gelte. Sie ist sehr ernsthaft bei der Sache. Ein freundlicher, mittelblonder Typ Ende dreißig. Die Nette von nebenan.

Sonja blinzelt. Die Lampen hier sind hell, sehr hell.

»Haben Sie viele Models in Ihrer Kartei?«, frage ich zwischendurch.

»Oh ja«, sagt sie. »Und viele sind so alt wie Sie. Und älter! Unsere Agentur heißt nicht umsonst Büro für Neue Darsteller. Mit ›neu‹ ist eigentlich ›anders‹ gemeint. Wir suchen nicht nur die jungen, schönen Models. Wir haben sogar eine Achtzigjährige dabei – und die ist nicht geliftet. Ganz natürlich und selbstbewusst ist die. Die ist immer ausgebucht. Können Sie sich das vorstellen?«

Ich gerate ins Grübeln.

Was werde ich machen, wenn ich achtzig bin? Wie wird mein Leben dann sein?

Sonja, Hanne und ich – eine jede von uns kann mühelos achtzig werden. Die Mädchen, die jetzt geboren werden, werden hundertzwei Jahre lang leben, das haben Statistiker errechnet.

»Früher war so was undenkbar«, fährt die freundliche Fotografin auch schon fort. »Da hörte eine Modelkarriere mit dreißig auf. Aber die Werbung braucht heute immer ältere Gesichter, weil die Verbraucherinnen immer älter werden. Die wollen ihresgleichen auf den Prospekten sehen. Mit jungen Dingern identifizieren die sich nicht.«

Ich nicke wissend.

»Ihre Fotos werden sehr schön, das sehe ich jetzt schon.« Sie lächelt Sonja ermutigend zu, aber so ganz sicher scheint sie ihrer Sache nicht zu sein.

Um ihren Mund spielt ein skeptischer Zug.

Dann ist Sonjas Fotosession fertig, und wir kehren wieder an den Schreibtisch zurück. Die Fotografin gibt Sonjas Personalien in einen Computer ein.

»Und was ist mit Ihnen?«, wendet sie sich an mich.

»Ich bin nur hier, um den Termin abzusagen, den eine Bekannte für mich ausgemacht hat. Meine Interessen haben sich total geändert.«

»Das ist aber schade«, sagt sie ehrlich bedauernd. »Bei Ihren Händen!«

»Was ist denn mit meinen Händen?« Oh Gott, nicht schon wieder meine Hände! Die Narben sind doch endlich verheilt.

Ehe ich mich wehren kann, greift sie zu. Ergreift meine Hände und betrachtet sie verwundert.

»Sie haben ganz wunderbare Hände!«

Es stimmt. Sie sind makellos. Weiß und zart. Ohne jede Unebenheit. Dr. Schön hat ganze Arbeit geleistet.

»Wissen Sie, wir vermitteln auch Handmodels. Wenn nur die Hände auf dem Foto zu sehen sind, das gibt es oft. Schöne, weibliche Hände, die eine Rose halten oder eine Tasse Tee ...«

Auch Sonja beugt sich über meine ausgestreckten Patscherchen.

»So schöne Hände«, fährt die Fotografin fort, »habe ich bei einer Frau in Ihrem Alter noch nie gesehen. Sie sind das perfekte Handmodel. Doch, ja. Als Handmodel kann ich Sie jederzeit unterbringen.«

»Nun ja, wie gesagt, ich habe ein anderes Lebensziel, als ... Handmodel zu werden.«

Enttäuscht richtet die Fotografin ihren Blick nun auf Sonja.

»Ich rufe Sie an, sobald ein Interessent Sie buchen will.« Und nach einer kleinen, nachdenklichen Pause setzt sie bestimmt hinzu: »Das kann allerdings dauern.«

Sonja zahlt die hundertfünfzig Euro in bar, und wir verlassen den BND.

»Ich glaube, von denen höre ich nie wieder etwas«, meint Sonja enttäuscht. »Alles rausgeschmissenes Geld.«

Christi Himmelfahrt

Neun Monate später sind wir in meinem Auto unterwegs. Die Reise geht von Wuchersheim nach Offenbach.

Sonja fährt, seit sie fünfzig ist, regelmäßig zum Frauenschwimmen dorthin. Zugelassen sind – wie der Name schon sagt – nur Frauen, also nur weibliche Wesen. Die Veranstaltung wird hauptsächlich von muslimischen Frauen genutzt, die beim Schwimmen unter sich sein wollen.

Sonja sagt, es sei einfach klasse, allein unter Frauen zu baden. So muss sie sich keine Gedanken darüber machen, ob sie irgendein Mann im Badeanzug sieht.

Die Männer urteilen ja doch im Stillen, sagt Sonja. Vergeben insgeheim Punkte für Bauch, Beine und Po. Sind ungebetene Preisrichter, deren Urteil sie nicht hören will. Das, so meint sie, muss sie sich nicht geben.

Das Frauenschwimmen findet in der Halle statt. Im Hochsommer ist die Halle aber geschlossen. Nur der Außenbereich ist dann geöffnet, und somit ist Pause, was das Frauenschwimmen angeht. Am Ende der Saison, kurz bevor die Halle dichtgemacht wird, gibt es immer ein großes Frauenschwimmfest. Es fällt diesmal auf Christi Himmelfahrt, und wir Mädels haben beschlossen, alle gemeinsam hinzugehen: Sonja, Hanne, Lisa und ich. Laurenz, Magnus und Eckhard haben wir vertröstet und daheim gelassen.

Schließlich sind sie keine Frauen.

Wir genießen die Fahrt in meinem kleinen Cabrio und fahren mit offenem Verdeck. Es ist ein ungewöhnlich heißer Junitag, und wir lassen uns den Wind um die Gesichter wehen.

Das Auto hat Eckhard mir zu Weihnachten geschenkt. Als Dankeschön für meine konspirative Zeit als Detektivin. Alberto hat uns die Patente im Namen seiner Firma abgekauft. Demnächst werden glänzende, makellose Autos nicht nur über Italiens Straßen rollen. Die »Familie« war dankbar für Eckhards Erfindung und hat wie versprochen gezahlt. Eckhard hatte genug Geld, um sich seinen Traum zu erfüllen: Das Glashaus ist jetzt eine Kunstgalerie mit Weinkneipe.

Von Martin Konz habe ich nie wieder etwas gehört. Vielleicht hat er den Bericht in der Frankfurter Rundschau gelesen, in dem über den Auftakt des Prozesses gegen die Mörder von Sabine Ott berichtet wurde. Aber vielleicht ist er auch in Alaska. Ich kann ihn mir richtig vorstellen, eingepackt in Daunenjacke und Fellmütze, wie er sein Huskygespann mit lauten Rufen antreibt. Wie er sein »Hey, ho« in den Wind brüllt, ein glückliches Lächeln im Gesicht.

Den Heuschrecken hingegen ist das Lächeln mit Sicherheit vergangen. Lebenslänglich hat die Staatsanwaltschaft beantragt, die Verteidigung plädiert auf Totschlag. Jedenfalls sitzen die beiden Verbrecher jetzt schon neun Monate in Untersuchungshaft. Wegen Fluchtgefahr. Ich hoffe, sie bekommen die Höchststrafe.

»Lisa?« Hanne schreit nun gegen den Fahrtwind an. »Was macht dein Studium?«

»Super! Wahnsinnig interessant«, ruft Lisa zurück.

Lisa und Laurenz sind in meine Wohnung gezogen, nachdem ich zu Eckhard übergesiedelt bin. Lisa studiert seit Oktober an der Frankfurter Uni ein Fach namens TFM: Theater-, Film- und Medienwissenschaft. Und Laurenz ist glücklich als Location-Scout.

Noch bevor wir das Glashaus renoviert haben, habe ich mit Eckhard zusammen sein weißes Haus aufgemöbelt. Wir haben alles frisch tapeziert, die Wände gestrichen und die Fußböden abgeschliffen. Eine erste Probe, wie gut wir zusammenarbeiten. Danach war klar: Gemeinsam schaffen wir noch mehr!

Als wir vor dem Schwimmbad ankommen, ist der Parkplatz ziemlich voll. Jedenfalls viel voller als sonst.

»Was ist denn hier los?«, überlegt Hanne skeptisch, und auch Lisa wundert sich. »Sonja, hast du dich im Datum vertan?«

Sonja blickt auf ihre Uhr – und seufzt schuldbewusst.

»Nein«, murmelt sie, »im Datum nicht. Aber in der Uhrzeit. Wir sind drei geschlagene Stunden zu spät dran. Das Fest ist vermutlich schon vorbei.«

»Zu spät«, summt Lisa. »Zu spät. Zu spät. Und was machen wir jetzt?«

»Ach, lasst uns trotzdem reingehen«, bittet Sonja. »Da wir schon einmal hier sind, können wir doch wenigstens ein paar Runden schwimmen.«

»Stimmt«, pflichtet Hanne ihr bei. Und ich ergebe mich in mein Schicksal.

In der Halle finden wir nur noch die Reste vom Fest. Der Lautsprecher dudelt noch leise orientalische Musik vor sich hin. Auf dem Wasser schwimmen künstliche Seerosen in grellen Farben, am Beckenrand liegt verloren und vergessen ein nasses Handtuch. Das Buffet ist restlos geplündert. In der Luft hängen noch die Düfte von Börek, Feta und Couscous, aber in den Schalen und Schüsseln, die auf einem Tapeziertisch entlang der Wand drapiert sind, ist so gut wie nichts mehr drin. Ich entdecke noch ein Stück Halwa, stecke es mir in den Mund und schmecke gedankenverloren der Süße des Honigs nach.

Zwei korpulente Damen in weißen Kitteln wackeln gemächlich herbei, mit Eimern und Besen bewaffnet. Vermutlich wollen sie aufräumen und putzen.

»Ei, Sie könne heut schon drauße schwimme, wisse Se des nit?«, sagt eine von ihnen.

»Nein«, sagen wir. »Wissen wir nicht.«

»Doch, die Hall is schon so gut wie geschlosse, die werd nur noch sauber gemacht. Aber da dafür is drauße offe.«

Wir nicken uns zu.

»Okay, super!«, ruft Lisa. »Wer zuerst fertig ist!«

Wir sprinten in die Umkleidekabinen. Ich bin tatsächlich als Erste fertig und warte im Gang vor den Kabinen auf die anderen. Hanne schafft es, Zweite zu werden.

Ich betrachte sie eingehend, wie sie so neben mir steht, in ihrem schönen roten Einteiler. Irgendetwas an ihr ist verändert. Vorhin ist mir schon aufgefallen, dass sie ganz vorsichtig geht. Nun sehe ich, es ist eher ihre Haltung, die anders ist. Was schiebt sie eigentlich den Bauch so vor?

»Sieht man schon was?«, fragt Hanne in diesem Moment und legt beide Hände auf ihren Leib.

»Hanne! Ihr habt doch nicht etwa …«

Sie lacht. »Doch«, foppt sie mich, »doch! Wir haben einen kleinen Historiker gebastelt, damit das Institut für Stadtgeschichte keine Nachwuchsprobleme hat.«

»Hanne«, rufe ich aus. »Das ist ja wunderbar! Also hat dich Magnus davon überzeugt, dass auch ein braver Angestellter sehr ritterlich sein kann.«

»Ja, und ob«, erwidert sie lachend. »Man soll eben keine Vorurteile haben.«

Die anderen kommen nun auch aus ihren Kabinen. Sie haben uns reden hören und Hannes Neuigkeiten mitgekriegt.

»Wahnsinn!«, freut sich Lisa.

Sonja umarmt Hanne herzlich. »Ich habe auch ein kleines Geheimnis«, sagt sie neckisch und sieht dabei aus wie ein junges Mädchen. »Wenn es auch nichts mit Kinderkriegen zu tun hat.«

»So? Was denn, Sonja? Erzähl schon!«, rufen wir im Chor.

Doch Sonja lässt sich bitten, und uns lässt sie zappeln.

»Das werdet ihr schon sehen. Ich sage nichts dazu, ihr müsst einfach die Augen aufhalten!«

Na ja, wenn sie meint.

Mit Gejohle erstürmen wir das Außenbecken. Das Wasser ist noch eisig kalt, aber die Sonne brennt schon richtig warm vom Himmel.

»Huch, ist das herrlich!«, jubelt Lisa.

»Was für ein Jungbrunnen!«, schreit Sonja.

Nach ein paar Bahnen lassen wir uns am Beckenrand in der Sonne brutzeln, um uns mit ihrer Wärme aufzuladen, dann erklimmen wir die Rutsche und jagen hinunter, schreiend und lachend wie die Kinder.

Sonja landet inmitten eines Pulks von Männern, Kegelbrüder vermutlich, die heute ihren Vatertagsausflug machen. Sie unterhalten sich angeheitert und stehen just dort im Becken, wo die

Rutsche endet. Als Sonja mitten zwischen ihnen untergeht, ziehen sie sie mit vereinten Kräften hoch, werfen sie in die Luft und lassen sie wieder ins Wasser fallen.

Prustend und lachend taucht sie wieder auf.

Als die Kraft der Sonne nachlässt und die Luft kühler wird, verlassen wir das Schwimmbad. Wir ziehen uns an und trocknen die Haare unter dem Föhn. Ich fühle mich erfrischt, gestärkt und munter. Die Luft riecht so sauber, wie ich mich fühle, und gut gelaunt schlendern wir zu meinem Auto. Es steht einsam am hinteren Ende des Parkplatzes, direkt unter der großen Reklamewand. Während die anderen noch plaudern, betrachte ich die Werbung. Mein Blick bleibt an dem riesigen Plakat hängen, auf dem eine reife Frau kunstvoll abgelichtet ist.

Ganz so, wie Gott sie schuf.

Sie hat eine leicht kniende Position eingenommen, ihre langen Beine verdecken dezent, was man nicht sehen soll. Ihr Haar fällt locker auf ihre Schultern, ihr freundliches, rundes Gesicht lacht mich fröhlich an. Ich glaube, mich trifft der Schlag!

Es ist Sonja!

»Das gibt's doch nicht. Sonjaaa!« Mein Ausruf lässt die anderen verstummen. Synchron wandern ihre Blicke zu der Plakatwand.

Es ist eine Werbung für eine leicht tönende Bodylotion. Die Firma hat es mit Frauen, die wie normale Menschen aussehen. Ein bisschen älter, ein bisschen dicker. Ganz normal eben.

Sonja grinst und windet sich leicht verlegen. »Weißt du, Juliane«, erklärt sie, »ich habe eigentlich gar nicht mehr mit einem Anruf gerechnet. Aber der kam dann doch. Erst dachte ich, na ja, vielleicht Kukident-Werbung für die dritten Zähne. Aber dann haben sie mich für diese Kampagne gebucht. Das hätte ich mir in meinen kühnsten Träumen nicht ausgemalt.«

Jetzt reden wir alle durcheinander.

»Das ist ja phantastisch!«, ruft Hanne.

»Große Klasse!«, sage ich in tiefster Bewunderung.

»Tja – und da gehen Sie noch immer zum Frauenschwimmen?«, lästert Lisa. »Sie können sich doch in jeder gemischten Sauna sehen lassen!«

»Ach, das Frauenschwimmen ist mir zur lieben Gewohnheit geworden«, verteidigt sich Sonja. Täusche ich mich – oder wird sie jetzt ein wenig rot?

Sie wird von uns umarmt und gedrückt, bis sie vor Rührung Tränen in den Augen hat. Wir stehen noch lange vor der Plakatwand, die Arme umeinander gelegt.

Gemeinsam betrachten wir die wunderschöne Sonja, die lachend auf uns herabblickt.

Wein, Weib und Gesang

Am Abend sitzen wir alle im Glashaus. Während Eckhard sich mit einem Künstler beschäftigt, der seine Bilder aus pulverisiertem Glas auf Glasflächen aufträgt, serviere ich schon mal die Tapas und schenke den Sherry aus. Das Glashaus ist jeden Abend gut besetzt. Wenn wir mal Zeit für uns und unsere Freunde haben wollen, so wie heute, müssen wir den Laden zumachen und ein Schild raushängen: Heute geschlossen. Sonst kommen wir nicht zur Ruhe, der Andrang ist einfach zu groß.

»Und, wollen Sie ein paar Bilder haben?«, fragt der Maler soeben.

»In diese schöne Kneipe können wir ruhig ein paar Bilder in Kommission geben«, meint seine Frau, eine stille Dunkelhaarige. Sie sagt wenig, aber wenn sie etwas sagt, dann schlagen ihre Sätze ein wie kleine Bomben. Sie weiß das vermutlich, denn sie schließt ihre Statements meist mir einem warmen, selbstbewussten Lachen ab. So wie jetzt.

»Einverstanden«, erklärt Eckhard ihr, »in Kommission, das machen wir gerne! Die Bilder sind einfach wunderbar!«

Ich betrachte die zwei Kunstwerke, die der Maler mitgebracht hat. Sie stellen zwei Menschen dar, die sich umarmen, ein liebendes Paar. Die Haare der Frau bestehen aus Silberfäden, die der Künstler zwischen zwei Glasscheiben eingeschmolzen hat. Was den Reiz dieses Gemäldes ausmacht, ist, dass es auf Glas gemalt ist und dass man teilweise durch das Bild hindurchsehen kann. Das, was man durch das transparente Glas sieht, vereint sich vor dem

Auge mit dem, was auf dem Bild dargestellt ist. So taucht das Deckenlicht unserer Weinstube die Figuren in gleißendes Licht und lässt sie im siebenten Himmel schweben.

»Ist das schön!«, finden auch Hanne und Magnus. Und Sonja nickt ganz angetan. Nur Lisa und Laurenz sagen nichts zum Thema Kunst. Sie sitzen in der dunkelsten Ecke unseres Etablissements und knutschen.

»Ist das Essen fertig?«, fragt Eckhard und setzt sich gemeinsam mit dem Künstlerpaar zu uns an den Tisch.

Im Moment kümmern wir uns beide um alles. Verhandeln mit Künstlern wie dem Glasmaler gerade eben. Kaufen Lebensmittel ein für die Speisen auf unserer kleinen, mediterranen Karte. Nehmen die Reservierungen entgegen, die jeden Tag bei uns ankommen. Entwerfen Flyer und Zeitungsannoncen, um unser Glashaus bekannt zu machen. Durchstöbern die Ateliers junger Künstler, die dankbar für einen Ausstellungsort sind. Zugegeben, das ist alles viel Arbeit. Aber wir machen sie gemeinsam und geben uns gegenseitig Schwung und Zuversicht.

Es ist, als hätten zwei Teile einer magischen Münze zusammengefunden. Ich bin glücklich. Wenigstens gerade jetzt, in diesem Moment. Und der hält hoffentlich noch eine Weile an.

Das Essen schmeckt allen prima. Der Glasmaler und seine Frau sind begeistert, und unser Koch, der an Abenden wie diesen mit uns isst, sonnt sich in ihrem Lob. Er ist noch sehr jung. Fabio, ein netter, schwarz gelockter Junge. Einer von Frankas Enkeln, ihr zweitältester, wenn ich das jetzt nicht durcheinanderbringe. Er serviert uns Lamm in Rosmarinkruste, ein Gericht, das ich über alles liebe.

Eckhard sieht mich über den Teller hinweg an, während er sein Fleisch in Stücke schneidet. Was hat er nur? Er kommt mir schon den ganzen Tag angespannt vor.

Unsere Gäste unterhalten sich angeregt: über Kunst, Filme und Werbung. Sonja gibt ein bisschen damit an, dass sie bereits einen neuen Vertrag für eine Spülmittelkampagne in der Tasche hat. Sie stellt im Werbespot eine attraktive Hausfrau mit Erfahrung dar und tut so, als spiele sie in einer deutschen Version von »Desperate Housewives« mit.

Als ich rasch die Teller abräume, folgt mir Eckhard in die Küche.

»Ich muss dich später mal sprechen«, beginnt er, und ich sehe, dass er nicht weiß, was er mit seinen Händen machen soll. Aber ich ahne schon, worauf er hinauswill.

»Du bist mit dem Koch nicht zufrieden«, sage ich direkt.

»Ach, Quatsch!« Eckhard winkt ab. »Der ist doch Spitze.«

»Dann sag mir, was du hast. Du bist schon die ganze Zeit so komisch.«

»Warten wir lieber, bis die anderen weg sind.« Eckhard sieht sich nervös in der Küche um.

Jetzt bin ich aber doch beunruhigt. Was hat er mir zu sagen, wofür wir Zeit und Ruhe brauchen? In den letzten Wochen lief doch alles mit schnellen Zurufen, kurzen Diskussionen und raschen Entscheidungen.

»Sag es lieber gleich«, bitte ich ihn nun. »Was immer du auf dem Herzen hast. Alles andere halte ich nicht aus.«

Eckhard kommt auf mich zu und nimmt mir den Stapel Teller ab, den ich noch immer vor mir halte. Vorsichtig stellt er das Geschirr auf den Spültisch. Dann nimmt er mein Gesicht in seine Hände und sieht mich ernst, ja, fast melancholisch an. Ich bin auf alles gefasst.

»Juliane«, sagt er mit leiser Stimme und macht gleich darauf eine Pause. »Juliane, kannst du dir vorstellen …?«

»Ja?« Mein Herz macht einen Sprung.

»Kannst du dir vorstellen, mich zu heiraten?«

»Aber ja!«, rufe ich und falle ihm um den Hals.

Natürlich will ich ihn heiraten! Eckhard, den Mann, der mein Leben verändert hat. Der eine Oase der Ruhe und Gelassenheit ist. Der mich hält und verwöhnt und begeistert.

In meiner Freude fällt meine Umarmung etwas heftig aus, und wir taumeln gemeinsam gegen den Spültisch. Ich spüre noch, wie meine Hand, als ich mich abstützen will, in irgendetwas Glitschiges fasst, bemerke, dass auf dem Spültisch etwas ins Wanken gerät. Aber ich kann mich nicht lösen aus unserer Umarmung und unserem Kuss.

Und dann kracht es. Der besagte Stapel Teller prasselt zu Boden. Es scheppert und klirrt. Sekunden später wird die Tür aufgerissen. Laurenz, Lisa, Fabio, alle unsere Freunde, ja, auch das Künstlerpaar drängen zu uns in die Küche.

»Ist etwas passiert?«, fragt Laurenz besorgt.

»Könnte man so sagen«, erwidert Eckhard ruhig.

»Hallo, ist hier etwa Polterabend?« Fabio wischt sich die Hände an seiner Schürze ab und sieht uns staunend an.

»So in etwa« Eckhard bleibt immer noch ruhig.

Ich löse meinen Blick von ihm und schaue mich um. Es ist wahr: Wir stehen in einem Scherbenhaufen, wie man ihn sich zum Polterabend nicht schöner wünschen kann. Irritiert betrachte ich meine Hand. Tatsächlich, ich habe mitten in einen Klecks Soße gefasst.

»Na wunderbar!« Die Menschen, die uns die Liebsten sind, murmeln erste Bekundungen ihrer Freude, atmen erlöst auf. Lacher dringen durch die Küche. Eckhard ergreift mein Handgelenk und schleckt einen meiner Finger ab. Er runzelt die Stirn und tut, als müsse er ein wichtiges Gewürz herausschmecken.

»Und?«, frage ich gespannt.

»Vitello Tonnato«, sagt er mit Kennermiene. »Thunfisch.«

Danksagung

Ein Buch schreibt man nie allein. Wir bedanken uns daher bei unserer scharfsinnigen Lektorin Marit Obsen, bei den hilfsbereiten Polizeibeamten der Polizeistation Friedberg und bei Lukas Schnabel, der mit seiner jugendlichen Phantasie zwei großartige Ideen beisteuerte.

Beate Sommer
HÄTTEST DU GESCHWIEGEN
Broschur, 352 Seiten
ISBN 978-3-89705-636-7

Silvie Bauer war jung, hübsch und schwanger. Jetzt ist sie tot, und ihr Lebensgefährte gerät ins Visier der Polizei. Je tiefer die Anwältin Marilene Müller im Leben der Verstorbenen gräbt, desto mehr verdichten sich die Hinweise, dass Silvie nicht nur ihre Schwangerschaft verheimlicht hat: Es gab mehr als nur einen Mann in ihrem Leben. Und sie war einer kriminellen Organisation auf die Spur gekommen, die vor nichts zurückschreckt. Als Marilene dies erkennt, ist es fast zu spät.

Erscheint im April 2009